1970년대
대중문학의
욕망과
대중서사의
변주

지은이

김성환(金成奐, Kim Sunghwan)

1972년 부산에서 태어나 부산대학교 국어국문학과와 서울대학교 대학원을 졸업했다. 2006년『문학사상』평론부문 신인상을 수상했으며 현재 부산대학교 인문학연구소에 재직 중이다. 한국 현대문학 및 문화를 다양한 관점에서 재해석하는 작업에 관심을 기울이고 있다. 공저로『1970 박정희 모더니즘』,『한국문학의 중심과 주변의 사상』, 『금지의 작은 역사』등이 있으며, 공역으로『번역이란 무엇인가』가 있다.

1970년대 대중문학의 욕망과 대중서사의 변주

초판 인쇄 2019년 5월 20일 **초판 발행** 2019년 6월 3일

지은이 김성환 **펴낸이** 박성모 **펴낸곳** 소명출판

출판등록 제13-522호 **주소** 서울시 서초구 서초중앙로6길 15, 1층

전화 02-585-7840 **팩스** 02-585-7848

전자우편 somyungbooks@daum.net **홈페이지** www.somyong.co.kr

값 30,000원

ISBN 979-11-5905-388-7 93810

ⓒ 김성환, 2019

THE DESIRE
OF POPULAR LITERATURE
AND THE VARIATION
OF POPULAR NARRATIVE
IN THE 1970S

김성환 지음

1970년대
대중문학의
욕망과
대중서사의
변주

소명출판

머리말

　오랫동안 고민하며 써온 글을 모아 한 권의 책으로 엮었다. 제목에 나타나듯이 이 책의 주제는 1970년대 대중문학이다. 얼핏 생각해도 대중문학은 재미있고 즐겁다. 명작의 중압감을 피해, 교과서에는 결코 실리지 못할 소설을 탐닉했던 적이 누구나 한 번쯤 있을 것이다. 읽으라 권하지 않아서 그런지 곁가지로 두고 읽는 소설의 재미는 명작의 몇 곱절은 되는 듯하다. 게다가 1970년대라니, 반세기가 조금 못 되는 과거를 희미한 기억과 섞어 짐작하며 적당히 복고의 감성으로 즐기는 일은 손쉽게 선택할 수 있는 유희 중 하나이지 않을까. 나부터가 그러했다. 어려서 남들 안 읽는 소설들을 골라 읽으며 자부심인지 허세인지, 대단치는 않지만 나 자신의 정체성을 만들어간다는 느낌을 가졌었다. 나이가 들어서는 문학사 변두리에 있는 소설을 찾아 읽으며 남들과 다른 문학적 자양분을 채운다고 생각했다. 팔 할까지는 아니더라도 나를 키운 건 이름도 가물가물한 그때의 소설들이었음은 분명하다.

　이런 주제를 택했으니 글을 쓰는 일은 참으로 재미날 것 같지만, 실상은 그렇지 않았다. 1970년대와 대중문학을 하나의 주제로 관통하여 논문으로 구성하는 작업은 쉽지 않았다. 대상 자체가 한국문학 연구의 장에서 그다지 인기 있는 것이 아닐뿐더러, 대중문학을 문학 연구의 차원에서 논의하는 일이 여전히 낯설고 어려웠던 탓이다. 분명 읽을 때는 재미있었는데, 읽을 때 느꼈던 정서와 감수성들은 어디로 간 것일까. 어딘가에 있을 테지만 그 흔적을 쉽게 찾을 수 없었다. 문학을 공부해야겠다고 마음먹고부터는 대중문학의 체험이 쉽사리 연구의 장에 배어나지 못했다.

박사논문의 주제로 대중문학을 선택한 데에는 곡절이 적지 않았는데, 그 곡절이란 대개 확고하지 못하고 치열하지 못한 나 자신의 한계와 관련된 것이다. 한국문학 연구가 광범위한 인문학으로 확장되기 위해서는 창조적인 시각과 방법론으로 한국문학의 대상을 발견하는 일이 필요하다고, 어딘가에 말한 적 있었지만 그것이 말처럼 쉬운 일이겠는가. 문학연구자의 출발점을 찾아 오래도록 헤매고 좌절하면서 지금의 대중문학과 대중성에 이르렀다. 다름에 대한 강박일지 모르겠으나, 나에게 대중문학은 반드시 발견해야 할 한국문학의 대상이었다. 지금껏 읽어온 것이 헛되지 않았다면 문학연구는 나 자신의 문학적 감수성을 해명하는 것이 무엇보다 중요하다고 생각했다. 그리고 그것이 대중문학이라고 하더라도 많은 이들이 성심껏 읽은 작품들은 문학사의 한 자리를 차지해야 한다고 믿은 것이다.

그렇지만 대중문학을 내세워 한국문학사를 거부하고 새로운 정전을 옹위하기 위한 것은 아니다. 통속성을 절대화하는 것이야말로 대중문학 연구가 빠지기 쉬운 가장 큰 오류가 아닐 수 없다. 그보다 중요한 것은 정전을 이루지 못한 대중성, 통속성 속에서 기꺼이 작품을 읽은 독자들의 감수성 또한 진실이라는 점을 인정하는 일이다. 이것이 1970년대의 대중문학을 들여다보며, 그리고 나의 대책 없는 문학적·문화적 대중지향성의 이력을 되짚으며 내린 결론이었고 이내 연구의 출발점이 되었다. 대중문학을 엄연한 문학적 실체이자 독자의 현실로 분석하기 위해서 욕망이론을 원용하였다. 욕망이 살아 있는 내면이라는 지평에서 대중문학은 현실로서 힘을 발휘하기 때문이다. 대중문학이란 우열의 문제와는 무관한 것이며, 일상에서 널리 읽힐 때 대중문학의 문학성은 독자의 욕망과 연결되어 시대의 대중성을 만든다.

프로이트와 라캉을 읽어가며 분석한 결론은 그러했다. 그 욕망은 1970년대 독서 대중의 내면이자, 대중성을 어딘가에 재워두었을 나 자신의 내면이기도 하다.

이런 믿음으로 오랜 기억의 작가와 소설들을 끌어 올렸다. 맨 먼저 최인호의 세련된 포즈와 문장들이 기다리고 있었고 한수산이, 조선작과 조해일이 대책 없는 감수성의 기원으로 떠올랐다. 최인호가 치켜세운 청년문화의 깃발과 그 뒤를 따르던 병태와 영자, 그리고『겨울여자』의 이화와 같은 매혹적인 여성의 그림자가 그들의 소설에 드리워져 있었다. 이 인물들의 삶은 1970년대 현실을 가장 적실하게 보여준 드라마였고 대중소설은 이 드라마가 펼쳐지는 흥미진진한 무대였다.

학위논문을 통해 그들을 다시 만났지만 아쉬움도 컸다. 논문 자체의 빈틈도 많았거니와 몇 작가만으로 대중성을 꿰뚫었다고 말하기에는 부족했다. 소설이 아니더라도 시대의 대중성을 이루는 것들은 많았다. 문학의 울타리에서 조금만 눈을 돌리면 대중의 다양한 감수성들을 볼 수 있었다. 잡지마다 실려 있던 르포와 수기, 그리고 더 어두운 곳에서 남몰래 읽히던 주간지의 현란한 기사들. 학위논문 이후의 작업은 문학의 범주를 넘는 글들을 찾는 일이었다. 생각해보면 그 또한 문학적이지 않았던가.『신동아』의 논픽션은 진중한 감동을 주었고, 고백수기라던『선데이서울』의 기사들은 상상력을 자극하기에 충분했다. 뿐이랴. 소설인 듯 아닌 듯한『어둠의 자식들』과 같은 글들이 여러 사람들의 글 읽기 속에 당당히 들어왔다. 뭉뚱그려 대중서사라 말했지만, 이런 글들이야말로 지극히 문학적인 성취가 아닐까 생각한다. 명작도, 문학도 아닌 글들을 군이 발굴하여 의미를 부여하는 작업 자체가 흥미를 끌 수밖에 없기에 논문을 마칠 때마다 스스로를 되돌아 볼 수밖에 없었다.

대중문학 연구의 오류를 피하며 강조하고 싶은 것은, 이와 같은 연구가 종국에는 우리 문학사를 풍성하게 만들 것이라는 기대였다. 기존 문학사의 변두리에 놓인 대중의 독서와 대중의 문학적 삶을 재확인함이기 때문이다. 나아가 또 다른 삶의 방식에 대한 능동적인 '읽기'가 될 수도 있다. 무엇보다 불온한 작품을 찾아 읽던 나의 감수성에 대한 대답이기도 하다.

이 책이 나오기까지 많은 분들의 덕을 입었다. 어설픈 글이 논문이 되게끔 도와주신 권영민 선생님, 조남현 선생님, 류보선 선생님, 박성창 선생님, 김종욱 선생님께 진심으로 감사드린다. 선생님들의 애정 어린 관심과 조언에 충실히 답하지 못한 채 논문을 마무리한 점이 두고두고 죄송스럽다. 그 외에도 멀리서, 가까이서 나의 논문을 깊이 있게 읽어주신 여러 동료 연구자들께 감사의 말씀을 드린다. 둔한 재주 탓에 언제나 다음 연구에서 미진한 부분을 보충하겠노라 답했는데, 이번에도 마찬가지가 된 듯하다. 늘 감사한 마음으로 일신하겠다. 사랑하는 가족도 같은 말을 전하고 싶다. 마지막으로 부족한 원고를 흔쾌히 맡아 책으로 만들어 주신 소명출판에 깊은 감사의 말씀을 드린다.

2019년 5월
김성환

머리말 3

1부 :: 욕망의 주체와 대중문학

1장 / 서론   13

2장 / 1970년대 대중의 욕망과 청년문화   29
    1. 대중사회와 대중문화론의 형성   29
    2. 대중문학의 대응 양상   52

3장 / 대중소설의 주체와 일상적 욕망   76
    1. 하층민의 현실 극복을 위한 욕망의 실천—조선작론   76
    2. 일상의 질서 회복을 위한 욕망의 주체화—조해일론   110
    3. 낭만적 초월을 지향하는 주체—한수산론   137

4장 / 청년과 여성, 혹은 대중 주체의 내면
    최인호론   168
    1. 산업사회의 소외와 청년 주체   170
    2. 청년 주체의 고유한 가치 정립   189
    3. 여성의 욕망에 나타난 현실 극복 의지   230

5장 / 맺음말   259

2부 :: 대중서사와 대중의 리터러시

1장 / 논픽션, 새로운 글쓰기의 공간
1960~1970년대 「신동아」 논픽션 공모의 경우　　　　　　**269**
  1. 저널리즘 글쓰기의 가능성　　　　　　269
  2. 1960~1970년대 저널리즘 글쓰기와 논픽션 공모　　　　　　274
  3. 논픽션의 체험과 현실　　　　　　279
  4. 논픽션 글쓰기의 기원과 소설　　　　　　292
  5. 논픽션과 소설의 발생적 관계　　　　　　302
  6. 맺음말　　　　　　309

2장 / 하층민 글쓰기 양식으로서의 『어둠의 자식들』　　　**311**
  1. 1970년대 글쓰기 환경의 변화　　　　　　311
  2. 저널리즘 글쓰기 장르의 특성　　　　　　316
  3. 『어둠의 자식들』의 글쓰기 상황과 서술방식　　　　　　325
  4. 『어둠의 자식들』과 하층민의 말하기 방식　　　　　　341
  5. 맺음말　　　　　　347

3장 / 하층민 서사와 문학적 상상력
『부초』와 『지구인』의 경우　　　　　　**349**
  1. 하층민 서사의 특수성과 소설　　　　　　349
  2. 1970년대 하층민 서사와 『부초』　　　　　　352
  3. 『지구인』과 하층민 서사의 조건　　　　　　378
  4. 맺음말　　　　　　405

4장 / 하층민 서사와 주변부 양식의 가능성
1980년대 논픽션을 중심으로   408
1. 1970년대 저널리즘 글쓰기의 대중화 이후   408
2. 주변부 주체를 호명하는 문학적 양식   413
3. 하층민 주체와 공동체를 발견하는 서사   419
4. 하층민 공동체를 서술하는 화자의 위치   430
5. 맺음말   442

5장 / 1970년대 대중서사의 전략적 변화   445
1. '소설이 아닌 것'의 주체   445
2. 대중의 리터러시(literacy)와 대중매체   454
3. 소설의 규범과 유사소설의 형식   457
4. 관음증적 시선과 대중의 리터러시   468
5. 현실의 개입에 의한 사회적 맥락 형성   474
6. 맺음말   479

6장 / 1970년대 『선데이서울』과 대중서사   481
1. 『선데이서울』을 읽는 방법   481
2. 『선데이서울』의 구성과 소비 방식   485
3. 사적 대중과 『선데이서울』의 공공성   490
4. 『선데이서울』의 문예양식과 그 변주   496
5. 저널리즘 서사와 대중의 욕망   503
6. 결론을 대신하여―『선데이서울』과 소설의 격차와 호응   516

참고문헌 521 | 수록논문 발표지면 531

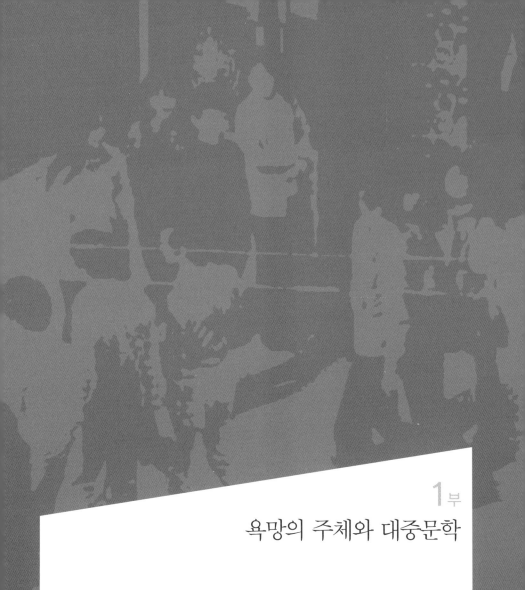

1장 / 서론
2장 / 1970년대 대중의 욕망과 청년문화
3장 / 대중소설의 주체와 일상적 욕망
4장 / 청년과 여성, 혹은 대중 주체의 내면 — 최인호론
5장 / 맺음말

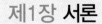

소설의 장르적 본질이 근대성에서 기원한 만큼 소설의 양식 문제는 사회 구조의 전망 하에서 논의되어야 한다. 1970년대 한국 소설의 다양한 특징을 이해하기 위해 사회 전반의 변화를 탐구하는 것은 필수적이다. 이를 위해 고려되어야 할 중요한 대상은 독자라는 수용자이다. 당대의 문화현상과 이를 향유하는 독자대중의 성격은 문학 작품의 중요한 층위가 되기 때문이다. 소설의 특성상, 작품이 유통·소비되는 물질적 조건은 작품에 결정적인 영향을 미친다고 해도 무리는 아니다. 따라서 대중의 기호 및 독서성향과 작품의 내적인 구성 사이의 긴밀한 연관관계를 밝히는 일은 문학연구의 또 하나의 과제로 제시된다. 특히 근대 소설이 대중적 매체를 통해 생산되고 유통·소비되는 구조를 필요로 하기에 대중과 대중문화라는 조건은 필요충분조건의 지위를 누린다 할 수 있다.[1]

문학의 대중성과 그 핵심 주체인 대중 독자가 등장한 것은 1960년대 후반

---

[1] 근대문학의 초창기인 1920~30년대, 문학이 대중적 기호(嗜好)의 대상으로서 폭넓은 인기를 끌었다는 사실을 간과할 수는 없다. 천정환, 『근대의 책읽기』, 푸른역사, 2004, 제4장 제2절 참조. 이는 한국 근대문학의 발생시기부터 문학장에서 독자의 역할이 컸음을 의미한다.

으로 한국 사회가 본격적인 '근대화', 혹은 산업화의 길로 접어든 시기이다. 전후戰後의 혼란을 극복하고 국민국가로서 권력의 근대성은 물론 국민 개개인의 근대성이 호명되던 시기가 이때이다. 식민지 '신민'에서 '국민'을 거쳐, 국가가 마련한 산업사회의 전망을 생산하고 소비하는 주체가 호명되었을 때 '대중'이라는 단어는 더 이상 낯설지 않게 되었다. 산업화로 인해 대중문화는 사회 전반에 걸쳐 다양한 양상으로 전개되었는데, 문학 또한 산업화 시대의 특징을 형상화하는 문화 양식으로 자리 매김했다. 문학이 대중문화로서 주목받은 것은 소재나 내용 등의 문학 내적인 문제뿐만 아니라, 대중문학이 생겨난 매체와 환경, 그리고 독자의 반응의 대중문학의 범주에서 논의되었기 때문이다. 이는 이전 시기에는 볼 수 없었던 현상으로, 문학이 문화상품으로 소비됨으로써 산업화 사회 구조 속에 자리 잡았다는 것을 의미한다. 대중문학은 기본적으로 산업화 시대 소설의 대응전략으로서의 성격을 가진다.[2] 이 때문에 소설의 대중성은 때로 상업성의 문제와 비판의식 부재에 따른 허위의식[3]으로 인해 비판받기도 한다. 대중문학의 부정성을 극복하기 위해 '중간소설'[4]이라는 용어로써 고급문학과 저급문학의 중간 단계를 상정할 수도 있지만 문학성과 통속성의 범주가 명확하지 않을 경우 이 용어는 임의적인 것으로 남을 수밖에 없다. 이는 산업화의 산물인 대중문학을 부정적인 사회현상으로 파악하는 시선으로 자연스럽게 이어진다.

기존의 대중문학 연구는 대중문학이라는 용어가 가진 애매한 성격에 의미를 부여하는 데 맞춰졌다. 대중성의 정체를 밝히고 대중소설의 장르적 특성

---

2   권영민, 『한국현대문학사』 2, 민음사, 2003, 271~274쪽.
3   조남현, 「통속소설의 실상」, 『문학과 정신사적 자취』, 이우, 1984; 방민호, 「대중문학의 '복권'과 민족문학의 갱신」, 『실천문학』 39, 1995.가을 참조.
4   홍문표, 『한국현대문학사』 II, 창조문학사, 2003, 367쪽.

을 분석하는 것이 중요한 흐름을 이루었으며,[5] 이에 따라 대중문학의 세부 장르에 주목하여 장르적 속성을 규명하는 연구가 뒤따랐다.[6] 이들 연구에 따라 대중성 자체의 특징은 비교적 명확해졌지만 대중소설은 여전히 통속적 욕구를 충족하고 비판적 인식을 마비시키는 것으로 이해되어 "중급에서 저급에 이르는 소설유형"이라는 평가에서 벗어나지 않았다.[7] 이와는 다르게 1970년대 이후 한국 사회의 변동과 그에 따른 대중소설의 대응양상을 주제로 한 연구는 대중소설을 시대상황과 가장 밀접하게 관련된 문화현상으로 분석하려는 태도를 취한다.[8] 여기서 대중소설은 독서 대중의 가치관과 연관된 제도인 동시에, 당대의 문화적 코드의 생산과 수용의 결과로 발생한 텍스트[9]라는 성격이 부각된다. 그 코드로서 성과 환락, 그리고 현실의 좌절과 비애감 등을 추출할 수 있으며, 이는 각기 1970년대 대중소설의 주제로 올라

---

5 대중예술의 통속적 미학적 특징을 논구한 박성봉의 연구가 대표적이다. 박성봉은 대중성, 통속성을 대중예술이 가진 고유한 미학적 특성으로 파악한다.(박성봉, 『대중예술의 미학』, 동연, 1995) 이후의 성과로 김창식(『대중문학을 넘어서』, 청동거울, 2000), 박철우(「1970년대 신문연재소설연구」, 중앙대 박사논문, 1996), 최정호(「1970년대 베스트셀러 소설의 형상화 양상 연구」, 홍익대 석사논문, 2005), 최미진(『1960년대 대중소설의 서사전략 연구』, 푸른사상, 2006) 등의 연구가 잇따른다.

6 이는 1990년대 말부터 대중문학회를 중심으로 연구가 진행되었는데, 그 성과로 『대중문학이란 무엇인가』(1995), 『신문소설이란 무엇인가』(1996), 『추리소설이란 무엇인가』(1997), 『연애소설이란 무엇인가』(1999), 『과학소설이란 무엇인가』(2000) 등이 차례로 출간되었다. 이외에도 대중서사장르연구회, 『대중서사장르의 모든 것』, 이론과 실천, 2007; 조성면, 『한국문학 대중문학 문학콘텐츠』, 소명출판, 2012 등의 연구성과를 꼽을 수 있다.

7 조남현, 「소설교육의 정향과 대중소설의 문제」, 『한국 현대문학사상 탐구』, 문학동네, 2001, 208쪽.

8 1970년대 대중문학에 관련 연구로 대중소설의 일반적 특징을 분석한 논문으로 장서연, 「1970년대 대중소설 연구」, 동덕여대 박사논문, 1998; 추은주, 「1970년대 대중소설 연구」, 부산대 석사논문, 1997; 김하서, 「1970년대 신문연재소설의 서사구조연구」, 단국대 석사논문, 2000; 김현주, 「1970년대 대중소설 연구」, 연세대 박사논문, 2003; 박휘종, 「1970년대 대중소설 연구」, 계명대 석사논문, 1996 등을 들 수 있다. 문학사와 비평 연구회, 『1970년대 문학연구』, 예하, 1994; 민족문학사연구소 현대문학분과 편, 『1970년대 문학연구』, 소명출판, 2000 등의 연구논문집에서는 대중문학을 1970년대 문학의 특징 중 하나로 보고 각론에서 개별 작품을 분석한다.

9 김현주, 앞의 글, 5쪽.

선다. 이런 코드를 공유하고 있는 대중소설은 저항과 순응의 양가적인 함의를 가진 채 사회에서 유통되어 문화현상으로서 효과를 발휘한다.[10] 이러한 시야에는 도시화의 문제가 우선적으로 포착되는데,[11] 도시소설이라는 키워드를 통해 1970년대 대중소설은 "도시라는 사회적 코드를 중심으로 도시공간의 문제를 인식하고, 도시적 삶에 대한 통찰과 반성을 통해 좀 더 나은 도시적 삶으로의 지향"[12]하는 도시소설의 하나로 평가받는다.

이와 같은 연구의 공통점은 대중문학을 사회 구조의 결과물로 파악한다는 점이다. 산업화에 따른 사회 변동은 대중문학의 직접적 원인이 되며 문학 작품은 사회의 구조를 충실히 반영하는 것으로 이해된다. 그러나 문학의 대중성의 사회 구조와의 상동적 관계와 독자의 가시적 반응만으로 설명된다면, 대중성의 문제는 소재주의의 한계에 부딪칠 것이다. 대중소설의 양식은 고유한 서사구조의 틀에 갇혀 있는 듯 보이지만, 그 사회적 성격은 단순한 장르적 범주보다 훨씬 입체적이기 때문이다. 예컨대 연애소설의 경우 낭만적

---

10 대중문화와 대중문학과의 관계를 다룬 연구로 김창남, 「청년문화의 역사와 과제」, 『문화과학』 37, 2004.봄; 신현준, 「실종된 1970년대, 퇴폐 혹은 불온? − 이장희와 1970년대」, 『당대비평』 28, 2004.겨울; 송은영, 「대중문화 현상으로서의 최인호 소설」, 『상허학보』 15, 상허학회, 2005; 이혜림, 「1970년대 청년문화구성체의 역사적 형성 과정 − 대중음악의 소비양상을 중심으로」, 『사회연구』 10, 한국사회조사연구소, 2005; 백문임, 「70년대 문화지형과 김승옥의 각색 작업」, 『현대소설연구』 29, 한국현대소설학회, 2006; 주창윤, 「1970년대 청년문화 세대담론의 정치학」, 『언론과사회』 14(3), 사단법인 언론과 사회, 2006.가을; 주창윤, 「1975년 전후 한국 당대문화의 지형과 형성과정」, 『한국언론학보』 51(4), 한국언론학회, 2007; 강영희, 「10월유신, 청년문화, 사회성 멜로드라마 − 「별들의 고향」과 「어제 내린 비」를 중심으로」, 『여성과사회』 3, 한국여성연구소, 1992 등이 있다.

11 1970년대 도시화와 문학적 대응을 연구한 논문으로 김홍신, 「1970년대 소설에 나타난 산업화 양상 연구」, 건국대 박사논문, 1993; 이은실, 「1970년대 도시소설의 양상연구」, 『한민족문화연구』 6, 한민족문화학회, 2000; 오창은, 「한국 도시소설 연구 − 1960~70년대 작품을 중심으로」, 중앙대 박사논문, 2005; 유은정, 「1970년대 도시소설 연구」, 성균관대 박사논문, 2006; 최영숙, 「1970년대 한국 도시소설 연구」, 창원대 박사논문, 2007 등이 있다.

12 유은정, 앞의 글, 19쪽.

로망스의 형식에 머물지 않고 주체의 인식의 문제와 연관시켜 이해할 수 있는 여지가 있다.[13] 이른바 '호스티스소설'의 대표작으로 꼽히는 최인호의 『별들의 고향』을 거론할 때 연애가 이 작품의 대중성의 전부라고 말할 수는 없다. 연애에는 여주인공 경아와 주위 남성들의 다양한 관계와 지향점이 내포되어있기 때문이다. 마찬가지로 조선작의 '호스티스소설' 역시 선정적인 소재 외에도 '무작정 상경' 후 타락하는 인물유형이 가지는 의미가 입체적으로 작용하고 있음을 고려해야 한다.

이런 입장에서 소설의 대중성은 주체성이라는 문제의식과 연결시킬 필요성이 제기된다. 1970년대의 대표적인 대중문학 작가들, 예컨대 최인호, 조선작, 조해일, 한수산 등은 상업적 성공이라는 공통점 외에도 작품에서 형성된 고유한 대중적 주체성이 독서공간에서 수용된 양상을 따질 필요가 있다. 작품의 주체성은 독자와의 교감을 통해 시대의 대중성을 형성하는 근거로, 문학연구의 중요한 주제가 되기 때문이다. 이 글은 1970년대 문학이 빚은 대중적 주체성에 접근하기 위해 우선 욕망의 층위에서 논의를 시작하려 한다. 이는 욕망이 주체와 사회 질서를 연결하는 기제이며, 개인은 사회화된 욕망을 통해서만 의미 있는 주체가 될 수 있다는 입론에 근거한 것이다. 산업화가 본격화된 1970년대 한국 사회의 변동 역시 개인의 욕망에 영향을 미쳐 새로운 주체성을 구축하는 원동력이 되었다. 이 주체성은 소설 속 인물로 형성화 되며 독서행위를 통해 독자의 욕망과 조우한다. 이 과정을 거쳐 문학의 주체는 시대의 주체로 거듭나게 된다.

이 글에서 다루고자 하는 1970년대는 이와 같은 문제를 제기하기에 적절

---

13 한국의 근대문학에서 연애는 주체로서의 자아 발견과 세계 인식 틀의 전환을 표방하고 일깨우는 의의를 가진다. 김지영, 『연애라는 표상』, 소명출판, 2007, 제2장 참조.

한 시기로 판단된다. 산업화라는 거대한 변동은 이념의 문제를 비껴난 층위에서 사회의 본질이 일상에서 실천되도록 만들었다. 특히 산업화의 산물인 소비문화는 1970년대를 가장 적실하게 반영한 문화현상으로,[14] 식민지 시기의 한계를 넘어서, 사회 전반에 지배적인 힘을 발휘하고 있었다.[15] 대중소설은 이 소비문화를 묘사하는 데 큰 부분을 할애하면서 1970년대의 현실을 재구성하고 이에 부합하는 인물의 성격을 형성했다. 도시 노동력으로 공급되면서 하나의 계층을 이룬 이들은 1970년대의 대중이라는 이름에 가장 적합한 인물이었으며, 그것에 더해 양적인 성장을 보인 대학생 역시 대중의 넓은 범주 속에 호명될 만했다. 그리고 경제성장의 결실을 분배받은 중산층과 그 과정에서 소외된, '호스티스'를 포함하는 도시 하층민이 대중문화와 대중소설 속에서 적극적으로 형상화되기 시작했다. 이러한 인물들의 삶을 일상의 차원에서 대중문화를 형성하는 동시에 비판의 실마리를 제공하기에 산업화라는 사회 변동을 투영하는 스크린으로 작동한다. 따라서 그 스크린에 비친 일상의 모험을 좇을 때 대중의 주체성과 그 속에 자리 잡은 욕망의 구조가 파악된다. 이는 1970년대 대중소설의 욕망 구조이자 한국 사회의 욕망 구조로 읽힐 수 있다.

대중사회와 그 문화적, 문학적 양식을 검토하는 데 욕망이 문제시되는 이유

---

14 돈 슬레이터에 따르면, 소비문화는 근대 자본주의와 민주주의의 보편적 현상이다. 따라서 소비자가 될 수 있는 권리는 서구 근대주체의 이데올로기적 여명이기도 하다. Don Slater, 정숙경역, 『소비문화와 현대성』, 문예출판사, 2000, 42쪽.

15 이성욱은 1930년대 도시문화는 부상문화와 지배문화의 결합양상으로 굳어져 갔다고 평가한다.(이성욱, 『한국 근대문학과 도시문화』, 문학과학사, 2004, 70쪽) 이에 따라 근대문학은 도시문화를 근본원리로 하여 형성된다. 그러나 김기림, 김광균, 이효석 등에서 보듯이 식민지 시기의 도시문학은 도시의 외적 형상에만 주목하고 도시에서 형성되는 심층적 관계와 구성 원리를 정확히 파악하지 못했다는 한계를 지니고 있다. 이는 식민지의 도시인 경성의 식민모국과 식민지 관계 속에서 형성되어간 경성의 특유한 도시성 때문일 것이다. 위의 책, 제2장 참조.

는 욕망의 다층적 위상 때문이다. 대중성 자체가 중층적 사회 구조를 반영하며 형성되었거니와, 그 속의 욕망 역시 실재계the Real, 상상계the Imaginary, 상징계the Symbolic의 다층적 위상을 포괄한다. 욕망의 세 층위는 무의식의 깊은 저편을 가리키는 것이지만, 그것이 깊은 심연을 가지게 된 것은 욕망만큼 다층적인 사회 구조의 원리가 기원으로 자리 잡고 있기 때문이다. 이와 같은 욕망이 펼쳐지는 공간으로 대중문화, 그리고 대중문학이 존재한다. 엘리트주의의 좁은 시야를 벗어나면 대중문화는 다수 대중의 사회적 삶의 구성체로서 문화로 정의된다. 이때 문화는 "삶의 방식을 구성하는 가치, 관습, 믿음, 실천 등의 복합적인 전체"[16]이기에 인간의 존재는 문화에 의해 규정된다. 나아가 확장된 문화인류학적인 문화의 개념에서 실천이라는 적극적인 의미를 포착할 경우, 문화의 개념은 적극성을 넘어서 사회변혁과 혁명을 지향하는 정치적인 영역으로까지 확장될 수 있다. 레이먼드 윌리엄스는 이와 같은 관점에서 대중문화대신 '공통문화common culture', 혹은 '공통의 문화culture in common'[17]라는 용어를 제안한다. 이는 사회구성원들의 집단적인 실천에 의해 재정의되고 재구성되는 문화적 특성을 가리키는 것으로, 개인적 활동의 차원을 넘어 사회적, 정치적 참여의 결과이자 혁명성을 내포한 여러 집단적 활동agent으로서 문화를 이해하고자 하는 전망과 연결된 것이다.[18] 이러한 개념은 문화적 정치cultural politics 대신 정치화된 문화politicalized culture을 상정한 것으로, 궁극적으로 문화란 삶의 수단

---

16 Terry Eagleton, *The Idea of Culture*, blackwell, 2000, p.34.
17 레이먼드 윌리엄스는 『문화와 사회 1780~1950』에서 공통문화(common culture)을 둘러싼 논의를 비교하면서 엘리트주의가 아니라 사회적 실천으로서의 공통문화를 지향했다. 이러한 관점을 드러내기 위해 윌리엄스는 '공통문화'보다 '공통의 문화(culture in common)'라는 표현을 선호했다. *Ibid.*, p.119.
18 레이몬드 윌리암즈, 나영균 역, 『문화와 사회 1780~1950』, 이화여대 출판부, 1988, 436~442쪽; Terry Eagleton, *op. cit.*, p.121 참조.

을 넘어 목표 자체가 되어야 함을 강조한다.[19] 따라서 문화현상에서 대중성, 혹은 대중문화를 상대적인 차원에서 개념화하여 보편성, 정상성에 미달하는 현상으로 평가하는 것은 온당하지 않다. 대중문화가 상업적 경로를 통해 대중성에 다다르고 있지만, 문화로서의 대중성 속에는 사회 구조와 구성원의 감수성과 그것이 지향하는 정치성이 존재하기 때문이다.[20]

그럼에도 '대중'이라는 기호는 저급성의 표지mark로서 널리 유통되는 것이 일반적이다. 이런 일방적 사고에 대응하기 위해서는 대중소설의 질적인 측면, 즉 대중성에 포함된 집단적 심성의 내면을 탐구하는 작업이 필요하다. 대중의 의식은 일상에서 실천되기 때문에 이념과는 범주와 위상이 일치하지 않는다. 즉 이념의 형태로 나타나는 이데올로기와는 달리, 생동감 있는 대중의 일상과 활동들은 그 어떤 구조로도 환원되지 않는 특이성을 가진 것이다. 이 특이성은 표면적으로는 통속성의 형태로 나타날 것이지만, 그 기원이 되는 일상의 구조적 성격을 고려한다면 단순히 무가치하며 무질서한 어떤 것으로 폄하할 수 없다. 이러한 대중성의 특징은 명백한 담론의 형태와 비교해서 '정서의 구조structures of feeling'로 규정된다.[21] 정서의 구조에 관한 논의는 대중의 무의식적인 내면성을 문화의 대중성의 조건으로 제시하는 데서 시작된다. 대중성이란 대중의 개별적인 욕망이 충돌하는 장으로서의 성격을 가진다. 대중 주체가 가진 욕망은 개별적이고 특수한 환경에서 비롯되는 것이

19 *ibid.*, p.131.
20 그람시에 따르면 대중문학은 헤게모니의 투쟁의 장이기도 하다. 기존의 소설이 대중의 지적 열망을 충족시키지 못할 경우 대중문학은 이를 대신할 수 있는 장르로서의 당위성을 얻는다.(Antonio Gramsci, 박상진 역, 『대중문학론』, 책세상, 2003, 38쪽) 이는 대중의 욕망 역시 단순하지 않다는 것을 의미하는 것으로, 대중문학에서 대중의 호응은 통속성의 증거가 아니라, 대중문학의 장에서 지적인 헤게모니의 투쟁을 벌이는 증거로 이해할 수 있다.
21 Raymond Williams, 이일환 역, 『이념과 문학』, 문학과지성사, 1982, 165~169쪽.

어서 대중성은 각 주체의 개별성들이 모인 특수한 집합으로 이해할 수 있다.[22] 도덕적 현재성과 취향과 취미, 미적인 정체성을 아울러 심성mentalités라고 부르는 것이 가능하다면, 대중적 심성의 세계는 역사와 계급으로 환원되지 않는 개별성을 지닌 존재로 평가될 것이다. 대중문화, 혹은 대중문학의 주체는 그 심성적인 특징으로 인해 인류학적, 심리학적 의미로까지 확대될 수 있는데, 이는 심성적인 것이 이념이나 사회적인 것과는 다른 주체의 형식이기 때문이다.[23]

대중성의 심성은 일상에서 접할 수 있는 경험적인 상식으로 채워지지만 그 내부에는 반동일화의 역량 또한 내재해 있기 때문에 '저열', '통속' 등의 부정성을 뛰어넘는다. 달리 말해 대중성은 억압적인 지배 이데올로기에 대항하는 대항담론counter-discourse[24]을 내포하고 있는 것이다. 지배담론과 대항담론의 층위에 걸쳐 있는 대중성의 기표들은 생활 세계의 개연적 진리가 될 가능성을 가진다. 따라서 대중의 통속적인 상식은 곧 세계를 인식하고 종합하는 능력으로서의 '공통감각sensus communis'[25]이라 부를 수 있다. 이러한 관점은 1970년대 한국 사회를 분석하는 데에도 유효하다. 산업화 이후 개인의 심성 구조 또한 변화를 겪는데, 다양한 문화현상으로 실천되는 대중성은 사

---

22 이 특수성에는 대중 사회의 도덕세계도 포함이 될 것이다. P. Brooks, *The Melodramatic Imagination*, Yale University Press, 1976, p.13.

23 페터 쇠들러, 「심성, 이데올로기, 담론」, Alf Lüdtke et al., 이동기 외역, 『일상사란 무엇인가』, 청년사, 2002, 245쪽.

24 미셸 페쇠(Michel Pêcheux)는 주체화 과정에서 주체를 지배 이데올로기 속으로 호명하는 지배적 담론에 대항하는 반동일화(counter-identification)의 과정을 분석한 바 있다. 반동일화는 지배 이데올로기가 요구하는 '좋은 주체'에 대항하여 '나쁜 주체'를 만들어 저항한다. 페쇠는 나쁜 주체가 형성되는 언표 활동을 대항담론(counter-discourse)이라 불렀다. Michel Pêcheux, *Language, semantics, and ideology*, St. Martin's Press, 1982, 12장 참조.

25 나카무라 유지로, 양일모 · 고동호 역, 『공통감각론』, 민음사, 2003, 52쪽.

회 질서와 이에 대응하는 대중의 심성을 포괄하는 개연적 진리의 가능성을 품는다. 이때 대중은 변화와 변혁의 주체로서, 그리고 집단적 행위자로서의 자질을 갖춘다. 산업화가 대중의 양적인 자질을 부여하였다면 자발적인 문화 활동은 대중의 질적인 변화를 촉발시켰다. 따라서 산업화 구조와 대중화의 심성은 인과관계가 아니라 동시에 발생한 사건으로 분석되어야 한다.

대중소설의 서사는 이와 같은 대중성을 근거로 이루어진다. 작품 속 인물은 산업화의 반영론적 결과물이 아니라 사회와 일상의 변증법적 관계에 대한 인식 속에서 새로운 주체성을 형성한다. 이 글은 대중 주체의 의식 구조를 분석하는 방법론으로서 욕망이론에 주목한다. 철학적 사유를 가능케 하는 '이론theory'으로서의 욕망이론은 무의식을 사회학적인 관점에서 전환시켜 이데올로기와의 접점을 모색하는데, 이는 직접적인 동일화identification, 혹은 반동일화counter-identification보다 무의식의 차원에서 이루어지는 비동일화disidentification를 통해 효과적으로 수행된다.[26] 즉 실언과 실수 같은 무의식적 비동일화의 형태는 지배 이데올로기에 능동적으로 대응하는 의의를 지닌 것으로 해석된다.[27]

대중의 '정서의 구조'는 이와 같은 관계성 속에서 이해할 수 있다. 일상에서 실천되는 대중의 정서는 지배 이데올로기에 적극적으로 저항하기도 하지만, 때로는 저항과 무관해 보이는 포즈로서 비동일성의 관계를 견지하기도 한다. 예컨대 1970년대의 대중성을 대표하는 청년/대학생 주체는 과거 세

---

26 Michel Pêcheux, *op. cit.*, 제9장 참조.
27 비동일성의 주체가 무의식의 차원에서 대응하는 양상에 대해 페쇠는 '피지배 이데올로기'로 설명한다. 무의식은 주체가 지배 이데올로기의 대상을 넘어 '피지배 이데올로기'의 생산자의 가능성의 원천이 된다. 나아가 피지배 이데올로기는 지배 이데올로기의 공간 내에서 지배에 반대하여 형성된다는 사실 또한 알 수 있다.

대의 청년이 사회 엘리트로 인정받은 것과는 다르게 '중간인' 혹은 '경계인'으로 평가받으며 진지한 담론의 장에서는 소외되어 왔다. 그들이 누린 청년문화가 저급하며 비판의식이 결여되었다는 점이 유력한 근거로 지목되었지만, 그것이 저항의 상실을 뜻하지는 않는다. 오히려 소외를 적극적으로 형상화한 청년문화의 현상은 청년 주체의 특수성의 증상이 된다.[28] 이는 폐쇄가 말한 바, 반동일화 혹은 비동일화의 양상으로 분석될 수 있기 때문이다.

이처럼 대중의 특수성은 주체와 사회 질서가 관계 맺는 무의식의 틀로써 효과적으로 해명될 수 있다. 이 분석작업의 근저에는 무의식을 언어적 구조로 이해한 라캉의 이론이 존재한다. 무의식이 구조를 이루는 이상, 그 산물인 욕망 또한 구조로써 해명가능하다. 라캉의 이론은 욕망을 실재계, 상상계, 상징계의 세 층위로 규정한 욕망의 위상학topology으로, 각각의 층위는 곧 인간 존재의 세 전제 조건을 가리킨다.[29] 이념과 구분되는 대중 주체의 변별점은 욕망의 층위에서 찾을 수 있는데 각 층위에서 주체 구성과 욕망의 변증법을 밝히는 것이 욕망 분석의 목표이다. 라캉은 분석의 두 기본 원리로 무의식의 성격과 성적 관계에 관한 이해를 제안한다. 전자의 경우 '무의식은 언어처럼 구조화되어 있다'는 명제로, 후자의 경우는 '성적 관계라는 것은 없다'는 명제로 정리된다. 즉 주체성이란 무의식에 의해 성립된 기호로서 해석을 필요로 하는 대상이라는 것이다. 그리고 무의식의 기호는 '성적 관계'처럼 실체를 파악하기 힘든 모호함에서부터 기원한다는 것이 라캉의 견해이다.

실체가 파악되지 않는 모호함은 실재계의 본질과 연관시켜 설명가능하다.

---

28 특수성과 관련하여서는 이종영, 『정치와 반정치』, 새물결, 2002, 제1장 참조. 이종영은 특수성을 보편성을 실천하는 계급적 전형으로 파악하고 있다. 이에 따르면 특수성과 보편성은 대립하는 개념이 아니라 보편성 속에서 실천되는 구체적 양상이 특수성이다.

29 Peter Widmer, 홍준기·이승미 역, 『욕망의 전복』, 한울, 1998, 202~203쪽.

이를 위해 증상symptom 그리고 향락jouissance, enjoyment의 개념이 요구된다.[30] 증상이 분석될 수 있는 사건이라면, 향락이란 증상의 표현 너머에 존재하는 근원적인 조건을 가리킨다. 현실에서 경험되는 일상 세계는 상징적 질서에 의해 구성된 증상으로서의 사건이다. 즉 증상은 대타자로부터 의미를 부여받은 상징 구조의 결과물이다.[31] 그리고 일상 속의 주체는 그 무의식에도 불구하고 상징적 질서에 지배하에 놓인다. 그러나 주체는 상징 질서만으로 구성될 수 없다. 상징 질서가 지배력을 발휘하는 순간 상징 과정이 실패하는 현상들이 동시에 노출되기 때문이다. 이러한 모순에 관해 라캉은 주체를 구성하는 힘은 외적인 상징 질서가 아니라 상징화되지 않는 영역에 의해 상징계가 파열되는 순간에 생겨난다고 해명한 바 있다. 여기서 상징화되지 않는 부분이란 결국 상상계와 실재계의 층위에 속하는 것이다. 따라서 주체 분석에는 상징계와 더불어 상상계와 실재계에 대한 이해가 필수적으로 뒤따라야 한다.

라캉 이후의 정신분석학에서는 상징화 되지 않은 두 영역에 대한 탐구가 주축을 이룬다.[32] 그중 실재계에 속한 핵심적인 기제가 바로 향락이다. 향락은 욕망의 움직임을 보여주는 근거로 주목할 만하다. 라캉은 상징계가 작동

---

30 Juan-David Nasio, 임진수 역, 『자크 라캉의 이론에 관한 다섯 가지 강의』, 교문사, 2000, 29~31쪽. 여기서 향락(jouissance)이란 상징질서를 받아들이는 욕망의 주체화와 달리, 육체와 관련해 충동과 정서의 측면을 설명하기 위해 도입된 개념이다. '향락'은 심리적 과정의 역동적인 측면을 포함하는 개념인 것이다.(김상환·홍준기 편, 『라캉의 재탄생』, 창작과비평사, 2002, 82쪽) 라캉이 창안한 용어인 'jouissance'는 영어로는 'enjoyment'로 번역되는 경우가 있으나, 대개는 원어를 살려 'jouissance' 그대로 쓰는 경우가 많다. 한국번역의 경우 역자에 따라 '향유', '향락', '쾌락', 혹은 '주이상스' 등으로 번역된다. 본고에서는 '향락'으로 통일하고자 한다.

31 Paul Verhaeghe·Frederic Declercq, "Lacan's Analytic Goal", Luke Thurston ed., *Re-inventing The Symptom*, OtherPress, 2002, p.60.

32 Slavoj Žižek, 박정수 역, 「서문」, 『How to read 라캉』, 웅진, 2007 참조.

하지 않는 상상계의 공간을 거울단계로 설정했는데, 이 단계에서 아이는 거울 이미지를 통해 주체성을 상상한다. 이때의 주체는 비도덕적nonmoral이며, 자신의 선택과 지향을 이상적인 것으로 긍정하는 나르시시즘적 상상체계[33]를 구축한다. 그러나 '아버지의 이름', 즉 상징적인 질서 속에 편입되어 사회화가 시작되면서 나르시시즘적 주체는 사회화된 주체로 전환된다. 주체의 상상적 나르시시즘이 상실될 때 상징계에 대항하는 유일한 층위로 남는 것은 실재계이다. 실재계는 상상과 상징 이전에 존재하는 근원적인 무의식의 세계이다. 실재계에 속하는 무의식, 즉 향락은 나르시시즘적이지도 않으며 초자아에 의해 구성된 욕망의 형태(예를 들어 법과 도덕)를 갖추지 않는다. 향락은 오히려 욕망에 대항하는 무의식으로 상징계의 질서를 위협하는 존재이다. 증상이 상징계에 속한다면, 증상이 생성되는 곳은 실재계의 향락이다. 이 대립을 바꾸어 말한다면, 욕망이란 향락의 충동적 요구에 대한 방어로 작동하는 무의식이라고 설명할 수 있다. 상징적 질서는 능동적이고 완전한 형태의 욕망이 아니라 향락에 대한 대응기제로서 수동적 무의식으로 재평가받는다. 주체의 분석에 있어 실재계와 향락이 주목받는 것은 이 때문이다.

이런 관점에서 대중의 심성과 무의식을 지배적 사회 구조와 연관시켜 해석할 수 있다. 예컨대 청바지, 생맥주, 통기타로 대표되는 청년문화는 1970년대 대중문화의 대표적 기호들인데, 이는 기본적으로 사회 질서 내에서 의미를 부여받은 증상으로서의 사건이다.[34] 그러나 증상의 내부에는 사회 질서와 무관한 주체의 논리와 무의식이 자리하기에 청년들은 항상 질서에 반

---

33   J. Lacan, Bruce Fink trans., "Variation on the Standard Treatment", *Ecrits*, W.W. Norton & Co., 2005 참조.
34   Slavoj Žižek, 이수련 역, 『이데올로기라는 숭고한 대상』, 인간사랑, 2002, 134쪽.

하는 위험한 주체라는 혐의를 받는다. 실제로 청년들의 의식과 무의식 속에는 상징적 질서로 해석되지 않는 특이성이 존재한다. 이 특이성의 기표를 실재적 향락의 증환sinthome[35]으로 분석할 때, 청년문화는 상상이나 상징의 힘으로 읽히지 않는 특이한 사건들로 해석될 수 있다. 이와 같은 특이성의 사건을 1970년대라는 배경에서 추출하기는 그리 어렵지 않다. 문제는 그 사건을 사회 질서의 권위에 대항하는 주체의 저항의 드라마로 재해석하는 일이다. 주체의 무의식은 필연적으로 실재계에 걸쳐있기 때문에 주체화의 드라마를 쓰는 작업은 쉽지 않다.[36] 이러한 곤란함은 인간의 욕망이 고정되어 있지 않고 무의식의 층위들에 걸쳐 있음을 증명한다. 고정된 이상적인 대상은 거울 단계에서 볼 수 있는 오인에 의해서만 가능할 뿐이다. 오인을 넘어서기, 즉 상상된 주체를 폐기하고 해체하는 행위가 바로 실재계의 향락이며, 이는 증환으로 드러난다. 그러므로 향락은 현실을 지배하는 지식의 체계를 거부하는 것에서부터 가능하다.[37]

대중문화의 분석은 이러한 이론적 이해에서 시작된다. 하나의 사건에는

---

35 증환은 프랑스어 증상(symptôme; symptom(영))의 동음이의어로 라캉이 만든 신조어이다. 증환은 분석을 넘어서는 의미작용 공식, 즉 상징계의 효능의 영향을 받지 않는 쾌락의 중핵을 의미한다.(Dylan Evans, 김종주 외역, 『라깡 정신분석 사전』, 인간사랑, 1998, 147쪽) 즉 상징계를 벗어난 향락이 현실에 개입하여 드러나는 증상을 증환이라고 말할 수 있다. 증환은 그 자체가 의미와 진실을 가지지 못하기 때문에 의미를 생산할 수는 없다. 다만 증환은 의미가 없는 순수한 기표로서, '의미에 내재한 향락(enjoyment in meaning)'이다.(Dominiek Hoens · Ed Pluth, "The sinthome : A New Way of Writing an Old Problem?", Luke Thurston ed., *Re-inventing The Symptom*, OtherPress, 2002) 'sinthome'는 한국어 번역에서 '징후', '징환', '증환', '병증' 등 다양하게 번역된다. 본고에서는 'sinthome'를 '증환'으로, 'symptôme'을 '증상'으로 변역하여 구분하기로 한다.

36 따라서 라캉의 정신분석학은 이 세 층위를 하나의 고리로 연결시켜 이해하는 것을 목적으로 한다. J. Lacan, Bruce Fink trans., "Rings of string", *Seminar of Jacque Lacan book XX*, W.W. Norton&Co., 1998; Slavoj Žižek, 이수련 역, 앞의 책, 제3장 참조.

37 위의 책, 125쪽.

욕망의 층위들이 얽혀 있으며, 상징적 질서에서 실재의 틈입을 발견하고 증상 속에서 증환을 읽어낼 때 대중성의 정체는 명확해진다. 문제는 대중문화 분석이 상징적 의미 너머 실재적 본질에 가닿을 수 있는가 하는 점이다. 상징적 층위에서의 해석이 실재적 사건을 포착하기 위해서는 상징적 질서를 깨트리는 우연한 사건, 즉 향락적 사건을 발견할 수 있어야 한다. 대중문화에서 향락적 사건이란 별개의 공간에서 돌출하는 것이 아니라, 하나의 사건 속에서 향락적 성격을 간파하여 드러낼 때 가능성으로서 의미화될 뿐이다. 대중소설을 주목하는 이유는 그 속에 향락적인 가능성을 내포하고 있기 때문이다. 물론 대중소설 속의 사건들이 다층적인 현실 전부를 말하지는 않는다. 그럼에도 대중소설 속 주체, 즉 등장인물은 1970년대의 현실을 살아가는 인물로서 욕망의 세 층위에 걸친 내면을 가진 존재이다. 따라서 인물의 주체성과 현실 속 대중의 욕망 구조 분석은 겹쳐 읽을 수 있다.

　이러한 작업은 정신분석학의 분석과정과 일치한다. 정신분석학의 목표가 무의식의 주체화인 것처럼[38] 작품의 주인공의 주체성 분석을 통해 최종적으로는 사회의 욕망 구조를 확인하려 한다. 이를 통해 분석된 주체는 헤겔의 근대적 주체와는 다르다. 분석주체analysand(피분석자)는 합리적 이성을 실현하기 위한 주체가 아니라 모호하고 비정형의 무의식을 받아들이는 환원불가능한 주체를 가리키는 것으로,[39] 그 무의식은 문화적 무의식과도 구분된다.[40] 1970년대의 청년 혹은 호스티스 같은 대중 주체는 순종과 반항의 극단을 왕복하며 명백한 이데올로기의 기호로 환원되기를 거부한다. 그렇기에 이들의 주체성

38　Bruce Fink, 맹정현 역, 『라캉과 정신의학』, 민음사, 2004, 361쪽.

39　J. Lacan, Bruce Fink trans., *Ecrits*, *op. cit.*, p.681.

40　Edward S. Casey · J. Melvin Woody, "Hegel, Heidegger, Lacan", S. Zizek ed., *Jaques Lacan III*, Routledge, 2003, p.215.

은 1970년대의 무의식의 구조로 진입하는 출발점이 될 것이다. 1970년대 대중소설에는 갖가지 대중 주체들이 등장한다. 철없는 청년과 굴곡진 삶을 영위하는 호스티스, 그리고 사회 최하층민에서 낭만적 사랑을 꿈꾸는 이들까지, 이들이 보여주는 삶은 1970년대식 풍경이며 무의식의 스크린이다. 그들의 삶에서 흔히 볼 수 있는 사랑과 연애라는 주제는 사회적 담론과의 관계를 맺으며 실천된다.[41] 그리고 상징적 질서와 상상적 기대의 자장 속에서 연애의 주체는 비동일화의 서사를 만들어간다.[42] 연애뿐 아니라 기행과 일탈을 일삼는 청년과 밑바닥에서 삶의 회복을 꿈꾸는 하층민 역시 순순히 질서에 편입하지 않고 나름의 주체화 과정을 서사화한다. 그 서사가 욕망의 다층성만큼이나 입체적임은 물론이다. 이 글은 1970년대 대중소설 속의 주체화 과정을 통해 한국의 대중성과 그 욕망의 구조를 탐색하는 것을 목표로 삼는다. 최인호를 비롯하여 조선작, 조해일, 한수산의 소설을 1970년대 대중소설의 대표작으로 삼아 이 시기의 문화적, 문학적 정체성을 확인하려 한다.

---

41 Lynn Hunt, 조한욱 역, 『프랑스 혁명의 가족 로망스』, 새물결, 1999, 255~264쪽 참조.
42 대중소설의 연애서사, 특히 한수산의 경우는 모호한 공간 속에서 지극히 순수한 사랑을 상상하며 비동일적 관계를 만들어 간다. 일견 이 관계는 사회 질서와 완전히 단절된 듯이 보이지만 실제로는 변형과 전치를 통해 주체화의 과정을 지속한다. Bill Ashcroft et al., 이석호 역, 『포스트콜로니얼 문학이론』, 민음사, 1996, 275쪽.

제2장 1970년대 대중의 욕망과 청년문화

1. 대중사회와 대중문화론의 형성

1) 경제성장과 대중화라는 상상

한국 사회의 대중화 논의가 본격적으로 전개된 시기는 1970년대이다. 1960년대 후반 국가 주도의 경제성장이 가시적인 성과를 보이자 성장의 산물은 한국 사회에 질적·양적 변화를 예견했다. 경제성장은 산업구조의 변화를 이끈 것은 물론 사회 전체의 문화와 개인의 일상에까지 영향을 미쳤다. 특히 성장에 대한 기대는 소비문화에 대한 희망적인 기대를 이끌어내어 도약적 성장을 통해 대량소비라는 자본주의적 이상에 대한 낙천적인 상상력을 낳았다.[43] 그리고 경제성장의 산물로 상정된 대중문화에 대한 기대는 단순

---

43 1960년대 중반 경제정책은 로스토우의 이른바, '도약이론'을 이론적 근거로 삼는다. 공산주의의 도전에 대응한 자본주의 체제는 도약의 원리에 의해 최종적으로 대량소비사회에 진입할 수 있다는 로스토우의 이론은 미국을 세계체제의 중심에 둔 이데올로기적 성격이 짙었다. 박정희

한 부의 증가를 넘어 사회 전반에 걸친 변화를 지속적이며 구조적으로 이끌 계층에 대한 열망으로 이어졌다. 즉 한국 사회에서도 중산층이 생겨나, 사회 전반의 변화의 중심에 서게 될 것이라는 기대가 그것이다. 산업사회의 발달 과정에서 대중적인 중산층의 개념은 임금 노동에 의해 형성된 가족의 개념에서 출발하는 것이 일반적이다.[44] 사생활이 보장되고 개인생활과 공론장이 분화되면서 가족 중심의 사생활의 영역은 신성불가침의 고유영역으로 변화하게 된다. 사생활의 영역에서 이루어지는 생산, 소비 활동이 대중문화의 주요한 바탕이 된다.[45] 중산층의 가족 중심의 사생활과 자본주의 사회의 핵심적 제도인 근대 가족제도는 구성원의 일상을 시장 영역과 겹치게도 하지만, 사회 공론장과는 독립된 개인영역으로 전환시키기도 한다. 그러므로 가족제도로 이루어진 중산층의 삶에서 소비문화와 개인적 일상이라는 양면성을 찾는 것은 어렵지 않다. 자본주의의 소비자인 동시에 사적인 개인은 '허구적 동일성'에 의해 매개되기 때문이다.[46]

1960년대 경제개발계획이 불균형성장을 국가의 경제정책 기조로 채택한

정권이 이 이론을 채택함으로써 한국경제는 냉전체제의 한 극인 미국중심의 자본주의 체제에 편입되었음을 선언하게 된 셈이었다. 1950~60년대 미국의 경제수준을 자본주의의 최종단계로 상정한 로스토우의 도약이론은 곧 한국에서도 경제성장을 통해 이에 도달할 수 있으리라는 기대를 낳았다. 『세대』 1967년 7월호의 '대량소비시대의 전망' 특집도 이와 관련이 깊다. 「도시생활의 미래상-대량소비시대의 전망」, 「현대 삼신기에의 욕망」, 「휴일을 어떻게 즐기느냐」, 「스위트홈을 위한 카르테」, 「활자와 전파와 브라운관」 등의 글이 실린 이 기획에서 1970년대에는 경제성장으로 대량 소비사회로 진입할 것으로 예상하고 있다. 그 결과 물질적 풍요와 삶의 질은 향상될 것이며, '단란한 가정', '여유로운 휴일', '주택 구입' 등의 중산층 계층의 대두를 전망한다.

44 홍두승, 『한국의 중산층』, 서울대 출판부, 2005, 94~102쪽.
45 Jürgen Habermas, 한승완 역, 『공론장의 구조변동』, 나남, 2001, 118~128쪽.
46 위의 책, 130~132쪽 참조. 1970년대 들어 이들 대중의 논의는 민중의 논의로 활발하게 확대되어 전개되는 양상을 보이기도 한다. 1970년대의 민중문학론의 전개과정은 백낙청, 『한국민중문학론』, 삼일서방, 1982; 성민엽 편, 『민중문학론』, 문학과지성사, 1984 등을 참조.

이후, 경제성장은 곧 고도화된 자본주의 생산시스템을 상정하였으며 도시화와 대량소비가 가져올 물질적 성과를 누릴 중산층을 예견했다. 문화적 소비 또한 대중사회가 만든 대량화의 기제 중 하나인 대중매체를 통해 실천될 것으로 기대했다. 장밋빛 전망을 품은 언론은 중산층 문화활동의 핵심기제로 텔레비전 중심의 전파매체와 대중적 잡지매체를 지목했다.[47] 1961년 정치권력의 영향력 하에서 탄생한 텔레비전은,[48] 국영방송 개국 이래 상업적 민영 방송국이 차례로 등장하면서 대중의 일상을 형성하는 물질적 조건이 되었다.[49] 출판시장 역시 1970년대에 급속하게 성장하면서 대중문화의 한 축을 담당했다. 1960년대 후반부터 이른바 '베스트셀러 현상'이 발생하면서 베스트셀러 목록에 '소설류'는 꾸준히 이름을 올렸는데, 특히 1970년대 들어 소설은 베스트셀러 목록의 상위에 오르면서 본격적인 대중소설이 독서시장의 대표적인 경향으로 자리 잡기에 이른다.[50] 단행본 시장과 함께 대중잡지도 출판시장의 변화 중 하나이다. 1964년 『주간한국』을 시작으로 1968년에는 『주간중앙』, 『주간여성』, 『주간조선』, 그리고 『선데이서울』에 이르기

---

47 고정기, 「활자와 전파와 브라운관」, 『세대』, 1967.7.
48 1961년 말 텔레비전 방송은 개국식 날짜까지 박아 넣은 공보부 장관의 명령에 따라 전격적으로 개시되었다. 이로 인해 텔레비전 방송은 '혁명 정부의 크리스마스 선물'이라 불리기도 했다. 황우겸, 『바보상자, 방송가의 뒷이야기』, 보진재, 1963, 214쪽.
49 1960년대 후반 보급되기 시작한 텔레비전은 1970년대 중반에 이르러 전국 보급률이 70%에 이르며 보급 대수는 600만 대에 달한다.(강현두, 「대중문화의 주요개념」, 강현두 편, 『대중문화의 이론』, 민음사, 1980, 12쪽) 즉 1970년대에는 근대화의 문제에도 불구하고 국가와 자본의 주도로 이루어진 텔레비전 문화의 성장은 대중의 일상에 개입하여 국민의 근대적 심성을 형성하게 된 것이다. 텔레비전과 더불어 국내 관광자원의 개발로 휴일에는 소비위주의 '행락놀이문화'가 활성화되어 대중화사회에 대한 기대를 한층 강화시켰다.(임종수, 「1970년대 한국 텔레비전의 일상화와 근대문화의 일상성」, 한양대 박사논문, 2003, 40~42쪽)
50 이임자의 자료에 따르면, 1970년대 베스트셀러 상위 10종에서 해마다 소설은 많은 경우 7권, 적은 경우 3권씩 선정된다. 1960년대 수필류의 책이 읽혔던 것에 비해 1970년대에는 소설의 인기가 급증한 것 알 수 있다. 이임자, 『한국출판과 베스트셀러-1883~1996』, 경인문화사, 1998, 178~185쪽; 이임자, 앞의 책, 제7장 참조.

까지 주간지는 대중적 읽을거리로서 본격적으로 확대되었다.

문화산업의 양적 성장은 필연적으로 문화 콘텐츠의 질적 문제를 야기했다. 대중 주간지의 통속성은 물론 텔레비전의 영향력이 커지면서 전통적인 활자매체의 성격이 상실될 것에 대한 우려가 그것이다. 언제나 그렇듯이, 즉흥성과 가벼움은 대중문화의 문제로 맨 먼저 지목되었다.

얼마 전까지 잡지 편집자들은 한결같이 독자가 그 책을 사 보고난 뒤 후일의 참고를 위해서 고이 보관하고 싶어 하는 교과서와 같은 잡지를 만들려고 노력하였다. 그러나 이제 머지않아 독자는 첫눈에 끌려 사보고, 다 읽기 전에 휴지통에 내던지는 화장품의 포장과 같은 잡지를 만들려고 애쓰게 될 것이다. 이렇게 되는 날이며 이 나라에서도 주간지의 발간이 가능해지는 날이 올 것이다.[51]

상업 출판과 흥미를 위한 대중적 독서는 질적 하락을 의미했다. 대중사회에서 고급 문예장과 대중의 독서 사이의 간극은 필연적이었으며, 그 사이에 놓인 대중문예물의 존재는 잠정적으로밖에 인정받지 못했다. 그나마 대중화의 부정적 성격을 상쇄시킨 대중문예물의 가능성을 두고 중간문화라는 명칭이 제안되기도 했다.[52] 중간문화의 논의는 대중문화의 질적 수준향상에 대한 요구에 따른 것으로, 텔레비전 드라마와 대중음악, 영화 등의 대중문화 장르는 저급한 오락 수준에서 벗어나, 의식의 향상을 기할 수 있는 높은 수준에 도달해야 한다는 것이다.[53] 다분히 아카데미즘의 지평에서 펼쳐진 논

---

51 고정기, 앞의 글, 147쪽.
52 이어령, 「좌담-한국의 청년문화」, 『세대』, 1971.9 참조.
53 이와 관련된 논의로 고영복, 「대중사회에서의 여가와 오락」, 『세대』, 1968.6; 오갑환, 「대중예술의 기능과 책임」, 『세대』, 1968.6; 임영, 「한국대중의 오락수준」, 『세대』, 1968.6 등을 들 수 있다.

의는 오락과 여가문화를 현대성의 본질과 연관시키는 양상을 보인다. 오락과 여가문화가 현대인의 습성이라는 전제를 따를 경우, '현대인은 고독해서 오락을 찾는다'[54]라는 피상적인 결론은 자연스러운 것이었다. 그러나 이와 같은 이론적 결론이 항상 한국 사회의 현상과 일치하는 것은 아니었다. 서구 사회학의 수용의 결과, 소외라는 개념이 도입되었지만 한국 사회의 구조가 서구 사회의 탈산업화 초기의 모습과는 거리가 있는 만큼 소외의 분석 또한 적실성을 획득하기 어려웠다. 소외, 혹은 고독이라는 분석틀은 한국의 현실에서 추상적인 관념일 가능성이 컸다.

이런 분석은 사회학 담론의 영향이다. 당시 사회학의 관심 중 하나는 현대사회와 대중사회의 특성에 관한 연구였다. 1950년대 말 소외론이 수용되고 사르트르의 「이방인」 번역과 함께 프랑스 실존주의가 적극적으로 도입되자 문학장에서도 순수-참여 논쟁을 통해서 이를 재생산했다. 사회학을 기반으로 한 소외론은 1970년대 한국 사회를 이해하는 중심 개념이었다. 그러나 소외론이 절대화될 경우 한국의 특수한 조건은 사상될 위험에 빠진다. 탈산업화의 초기를 맞이한 서구의 상황과 산업화 초기에 진입한 한국의 상황의 차이는 크기 때문이다. 결국 '고독해서 오락을 찾는다'는 대중의 표상은 관념적인 수준에서 제시된 명제였던 셈이다.

이와 함께 오르테가 이 가세트Ortega y Gasset가 촉발시킨 대중에 대한 관심은 1970년대 대중화론에 큰 영향을 미치며 하나의 전거를 마련한다. 대중이란 가치판단을 내리지 않고 자신을 다른 사람들과 동일시하는 사람들이라 평가내

여기서 대중의 여가 놀이 문화 역시 산업화 과정에 따라 소비지향적인 방향으로 흐를 것으로 추측된다. 그리고 지나친 퇴폐성을 막기 위해 '지적 수준의 향상'이라는 요구가 부가된다.
54 고영복, 앞의 글.

린 오르테가에 따르면,[55] 대중화 현상은 '난폭한 대중 지배'[56]이며 대중의 지배를 받는 현대사회는 '보편적인 공갈과 폭력의 시대'[57]로 지극히 부정적인 비판의 대상일 뿐이다. 이러한 엘리트주의적 견해는 실질적으로 1970년대 대중화를 바라보는 지배적인 시각이었다. 대수의 대중화론자들은 대중화는 곧 질적하락이라는 전제 하에 대중문화란 결국 교화의 대상이라는 결론에 도달했다.

대중문화 부정론에 대해 한국 사회의 특수성을 발견하기 위한 노력 역시 사회학 분야에서 시작된다. 한완상의 『현대사회와 청년문화』(1974)를 시작으로 『한국 사회와 대중문화』(1974) 등의 저서를 통해 강현두, 유재천, 박순영, 박영신 등의 사회학자들은 한국의 대중화를 사회 변동의 이론으로 설명하기 시작했다. 그중 한완상은 대중사회의 특징을 소외에서 찾고 한국의 소외양상을 근거로 들어 한국의 대중사회화의 가능성을 예견한다. 정치의 후진성을 지적하면서, 정치가 국민들로부터 외면받는 일이 계속될 경우 한국 사회의 지적인 능력은 저하되리라는 것이 그의 주장이었다. 이 경우 한국 사회는 대중사회로 전락하게 되며 이로 인해 사회 전반에 소외현상은 더욱 심각해 질것이라는 진단을 내린다.[58]

그러나 한완상의 논의는 대중성의 특징을 정치적 소외에만 한정시킴으로써 사회 전반에 걸친 대중성에 관한 성찰이 부족하다는 한계를 지적받는다. 노재봉은 경제 생산구조에 입각해서 한완상의 대중화론을 반박한다. 노재봉은 대중사회론은 후기자본주의 사회를 설명하는 이론으로, 이제 갓 산업화 초기 단계에 진입한 한국에는 적용되기 어렵다는 견해를 피력한다.[59] 노재

---

55 Ortega y Gasset, 황보영조 역, 『대중의 반역』, 역사비평사, 2005, 20쪽.
56 위의 책, 87쪽.
57 위의 책, 261쪽.
58 한완상, 「한국정치에 있어서 소외」, 『신동아』, 1971.2, 79쪽.

봉의 반론에 한완상은 자본주의 발전단계의 대응성은 인정하면서도 한국 사회의 특수성을 들어 재반론한다. 즉 대중사회론이 서구 선진 공업국에 해당하는 이론이긴 하지만, 그것이 한국 사회에도 적용될 수도 있다는 것이다. 한국 사회에서 발현된 대중사회적 특징은 원론에 어긋난다고 해도 분명히 존재하는 현실이며, 오히려 이런 모순이 바로 한국 사회의 특수성이라는 것이 한완상의 논리이다.[60]

노재봉의 원칙론에 비해 한완상의 모순론은 당시의 한국의 현실에 좀 더 접근한 것이다. 세계체제와의 연동된 한국 정치-경제의 물질적, 제도적 배경에 비추어 볼 때 1970년대 한국 사회 또한 대중사회의 가능성을 엿볼 수 있기 때문이다. 중요한 것은 한국에서 대중문화의 가능성과 함께 그 성격은 어떤 것인가 하는 논의이다. 위의 논의 과정에서 한완상은 대중화를 소외의 원인으로 지목하면서 부정적인 것으로 평가하고 있음을 알 수 있다. 대중에 의해 이끌려 가는 대중문화는 여전히 부정적이고 지적인 하락을 의미하는 것으로 남아 있다는 사실을 재확인하는 것 또한 이 논의의 결과였다.

한국 사회의 대중화가 기정사실로 받아들여진 이후, 여러 사회학의 이론들을 원용되면서 대중화를 사회 변동의 결과로 받아들인다. 베네크, 버거, 마르쿠제, 밀즈, 베블런 등의 사회학 이론은 사회 변동을 설명하는 유용한 이론적 전거로 활용되었다. 그리고 한국 사회의 대중문화의 성격은 이론의 혜택으로, '소외', '반문화', '대중화' 등의 용어들을 공유하는 담론의 장을 형성했다. 그러나 한국의 대중사회의 성격에 관한 논의에서 대중성은 여전히 부정적 평가에서 벗어나지 못했다. 대중화는 저급한 문화현상이며 대중은 계급적 특성을

---

59   노재봉, 「차용정치이론과 '토착현실'」, 『동아일보』, 1971.2.16.
60   한완상, 「대중사회의 성격과 정치적 소외」, 『동아일보』, 1971.2.24.

지니지 못한 임의적이고 양적인 집단으로 보일 뿐이었다.[61] 대중문화는 자본주의의 질서 속에서 '가짜 욕망'을 불러일으키는 부정적 기제로 극복되어야 할 대상에 불과했다. 따라서 진정한 대중문화의 임무는 "단편적인 현상들을 거시적인 관점에서 종합하고 역사적 사회적 관련의 전체성 가운데서 문화현상을 고려하는 비판적 상상력을 증진"[62]하는 것이어야 한다. 이런 입장에서 대중문화의 주체인 대중 역시 추상적이며 왜곡된 현상의 산물일 뿐이다. 정치·경제적 당위론과 달리 '계급개념'을 가지고 있지 않으며,[63] 정치적으로 중립적일 것이라는 오해 속에서 대중은 파편화되고 억압은 고착될 것이라는 비판론은 자연스러운 결론이었다. 대중문화는 가장 반대중적인 문화라는 진단은 이같은 구조의 산물이었다.

이와는 달리 대중화가 사회 변동의 결과가 아니라 소통의 체계라는 점이 강조될 때 대중사회 부정론은 극복의 단초를 발견한다. 송신자와 수신자의 소통 속에서 형성되는 대중문화에서 수신자인 대중의 반응은 대중문화의 일차적 의미이다.[64] 즉 대중은 수동적인 소비자가 아니라 소통의 한 주체이다. 따라서 대중문화에서 대중의 다양한 반응은 필수적이며, 이를 통해 대중문화는 사회현상으로 존립한다. 문학에서 독자의 존재가 문제되는 것은 이 때

---

61 논자에 따라 대중사회는 진정한 평등을 누릴 수 없는 무질서, 혹은 만인에 대한 만인의 투쟁의 사회이며, 이 사회는 본능적인 욕구에 의해서 움직이는 사회라고 비판받는다. 또한 대중은 주체성이 결핍된 채, 경제적인 측면에서 조종당하는 존재로 평가받기도 한다.(박순영, 「대중사회와 대중문화」, 김주연 편, 『대중문학과 민중문학』, 민음사, 1980, 39쪽) 이에 따라 '대중문화는 없다'는 진단이 내려졌다.(김종철, 「대중문화, 고급문화, 사회」, 한국 사회과학연구소 편, 『예술과 사회』, 민음사, 1979, 102쪽)

62 위의 책, 119쪽.

63 위의 책, 104쪽.

64 강현두, 「현대 대중문화이론의 사회학적 연구」, 강현두 외, 『현대사회와 대중문화』, 서강대 인문과학연구소, 1974, 61쪽.

문이다.

독서 시장의 소비자인 독서 대중은 양적인 개념으로서의 대중mass과 질적인 개념으로서의 대중popular[65]으로 구분되어 이해되어 왔다. 양적인 개념으로 파악할 경우, 대중은 교양 없는 하층의 사람들을 의미한다. 하지만 대중이 지닌 능동적인 문화적 활동에 주목할 경우, 대중이란 문화현상의 한 주체로서 대중의 소비대상인 대중문학은 현대사회의 특징을 드러내는 기호가 될 수 있다. 1920~1930년대 한국문학사에서 대중론은 다분히 자의적으로 전유되는 대상이었다. 그로 인해 대중이 지배 이데올로기를 극복하고 이념적 실천으로 나아가게 한다는 대중론은 이상론의 한계를 벗어나지 못했다.[66] "근대정통문학의 한 붕괴과정의 표현"[67]이라는 비난을 대중문학이 감내해야 하는 상황은 1960년대까지 지속되었다.[68]

그러나 1970년대 들어 문학의 대중성은 폄하에서 조금씩 벗어나기 시작한다. 산업화를 현실로 받아들일 때 대중문학론은 이상론의 틀을 벗어나 사회변화를 토대로 한 실질적인 논의로 나아갈 수 있었다. 문학·출판계는 먼

---

65 'mass'의 번역으로서의 '대중'은 근대화 이후 교육받지 못하고 판단력을 갖추지 못한 군중의 개념으로 쓰인다. 'mass'로서의 '대중'이 양적인 개념이라면, 'popular'로서의 '대중'은 역사적인 의미를 지닌다. '대중문화(popular culture)'라고 할 때의 '대중'의 '문화'는 '민속문화(folk culture)' 혹은 '민족문화', '매스미디어문화' 등을 포괄하는 개념이다. 이는 '대중'이라는 개념은 역사적인 배경을 가진 계층적인 의미를 지닌 사람을 가리키며, 전근대 사회의 사회 구성체에 관한 이해를 바탕으로 그들이 속한 계층의 문화를 칭하는 용어로 쓰이기 때문이기도 하다. 그런 점에서 'popular'로서의 '대중'은 포괄적이며 가치중립적인 만큼 질적인 개념을 포함한 용어로 이해하는 것이 타당하다.(강현두, 「대중문화의 주요개념」, 앞의 책, 13~15쪽)

66 조남현, 『한국현대소설유형론 연구』, 집문당, 1999, 130쪽.

67 장백일, 「통속소설의 반성」, 『한양』, 1964.9, 174쪽.

68 1960년대 대중소설의 경우, 대중적 가치들을 적극적으로 노출시켰지만 지배 이데올로기에 대한 저항은 드러나기 힘든 상황이었다. 한 예로 여성 주체는 대중소설에 빈번히 등장하지만 그들의 주체성은 대부분 사적 영역에 머물며 정서적, 도덕적 역할만을 강요받는 상황이 지속되었다. 최미진, 『1960년대 대중소설의 서사전략 연구』, 푸른사상, 2006, 제3장 제2절 참조.

저 이 변화를 실감하고 '대중을 위한 문학'을 목표로 삼아 대중문화론을 전개했다. 전파매체의 위력과 달리 문학은 여전히 사회적 기능을 담당한다고 믿었기 때문에 변화에 대해서도 긍정적이었다. 이 논의에 적극적으로 참여한 이어령은 문학 내부의 반성으로부터 인식 변화의 단초를 발견했다. 지금까지의 문학이 엘리트 문학이었음을 비판하고, 지적 대중을 위한 대중문학이 필요하다고 강조한 것이다.[69] 이어령은 대중문화와 청년문화를 진단하는 자리에서 1960년대 중반 이후 문학론은 순수·참여론 중심이 되어 문단의 내부 문제에 그쳤으며 그 결과 정작 다수의 대중적 독자들에게는 외면당해 왔다고 말한다. 소수 엘리트를 위한 문학에 머문 한계를 극복하기 위해 이어령이 제시한 근거는 '지적인 중간계층'이다. 지적 수준을 유지하면서도 다양한 문학작품을 소비하는 계층으로 상정된 지적인 중간계층은 대중문학 부정론을 피하면서도 대중적 독자층을 확보하기 위한 타협점이었다. 그러나 이 논의에서 지적 중간계층이 누구인지는 실증적으로 확인되지 않았으며 대중문학의 양적 성장이 대중의 질적 향상과 어떻게 연결되는지를 따져 물을 만한 논의의 틀을 가지지 못했다. 지적 중간계층론은 순수-대중의 이분법을 극복하기 위한 절충적인 대안으로, 창작의 지도이념이 되기에는 한계가 분명했다. 이에 따라 대중의 성격을 규명하고 문학성의 이념을 수립하는 것이 이후 논의의 수순이었다.

1970년대 산업화가 사실로 받아들여진 이후, 문학연구는 사회 변동의 부정성을 고발하고 극복의 이념을 제시하는 문학사회학의 방향으로 전개된다. 이때 제기된 첫 번째 물음은 대중사회의 주체에 관한 것이다. 우연적이며 임

---

69 이어령, 앞의 글, 148쪽.

의적인 대중의 개념에서 벗어나 사상적 배경을 가진 대중사회의 주체로 제시된 첫 번째는 '민중'이다. 민중이 농촌사회와, 대중이 산업사회와 연관된다는 차이가 있지만 현대의 민중은 시민계층으로 변화하면서 현시대의 소명을 담당한 주체가 될 수 있었다. 민중과 대중 모두 현대사회의 피지배계층으로서 평등한 문화를 요구하기 때문이다.[70]

그러나 민중과 대중은 목적의식에서 분명하게 갈라진다.

실질적으로 오늘날의 민중은 그들이 곧 대중이다. 권력엘리트에서 소외된 일반서민이 바로 그 실체다. 그러나 그 목적설정에 있어서 양자는 달라 보인다. 민중은 현실순응을 거부하고 인간된 삶을 지향하려 하는 태도에 붙여지는 이름처럼 평가되고, 대중은 현실을 수동적으로 수용하는 사람들 모두를 그저 막연히 지칭하는 것 같다.

민중은 대중의 일부이지만, 대중이 곧 모두 민중인 것은 아닌 것으로 보인다. 이렇게 볼 때 대중은 실체 개념이지만 민중은 가치 개념으로 또한 보인다. 왜냐하면 다 같은 도시근로자나 농민이라 하더라도 그가 올바른 지향점을 갖는 순간은 민중이라고 불러주기 때문이다. 따라서 민중은 선택적이다.[71]

수동적인 대중과 달리 민중은 계급성을 포괄한다. 민중은 자신의 사회적 지위를 인식하고 문제점을 극복하려는 의지를 가진 사람을 가리킨다. 따라서 사회적 실체 개념인 대중은 민중이라는 가치 개념으로 지향·발전해 나아가야 한다.

---

70 김주연, 「민중과 대중」, 김주연 편, 앞의 책, 18쪽.
71 위의 글, 20쪽.

문제는 이 과정에 개입되는 지식인의 역할이다. 김주연은 민중의 지향점이 '지식인의 관념 – 올바른 삶을 지향하고자 하는 지식인의 자기반성의 그림자'라고 말했는데, 이는 민중이라는 개념은 민중 스스로의 자각에 의해 가능하기보다 지식인의 반성과 선도가 수반되어야만 비로소 성립될 수 있음을 인정한 것이다. 이에 따라 문학의 주체로 대중과 민중, 그리고 지식인의 세 층위와 역할이 규정되었다. 산업화 시대의 바람직한 문학의 주체는 "대중을 거부하는 민중도, 지식인을 거부하는 민중도 개념을 잃은 허상에 떨어지지 않을 수 없다. 결국 참다운 민중은 대중 속에 뿌리를 박고 지식인다운 고뇌를 통해 성립되는 그 어떤 깨어있는 정신"[72]이라는 결론에 이른다. 이처럼 대중과 대중문학에는 이념이 존재하지 않는다는 것이 1970년대의 평론계의 공통된 문제의식이었다. 그리고 이를 극복하기 위해 대중문학은 사회의 변화에 걸맞은 이념을 지향해야 한다는 것이 논의의 잠정적인 결론이었다.

대중문학이 현재의 한계를 극복하고 지향해야 할 가치는 입장에 따라 달라진다. 민족문학론 계열에서 문학은 민족분단과 산업화의 모순을 해결하는 데 지향점을 둔다. 김우창에 따르면, 이는 공동체 정신의 회복을 뜻한다. 자본주의 체제 하에서 대중예술은 억압체제로 작동하기에 문학은 "경험적 풍부성과 감각적 세련에도 불구하고 근본적으로 소외와 부정의 문학",[73] 즉 내면의 문학에 머물 위험에 노출된다. 한국 문학 역시 대중화의 위험에 직면하고 있으므로 한국 문학은 이를 극복해야 할 임무를 부여받는다. 공동체 정신의 회복의 예로 김우창은 조세희의 『난장이가 쏘아올린 작은 공』을 거론한다. 조세희의 소설에서는 '부정적 방법으로 부정적인 진실을 추구하는' 문제

---

72 위의 글, 20쪽.
73 김우창, 「산업 시대의 문학」, 김주연 편, 앞의 책, 112쪽.

적 인물의 형상화 대신 도덕과 생존의 일치되는 상태가 드러나기 때문이다. 그가 고평했듯이 난장이 부자父子는 부정성에 맞서 공동체의 도덕성을 회복하려 한 문제적 인물이다. 그렇기에 『난장이가 쏘아올린 작은 공』이 제기한 '도덕과 생존의 일치'는 한국의 현실에 민주화와 통일, 인간화 등의 이념으로 발전해야 하는 것이기도 하다.

이 지향점은 백낙청의 경우 민족문학, 염무웅의 경우 농민문학이라는 각기 다른 이름으로 구체화했다. 백낙청은 논의의 출발점을 민주화의 이념으로 삼는다. 그가 강조한 예술의 민주화란 "대중이 예술교육을 위한 자원배정이라거나 그 정치적, 경제적 전제조건의 쟁취라는 문제 이전에, 예술의 본질 자체에 대한 재검토와 재확인을 요하는 문제"[74]이다. 민주화 인식을 통해 문학은 산업화에 의해 상실된 인간성을 회복하며, 민주적 인간상을 창조하는 임무를 부여받는다. 백낙청의 추상적인 이념이 한국의 특수성과 결합하여 제시한 구체적 실천양식이 바로 민족문학이다. 민주적 예술의 현실태인 민족문학은 과거의 극복은 물론, 현재의 산업사회의 문제점을 극복할 수 있는 '인간회복 작업의 최일선'[75]이다.

이 시선을 산업화의 현실로 옮길 경우 피폐해진 농촌사회와 도시 하층민이 포착된다. 염무웅은 대중문학의 시선이 산업화에 소외된 이들로 향할 것을 주문했다. 외국 독점자본과 매판자본에 의한 근대화로 인해 한국 문학은 상업주의라는 문제점과 맞닥뜨렸다. 이를 극복하기 위해 문학은 "재능의 문제가 아니라 분명한 인간적 및 도덕적인 선택의 문제"[76]를 다루어야 한다.

---

74 백낙청, 「예술의 민주화와 인간회복의 길」, 『민족문학과 세계문학』, 창작과비평사, 1978, 293쪽.
75 위의 글, 30쪽.
76 염무웅, 「도시-산업화시대의 문학」, 김주연 편, 앞의 책, 138쪽.

즉 충실한 현실재현이 아니라 현실의 문제점을 극복하기 위한 이념과 가치의 지향이 문학의 본질적 임무라는 말이다. 1970년대 민족문학론은 이러한 시점에서 현실을 겨누었다. 그 지향점은 둘로 나뉘는데, 첫째는 농촌이며 둘째는 이른바 '뿌리 뽑힌 자들', 즉 도시 하층민이다. 이 시점의 사정거리 안에 든 작가로 이문구, 황석영, 박태순, 방영웅, 조선작, 윤흥길, 조선작 등을 들 수 있다. 이들은 산업화에 따른 농촌 사회의 붕괴와 도시 빈민의 노동현장의 문제를 다룸으로써 문학의 대중성의 행방을 시사한 작가들이었다.

민족문학, 농민문학 그리고 노동문학 등의 다양한 스펙트럼으로 펼쳐진 민족문학론의 이념은 대중을 대상으로 하는 당위론의 성격을 지닌다. 이에 비하면 김현으로 대표되는 자유주의 문학의 논리[77]는 민족문학론과는 다른 지점에서 선다. 김현은 민주화라는 추상적 가치에 앞서 의식의 문제를 거론했다. 민족문학론이 민중의 변화 가능성을 전망한 것과 달리 김현은 1970년대까지 한국 대중의 의식은 온전하지 못하다고 평가내린다. 일찍이 "대중문화시대의 개막"이 선언되었지만[78] 대중은 대중문화의 능동적인 주체가 아니라고 판단한 것이다.[79] 대중은 여전히 가짜 욕망과 '역승화'에 침윤되어 욕망의 만족에만 매달려 있기 때문이다. 김현의 이런 견해는 '의사擬似 대중사회'[80]라는 말에 집약된다. 한국 대중사회는 "기술이나 사회 구조는 서구의 대중사회에 접근하고 있지만 가치 체계는 아직 그 수준에 모자라는" '의사擬

---

77 김현을 중심으로 한 『문학과 지성』 계열의 문학이론은 문학의 자율성과 상상력, 그리고 문학적 보편성을 강조하는 특징을 보인다.(정희모, 「문학의 자율성과 정신의 자유로움」, 민족문학사연구소 현대문학분과 편, 앞의 책) 문학의 자유로운 정신과 언어를 강조한 태도는 자유주의적 이상을 드러낸 것으로(정희모, 『한국 근대 비평의 담론』, 새미, 2001, 254~255쪽), 이를 일러 민족문학론에 대응하는 자유주의 문학론이라 할 수 있을 것이다.
78 이어령, 「대중문화시대의 개막-1970년대의 한국」, 『신동아』, 1967.1.
79 김현, 「대중문화의 새로운 인식」, 김주연 편, 앞의 책, 84~88쪽.
80 위의 글, 91쪽.

似'의 한계에 머물며 근대적 대중성과 전통이 서로 감시하고 억압하는 기묘한 관계를 맺고 있다.[81] 그러므로 진정한 예술이란 우선 의사성부터 극복해야 한다는 것이 그의 논리이다.

> 의사대중사회에서의 예술가의 구실은 무엇인가. 하나는 한국 사회에서 대중이 정말 무엇인지를 밝히는 작업이고, 또 하나는 한국의 대중이 만들어 내는 예술 형태는 어떤 것인지를 관찰하는 작업이다. 그 작업의 어느 것에서도 대중매체의 대중화 헌신에 대한 고려는 선행되어야 한다. (…중략…) 한국에서 대중의 의미를 추출해 내는 것은 '특수층을 제외한 사회의 대다수를 이루는 근로 계급'의 의미를 추출해 내는 작업이다. (…중략…) 나는 여기에서 대중을 위한 문학을 해야 한다고 주장하는 것은 아니다. 예술가는 어떤 형태로든지 대중에 대한 의식을 가지고 있어야 한다는 것을 말하고 있을 뿐이다. 한국의 대중은 어떤 것인지에 대한 의문이 없을 때에 대중을 바보로 여겨서 대중을 무의미한 집단으로 생각하게 되거나, 가상의 대상을 상정하여 가상의 싸움을 벌이게 된다. 대중은 단순히 지식인의 책을 사주는 바보도 아니며, 가상의 싸움을 싸우는 동키호테도 아니다. 대중은 대중을 바보라고 생각하며 가상의 싸움을 시키는 우리 자신인 것이다. 우리 자신이 아닌 특수층을 우리 자신인 대중과의 관계 밑에서 늘 관찰하고 분석하고 종합해야 대중의 정체는 그 모습을 조금이라도 드러낼 수 있을 것이다.[82]

인용에서 보듯, 김현의 관심은 예술의 양식이었다. 의사 대중사회일수록 예술은 새로운 의식 세계를 탐구하는 지성을 발휘해야 하며 이를 통해서 대

---

81 위의 글, 91쪽.
82 위의 글, 92쪽.

중문화의 형식적 특성과 의의를 분석해야 한다.

여기서 말한 형태는 김현이 줄곧 강조해온 예술의 양식 상통하는 것으로, 지식인은 새로운 예술양식의 분석과 종합을 위해 대중사회에 적극적으로 개입해야 하며, 이 작업이 성공적으로 이루어졌을 때 비로소 '민주화된 문화'[83]는 가능하다는 것이 그의 결론이다. 여기서 김현이 말한 문화의 민주화란, '근로계급'과 지식인을 포함하는 대중 주체가 문화에 대한 수준 높은 이해능력을 갖는 것을 가리킨다. 이는 민족문학론의 이념지향성과는 달리, 문학의 인식적 기능, 혹은 예술의 양식적 인식을 기반으로 하는 분석적 태도에 접근해 있는 것이다. 그러므로 문화의 민주화를 이루기 위해 지식인의 작업은 현실 인식과 예술적 형상화에 대한 관심으로 이어져야 하며 대중예술은 초월적인 태도를 배제하고 냉철한 현실분석으로 돌아가야 한다.[84] 이러한 관점에서 보면 1970년대 한국의 대중문화는 중대한 기로에 선 셈이다. 주체성을 잃고 통속문화로 빠진다면 상업주의나 억압적 이데올로기에 예속될 것이다. 그렇지 않고 "대중이 스스로의 판단력을 높여 가고 자기의 취향에 자부심을 갖게 되면, 대중이 문화의 창조적 주체가 되는 현상"으로 발전할 것이며, 이때 지식인은 "대중들의 의식의 각성을 돕는 실천적 작업"[85]을 통해 문화의 민주화로 나아가야 한다.

대중사회가 눈앞의 현실로 다가오자 비평의 초점은 문학사회학적인 대중문학론에 맞춰졌다. 즉, 대중문학은 사회현상의 일부로서 현실을 반영하고

---

83 위의 글, 93쪽.
84 김현은 최인호의 작품을 분석하면서, 이와 같은 소설의 의의를 말한 바 있다. 최인호의 「황진이」, 연작이 '세계와 자아 사이의 갈등을 초월'하려고 한다고 분석하면서, '관습의 세계를 수락하려는 의식을 고문'하는 것이 소설 본래의 영역이라고 말한다.(김현, 「초월과 고문」, 『사회와 윤리』, 일지사, 1974, 320쪽)
85 오생근, 「대중문화의 의식의 변혁」, 김주연 편, 앞의 책, 83쪽.

그 부정성을 극복하기 위한 실천이라는 가치를 내포한 양식으로 이해한 것이다. '창비', '문지'로 대표되는 문학론의 두 진영이 민주화라는 기호를 공유하면서도 상이한 내재적 가치를 지향한 데에는 한국의 특수성에 대한 인식의 차이가 있었다. 한완상의 주장처럼 한국 사회는 산업화 초기임에도 대중문화가 생겨나는 주변부적 특수성이 두드러졌기 때문이다. 대중을 자본주의 체제의 대상이 아니라 한국 사회의 특수성의 결과로 인식한 경우, 대중문학은 특별한 가치를 지닌 대상으로 승격된다. 대중문학 긍정론은 대중문학을 단순히 사회 변동의 산물로 독해하는 것에 그치지 않고 부정성 극복의 계기로 이해한 것이다. 이를 위해 대중문학에는 이념과 양식의 인식과 종합이라는 과제가 부여되었다.

그러나 이와 같은 당위적 목표는 역설적으로 대중문학 비판론의 근거가 되기도 한다. 주류 문단의 비평은 최인호를 위시한 1970년대의 '대중작가'에게 엄격한 잣대를 대었으며, 문학적 당위를 충족하지 못한 작품은 대개 수준미달로 평가받고 평가에서 소외된 것이 문단의 현실이었다. 대중문학 긍정론은 이론적인 차원에서 한국의 대중문학이 부재한다는 결론을 도출하여 현실에서 진행되는 대중문학의 현실을 실체로서 파악하지 못한 한계를 드러낸 셈이었다.

2) 청년문화 영역의 설정

바람직한 대중문학은 존재하지 않는다는 비평계의 잠정적인 결론 앞에서 당대 대중문학은 항상 미달의 상태가 될 수밖에 없다. 그러나 비평의 치열함과 별개로 1970년대 이미 많은 문학작품이 대중문화 속에서 자리잡아가고 있었다. 비평적 관점에서 대중문학은 "이미자, 양희은 이상으로 유명해져야 겠다고 무조건 발버둥치는"[86] 것처럼 보이지만, 현실은 비평의 조급한 우려 와는 달랐다. 최인호를 시작으로 조해일, 조선작, 한수산 등은 신문연재 소 설을 통해 대중의 관심을 한 몸에 받은 작가였다. 이들 작가는 신문연재에 힘입어 단행본 시장에서 성공을 거두며, 방송과 영화에까지 영향력을 발휘 할 정도로 1970년대 대중문화의 정점에 섰다. 그러나 이들 '대중작가'는 비 평과는 다른 지평에서 이미 대중과 적극적으로 호응하고 있었다. 현실 속에 서 대중문학이 대중과 접점을 이룬 지점에서 생겨난 기호가 바로 '청년', 혹 은 '청년문화'이다. 기성세대가 누린 과거 체제는 물론, 당대 아카데미 지식 장과도 결별한 청년문화는 가장 적극적인 대중문화의 실천으로서 대중에게 수용되었다. 1960년대 이후 지속된 세계적인 문화변동과 일정하게 연동되 면서도 한국 특수성이 결부되어 나타난 현상이었기에 청년문화는 문학은 물 론 사회학과 정치경제학에 이르는 온갖 논의를 왕성하게 받아들이는 광활한 공론의 장이 될 수 있었다.

논의의 지평 중 하나가 '68혁명'으로 불린 서구의 변혁이었다. 1960년대 말 학생운동을 주축으로 한 서구의 신좌파 운동이 소개되자 한국에서도 청 년문화의 가능성이 타진되기 시작했다. 68혁명의 분위기는 애초 히피문화 에 대한 선정적인 호기심의 수준에서 소개되었다.[87] 하지만 단순해 보였던

---

86 김현, 「대중문화 속의 한국문학」, 『세대』, 1978.5, 241쪽.

87 1960년대 말 서구의 사회변화의 소식은 한국에도 전해졌다. 그러나 혁명으로 불릴만한 급진적 이고 전위적인 저항의 요소들은 제외된 채, 일부 선정적인 자료를 중심으로 소개되기 시작했다. 성담론의 경우 성해방, 혹은 성문란 정도로 곡해되어 주간지의 지면이나 일간지의 '해외토픽'란 정도에서나 소개될 뿐이었다. 이와 같은 사정은 청년문화를 포함한 문화운동 전반에 대한 이해 에서도 마찬가지였다. 백남준의 활약에도 불구하고, 예술과 문화의 전위성은 철저하게 권력과

학생 운동이 어느새 '혁명'으로 불리며 정치, 사회, 문화 전반에 급진적인 파급력을 갖추게 되자[88] 한국에서도 서구의 혁명적 사태변화에 관심을 기울이지 않을 수 없었다. 4·19 이후 청년학생의 사회적 역할에 대한 공감대가 남아있는 상황에서 대학생이 중심이 된 서구의 '혁명'은 관심을 끌만한 사건이었다.

그러나 변혁의 가능성을 품은 주체는 기성세대가 요구한 반듯한 엘리트 이미지와 충돌했다. 기성세대에게 청년·대학생은 미래의 지도자로서, 지적으로 훈육되어야 할 학생 신분을 벗어나지 않은 존재였다. 따라서 청년문화는 아무리 긍정적이며 능동적이더라도 본질적으로 청년 학생이 지닌 과도기적 성격을 벗어날 수 없었다. 기성세대의 눈에 청년문화는 아동의 문화에서 성인의 문화로 이행하는 과정에 생겨난 일시적인 것이었다. 한 사회학자가 "청춘문화는 인간성장과정에 있어서는 바람직한 수련장이다"[89]라고 단언했듯, 청년문화는 그 독자성은 물론, 세대론적 계층문화로서의 보편성도 인정받지 못했다. 청년문화의 보편성을 인정하지 않는 한, 1960년대 후반 이후의 학생운동 역시 젊은이들의 과도기적인 기행 정도로만 해석되었다. 언론 또한 청년문화 전반에 걸쳐 정치적, 철학적 이념을 분석하기보다는 히피문화의 성적 타락과 사회주의적 성향에만 초점을 맞춰, '이데올로기가 없는 단순한 광기'이거나, '파괴에만 목적이 있을 뿐 사회적 책임을 지지 않는다'는 멍에를 씌웠다.[90] '청년들도 언젠가는 삼강오륜을 찾을 것이기 때문에 그들

사회로부터 외면받았던 것이 1970년대의 상황이었다. 이에 관해서는 「전위와 1970년대 그리고 유신의 예술」, 권보드래 외, 『1970 박정희 모더니즘』, 천년의상상, 2015 참조.

88 68혁명의 문화적 성격에 관해서는 오제명 외, 『68 세계를 바꾼 문화혁명―프랑스·독일을 중심으로』, 길, 2006의 논의를 참조.

89 남재희, 「청춘문화론」, 『세대』, 1970.2, 128쪽.

90 「좌담―스튜덴트파워의 사상」, 『신동아』, 1969.9.

의 파괴는 곧 실패로 끝날 것'이라는 훈계조의 조언이나, 이 모든 혼란이 현대사회의 대중매체의 탓이라는 일차원적인 비판은 청년문화의 기성세대의 간극을 극적으로 드러낸다.

이러한 비판 속에서도 학생운동을 사상사적 맥락에서 분석하려는 시도가 존재했다. 강동진의 경우 학생운동을 세계사의 큰 틀에서 이해하려 했다. 그는 1960년대 서구 학생운동의 급진성은 제2차 세계 대전 이후 민족해방과 독립이라는 전지구적 변화의 연장선에 있는 자유주의 운동으로 파악했다. 1960년대 한국에도 자유주의의 영향력이 여전하기에 그 변화는 한국에서도 지속될 수 있다는 것이 그의 분석이다. 이에 따라 4·19의 반부패, 반정부 운동은 전후 세계의 변화와 같은 맥락에 있는 사건이며, 이후에도 학생운동이 변화의 주도적 역할을 맡을 수 있다는 기대가 이어진다.[91] 청년문화를 과도기적 문화로 해석한 논의와는 달리, 강동진의 논의는 베트남 반전운동과 노동조합의 정치적 역할에 대해 진보적으로 평가함으로써 세계사적 시야를 확보하는 진전을 이루었다.

그러나 그의 시선은 '68혁명'에 내포된 혁명성에 대해서는 특별한 전망을 제시하지 못하고 단순히 '68혁명'과 4·19혁명의 공통점을 찾는 데 그쳤다. 두 사건은 학생 계층이 주도한 반정부, 반부패 운동이라는 점에서 유사해 보이지만, 10여년의 시차를 두 사건의 내적 동력과 파급력은 질적으로 동일할 수 없는 사건이었다. '68혁명'은 서구 사회전반에 걸쳐 혁명적 변화를 내재한 사건이기에 반정부 투쟁이라는 국면 하나로 평가내릴 수 없다. '혁명'이라고 부를 수 있었던 것은 일상생활의 권력구조를 변형시키려는 대중적 욕구에 기초

---

91 강동진, 「세계의 학생세력」, 『세대』, 1968.7.

하고 있었기 때문이다.[92]

그럼에도 한국에서의 통속적 관심은 마약, 동성애, 프리섹스 등 일부 히피 문화의 인상적인 장면들에만 초점을 맞췄다. 학생운동에 대해서도 권력구조의 변화를 야기한 정치적 전망으로 분석하는 것은 물론, 일상과 문화 전반의 변혁 운동으로 정밀하게 고찰하는 작업은 드문 것이 현실이었다. 4·19 이후 학생운동이 정치성을 넘어서 사회 전체의 변화를 이끌어내지 못한 현실과도 연결된다. 특히 한일회담 반대 투쟁이 촉발한 민족주의의 성향으로 인해 청년 문화를 포함하는 한국 사회 전체의 문화적 변화는 세계와의 접속과정에서 굴절을 겪을 수밖에 없는 운명을 맞았다.[93] 이로 인해 '소외', '아웃사이더', '참여', '반문화' 등의 용어로 이루어진 개념틀은 대중문화 속에서 펼쳐진 청년문화를 여전히 부정으로 평가하는 근거가 되었으며, 청년문화는 반항이 핵심이라는 퇴행적 평가를 받는다.[94] 청년계층에 의해 주도되는 대중문화 역시 능동적 생산력의 의의는 사상된 채, 일탈과 소외의 증거로 매도되었다.[95]

---

92 George N. Katsiaficas, 이재원 외역, 『신좌파의 상상력』, 이후, 1999, 70쪽.

93 1965년 한일회담 반대투쟁과 좌절은 한국의 세계성을 자각하는 계기가 되었다. 다수 민중들의 반대에도 불구하고 군사정권은 일본과의 수교를 통해 이른바 '자유진영'의 자본주의 세계체제 속으로 편입하고자 했다. 이러한 권력행위는 정치적, 군사적 동맹뿐 아니라 경제적인 공생관계를 의미하는 것으로 수출을 통한 불균형 성장과 미국-일본의 자본에 의한 종속성장을 정책으로 내세울 수밖에 없는 선택이었다. 한일회담 이후 한국의 세계성과 주체성에 관해서는 김성환, 「빌려온 국가와 국민의 책무-1960~70년대 주변부 경제와 문화 주체」, 『한국현대문학연구』 43, 한국현대문학회, 2014; 김성환, 「일본이라는 타자와 1960년대 한국의 주체성-한일회담에 관한 논의를 중심으로」, 『어문론집』 61, 중앙어문학회, 2015 참조.

94 이어령, 「좌담-한국의 청년문화」, 『세대』, 1971.9.

95 임희섭, 「청년이여! 새 술을 빚어라」, 『세대』, 1974.6 등의 논의는 당위론만 제시한 채 청년문화가 무엇인지 밝혀내는 데는 부족한 점을 드러낸다. 그러한 논의로는 좌담 「스튜덴트파워의 사상-고영복·길현모·김태길·박봉식·선우휘」, 『신동아』, 1969.9; 남재희, 「청춘문화론」, 『세대』, 1970.2; 김세영, 「사회윤리의 퇴폐현상은 극복될 것인가」, 『세대』, 1970.1; 이상회, 「대중문화 30년의 주체성과 이질성」, 『세대』, 1975.8; 고영복, 「대중사회에서의 여가와 오락」, 『세대』, 1968.6 등이 유사한 양상의 논지를 전개한다.

'한국적'이라는 특수성의 기표가 청년문화에도 고스란히 덧쓰인 상황에서 한완상은 청년 주체의 특수성을 이론적으로 고찰한다. 그는 서구적 이론과 한국적 현실 사이의 간극을 메울 문화 주체로서 청년을 상정하고 청년의 문제를 '정체의식sense of identity'의 문제로 규정했다.[96] 정체의식이라는 문제설정은 1970년대의 청년을 4·19세대와는 다르게 사회적 변동의 과정에서 생성된 사회현상의 결과로 이해했기 때문에 청년문화는 주류문화에 적극적인 반담론은 형성하지 못하는 것으로 평가된다. 여전히 과도기적이며 미완성의 형태로 남은 청년문화는 "적당하고 적합한 주도문화의 형성에 이바지"[97]할 임무만을 갖는다. 따라서 청년문화는 일탈이나 반항의 폐해가 제어될 수 있는 한에서만 의의를 가진다. 이를 단순화시키면 청년문화는 사회적 미성숙과 대학문화의 갑작스런 경험의 충격으로 인해[98] 생겨난 개별적이며 임의적인 현상이라 할 수 있다. 사회의 안정 없이 청년문화는 존재할 수 없다는 논리는 결국 청년문화의 부정을 뜻하는 것으로, 현실에서 다채롭게 펼쳐진 청년문화의 실체는 충실히 논의될 기회마저 박탈당한다. 혁명이라는 이름을 얻으며 세계사적 사건으로 등장한 청년문화는 한국적 특수성을 거치면서 질풍노도, 주변인 등의 미성숙의 증거로 매도되었다.

그러나 1970년대 청년문화는 아카데미즘의 편견보다 훨씬 입체적이었다. 청년문화의 주체는 대학생으로 한정되지 않는다. 해외토픽란이 실어온 선정적인 히피문화는 한국에서 드물었으며 극단적인 문화적 실험이 행해질 만한

---

96 한완상, 『현대사회와 청년문화』, 법문사, 1973, 16쪽.
97 위의 책, 69쪽. 이에 따라 진정한 청년문화란, 기성문화가 먼저 유강(柔强)해야 하며, 전통문화를 선별적으로 받아들여야 하는 전제 하에, 발전을 이루는 문화, 이분법적인 사고의 지양, 기성세대에 너무 기대지 말 것, 식민지 문화의 타파, 서민문화에 뿌리를 둔 새로운 엘리트 문화 형성 등의 과제를 가진다고 결론 내린다.
98 위의 책, 98쪽.

분위기도 아니었다. 스트리킹 소동처럼 채 펼쳐지기도 전에 직면한 정치적 억압이 '한국적'이라는 말의 실체라면,[99] 청년문화에서 청년이라는 수사는 가장 한국적인 현실을 반영한 사회문화 현상으로 이해할 수 있을 것이다. 이는 비단 히피문화에 그치지 않는다. 청년문화는 음악, 영화, 문학 등의 여러 대중문화 속에서 생산성을 발휘하며 고유의 역동성을 증명했다. 이 역동성이 단순하지 않은 까닭은 그 속에 다층적인 대중과 청년의 욕망의 속성이 구체적으로 형상화되어 있을 뿐 아니라 직·간접적으로 권력의 문제와 직결되어 한국 사회의 면모를 충실히 드러내 보이는 매개가 되었기 때문이다.

청년문화는 담론구조의 인과론적인 결과가 아니라 시대 상황에 대응하는 문화운동의 성격을 가진다. 한국의 청년문화는 '반문화counterculture'로 규정하기 힘들지 모른다.[100] 서구와 비교해 1970년대 한국의 청년문화는 정치적 억압에 맞서 대항적 담론을 산출하지 못했기 때문이다. 그러나 청년문화에는 기성세대의 억압에 맞서 긍정적인 기성문화로 성장할 가능성 또한 내포되어 있었다.[101] 이어령의 주장대로 긍정론이 곧장 실현될 것으로 기대하기는 어렵지

---

99 나체질주를 뜻하는 스트리킹은 1960년대 미국에서 저항운동의 한 양상이었다. 스트리킹이 한국에서 전개된 때는 1974년으로, 특별한 계기 없이 전국적으로 유행했다가 정부당국의 대대적인 단속으로 인해 곧 사라졌다. 이 과정 자체가 스트리킹의 한국적인 변용이라 할 수 있는데, 최인호는 『바보들의 행진』에서 '옷을 입고 뛰는 한국적 스트리킹'라는 모순적 표현을 통해 이를 풍자한 바 있다. 스트리킹의 문화, 사회적 의미에 관해서는 송은영, 「대중문화 현상으로서의 최인호 소설-1970년대 청년문화/문학의 스타일과 소비풍속」, 『상허학보』 15, 상허학회, 2005; 「'벗은 몸', 유신 시대 주변부의 남성과 여성」, 권보드래 외, 앞의 책 참조.

100 이어령은 "청년문화가 단절을 전제로 한다면 한국 사회에는 기성과 청년 사이에 단절이 없어요. 정치경제 의식에 있어서 어머니의 탯줄을 끊는 것 같은, 그래서 독립되는 단절이 불가능하다는 얘기죠. 옛날에는 부모에게 예속돼 있는 신체가 이제는 머리카락 하나도 경찰서에 속해 있는 사회인데 여기서 무슨 청년문화냔 말예요."라고 말한다. 이는 한완상이 말한 단절론에 배치되는 것으로 한국 청년의 특성을 강조한 발언이다.(이어령, 「좌담-한국의 청년문화」, 『세대』, 1971.9, 128~129쪽)

101 여기서 이어령은 청년문화가 일반적인 문화의 가치관으로 승화할 가능성이 충분하다는 견해를 제시한다.(위의 글, 128쪽) 급격한 단절이 없기 때문에 건전한 발전을 이룰 수 있다는 것이다.

만, 이미 대중문화 전반에서 다양한 산물이 등장하면서 청년문화는 적극적으로 옹호될 만한 기반을 만들어 나갔기 때문이다. 순수예술과 대중예술에 걸쳐져 있던 문학뿐 아니라 영화, 음악, 만화 등의 대중문화의 장 곳곳에서 청년문화를 증명하는 성과들이 펼쳐졌으며 대중은 이를 적극적으로 향유하기 시작했다. 이에 힘입어 청년문화의 주체들은 부정론에 맞서 긍정적 평가를 요구하며 한국문화에서 주도적 위치를 차지하려 분투했다.[102]

2. 대중문학의 대응 양상

1) 최인호의 청년문화론과 그 전략

청년문화가 싹틀 무렵, 이를 북돋운 것은 세련된 이론적 근거가 아니라 막연한 기대를 품은 긍정론이었다. 1970년대 들어 일상의 곳곳에서 대중문화

또 다른 좌담에서도 이어령을 이런 입장을 반복한 바 있다. 즉 기성세대와 달리 청년문화는 진보적 문화를 담당함으로써 문화 발전에 기여할 것이라는 주장이다. '사회, 정치, 경제 구조상 기성문화도 없고, 그것에 반대하는 청년문화도 없다'는 한완상과는 달리 이어령은 청년문화의 가능성을 강조했다.(「좌담, 유행이냐 반항이냐」, 『신동아』, 1974.7)

102 청년문화의 우상으로 떠오른 이들은 자신의 작품을 옹호하기 위해 여러 매체에서 적극적으로 의견을 개진했다. 작가로는 최인호가 1974년 『한국일보』에 '수요 에세이'를 연재한 것을 비롯하여, 영화계에서는 하길종의 「장발과 기타와 마약의 세대」(『세대』, 1971.7)와 이장호, 「젊은이의 발언─내 동생 이야기」(『조선일보』, 1974.7.21) 등이 청년문화 옹호론을 전개했다. 대중음악에서는 양희은이 좌담(「대중가요의 저속성」, 『세대』, 1973.3)에 참석하여 청년문화의 기수로서 목소리를 높였다.

가 성장하면서 청년문화는 꽃피기 시작한다. 청년문화라는 이름으로 불린 대중문화 현상들은 대중적 지지와 함께 상업적 측면에서도 성공적으로 유통·소비되는 현실은 더 이상 낯설지 않게 되었다. 문학은 물론 음악, 영화, 만화 등의 분야에서 젊은 작가들이 청년문화의 기수로 각광받으며 청년문화는 시대를 대표하는 문화현상으로 안착했다. 이 중에서 문학계에서 청년문화를 대표하는 인물로 떠오른 작가가 최인호이다. 그의 지위는 『별들의 고향』(1973)의 성공에 힘입은 바 크지만, 무엇보다 「청년문화 선언」(1974)을 통해 세대 논쟁의 중심에 서서 청년문화의 구심적 역할을 했던 것이 결정적이었다. 게다가 대중예술 전반을 아우른 폭넓은 활동 덕분에, 최인호는 문학을 넘어서 청년문화 전반을 대표하는 시대의 아이콘이 될 수 있었다.[103] 거기에 김치수, 김주연, 김병익 등의 젊은 비평가들이 대중문학에 우호적인 관심을 보이며 문학사회학적인 논의로 확장한 것도 하나의 요인으로 꼽을 수 있다.[104]

기성 문단이 대중문학을 이론적 잣대로 재단한 것과 달리, 대중소설 작가들은 가치판단의 기준을 오로지 창작의 성과에 두었다. 문단의 평가와는 무관하게 대중들로부터 인기를 얻고 있었으며 상업적 성공은 청년 작가들이 존립할 수 있었던 가장 핵심적인 원동력이었다. 기성세대가 엘리트 청년의 역할을 요구했음에도 청년문화 기수들은 대중문화의 고유한 영역에서 지속적인 활동을 이어나갔기에 대중의 관심은 더욱 적극적일 수밖에 없었다.

『별들의 고향』 이후 대중문학 논쟁의 중심에 섰던 최인호는 청년문화를

---

103 최인호는 1970년대 대중문화의 아이콘 중의 한 명이었다. 소설가로 시작된 그의 명성은 시나리오 작가, 극작가 등의 문필활동은 물론 방송, 영화에 출연하면서 영상매체의 주요 인물로 등장하기도 한다. 이후 최인호는 활동은 대중가요 작사를 비롯하여, 영화감독에 이르기까지 대중문화 전반에 청년문화를 대표하는 작가로 인정받았다.

104 김병익의 『한국문학과 의식』, 동화출판공사, 1976; 『상황과 상상력』, 문학과지성사, 1979; 김치수, 『문학사회학을 위하여』, 문학과지성사, 1979 등의 저서를 들 수 있다.

대표 문사文士의 이미지를 띠며 청년문화의 대변인을 자처한다. 1974년 발표한 「청년문화 선언」은 청년문화 주역이 처음으로 제 목소리를 드러낸 언설로, 청년문화의 성격을 규정하는 기준점이 될 법한 글이었다. 이 선언을 통해 최인호는 스스로 청년문화의 기수임을 확인하고, 대중문학 글쓰기의 전범典範을 마련한 것으로 평가할 수 있다. 이 '선언' 이후 최인호는 소설은 물론 대중문화의 여러 영역으로 창작활동을 확장했다. 신문칼럼, 방송, 영화, 그리고 대중가요에 이르기까지 전방위적 활동을 통해 최인호는 청년문화, 청년작가의 한 전형을 만들었다.[105]

『별들의 고향』의 연재 직후『한국일보』에 '최인호의 수요 에세이'의 첫 번째 글인 「청년문화 선언」은 기존 논의에 '청년' 최인호가 답하는 형식으로 청년문화와 성격을 규정하고 이를 옹호하는 내용을 담고 있다. 이 글은 대중문화에 대한 논의를 본격화 시켜 청년문화에 적극적인 의미를 부여함은 물론, 작가 자신의 창작과도 긴밀하게 연결된다. 청년문화라는 기호는 학계와 언론에서 먼저 제안한 것이지만, 그 기호에 적실한 의미를 부여하기 위해서는 대중문화 내부에서 주체적 대응이 필요했던 터였다. 이때 최인호의 '선언'은 청년 주체와 대중문화를 적극적인 '행위'[106]로 규정함으로써 현실적인

---

105 최인호의 대중적 인기는 신문연재소설 이후 단행본 출간, 에세이 발표, 작품의 영화화 등의 과정을 거친다. 이 일련의 과정은 이후 조해일, 조선작, 한수산 등의 작가에게 일종의 역할모델이 되었다. 신춘문예를 통해 등단한 후 비교적 젊은 나이에 신문연재소설을 시작하여 이름을 알린 후 신문, 잡지 등에서 필자로 활동하며 대중적 인기를 얻는다. 그리고 소설이 영화화되며 상업적으로 성공을 거두는 것이 최인호의 이력이었는데, 조해일, 조선작, 한수산 또한 이런 길을 걷는다. 이들은 대중적 인기에 힘입어 영화 주제곡 작사자로도 나서는데, 최인호는〈별들의 고향〉, 조해일은〈겨울여자〉의 주제곡 작사를 맡았다. 한수산은『선데이서울』에서 연예인 인터뷰를 연재하기도 했다.

106 행동(action)과 다른 행위(act)는 행위자를 근본적으로 변화시킨다는 의의가 있다.(Alenka Zupančič, 이성민 역,『실재의 윤리』, 도서출판b, 2004, 133~138쪽) 청년문화선언이 행위로서의 의미를 가지는 것은 이 선언을 통해 최인호가 청년문화의 위상을 수립하는 것은 물론, 자신의

의미를 부여했다. 최인호는 청년문화를 두 방향에서 검토한다. 첫 번째는 청년이라는 주체의 문제이며, 두 번째는 새롭게 대두된 대중문화의 성격에 관한 것이다. 최인호가 「청년문화선언」에서 쓴 '청년문화'라는 기표는 당시의 청년문화 논의와 표면적으로 동일한 대상을 가진다. 그러나 '선언'을 통해 청년문화는 새로운 기호로 자리매김할 가능성을 타진했다. 기존 논의는 청년문화를 학술적 해석의 대상이나 이념적 평가의 대상으로 삼았지만, 최인호는 청년문화라는 기표를 1970년대 대중문화 전체를 포괄하는 상징기호로 사용하고자 했다. 그리고 '청년'은 대중문화 전반을 아우르는 대표적인 주체로서 표상하려는 기획도 품고 있었다.

청년문화 선언은 우선 새로운 세대, 즉 청년 주체의 등장을 고하며 청년문화론이 세대담론으로 전개되고 있음을 확인한다. 기본적으로 청년과 청년문화는 세대론의 의미를 가지지만 단순히 연령의 차이로 구분되는 대상이 아니다. 최인호가 강조한 것은 청년의 행위이다. 청년들은 적극적인 행위를 통해 존재의의를 드러낼 수 있음을 강조한다. 즉 청년이란 자발적이고 의식적인 문화 활동을 통해서 정의되는 주체이다.

> 고고춤이라는 것도 마찬가지다. 일부 할 일이 없는 골빈 친구들의 한가한 놀이로 생각해서는 아니 된다. 우리들의 의식 속에는 아직 보수적인 개념(이것은 우리들이 자라올 때 가정에서 혹은 학교에서 무의식중에 배어온 것일 것이다)과 현실적인 개념의 갈등으로 고고춤을 추는 일부 학생들과 통기타아에 심취하고 심야방송에 엽서를 투고하는 많은 젊은이들을 공돌이와 공순이로 취급해 버려야만 속시

창작에도 긴밀한 연관성을 가지고 있기 때문이다. 선언 이후, 최인호는 선언에 부합하는 작품을 지속적으로 발표하는데, 이는 선언의 영향이라 할 수 있다.

원해 하는 습성이 있지만 그런 고고춤을 현존하는 우리들의 의식세계의 노골화된 상태로 이해하면 된다.[107]

청년문화의 대명사 격인 고고춤과 통기타, 심야방송은 '한가한 놀이'로 치부되기 쉽지만, 청년에게는 주체성을 드러내는 의식儀式이다. 춤을 추고 노래 부르며, 엽서를 쓰는 행위는 자발성에서 비롯한 것이기에 청년문화-대중문화는 청년 주체의 의식을 표상하는 기호이기 때문이다. 최인호는 대중문화의 현장에서 이를 포착하고 청년문화의 가능성을 선언한 것이다. 선언을 통해 최인호는 청년문화의 기원과 구조를 밝히고 기성세대와 뚜렷이 구별지음으로써 청년세대의 주체화에 한걸음 더 가까이 다가섰다.

또한 최인호는 청년문화를 미성숙한 것으로 규정한다. 청년이란 결국 과도기적인 단계일 수밖에 없으며, 1970년대 전체 문화 속에서도 청년문화 현상들은 여전히 미성숙한 자질을 가진다는 것이 최인호의 진단이다. 그러나 청년의 미성숙은 부정적인 것이 아니다. 오히려 미성숙하기 때문에 청년문화의 내부에는 "암중모색"의 역동적인 활동성이 내재한다. 최인호는 청년문화의 미완성의 형태에서 역설적으로 긍정의 가능성을 발견한 것이다.

오늘날의 청년문화는 침묵의 다수에서부터 위로 올라가는 상향식의 문화인 것이다. 그러나 우리나라의 청년문화는 아직 태동기에 불과하다. 때문에 있는가도 싶고 없는 것 같기도 하다. 그래서 오늘날의 청년문화는 종래의 문화권을 극복해 내려는, 즉 소수의 엘리트 문화와 다수의 다른 문화, 혹은 공돌이 공순이(미안하지

---

107 최인호, 「청년문화 선언」, 『누가 천재를 죽였는가』, 예문관, 1979, 22쪽.

만 할 수 없다. 그 분이 그렇게 표현했으니까) 문화 간의 간격을 좁히려는 집요한 노력을 보이는 과도기에 머물러 있다.[108]

'공돌이 공순이 문화'로 매도당하는 상황에서 청년문화의 임무는 엘리트 중심의 문화를 극복하고 그들 앞에 가로놓인 불투명한 장막을 걷는 일이다. 이는 비평가들이 말한 '문화의 민주화'와 같은 의미로, 대중문화가 계층 중심의 문화가 아닌 사회 전체의 일반적인 문화로 격상되는 것을 의미한다. 이를 실현하기 위해 청년문화는 엘리트 문화가 아닌 의미 있는 대중문화가 되어야 한다. 최인호는 청년문화가 대중문화의 하나라는 점을 분명히 하며 청년들은 대중문화를 정당하게 누려야 한다는 전망을 제시한다. 이에 따를 경우 청년문화는 "사화산이 아니라 휴화산休火山"[109]이며, 청년은 언젠가 '우리들의 시대'를 맞이할 예언자전 세대가 될 수 있다.

하지만 최인호는 청년문화가 규범적인 이념을 구축하지 않는다는 점 또한 분명히 밝힌다.

단 그렇다면 그들을 어떻게 이해하고 어떻게 끌어가야 하는가 하는 문제에 대해서는 청년인 나로서는 할 말이 없다. 그 구체적인 방안을 나로서는 모르겠다. 솔직하고 정직한 침묵의 대중을 정확히 이해하는 사제(司祭)가 나타나서 정연한 이론으로 우리들을 빠르고 신속하게 눈뜨게 해주기를 바랄 뿐이다. 그것만이 경험이 풍부하고 노력하고, 인정있는 선배님들에게 바라는 소망일 것이다.[110]

---

108 위의 글, 21쪽.
109 위의 글, 23쪽.
110 위의 글, 24쪽.

최인호는 '선언'의 마무리에서 선업답지 않게 청년에 대해 '할 말이 없다' 는 말로 자신의 논의를 무화시키려는 듯한 태도를 취한다. 그러나 그의 판단 유보는 소극적인 부정이 아니라 유보의 태도를 통해 청년문화의 가능성을 확장하는 전략이다. 청년의 행위를 고정된 의미로 규정하지 않음으로써, 청 년들은 무엇이든 할 수 있다는 무한한 가능성을 부여할 수 있기 때문이다. 상업화된 소비문화에 대해서도 질적 수준을 재단하지 않고 자의식 없이 향 유할 수 있었던 것도 이 가능성에서 비롯된다. 고고춤이나, 청바지, 생맥주 과 같은 청년의 물질적 기호는 물론 이대 앞에 즐비한 양장점이나 주간지 같 은 통속적 일상에 대해서도 부끄러워하지 말라고 주문한 것은 이 때문이다. "야 이 바보야!"[111]라는 외침은 청년문화에 대한 비난이 아니라 작가 자신을 포함한 청년세대의 앞날을 축복한 작가 최인호의 진솔한 육성이었다.

이 선언에서 최인호가 강조한 것은 청년의 독자성이다. 청년들은 일상적 으로 대중문화를 누리면서 기성세대의 기호 의미나 상징적 질서에 포섭되지 않는 진정성을 가진 주체가 되고자 한다. '통블생', 즉 통기타, 블루진(청바 지), 생맥주를 청년문화의 전부인 듯 평가하는 태도는 오히려 기성세대가 만 든 '흉계'일 공산이 크다. 물질적 기호나 상징적 질서 속에 포섭되지 않는 청 년문화를 몇몇의 사건으로 한정짓는 것은 불가능하기에 더욱 그러하다.

청년의식의 특색을 통기타아와 청바지, 생맥주로 규정지으려는 심리에는 일단 부정하려는, 그리하여 일시적인 현상이라는 사실을 애써 강조하려는 흉계가 숨어 있다. 통기타아는 기타아이며 청바지는 바지이며 생맥주는 맥주지 그 이상도 그

---

111 최인호, 「그대들은 초청받고 있다」, 앞의 책, 30쪽.

이하도 아니다. 둘째로 청년의식의 특색을 그 세 가지로 규정짓는 심리에는 모처럼 싹트려는 청년의식의 발상을 애써 통속적인 것, 대중적인 것으로 치부해버리려는 저의가 숨어있다. (…중략…)

대학생들은, 젊은이들은 주간지가 물론 저질이지만 오늘날 수많은 대중들이 그것을 읽는다는 사실을 절대로 모른척해서는 아니 된다. 좋건 싫건 주간지가 나올 수 있으며 나와서 잘될 수 있는 사회 저변의 공동 심리는 필연적으로 읽을거리에 굶주려 있다는 대중의 갈구를 무시해서는 아니 된다. 나는 젊은이들의 입에서 주간지는 저질이니까 없애야 한다는 말이 오느니보다 주간지는 필요합니다, 그것은 읽을거립니다. 다만 좀 더 차원을 높여서 대중의 공동관심사의 가치를 높였으면 하는 생각입니다라는 대답이 나오는 것을 기대한다. [112]

청년들의 일상적인 문화를 부정적 한계 속에 제한하려는 태도는 억압의 기제로 작동한다. '통기타는 기타일 뿐 그 이상도 그 이하도 아니다'라는 말에서 보듯이 청년문화는 과도기적인 일시적 사건이 아니라 대중문화의 큰 지평 속에서 향유되는 보편적인 문화로 이해되어야 한다. 그렇지 않을 경우 청년문화는 물론 이를 포괄하는 1970년대 대중문화 전체가 부정될 위기에 처할 것이다.

청년문화의 보편성을 획득하기 위해 청년들은 자신의 일상에 자신감을 가져야 한다. 기성세대의 상업주의라는 비판은 '집단을 위주로 하는 단체'에서나 쓰일 법한 "최면현상"[113]에 불과하다. 기성세대야말로 현란한 광고로 대중을 현혹할 뿐 정작 청년들에게는 먹여들지 않는 허위일 뿐이다. 예컨대 이

---

112 위의 글, 26~28쪽.
113 최인호, 「숫자가 춤추고 있다」, 앞의 책, 130쪽.

대 앞에 즐비한 양장점은 겉으로는 청년들의 허위를 조장하는 듯이 보이지만, 실제로 청년들은 이와 무관하게 '2, 3천 원짜리 청바지'를 즐길 만큼 합리적이다. 청년들은 그런 자신에 당당해야 한다. '통블생' 열풍과 같이 기성세대가 늘어놓은 상업문화의 속에서도 청년들은 자신의 주체성을 확인할 때 고유한 청년문화는 본모습을 갖추게 된다. 주체성을 향한 자신감은 최인호가 청년문화를 기성세대로부터 구별 짓는 가장 근원적인 인식의 출발점이었으며, 외부의 규정에 얽매이지 않고 무엇이든 하고 싶은 것을 하라는 주문은 청년문화를 향한 최인호 글쓰기의 실천적 주제의식이었다.

최인호의 이러한 태도는 김승옥, 김현으로 대표되는 1960년대의 신세대들이 "앞으로!"[114]라고 외친 것과는 뚜렷이 구분된다. 1960년대의 청년세대가 엘리트로서 자신들의 의미를 적극적으로 표방해 나섰다면 최인호에게 청년문화는 규정되지 않은 현실태로 등장했다. 최인호가 자주 내세웠던 '언젠가 우리들의 시대가 온다면 더 좋은 세상이 되어 있을 것'라는 언명은 청년문화의 기의가 유보되어 있다는 사실에 강조점을 두고 있다. 이는 1960년대 신세대들과는 다른 주체 구성의 전략이었다. 최인호는 1970년대의 대중문화 속에서 적극적인 행위를 통해 주체를 구성하는 전략을 택했다. 주체란 타자의 욕망의 산물이지만, 타자의 욕망 또한 주체화를 통해 구성되기에, 주체와 타자는 상호영향 관계를 맺는다.[115] 대중문화의 층위에서도 청년 주체는 산업화의 구조 내에 존재한다는 점을 부정할 수 없다. 그러나 최인호는 대중문화 속에서도 긍정적인 청년문화가 생겨날 수 있음을 강조한다. 새로운 문화를 생산하고 향유하는 능동적인 행위를 통해 청년은 지배적 질서를 변화

---

114 「창간선언」, 『산문시대』, 1962, 210쪽.
115 Alenka Zupančič, 이성민 역, 앞의 책, 제8장 참조.

시킬 수 있으며 새로운 질서가 수립될 때 청년문화는 새로운 가치를 실천하는 변혁의 문화가 될 수 있다. 청년들이 주간지를 읽고 청바지를 입고 노래하고 춤 출 때, 이는 '공돌이 공순이' 문화도, 엘리트 대학생 문화도 될 수 있다. 어느 쪽이든 청년들에게 필요한 것은 자신의 행위를 자각하고 즐기는 것이다. 이를 통해서 청년문화는 고유한 주체를 형성할 수 있으리라는 기대가 최인호의 육성에 묻어난다.

따라서 청년임을 보장하는 근거는 그들의 거침없는 행위 속에 있다. 행위 자체에 고정된 의미가 내포된 것이 아니라 행위를 자각하는 인식 속에서 의미가 형성되기 때문이다. 이런 인식에 따라 주인공의 행위는 기성세대의 가치와 어긋난다는 점이 맨 먼저 강조된다. 최인호는 주인공의 행위에 당장 그럴듯한 의미를 부여할 수 없더라도, 행위의 의미 없음 자체에 미래의 가능성을 덧씌운 것이다.

> 너무 기죽지 마세요.
> 그리고 기다리세요.
> 곧 여러분의 시대가 온다니까요.
> 빛나는 여러분의 시대가 온답니다.
> 어른들은 모두 엉터리, 바보, 쪼다, 멍텅구리이거든요. 어른들은 모두 낡았다구요.[116]

패기만만하게 세계일주를 떠나 좌충우돌 끝에 청년들에게 들려준 결론은 이렇다. 책의 제목처럼 무엇이든 용기를 가지고 시작할 때 비로소 '청춘은

---

116 최인호, 『청춘은 왕』, 예문관, 1978, 245~246쪽.

왕'이 된다. 기성세대가 부조리한 만큼 미완의 형식인 청년에게는 무한한 미래가 열려 있다. 무엇이든 할 수 있는 용기만이 이를 보장할 뿐이다. 아무것도 정해지지 않았다는 열린 전망이 청년 정체성의 핵심이다.

청년에 대한 이 같은 인식은 문학론에서도 볼 수 있다. 청년의 미래에 희망을 건 만큼 기성세대에 대한 불신도 컸다. 특히 대중문학론을 둘러싼 미묘한 갈등 속에서 최인호는 평론가들이 중심이 된 문단의 현실에 실망과 불신을 드러내기에 주저하지 않았다.

> 내가 문단에 등단해서 제일 환멸을 느낀 것은 솔직히 이 무의미한 논쟁을 벌리고 있는 작가들과 비평가, 혹은 그 무의미한 논쟁이 보이지 않은 생존에까지 영향을 미치고 있다는 사실이었다. 그들은 도무지 읽히지도 않는 소설들을 자기 나름대로 정의를 내리고 있으며, 도저히 문학의 기초상식조차 없는 자칭 엘리트들이 거기에 동조하여 이 끝없는 싸움을 되풀이하고 있다는 사실이다. 너무 어려운 말인 것 같다. 구체적으로 얘기하면 순수냐, 참여냐, 리얼리즘이냐, 관념소설이냐, 민족문학이냐, 농촌문학이냐, 소시민문학이냐, 도피문학이냐 하는 어지러운 명칭들을 나열하고 있다는 이야기이다.[117]

최인호는 자신에게 '대중작가'라는 이름을 부여한 문단을 철저하게 불신했다. 아무도 읽지 않는 작품을 두고 펼쳐지는 공허한 논의는 독자들에게는 공론空論일 뿐이다. 중요한 것은 이념이 아니라 독자의 호응일진대, 모름지기 소설이란 많이 팔리고 많이 읽혀야하는 대중예술이다. 이러한 믿음은 최인

---

117 최인호, 「나의 문학 노우트─1975년간 '최인호 전작품집 수록'」, 『누가 천재를 죽였는가』, 예문관, 1979, 286~297쪽.

호 소설 쓰기의 출발점이었다. 기존 문단에 파문을 던질 각오로『별들의 고향』을 썼다고 고백할 만큼, 최인호에게 대중소설은 자신의 문학론을 증명하는 동시에 청년 작가의 영역을 시험하는 장이었다. 『별들의 고향』은 "젊은 작가에게도 신문소설을 안심하고 맡길 수 있으며 젊은 작가의 책들도 아니꼬운 출판사들에게 눈치코치 보지 않고 만들어질 수 있으며 젊은 작가의 작품도 흥행이 되는 영화가 되어질 수 있다는 가능성"[118]을 실증한 셈이었다.

『별들의 고향』의 성공은 여러 상황들을 변화시켰다. 1970년대 들어 대중소설의 성장은 청년 작가에게는 '모처럼의 기회'였다. 산업화를 통해 대중문화가 성장하면서 문학 또한 대중적 소비의 대상이 되었기 때문이다. 청년작가들이 마음껏 창작의 기회를 만끽하기 위해서는 우선 기성문단의 편견에서 자유로울 필요가 있었다. 최인호는 대중과 민중을 구분할 수 없다고 보았으며,[119] 이로 인해 대중문화를 타락한 상업주의라 비판하는 것은 이론적 관념에 불과하다고 비판했다. 대중의식이 고양된 만큼 대중문화는 얼마든지 고급문화, 정상문화로 고양될 수 있었다. 그렇기에 최인호는 비평가들이 이론적 잣대를 거두고 대중문학을 향상시키는 데 참여하기를 바랐다. 그리고 작가에게도 대중과 소통할 수 있는 새로운 언어를 찾아야 함을 강조했다. 작가는 임무는 "작품이라는 애무행위로써 작가와 독자는 같이 교감"하는 행위로 비유된다. 이념의 전달 아니라 일상에서 대중과의 소통이 무엇보다 중요하다는 것이다. 새로운 문학 언어에 관해서도 "말을 구걸하러 다니는 동냥꾼"[120]이라는 비유를 동원한다. 작가는 현실에서 새로운 문학 언어의 형식을 발견하

---

118 위의 글, 304쪽.
119 최인호, 「나의 문학 서한(書翰)」, 위의 책, 315쪽.
120 최인호, 「예술가와 결혼생활 그리고 거짓말」, 위의 책, 295쪽.

고 이를 통해 작가적 성찰을 이루어야 한다. 현실에 밀착한 언어로 쓰인 작품이 독자의 삶을 풍요롭게 만들고 종국에는 대중문화 발전에 기여하는 것이 대중문학에 대한 최인호의 바람이었다.

대중문학에 대한 최인호의 지극한 애정은 문단의 대중문학론과 일정하게 길항했다. 최인호는 이념지향적 문학론과 자유주의적 문학론에 극적으로 대립하는 대중문학의 길을 개척했으며, 그 길에서 새로운 문학 언어를 통해 대중성의 미래로 나아가려 했다. 그 결과 대중문학은 청년 대중의 주체와, 그들이 일상에서 경험하는 다양한 현실과 마주하기 시작한다. 소설 속 일상의 사건들은 그들의 주체성을 확증하는 행위로서 의미를 가진다. 지리멸렬한 대학생, 실업자, 호스티스 등은 1970년대 대중문학이 포착한 청년-대중의 구체적인 양상이었다. 이들의 행위는 대중성을 담보로 행해지는 일종의 카니발적인 축제였다. 청년 대중은 일탈 행위를 통해 정체성과 미래의 가능성을 보장받는 역설적 주체를 형성했기 때문이다. 이들의 행위는 기존 질서에 대응하는 상상적 성격을 지닌 사건으로,[121] 이를 통해 청년 대중은 다층적인 일상에서 나르시시즘적인 주체성을 형성하는 누빔점quilting point[122]의 역할을 맡았다. 최인호는 일견 무모하거나 비윤리적으로까지 보이는 청년 주체의 행위에 고유한 가

---

121 J. Lacan, Bruce Fink trans., "Variation on the Standard Treatment", *op. cit.* 참조.
122 소파의 외피와 내용물을 고정시키는 매듭에 비유되어 창안된 '누빔점'이라는 용어는 주체의 욕망이 요구(demand)나 욕구(need)의 수준으로 떨어지는 것을 막고 욕망을 분절화시켜 의미를 부여하는 연결고리를 가리킨다. 누빔점에 의해 욕망의 기표는 의미작용의 미끄러짐을 멈추면서 고정된 의미를 가질 수 있다.(Lacan, "The Subversion of the Subject and the Dialectic of Desire", *op. cit.*, p.681) 청년 대중의 행위는 그 자체로 무의미한 행동일 수 있다. 그러나 사회 질서와 관계맺으며 상상적 체계와 이에 대응하는 사회의 욕망을 드러낸다. 이점에서 청년 대중의 비도덕적 행위들은 대중문화에 의미를 부여하는 누빔점 중 하나로 이해 가능하다. 이는 의미화의 장 전체를 관통하여 기표에 동일성의 부여하는 지점인 것이다.(Slavoj Žižek, 이수련 역, 앞의 책, 155~158쪽 참조)

치를 덧씌움으로써 이상적인 당위를 요구하는 평론에 대응하여 새로운 대중문학의 가능성을 모색해 나갔다.

2) 대중소설의 현실 지향적 글쓰기

소설가를 언어의 동냥꾼으로 규정했듯이, 최인호는 대중의 언어를 문학의 영역으로 확장하는 작업을 무엇보다 중요하게 여겼다. 그가 언어에 관심을 갖긴 배경에는 1970년대 매체의 변화를 들 수 있다. 대중은 대중매체를 통해 새로운 문화현상을 실감하기에, 사회 변동에 따른 새로운 감각의 개발에 매체의 역할은 결정적이다.[123] 통기타, 청바지, 생맥주 등이 대중문화로 자리 잡은 데에도 신문, 방송, 영화 등의 매체의 영향이 컸다. 소설에서 대중매체의 역할은 이보다 더 긴밀했는데, 『별들의 고향』의 성공에는 신문 연재소설이라는 매체의 덕을 빼놓을 수 없다. 20대 신진 작가가 신문 연재소설을 쓴다는 사실 자체가 파격적이었을 뿐 아니라 신문연재에 힘입어 '경아 신드롬'을 일으킨 대중적 인기 또한 이례적인 사건으로 받아들여졌다.[124] 신문 연재가 순문학의 입장에서는 일종의 굴레인 것은 사실이나[125] 이런 비판을

123 Marshall McLuhan, 김성기·이한우 역, 『미디어의 이해』, 민음사, 2002, 제4장 참조.
124 최인호의 신문 연재에 관해서는 김병익의 다음의 발언을 참고할 만하다. "최인호가 조선일보의 발탁으로 『별들의 고향』을 발표한 1973년 이후 신문연재 소설은 급격한 변모를 보이기 시작한다. 그 변모는 우선 문단 경력이 5년 안팎의 신인작가들이 대거 진출, 연재소설의 집필을 담당하게 되었다는 데에서 나타나는데, 그것은 하나의 분명한 이변, 혹은 거의 충격적으로 표현될 수 있을 것이다. (…중략…) 또 이들의 작품들이 베스트셀러로 주목되는 것은 결국 1960년대의 신문소설이 그 자체로 마감하는 것에 반하여 70년대의 그것은 다른 전달매체를 통하여 대중에게 더 적극적이고 폭넓게 열려 있는 상태의 것임을 말해준다."(김병익, 「70년대 신문소설의 문화적 의미」, 『신문연구』 25, 1977.가을, 44~45쪽)

극복할 수 있다면 신문 연재는 매체와 더불어 소설의 대중성이 성장할 수 있는 소중한 기회였다.

최인호는 이를 대중소설 영역의 확장의 계기로 삼았다. 『별들의 고향』이 뜻밖의 인기를 가져다 주었다면, 뒤이어 소설로써 세대적, 계층적 문화를 능동적으로 꾸려나갈 가능성을 타진했다. 그 출발점은 『바보들의 행진』이다. 『바보들의 행진』은 『별들의 고향』의 연재 종료 한 달 뒤인 1973년 10월 『일간스포츠』의 '캠퍼스란'에 첫 선을 보였다. 『일간스포츠』는 최초의 스포츠·연예 일간지로 대중의 기호와 관심을 대변하는 매체였다. 『일간스포츠』가 증면 기획으로 선택한 것이 『바보들의 행진』이었다. 늘어난 지면이 대부분 대학생, 청년 독자를 겨냥한 것이기에 청년의 일상과 문화를 형상화할 작가로 최인호는 적격이었다. 『바보들의 행진』은 "연속되는 얘기가 아니고 한 회 한 회 끝나는 꽁트掌篇식의 얘기"[126]로 기획된 바, 기존의 소설과는 다른 형식을 취했다. 병태와 영자 두 주인공을 제외하고는 플롯이나 스토리가 정해지지 않은 채 당시의 현실을 반영하며 연재를 이어갔다. 예를 들어 연재가 진행되던 1974년 3월경 전국적으로 '스트리킹'이 화제가 되었을 때, 『바보들의 행진』에서도 스트리킹을 소재로 삼을 정도였다.[127] 『바보들의 행진』은 소설의 완성도보다는 동시대 상황에 대한 즉응성을 강조한 텍스트였으며, 이는 『일간스포츠』라는 순대중

---

125 "문학적으로 평가할 만한 작품이 설사 못된다 하더라도 그 인기의 원인 정도는 분석해봤어야 할 것이다. 그러나 아무도 그런 분석을 하지 않았다. 이유는 명확하다. 신문소설이기 때문이다." (이광훈, 「문학풍토의 개선」, 『창작과 비평』 31, 1974.봄, 129쪽)라는 발언에서 보듯이, 신문 연재소설은 여전히 통속 소설로 취급받으면서, 평론에서 소외되었던 것이 현실이었다.

126 「작가의 말」, 『일간스포츠』, 1973.9.30.

127 스트리킹에 관한 신문 보도는 『한국일보』, 1974.3.14·3.17; 『경향신문』, 1974.3.16·3.20; 『동아일보』, 1974.3.18·3.27; 『조선일보』, 1974.3.29 등 상당히 빈번히 등장한다. 이런 상황에 따라 『바보들의 행진』 22회 연재분의 제목은 「병태의 스트리킹」으로, 신문에 소개된 스트리킹 열풍에 관한 사건이 소재로 등장한다.

매체에서 가능한 일이었다.

이 때문에 『바보들의 행진』의 장르상의 범주는 모호할 수밖에 없다. '장편 소설 연재掌篇小說連載'라는 제하의 사고社告에서 소설로 규정되었긴 하지만 이때 쓰인 소설의 의미는 장르적 의미보다는 '읽을거리'라는 의미에 가까웠 다. 『바보들의 행진』에 '소설'이라는 말이 가리키는 것은 『일간스포츠』의 특 성과 다른 연재물과의 관련 속에서 파악된다. 대중소설이라는 단어가 저열 함을 뜻한다면 소설이라는 장르명칭은 순수소설에게만 해당하며 '대중'이라 는 수식어는 소설과 소설이 아닌 것을 가리키는 자질feature을 드러내는 변별 성의 표지가 된다. 그러나 '역사소설', '연애소설' 혹은 '소년소녀소설' 등 다 양한 장르문학이 양적으로 성장하면서 소설은 전통적인 이해를 넘어서 대중 적 소비기호로서 수용되기 시작한다.

이러한 대중화 현상은 『일간스포츠』에서도 확인된다. 1972년 『일간스포 츠』에 연재된 고우영의 만화 「임꺽정」은 독자수용 과정에서 소설의 의미가 확장된 사례이다. 이 만화 연재에는 '국내 최초'라는 수식과 함께 '만화소설 漫畵小說'이라는 설명이 붙어 이목을 끈다. '만화소설'이란 '스토리를 가진 성 인극화'라는 함의를 가진다. 즉 '만화소설' 「임꺽정」은 원작 소설의 존재대 신 독자적인 스토리를 가진 새로운 이야깃거리라는 점에 방점을 찍은 것이 다. 「임꺽정」 이후 유사한 만화가 지속적으로 연재된 데서 보듯,[128] '만화소 설'라는 양식은 1970년대 대중독서에서 하나의 흐름을 만들어 낼만큼 성공

---

[128] 고우영의 만화뿐만 아니라 이 만화 지면을 차지한 모든 작품이 "만화소설"이라는 이름으로 등장 하는 것을 볼 수 있다. 최초의 사고(社告)에서 말한 바, 4컷짜리 코믹만화나 시사만화가 아닌 "남녀노소 누구에게나 깊은 공감과 즐거움을 안겨줄" 이야기를 가진 작품이라는 점은 변함이 없다. 무술인 최배달을 소재로 한 최일봉의 「괴력주유천하」나 고우영의 「수호지」 등이 이후 '만화소설'로서 계속해서 연재된다.

적이었다. 만화소설과 장편掌篇연재는 소설의 위상변화를 시사한다. 우선 만화소설과 소설이 동일한 층위에서 놓였다는 사실은 문학이 엄숙주의를 벗어나 외연을 확대하여 다양한 독자를 확보했음을 뜻한다.

만화소설이 인기를 끌었듯이, 『바보들의 행진』 또한 만화와 대등한 위치에서 독자의 선택을 받았다. 그리고 이는 문학작품이 팔릴 만한 상품이 되었음을 선언한 것이기도 하다. 이 사실은 기존의 만화는 '애들이나 보는 것'이라는 통념을 깨고 고우영의 만화가 성인극화의 시장을 개척했듯이, 최인호는 『일간스포츠』라는 매체환경에 적실히 대응하여 대중적인 성공을 거두었다. '캠퍼스 소식'과 같은 청년, 대학생을 대상으로 특화시킨 지면에서 그들의 일상을 적극적으로 끌어들인 『바보들의 행진』이 『일간스포츠』의 기획 하에서 쓰인 작품이라는 점은 짐작하기 어렵지 않다. 다시 말해 『바보들의 행진』은 과거와는 전혀 다른 문학적 지평에서 생산된 문화현상이었다.

1970년대 최인호의 글쓰기는 문학의 전통적인 효용과는 다른 방향에서 전개되었다. 그 방향은 대중사회론에서 거론된 이념지향성을 거부한 것은 물론, 주체에 대한 인식과 자기 성찰의 기능에 충실한 것도 아니었다. 최인호에게 글쓰기는 대중문화의 요건이 매체의 변화에 부응하는 대중문화로서의 글쓰기의 방향을 제시하는 것이었다. 산업사회의 대중매체에 본질에 대한 충실성은 대중적 성공의 충분조건이었으며, 그에 부응한 글쓰기는 스스로 대중문화의 한 장르를 형성했다. 1970년대 최인호가 적극적으로 참여한 매체는 일간신문이었다. 그중에서 상업적, 오락적 성격이 짙은 『일간스포츠』에서의 연재는 산업화와 대중화에 부합하는 매체 지향적인 글쓰기가 한국에도 도래했다는 것을 의미한다. 글쓰기 외연이 확대되고 문학작품의 상업적 유통이 확대됨으로써 문학은 1970년대 대중문화의 중심에 서게 되었다.

그러나 현실인식이라는 전통적인 문예학의 주제와 대중문학은 여전히 긴장관계를 풀지 않았다. 산업화의 부정성에 대한 인식의 문제는 문학이라는 큰 틀 내에서 대중문학도 감당해야만 했던 주제였다. 대중소설이 가장 먼저 맞닥뜨린 현실은 도시 하층민이었다. 도시빈민과 호스티스 등을 포함하는 하층민의 문제는 계급문제로 권력구조와 통치의 문제와 연결된다.[129] 그 대표적인 사례가 호스티스이다. 전통적 매춘이 퇴조한 1970년대 '산업형 매춘'이나 '겸업 매춘'으로 전환된 성매매 산업은 관광산업 활성화라는 명목으로 국가 권력에 의해 묵인·장려된 통치행위의 산물이다.[130] 그럼에도 경제성장 제일주의가 국가적 가치로 격상된 사회에서 하층민은 공식적인 담론에서 흔히 배제되었다. 호스티스의 경우는 특히 사회의 필요악으로 간주되어 산업화 사회의 폭력적 구조를 은폐하는 희생양의 역할을 한다. 호스티스는 국가의 이익의 위해 조직되었다가 산업화라는 공동체의 조화와 일치를 위해 버려진 권력의 희생물이 된 것이다.[131] 이러한 구조 속에서 호스티스는 '즉자적即自的 민중', 즉 역사 속에서 객체로 존재하는 피지배자에 머물 수밖에 없었다.[132] 이들은 비판과 실천을 통해서 '대자적對自的 민중'이 되기 전까지는 서술되지 못하는 하위주체의 틀에 갇혀 있을 수밖에 없었다.[133]

---

[129] 노동자 문제가 생산관계에서 계급문제라는 것이 뚜렷했던 것과는 달리, 도시 빈민의 경우는 계급문제로 쉽게 포착되지 않는 특징을 보인다. 봉건적인 속성을 가진 도시빈민은 소자산계급이나 농민, 룸펜 등과 쉽게 구별되지 않고 있기 때문이다. 김영석,『한국 사회성격과 도시빈민 운동』, 아침, 1989, 21~29쪽 참조. 특수한 조건에도 불구하고 이들은 노동자의 성격을 지니고 있기 때문에 계급의 문제로 이해해야 하지만, 이 문제가 담론화된 것은 1980년대 후반 이후부터였다.

[130] 박종성,『한국의 매춘』, 인간사랑, 1994, 100~101쪽.

[131] 문재원,「1970년대 소설에 나타난 매춘과 탈매춘」, 김정자 편,『한국현대문학의 성과 매춘 연구』, 태학사, 1996, 114쪽.

[132] 즉자적 민중이 역사 혹은 구조 속에서 객체로 존재하는 피지배자에 머무는 이들로서, 비판과 행동을 통해 대자적 민중을 지향해 가는 존재이다. 한완상,「민중의 사회학적 개념」, 유재천 편,『민중』, 문학과지성사, 1984, 58쪽.

1970년대에 하층민의 존재는 영화나 잡지와 같은 대중매체에서 간간이 소개되는 정도였다. 그러나 이 관심은 하층민 중에서도 '호스티스'라는 소재에 한정되어 있었으며, 시각 역시 객관적인 분석의 태도는 아니었다. 대중매체의 시선은 오히려 그들의 존재를 은폐하거나 왜곡하는 데 기여하기도 했다. 대중 주간지는 호스티스를 사회적 문제라기보다는 개인적 현실의 단면으로밖에 취급하지 않았다. 대중잡지의 총아였던 『선데이서울』이 1970년대 내내 여러 차례 호스티스 시리즈를 연재하면서 내세운 기획의 변이란, 호스티스라고 하는 "특수한 사회의 어제와 오늘의 생태를 독자 여러분과 같이 생각하고 이들을 이해하고 바른 길로 이끌어 갈 수 있는 참된 기회"[134]를 가지게 한다는 것이었다. 나름의 당위성을 가진 기획에도 불구하고 기사의 내용은 주제의식을 고르게 관통하지 못했다. 1970년대 초 선정적 유흥의 관점에서 접근한 반면, 후반에 들어서는 국가 권력의 이데올로기를 재생산하는 수준에 머무르는 진폭만을 보여주었던 것이다. 호스티스의 인터뷰는 대개 개인적인 불행으로 호스티스에 뛰어 들었지만, 자신의 일을 떳떳이 여기고 착실히 돈을 모으겠다는 다짐으로 끝나기 일쑤였다. 여기서 호스티스를 낳은 사회 구조에 대한 분석과 비판을 찾을 수 없는 것은 당연했다.

이런 시선은 실질적으로 호스티스를 관리하던 국가와 사회의 시선과 구별되지 않는다. 이들을 나쁘게만 보지 않겠다는 주간지의 시각은 곧 향락산업의 지배구조 속에서 이들의 현실을 고착화시키는 역할을 한다. 이는 호스티스를 대상으로 한 사회사업인 '숙녀학교'의 예에서도 볼 수 있다. '한국기독

---

133 하위주체에 관해서는 Rosalind C. Morris ed., 태혜숙 역, 『서발턴은 말할 수 있는가? - 서발턴 개념의 역사에 관한 성찰들』, 그린비, 2013; 김택현, 『서발턴과 역사학 비판』, 박종철출판사, 2003, 제1장; Alf Lüdtke et al, 이동기 외역, 앞의 책, 제2장 등의 논의를 참고.
134 「호스티스시리즈 1 - 양주코너 조진주 마담」, 『선데이서울』, 1977.1.2, 94쪽.

교 장로회 여신도회 서울연합회'에서 설립한 숙녀학교에 입학한 여성의 수기 기사에서 호스티스는 계몽되고 관리되는 대상으로 그려진다. 숙녀학교는 "일그러진 그늘에서 삶을 사는 호스티스, 버스차장, 여공, 가정부 등 저열에 사는 이들의 마음을 고쳐시키고 정신적 바람의 터전을 만들어 주자는 이념"[135]에서 설립된 것으로, 하층 여성을 대상으로 한 재사회화 기관이었다. 시내의 호스티스들은 여성생리학, 경영학, 문학, 위생학, 외국어 등의 과목을 배우며 불행한 과거를 극복하고 바람직한 여성으로 성장할 것으로 기대된다. 이 수기의 주인공은 전형적인 '억척녀'[136]의 외양을 하고 있다. 이러한 기사에서는 아버지를 일찍 여의고, '월급 8만 원짜리 가발수출공장'에 취직해서 일하던 주인공은 애인이 월남에서 전사하고, 동생마저 죽는 불행을 겪고 난 후 결혼의 꿈을 접고 호스티스의 길에 들어선다는 입지전의 전형만이 반복될 뿐이었다.

더 큰 문제는 숙녀학교 수료생들이 다시 호스티스 생활로 돌아간다는 점이다. 사실 숙녀학교는 호스티스를 '정상적'인 삶으로 이끄는 것이 아니라, 업무를 더 잘 하게끔 돕는 것을 목표로 삼았다. 숙녀학교를 수료하고 다시 호스티스로 돌아간 수기의 주인공은 과거에는 일본인 손님을 받아도 말을 알아듣지 못해 곤란했었으나, 숙녀학교 수료 후에는 일본어가 가능해져 수입이 늘었다고 자랑한다. 여기서 향락산업에 대한 통제가 숙녀학교를 통해

---

135 이경아, 「숙녀학교 졸업기-호스티스가 쓴 생활기록」, 『명랑』, 1975.1, 142쪽.
136 임종수·박세현(「『선데이서울』에 나타난 여성, 섹슈얼리티 그리고 1970년대」, 『한국문학연구』 44, 동국대 한국문학연구소, 2013)은 1970년대 『선데이서울』에 재현된 여성의 유형을 '현모양처', '억척녀', '포르노배우' 등으로 분류했다. 이 중 '억척녀'는 신성화된 모성 이미지와 동시에 가족의 생계를 책임지는 여성 노동자의 이미지가 중첩되어 있다. 그런 점에서 보면 『선데이서울』에 등장한 호스티스는 남성의 성적 대상인 포르노배우보다는 역경을 딛고 신성한 노동으로 가족의 생계를 책임지는 '억척녀'에 가깝다.

재생산되는 상황을 짐작하기는 어렵지 않다. 이는 비단 호스티스의 문제뿐만 아니라 숙녀학교의 대상이 된, 버스차장, 여공, 가정부 등의 하층노동자 모두에게 해당하는 일이다. 잡지 기사는 하층노동자의 삶에 대해 외형적으로는 '인정미담'의 형식을 빌려 추켜세우지만, 실질적으로는 사회 구조의 질서를 강요하고 고착하는 이데올로기적 역할에 충실했다.[137]

하층민의 목소리를 억압하던 권력의 서사와는 달리 소설은 문학적 서사를 통해 하층민을 재현하려 했다. '호스티스 문학'이라는 오명을 얻은 조선작의 작품에서 보듯이 소설은 하층민에 대한 관습적인 이해와는 다른 양태의 하층민을 전면에 내세운다. 1970년대 산업화의 산물인 도시하층민은 그 자체로 시대의 구조를 상징적으로, 실체적으로 보여주는 인물이다. 특히 호스티스의 삶은 당대의 특징을 가장 적나라하게 보여줄 수 있는 문제적 인물로 선택되었다. 조선작의 경우, 환경의 문제를 전면화하지 않은 채 가까운 거리에서 서술을 진행한다. 예컨대 「영자의 전성시대」나 『미스 양의 모험』 등에서 화자는 이들의 삶을 비판하거나 동정하는 태도를 취하지 않는다. 오히려 그들을 '창녀'[138]라는 거친 말로 부르면서 이들의 일상에 적극적으로 다가간다. '창녀'들과 일상적인 관계를 맺는 남성주인공들은 부끄러움 없이, '창녀'

---

137 1970년대 대중잡지에는 유명인 외에도 다양한 계층의 인물이 등장한다. 그중 호스티스는 산업화 시대의 이면을 대표하는 인물로 집중적인 조명을 받았다. 『선데이 서울』의 '호스티스 특집'에 소개된 여성들은 대부분 불우한 가정과 사랑의 실패가 계기가 되어 호스티스의 길로 접어든다. 이들은 가족을 뒷바라지 하며, 진정한 사랑을 만나 가정을 희망한다.(『선데이서울』, 1977.1.2~3.13) 호스티스는 비정상의 상징이지만 그들의 불행을 통해 사회가 요구하는 정상적인 가정을 환기시키는 이데올로기적 효과를 발휘한다.

138 1970년대 들어 매춘현상이 구조적으로 분화되고 기능적으로 전문화되면서, 1960년대 이전의 '창녀'라는 말은 퇴색되어 간다. 대신 다양한 업종에서 각기 다른 말이 이를 대신하기 시작한다.(박종성, 앞의 책, 104쪽) 그러나 조선작은 「지사총」, 「영자의 전성시대」에서 여성 주인공들을 거침없이 '창녀'라고 부른다. 이는 주로 하층 남성노동자의 시선을 반영한 것으로, 하층민에 대한 작가의 반어적 태도를 내포한 언어의 성격이 짙다.

와 사랑을 나누고 결혼할 희망을 가지는 모습을 보여준다. 『미스 양의 모험』은 무작정 상경한 시골처녀 '미스 양'의 모험담이라 할 수 있는데, 이 모험이 초점을 맞춘 것은 억압적 사회 구조가 아니라 시골처녀가 겪는 다채로운 경험 자체이다. 사회 밑바닥을 전전하며 겪는 온갖 비루한 현실 속에서 주인공은 다층적인 욕망을 지닌 하층민 주체로 그려진다.

하층민을 형상화하는 서사는 사회과학적 담론과도, 선정적인 대중매체와도 다른 입장에서 이루어진다. 즉 대중소설의 서사는 하층민을 계급적으로 분석하여 대상화하지 않는다. 그 덕분에 대중매체의 온정적 시선이 억압을 은폐시키는 역설 또한 피해나갈 수 있었다. 대신 대중소설은 현실을 있는 그대로 받아들일 수 있는 서술 위치를 기획한다. 이 지점에서 펼쳐지는 서사는 지배적 질서와는 무관한 상상적인 대중 주체를 그려낸다. 대중소설의 주인공들은 내적인 성찰 대신 외부의 현실을 소설 속으로 끌어들이며 주체의 준거로 삼는 것이다.[139] 이때 소설의 사건은 허구의 틀을 벗어나 독자에게 체험 가능한 현실로 제시된다. 대중소설의 서사는 이러한 추체험의 현실을 형상화하면서 학제적 담론이 포착하지 못한 새로운 세계를 구성한다. 그런 점에서 '창녀'와 '호스티스'의 일상을 생생하게 묘사한 대중소설은 경험을 바탕으로 덧쓰기|rewriting를 통해 그간의 논의에서 소외되었던 하층민의 의미를

---

139 대중소설에 등장하는 여러 사건들은 상징화되거나 알레고리화된 사건이 아니라, 소설이 읽히는 당대의 실제 사건과 직접 연결되는 경우를 흔히 볼 수 있다. 대중소설에서 매우 현실적인 사건을 겪으면서 주인공의 모험은 지속되고 인물의 성격이 형성된다. 그런 점에서 주체는 현실적 사건들, 즉 현실적 기표의 연쇄를 통해 구체화된다고 할 수 있다. 이런 주체의 특징을 일러 외밀성 (extimity)이라 칭할 수 있을 것이다. 외밀성이란 주체와 외부의 기표와의 관계를 일컫는 말이기도 하다. Slavoj Žižek, 이만우 역, 『향락의 전이』, 인간사랑, 1994, 48쪽; Mladen Dolar, "At First Sight", R. Salecl · S. Zizek eds., *Gaze and Voice as Love Object*, Duke University Press, 1996, p.129 참조.

복원하는 글쓰기의 성격을 가진다.[140] 이데올로기의 층위에서 주목받지 못했던 하층민의 삶은 이념을 탈각하고 일상에 초점을 맞춘 소설에 의해 대중적 의미를 획득한 것이다.

동시에 대중소설은 비현실적인 상상의 사건들을 그린다. 조해일의 출세작 『겨울여자』는 현실에서 쉽게 볼 수 없는, 그래서 흔히 상상에서만 존재하는 여성인물 '이화'가 등장한다. 이화의 자유분방한 남성 편력은 여성해방의 이념과는 무관하다. 진보적인 듯이 보이는 성적 관계는 실제로 보수적 남성중심주의와 관련 맺고 있기 때문이다.[141] 핍진성이 부족한 이들 서사는 대중의 상상적인 욕망의 수준을 대변한다. '모든 남성의 애인'이 되고자 하는 이화는 남성의 상상에만 존재하는 인물이다. 상상적인 욕망과 연결된 서사는 대중의 주체성을 드러내는 매개 역할을 한다. 즉 현실에 존재하는 대중의 욕망은 사회화된 이념으로 매개되지 않은 모습으로 서사에 등장한 것이다. '미친애'라는 독자의 반응[142]은 대중 독자의 주체성에 내재된 비현실적인 욕망의 고백과 다르지 않다. 주인공의 상상적인 행위로써 독자의 욕망을 드러낼 때 대중적 욕망의 다층적 구조가 다시 한 번 확인된다.

1970년대 대중소설이 문학의 관습적 역할을 거부하고 선택한 것은 대중이라는 현실이었다. 이 현실을 형상화함으로써 대중소설은 1970년대의 대

---

140 Fredric Jameson, *A Singular Modernity*, Verso, 2002, p.39. 근대성은 '사라지는 매개자'로서의 특별한 사건을 경험하고, 그에 따른 사회의 기술적 변화의 경험을 서술하면서 의미를 형성한다. 이때 실제 역사적, 사회적 사건들을 서술하는 것은 일종의 덧쓰기의 형식으로, 사회 변화에 대한 주체의 표현 양식으로 기능한다. 이를 통해 실제 사건은 사회적·역사적 의미를 복원할 수 있다. 이런 점에서 근대성은 철학적인 범주가 아니라 서술의 범주(narrative category)인 것이다.(Fredric Jameson, *op. cit.*, 제3장 참조)

141 김치수, 「여자 해방과 '경아'와 '이화'」, 『뿌리 깊은 나무』, 한국브리태니커회사, 1979.2, 94쪽.

142 조해일, 「후기」, 『겨울여자』, 문학과지성사, 1976, 702쪽.

중성을 입체적으로 구성할 수 있었다. 특히 청년과 하층민이라는 현실에 초점을 맞추며 대중소설은 상징적 질서에 대응하는 대중 주체의 가능성을 타진했다. 이때 대중 주체는 욕망의 주체로서 사회의 상징적 질서와 대중의 상상적 욕망, 그리고 실재적 모습까지 아우르는 다층적인 면모를 드러낸다. 최인호, 조해일, 조선작, 한수산은 대중 주체의 다양한 욕망의 층위를 형상화함으로써 1970년대 한국 사회의 욕망의 지형도를 그린 작가였다.

제3장 대중소설의 주체와 일상적 욕망

1. 하층민의 현실 극복을 위한 욕망의 실천 – 조선작론

1) 사회 질서에 편입되는 하층민의 일상

일상은 주체의 행위로써 생활양식을 만들고 이를 통해 사회적 재생산 구조와 특수한 사회 구조들을 개인적인 차원으로 전유하게 만드는 토대가 된다.[143] 따라서 일상을 통해 대중소설은 문제적 현실에 접근할 수 있으며, 일상에서 주체화의 양상을 발견할 수 있다. 한국 사회에서 새로운 일상이 생겨난 결정적 계기는 산업화라는 사회 변동이었다. 경제성장으로 인해 대중과 중산층이 생겨나고 청년계층은 성장의 혜택을 대중문화를 통해 누렸다. 동시에 성장의 부작용은 농촌문제와 도시 하층민이라는 구조적 문제도 낳았다. 일상은 두 극에서 실천되면서 사회 전체의 질서와 긴밀하게 연동되는 주

---

143 하랄트 데네, 「일상에 한 발짝 더 다가섰던가?」, Alf Lüdtke et al., 이동기 외역, 앞의 책, 206쪽.

체를 형성했다. 대중소설은 다양한 계층의 주체의 행위를 정밀하게 묘사함으로써 1970년대의 현실에 좀 더 가깝게 다가갔다.

1970년대 산업화로 인해 계층분화가 진행될 때, 조선작이 초점을 맞춘 계층은 이른바 '뿌리 뽑힌 자들'이었다. 산업화의 장밋빛 전망에서 소외된 하층민을 서사의 주인공으로 등장시켜 자본주의 사회의 욕망의 구조를 밝히려한 것이다. 자본주의가 잉여가치를 통해 유지되는 체제인 것처럼, 인간의 욕망 구조에도 잉여의 욕망, 즉 잉여향락이 존재한다. 잉여향락은 상징적 질서가 제어하지 못한 욕망의 일부로써 욕망의 구조와는 상반된 부분이다. 라캉에 따르면 잉여향락은 인간의 욕망 구조를 지탱하는 근본 원인인 동시에 그 모순을 폭로하는 기제이다. 주체는 상징적 질서 내에서 욕망하지만 그 욕망으로 설명되지 않는 분열지점은 필연적으로 존재한다. 이러한 욕망의 이상 형태, 혹은 욕망의 모순된 지점은 충동 혹은 향락이라 할 수 있다.[144] 이를 1970년대 한국 사회에 적용시키면 하층민의 존재가 이 지점에 놓인다. 창녀, 호스티스 등의 하층민의 존재는 산업화의 모순을 드러내는 존재로 기술되지 않거나 말할 수 없는 주체로 밀려난다. 이들은 경제성장의 국가적 과제에 부합하지 않는 비정상적인 삶을 살고 있는 예외적인 인물이기 때문이다. 그로 인해 하층민은 우연한 왜상anamorphosis,[145] 즉 상징적 질서 외부의 충동 그 자체로 해석된다.[146]

---

144 J. Lacan, Bruce Fink trans., "On jouissance", *Seminar of Jacque Lacan book XX, op. cit.*; D. Hoens, E. Pluth, "The sinthome : A New Way of Writing an Old Problem?", Luke Thurston ed., *Re-inventing The Symptom*, OtherPress, 2002 참조.

145 왜상(anamorphosis)이란 정상적인 시각에서는 의미가 없지만 '삐딱하게' 볼 경우, 친숙한 형태의 영상이 나타나는 '얼룩'을 말한다. 이는 기의 없는 기표로서, 의미의 영역에 존재하는 우연히 발견되는 모호한 지점을 일컫는 라캉의 용어이다. Slavoj Žižek, 김소연·유재희 역, 『삐딱하게 보기』, 시각과 언어, 1995, 184~185쪽.

조선작이 주목한 대상이 예외적인 지점에 놓인 하층민이었다. 그 중 호스티스, 창녀처럼 성과 경제에서 이중의 소외에 놓인 여성 하층민이 특히 문제적이었다. '호스티스문학'147의 효시로 불린 「영자의 전성시대」를 비롯하여, 그의 작품에는 수많은 여성 하층민들이 등장한다. 이전까지 호스티스의 삶은 개인적인 불행으로 다루어졌을 뿐 사회 구조의 문제로 파악되지는 않았다. 즉 호스티스는 사회 질서 내의 '증상'으로 파악되지 않은 것이다. 하지만 조선작은 호스티스를 전면에 내세워 이들의 존재조건을 산업화의 지평에서 파악함으로써 대중소설의 한 경향을 만들었다. 호스티스 외에도 개백정(「성벽」), 포주(「모범작문」), 하층 남성 노동자(「지사총」) 등 다양한 계층의 하층민이 조선작의 소설에 등장한다. 이와 같은 맥락에서 국가에서는 물론, 부모로부터 보호를 받지 못하거나 주체적이지 못한 어린 아이(「시시한」)도 이 범주에 포함될 수 있다.

농촌인구가 산업생산의 노동력으로 제공되면서 대중의 의미는 청년 학생뿐만 아니라 노동자 계층까지 확장된다. 그러나 생산관계에서 대학생과 분리된

---

146 거지, 창녀, 빈민 등의 하위주체는 1970년대 산업화가 만든 필연적인 증상(symptom)의 하나이다. 하위주체는 따라서 포착되지도 않지만 포착되지 않은 상태로 머물 경우 사회 질서의 공고함을 재확인시켜주는 의미없는 존재에 불과하다. 그러나 이 증상으로서의 하위주체의 목소리가 발견될 경우, 이들 증상으로서의 하위주체는 사회 질서에 위협이 되 수 있는 존재로 변형이다. 된다. 이 변형된 증상을 증환(sinthome)이라고 부를 수 있으며, 이들의 목소리를 재확인하는 작업으로 대중소설의 역할이 있다. 중산층의 삶도 이와 마찬가지이다. 증상에서 증환으로 변화하는 중산층 주체성 역시 이 장에서 분석하고자 한다.
147 '호스티스문학'이라는 임의적인 용어는 작품 속 주인공의 직업과 단순히 연관되어 쓰인다. 대체로 최인호의 『별들의 고향』에 붙여진 이 말은 이와 유사한 여성의 직업에 해당하는 소재라면 어김없이 등장하여 당대 대중문학을 일컫는 상투적 표현이라 해도 무방하다. 이후 최인호가 표한 '경아는 술을 날랐을 뿐 따르지는 않았다'(최인호, 「작가 최인호가 경아에게 보내는 편지」, 『한국일보』, 2004.4.28)는 말로 '호스티스문학'이란 평가를 거부한 바 있다. 그러나 조해일의 경우 '창녀 조합장'이라는 별명을 얻을 정도로 하층민 직업여성에 대한 묘사에 애착을 가진 것으로 전해진다. 양평, 「창녀촌의 부조리를 고발―「영자의 전성시대」」, 『베스트셀러 이야기』, 우석, 1985.

이후[148] 노동자 계층은 대중매체를 중심으로 청년문화와는 구분되는 대중문화의 한 축을 형성했다.[149] 「지사총」, 「영자의 전성시대」에 이어 『미스 양의 모험』, 『말괄량이 도시』 등의 작품은 하층 노동자, 그중에서 호스티스를 중심으로 한 일상을 포착한다. 여기서 하층 노동자와 호스티스는 계급적 정체성과는 단절된 채, 일상적인 욕망을 실천하는 주체로 그려진다. 비교컨대, 황석영의 「객지」가 전태일 분신사건과 연관을 가지며[150] 노동자 계급 의식을 각성시키는 리얼리즘의 창작방법론을 지향한 것에 비하면[151] 조선작 소설에서는 이념적 지향성이 상대적으로 희박하다.

그러나 하층민의 일상의 욕망은 사회 구조와 만나면서 비로소 서사가 시작된다. 무의미해 보이던 그들의 일상은 구조 속에서 욕망의 정체를 확인한 후 주체화의 모험을 수행하는 것이다. 「지사총」의 모험의 주인공은 하층 노동자를 대표하는 창녀 창숙과 철공장 직원 영식이다. 둘은 문맹이자 고아로, 추석에도 갈 곳 없는 최하층 노동자이다. 그들은 뜻하지 않게 '서울특별시장의 초청'[152]을 받으면서 이 사회의 체제 속으로 접어든다. 학살 희생자의 후손으로서 지사총 위령제에 초대받았다는 것을 알게 된 창숙은 자신의 아버지도 반공지사였기를 바라면서 동질감을 느낀 영식과 살림이라도 차릴 듯이 가까워진다. 「지사총」

---

148 신광영, 「노동자 계급의 생활문화와 정치의식」, 이종구 외, 『1960~1970년대 한국 노동자의 계급문화와 정체성』, 한울아카데미, 2006, 37쪽.
149 박해광, 「1960~70년대 노동자계급의 문화와 일상생활」, 위의 책 참조.
150 황석영·최원식 대담, 「황석영의 삶과 문학」, 최원식·임홍배 편, 『황석영 문학의 세계』, 창작과비평사, 2003, 41쪽.
151 임규찬, 「70년대 노동현실과 문학적 형상」, 이종구 외, 앞의 책 참조.
152 조선작은 창숙과 영식의 처지에 빗대어 위령제 참석을 자조적으로 '서울특별시장의 초청'이라는 말로 표현한다. 공권력에 의한 호명이라는 점에서 서울특별시장의 초청은 명령의 형식이다. 때에 따라서 서울특별시장의 초청은 징집영장이나 구속영장이 되어도 특별히 놀랄 것은 없다. 주인공의 의지와는 무관하게 부과되는 명령이기 때문이다.

에서 서울특별시장의 초청장은 본질적으로 명령의 형식이다. 초청장에 특별한 감흥이 없었던 창숙과 달리, 문맹인 영식이 초청장을 입대 영장으로 착각할 만큼 입대영장 혹은 초대장은 절대적 명령으로 작용한다. 실제 내용과 무관하게 관료화된 형식으로 전달된 초청장은 노동자 영식을 어떤 제도 속에 편입시키는 호명interpellation으로 기능하는데,[153] 영장이 아니라 초청장임이 밝혀진 후에도 그 기제는 바뀌지 않는다. 이는 참석 이후 겪게 되는 주체의 변화의 과정에서 드러난다. 자신의 부모가 지사총에 합장될 만한 지사志士였음을 깨닫는 순간 창숙은 창녀에서 지사의 후손으로 거듭난다. 초청장은 창숙을 사회 질서 속으로 끌어들여 의미의 좌표를 부여하는 주체화의 입구였다.[154]

그런데 특이한 것은 창숙과 영식이 지사의 후손으로 호명되는 과정은 현재로부터 과거로 거슬러가는 역시간적 구성으로 진행된다는 점이다. 창숙에게 지사총에 합장된 아버지의 기억은 존재하지 않는다. 다만 지사총의 초청장을 받는 순간 그녀는 아버지의 서사를 상상하기 시작하는 것이다. 마을 노인과의 대화는 자신의 아버지를 재구성하는 과정을 잘 보여준다.

---

153 Louis Althusser, 김동수 역, 「이데올로기와 이데올로기적 국가장치」, 『아미엥에서의 주장』, 솔, 1998. 호명(interpellation)은 이데올로기적 국가 기구가 구체적 개인들을 이데올로기적 주체로 구성하는 기제를 말하는 것이다. John Fiske, 백선기 역, 「영국문화 연구와 텔레비전」, John Story ed., 『문화란 무엇인가』, 커뮤니케이션북스, 2000, 239~303쪽. 이런 점에서 호명은 상호 대화적 관계가 아니라 명령의 성격을 띠고 있다.

154 김현주는 「지사총」과 「영자의 전성시대」의 경우 여주인공이 비일상성에서 일상성으로 편입하려고 하나 그 꿈이 좌절된다고 보고 있다.(김현주, 「1970년대 대중소설 연구」, 민족문학사연구소 현대문학분과 편, 앞의 책) 그러나 그 일상성이란 같은 글에서 말한 바처럼 전체적이고 구조적인 역사, 즉 의미 있는 일상성의 역사이다. 따라서 창녀인 여주인공은 자신이 겪는 일들의 사회적 의미를 깨달아가는 과정을 통해 오히려 비일상에서 일상으로 편입되어 가고 있다고 보는 것이 타당하다. 지사총의 창숙이 국무총리의 존재를 인식하면서 자신의 처지가 그들과 괴리되어 있음을 알게 되며, 영자는 본격적인 매춘의 수단인 의수(義手)를 달고서야 돈을 벌어 전세금이라도 마련하고자 하는 의지를 가지게 되는 사건 등이 이에 해당한다.

"그럼 색씨는 어르신네가 참변을 당하셨던가?"

"네, 아버지예요." 창숙이년이 대답했다.

(…중략…)

"그래 어르신네는 뭐하는 분이셨나?"할아버지가 창숙이년에게 물었다. "목사님이었대요. 나도 잘 몰라요." "예배당 말인가? 그렇지 목사님도 더러 있었다더군." "할아버지는 잘 아셔요?"라고 창숙이년이 물었다. "잘 알다마다 죽 여기서만 살아왔으니까."

(…중략…)

할아버지의 이야기가 끝났을 때 내가 물었다. "죽은 사람들은 무슨 죄를 지었는데요?" 아마 내 질문은 너무 엉뚱했던 모양이었다. 할아버지는 혀를 끌끌 차면서 나를 핀잔했다. "사람도 원 딱하군. 죄를 지어선가 저들의 반대편이니까 그렇지."

"목사님도 반대편인가요?"

"그럴걸." 하고 할아버지는 자신없이 말했다가 잠간 생각하더니 힘을 얻어서 다시 말했다. "그렇지, 예수교는 나도 반대니까."

"우리 아버지는 목사 아니었는지도 몰라. 전도사였대."

창숙이년이 풀이 죽어서 말했다.[155]

아버지에 관한 행적은 기억에서는 물론 객관적 증거조차 남겨져 있지 않다. 오로지 노인의 희미한 기억에 의존해 재구성될 뿐이다. 그러나 창숙에게 아버지가 지사라는 과거는 불변의 사실로 공고해진다. 이는 아버지뿐만 아니라 지사총 무덤의 주인들도 마찬가지이다. 학살에 합리적 이유란 존재하

---

155 조선작, 『영자의 전성시대』, 민음사, 1974, 33~35쪽.

지 않는다. 전쟁의 희생자들은 외부의 강압적인 힘에 의해 규정되었으며, 그것이 삶과 죽음을 갈랐을 것이다. 지사총처럼 사후에 발견되는 경우 죽음의 의미는 외부에서 부여받는다. 지사총의 거창한 의미는 결국 비합리적인 권력의 선물일 뿐이었다. 이러한 상황은 노인의 증언과 창숙의 태도에서도 반복된다. 자신의 아버지가 목사였다는 것을 노인의 증언을 통해서 받아들이지만 노인은 신뢰성 있는 증언자가 아니다. 노인이 '예수교'에 대한 부정적인 발언을 하자, 창숙은 자신의 아버지가 목사였다는 사실을 급히 수정하여 전도사로 재구성하기에 이른다. 창숙은 노인의 증언에 따라 아버지의 존재를 상상하지만, 그 증언이 변덕스럽게 바뀐다고 해도 이를 거부할 수 없는 처지이다.

이처럼 주체를 규정하는 힘은 합리성과 무관하게 작동한다. 노인의 증언이 작동 하는 데에는 일관성이나 논리적 형식이 필요한 것이 아니다. 단지 외부에서 행해지는 명령의 형실을 통해 절대적 권위를 가질 뿐이다. 명령에 의해 부여된 주체성은 지사총의 기표와 어긋나기 십상이다. 지사총이 사후적으로 건립될 때, 지사총은 지사를 기리는 본래의 역할에서 나아가 창숙을 지사의 후손으로 확정하는 권력의 힘을 현현하기까지 한다. 그 힘이란 반대로 피의자를 범죄자로 확정하는 권력행위와 동일한 것이기도 하다. 즉 지사총 위령제는 권력의 힘과 명령을 재확인하는 제의와 같은 성격을 가진다.

영식 또한 그 힘에 포섭됨은 물론이다. 영식이 초대장을 읽을 수 없지만 명령의 기제는 바뀌지는 않는다. 초대장이든 입영통지든 국가 혹은 사회라는 권력이 발신한 명령은 영식에게는 절대적이기 때문이다. 그 명령 속에 불충不忠의 혐의가 기다리고 있더라도 이를 거부할 방도는 없다.

"어머, 그런데 영식이가 유가족이란 걸 어떻게 알고 초대장을 보냈을까?" 창숙이년은 꿈결에서처럼 말했다. "알게 뭐야. 살인범도 귀신 곡하게 찾아내는 세상인데." 내가 말했다.

"영식이 아버지는 아마 훌륭한 분이었을 거야." 창숙이년이 꿈꾸는 듯한 얼굴로 말했다. 창숙이년이 우리 아버지를 훌륭한 사람이라고 상상하는 것은 좀 시건방진 것으로 생각되었다. 내가 말했다. "우리 아버지는 마차군이었어. 부상병도 안 실어다 준 마차군. 알아?"[156]

주체는 대타자에 의해 수동적으로 구성되기 때문에 명령의 내용은 중요하지 않으며 주체의 의지와 상관없이 대타자의 명령에 복종해야한다는 사실 자체만이 강조된다. 아버지라는 존재는 지배적 질서의 기제에 따른 결과인 만큼[157] 아버지에 대한 영식의 상상은 그 실체와는 무관하다. 목사이든 전도사이든, 혹은 부역을 거부한 무책임한 마차꾼이든, 창숙과 영식의 상상은 지사총의 제의 속에서만 형성될 수 있었다. 둘은 권력의 명령에 따라 아버지를 재구성하며, 실체와 무관하게 아버지에 대한 상상을 사실로 확정해 받아들인다.

이 과정을 거쳐 창숙과 영식은 사회의 질서 속에 온전히 자리 잡는다. 그들은 현실과 타협하며 여느 사람들처럼 행복한 미래를 꿈꾸기 시작한 것이다. 그들에게 실현가능한 가장 현실적인 욕망은 바로 정상적인 가정이었다.

"헤어지게 되니까 울지. 씨, 난 영식이를 사랑한단 말야" 하고 창숙이년이 말했

---

156 위의 책, 40쪽.
157 Slavoj Žižek, 이수련 역, 앞의 책, 190쪽.

고, 나는 얼결에 또 이렇게 말했다.

"더러운 소리 하지 마. 그럼 너 나하고 살림살이 차릴래."

"차리지." 창숙이년은 재빨리 대답하고 진지한 표정으로 나를 빤히 쳐다보았다. 내가 장난스럽게 말했다. "허, 방이 있어야지 허."

창숙이년은 애절한 목소리로 다시 말했다. 나는 생각했다. 잠시 후에 내가 이제는 장난스럽지만은 않은 음성으로 말했다.

"좋아. 나는 다달이 월급 타서 삼천 원씩 내겠다."[158]

「지사총」 위령제 이후 창숙과 영식은 추석에도 갈 곳 없는 고아의 처지를 벗어나 가정을 꾸려 사회의 일원이 되고자하는 희망을 품는다. 하층노동자, 창녀도 가정을 꾸릴 수 있다는 기대는 초대장을 받고나서 위령제에 참여하고, 아버지를 상상하는 등의 일련의 기제를 받아들인 결과이다. 노동자가 이데올로기의 효과로 계급의식을 갖는 것과 유사하게, 이제 창숙과 영식은 권력이 요구한 상상을 통해 욕망하는 주체로 호명된다.[159]

「영자의 전성시대」는 「지사총」 이후의 상황, 즉 주체의 욕망이 일상에서 실천되는 양상을 그린 작품이다.[160] 군에서 제대한 영식과 창녀 영자는 '결

---

158 조선작, 앞의 책, 40~41쪽.
159 홍성식은 창숙과 영식의 결혼에 대한 희망을 '뿌리찾기'에 따른 연대의식으로 해석한다. 즉 하층민의 삶의 원인을 사회 구조가 아닌 한국전쟁에서 찾음으로써 같은 뿌리라는 동질감이 사회적 연대의식보다 앞선다고 본 것이다.(홍성식, 「조선작의 초기 단편소설의 현실성과 다양성」, 『한국문예비평연구』20, 한국현대문예비평학회, 2006, 363쪽) 그러나 창숙과 영식은 과거를 재구성하는 과정에서 서로 하층민임을 인정했기에 호감을 가질 수 있었다는 점에서 두 사람의 결혼의 근거에는 사회적 위치의 동질성이 있는 것으로 볼 수 있다.
160 「영자의 전성시대」는 영식이 제대 후 서울로 돌아온 시점의 이야기이다. 목욕탕 때밀이가 된 영식은 입대 전 만났던 창숙을 찾아 창녀촌을 드나들다 우연히 철공장 사장집의 식모였던 영자를 만난다. 「지사총」에서 잠시 언급된 사장집 식모는 「영자의 전성시대」에서는 주인공으로 등장하면서 두 작품의 연관성을 유지한다.

혼'과 '직업'이라는 두 욕망의 대상을 좇는다. 월남전에서 무공훈장을 받은 영식이지만, 그에게 주어진 일은 "무교동의 한 화려한 술집에서 보오타이를 매고 일하는 것" 혹은 "소문난 양복점에서 재단사로 일해 보는 것"[161] 대신 목욕탕 때밀이가 고작이다. 아버지에 대한 상상을 덧붙였지만 철공장 직원 영식의 현실은 조금도 달라지지 않았다. 영식은 영자를 만나면서 다시 한 번 욕망을 펼친다. 「지사총」처럼 「영자의 전성시대」에서는 외팔이 창녀 영자를 통해 결혼이라는 정상적 삶을 이뤄보려는 욕망이 일어난다.

이들이 꿈을 이루기 위해서는 우선 직업에 충실해야 한다. 외팔이 영자는 처지를 비관하지 않고 영식이 구해준 의수를 달고 거리로 나선다. 떳떳하게 외팔임을 드러내고 손님을 받는 영자는 바야흐로 '전성시대'를 맞이한 것이다. 영자는 의수를 끼고 직업에 충실한 생활인의 태도에 근접한다. 외팔이라는 이유로 창녀노릇도 제대로 못했던 영자는 의수를 부착하면서 정상인과 같은 욕망, 즉 결혼을 꿈꾸게 된다. 의수를 달고 자신의 직업에 충실하며, "전세방 값만 모은다면 이젠 발씻고 살림을 차릴" 희망이 싹튼 것이다. 결혼에 대한 열망은 영식도 마찬가지이다.

가을도 깊어지자 오팔팔 일대에서 나는 어느덧 영자의 서방으로 통하기 시작했다. 그것은 내게 치명적이랄 것까지는 없지만 과히 듣기 좋은 호칭은 아니었다. 그러나 따지고 본다면 목욕탕에서 손님들 사타구니의 때나 밀어주며 세상을 빌붙어 사는 주제에, 창녀의 서방도 과분할 밖에 없었다.[162]

161 조선작, 앞의 책, 45쪽.
162 위의 책, 73쪽.

영자와 영식은 '세상에 빌붙어 사는' 사회의 최하층민에 불과하지만 직업에 충실하면서 자신을 사회에 속한 생활인으로 자각하게 되고 이내 결혼을 꿈꾼다. 창녀든, 때밀이든 성실하게만 일한다면 결혼을 통해 사회의 일원으로서 일상을 가질 수 있으리라 믿은 것이다.[163]

영자와 영식이 희망을 품게 된 데에는 1970년대 한국의 경제성장이 결정적인 영향을 끼쳤다. 경제성장과 중산층에 대한 전망은 대량생산과 대량소비에 대한 열망과 일치했다.[164] 이 열망은 영자와 영식에게도 어김없이 전이되었다. 그들도 가정을 꾸리고 행복한 나날을 사는 중산층이 될 것 같은 희망이 경제성장이라는 정치적 기표와 짝을 이룬 것이다. 그 때문에 중산층에 대한 기대는 미래 지향적인 만큼 현실 문제를 은폐하는 이데올로기적 효과를 가진다. 중산층의 존재가 논의되면서 중산층의 존재는 경험으로 실증되는 것이 아니라 추상적 현상으로 가정되는 상징적 성격을 가지기 때문이다. 1960년대 이래 경제제일주의, 혹은 성장제일주의가 국가 경제 정책의 기조로 자리 잡은 이후,[165] 중산층 및 성장 논의는 미래형의 믿음, 즉 현재에는 부재하지만 언젠가는 달성될 정치적 이념의 형식으로 유통되었다. 그러나 경

---

163 영식의 이러한 욕망은 사회 질서에 대한 복수로서, "70년대 생산성 이데올로기의 역설적 담지자"의 자질을 보여주는 것으로 해석되기도 한다. 김경연, 「70년대를 응시하는 불경한 텍스트를 재독하다」, 『오늘의 문예비평』 67, 2007.겨울, 291~292쪽.

164 고영복, 「도시생활의 미래상−대량소비시대의 전망」, 『세대』, 1967.7 참조.

165 성장제일주의의 성립과정과 효과에 대해서는 이상록, 「경제제일주의의 사회적 구성과 '생산적 주체' 만들기」, 『역사문제연구』 25, 역사문제연구소, 2011 참조. 권력이 강력하게 밀고나간 경제성장 담론에는 경제민주화 및 민중경제론과 같은 대항담론이 형성되었으며, 이들의 길항관계는 문화적 주제와 주체에도 큰 영향을 미쳤다. 이와 관련해서는 김성환, 「빌려온 국가와 국민의 책무−1960~70년대 주변부 경제와 문화 주체」, 『한국현대문학연구』 43, 한국현대문학회, 2014; 박대현, 「경제 민주화 담론의 몰락과 노동자 정치 언어의 파국−1960년대 민주사회주의 담론의 정치적 의미」, 『코기토』 79, 부산대 인문학연구소, 2016; 박대현, 「1960년대 참여시와 경제 균등의 사상−4월혁명 직후 경제민주주의 담론을 중심으로」, 『한국민족문화』 61, 부산대 민족문화연구소, 2016 등의 논의를 참조.

제성장의 이데올로기는 중산층과 대량소비의 허구적 상상에 기대고 있을지라도, 이를 삶의 준거로 받아들이는 순간 이는 사회를 지배하는 상징적 질서로서 힘을 발휘한다. 영자와 영식의 꿈은 상징적 질서를 받아들인 결과이다. 직업에 충실한 일상을 받아들여 결혼과 가정을 꿈꾸면서 영자와 영식은 보잘 것 없는 하층민에서 중산층의 욕망을 지닌 주체로 전환된다.

하지만 이들의 상상은 실현되지 않는다. 결혼과 가정의 꿈은 영자의 죽음이라는 한계와 맞닥뜨린다. 영자의 죽음은 평범한 좌절이 아니라 신분상승을 꿈꾼 하층민의 욕망의 파국을 의미한다. 하층 노동자 영식과 영자에게 결혼과 가정은 파국으로 이끄는 허상이거나 죽음을 예고하는 비극적 결함을 뜻한다. 특히 창녀라는 직업은 산업화의 산물이지만 정상적인 사회 질서를 위해서는 언젠가 희생되어야 할 존재일 뿐이다. 자연인으로서의 영자의 운명은 상승과 하강을 겪을 수 있겠지만, 사회 구조 속에 놓인 '외팔이 창녀 영자'에게는 파국 외에는 다른 결론이 있을 수 없었다. 이런 영자가 결혼과 가정이라는 상승의 욕망을 품는 것은 오히려 사회 질서에 반하는 모순된 상상력에 지나지 않는다. 그리고 이 모순은 곧 한국 사회의 상징 질서에 내포한 근본적인 모순이기도 하다.[166] 다시 말해 산업화 사회는 '영자'를 만들어 내는 동시에, '영자'에게 결혼과 가정이라는 파국적 충동을 이끈 것이다. 그리고 그 꿈을 좌절시키면서 또다른 '영자'를 만들어 내는 것이 이 사회의 재생산 구조이다. 그런 점에서 영자의 죽음은 하층민에게 가해진 사회의 폭력을

---

[166] 대타자를 접하는 주체는 동시에 초자아의 '즐겨라'라는 명령을 부과받는다. 하지만 초자아의 명령은 실행 불가능한 '외설적'인 속성을 가진다. 초자아의 명령을 수행하지 못하는 주체에게는 초자아에게서 죄책감을 얻게 되는데, 이 심리적인 기제는 대타자의 법적인 권위를 강화시키는 역할을 한다. 라캉을 이런 속성을 외설적이라고 표현한 것이다. Slavoj Žižek, 이만우 역, 앞의 책, 제1장; J. Lacan, Bruce Fink trans., "On Jouissance", *op. cit.* 참조.

상징한다. 외부로부터 상승의 욕망을 부여받았음에도 하층민의 직분에서 벗어나려는 순간 곧 삶을 상실하는 모순을 체현한 인물이 바로 창녀 영자였다.

조선작은 이와 같은 하층민의 구조적 모순을 일정한 거리를 둔 채 서술한다. 조선작은 영사에게 윤리의 잣대를 들이대지 않고서 그 몰락에 서사적 의미를 부여한다. 오히려 인물들이 비윤리적일수록 이들의 삶은 서사에서 주목받는데, 이를 통해 작가는 하층민의 욕망과 이를 제어하는 1970년대 한국 사회의 특징적인 단면을 드러냈다. 호스티스, 창녀뿐 아니라 여타의 하층민의 삶이 작가의 시선에 포착되어 만화경처럼 펼쳐졌다. 「성벽」의 '개백정'과 「모범작문」의 '포주'가 이에 해당한다. 이들 작품의 주인공은 윤리적 판단 없이 오로지 소년의 시선에 의해 무관심하게 묘사된다. 어른의 세계를 전혀 모르는 것으로 가정된 순진한 소년에게 비정상적인 어른들의 직업은 정상적으로 보일 터인데, 그 시선에 의해 묘사된 일상은 순진함으로 인해 더욱 기이한 모습으로 제시된다.

「성벽」의 배경인 '뚝방동네'는 비윤리적인 행위가 당연시되는 비정상의 공간이다. 화자의 아버지는 개도둑이자 개백정이며, 개와 흘레붙는다는 소문이 돌아 '개서방'으로까지 불리는 인물이다. 그러나 '개서방'은 뚝방동네에서는 특별한 인물은 아니다. 장물 자전거를 거래하는 자전거 가게와 그곳에서 '삥땅' 쳐서 방죽건너 사창가를 드나드는 열여덟 살의 탱보 등이 아무런 거리낌 없이 한 마을을 이루며 살아가는 곳이 뚝방동네이기 때문이다. 따라서 동네 사람들에게 홀아비가 개와 흘레붙을 수 있다는 상상, 훔친 자전거로도 버젓이 자전거 가게를 꾸릴 수 있다는 사실은 비난의 대상이 되지 않는다. 뚝방동네의 어른들은 그들의 삶에 익숙해져 있으며, 아이들은 자연스럽게 이들의 삶을 이어받아 일상을 구성할 뿐이다.

대를 이어 뚝방동네 주민으로 살아가는 이들이 하층민으로서의 삶을 거부하고 이를 극복하려 시도할 때 위기는 시작된다. 화자의 누나는 뚝방동네의 한계를 벗어나려는 욕망을 가진 유일한 인물이다. 그녀는 취직을 하고 "이제는 나만 벌어도 우리 세 식구 굶어 죽지는 않아요. 아버지 제발 그 짓만은 그만둬 주세요, 네"[167]라며 뚝방동네의 삶을 거부한다. 그럼에도 아버지, 그리고 뚝방동네는 변하지 않는다. 누나의 상승 욕망이 좌절되면서 뚝방동네의 욕망의 갈등은 사라진 듯 보인다. 누나는 공장을 그만두고 가출하여 어디선가 몸을 팔고 있더라는 소문만을 남긴다.

그러나 의외의 장소에서 다시 욕망의 틀을 깨려는 시도가 등장한다. 중풍으로 쓰러진 아버지가 가출한 누나를 찾아 나선 것이다. 사실 '개서방'의 중풍은 뚝방동네의 비천함과 자연스럽게 연결되기에 특별한 일은 아니다. 딸의 가출 역시 뚝방동네에서는 흔한 일이다. 정상적인 동네에 비한다면 뚝방동네의 일상은 정상적인 사회에 수반되는 필연적인 그림자, 즉 증상symptom이라는 의미에 고착되어 있기 때문이다. 그런데 뚝방동네의 주체가 이 증상을 넘어설 때 비극은 시작된다. 아버지가 뚝방 너머로 누나를 찾아나서면서 그는 뚝방동네에는 허락되지 않았던 가치들, 예컨대 가부장을 중심으로 한 정상적인 가족, 그리고 여성의 정조 등이 부재가 드러나는 것이다. 결국 아버지는 얼마 지나지 않아 시체로 발견된다. 그가 발견된 모래밭은 평소 개를 그을리던 곳이며, 누나가 다니던 화장지 공장의 앞마당이기도 하다. 아버지의 사체는 '개서방'과 공장직공 사이의 경계에 있음으로써 한때 존재했던 상승의 욕망의 존재를 보여준다. '개서방' 노릇을 그만두고 정상적인 삶을 욕

---

167 조선작, 앞의 책, 97쪽.

망했다는 사실은 죽음으로써 흔적만을 남긴 셈이다.

아버지의 죽음은 하층민을 거부한 욕망에서 비롯되었다. 누나를 찾아나선 아버지의 행위는 하층민을 강제하는 현실원칙에 위배되기 때문이다.[168] 「영사의 전성시대」의 영자와 마찬가지로 뚝방동네 사람들은 정상적인 사회로 편입을 시도하지만 곧 견고한 사회 질서와 충돌을 일으킨다. 충돌의 결과로 돌아온 것은 영자와 '개서방'의 죽음과 같은 강력한 제재이다. 「성벽」은 아버지의 죽음을 통해 하층민의 현실에 대해 의미 있는 물음을 던진다. 그들은 하층민에서 벗어날 수 있는가, 혹은 뚝방동네는 왜 생겨났는가. 조선작은 그 대답을 뚝방동네 외부에서 찾는다. 아버지의 죽음이 환기시키는 것은 하층민의 비천함이 아니라, 뚝방동네를 둘러싸고 통제하는 외부 세계의 권위이다. 그 무렵 전철개통에 맞춰 뚝방동네에는 담장이 둘러쳐지고 있었다. 개통식 때 고위인사의 시야에 뚝방동네가 들어오는 것을 막기 위함이다. 이 담장은 뚝방동네와 뚝방 외부 세계를 가로막는 계층적, 신분적 차이를 상징한다. 그렇기에 담장은 성벽과 같이 견고하다.

「성벽」에서 아버지의 죽음은 전철과 뚝방동네를 동시에 만들어낸 이 사회의 모순적인 질서에 의문을 제기한다. 아버지의 사체는 둘의 경계에 놓여있음으로써 사회 질서의 모순을 드러내며 하층민의 충동과 욕망을 암시한다.

---

168 자아가 불쾌를 피하고 쾌락만을 추구하려는 효과적인 활동이 쾌락원칙이라면 현실원칙은 이 쾌락의 주체가 대타자와 관계 맺는 질서의 원칙이다. 쾌락원칙만이 있는 유아는 성장하면서 대타자를 인식하고 쾌락을 추구하는 것을 미룰 수밖에 없는 상황을 인지한다. 자신의 쾌락을 추구하기 위해 대타자의 명령을 받아들여 불쾌를 감내하고 타협해야 하는 것이다. 이를 프로이트는 욕망의 현실원칙이라고 말한다. Sigmund Freud, 임홍빈·홍혜경 역, 『정신분석 강의』, 열린책들, 2003, 480~482쪽 참조. 그러나 「성벽」의 아버지는 '뚝방동네'라는 대타자의 공간에서 이 틀을 무시하고 자신의 욕망을 추구하려 했다. 즉 뚝방동네를 벗어나 딸을 찾고 삶을 회복하려는 욕망이 발휘된 것이다. 대타자와 타협점을 찾을 수 없는 아버지의 욕망은 대타자와 충돌을 일으킨다.

아버지는 누나의 가출을 계기로 하층민의 삶을 넘어서려는 충동을 드러냈다. 그러나 담장 너머는 삶은 결코 실현될 수 없는 충동적인 실재the Real의 공간이다. 아버지의 죽음은 담장 너머에 대한 동경대신 죽음이라는 형벌을 상기시킨다. 따라서 실재적 세계는 공포와 은폐의 대상이 될 수밖에 없다. 이를 담담히 받아들 때, 담장은 뚝방동네 사람들에게 단절과 소외감은커녕 오히려 안도감을 준다.

저녁 때까지는 우리 둑방동네가 철도 건널목에서 내려다보이는 시야로는 합판의 성벽으로 완전하게 가리어져 버렸다. 우리 둑방동네는 우리 둑방동네 나름대로 이제까지는 가져본 일이 없는 아주 까맣게 높고 튼튼한, 그리고 그 안에서만은 서로 정답게 얼굴을 맞대고 부벼볼 아늑한 울타리를 얻은 것이었다.

인부들은 밤까지도 그 높은 성벽에 줄은 맞춰 전등불을 밝혀 놓고, 합판의 나무결 위에 아주 아름다운 색으로 페인트를 입혔다. 구린내를 풍기며 언제나 도도하게 고여 있던 냇물에도 썩은 널빤지와 녹슨 함석이나 찢어진 루핑 따위로 연이어진 판자집의 그림자가 아니라, 줄지어진 전등불이 밝히고 있는, 아주 아름다운 색깔로 말끔히 도장된 아스라한 성벽이 영롱하게 떠 있었다.[169]

'까맣고 높고 튼튼한' 담장에는 1970년대의 현실이 부여한 욕망이 투영된다. 사람들은 담장이라는 기제 내에서 사회의 질서를 확인하고 그곳에 비친 환상으로만 자신의 욕망을 구성한다. 그 너머의 것은 상상할 수 없다는 점은 성벽의 양쪽 모두에 해당한다. 주체는 타협된 욕망을 자신의 주체성으로 부

---

169 조선작, 앞의 책, 111쪽.

여받을 따름이다. 그로 인해 담장을 통해 그 너머를 상상할 수 없게 된 주민들은 상징 질서 속에 속한 욕망에 안도감을 갖는다.[170] 담장이란 외부세계와 뚝방동네를 분리시켜 하층민이 이 선을 넘을 수 없음을 각인시키고, 이로써 충동을 기세하고 타협된 욕망에 안주하게 만드는 기제이다. 욕망의 경계를 분명히 보여준 담장은 그래서 아름답게 보인다. 썩은 냇물일지라도 그곳에 비친 담장은 "아름다운 색깔"로 "영롱하게" 빛을 발하며 하층민의 욕망을 채색한다. 여기에서 비로소 하층민의 견고한 주체성이 발견된다. 비윤리적인 행위가 아름답고 영롱한 일상으로 상상되는 것은 결코 무너지지 않을 상징계의 울타리 내에 그들이 머물고 있기 때문이다.

하층민이 역설적인 아름다움으로 서술되는 것은 1970년대의 상황과 무관하지 않다. 1970년대 매춘, 절도 등의 일탈은 개인적인 문제가 아니라, '집단적이고 조직적이며, 삶의 비참함을 드러내 주는'[171] 사건이기 때문이다. 사회 전체의 욕망 구조에서 보면, 하층민의 존재는 서울이라는 규범적 가치가 요구하는 '외설적 보충물'[172]로 해석된다. 이들은 서울의 외형적인 질서

---

170 담장의 존재에 대해 홍성식은 사회의 구조적 폭력이 보다 직접적으로 작용하고 있다고 보면서 뚝방동네 사람들의 반응을 자조적인 것으로 해석하고 있다.(홍성식, 앞의 글, 365~366쪽) 성벽을 폭력의 직접적인 표현으로 보는 해석은 타당하다. 그러나 아버지의 죽음과 관련하여 성벽을 보고 안도감을 나타내는 뚝방동네 사람들의 태도를 자조적이라고 보기에는 소설 속의 인물의 특이성과 배치되는 면이 있다. 아버지를 제외하고 뚝방동네 사람들은 자신의 일상에 불만을 표하지 않았으며, 이 때문에 성벽의 존재에 대해서도 성벽 자체보다는 그 때문에 생길지 모를 외부의 간섭을 더 두려워하는 태도를 보인다. 이들이 성벽이 둘러쳐짐으로써 자신의 삶이 보장받으리라고 기대하는 것으로 해석하는 것은 이 때문이다.
171 김병익, 「부정적 세계관과 문학적 조형」, 조선작, 앞의 책, 351쪽.
172 지젝의 독법에 따르면 법이라는 상징적 질서는 법을 어지럽힐 만한 외설적인 일탈을 필연적으로 요구한다. 이 외설성을 요구하는 법은 외설적인 초자아와의 대립을 통해 법의 공공성을 재확립하게 된다. 즉 "법의 관심은 외관을 지키는 것이기 때문에 공공의 영역을 침해하지만 않는다면 더러운 상상을 하는 것도 개의치 않겠다는 의미의 타협이다. 법 자체가 외설적인 보충물을 필요로 하며, 법은 그 보충물로 지탱되는 것이다." Slavoj Žižek, 박정수 역, 앞의 책. 외설성이란 법의 이런 모순을 가리키는 라캉의 용어이다. 또한 외설성이란 초자아의 명령의 형식으로 이루어진

와 발전의 가치에 필연적으로 수반되는 일탈의 존재이다. 하층민이 도시의 예외적인 인물로 은폐될수록 서울의 질서는 한층 더 강화되는 것이 현실이다. 하층민은 중산층의 일상을 욕망하지만 성벽에 갇혀 그 한계를 넘어설 수 없다. 그리고 그 역 또한 성립된다. 중산층의 일상은 하층민의 삶을 담장너머로 은폐함으로써 하층민이라는 위기를 잊고 일상의 안정을 누린다. 하층민을 생산하는 필연적인 구조가 폭로될 경우 중산층의 일상 또한 위태로울 것이다.

「영자의 전성시대」와 「성벽」은 사회 질서의 유지를 위해 하층민의 욕망이 어떻게 통제되는지 여실히 보여준다. 조선작 소설 속의 하층민은 실현 불가능한 충동을 경험한다. 창녀 영자와 철공장 직원 영식은 결혼을 하고 전셋집을 얻어 살림을 차리는 희망을 품는다. 개백정 아버지는 가출한 딸과 아내를 찾고 싶은 욕망을 끝내 숨기지 못한다. 이들이 추구한 결혼과 가정이라는 가치는 정상적인 가정을 상정한 근대성의 범주에 있는 것으로, 한국 사회의 지배적 상징 질서로 작용하고 있음이 분명하다. 그러나 중산층 가정의 정체는 인물들의 죽음의 원인이라는 사실만 드러날 뿐, 그 현실적 실체는 작품 어디에도 뚜렷하게 제시되지 않는다. 중산층의 정상성은 허상일 가능성이 높다. 그것이 상징적인 질서로 작용하며 욕망의 기원이 되는 순간, 이를 향한 욕망은 항상 불만족인 채로 남는다. 조선작은 창녀와 호스티스, 개백정 등의 인물의 몰락을 통해 산업화가 진행되는 한국 사회의 모순된 욕망 구조로 접근해간다. 죽음이라는 극단적인 형태의 불만족 상태를 드러낸 하층민은 한국

모순이라는 사실이 이 용어에 포함된다. 초자아는 법의 질서와 동시에 '즐겨라!'라는 정언명령을 주체에 내림으로써 모순을 반복한다. J. Lacan, Bruce Fink trans., *op. cit.*, p.3. 따라서 주체는 자아와 초자아의 대립에서 놓여 모순을 실천하는 주체가 된다.

사회를 지배하는 욕망의 모순을 폭로하는 존재이다. 그렇기에 이들은 은폐될 수밖에 없다.

2) 사회와의 갈등을 통한 욕망의 주체화

조선작의 단편소설에 등장한 호스티스 및 하층민의 삶은 장편소설에서 확장되었다. 『미스 양의 모험』(1975), 『말괄량이 도시』(1977) 등의 장편 연재소설은 '무작정 상경' 이후 호스티스로 타락해가는 과정을 세밀하게 묘사함으로써 독자의 관심을 끄는 데 성공한 작품이다. 소설이 그려낸 일상은 대중의 선정적 호기심을 자극한 평가받지만, 한편으로 그 선정적인 현실은 사회구조와 대중적 욕망에 내재한 모순을 폭로하는 서사가 된다. 타락해 가는 호스티스의 삶이 다양하고도 세밀하게 그려질 때, 도시의 진면목은 더욱 명확해지며, 그 속에서 질곡을 반복하며 주인공은 욕망의 위치를 확인할 수 있기 때문이다. 이처럼 1970년대 한국 사회의 모순은 장편소설 속에서 세밀한 풍속화로 재현되었다.

1975년 『동아일보』에 연재된 『미스 양의 모험』은 시골 처녀 '양은자'가 서울 유흥가의 '미스 양'으로 변화해가는 몰락의 서사이다. 무작정 상경 이후 헛된 욕심이나 꾐에 빠진 후, 호스티스 혹은 창녀가 된다는 줄거리는 1970년대 호스티스문학의 한 전형이다. 『미스 양의 모험』은 장편소설답게 「영자의 전성시대」보다 더욱 풍부하게 서울 유흥가의 풍경을 묘사했다. 비어홀, 니나노집, 요정 등등 온갖 업소를 두루 거친 미스 양의 경험은 과연 모험이라 불릴 만큼 박진감 있게 그려졌다. 그 모험은 평범한 시골 처녀 양은자의 상상적인 희망에서 시작한다. 그녀는 주간지 펜팔란에서 도시에 대한 선망을 키우고 멋진 남자를 만나 고향을 떠날 꿈에 사로잡힌다. 그러나 그와 펜팔을 통해 만날 수 있는 남성은 그 꿈을 이뤄줄 수 없는 처지이다. 오히려 펜팔을 통해 그녀가 도시를 향한 헛된 열망을 품도록 거짓말만 일삼는 룸펜들이 대부분이다. 결국 익명의 남성의 편지에 도취된 양은자는 더 나은 남자와 도시라는 대상을 찾아 '무작정 상경'을 감행한다.

서울을 향한 달뜬 욕망의 기원 중 하나는 펜팔이다. 펜팔란에 쓰인 구절들은 서울에서의 멋진 삶을 동경하도록 자극하지만 결코 충족될 수 없는 속성을 지닌 타자의 기호이다. 낯설지만 항상 매력적인 타자의 기호들은 양은자가 이상적 대상을 상상하게 만든다. 그러나 이 상상은 현실 속으로 접어드는 순간 사회의 질서가 강제하는 자아-이상, 즉 상징적 주체로 전환된다. 펜팔의 꿈을 따라 서울로 간 양은자에게는 호스티스라는 주체의 자리만이 남겨져 있었다. "무작정 상경 소녀가 걷는 직통 코오스"[173]을 겪으며 서울이라는 대타자의 명령을 받아들일 때 양은자는 미스 양이라는 새로운 주체로 재탄생한 것이다. 소설의 시선은 양은자가 상상의 주체에서 욕망의 주체로 변화하는 모험의 과정을 그린다.

양은자에게 냉혹한 질서를 거부할 기회가 없었던 것은 아니었다. 직업소개소에 속아 요정으로 팔려갔을 때 손님의 도움으로 도망칠 기회가 있었지만 그녀는 쉽게 결단하지 못했다. 서울은 이미 절대적인 대상이 되었기 때문이다. 서울에 첫발을 디딘 순간 그녀의 욕망은 '멋진 남자' 정도의 상상의 단계를 넘어서 본격적으로 타자의 욕망을 실천하는 단계로 전개되었던 것이

---

173 조선작, 『미스 양의 모험』 상, 예문관, 1975, 166쪽.

다. 그녀의 욕망은 월수 십오만 원을 보장하는 곳으로 향할 수밖에 없다.

그렇게 된다면 집으로 송금하는 일은 문제도 아닐 것이며 일 년만 착실히 모으면 경리학원이나 타자학원 같은 데 다닐 수 있을 만큼 저축도 할 수 있으며 그런 다음에는 떳떳한 직장에 취직하고 떳떳한 길을 밟아 성공할 수 있는 일이었다. 영등포역에 내린 양은자 양의 상상은 이만큼 엉뚱하고 비약적인 것이었다.[174]

그녀의 상상이 비현실적이라는 사실은 작가와 독자 모두 알고 있으며 양은자 역시 '니나노집'에서 이를 깨닫는다. 그러나 그녀는 이미 자신의 의지로 이를 거부할 수 없는 지경에 이르렀다. 그녀의 주체화의 모험은 자신의 상상력을 서울의 욕망의 구조 속에 편입시키는 데서 시작된다. 펜팔의 상상이 사라져 갈수록 양은자는 전형적인 호스티스로, 서울의 속된 욕망을 실천하는 주체로 변해간다.

'월수 15만원'의 꿈을 실현하기 위한 첫 번째 과제는 고향을 떠날 때의 환상을 버리고 서울이라는 현실을 받아들이는 일이다. 이를 위해 그녀는 모험의 출발점에서 서울이라는 대상의 생리와 구조에 대해 완벽하게 알고 싶어한다.

고가도로 위를 달리는 자동차들의 행방도, 이십 층 삼십 층의 빌딩들 속에 도무지 무엇이 들어 있는가도, 노선버스의 종점도, 움직이고 있는 그 많은 사람들의 업무도, 또는 그 많은 사람들의 용변을 위해 숨겨진 화장실이 도대체 어디에 있는가도 은자는 알 수가 없었던 것이다. 연무읍에서처럼 신작로 위를 달리는 버스들

---

174 위의 책, 232~233쪽.

이 어디로부터 출발해서 어디를 경유하여 어디까지 가는가, 심지어는 군용 보급차량의 행선지까지 확연하고, 사람들이 무엇을 하고 사는가 확연하고, 어디에 갔을 때 오줌이 마려우면 어느 변소를 사용하면 된다는 식으로 익숙한 고장이 아닌 것이다. 연무읍이 양은자 양에게 아군의 도시라며 서울의 중심가는 마치 적의 수중에 있는 도시처럼 생소하며 냉담하게 돌아앉은 격이었다. 때문에 은자는 그날 하루 종일 마치 유격대원처럼 서울의 내부를 배회한 것이다. 무엇인가 목적을, 전투의 목적을 달성해야 하는 유격대원은 먼저 적의 진지에 익숙해질 필요가 있는 것이다. 양은자 양은 바로 그것에 익숙해지기 위해서 서울에 도전한 것이다.[175]

서울이라는 절대적인 대상에 투신하기 위해서는 먼저 그 내부의 논리에 충실해야 한다. 그래야만 서울에서 성공할 수 있을 것이라고 믿기 때문이다. 그러나 그 원리를 쉽게 깨달을 수는 없다. 아무리 서울의 거리와 건물, 그리고 그 내부까지 구경한다고 하더라도 서울이 구성되어 있는 질서의 구조는 주체에게 쉽사리 포착되지 않는다. 서울의 원리를 파악하려는 시도는 실패하고 곧 그녀는 서울의 힘에 쉽게 압도당하게 된다.

은자는 걸어서 종로와 청계천과 을지로와 퇴계로로 대표되는 서울의 중심가를 거의 전부 답사했다. 뿐만 아니라 실지로 건물 내부에도 진격해서 그 건물이 포함하고 있는 시설을 이용해 보기도 했다. 일테면 대한민국에서 최고로 높다는 삼일빌딩의 엘리베이터를 일 없이 타보았고, 미도파 백화점의 에스컬레이터를 밟아보았으며, 쌍룡빌딩의 양변기를 타고 앉아 쉬도 해보았다는 말이다. 그랬어도 서

---

175 위의 책, 243쪽.

울이라는 이름의 이 거대한 콘크리이트 조립체는 은자에게 그렇게 쉽사리 친화의 팔을 뻗어 오지 않은 것이다. 그렇게 하루 온종일, 때로는 진땀을 바짝바짝 흘리며 때로는 오금을 저려하며 도전한 서울이 은자에게 돌려 준 것은 한없는 피곤과 더럭 안겨 주는 공포감밖에 없었다.

아무래도 서울은 자신이 점령할 수 없는 요지부동한 적의 도시처럼 느껴졌던 것이다. 그렇게 기진맥진해서 은자는 도리없이 그날밤 미아리로 경혜를 찾아간 것이다.[176]

서울에 도전한 지 하루 만에 그녀는 호스티스 외에 자신에게 주어진 일은 없다는 사실을 알게 된다. 호스티스라는 직업은 자발적인 선택이라기보다는 강요된 선택에 가깝다. 그녀는 도시생활을 상상하고 서울로 갔지만 서울은 그녀에게 환상적인 도시생활 대신 호스티스로 살아갈 수밖에 없는 주체화의 길을 열어주었다.

양은자는 잠시 편한 식모살이를 하게 되지만 곧 그 집을 나온다. 결혼식장에서 화려한 꽃다발을 본 순간 그녀는 자신에게 주어진 '미스 양'의 길에 다시 들어선다. 욕망을 좇아 서울에 온 시골처녀가 이를 거부할 방도는 없다. "조그마한 소망들과 채워지지 않은 사랑의 갈증을, 그 작은 두 송이의 꽃에서 회복해"[177] 보겠다는 의지를 가지지만 그녀의 소망은 짐승의 이미지를 한 서울에 의해 침탈당할 위기와 맞닥뜨린다.

잠시 후면 이 거대한 도회가 입을 벌리리라. 육식동물의 저 날카로운 이빨을 번

---

176 위의 책, 243~244쪽.
177 위의 책, 269쪽.

뜩이면서 커다랗게 입을 벌리리라. 두 송이의 꽃을 들고 있는 한 명의 가련한 소녀를 향해 커다랗게 입을 벌린 도회는 맹수로서 달려들리라.[178]

여기서 '미스 양'으로의 주체화를 강요하는 도시는 짐승의 이미지로 묘사된다. 서울의 현실은 그녀를 파멸시킬 것이지만 이를 거부할 수 없는 것이 무작정 상경한 양은자의 운명이다. 주간지와 펜팔로 시작된 그녀의 희망은 서울에서의 모험을 통해 '미스 양'으로 완성된다.

서울과의 대결을 시작한 양은자의 삶은 여느 하층민의 모습과 다르지 않다. 「영자의 전성시대」에서처럼 양은자는 자신의 직업을 충실히 수행하는 길을 선택한다. 그녀는 자신의 업소를 홍보하기 위해 거리로 나선 것이다. "어떻게 할래! 우리도 오늘은 해 보자 얘. 지배인 말마따나 직업에 충실하는 것이 무슨 죄니 머"[179]라는 말에서 보듯이 그녀는 호스티스를 삶의 방편이자 최선을 다해야 할 직업으로 받아들일 것을 다짐한다. 이는 서울이라는 질서 속에서 욕망을 실천하고자 하는 주체화, 즉 '미스 양 되기'의 선언이다. 이제 '미스 양'에게 대학생과의 연애나 번듯한 결혼의 미래는 존재하지 않는다. 상상이 현실화될 듯 보이지만 결정적인 순간 대학생 애인이 사기꾼임이 들통나면서 그녀에게 부여된 주체성을 거듭 각인된다. 그녀 역시 이후 더 이상 연애를 꿈꾸지 않고 성실한 호스티스로 복귀한다. 시골 처녀시절의 꿈과 상상은 완전히 상실되었음을 깨달았기 때문이다.

이후 양은자, 혹은 '미스 양'의 주체성은 이철우 사건을 통해 재확인된다. 그녀는 빚을 지고 강제 결혼을 할 위기에 처한 이철우로 인해 납치 폭행당하

---

178 위의 책, 269쪽.
179 조선작, 『미스 양의 모험』 하, 예문관, 1975, 93쪽.

는 곤란을 겪는다. 이철우의 간곡한 부탁에서도 불구하고 그녀는 도움을 줄 수 있는 처지가 아니었다. 비정상적인 결혼을 막기에는 그녀 또한 정상적인 결혼에서 한참 벗어나 있는 인물이기 때문이었다. 게다가 이철우의 청혼을 받아들일 경우, 신부의 무자비한 폭력이 기다리고 있을 뿐이다. 이 사건을 통해 그녀는 결혼을 가로막고 있는 사회 질서의 폭력을 깨닫고 정상적인 삶에 대한 욕망을 깨끗이 포기한다. 이철우는 여전히 욕망을 포기하지 못했지만, 끝내 강제결혼을 거부하고 죽음을 선택함으로써 욕망의 불가능성을 몸소 증명했다. 어느 경우에도 정상성에 접근한 대가는 극단적일 수밖에 없었다. 이철우의 죽음은 하층민 주체성의 진실을 보여준다. 이철우의 죽음은 양은자에게는 충격적일지라도 사회적 의미나 파장을 만들지는 못했다. 불가능한 욕망의 대가로 인한 죽음은 서울의 거대한 질서 속에서는 우연한 생겨났다 사라지는 사건일 뿐이다.

그러나 더욱 유감인 것은 은자가 그런 사실을 전혀 모르고 자신의 새로 열린 생활에 적응맥진해 나갔다는 점이다. 이철우의 자살 사건은 신문 보도나 라디오의 뉴우스로도 그렇게 떠들썩하지는 않았다. 말하자면 휴지통 감 이상의 아무 것도 아니어다는 말이다. 살인 혐의자, 그것도 자신의 신부를 신혼여행 길에서 목졸라 죽인 사람의 자살이라면 그래도 세상 사람들이 좀 재미있어 할 이야기거리임에는 분명함에도 불구하고 보도기관들이 그리 대수롭게 취급하지 않은 이유는 대략 이렇다.

우선 그날 동시적으로 터져 나온 정치적 사회적인 커다란 이슈를 지적할 수 있겠다. 그 이슈가 어떤 것이었는지는 구태여 밝힐 필요가 없다. 아뭏든 신문의 지면에서 그런 굵직굵직한 문제 때문에 이철우의 죽음 따위는 밖으로 쫓겨난 것이다.

또 하나의 이유로 지적할 것은 온천장의 여관 삼십대 여인 교살 사건과 이철우의 자살 사건의 일련성이 경찰에 의해서 그리 쉽게 간파되지 못했다는 점이다.[180]

이철우의 자살은 공적으로 기사화되어 공론장에서 유통될 때에만 사회적 의미를 가질 수 있다. 정치적 사건에 가려진 이철우의 죽음이란 결국 사회적으로 무의미한 죽음이나 다름없으며, '휴지통'란[181]의 가십거리 수준에 지나지 않는다. 호스티스 같은 하층민이 의미 있는 존재가 되려면 상징 질서가 그들에게 부여한 욕망을 따르며 그에 충실해지는 길밖에 없다. 그마저도 사회 구성원으로서의 의미만이 부여될 뿐 그 틀을 넘어서는 의미의 세계에는 도달할 수 없다. 욕망을 뛰어넘는 일은 현실원칙의 위반이며, 그 순간 그들은 상징 질서의 "밖으로 쫓겨"난다. 냉혹한 질서를 몸소 체험한 양은자는 '미스 양'으로서의 욕망에 충실한 삶을 살아간다. 그녀의 마지막 직분은 일본인 현지처였는데, 이는 호스티스에서 시작된 그녀의 직업이 이를 수 있는 마지막 단계이자 모험의 종착지였다. 그녀는 시골처녀 양은자의 정체를 숨기고 펜팔로 만난 순진한 남성을 찾아가보지만, 그곳에서 그녀는 예전 기억에 대한 여운만을 남긴 채 호스티스의 세계에 안주하며 소설을 끝맺는다. 이로써 순진한 시골 처녀 양은자의 꿈은 사라지고 전형적인 호스티스만이 남아 1970년대 서울이라는 풍경화의 일부가 된다.

---

180 위의 책, 205~206쪽. 인용 부분은 『동아일보』 1975년 10월 9일자의 연재분이다. 연재소설의 특성상 당대의 '정치적, 사회적 이슈'가 직·간접적으로 내용에 영향을 미치기도 하는데, 이 부분이 상기시키는 1975년도의 정치적 사회적 이슈들로는 유신헌법 통과와 이에 따른 긴급조치와 인혁당 관련 사건 등 일련의 정치적 사태를 꼽을 수 있다. 그리고 무엇보다 1975년은 연재 지면인 『동아일보』에 대한 광고탄압이 극에 달했던 시기이기도 하다.

181 『미스 양의 모험』이 연재된 『동아일보』의 사회면 하단 기사란의 제목이 「휴지통」이다. 사회적으로 이슈가 되지 못하지만 이목을 끌만한 흥미로운 기사가 이곳에 배치된다.

『미스 양의 모험』의 호스티스와 유사하게, 『말괄량이 도시』[182]는 하층민 남성을 내세워 1970년대 한국 사회의 이면을 그렸다. 주인공 곽명호는 평범한 실업자로 자신의 신세를 바꿔줄 결혼 상대자, 즉 '돈 많고 젊은 과부'라는 요행을 바란다. 곽명호의 동속직인 희망을 축으로 벌어지는 세태들이 이 소설의 중심 모티브를 이룬다. 명호의 첫 상대는 '전문 맞선꾼' 현수경이다. 그녀는 첫 만남부터 자신의 정체를 드러내고 결혼상담소의 요지경 같은 행태를 폭로한다. 명호는 수경에게 연정을 품고 그녀를 찾아 나서며 모험은 시작된다. 수경은 결혼사업소의 사기행각에 가담하면서도 그 비밀을 공공연히 말하고 다니는 위험한 인물이다. 그녀가 알고 있는 비밀이란 양은자가 그토록 알고 싶어 했던 대도시 서울의 은밀한 내부인바, 수경처럼 공범으로 가담하지 않고서는 결코 접근할 수 없는 비밀이었다. 이런 점에서 『말괄량이 도시』의 결혼상담소는 통속적 욕망의 집합체인 서울의 환유로 읽힌다.

서울이라는 풍경 속에서 수경은 위험한 인물이다. 그녀는 결혼상담소의 비밀을 폭로함으로써 매도되고 은폐될 운명에 처한다. 그녀의 남편은 마약 전과자이자 폭력배로 그녀가 알고 있는 진실이 드러나지 못하게 방해하는 역할을 한다. 명호는 이러한 현실 너머의 진실을 발견하고 수경에게 연민을 정을 느껴 결혼을 꿈꾼다. 그러나 그의 희망은 상징적 질서가 그녀에게 씌운 반사회적 불온성이라는 혐의 앞에서는 무력해진다. 그녀를 찾아나서는 과정에서 명호는 극단적인 폭력을 경험하고, 끝내 수경을 포기해야만 했던 것이

---

182 1976년 『주간경향』에 연재된 『말괄량이 도시』는 1982년 『장대높이뛰기 선수의 고독』이라는 이름으로 개작되어 재출간된다. 개작판에서 결혼상담소를 중심으로 한 사건이라는 큰 틀에는 변화가 없지만 등장인물과 주인공의 결말에서 차이를 보인다. 주인공 이름이 '곽명호'에서 '방명호'로 바뀌었으며, 현수경 외에도 여러 '전문 맞선꾼'이 등장하면서 매춘으로 타락한 결혼상담소의 모습을 강조하는 흐름으로 전개된다. 그리고 소설의 마지막에 방명호 역시 교통사고로 사망하면서 이들의 몰락을 극적으로 강조되고 있다.

다. 명호와 수경의 관계는 이 소설이 연애서사를 구성하는 대신 부정적 현실을 보여주는 서술상의 장치로 기능한다. 즉 둘의 애정관계에는 독자가 공감할 만한 심리적인 개연성을 보이지 않는다. 명호는 수경이 "외로운 사람들끼리는 이 추운 밤을 헤어져 있지 않기로 해요. 네?"[183]라고 한 말에 동질감과 연민의 정을 느껴 결혼을 다짐하지만 그것이 애정의 정확한 이유인지는 확신하기 어렵다. 명호 역시 "그리고 스스로를 향해 내가 왜 현수경을 찾고 있나 물어 보았다. 그러나 스스로도 분명하고 확실한 대답은 얻을 수가 없었다"[184]라며 그녀와 결혼해야 할 핍진한 심리상태를 밝히지 못한다.

명호의 모호한 태도는 그가 지닌 욕망의 특성에서 기인한다. 그는 '형이 분양해 주는 밭뙈기에 목을 매달고, 건강하게 참한 시골 새악시 하나를 맞아들이는 일'[185]이 가장 어울리는 처지이다. 그러나 거듭된 취업 실패로 그의 관심은 결혼상담소의 광고에까지 이른다. 결혼상담소가 부여한 꿈이란, "전남편으로부터 물려받은 저택이 있고, 그녀의 전남편이 남겨두고 간 기업체가 하나 있고 아름다운 스물여섯 살짜리 재혼녀"이다. 젊은 재혼녀는 그에게 "커다란 저택의 우아한 침실"과 "가정부가 차려 놓은 산해진미의 아침상"[186]과 같은 호화로운 일상을 보장해 줄 수 있는 존재이다. 그는 취직에 대한 현실적인 기대를 젊은 재혼녀를 통해 충족시키려 한 것이다.

이러한 통속적 기대가 명호의 현실에 근거한 것이 아님은 물론이다. 이는 1970년대의 영화, 잡지, 드라마 등의 대중매체에 흔히 사용되는 소재일 뿐, 실제 현실에서는 쉽게 일어날 수 없는 상상에 불과하다. 이를 좇아 결혼상담

---

183 조선작, 『말괄량이 도시』, 서음출판사, 1977, 164쪽.
184 위의 책, 210쪽.
185 위의 책, 249쪽.
186 위의 책, 44~45쪽.

소의 문을 두드린 명호의 주체성이란 욕망의 산물에 불과하다. 이때 '젊은 재혼녀'라는 상상은 주체의 외부에 위치하면서 명호의 욕망을 부여하는 핵심으로 자리 잡는다. 즉 명호가 현실을 떠나 취직과 결혼이라는 상상적 요구에 이르렀을 때, 그는 신문광고란에 실린 '젊은 재혼녀'로 대표되는 이 시대 은밀한 속성으로부터 욕망하는 주체성을 부여받은 것이다.

이와 같은 주체의 외밀성extimity[187]은 주인공 명호뿐 아니라 소설의 사건 전체의 성격을 지배한다. "주간지에서나 텔레비전 같은데서 보지도 못하셨어요? 남자들이 오히려 더 숙맥이에요, 참"[188]이라는 수경의 말에서 보듯이 이 소설에서 벌어지는 사건은 서사 내부에서 현실성을 획득하지 않는다. 대신 1970년대 한국의 현실이 인물의 행동과 욕망에 영향을 미침으로써 사건이 발생한다.[189] 명호와 수경이 살인을 저지르고 도피하는 경우에도 신문, 방송의 사건 보도가 사라진 시점에 경찰의 추적도 사라져 서사의 근거가 서사 외부에 있음을 보여준다. 인물의 행위가 서사 내부에서 개연성을 구축하지 못하고 외부에서 그 동력을 찾을 때, 인물의 행위는 타자의 질서에 의한 강요된 선택[190]이라 할 수 있다.

명호와 수경의 관계가 결혼상담소의 비밀을 공유하며 시작된 만큼 서울의

---

187 타자의 욕망을 실천하는 주체에는 외부 기표가 연쇄적으로 투영되어 있는데, 이러한 주체의 외부성을 '외밀성'이라 부를 수 있다. Slavoj Žižek, 이만우 역, 앞의 책, 48쪽; Mladen Dolar, "At First Sight", R. Salecl · S. Zizek eds., *op. cit.*, p.129.

188 조선작, 앞의 책, 107쪽.

189 이런 현상은 최인호의 『바보들의 행진』에서도 볼 수 있다. 스트리킹 사건이 현실에서 회자될 때 곧바로 소설 속에 스트리킹이 등장하면서 현실과의 미학적인 거리가 없는 서사를 구성한다. 『말괄량이 도시』에서 벌어지는 사건도 이와 같다. 주인공은 대중의 통속적인 욕망을 실천함으로써 1970년대 서울의 세태를 재현하는 기능을 맡는다.

190 사랑이라는 욕망의 대상은 주체 내부에서 비롯되는 것이 아니라, 타자의 욕망을 욕망하는 형태로 진행된다. 이는 주체가 대상을 선택하는 것이 아니라 대상이 주체의 욕망을 규정하는 구조이다. Dolar는 이를 '강요된 선택'이라 말한다. Mladen Dolar, *op. cit.*, pp.129~132 참조.

어두운 현실은 그들에게 위협을 가한다. 수경의 남편 최만호는 결혼상담소의 사기를 주도하면서 명호와 수경을 납치하는 악인으로, 두 인물이 직면한 실질적인 위협이다. 현실의 위협은 만호뿐만 아니라 주위의 모든 사람들이 가담할 정도로 집요하다. 명호에게 수경의 거처를 알려준 상담소의 직원조차 그 호의를 의심하지 않을 수 없는 상황에 이른다.

> 그는 미스 윤이 왜 자신을 이곳으로 데려다 주었는가 생각해 보았다. 그리고 그녀가 왜 신문광고를 보고 찾아왔다고 말하라고 일러 주었는가도 생각해 보았다. 그녀는 아마 이런 상황을 예측하고 있었음이 분명하다. 뚱뗑이는 분명히 신문에 광고를 냈으며, 그렇지 교도소에서 출감하자마자 또 옛날의 영업을 되풀이하기 위해서 신문에 광고를 냈으며, 그는 광고를 보고 찾아온 상담자로서 현수경을 만났어야 옳았던 것이다.
>
> (…중략…)
>
> 그러나 이것은 어디까지나 미스 윤을 선의에서 생각한 상상에 지나지 않는다. 만약 미스 윤 역시 이 뚱뗑이와 한통속이라면 어떻게 되는가.
>
> 뚱뗑이와 결탁한 미스 윤이 그를 뚱뗑이의 마수에 넘겨버린 것이다.
>
> 그가 미스 윤이 있는 상담소에 찾아갔을 때, 아랫층의 다방에서 기다리고 있는 동안 미스 윤은 눈치빠르게 뚱뗑이와 전화연락을 마친 것이다. 오천 원쯤 아니면 만 원쯤 받기로 하고 말이다. 현수경을 찾으러 다니는 남자는 아뭏든 뚱뗑이에게 위험한 존재이니까.[191]

---

191 조선작, 앞의 책, 211~212쪽.

사기와 폭력이 난무하는 현실에서 믿을 만한 조력자는 없으며, 명호는 철저하게 고립되어 '위험한 존재'로 떨어진다. 명호가 '위험한 존재'가 된 것은 결혼상담소의 비밀을 들춰내고 수경을 찾아 나섰기 때문이다. 명호는 자신에게 허락되지 않은 욕망을 추구하면서 현실의 이면을 폭로하는 충동의 주체로 변한 것이다. 이에 대응하여 서울이라는 현실은 명호와 수경을 억압하고 제재를 가하는 힘을 발휘한다. 그 힘은 단순한 물리적 폭력 이상의 효과를 발휘하면서 이들의 삶을 파괴하고 소외시킨다. 만호를 죽이고 떠돌아 다니는 명호와 수경은 연명조차 힘든 상황에 처한다. 게다가 수배범이라는 불안으로 스스로 잠근 방에 갇혀 불안한 나날을 보내며 결국 삶을 포기하게 되는 지경에 이르고 만다. 만호에게서 벗어났지만 이 사회의 제재는 조금도 약해지지 않았다. 만호와 수경에게 가해진 고통이란 사회의 질서에 도전한 충동의 대가였던 셈이다.

결국 명호는 서울이라는 대타자의 힘 앞에 좌절하고 고향으로 돌아갈 것을 결심한다. 그러나 수경의 죽음으로 인해 마지막 희망마저 잃는다. 명호가 결혼상담소를 통해 헛된 희망을 품는 것은 상징적 질서가 실업자에게 부여한 욕망인 반면, 수경과의 관계에서 생긴 명호의 꿈은 서울의 질서에 도전하는 충동이었다. 견고한 현실에서 용납될 수 없는 불가능한 꿈을 꾸게 하는 이 충동의 태도는 살인과 도피, 그리고 죽음에 이르는 고난과 만나게 되면서 끝내 실패하고 만다. 이때 수경은 실업자 명호를 충동으로 이끈 원인, 혹은 일종의 '병'과 같은 존재로서[192] 접근할 수 없는 위험한 향락의 대상에 지나지 않았다.

---

192 위의 책, 236쪽.

충동의 세계에 빠진 주체는 곧 현실적 가치로부터 소외된다. 교환의 관계로 구성된 산업도시 서울에서 명호와 수경은 세상이 요구하는 교환가치를 상실한 채 어디에도 쓸모없는 존재가 된다. 그들은 공사장에서 발견된 엽전 꾸러미처럼 교환되지 않는 무의미한 기표에 불과하다.

> 왜냐하면 그의 수중에는 완행열차 말고는 다른 교통수단을 이용할 수 있을 만큼 넉넉한 돈이 없었던 것이다. 그는 수중에 든 넉넉함이란 오로지 한 꾸러미의 엽전 뿐이었으며, 그러나 그것은 당장 기차표 한 장과도 바꿀 수 없는 물건이었다.[193]

몇몇 인부들처럼 눈치껏 화폐수집가들에게 되팔지 못한 이상, 명호가 챙겨둔 엽전은 오래된 쓰레기일 뿐이다. 명호 또한 엽전처럼 서울이라는 공간에서 교환의 능력을 잃어버린 엽전의 신세로 떨어져 있다. 철저하게 소외된 명호는 죽음을 앞두고서 몰락의 이유에 대해 성찰한다. 그들은 서울이라는 상징적 질서 속에 편입되기를 바랐지만 돌아온 것은 서울에서 살 수 없는 이유에 대한 깨달음이었다. 결혼상담소의 사기, 수경과의 만남, 그리고 만호의 폭력과 살인 등의 일련의 사건들은 쉽게 발견되지 않는 1970년대 산업도시 서울의 진실, 혹은 실재적 양상이다. 공식적인 서울은 이를 은폐하며 진실을 알고 있는 이에게 고통을 가하는 괴물이라는 사실을 명호는 비로소 깨닫는다.

> ① 그렇지, 모두가 농담이다. 산다는 것이, 아니 태어났다는 것이, 출세라는 것도 소나기 뒤에 생긴 무지개도 하나님의 말씀도 날으는 비행기도, 이 거대한 도시

---

193 위의 책, 261쪽.

도, 날마다 날마다 새롭게 키가 커가는, 새로운 빌딩으로 자꾸만 높아가는 도시도 모두가 농담이다. 죽음이 이 모든 농담을 관리하여, 그것과 함께 모든 것을 이슬과 같이 사라지게 한다.[194]

②누구든 처음 서울에 살기 시작하면 그렇잖아? 서울의 모든 것을, 노선버스들의 행선지나 종점을, 구석구석의 골목길을, 늘어서 있는 건물들의 내부를, 회사들이 하는 업무의 내용이나 정부 또는 재벌들의 존재방식, 시장의 구조나 심지어는 하수도의 얼개까지도 알고 싶단 말야. 그러나 알 수 있는 건 아무것도 없어. 겨우 허울을 보는 것에 지나지 않는단 말야. 그래서 마침내는 아무것도 알고 싶지 않고, 공연히 지치고 피곤해지기만 하는 거야. 그렇잖아? (…중략…) 또 말야, 엽전이 내 손아귀에 들어왔다는 사실도 난 도무지 그 정체를 모르겠어. 이게 왜 내 손에 들어와 나를 일약 졸부로 만드는가 하는 점 말야. 서울은 정말 모를 것 투성이야. 그래서 오히려 지긋지긋한 거지. 도저히 함락할 수 없는 강적이야. 아니 이유없이 뛰는 망아지야. 말괄량이 처녀애구.[195]

①에서 명호의 귀향을 친구 수일은 그저 농담으로 받아들인다. 기표만 남은 의미 없는 존재일 뿐인 명호의 말을 들어주는 사람은 없다. 서울의 질서에 대항한 이들은 대타자의 힘만을 재확인하고 자신의 주체성은 충동과 함께 무화된다. ②의 각성에서 보듯 서울이라는 대타자의 질서 너머 실재에 접근한 주체는 현실에서 격리된다. 대타자란 그것을 앎과 동시에 파멸을 받아들이게 만드는 모순임을 명호는 깨달은 것이다.[196] 그런 대타자가 만든 질서

---

194 위의 책, 248쪽.
195 위의 책, 263~264쪽.

는 각 주체가 고유한 내부구조를 모른 채 참여하는 조건에서만 유지되는 환상이다. 그렇기에 내밀한 비밀이 폭로되는 위험한 순간은 통제되어야만 한다.[197] 이를 알고 싶어 했던 명호와 수경의 모험은 결국 비극으로 끝난다. 거대한 질서의 내부를 알고 싶어 하는 욕망의 주체와 그것을 은폐하려는 힘이 대립하는 공간이 '말괄량이 도시' 서울이다. 명호는 왜 자신이 이런 일을 겪고 있는지 모르겠다고 말하지만 서울의 모든 것을 알려고 한 욕망이 비극의 원인임을 마지막 순간에 비로소 깨닫는다.

영자와 양은자, 혹은 명호와 같은 하층민 주체는 1970년대 서울이라는 거대한 힘이 부여한 욕망을 실천하려 하지만 그 욕망의 경계를 넘는 충동으로 인해 비극이 시작된다. 조선작의 소설은 이 지점에서 쓰인다. 타자의 욕망을 벗어나 충동적인 주체로 나아가는 조선작 소설 속 모험에는 1970년대의 한국 사회의 욕망의 구조가 투영되어 있다. 이면의 진실을 찾아가는 모험을 통해 정상적인 삶과 비정상적인 삶의 구조적 관계, 즉 하층민 주체를 희생양으로 삼아 절대성을 강화해가는 지배 질서의 힘이 드러나는 것이다. 양은자처럼 순진한 주체의 모험은 서울을 배경으로 삼아 이 시대를 지배한 욕망의 지형도를 그렸다. 경제발전의 이념이 사회를 지배하던 1970년대에 조선작 소설의 인물들은 통속적인 사건의 주인공이지만, 동시에 그 통속성의 은폐 또

---

196 오이디푸스 콤플렉스에서 아버지의 죽음에 대해 모르고 지나간다면 그러한 콤플렉스는 존재할 수 없으며 서사는 발생하지 않는다. 모험이 시작되는 곳은 아버지라는 존재에 대해 깨닫는 그 순간이다. 깨닫는 순간 오이디푸스 콤플렉스는 생겨나는 것인데, 그것은 자신이 아버지의 존재를 실천하는 인물임을 알기 때문이다. Alenka Zupančič, 이성민 역, 앞의 책, 제8장 참조.

197 지젝은 대타자의 질서를 자본주의 사회의 질서와 등치시켜 설명한다. 즉 교환시장의 사회적인 실효성은, 개인들이 그 고유한 논리를 알지 못한 채로 참여한다는 조건에서만 가능하다. 다시 말해 참여자들은 일정한 무지를 통해서만 존재론적인 일관성이 보장되는 것이 현실의 속성이다. 지젝은 만일 우리가 사회적 현실이 진짜로 어떻게 작동하는지에 대해 '너무 많이 알게 된다면' 그 현실은 와해되어 버릴 것이라고 지적한다. Slavoj Žižek, 이수련 역, 앞의 책 48쪽.

한 폭로하는 누빔점의 역할을 한다. 이는 조선작의 '호스티스소설'에 내재한 효과이다. 그의 호스티스소설은 통속적 기표만을 전면화하는 데 그치지 않고 비극적 몰락의 서사로 전개됨으로써 사회 구조를 적실히 폭로할 수 있었다. 특히 그 몰락은 서울의 비밀을 알기 위한 욕망과 충동의 모험의 종착점이라는 점에서 더욱 효과적이었다.

2. 일상의 질서 회복을 위한 욕망의 주체화—조해일론

1) 중산층의 위기 인식과 극복 의지

일상이 욕망의 구조를 가진다는 말은 일상의 주체가 외부에서 부여된 타자의 욕망을 실천한다는 것을 의미한다. 그런데 타자의 욕망은 사회 질서와 어긋나는 위기의 순간을 노출하면서 욕망의 구조를 재확인하고 강화하는 재생산 기제를 작동시킨다. 이 기제 속에서 인정을 누리는 이들이 중산층이다. 하층민과 달리 중산층은 경제성장의 성과를 누리며 안정된 욕망 구조 속에서 삶을 영위하는 계층이다. 그러나 중산층에게도 욕망의 위기는 들이닥친다. 조해일은 중산층의 위기의 순간에 초점을 맞춘다. 그의 소설에서 중산층 인물들은 자존감을 가지며 미래에 대한 희망을 품지만 뜻하지 않은 순간에 일상의 파국적 위기에 직면한다. 「매일 죽는 사람」, 「항공우편」, 「멘드롱 따또」, 「무쇠탈」, 「심리학자들」, 「할머니의 사진」 등의 주인공들이 이에 해당한다.

「항공우편」은 미국으로 이민 간 친구의 방문에서 시작한다. 친구의 방문으로 인해 주인공의 일상에는 충격이 가해지는데, 한국에서는 몰랐던 사실이 미국 이민자의 눈에는 고달픈 현실로 폭로되기 때문이다.

> "사(四) 년 전만 해도 사람이 그렇게 많진 않았는데 말이지. 거시키, 응, 그 버스 말야. 학생들말야. 버스를 얻어탈려구 아우성치는 학생들 말야. 거리에 넘친 사람들. 뭐 어떻게 된 게 집안에 있으면 집이라도 무너져 죽을 것만 같아서 모두들 거리로 쏟아져 나온 것 같은 사람들이 말이지 무섭더라. 광장해."
>
> "아냐, 정말 숨이 막힐 것 같았어. 포화를 지나서 폭발 직전에 있는 도시 같았어."[198]

외부의 시선을 가진 'ㄱ'의 말은 한국의 삶이 얼마나 각박하고 치열한지를 보여준다. 친구들도 'ㄱ'의 말을 인정하고 "다만 그걸 어떻게 해결해내야 하는 건가가 발등의 불"[199]로 여기지만 해결할 방법이 없기에 'ㄱ'의 말을 외면할 수밖에 없다. 친구들이 애써 외면한 일상의 문제를 'ㄱ'이 냉정하게 폭로할 때 그들의 평범한 일상은 보잘것없는 것으로 떨어진다. 'ㄱ'의 출국 전날 찍은 단체 사진의 제목은 한국에 남은 이들이 얼마나 초라한지를 말해준다. 사진의 제목은 "숏들의 근영", 혹은 "최근의 숏들"이다. 자신들의 처지가 비속어를 연상시키는 '숏'과 다를 바 없다는 것을 인정하고서 눈물까지 흘려가며 폭소한다.

그러나 일상이 '숏'과 같이 비루해지는 순간 그들의 삶은 회복되기 힘든

---

198 조해일, 『매일 죽는 사람』, 서음출판사, 1976, 14~15쪽.
199 위의 책, 14~15쪽.

파국을 맞이한다.

이 파국은 셋방이 사라진 사건을 다룬 「방」에서 실현된다. 「방」은 하루아침에 셋방이 사라지는 환상적인 사건을 통해 급작스럽게 닥쳐온 새로운 질서에 적응하지 못하는 평범한 가정의 위기와 이들을 둘러싼 이웃 간의 긴장을 묘사한 작품이다. 어처구니없게 방이 사라진 이후 명이네 가족은 이웃 셋방에 흩어져 살기 시작한다. 이웃들은 명이네를 돕지만 선의는 곧 한계를 맞이하면서 평온했던 일상은 하나씩 파괴되기 시작한다. 이 사건으로 인해 명이네뿐만 아니라 이웃들도 자신들의 삶이 본질적으로 불안정하다는 사실을 차례로 깨닫는다. 이웃의 소설가 송 씨는 명이를 맡은 이후 소설 쓰기가 중단될 뿐 아니라 명이와 바둑을 두면서는 자신의 자존심에 상처를 받기까지 한다. 이런 사정은 다른 셋방 사람들도 마찬가지이다. 명이네의 이유 없는 불안은 옆방 사람들에게까지 전달되어 그들의 삶은 "짜증스럽고 고통스러운 것"[200]으로 변해간다. 특히 할머니를 맡은 변 씨의 에피소드는 그간 평안했던 일상이 어떻게 위험에 빠져드는지 잘 보여준다. 방이 돌아오기를 기도하는 할머니 때문에 변 씨는 잠을 잘 수도 없으며, 옷을 벗을 수도 없는 고통을 겪는다.

문제는 방을 되찾는 일은 이웃의 고통과 연결되어 있다는 점이다. 할머니의 기도는 변 씨의 고통과 비례하며 그의 고통이 커질수록 지도의 진정성은 강해진다. 그런 점에서 명이네가 욕망하는 방이란 타인의 고통을 전제하는 셈이다. 할머니의 계속되는 기도에 변 씨가 미쳐가는 상황은 이와 같은 욕망의 구조를 우화적으로 보여준다.

---

200 조해일, 앞의 책, 241쪽.

"죄송합니다. 할머니, 하지만 그 기도…… 그 기도가 말입니다. 소용이 있겠습니까. 방이 돌아올까요?"

할머니는 대꾸하지 않았다. 변 씨는 땀을 흘리면서 거위처럼 쉰 목소리로 계속해서 말했다.

"할머니, 전 지금 죽어가고 있습니다. 지금이라두 옷만 벗을 수 있다면 조금은 살아날 것도 같아요. 이 방에서, 이 방에서 만이라도 옷만 벗을 수 있다면……. 이 놈의 옷들이 거머리처럼 제게 달라붙어 물어뜯고 있답니다. 그런데 할머니께선 기도만 하고 계십니다. 그 기도가…… 그 기도가……."

(…중략…)

"방이 돌아오지 않는다구? 우리 방이 돌아오지 않는다구? 비켜라! 이 마귀 종자야?"
변 씨가 완전히 미쳐 버린 것은 그날 저녁부터였다.[201]

방을 되찾기 위한 할머니의 기도는 저주로 바뀌고 변 씨는 미쳐버린다. 그리고 변 씨가 미쳐버린 직후 방은 거짓말처럼 제자리에 돌아오면서 그들의 수난은 끝을 맺는다. 할머니가 방을 되찾았을 때 변 씨의 일상도 복구되어야 하지만 결과적으로 변 씨의 일상은 회복불가능한 상태로 폐기되고 만다. 평안한 일상의 근원에는 일상을 파괴하는 고통이 내재해 있었던 것이다. 「방」은 송 씨처럼 자존심에 상처를 받기도 하고, 변 씨처럼 미쳐버리게 될 때 일상을 영위할 방을 되찾을 수 있다는 역설적 상황을 제시하고 있다.

그러나 방이 돌아왔다고 해서 명이네의 삶이 회복되는 것은 아니다. 사라진 방과 함께 등장한 것은 새로운 새입자들이다. 결국 명이네는 방을 돌려받

---

201 위의 책, 249~250쪽.

지 못하고 대신 이 세상의 진리를 깨닫는다. 하루아침에 자신의 집이 사라질 수도 있으며, 그 과정에서 자신들이 아무것도 할 수 없는 현실, 혹은 평온한 듯 보이는 일상이란 고통과 자괴감 혹은 광기라는 증상을 대가로써 치르고서 유지되는 상징적 질서의 구조 말이다.

이 작품에서 방은 파괴되기 쉬운 일상의 질서의 알레고리이다. 방이 서민들에게 가장 현실적인 요구의 대상인 만큼, 명이네의 곤란은 삶의 절대적인 파괴를 의미한다. 즉 방이라는 욕망의 대상이 일순간에 사라지는 사건은 견고한 것으로 믿었던 상징적 질서를 송두리째 파괴하는 향락적인 사건이다. 이 사건이 현실에서 표면화될 때, 현실의 주체는 거세castration의 공포와 직면한다. 욕망의 변증법화 과정에서 거세는 욕망의 법이 전도되는 것을 막기 위한 대타자의 위협이다.[202] 이웃들은 이 거세의 위협에 고통받고 미쳐버리기도 하지만, 방이 다시 돌아왔을 때, 거세의 위협은 평온한 일상을 되찾게 하는 힘이기도 하다.

뜻하지 않게 향락적인 사건을 경험한 명이네와 이웃은 욕망의 대상인 방에 대해 성찰의 기회를 얻는다. 이 작품이 외형적으로 비판한 주택난이라는 주제는 거세의 위협이 가해진 인물들의 성찰로 대체된다. 방이 사라지는 사건을 겪고 나서 이들에게 방은 더 이상 문제가 되지 않기 때문이다. 미쳐버린 변 씨에게 방은 더 이상 필요 없으며, 명이네 역시 돌아온 방의 주인이 자신이 아니란 사실에 이의를 제기하지 않는다.

이제 그것은 명이네 방이랄 것도 아니었다. 난데없는 웬 이삿짐이 들어오기에

---

202 J. Lacan, Bruce Fink trans., *Ecrits*, *op. cit.*, p.700.

가난뱅이들이 우르르 놀라 다가가 본즉 그 방은 천연덕스런 모습으로 돌아와 있었는데 이삿짐과 함께 들어서고 있던 그 가족의 가장인 듯한 남자가 가난뱅이들을 향하여 이렇게 말하는 것이었다.

"방 구하기가 이렇게 힘이 들어서야 어디…… 앞으로 폐 끼치게 되었습니다."[203]

이들이 얻은 것은 방이라는 일상은 언제 사라질지 모른다는 깨달음이다. 집주인도, 복덕방에서도 명이네를 도울 수 없다. 대신 그 방에서는 명이네가 이전에 살았던 것과 같은 일상이 시작될 것이다. 그리고 그 일상은 방이 사라지기 이전보다 더욱 견고하고 냉철한 모습을 보일 것이 분명하다. 깨달음을 얻은 대신 방을 잃은 명이네는 이로써 현실의 질서를 더욱 견고하게 만들 것이다. 향락적 사건의 개입은 대개 질서 회복의 결과로 이어지기 마련이기 때문이다.[204]

조해일은 최소한의 삶의 근거인 셋방이 사라지는 사건을 통해 평범한 일상의 위기에 주목했다. 「방」의 비현실적인 사건들은 산업화가 한창이던 1970년대 한국 사회의 취약성을 보여준다. 도시의 팽창과 그에 따른 주택난이 1970년 한국 사회의 증상이라면, 「방」의 핵심 사건은 주택난에 내재한 억압적 구조를 드러내는 증환sinthome이라 부를 만하다. 서울에서 방을 얻어 살아가기, 그리고 산업화 사회에서 그 일원으로 살아가기의 곤란함은 이와 유비적으로 동일한 사회 전체의 구조 속에서 해석될 수 있다. 그들은 경제성장의 이데올로기의 요구에 따라 살아가지만, 경제성장과는 정반대의 비가역

---

203 조해일, 앞의 책, 250쪽.
204 Slavoj Žižek, 이수련 역, 앞의 책, 제2장; Slavoj Žižek, 박정수 역, 『그들은 자기가 하는 일을 알지 못하나이다』, 인간사랑, 2004, 제2장 참고.

적인 폭력 속에 놓여있기 때문이다. 즉 이데올로기의 요구에는 항상 그 질서를 깨트리는 향락적인 사건의 위협이 수반되기 마련이다. 이는 현실적인 경제문제와는 별개의 것으로, 「방」에서 보듯이 셋방이라는 현실의 이면에 숨은 비밀의 인지 여부의 문제이다.[205] 비밀을 알고 있는 주체에게는 위협이 가해지는 것과 같이, 자신의 삶과 방이라는 근거가 허상에 불과하다는 비밀을 알게 될 때 명이네는 쫓겨날 수밖에 없다. 그리고 비밀에 대해 무지하고 순진한 이들이 그 방에 들어온다. 셋방의 서민들은 삶이 위협에 노출된 불안한 주체인 것이다. 1970년대 하층민에 대한 시선은 조선작의 경우, 창녀든 호스티스든 그들의 삶에 충실하게 살아가는 것이 살아가는 유일한 방편으로 제시하고 있다면, 조해일에 이르러서는 그렇게 충실하게 사는 일이 얼마나 위태롭고 허약한 지반 위에 있는 구조인지를 폭로하는 서사를 구축한다.

　조해일은 일련의 단편소설에서 일상의 욕망 구조를 밝혀내는 한편, 일상의 위기를 극복하려는 의지를 주제로 내세운다. 실재의 위협에 매몰되지 않기 위해 상징 질서 속이 머물기 위한 몸부림이 극적으로 펼쳐지는 공간이 바로 우리가 경험하고 있는 현실이다. 「매일 죽는 사람」에서 주인공이 엑스트라 배우로 참여하는 영화 제작현장은 주체의 살아남기 위한 노력이 펼쳐지는 현실의 환유적 공간으로 설정된다. 주인공은 부모가 반대하는 결혼을 하고 아내가 해산을 앞두고 있지만 이 문제를 해결할 능력이 없다. 작가는 이 위기 상황을 닳아 떨어지기 직전의 구두끈으로 표현하고 있다. 구두끈은 노동의 상징물인 구두와 연계되어 생계의 불안함과 노동의 고단함을 의미한다. 생계의 위험에 노출된 주인공에게 끊어지기 직전의 구두끈은 언제 이 노

---

205 J. Lacan, Bruce Fink trans., "God and Women's jouissance", *The Seminar of Jacque Lacan book XX, op. cit.*, 참조.

동이 멈추고 자신의 일상이 파탄에 빠질지 모를 위기감의 상징이다. 이런 처지에서 주인공은 시체 역할이라는 일거리만이 남아 있다. 즉 주인공은 삶을 위해 죽음을 연기해야 하는 모순에 처한 것이다.

문제는 주인공이 시체 역학을 맡으면서 삶과 죽음이 불분명해지는 환상을 경험한다는 점이다. 삶을 위한 노동임에도 불구하고 주어진 배역은 죽음을 연기하는 것인 까닭에 그는 노동을 통해 죽음을 경험하는 모순에 직면한다. 그에게 연기라는 노동은 역설적이게도 비인간적인 속성을 환기시킨다. 시체 역할은 어떤 행위도 하지 않음으로써 자신의 행위를 완성하는 일이기 때문이다. 이와 같은 상황을 통해 현실의 구조를 유추할 수 있다. 그는 부모가 반대한 결혼, 대학 중퇴의 학력, 아내의 출산, 그리고 허약한 체력 등 감당할 수 없는 고난과 마주하고 있다. 이런 현실을 극복할 수 있는 방법은 취직을 하고 돈을 버는 것이지만 주인공의 처지에서 이는 상상적 희망일 뿐이다. 실제로 그에게 주어진 역할은 아무것도 하지 않는 '시체노릇'뿐이다. 그는 직장을 구하지 못해 아무것도 하지 않는 것과 같이 일거리를 찾았어도 아무것도 하지 않는 일이 주어지는 역설적 상황에 처해있다.

영화 촬영장은 삶을 위해 죽음을 실연實演해야 하는 모순된 공간이다. 이 공간에서 주인공은 영화라는 현실에 내재한 환상의 정체를 알게 된다. 영화란 스크린에 비친 가상의 영상을 통해 관객들에게 현실 이상의 실감을 주기에 영화의 환상은 현실 그 자체로 작동한다. 그는 환상으로써 현실이 만들어지는 영화의 촬영현장이 가상의 현실을 만들기 위한 장치들로 가득 차 있음을 목격한다.

　세트는 이조중엽의 어느 주막거리를 흉내내고 있었다.

대강대강 요점만 강조한 흔적이 여실한 페인트칠과 임시 용도를 위한 엉성한 조립으로 도무지 실물감이라곤 나지 않는, 이 빈약한 의장의 주막거리에는 그래도 마침 장날을 재현하기 위함인 듯, 여기 저기 서투른 목수질의 좌판들이 늘어 놓이고 그 좌판들 위에는 각종의 가난한 상품들, 예컨대 포목류, 어포류들이 올려 놓이고 땅바닥에는 곡물류, 나뭇짐, 갓, 지필묵 같은 것들이 늘어 놓여 있었다. 그리고 미루어 주무대가 될 모양인 주막의 대문간에는 특별히 멋들어진 붓글씨로 '酒'자가 쓰여진 지등이 하나 외로이 걸려 있었다. 따가운 가을 햇볕에 몸을 맡긴 채…….[206]

얼핏 보기에 영화의 세트장은 엉성하기 짝이 없지만 스크린에 투영될 때는 그럴듯한 현실이 된다. 마찬가지로 배우들은 가상의 인물로 분장하지만 관객에게는 살아 있는 주체가 되고 환상이 현실이 되어 스크린에 펼쳐진다. 그러나 그에게는 현실을 실연할 기회는 허락되지 않고 다만 죽음을 재연하는 역할만이 주어진다. 그에게 죽음은 영화라는 가상의 재현 속에서 존재하는 근거이다. 동시에 죽음은 실제 현실에서도 삶을 영위하는 유력한 수단이 된다. 가상과 현실 모두에서 죽음이 곧 삶이 되는 이중의 역설 속에서 그는 살아가고 있는 것이다. 이 모순적인 엑스트라 배우의 세계는 '은하수'라 불린다. '은하수'란 주연배우가 별이 되기 위해 배경이 되는 엑스트라를 가리키는 말이다.[207] 주연배우를 위해서라면 그들은 존재감이 희미해야 한다. '은하수'들의 최선의 연기란 영화의 시선에 초점이 맞춰지지 않는 것이다. 주인공 또한 시체역할로 영화 속에서 희미해질 때 주연배우도 밝게 빛나며

---

206 조해일, 앞의 책, 176쪽.
207 위의 책, 176쪽.

자신의 삶도 유지된다.

「매일 죽는 남자」의 결말에서 죽음으로 향하는 삶은 급작스럽게 희망으로 선회한다. 주인공은 촬영이 끝나고 오른쪽 신발이 없어진 것을 발견하고는 죽음을 직감하지만 곧 남아있는 왼쪽 신발을 통해 삶에 대한 희망을 발견한다. 그날 번 돈으로 아내에게 쇠고기라도 사줘야겠다고 생각하면서 어떻게든지 살아보겠다고 다짐하는 것이다. 이러한 전환은 소시민의 삶을 전경화하고 삶을 긍정하려는 주제의식을 보여준다.

「매일 죽는 남자」에 드러난 낙관은 「내 친구 해적」, 「뿔」 등에서도 볼 수 있다. 주인공은 자신의 욕망을 사회적 가치로 상승시킴으로써 삶의 위기를 극복하려 한다. 「매일 죽는 남자」가 보여준 삶에 대한 긍정은 「내 친구 해적」에서 '해적'이 강조한 사회적 전망이나 「뿔」의 지게꾼이 보인 돌발적인 분노와 맥을 같이 한다. 「내 친구 해적」의 '해적'은 도둑 해녀질로 생계를 유지하지만 한편으로 빈민을 구제하는 사회사업가의 면모도 갖추고 있다. 그는 가난 속에서도 선행을 통한 인간다운 삶의 가치를 추구해야 한다고 웅변한다.

> 진보란 말이지 뭐 그렇게 어려운 게 아니란 말야, 사람이 조금씩 더 사람답게 되길 희망하고 계획을 짜고 그걸 한발짝씩 한발짝씩 실천에 옮겨가는 일 외의 아무것도 아니란 말야. 사람답게 살게 된다는 건 떳떳하게 산다는 의미야. 사람이라는 자부심을 가지고 말야. [208]

---

208 위의 책, 41쪽.

이런 태도는 1970년대의 시대상황을 고려했을 때, 객관적인 전망을 담보하지 못한 소박한 낙관론의 수준이다. 사회 구조에 이해가 배제된 그의 전망은 호모 사피엔스가 아니라, 호모 파베르, 즉 전근대적인 활동성에 가깝다.[209]

「뿔」의 지게꾼도 이와 유사하다. 지게꾼이 묵묵히 짐을 지고 걸어가다 갑자기 거지 모녀의 동냥그릇을 걷어차는 행동에 합당한 이유를 찾기 어렵다. 그렇지만 화자는 지게꾼의 갑작스런 행동을 아름답다고 말한다. 이는 형의 부당한 도움을 거절하고 자신의 힘으로 살아가는 화자의 자기고백에 해당한다. 화자는 부당한 처세를 반성하지 않는 가족의 상황을 '병'이라고 말할 만큼 자신의 태도에 자부심을 가진 인물이다. 이런 화자는 동냥그릇을 차버린 지게꾼의 행동에 자신의 자부심을 투영한다. 멀쩡한 사지를 가지고 동냥질을 하는 것에 분노를 나타내는 지게꾼을 사회의 부조리에 맞서는 인물로 여겼기 때문이다. 부당한 처세와 타협하지 않는 태도와 동냥그릇을 차는 행위를 동일시하는 조해일의 전망은 이념의 수준으로 보기는 어려운 소박한 상태이며, 상상적인 희망의 수준에 있음을 알 수 있다.

이는 위기를 극복하기 위한 소설적 방식의 특징이자 한계이다. 「매일 죽는 남자」, 「내 친구 해적」, 「뿔」 등의 주인공은 모두 자신의 위치를 확인할 수 없는 위기를 겪고 있는 인물로서, 그들이 삶의 위기를 극복하는 방식은 사회 질서와의 합리적 관계에 의한 것이라기보다는 병리적 태도에서 기인한 돌발적인 성격이 짙다. 이러한 특징은 서사 내에서 개연성의 약화로 나타난다. 즉 주인공의 갑작스러운 긍정이나 분노는 주체의 욕망과 대타자의 질서 사이의 치명적인 어긋남을 보여준다.[210]

---

209 김병익, 「호모 파벨의 고통」, 조해일, 앞의 책, 369쪽.
210 삶의 위기 앞에서 주체는 자신의 욕망을 사회의 욕망과 일치시키거나, 상상의 수준으로 주체를

조해일의 단편 소설에서 묘사된 일상은 1970년대 한국 사회가 안고 있는 삶의 취약성을 상기시킨다. 산업화가 구축한 중산층, 서민의 일상은 일순간에 합당한 이유도 없이 상실될 수 있는 것이다. 이에 대해 조해일은 일상의 위기에 대한 인식에서 출발하여 삶을 긍정하는 전망을 제시한다. 비록 조해일의 태도는 엄밀한 분석에 근거한 사실주의의 방법론과는 거리가 있지만 단편소설 속 전망은 현실을 거부한 낭만적인 전망이 아니라 취약한 현실에 대한 인식에서 출발했다는 점에서 주목할 만하다. 낙관적인 전망을 통해 현실의 문제를 상기할 수 있었던 만큼, 조해일의 긍정적인 전망은 이후 작품에서 구체적인 내용을 획득한다. 중편 「아메리카」와 장편 『겨울여자』는 1970년대의 현실 속에서 위기를 발견하고 이를 극복하기 위한 서사적 전망을 제시한 작품으로 읽힌다.

2) 상식적 가치를 통한 질서 회복

　상상적 요구가 사회 속에 성공적으로 안착할 때 상징계의 지평이 펼쳐진다. 일상의 사건은 사회 질서의 한계 내에서 전개되며, 주체의 욕망 역시 대타자의 기제를 통과함으로써 통제 가능한 상태에 놓인다.[211] 그러나 때때로 충동적 사건이 불거져 이 질서를 위협한다. 조해일의 소설들은 그 위기의 순간을 목격하고, 이를 극복할 수 있는 서사를 제시하는 데 초점을 맞추었다.

　　되돌리는 방식으로 위기를 극복할 수 있다. 주체와 대상 간의 욕망의 공식($\$\Diamond a$)과 비교한다면 이는 각각 신경증, 정신병에 해당한다. Bruce Fink, 맹정현 역, 앞의 책, 제8장 참조.
211　위의 책, 357쪽.

단편소설들에서 삶을 긍정하는 가치를 극적으로 제시한 데 이어 중편 「아메리카」와 장편 『겨울여자』에서는 좀 더 구체적인 현실을 통해 서사적 전망으로 나아갔다. 앞서 살펴본 단편소설의 소박한 낙관론으로 현실의 문제를 효과적으로 극복하기는 쉽지 않을 터인데, 이를 추상적 주관주의의 한계라 할 수 있을 것이다. 이에 비해 「아메리카」에서는 미군 기지촌에서 전개되는 현실적인 문제를 서사화하여 소설적 전망으로 연결시켰다. 여기에는 미군의 횡포와 기지촌 여성의 저항이라는 사실적 소재가 포함되는데, 이는 소재의 차원을 넘어 위기를 극복할 수 있는 전망의 근거로 작용하고 있다.

「아메리카」는 기지촌 클럽에서 일하는 청년 효식을 주인공으로 내세워 기지촌의 문제를 형상화한다. 조해일은 기지촌 여성을 주인공으로 한 「애란」, 「대낮」 등에서도 이 문제를 제기한 바 있는데, 기지촌 여성을 배신하고 폭력을 휘두르는 미군병사를 통해 기지촌에 만연한 부정적 현실을 단편적으로 묘사하였다. 「아메리카」는 여기서 한 걸음 더 나아가 기지촌의 부조리를 극복하기 위한 주인공의 의지를 서사의 전면에 배치한다. 효식이 기지촌에서 목격한 것은 미군의 일상화된 횡포와, 그에 저항하는 기지촌 여성들이다. 그가 발견한 기지촌 여성들은 천한 직업에도 불구하고 나름의 원칙을 가지고 열심히 살아가는 인물들이다. 이에 감명받은 효식은 나태한 자신을 반성하고 이들과 함께 할 수 있는 일을 생각한다. 효식은 기지촌 사람들과 관계를 맺으며 내적인 성장을 이루면서 극복의 의지를 북돋울 수 있었다.

반성의 직접적인 계기는 미군병사에 의한 기지촌 여성의 살해사건이다. 살해사건을 경험한 효식은 자신의 삶을 반성하고 무엇을 할 것인가를 고민한다.

그 일주일 동안 나는 끼니때를 제외하고는 거의 내 방에만 쳐 박혀서 지내다시

피 하였다. 견디기 어려운 더위와 그리고 수많은 사람들이 그 속에서 살고 있는 무수한 상자들 사이의 한 상자 속에 혼자 누워 있다는 고절감과 싸우면서 나는 내가 와 있는 곳의 바른 자리와 분명한 의미를 알아보려고 애썼다. 그러나 일주일간이나 계속된 내 헛된 노력은, 대학의 경제학과를 2년밖에 다니지 못한 내 어설픈 지식으로 사태를 판단해 보려고 할 때 가진 나라와 못가진 나라 사이에 일어나는 여러 가지 갈등 내지는 소외관계라는 도식에서 한 발짝도 더 나아갈 수 없다는 무력감 때문에 망쳐졌으며 내가 한국인이라는 종족감정으로 사태를 바라볼 경우 모멸감과 수치감 같은 구제할 길 없는 혼란된 감정이 끓어올라 판단을 어둡게 함으로써 망쳐지고 말았다. 그 헛된 노력 끝내 나는 다만, 나는 이곳 사람이며 이곳에 오기 전에도 이곳 사람이었으며 금후에도 얼마간은 더 내가 이곳에 있게 되리라는 것을 어렴프시 알았을 따름이었다.[212]

기지촌 여성들의 자치조직인 쏨바귀회는 미군병사에 의해 살해된 기옥의 장례식에서 미군의 폭거에 항의하는 집회를 가진다.[213] 쏨바귀회의 활동은 '고절감' 속에 빠져 있던 효식에게 반성의 계기가 된다. 효식은 이 사건을 겪고서 "가진 나라와 못가진 나라 사이에 일어나는 여러 가지 갈등"으로 치부하는 방식이 얼마나 평면적인 사고인지 깨닫는다. 미국과 불평등한 관계를

---

212 조해일, 『아메리카』, 민음사, 1974, 341쪽.
213 기옥의 살해사건은 당시 기지촌에서 벌어진 실제 사건과 흡사하다. 1969년 부평의 기지촌에서 성매매 여성이 미군에 의해 살해당하는 사건이 발생한다. 피해자의 장례식은 미군지기 앞에서 항의 장례집회로 치러졌으며 이 항의는 1971년까지 지속적으로 이루어졌다. 이 과정에서 기지촌 여성들은 정문을 막고 미군을 인질로 붙잡은 채 사령관 면담을 요구하기도 했다. 이런 실제 사건은 소설의 주요 모티브와 일치한다. 쏨바귀회의 상여행렬과 항의 집회, 사령관 면담 등의 내용이 이와 일치하고 있으며 이후 미군부대 측에서 부대 폐쇄로 대응한 일 등이 실제 사건과의 유사성을 짐작하게 한다. 캐서린 문, 「한국 기지촌의 여성」, 정진성 외, 『한국현대여성사』, 한울, 2004, 124~125쪽 참조.

맺은 '한국인의 설움' 정도의 인식으로는 이 문제를 해결할 수 없기 때문이다. 그리고 이에 대한 반성 끝에 효식은 연대의식이라는 발전적인 전망을 제시한다. 직접적인 이해관계가 없더라도 "나는 이곳 사람이며 이곳에 오기 전에도 이곳 사람"이라는 운명적인 귀속감을 공유함으로써 효식은 방관자에서 벗어나 기지촌 현실로 뛰어 들 수 있었다. 소외관계라는 판단이 어설픈 이해 방식이었다면 '이곳 사람'으로서의 연대의식은 효식이 성찰을 계기로 발견한 문제 해결의 전망으로 기능한다.[214]

살해 사건 이후 이어진 폭우는 구체적인 실천으로 향하게 만든 전환점이었다. 폭우로 기지촌 천체가 황폐해지자 효식은 '대학 2년 중퇴의 지식수준'의 사고의 결론인 소외론을 버리고 새로운 차원의 인식으로 도약한다. 그의 도약은 추상적 사고에서 실천으로의 이행을 의미하는 것으로, 추상적 관념에 머문 자신의 과거에 대한 반성을 뜻한다. 이는 효식의 서사를 넘어서 1970년대 대중화론에 대한 비판을 시사한다. 사회학적 관점의 논의는 소외의 개념을 청년문화의 조건으로 이해하지 못하고 곧장 퇴폐, 향락의 원인으로 지목하며 기성세대의 인식을 대변했다. 이러한 논의에서는 부정적 현실을 극복할 수 있는 능동적인 저항의 가능성을 찾기 어려우며 정상성에서 벗어난 일상의 변화들은 부정적으로 매도되기 일쑤였다. 최인호가 이 도식을 거부했거니와, 조해일 역시 소외라는 문제의식이 기지촌의 현실을 설명할 수 있는 유용한 틀이라는 데 동의하지 않았다. 조해일은 관념적 지식의 틀을

---

214 효식의 비약적인 깨달음에 대해서 김원규는 효식과 기지촌 여성들의 차이를 무화한 채 봉합한 '하나 됨'이라고 설명하고 있다. 효식은 기지촌 여성의 입장과 자신의 입장이 같다고 착각하고 '피해자로서의 한국인'이라는 대주체 안으로 이들을 통합하려한 것이다. 이에 따라 효식의 내부에서 일어난 변화는 외부에 아무런 영향을 미치지 못하게 된다. 김원규, 「1970년대 서사담론에 나타난 여성하위주체」, 『한국문예비평연구』 24, 한국현대문예비평학회, 2007, 제4장 참조.

벗어나 기지촌 현실에 서사의 초점을 맞추고 이를 근거로 추상적 분석이 아니라 현실적인 전망으로 전환했다. '이곳 사람'이라는 동질감과 연대의식은 조해일이 「아메리카」에서 찾아낸 극복 의지의 시발점이다.

효식이 자기반성 끝에 얻은 극복 의지는 이념적 논리대신 경험에 기반한 판단능력에 가깝다. 해방이전 만주를 경험한 바 있는 당숙의 조언에서 보듯, 기지촌에서 살아남는 일은 특별한 사유의 산물이 아니라 현실적 요구와 낙관적 믿음에서 비롯된 결과였다.

> 그 뒤루 난 위급한 일을 당할 때마다 어떤 낙관을 가지게 됐나. (…중략…) 아무튼 그렇게 죽을 고비를 넘기면서 사람이란 위급하면 위급할수록 더욱 끈질기게 살아남으려고 하는 동물이라는 걸 알았다. 그리고 대개는 성공한다는 것두. 또 그럴 땔수록 사람은 교활해진다구나 할까, 본능적으루 더욱 지혜로와지는 동물이라는 것두 알았지 어떻게든 살아낼 구멍을 찾아내구야 말거든. 사실 사람처럼 끈질기게 살아남아온 동물이 어디 있겠니? 난 사람이라는 동물의 장래를 믿는다. 최소한 어떤 경우에두 멸종해 버리진 않으리라는 걸 믿는다. 그렇게 믿구 나두 아직 살아남아 왔다. 그 많은 사람들이 여러 가지 이유 때문에 죽어간, 얼핏 보기에 절망 이외엔 아무것두 남아있지 않은 것으루 보이기 쉬웠던 시대들을 겪어오면서. 물론 용기있게 죽음을 맞아들인 사람들을 나는 존경한다. 그런 사람들에 비하면 나는 천하게, 비겁하게 살아 남았다구 해야 옳겠지. 하지만 그렇게 살아남은 사람들의 몫두 있다구 생각한다. 뭐라구 할까. 고난의 몫이라구 할까…… 아마 ㄷ에 사는 사람들 대부분이 그렇게 살아 남아온 사람들이겠지.[215]

---

215 조해일, 『아메리카』, 민음사, 1974, 362~363쪽.

만주에서 살아남을 수 있었던 '본능적인 지혜'에 객관적인 근거를 부여하기는 어렵다. 그러나 경험에서 나온 당숙의 '낙관'은 실제 현실에서 힘을 발휘하고 있으며 그로 인해 효식도 당숙의 '낙관'을 믿는다. 당숙의 본능적인 믿음은 김병익의 평가대로 전근대적 단순함과 천진함이 내재한 것으로,[216] 이는 과학적 세계관 이전의 본능적이고 감각적인 진리에 해당한다.

당숙의 낙관은 기지촌 도시 'ㄷ'의 특수성을 대변하는 가치이다. 'ㄷ'의 공간에는 한국과 미국의 관계의 역사적 특수성이 포함되어 있으며, 양공주의 교환체계의 특수성도 존재한다. 그리고 그로 인해 성립되는 자본주의적인 인간관계도 'ㄷ'의 특수성에 포함된다. 기지촌 여성 살해사건, 군표 갱신 사건에서 보듯, 'ㄷ'의 공간성은 한국과 미국과의 주종의 관계에서 비롯된 것이다. 이러한 공간의 논리에 따를 경우, 밖에서 무슨 일을 했든 여기서는 돈만 벌면 그만이라는 지극히 현실적 가치관이 성립되고 외부의 가치는 전도된다. 예컨대 호스티스 미라의 모녀관계는 일반적인 가족의 가치를 가지지 못하고 착취와 억압의 관계로 묘사된다. 마찬가지로 남녀의 애정관계는 사랑이 아니라 교환에 의거한 계약관계로 유지되기 십상이며, 당숙이 만주에서 체득한 '비겁하게 살아남기'가 삶의 절대적 조건이 되는 곳 또한 'ㄷ'이라는 공간이다.

'ㄷ'에서 통용되는 전도된 가치관은 여기서 나아가 한국 사회 전체로 확장된다. 특히 미군과의 관계가 중요한 기지촌에서 'ㄷ'의 특수성은 한국과 미국의 관계를 이해하는 근거가 된다. 이러한 인식은 홍수 피해를 입은 기지촌과 이를 돕는 미군을 바라보는 당숙의 시각에서 볼 수 있다.

---

216 김병익, 「호모 파벨의 고통」, 앞의 책, 369쪽.

아마 그럴테지. 미국 사람들은 그런 일을 좋아하니까……

약한 사람, 불행한 사람, 재난을 당한 사람, 이런 사람들을 돕는다는게 그 사람들의 좌우명 아니냐. 그럴 일이 없으면 만들어 내기라두 할 사람들인걸……[217]

당숙은 미군의 도움을 우호적으로 생각하지만 전적으로 선한 것이 아니라는 의심은 거두지 않는다. 한국에 주둔한 미군은 표면적으로 정의正義에 해당하지만, 그것이 절대적인 선의 세계가 아님은 쉽게 간파할 수 있다. 한국에서 냉전 질서가 1960년대 한국의 정치-경제 권력의 실질적인 동력으로 힘을 발휘하고 있으며,[218] 문화의 영역에서도 그 힘은 유효했다. 조해일은 당숙의 발언을 빌려 미국에 대한 비판적 태도를 드러낸다. 미국은 외형적인 정치적 올바름을 과시하지만 그 선의에는 "그럴 일이 없으면 만들어 내기라두" 해서 이를 강요하는 폭력과 억압이 내포되어 있다는 점, 그리하여 지배수단으로서의 올바름은 결국 권력이 될 뿐이라는 것이다. 미군의 도움에 고마워하면서도 마뜩찮은 속내를 드러낸 당숙의 태도에는 이러한 비판이 내재해 있었다.[219]

---

217 위의 글, 364쪽.

218 차관으로 대표되는 1960년대 정치-경제 체제는 일상의 여러 층위에서 영향력을 발휘했는데, 문학도 예외는 아니었다. 특히 정치-경제 체제의 구조는 문학 및 문화의 심성과 겹쳐지는 경향을 보인다는 점에서 주목할 만하다. 이와 관련해서는 김성환, 「빌려온 국가와 국민의 책무-1960~70년대 주변부 경제와 문화주체」, 『한국현대문학연구』 43, 한국현대문학회, 2014, 제4장의 논의를 참조.

219 「아메리카」와 유사한 현실비판적인 입장을 보인 작품으로 천승세의 「황구의 비명」(1974), 남정현의 「분지」(1965) 등을 들 수 있다. 이들 작품은 환유적으로 미국의 존재를 비판한다. 「황구의 비명」에서는 황구를 덮치는 외래종 수캐가 등장하며, 「분지」의 경우 미군관료가 등장하여 미국, 혹은 미군을 한국을 억압하는 존재로 묘사한다. 근본적으로 간접화를 특징으로 하는 알레고리적인 창작방법론은 한국의 정치상황에서 미국을 비판할 수 있는 거의 유일한 방법론일 수밖에 없다. 이에 비해 「아메리카」는 비록 '그럴 일이 없으면 만들어 내기라도 할 것'이라는 애매한 표현을 동원하였지만 기지촌이라는 소재를 통해 미국과 연관된 현실에 대해 직접적으로 발화한

당숙의 태도는 'ㄷ' 전체로까지 확장되어도 무방하다. 'ㄷ'은 미군부대와의 밀접하게 연관됨으로써 유지되는 도시이지만, 그로 인해 비판적 의식이 태동하는 공간이 되기도 한다. 이와 같은 양가적 가치의 혼재 속에서 '살아가기만 하면 된다'는 믿음은 'ㄷ'의 특수성을 넘어선다. 이와 같은 믿음 속에서 기지촌 사람들이 삶을 영위하고 있음을 확인한 효식은 스스로를 옭아매던 상상적 세계를 깨뜨리고 그 믿음을 자신의 주체성의 근거로 받아들인다. 'ㄷ'의 특수한 가치는 보편적인 윤리로 승인받은 것이다. 그 결과 효식은 어떻게 살 것인가에 대한 고민을 해소하고 적극적인 실천을 삶의 과제로 받아들인다. 일주일간 방에 갇혀 자신의 세계로 퇴행하던 효식은 의미 있는 행위를 실천하는 주체가 됨으로써 이제 'ㄷ'의 일원으로 살아가기 겪는다.

효식의 변화는 주체화의 과정을 의미한다. 「아메리카」는 'ㄷ'에서의 경험을 통해 상상계적 요구를 지우고 외부의 가치를 받아들임으로써 위기를 극복하는 서사를 이룬다. 이를 통해 주체는 사회 속에서 인정받는 상징적 주체가 되며 충동적인 일탈은 현실의 범위 내에서 제어된다. 상상계에서 상징계로 이행하는 주체화의 여정은 구성적constitutive[220] 특징을 가진다. 상상적인 수준의 주체가 조우하는 사회의 질서는 주체의 내면과 어긋나기 마련이다. 이때 주체는 상징 질서 속으로 편입되는 모험을 거쳐 이 차이를 좁혀나간다. 세상의 질서 속으로 진입하는 모험이란 곧 주체를 형성시키는 구성적인 모험이다.

다는 점에서 차별화된다.

[220] 상상계와 상징계는 항상 분열되어 있지만 이를 통해서 대타자는 주체를 제어할 수 있다. 지젝은 이 분열의 간극을 구성적이라고 분석한다. 주체는 이 간극에서 발화의 효과를 제어할 수 없고 대신 대타자가 이를 담당한다. 즉 주체의 행위는 주체 개인의 의지가 아니라, 주체가 정향된 상징적인 질서에 의해 구성된 결과로서의 의미를 지닐 뿐이다. Slavoj Žižek, 박정수 역, 『그들은 자기가 하는 일을 알지 못하나이다』, 인간사랑, 2004, 161쪽 참조.

이와 같은 주체화의 방식은 『겨울여자』에서도 서사의 핵심을 이룬다. 『겨울여자』의 구성적 모험의 주인공은 뭇 남성들에게 사랑을 전해주는 환상적인 여성 이화이다. 소설이 시작될 무렵, 이화는 상상의 세계에 머물러 있었다. 그녀의 상상은 '연애란 무엇인가', '어른들의 세계란 어떤 것인가' 같은 순진한 소녀적 감성에서 비롯된 것들이다. 상상과 현실의 갈등을 겪어가며 이화는 사회화된 주체로 이행하는 모험을 시작한다. 이 모험의 성격은 그녀의 이름에서부터 짐작할 수 있다. '이 꽃, 혹은 저 꽃'이라는 뜻을 가진 '이화伊花'라는 이름은 한 인물의 개별적 주체성을 표현하는 기호로서는 부적합하다. 고유명사임에도 불구하고 이화라는 이름은 여성을 상징하는 상식적인 기호이자 '그녀'라는 비지시적인 명칭이기에 기표만 남은 텅 빈 기호일 가능성을 안고 있기 때문이다.

이화의 텅 빈 주체성은 사랑을 통해 주체화의 모험을 시작한다. 애초 이화는 남성의 충실한 사랑의 대상이 되고자하는 수동적 자아였다.[221] 여고생 시절 이화는 익명의 남성으로부터 오랫동안 몰래 지켜보고 있었다는 연애편지를 받고서 사랑을 상상하기 시작했다. 그리고 편지를 충실히 읽음으로써 실제 연애사건을 체험할 수 있었기에 편지는 관념적인 사랑의 실체를 확인하는 동시에 사랑의 실천을 요구하는 명령이기도 했다. 그렇기에 편지는 이화의

---

221 기존 연구는 공통적으로 이화가 성처녀로서의 초월성과 남성적 욕망을 동시에 드러내는 특징을 보인다는 점에 주목한다.(강계숙, 「'성처녀', 그 대중적 신화의 속읽기」, 『작가연구』 14, 2002. 하반기; 김현주, 「1970년대 대중소설 연구」, 연세대 박사논문, 2003; 조명기, 「1970년대 대중소설의 한 양상」, 『대중서사연구』 9(2), 대중서사학회, 2003; 배선애, 「1970년대 대중예술에 나타난 대중의 현실과 욕망」, 『민족문학사연구』 34, 민족문학사학회, 2007; 이수현, 「'겨울여자'에 나타난 저항과 순응의 이중성」, 『현대문학의 연구』 33, 한국문학연구학회, 2007) 이때 이화의 자유분방한 남성관계는 의사(疑似) 진보성에 불과하다는 평가(강계숙, 앞의 글, 316쪽)와 가부장적 이데올로기에 도전하는 진보적 성향을 보인다는 평가(김현주, 앞의 글, 140쪽)로 엇갈린다.

무의식에까지 영향을 미쳐, 꿈의 환상 속에서 발신인의 얼굴이 현현하기도 했던 것이다. 그러나 꿈속 이미지는 무의미한 허상이 아니다. 사랑을 실천하는 데 있어 꿈은 편지의 발신인과 이화를 연결시키는 중요한 매개가 된 것인데, 같은 꿈을 꾼 두 사람은 첫 만남에서 서로를 알아차릴 만큼 꿈은 연애의 층위에서는 구체적이며 현실적인 사건으로 제시되었다. 이러한 사랑에서 이화의 주체로서의 판단능력은 그다지 중요하지 않다. 편지의 발신자는 가면으로 가렸을 뿐 아니라 이화는 가면 너머를 변별할 수도 없다. 무엇보다 발신인이 누구든 상관없이 편지에 의한 사랑은 이미 시작되었다. 이러한 정황은 편지와 발신인의 시선이 사랑의 상상에 실체를 부여하는 권위, 혹은 명령으로서 작동한다는 점을 의미한다. 이화는 명령으로서의 사랑에 순응할 수밖에 없었다.

> 그리고 이상한 것은 그럼에도 불구하고 그녀는 매일 배달되는 그 편지들을 하나도 빼놓지 않고 다 읽어주었다는 사실이다. 그 점에 대해서만은 그녀는 전혀 자신을 의심해보려고도 하지 않았다. 의심하기는커녕 그것(편지를 읽는 일)이 어느새 자기의 매일의 일과 가운데 하나가 되어가고 있다는 사실조차 모르고 있었다.
> 때로는 그녀는 그 편지 속에서 기쁨을 맛보기조차 했다. 물론 그것은 시간이 한참 흐른 뒤의 일이다. 시간이 한참 흘러서 그녀가 그 편지에 대해 자신도 모르게 우정 비슷한 감정을 느끼기 시작하게 된 뒤의 일이다.[222]

1년여간 편지를 받아보며 이화는 '우정 비슷한 감정'을 느낀다. 이 감정은

---

222 조해일, 『겨울여자』 상, 문학과지성사, 1976, 41쪽.

이후 여러 남성들과의 관계에서도 반복되는데, 상대 남성뿐만 아니라 그가 처한 사회적 조건까지도 받아들이게 만든 것이 이 독특한 연애의 감정이었다. 이화는 이 감정을 통해 세상과 연관을 맺고 사회적인 주체로 성장한다. 즉 이화에게 연애란 곧 세상을 알아가는 계기이다. 그로 인해 이화의 연애에는 끊임없이 사회적인 문제가 개입한다. 이화의 첫 번째 연애에 정치인 아버지가 등장한 것은 그 때문이다. 편지의 발신인 민요섭이 '나쁜 정치인'의 아들이라는 자괴감 끝에 이화를 발견하게 되었노라 고백하는 장면은 『겨울여자』에서 연애가 놓인 의미망을 잘 보여준다. 이화는 익명의 편지를 통해 연애를 상상하는데, 그와 동시에 '좋은 정치인이란 무엇인가'라는 질문도 덤으로 얻는다. 그러나 연애와 사회 현실에 관한 문제는 순진한 상상 속에 있던 이화에게는 주체성의 위기를 불러일으킨다. 예상치 못한 극적인 사건이 순진한 여고생 이화에게 닥쳤을 때, 이전의 자기만족적인 내면은 분열하기 시작한 것이다. 이와 같이 이화가 이 위기를 극복하면서 주체화를 완성하는 과정이 『겨울여자』 서사의 중추를 이룬다.

민요섭의 자살 이후 이화는 타자의 명령에 따라 세상의 질서에 부합하는 주체로 성장한다. 이때 연애와 사회 현실은 이화의 서사를 구성하는 두 축이다. 여대생이 된 이화는 매번 새로운 사회 문제에 대한 각성을 동반하는 연애를 경험한다. 이러한 서사에서 연애와 사회의 두 축은 비등한 힘으로 교호하며 사건을 이끈다. 연애를 시작할 때마다 항상 사회문제와 관련된 의문이 발생하며, 남성들이 그에 대한 해답을 제시하면서 연애 감정도 더불어 고조되기를 반복하는 것이다. 이런 의미에서 이화의 연애는 사제의 관계로 대치되어도 무방할 듯하다. 학보사 선배 우석기와 취재 중에 만난 빈민활동가 김광준은 '기자란 무엇인가', '비판이란 무엇인가', '애국이란 무엇인가', '남을 돕기 위해서는 무엇을 해야 하는가' 등의 문제의식을 이화에게 심어준다. 미처 몰랐던 세상의 진실을 애써 가르쳐주는 남성들은 스승의 면모와 다르지 않다. 이 관계 속에서 주체성을 만들어 나가는 이화의 서사는 '사제관계의 가르침'[223]의 서사로 전환된다.

①여기 와보고 그런 생각이 들었어요. 사람들은 내가 모르는 곳, 내가 못 가본 곳에서도 아주 많이들 살고 있다는, 그리고 내가 모르는 사람들이 너무너무 많다는, 내가 모르는 생각, 내가 모르는 생활을 하고 있는 사람들이 세상엔 아누 많다는, 모두 나 비슷한 또는 우리 식구들 비슷한, 석기 씨 비슷한 생김새를 한 사람들인데 말예요. 사귈 수 있는 사람은 모두모두 사귀어 보고 싶어요. 그래서 되도록 많은 사람들하고 같이 얘기도 하고 삶이 슬퍼하기도 하고 같이 기뻐하기도 하고 그러고 싶어요. (…중략…) 정말 우리 이화, 훌륭한 여학생이군. 됐어. 선생 노릇한 보람이 있는데, 이제야 말로 이화를 서울에 혼자 떼어 놓아도 마음이 놓이겠군. 거기다 한 가지만 더 보충하면 난 이제 이화 선생 노릇 그만해도 좋아. (…중략…) 우리나라가 불쌍하다는 거, 가엾다는 거.[224]

②아직 미국을 집으로 생각하고 계신 모양이라고요. 이런 말해도 괜찮을지 모르겠지만 일제 때 일본 여행한 경험이 있는 분들이 일본 들어갔을 때, 동경 들어갔을 때, 하고 항용 말씀하시는 투하고 흡사하시네요. 일제 때는 일본이 본국이고 여기는 식민지라는 생각이 공식화 돼있었기 때문이라고나 하지만.[225]

---

223 곽승숙, 「1970년대 신문연재소설의 여성 인물과 '연애' 양상 연구」, 『여성학논집』 23(2), 이화여대 한국여성연구원, 2006, 159~160쪽.
224 위의 글, 246~247쪽.
225 조해일, 『겨울여자』 하, 문학과지성사, 1976, 422쪽.

인용문에서는 이화가 남성들과의 관계에서 교훈적 지식을 재생산하는 과정을 엿볼 수 있다. ①의 장면에서 이화는 우석기와의 연애 도중 애국심이라는 논제와 맞닥뜨린다. 이때 얻은 교훈은 다시 ②에서는 맞선에서 만난 안세혁을 대상으로 재생산된다. 이처럼 이화의 연애는 사제의 관계를 통해 유지된다. "아무한테도 속해 있지 않으며 또 누구한테나 속해 있다는 명언. 제가 가서 일할 수 있는 데면 어떤 직장이건 상관없죠"[226]라는 발언에서 보듯이 이화는 교훈적 지식을 매개하는 역할이 강해질수록 인물의 주체적이고 능동적인 성격은 희박해진다. 대신 이화는 남성들과의 관계에서 항상 질문을 받고 그 대답을 찾기 위해 그들과 연애를 지속시켜 나간다. 그리고 연애의 끝에서 연애의 대상에게서 답을 찾고 그들의 생각에 동화된다.

이 과정에서 이화는 상상적인 자아를 회복하지 못한 채 사회의 담론 질서 속에 융화된다. '이 꽃'이라는 이름의 의미처럼 이화는 한 번도 스스로 욕망하는 바를 드러내지 않는다. 연애의 각성이 타인의 시선에서부터 비롯되었던 것과 같이, 그녀의 주체성은 입체적인 위상을 가지지 못했던 것이다. 대신 고유한 상상계와 실재계가 상징적 질서 속으로 함몰됨으로써 순진한 여고생의 상상적인 동일시는 흔적을 잃고 주체성은 평면적인 상태에 고착되고 만다. 그런 점에서 '모두의 애인'으로 남겠다는 발언은 그녀에게 연애의 욕망이란 존재하지 않는다는 점을 반어적으로 표현한 셈이다.[227]

연애가 사회인식의 매개로 작용하는 양상은 조해일의 여타의 장편소설에서 반복된다. 『지붕 위의 남자』는 『겨울여자』이 보여준 사제관계를 성 역할

---

226 위의 책, 506쪽.
227 같은 논리로 김현주는 이화가 대상에의 고착적인 태도를 보임으로 사회적 자아를 형성한 독립적인 인격체라고 볼 수 없다고 평가한다. 김현주, 앞의 글, 139쪽.

만 바꿔 재현한 작품이다. 즉 남성이 연애 대상인 이성으로부터 교훈적 지식을 제공받는다. 주인공 민동표는 부모의 재산으로 무위도식하며 연애를 즐기지만 일탈로 떨어지지 않는 것은 연애가 상식의 세계를 회복하는 기능을 하기 때문이다. 동표와 관계 맺는 미호, 경림, 정미 등 세 여자는 연애가 진행되면서 동표에게 각각 도시 빈민의 실상, 정치인의 비리 고발, 창녀 교화 등의 임무를 부여한다. 그 덕에 동표의 난잡한 연애는 개과천선이라는 놀랄 만한 결과를 맞는다.

> 어쨌든 동표는 이제껏 경험해 보지 못한 심한 마음 속의 동요를 느꼈다. 형언할 길 없는 일종의 선명한 각성상태 비슷했다고 할까. 무언가 여지껏 호도되었던 또는 무지했던 자신의 치부가 일거에 눈들을 뜨고 고개를 쳐드는 듯한 느낌에 그는 사로잡혔던 것이다. 자신의 내부에 갑자가 수많은 눈들이 생겨난 듯한 느낌이었다고 할까. 결코 감으려 하지 않은 눈들이.
>
> 그리고 그 눈들이 그의 외부의 눈[肉眼]과 긴밀히 협동하여 그를 계속 극명한 각성상태로 이끄는 것이었다.
>
> 그가 살아온 삶의 경험영역 안에서는 그가 지금 보고 있는 삶의 양식은 여지껏 막연한 풍문 이상의 뜻은 갖지 못했었던 것이다. 적어도 그것은 그에게 있어 현실이 아니었다. 그런데 지금 그는 그것이 눈 감을 수 없는 현실이라는 사실을 두 눈으로 똑똑히 목도하고 있는 것이다.[228]

동표의 변화는 내적 성찰에 따른 것이 아니라 『겨울여자』와 같이 우연히

---

228 조해일, 『지붕 위의 남자』 하, 열화당, 1977, 509~510쪽.

외부에서 부여받은 것이다. 동표를 의지와 무관한 '각성상태'로 이끈 이들은 동표가 쾌락의 상대로 노렸던 여성들이다. 연애를 지속하기 위해서 동표는 여성이 제기한 문제의식을 받아들일 수밖에 없는데, 여성들이 제기한 문제들은 올바른 삶을 위한 덕목과 일치한다. 동표의 연애가 이러하다면, 연애란 사회가 요구하는 가치를 실천하게 만드는 대타자의 명령이 아닐 수 없다. 지극한 교훈을 얻은 동표는 그 명령에 따라 이제 난잡한 연애를 청산하고 자신의 아이를 거두기 위해 미호에게 돌아간다. 여성들의 시선은 동표의 속물성을 제거하고 그곳에 타인의 욕망을 위치시킴으로써 동표의 욕망의 서사도 막을 내린다.

이처럼 조해일 소설의 주인공들은 상상적인 욕구를 포기하고 상징적인 질서를 육화한다. 그 결과 연애에서 쾌락은 뒷전으로 물러나고 서사의 표면에서 사회적으로 올바른 삶이 소설의 주제로 부각된다. 긴 시간의 흐름 끝에 얻은 주인공의 깨달음은 대타자인 사회의 욕망을 받아들이고 이를 자신의 욕망으로 오인함으로써 완성된 욕망이었다. 이런 작품들은 결국 이 오인된 욕망의 서사화에 지나지 않는다. 『겨울여자』, 『지붕 위의 남자』는 연애가 단순히 연애로 끝나지 않고 상식적인 교훈과 혼용되어 서술되는 것은 두 작품 모두 오인된 욕망의 자장 속에 놓여 있기 때문이다.

주인공의 서사가 이러한 구심점으로 쏠린 탓에 연애와 사회의식 모두 단일한 위상에서 평면화되는 한계를 노정한다. 연애를 통해 드러낸 사회의식은 원론적인 상식에 그칠 뿐, 1970년대의 특수성에 대응하는 이념을 만들지 못했다. 조해일의 소설들은 결국 상식을 재생산하는 상투성을 벗어나지 못한 셈이다.[229] 연애란 주체를 규율하는 불문율을 만들고 그것을 통해 통념의 진리를 보증하는 행위일 터인데,[230] 이를 충실히 받아들일 때 연애는 주체를 상징적 질서 속에 포박하며 이 연애서사를 공유하는 대중은 능동성을 상실할 수밖에 없다. 그럴 경우, 대중은 타자의 욕망을 재현하는 위치로서만 의미를 가지며 그 속에서 주체의 지위는 지워지고 만다.[231]

1970년대 조해일의 소실들은 이와 같은 주체화의 모험의 길에 흩어져 있다. 그의 단편소설들은 일상의 위기를 포착하며 그 속에서 주체화의 구조를 드러내는 데서 시작한다. 위기의 목격 이후 이를 극복하기 위해 조해일은 소설 속에 외부 현실의 가치와 질서를 받아들이는 방법을 모색한다. 「아메리카」에서 보듯이 이론적인 이해 수준으로 현실의 문제를 해결할 수 없음을 알았을 때, 주체의 선택을 주체 외부의 가치를 스스로 받아들이는 쪽으로 향한다. 외부의 가치를 통해 현실 극복의 의지와 실천의 계기 꾀한 것이다. 그러나 그 가치가 절대적인 권위를 가질 때 애초에 기획한 주체화의 복원 가능성은 상실된다.

연재 당시 대중의 주목을 받았던 『겨울여자』, 『지붕 위의 남자』는 현란한 연애의 상상을 발휘하면서도 타자의 질서에 의해 지워져가는 주체화의 한 종착점을 보여주었다. 연애를 통한 주체화를 거쳐 만들어진 평면적인 욕망은 통속적인 상상력에 근거한 것으로 경험적 현실세계와는 동떨어져 있지만, 독자의 욕구와 일치한다는 점에서 1970년대 대중적 현실의 일부인 셈이다.[232]

---

229 상투어는 사회적 정체성을 확립시키는 기능을 하며, 우리 삶의 상징적인 실체로 작동할 수 있는데, 모두가 상식을 믿음으로써 우리의 말과 행위를 효과적으로 규율할 수 있다. 그런 의미에서 상투어들은 주체의 욕망을 규정하는 '큰 타자'라고 말할 수 있다. Slavoj Žižek, 김영찬 외편역, 「성적 차이의 실재」, 『성관계는 없다』, 도서출판b, 2005; R. Amossy · A. H. Pierrot, 조성애 역, 『상투어』, 동문선, 2001, 제2장 참조.

230 Slavoj Žižek, 앞의 글, 238쪽.

231 라캉은 이 상태의 주체를 빗금쳐진 주체 Ꞩ로 표기한다. 주체의 상상적 동일시는 상징계의 질서에 의해 지워지고 주체는 타자의 욕망을 받아들이는 상태로 전환된다. 욕망의 공식, 'Ꞩ◇a'이 성립하는 지점이 이곳이다.

3. 낭만적 초월을 지향하는 주체—한수산론

1) 산업화에 소외된 인물의 형상화

연애만큼 욕망이 생생하게 살아 숨 쉬는 공간도 드물다. 주체는 연애를 통해 끝없이 대상을 갈구하며 연애의 성공과 실패를 통해 주체의 위상을 확인한다. 연애는 충동적 사건에서 시작하여 타인의 욕망을 투사하는 방식으로 대중 주체의 욕망을 형성한다. 1970년대 대중소설에서 이러한 연애는 빼놓을 수 없는 주제였다.

대중소설은 경험적 현실세계 내에서 다양한 모험을 거쳐 우리 사회가 요구하는 질서를 재확인하는 지점이 다다른다. 그리고 대중소설의 주체는 지배적 질서와 동일성의 관계를 유지함으로써 무너짐을 피하고 정체성을 회복한다. 정확히 말해, 1970년대 산업화의 자본주의적 속성은 구성원 개개인의 주체를 형성하는 원인으로 구조 깊숙이 도사리고 있었다. 그러나 이 효과가 언제나 균일하게 작동하는 것은 아니었다. 지배적 이데올로기와의 차이를 구별 짓는 지식knowledge을 구성하는 비동일화의 과정은 동일화와 동시에 생겨나기 때문

---

232 『겨울여자』는 '이화는 미친 애다'라는 독자반응을 받기도 했다. 1970년대 한국의 현실을 고려할 때 이화의 거침없는 성의식은 거부감을 일으킬만한 것이었다. 그러나 작가는 작품을 다 읽고 나면 오해가 풀릴 것이라고 말한 바 있다.(조해일, 「후기」, 『겨울여자』, 문학과지성사, 1976) 이는 이화의 난잡한 연애가 종국에는 사회의식이라는 주제와 연결된다는 점을 강조한 발언일 터이다. '미친 애'와 작가의 변명, 즉 독자와 작가의 기대지평은 어긋난 것이 아니라 『겨울여자』에 존재하는 욕망 구조의 두 층위를 가리킨다. 이화의 난잡한 연애가 대중의 통속적 상상에 부합한다면, 작가의 주제의식은 이를 통어하는 상징질서를 현현하고 있다. 이 두 층위가 공존하는 것이 『겨울여자』라는 서사, 그리고 이 작품이 읽히고 있는 대중의 현실이다.

이다.[233] 비동일화는 본질적으로 새로운 형태의 주체화 과정이다.

비동일성의 주체는 1970년대 산업화의 질서에 대응한 초월의 형식 속에서 생겨난다. 현실과 동떨어진 초월의 양상으로 먼저 낭만적 사랑을 떠올릴 수 있었다. 기든스는 낭만적 사랑에 적합한 양식을 문학작품에서 찾은 바 있다.[234] 낭만적 사랑을 다룬 연애소설, 즉 로맨스 형식은 근대 서구에서 가장 먼저 대중의 호응을 얻은 형식이었다.[235] 연애소설에서 사랑은 자유와 연결되어 현실의 위협을 물리치는 가장 바람직한 규범으로 간주된다. 그 때문에 사랑의 이상은 자유를 실천하는 근대적 자아의 핵심에 자리 잡는다. 열정적인 사랑이 파국적 단절을 의미한다면, 낭만적 사랑은 영속성을 담보하는 연애서사로 읽힐 수 있는 것이다. 이와 같은 특징들은 연애소설이 근대문학의 양식으로서 역사를 가진다는 것을 뜻한다.[236]

1970년대 한국의 연애소설의 작가로 한수산을 첫 손에 꼽을 수 있다. 한수산은 남녀 간의 사랑에서 생겨나는 미묘한 감정의 변화를 묘사하고 사랑이 성공하거나 혹은 실패로 돌아가는 주인공들을 형상화함으로써 시대를 대표하는 연애소설의 작가로 등극했다. 한수산의 소설은 시대의 억압적 상황이나 현실의 부정성과는 상관없이 펼쳐지는 순수하고 낭만적인 사랑에 초점을 맞추었다. 이들의 사랑이 현실의 문제와 동떨어져 있는 만큼 낭만적 사랑은 환상적인 사건으로 묘사된다. 「사월의 끝」, 「대설부」, 「미지의 새」 등의 단편작품과 『바다로 간 목마』, 『해빙기의 아침』 등의 장편소설은 한수산의 낭만적 사랑을 보

---

233 Michel Pêcheux, *op. cit.*, p.157.
234 Anthony Giddens, 배은경·황정미 역, 『현대사회의 성·사랑·에로티시즘』, 새물결, 2003, 제3장 참조.
235 위의 책, 61쪽.
236 위의 책, 78~79쪽.

여주는 대표적인 작품이다. 이들 작품에서 회의적이며 감상적인 정서에 기초한 사랑의 모습은 1970년대 현실과는 무관한 듯이 보인다.

그러나 낭만적인 연애의 한편으로 한수산은 단편소설을 통해 1970년대 산업화 사회에 대응하는 비동일성의 주체의 가능성을 타진했다. 연애서사에서 현실과 무관한 사랑을 지고한 가치로 상정한 것처럼, 일상의 영역에서는 현실의 문제를 극복하는 가치의 준거점을 찾아 나선다. 이는 단편소설을 통해 시도되었는데, 단편 「침묵」이 대표적인 경우이다. 「침묵」의 주인공이자 초점화자는 서울 외곽 신흥 아파트단지의 아이들이다. 이곳의 아이들은 새로 만들어진 아파트 단지만큼이나 황량하고 거친 심성을 가진 문제적인 인물로 설정되어 있다. "이놈의 시멘트가 물을 이렇게 빨아 먹으니, 애들까지 배리배리해질까 봐 큰일이다"[237]라는 아버지의 걱정대로 아파트라는 공간 속에서 아이들은 동심을 잃고 어른들의 세계를 넘보기 시작한다.

우리는 그 미국 여자의 아무리 보아도 우리 엄마들 것보다 너무나 커서 무거워 보이는 젖통을 보았고 발가벗은 긴 다리와 그 사이의 머리칼을 보았다. 그리곤 똥꼬를 손가락으로 찌르면서 히죽거렸다. 그 미국 사람 중의 한 남자에게서 우리는 문득 주일날 교회 안에서 바라보는 한 벌거벗은 남자를 떠올렸다. 그러나 사진 속의 남자는 교회 안에서 언제나 묶여 있는 남자보다는 많이 살쪄 있었다. 그리고 흘러 떨어질 듯한 천마저 감고 있지 않았다. 그렇게 생각되자 갑자기 우리는 교회 안의 그 마른 남자에게 부끄러웠다.

그 후 우리는 7호집 엄마가 시내에 나가기를 기다렸다가 숨 가쁘게 그 집 초인

---

237 한수산, 「침묵」, 『사월의 끝』, 민음사, 1978, 175쪽.

종을 눌렀다.

"똥꼬책 보자……"

우리가 그 애에게 말했을 때마다 7호 아이는 자기 엄마가 이미 외출해 버리고
없는데도 누군가가 우리를 보고 있기라도 한 것처럼 곡 뒤를 돌아다보곤 했다. 우
리들은 그림 속의 커다란 젖가슴과 긴 다리와 그 다리 사이에 난 머리칼과 모래언
덕처럼 솟아 있는 엉덩이를 보고 있자면 언제나 목이 말랐다. 비로소 실파를 다듬
는 가정부 누나가 신문지를 깔고 식당바닥에 앉아 있을 때 그 희뿌연 허벅지 안쪽
을 들여다보며 왜 입안이 메마르곤 했는지 알 수 있었다. 우리는 그 그림들을 연필
로 마구 그어대고 싶은 충동으로 손가락을 꼼지락거렸다.[238]

동심을 잃은 아이들은 이처럼 영악하다. 아이들은 음화淫畵를 찾아 탐닉하
며 어른을 흉내 내기 시작한 것이다. 겁 없이 뛰어든 어른들의 세계는 어떠
한가. 성욕의 경험이 없는 아이들로서는 음화 속 장면들은 경이의 대상이 되
며, 얼마 지나지 않아 경이는 곧 죄책감으로 변한다. 아이들은 음화의 주인
공에 예수 상을 겹침으로써 죄책감을 상기시킨다. 그렇지만 죄책감이 아이
들의 행동을 멈추지는 않는다. 오히려 죄책감으로 인해 음화의 쾌락은 증대
된다. 이 장면은 욕망의 구조를 명백히 보여준다. 쾌락의 순간 예수의 형상
은 타자의 시선으로 작용한다. 음화를 볼 때마다 예수의 시선이 떠오르지만,
죄책감이 주는 충동적인 쾌감으로 인해 아이들은 더욱 음화를 탐한다. '마구
그어대고 싶은 충동'의 심정이란 음화에 대한 참을 수 없는 욕망을 의미하는
것이다. 주체할 수 없는 성적 충동을 통해 아이들은 조금씩 욕망의 주체로

---

238 위의 글, 180~181쪽.

변해간다.

아이들에게 어른 세계의 경험은 욕망을 학습하는 과정이다.[239] 아이들은 우연히 음화를 보게 되었지만, 그것에 탐닉하는 과정에는 예수의 형상으로 표현된 어른들의 금지의 윤리성이 작동함으로써 필연적인 주체화를 겪을 수밖에 없다.[240] 대타자의 명령에 의해 금지되었으며, 금지되었다는 것을 알고 나서 아이들은 비로소 금지된 것을 욕망한다. 음화는 아이들을 어른들에 부과한 규범을 넘어서는 욕망의 세계로 이끈다. 음화를 본 아이들은 이제 '가정부 누나의 허벅지'를 보고 입안이 메마르는 충동적 성욕을 가진 주체가 되어간다.

이런 아이들이게는 놀이마저도 위태롭다. 아이들의 놀이에는 순진함은 사라지고 어른보다 더 잔인한 유희가 이를 대신한다. 아파트 난간에서 병아리를 던져 죽이는 아이들의 놀이는 어른들의 세계에서도 찾아보기 힘든 악한 모습을 하고 있다.

"뭐할 꺼고? 키워서 알 내 먹을라고?"

우리는 아무 말 없이 서로의 얼굴을 바라보았다. 7호집 아이가 퉁명스레 내뱉었다.

---

239 "자아-이상(ich-ideal)이란 상징적 질서 내에 있는 주체가 동일화 하는 자리이다. 주체는 그 자리에서, 자신이 보여지기를 바라는 방식으로 자신을 관찰한다." R. Salecl, 이성민 역, 『사랑과 증오의 도착들』, 도서출판b, 2003, 24쪽. 주체의 욕망은 대상의 욕망이 대상이 되고자 하는 욕망이다. 즉 욕망은 욕망에 대한 욕망이다. 이때 타자에게 욕망을 확인시켜주는 것이 타자의 시선(gaze), 혹은 목소리(voice)이다. 음화를 보는 아이들에게 목소리는 일종의 환상으로, 어떻게 욕망해야하는지를 가르쳐 욕망의 주체로 만든다. Slavoj Žižek, 박정수 역, 『How to read 라캉』, 웅진, 2007, 76~79쪽.

240 지젝에 따르면, 도덕(Morals)은 타자에 영향을 미치는 규범이라면, 윤리(Ethics)는 자신의 욕망과 타협하지 않고, 욕망의 실천을 의미하는 것으로 둘은 대립적이다. Slavoj Žižek, 이만우 역, 앞의 책, 139~143쪽 참조. 음화를 목격한 아이들은 음화라는 욕망의 대상을 발견하고서 이를 볼 것인지를 고민한다. 이때 환상의 시선은 아이들에게 윤리를 강조한다.

"할머닌 먹는 거밖에 몰라요?"

그 말에, 우리는 하던 짓을 들킬 뻔한 아이들처럼 참았던 한숨을 길게 토해냈다.

"고녀석. 그럼 키워서 알을 내지 않음 이 작은 걸 잡아먹을래?"

"이런 걸 누가 먹어요."

7호가 여전히 퉁명스레 대꾸했다. 그때 3호집 아이가 종알거렸다.

"할머니, 우린 병아리랑 놀아요. 친구한단 말예요.

아이고 똑똑한 것. 그런 얼굴로 할머니는 머리라도 쓰다듬을 듯이 3호집 아이를 보았고 시선을 옮겨 우리들 하나하나를 둘러보았다. 우리는 비로소 사슬에서 풀려난 듯 낄낄 웃었다.[241]

할머니의 칭찬과는 달리 아이들은 병아리를 잔인하게 죽이는 충동적 유희에 빠져 있었다. 이를 즐기는 아이들에게 어른들의 상식은 오히려 순진한 것으로 전도된다. 죽지 않은 병아리를 밟아 죽일 정도로 아이들은 충동 속에서 자신의 존재를 발견한다. 음화를 대체한 병아리 놀이는 음화만큼이나 "황홀한 것"[242]이었다. 아이들이 어른의 세계를 경험하고 황홀한 충동으로 나아가는 과정은 아파트라는 공간에서 가능하다. 달리 말해 「침묵」의 아이들의 놀이는 1970년대 산업화의 음화陰畵인 셈이다. 서울 곳곳에 아파트가 세워지면서 아이들도 아파트의 속성과 닮아간다. 이러한 세상 속 아이는 이미 아이가 아니며, 그런 점에서 「침묵」의 아이들은 1970년대 한국 사회의 표상일 터이다. 뒤틀려버린 아이들의 우화를 통해 산업화의 비인간화를 비판한 것이 「침묵」의 주제이다.

---

241 한수산, 앞의 글, 185~186쪽.
242 위의 글, 181쪽.

그러나 표면적인 주제의 이면에서 현실비판을 가능하게 한 주체화 특이성을 발견할 수 있다. 아이들은 아파트의 속성에 동화되는 것에서 나아가 충동의 주체로 변화한다. 아이들은 어른들의 세계를 받아들이면서 동시에 어른들의 세계를 넘는 주체들이다. 음화는 아이들에게 '연필로 마구 그어대고 싶은 충동'을 일으키거니와, 이는 병아리를 죽이는 놀이로 이어진다. 그 순간 아이들은 어른의 세계마저 뛰어넘는다. 아이는 어른의 질서를 알지 못하는 순수함을 가진 주체로 실재적 충동을 드러내기에 적합한 인물유형으로 선택된 것이다.

「침묵」의 아이들은 어른과는 무관한 자신들만의 세계를 만든다. 이 세계는 동심을 배반하지만 어른들의 현실적 이해관계와도 동떨어져 있다. 「침묵」의 아이들은 상징 질서와의 동일화를 겪지 않은 채 자신들만의 주체화를 완성했기 때문이다. 이로 인해 산업사회 비판이라는 전경화된 주제와는 다른 차원의 주제가 서사의 이면에서 생겨날 수 있었다. 한수산이 창조한 '타락한 아이'는 현실의 삶과 전혀 어울리지 않아 보인다. 산업화 시대의 욕망에 어울리지 않는 비동일성의 주체는 「침묵」에 내재한 욕망의 특이점이다. 이 아이들이야 말로 사회 질서에 대항하지 않으면서 자신들만의 고유한 욕망을 만들어가는 비동일성의 주체라 할 것이다.

비동일성의 주체는 장편 『부초』에서 가난한 떠돌이로 전락해 버린 서커스 단원의 삶을 통해 핍진하게 재현된다. 방송과 영화가 주된 대중문화로 자리 잡은 산업화 사회에서 서커스가 도시 변두리를 떠돌며 쇠락의 길을 걷는 동안 서커스단원은 전근대 시대의 남사당패들과 같은 '뿌리 뽑힌 자'로 팽개쳐진다. 서커스의 기술들은 이제 상업적인 흥행과는 거리가 멀기에, 서커스 단원들의 삶은 고단하고 이를 지켜보는 화자의 입장은 애상적인 분위기로 흐른다. 서커스가 상업적인 성공을 담보하지 못하는 한, 단원들은 시대착오적인 인물들일 뿐이다. 마술을 그만두었다가 일월곡예단으로 돌아오는 윤재의 에피소드로 시작하는 『부초』는 사생아 하명, 난장이 칠용, 줄타기를 그만두고 호스티스로 전전하는 지혜, 첩실로 아들을 홀로 키우는 석이네 등이 등장하여 서사의 축을 이룬다.

이들에게 서커스의 현실은 '반일당半日儻'도 챙기기 힘든 쇠락한 도피처에 불과하다. 이 때문에 이들의 일상과 희망은 도시인과는 사뭇 다르다. 단원들은 경제적 가치보다는 서로 인간답게 살아가고 싶다는 소박한 희망만을 가지고 있다. "줄 타는 계집이나 그네 타는 사내나 다 팔자에 흘러다니는 몸이지만, 만났다 헤어지는 것도 남달라야 하나"[243]라는 푸념에서 보듯이, 이들의 희망은 남들처럼 연인을 만나 사랑을 나누고 가정을 꾸리는 것이다. 학생이나 하층민이 사회의 구조 속에서 욕망의 주체가 되었던 것과는 달리 서커스 단원들은 현실적인 욕망을 배제한 소박한 상상적 욕구를 갖는다. 이런 욕구는 서커스라는 시대착오적인 배경과 만나 때로는 쇠락을 운명으로 받아들이는 체념적 태도를 보이기도 한다.

서커스의 몰락은 흥행단체인 일월곡예단에만 해당하는 사건이 아니라 1970년대 한국 사회의 구조와 관련된 문제이다. 식민지 시기 만주를 떠돌던 곡마단의 황금기는 이제 추억거리일 뿐이다. 서커스는 "근대화의 물결에 밀리고 밀려나는 지금에 와서 가장 치명적인 것은 공연법이 개정되어 가면서 가설무대 설립에 많은 제약"[244]으로 인해 존립 근거마저 사라진다. 이 위기 앞에서 서커스 단원들의 선택은 많지 않다. 생존을 위해 뿔뿔이 흩어지거나

---

243 한수산, 『부초』, 민음사, 1977, 136쪽.
244 위의 책, 150쪽.

미래에 대한 희망을 포기한 채 서커스 천막 속에 유폐되는 길이 놓여 있다. 호스티스가 된 지혜를 제외하고는 대부분 서커스단에 남는 길을 택한다.

쇠락한 서커스단에 남는 길을 선택한 단원들에게 서커스는 직업의 윤리나 경제적인 문제와 무관한 행위이다. 단원들에게 서커스는 생계를 초월한 어떤 원초적인 삶의 윤리로 변해 있었다. 한수산은 서커스가 공연되는 장면에서 원초적인 윤리를 발견한다. 고난이도의 줄타기 기술은 직능에 따른 행위가 아니라, 삶의 근원적인 원동력이 된다.

자신의 그네를 굳게 잡고 하명은 태기를 건너다보았다. 그네는 세 번을 건너왔다가 되돌아갔다. 온 몸의 살갗에 뜨거운 물이 닿는 듯했다. 하명과 태기의 눈이 마주쳤다. 하명이 허공에 몸을 날렸다. 아무 것도 없었다. 천정이 거꾸로 뒤집혔다가 쏟아지고 객석은 하늘로 떠오르고 있었다. 좌르르 사람들이 쏟아지려는 순간 하명은 그네를 놓으며 몸을 허공에서 비틀었다. 물보라 같은 공기가 가슴을 막았다. 발끝에서부터 머리칼까지 불이 붙는 것 같았다.

끝없이 하얀 물보라가 눈 앞을 가렸다. 그 파도를 넘어 태기가 보내 준 그네가 눈앞으로 천천히 떠올라 오고 있었다. 채찍을 들어 말을 치듯이 하명은 그네를 잡았다. 출렁거리며 몸이 흔들리고 있을 때 그는 태기가 섰던 발판 위에 닿는 발의 감촉을 느꼈다. 공중 일회전이었다.

갑자기 하명은 분수처럼 솟아나오는 성욕을 느낀다. 땀구멍마다에서 뜨거운 열기가 끌어올랐다. 황홀한 도취가 팽팽하게 살갗을 부풀리며 온 몸을 감싸는 것 같았다. 긴장을 풀기 위해 하명은 깊이 숨을 들이마셨다가 토해냈다. 입속이 건조해져서 그는 혀를 굴려 입천정을 핥았다.[245]

공중그네 곡예의 순간을 묘사한 이 장면에서, 극적인 긴장감은 언제 떨어질지 모른다는 위험이 아니라 성욕과 같은 황홀경에서 비롯된다. 곡예의 성패는 서커스 흥행과 직결되지만 아무도 그것에 집착하지 않는다. 이들에게 곡예는 성욕처럼 현실을 넘어서는 근원적인 성격을 가지기 때문이다. 일월곡예단의 묘기가 펼쳐지는 가설천막은 사회적 관계를 재생산하는 근대적 계몽주의의 시공간[246]에서 한참이나 비껴난 환상의 공간이다.

일원곡예단 단원들은 1970년대의 질서 속에서 자신의 위치를 갖지 못한 채 떠도는, 이른바 '뿌리 뽑힌 자'들이다. 이들은 서커스를 유일한 삶의 근거로 삼아 근대적 질서에 배치되는 비동일성의 주체를 구축한다. 바깥세상에는 아랑곳하지 않고 자신들만의 가치를 지키려는 의지는 단원들에게서 공통적으로 발견된다. 하명과 지혜와의 사랑이나, 석이네의 지극한 모성은 그들이 처한 현실을 잊게 할 만큼 고귀한 가치로 지켜진다. 이는 서커스 천막이 불타버린 재난 앞에서도 꺾이지 않을 정도로 굳건하다.

"난 우리만 무대 위에 있고 남들은 다 구경꾼이라고 생각했었지. 그래서 외로웠던 거야. 그건 잘못이야. 그게 아니야. 갈보가 구경 오면 그게 구경꾼이지만 우리가 갈보 집엘 가면 그땐 우리가 구경꾼이잖아. 난 이제 알 수 있을 것 같아. 사람들이란 저마다 있는 힘을 다해서 살아간다는 거야. 못난 놈도 제 딴에는 자기가 가진 거 남김없이 다 털어서 살고 있다는 걸 이제야 알겠어. 그래…… 이 세상 바닥도 써커스 바닥이나 똑같아. 손님이 따로 없다 뿐이지 분바르고 옷 갈아입고 재주피며 살기는 마찬가지란 생각이야. 어디로 가게 될지 아직은 정처가 없다만……."

---

245 위의 책, 43~44쪽.
246 David Harvey, 구동회 외역, 『포스트모더니티의 조건』, 한울, 1994, 15장 참조.

하명은 햇빛 속에서 가만히 눈을 도려 칠룡을 바라보았다. 그리곤 천천히 덕보와 연희에게로 눈길을 옮겨갔다.

"어디엘 가 있든 내가 디디고 있는 땅이 무대가 아니겠어. 하늘이 천막이지. 시퍼렇게 살아 있는 목숨 가지고 어디든 발을 붙여 볼란다. 어느 동네든 실수해서 떨어지면 죽고 다치기는 매일반일 테니까."[247]

서커스단을 잃어버린 단원들은 냉혹한 현실에 팽개쳐진 듯 보인다. 그러나 하명은 그 순간에 스스로에게 절대적인 가치를 부여함으로써 불안을 떨쳐낸다. 세상이 모두 무대라는 생각에서 시작된 상념은 '그럼에도 세상은 살만하다'라는 믿음으로 바뀌어 있다. 하명의 믿음이란 사실 현실과는 동떨어진 것이지만 현실과의 낙차가 오히려 근거 없는 낙관을 낳는다. 소설의 결말부는 낙차만큼 극적이다. 화재사건이 돌출되면서 단원들의 서사는 갑작스럽게 중단되고, 그들의 미래 역시 전망을 잃고 일상도 소실된 듯 보인다. 그러나 인용문과 같이 하명의 믿음을 통해 서커스단의 삶을 긍정하며 결말부의 돌출을 극복한다. 물론 하명의 믿음이 이들의 미래를 책임질 수는 없다. 그러나 실의에 빠진 단원들에게는 삶을 유지시킬 수 있는 하나의 계기로서는 충분할 것이다.

『부초』의 결말은 한수산 소설의 초월적 태도의 한 사례이다. 주인공이 현실의 문제에 직면했을 때, 작가는 하명과 같은 인물을 통해 극복의 의지를 강조하며 이를 넘어선다. 이런 특징의 연장선에서 1970년대 산업화에 대한 논평이 간접적으로 삽입되기도 한다.[248] 『부초』의 집필을 위해 오랜 기간 서

---

247 한수산, 앞의 책, 360~361쪽.
248 단원들의 사건이 전개되는 사이 서커스단장과 윤재의 대화가 개입되면서 서커스에 관한 담화가

커스단을 동행 취재한 작가의 애정과 식견은 인물의 발화를 빌려서라도 드러낼만한 주제 중 하나였다.

"한마디로 오늘날 한국의 씨거스가 이 모양이 돼가는 큰 이유의 하나가 뭔지 아나? 서민과 멀어진다는 거야. 서민이 보는 써커스가 서민의 애환이랄까 그런 것을 담아 줄 수 있어야 하는데 그게 안 되거든. 내 요전에 어떤 사람을 만나서 사당패 얘기를 한 적이 있어. 사당패들, 말년에는 참 비참했던 사람들이야. 한창 때도 마을에서 들어오라는 허락이 떨어져야 그 마을에서 공연을 할 수 있었어. 그런 천대를 받았던 사람들인데 아직 몇 사람이 살아 있어서 인간문화재도 되고 그러나 봐."

"사당패들에게야 쌍놈들 억울한 가슴을 풀어 주던 저항의식 같은 게 있으니까."
(…중략…)

"우리쪽 외줄타기는 어떤가. 어름산이보다도 더 가느다란 줄을 평행선 위에서도 타고 심지어는 사십오도 경사진 줄까지 타지 않나. 기술면에서야 단연 윗길이지. 그러나 그들은 다만 줄을 타 보일 뿐이야. 관객과 감정이 통하는 아무 것도 없어. 그것 참 재주 좋네, 하는 것으로 관객은 만족해야 한단 말야. 서민인 관객과 얼마나 호흡을 함께 하느냐는 바로 그 연희(演戲)에 민중의식이 있느냐 없느냐를 의미하는 거 아닌가." (…중략…)

"고속도로, 수출공단, 빌딩…… 그런 것만이 이 시대의 얼굴은 아닐세. 농촌이 차츰 근대화되면서 토속적인 의미의 땅에서 밀려난 사람들이 있어. 도시에서 막일을 하거나 행상을 하는 사람들이 얼마나 많이 있는가. 그들이야말로 농촌을 떠나

삽입된다. 서커스의 역사와 의의, 현재의 문제점 그리고 서커스의 미래와 임무 등이 주된 대화 내용이다. 이 대화는 사실 인물의 갈등 구조와는 상관없이 개입되어 낯설다. 이는 작가의 의도적 개입으로 볼 수 있는데, 이를 통해 전지적인 입장에서의 논평과 같은 효과를 가진다.

온 사람들 아닌가. 요새 써커스의 구경꾼들이 바로 그런 사람들이거든. 매년 서너 개의 단체가 봄부터 가을까지 서울 변두리만을 이 잡듯 뒤져도 적자가 나지 않을 정도로 관중은 얼마든지 있으니까. 그러니 자네 같은 사람이 그런 면으로 생각을 좀 해줘야 한다 그거지."[249]

작가는 총무 명수의 말로써 '뿌리 뽑힌 사람들'에 대한 애착을 표한다. 사당패가 '쌍놈'의 한을 달래준 것처럼 서커스는 산업화시대에 소외된 자들을 위한 공연이어야 한다는 당위가 이 발언에 포함된다. 이런 입장에서 보면 서커스는 상업적 흥행과는 거리가 멀다. '적자가 나지 않을 정도'라면 공연이 가능하며, 상연上演의 방식이 아닌 마당놀이의 형식을 따르는 것이 바람직하다. 그런 점에서 1970년대 서커스는 소외된 자를 위한 제의적ritual 행위에 가깝다.

한수산 소설에서 현실에서 소외된 인물은 중요한 한 축을 이룬다. 어린이답지 않은 아이들, 혹은 흥행에서 멀어진 서커스 단원 등은 1970년대 한국 사회에 안착하지 못한 주변부의 주체로 포착된다. 이들은 사회 질서에서 비껴나 주체성의 위기 속에서 타자화된, 그래서 위기가 곧 정체성인 주체들이다. 이들은 질서 속으로 들어가는 대신 자발적으로 자신만의 가치를 구축하기 위해 분투한다. 「침묵」의 아이들처럼 불완전한 채로 무의식에 따른 것이든, 『부초』의 서커스단원들과 같이 현실을 애써 무시하고 현실너머의 무언가를 찾든, 사회 질서와 비동일성의 관계에 있다는 사실은 분명하다. 이때 실현가능성과는 별개로 인물들이 지향한 초월적 가치는 주체성의 원인으로

---

249 위의 글, 337~338쪽.

작용했음을 알 수 있다. 그리고 그 맞은편에 한수산 소설이 줄곧 그려온 낭만적 사랑이라는 가치가 주체성의 드라마에서 짝을 이룬다.

2) 낭만적 사랑을 통한 비동일성의 주체 형성

한수산의 연애소설은 정치, 사회 등의 현실적 문제가 개입하는 일 없이 연애로만 이루어진 낭만적 사랑의 전형을 보인다. 이들의 연애는 말 그대로 순수한 형태로 그 속에서 1970년대 한국의 현실을 읽어내기란 쉽지 않다. 등단작 「사월의 아침」 이후, 「미지의 새」, 「바다로 간 목마」, 『해빙기의 아침』 등 여러 작품에서 낭만적 사랑은 서사의 중심축을 맡았다. 한수산의 연애서사에서는 비교적 단순한 줄거리 속에서 낭만적인 사랑과 이별, 그리고 죽음 등의 모티브가 갈등을 형성한다. 이러한 서사는 사랑의 일반적인 특징, 즉 대상으로부터 욕망을 발견하고 타자의 욕망을 실천하는 특징을 고스란히 재현한다. 타자, 혹은 대상과의 관계에서 생겨난 사랑인 만큼, 낭만적 사랑은 이른바 '자기심문'을 전제로 삼는다. 누군가를 사랑한다는 것은 항상 '타인이 자신에 대해 어떻게 생각하는가'의 문제와 병치되어 있기 때문이다.[250] 사랑의 감정은 스스로 사랑의 대상이 되기 위한 관심과 열망의 행위로, 타인의 연애감정이 곧 자신의 연애감정으로 전이된다. 이는 타자의 욕망을 주체의 것으로 받아들이는 무의식의 구조와 동일하다. 결국 사랑이란 무의식의 층위를 가로지르는 가장 다채롭고도 보편적인 사건이 아닐 수 없다.[251]

---

250 Anthony Giddens, 배은경·황정미 역, 앞의 책, 85쪽 이하 참조.
251 이 글에서는 연애와 사랑이라는 용어를 주체화가 작용하는 지점의 차이에 따라 구분하였다.

한수산 소설의 주인공은 연애를 통해 불완전성을 극복하고 삶의 의미를 충족시킨다. 「바다로 간 목마」의 주인공은 서른 살 농아학교 선생 민우와 스무 살 여대생 주희이다. 이들의 연애에는 나이차에 대한 편견뿐 아니라 민우의 직업도 장애로 등장한다. 둘은 사랑을 위해 사회의 편견에 저항하며 부모가 반대하는 결혼을 감행한다. 여기서 편견의 부당함과 고귀한 사랑이 대비되면서 연애서사는 시작한다.

사회라는 건 남의 불행을 나의 불행으로 알고 고통을 같이 하면서 살아가는 몇몇의 이름 없는 사람들 때문에 조금씩이나마 발전하고 새로워지는 거예요. (…중략…) 진짜 생활의 기쁨이란, '이마를 소금에 절이며' 살면서 얻어지는 기쁨이라고, 어려서 제게 구약 창세기를 읽어주며 어머니는 말씀하셨잖아요.[252]

부모를 설득하기 위해 인용된 성경 구절은 오히려 주희 자신을 향한다. 성경의 가르침처럼 고귀한 것이 자신의 사랑이라는 말이다. 성경의 인용을 통해 주희의 사랑은 열정적인 성욕sexuality을 넘어서 고귀한 정체성을 확인하고 미래의 숭고한 희망이 될 것이라는 전망까지 보장받는다.[253] 이를 근거로

연애는 사회적으로 통용되는 남녀의 애정관계를 가리키는 것으로, 물질적, 제도적 조건과 긴밀히 연관되어 사회화된 행위의 성격이 강하다. 그에 비해 사랑이라는 말은 대상을 욕망하고 그 대상을 통해 주체의 내면을 형성하는 정신분석학적 주체화의 범주 내의 개념어로 사용하였다. 사랑의 불가능성, 혹은 여성적 사랑 등의 문제는 정신분석학에서 중요한 주제 중 하나로 살레클의 『사랑과 증오의 도착들』은 사랑의 욕망의 격차를 분석한 연구 사례이다.

252 한수산, 『한수산 선집』, 어문각, 1978, 217쪽.

253 기든스는 낭만적 사랑은 위반을 통해 성장하기도 하며, 세상을 살아가는 처방과 타협할 수도 있다고 본다. 이 두 경우 낭만적 사랑은 어떤 한 사람에게 매달려 그 사람을 이상화하는 것과, 미래가 발전해 나갈 길을 기획하고 펼쳐 보이는 두 가지 의미를 지닌다고 평가한다. Anthony Giddens, 배은경·황정미 역, 앞의 책, 86쪽.

두 사람의 사랑은 남녀 간의 애정적 결합 이상을 넘어서 존재론적인 이상을 실현하는 수준으로 발전한다. 주희는 민우를 자신의 미래를 믿고 맡길 사람으로 받아들이며, 민우 역시 주희를 통해 자신의 어린 시절의 꿈을 실현시켜줄 여인으로 인정한다. 그리고 두 사람의 결합은 농아학교의 가치를 고양하고 미래의 동반자, 혹은 조력자가 될 것이라는 전망을 공유하게 만든다.

이와 같은 주희의 숭고한 사랑은 시종 낭만성 속에서 진행된다. 우연히 '첫눈'에 끌려 사랑이 시작된 상황도 그러하거니와, 반대를 무릅쓰고 고난에 맞서나가는 열정 또한 대중적 낭만성의 틀을 벗어나지 않는다. 그러나 이 사랑이 열정의 과잉으로 인한 파국으로 끝나지 않은 데에는 미래지향적인 사랑이라는 지향점이 있기 때문이다. 특히 민우에게 주희는 '첫눈에 반한' 여인이 아니라 자신의 어린 시절의 꿈을 실현시켜줄 수 있는 이상적인 연인, 즉 '환상의 여인'으로 제시된다.

고등학교 일학년 땐가 작문 시간에 나는 앞으로 이러이러하게 살고 싶다는 내용의 글을 지으라기에 쓴 게 뭔고 하니, 해변가에 이층집을 짓고 병든 아내와 살고 싶다는 거였어. 딸을 하나 데리고 말야. 파도가 없는 날은 아내가 아프지 않고 파도가 센 날은 아내가 많이 아프다는 사실을 안 나는 바람이나 구름을 보고 날씨를 점치는 법을 배워두기로 한다. 그래서 파도가 심한 날은 램프 불을 들고 아래층으로 내려와 아내 곁에서 밤을 새운다. 낮에는 해변에서 돌을 주워 딸애에게 산수공부를 시키기도 한다. 뭐 대강 그런 따위의 얘기를 써서 냈더니 하루는 그 선생이 날 불러서는 혹시 어머니께서 무슨 계 같은 거 많이 하시지 않느냐는 거야. 아니라구, 그런 건 안한다고 했더니 선생왈, 난 또 네 어머니가 밖에 너무 나다녀서 네가 애정 부족으로 그런 아픈 마누라를 얻어 살고 싶다는 글을 썼나 했지 하잖겠어.[254]

바닷가 이층집에서 병든 아내와 어린 딸을 두고 산다는 설정은 전형적인 낭만적 상상이다. 그러나 민우의 꿈은 상투적이며 현실성 없어 보이는 그의 상상은 주희와의 사랑을 통해 실현된다. 소설의 결말에서 민우는 과연 그의 바람대로 해변가 집에 산다. 게다가 주희가 딸을 낳다 죽고 홀로 딸을 키우는 처지이다 보니 그의 상상은 실현되는 순간 그들의 사랑은 오히려 비현실적으로 보이기까지 한다.

연애서사가 이와 같은 결말에 이른 것은 사랑이 민우의 낭만적 상상을 실현시키는 수단이자 목적으로서 절대적인 가치를 지닌 것으로 제시되었기 때문이다. 「바다로 간 목마」에서 순수하고 낭만적인 사랑은 서사 이전 주인공의 꿈의 전제이며 서사의 결말을 결정짓는 원리로 작동한다. 그리고 그 낭만성의 정점에 주희의 죽음이 있다. 민우의 어린 시절 아픈 아내라는 꿈은 주희를 만남으로써 완성될 수 있었으며, 그 완성된 모습은 희미하고 환상적인 꿈과는 달리 죽음이라는 구체적인 형상으로 제시된다. 따라서 주희의 죽음은 비극이 아니라 낭만성이 완성되는 숭고한 순간이다. 즉 민우는 주희의 죽음으로 결말 맺는 사랑을 통해 자신의 꿈을 완성시키고 성장하는 것이다. 그런 점에서 「바다로 간 목마」의 낭만적 사랑은 유토피아적 초월성[255]을 보여준 대중소설의 전형이라 평할 수 있다.

그런데 한수산의 낭만적 사랑이 항상 평탄한 것은 아니다. 꿈이 실현되기 전 때때로 사랑의 이형태異形態가 개입되어 위기가 돌출한다. 단편 「사월의 끝」, 「어제 내린 비」, 「대설부」, 「미지의 새」 등과 장편 『해빙기의 아침』 등

---

254 한수산, 『한수산 선집』, 어문각, 1978, 238쪽.
255 프레드릭 제임슨, 백한울 외역, 「대중문화에서의 물화와 유토피아」, 이영철 편, 『21세기 문화 미리 보기』, 시각과언어, 1996, 30쪽.

에 공통적으로 나타나는 이 위기는 죽음과 근친애 모티브로 요약될 수 있다. 이는 「바다로 간 목마」에서 죽음으로 사랑이 완성되는 양상과는 구분되는 것이다. 「바다로 간 목마」가 죽음을 통해 낭만적 사랑을 완성하는 경우라면, 다른 작품에서는 애징은 죽음과 근친애로 연결되어 있어 본질적으로 사랑을 불가능하게 만드는 근원적인 장애로 작동한다. 예컨대 「사월의 끝」에서 동생은 형수를 연모하고 있고, 형수는 죽음에 임박한 병을 가진 인물로 그려진다. 갈등을 고조시키는 사건 없이 형수와 동생의 대화로써 사랑과 죽음을 암시하는 것만으로 서사는 진행된다. 수술을 위해 입원을 앞둔 형수와 시동생과의 대화는 형수를 향한 사랑의 내면을 암시한다. "내일 입원을 합시다. 아니면 형이 오지 못할 곳으로 갑시다"[256]라는 동생의 말에서 보듯이 동생의 사랑에는 형을 부정하고 형수를 취하려는 오이디푸스적인 욕망이 숨어 있다. 그리고 그 사랑을 가로막는 죽음은 근친애의 운명이다.

동생의 근친애적인 사랑은 현실에서 인정받지 못하는 만큼, 둘의 대화에는 사랑을 이상적인 형태로 승화시키려하는 의도가 드러난다. 형수가 들려준 장승설화는 도덕성을 넘어서는 원시적인 사랑을 암시한다. 홀아비의 주체할 수 없는 성욕의 대상이 되어야 했던 딸의 비극을 담은 장승설화에서 형수는 근친애의 부도덕성을 문제삼지 않는다. 대신 장승설화가 만들어진 배경을 따져 인간의 도덕의식이 억압적이라는 점을 강조한다. 그렇기 때문에 근친애는 더욱 순수한 모습으로 비춰진다. 이처럼 동생과 형수는 도덕률을 넘어선 절대적이고 순수한 사랑으로 의미화 된다.

그런데 문제는 근친애에는 죽음이 동반된다는 사실이다. 장승설화에서 아

---

256 한수산, 『사월의 끝』, 민음사, 1978, 33쪽.

비의 욕정의 대상이 된 딸이 자살한 것과 같이 이 두 주인공 또한 근친애를 통해 죽음을 경험할 수밖에 없는 처지이다. 동생은 먹을 감던 누이의 옷을 숨긴 결과로 누이가 병들어 죽게 되는 비극적인 기억을 가지고 있다. 누이에 대한 동생의 순진한 애정이 죽음을 부른 것이다. 뿐만 아니라 그는 여자 친구의 죽음도 목격했으며, 이제는 형수의 죽음을 눈앞에 두고 있다. 형수의 죽음 앞에서 이루어질 수 없는 이들의 사랑은 순수함에 대한 여운을 남긴 채 끝을 맺는다. 죽음과 근친애가 짝을 이룬 사랑은 「대설부」에서도 반복된다. 화자는 사랑을 열망하고 있지만 대상은 형의 애인이기 때문에 그 사랑은 형의 죽음과 연관된다. 이 위기를 극복하기 위해 두 사람은 형의 죽음을 성찰하기 시작한다. 형의 애인은 형이 자살한 것으로 믿고 있지만 동생은 자살이 아니라 의식의 분열이 죽음으로 이어진 것이라고 추측한다. 죽음의 원인이 무엇이든 죽음의 원인을 밝혀내기 전까지 사랑을 이루어지지 않을 것이다. 바꿔 말해 형의 죽음을 확정지을 때 비로소 사랑은 시작된다.

형의 애인과의 사랑은 오이디푸스적인 욕망의 범주 속에 놓인다. 즉 그 사랑에는 적대적 타자가 존재하는 것이다. 한 여인을 두고 형제는 갈등하고 있으며, 형을 제거하기 위해 동생은 형의 "감추어진 안팎"[257]을 모두 알고 싶다는 욕망에 사로잡힌다. 형의 내면의 비밀을 밝히고 권위를 모두 이어받아 형의 지위에 올랐을 때 애인을 차지하게 되는 상황은 전형적인 오이디푸스적 욕망의 드라마이다. 죽음과 연결된 근친애의 사랑은 이 드라마의 전제 조건인 셈이다. 이때 형의 죽음은 원초적 대타자의 힘과 권위를 뺏으려는 주체의 투쟁을 의미한다. 아버지의 힘과 권위를 질투한 끝에 그것을 빼앗기 위해 벌

---

[257] 위의 책, 82쪽.

어진 부친살해라는 '원초적 살인'²⁵⁸은 한수산의 작품에서는 형제간의 갈등의 모티브로 변형되어 나타난다. 「사월의 끝」, 「대설부」 등에서 보듯 한 여인을 둘러싼 형제의 갈등이 시작된다. 그리고 형의 죽음으로 형의 여인을 차지하게 되었을 때 내적 갈등을 일으키며 서사가 진행된다.

형은 아버지의 권위를 대리하는 존재라는 점에서 갈등에 내재한 욕망의 의미는 더욱 분명하다. 형에 대해 적개심을 가지면서도 동경하는 양가의 감정은 아버지에 대한 관계와 유사하기 때문이다.

아무도 그렇게 말하지 않았는데 왜 형은 동지이면서도 적으로 남아 있어야 했을까. 얼마나 많은 날을 자전거를 볼 때마다 형을 이겨내야 한다고 생각했던가. 중학교를 들어갈 무렵 형은 두 시간 만에 쉽게 자전거를 타내었다. 그러나 나는 이틀 동안 정강이에 푸릇푸릇 멍이 들었을 뿐, 겨우 서너 걸음 페달을 밟을 수밖에 없었다. 형보다 작은 체격 탓이었을까. 나는 자전거를 탈 수가 없었다. 무릎의 멍은 곧 나았지만 다시는 자전거에 매달리지 않았다. 그러나 형이 자전거 페달을 부러뜨렸을 때, 아버지에게 그 일을 일러바치는 것으로는 지워질 수 없는 깊은 멍이 오래 마음 한구석에 푸르게 남았다. 살이 보이지 않게 돌아가는 자전거의 차륜처럼 그렇게 많은 이틀이 지나간 어느 날, 나는 병원 복도에서 서성거리며 갑자기 적과

---

258 프로이트는 인류 최초의 부친살해에서 무의식의 근원을 찾는다. 세상의 모든 권력을 가진 '원초적 아버지'의 권위 아래에 있던 아들들은 아버지의 권력을 탐한 결과, 공모하여 아버지를 살해한다. 이 '원초적 살인'으로부터 법과 윤리가 생겨나며, 죄책감이 생겨나게 되며 그 결과 부권은 오히려 강화되는 결과가 발생한다.(Sigmund Freud, 이윤기 역, 「토템과 타부」, 『종교의 기원』, 열린책들, 1997, 403~406쪽) 그런데 형제간의 갈등 역시 아버지와 아들 간의 갈등의 양상을 보이기도 한다. 즉 형의 아내나 애인을 두고 형과 갈등을 벌이는 상황은 오이디푸스적이다. 이 작품에서 동생은 형에게 굴복당하는 존재였지만 형수로 상징되는 형의 부권적인 힘에 대항하는 원초적 살인의 태도를 보인다.

동지를 한꺼번에 잃어버렸던 것이다.[259]

동생에게 형은 동지이자 적이다. 즉 선망의 대상이면서 욕망의 대상을 차지하기 위해 제거해야 할 경쟁자이다. 이때 형은 아버지의 본질과 겹쳐지며, 따라서 동생의 욕망은 최종적으로 아버지를 향한다. 그리하여 자전거 경쟁에서 밀렸을 때 동생은 아버지를 통해 열등감을 극복하려 한다. 형이 페달을 부러뜨린 일을 일러바쳐 다른 방식으로 아버지의 신임을 얻기 위함이었다. 이러한 과정은 형제의 갈등이 아버지의 권위를 이어받기 위한 투쟁이라는 점을 시사한다. 이미 형은 아버지의 권위를 대리하고 있기에 형제간의 갈등은 근본적으로 오이디푸스적일 수밖에 없다.[260] 능력을 인정받은 쪽은 아버지의 권위를 부여받아 그의 모든 것을 차지하게 된다. 그것이 경쟁이든, 혹은 죽음이든 원초적 살인의 양식으로 드러난다. 「대설부」의 동생이 형의 죽음과 애인을 동시에 마주하고 있는 것은 이와 같은 상황의 결과이다.

그런데 형의 죽음으로도 해결되지 않는 문제가 남는다. 그것은 형의 죽음 이후 동생은 그 권위를 제대로 물려받을 수 있을지에 대한 의문이다. 결과적으로 동생은 쉽게 형을 대신하지 못하는데, 형은 아버지의 존재와 마찬가지로 선망의 대상이자 경쟁자라는 이중성의 모순을 안고 있기 때문이다. 그렇기 때문에 아버지, 혹은 형의 권위를 물려받는 일은 자동적이지 않다. 형의 죽음의 원인을 밝혀 그 모순을 제거할 때에만 부권父權은 온전한 형태로 이양될 수 있다.

부권을 이양받기 위해서는 권위의 재확정의 과정이 필요하다. 형의 죽음

---

259 위의 글, 69~70쪽.
260 René Girard, 김진식 외역, 『폭력과 성스러움』, 민음사, 2000, 115쪽.

의 원인을 두고 형의 애인과 의견대립을 보이는 장면은 권위가 여전히 불안정하다는 점을 의미한다. 아버지란 존재는 절대적인 대타자의 지위에 있지만, 그 역시 자신의 법에 구속받는다. 오이디푸스 신화에서 보듯 자신의 법을 어긴 아버지에게는 죽음이라는 정당한 형벌이 내려진다.[261] 「대설부」의 형 또한 이 처벌을 피할 수 없었다. 형은 동생을 압도할 만한 능력을 가지고 있었지만 절대적인 권위는 감당할 수는 없었기 때문이다. 그로 인해 형은 의식의 분열을 겪을 수밖에 없다. 사실 형은 버스에서 이해 못할 소동을 벌이기도 하며 교회 차임벨 소리에 잠 못 드는 나약한 인물이다. 이런 약점과 권위는 어울리지 않는다. 형은 항상 교회에 가기를 열망하지만 알 수 없는 이유로 교회에 가지 못한다. 그가 교회에 가지 못한 이유는 설명되지 않지만, 그로 인해 그의 부권적 능력이 소멸되고 죽음에 다다랐다는 점만은 분명하다. 즉 형은 죽음과 직결된 충동을 겪음으로써 '아버지-되기'에 실패한 것이다. 이내 형의 지위는 박탈당하고 죽음으로 이어진다. 사고사이든 자살이든 형의 죽음은 필연적인 것이었다.[262]

오랜 분석 끝에 동생은 형의 죽음의 원인을 확인하고 그의 애인을 차지할 순간을 맞이한다. 그러나 그 순간 연애는 진전되지 않은 채 서사는 막을 내린다. 그토록 열망하던 형, 혹은 아버지의 지위 앞에서 비극이 자신에게도

---

261 Alenka Zupančič, 이성민 역, 앞의 책, 299쪽.
262 그 외 한수산의 단편 소설에서 죽음과 사랑의 모티브는 수차례 반복되어 나타난다. 애인의 죽음이 나타난 「정오의 바다」, 스스로 낙태를 결심하는 「미지의 새」, 「비늘」 등이 그러하다. 특히 이들 작품에 공통된 모티브들은 낙태 혹은 사고로 인한 죽음의 모티브 외에도, 「사월의 끝」에서 볼 수 있는 반인륜적인 근친간과 연관된 낙원추방모티브가 반복된다. 「미지의 새」에서는 '종교에서는 정욕의 냄새가 난다'라고 말하며 인류사회를 낙원추방의 결과로 이해하려 한다. 이와 같은 환멸의 태도는 작가의 성향이기도 하다. 한수산은 에세이에서 자신의 고향인 춘천의 이미지를 안개에서 비롯된 유랑과 죽음, 방황의 의미를 부여한 바 있다.(한수산, 『젊은 나그네』, 아람, 1978 참조) 죽음과 낙원의 이미지는 한수산 작품의 공통된 의미망을 구성하는 요소이다.

재현될지 모른다는 두려움을 느꼈기 때문이다. 권위를 감당할 수 없을 때, 권위 앞에 바쳐진 욕망의 대상은 두려움의 대상이 된다. 한수산 소설의 연애의 종말은 이 같은 구조 속에 있다. 사랑이 완성될 순간 주인공은 갈등한다. 죽음과 근친애로 엮인 연애는 오이디푸스적인 위기가 개입하면서 결국 연애의 불가능성만을 증명하는 것으로 끝난다.

그렇지만 연애 불가능성이 주체의 욕망마저 중단시키지는 않는다. 장편 『해빙기의 아침』에서 보듯이 연애에 개입한 죽음 이후에도 주인공의 욕망은 여전히 지속된다. 『해빙기의 아침』은 여성 주인공 지하의 시선으로 남성 인물들을 서술함으로써 욕망의 정체를 증명한 작품이다. 사고로 남편을 잃은 지하 앞에 나타난 사랑의 대상은 시동생 남규와 남편의 동료 현준이다. 그런데 이 사랑은 다시금 이어질 듯 보이지만, 근친간近親姦이라는 가족의 이력과 결부되어 갈등을 일으킨다. 지하의 아버지 윤 사장은 한국 전쟁 중 아내를 잃고서 처제의 사이에서 지하의 이복동생을 낳은 '부도덕한 아버지'이기 때문이다. 죽음과 근친애가 난무하는 문제적 상황은 지하의 사랑에 집약된다.

『해빙기의 아침』의 근친애 모티브는 한수산의 여타작품들과 유사하게, 시동생의 지고한 사랑의 감정이 강조되어 낭만과 순수를 지닌 것으로 묘사된다. 그에 비해 남편의 동료 현준과의 관계에서는 오히려 지하가 욕망의 주체로 등장하며 현준은 그 대상이 된다. 죽은 남편과는 다른 남성미를 가진 현준을 통해 지하는 과거의 사랑의 실패에서 벗어날 계기를 만들고자 한다. 하지만 지하의 사랑은 비극적인 가족사와 연관되어 또 다른 위기에 빠진다. 이 작품에서 지하는 작품 속 모든 죽음을 서술하는 초점인물로 설정되어 있다. 남편의 사망과 유산은 물론, 윤 사장이 겪은 아내의 죽음, 이복동생 지순의 죽음까지 윤 사장 가족의 비극적인 사건은 지하의 시점에서 서술된다.[263] 이처럼 지하는 여러 죽음을 한데 엮는 서사의 중심축이기에 그녀의 사랑은 그 주변의 죽음을 극복하는 계기로서의 의미를 가진다.

한수산의 여타의 작품처럼 지하의 사랑도 실패한다. 유산 이후 지하는 현준과도 결합하지 않고 혼자 살 것을 결심하는 결말에서 그녀의 사랑에 내재한 욕망의 문제를 제기할 수 있다. 즉 무엇이 지하의 욕망을 실패하게 만든 것인가. 이에 답하기 위해 그녀의 사랑과 연결된 여타의 갈등들을 파악해야 할 것이다. 지하는 유산 이후 현준과의 사랑에도 죽음이 내재하고 있음을 깨닫는데, 이때 특이한 것은 유산이라는 죽음의 사건을 통해 다른 인물들은 갈등 해소의 계기를 가지고 화해에 이른다는 점이다.

① 여기에서 저는 과거를 앓고 있습니다. 이것은 자신도 모르게 누적 돼 있는 소년 시절의 과오이기도 합니다. 이십대의 젊음. 그것은 소년 시절의 꿈을 웅지로 탈바꿈해야 하는 시기이겠지요. 지금까지의 모방의 영역에서 독창의 영역으로 뛰어드는 적극성이 필요할 때입니다. 그러나, 저는 어디가 잘못 된지도 모르면서 거기에서 실패했습니다. (…중략…)

더욱 불행한 것은 자신을 찾지 못하고 헤매던 동생이 형의 아내에게서 처음으로 여성을 발견한 것입니다. 그녀를 사랑하게 되면서 동생은 자신의 삶을 되돌아보며

---

263 윤 사장이 아내와 처제의 죽음을 겪으며 가족의 비극은 시작된다. 출생의 비밀로 인해 가족의 갈등은 끊이지 않으며 정신 지체인 동생 지숙은 집을 뛰쳐나가다 교통사고로 죽는다. 지하는 이 모든 사건을 목격하며 사건의 추이를 정리하는 역할을 한다. "경수도 경수 나름으로 살아가겠지. 우리들 모두가 그렇기는 하지만, 그러나 누구보다도 애정의 손길을 못 받고 자란 아이였다. 그러나 경수는 그런 결핍 속에서 어쩌면 자기대로 살아내는 방법을 더 일찍 알아 버렸는지도 모른다. 아버지와는 밥상을 같이 하지 않으면서 잘도 집을 나갔고 잘도 들어오곤 했다. 그런 시절이 억세고 쉽게 뿌리가 마르지 않는 잡초와 같은 강인함을 심어 주었는지도 모른다"(한수산, 『해빙기의 아침』 하, 문예출판사, 1977, 312~313쪽)라는 지하의 말은 이 사건의 서술을 책임지는 초점인물로서 화자의 서술과 지하의 내면의 서술이 혼종되는 양상으로 나타난다.

생을 사랑하기 시작했읍니다. 그녀를 통해서 생을 사랑한 것입니다. 맹목적인 고통과 정열에 찢겨 있던 동생은 어렴풋이나마 생을 이해할 수 있어졌읍니다. 잃어버린 무엇인가를, 괴로워하는 삶이 그런 것을 가져 보지 못한 삶보다 더 가치 있는 것임을 알았읍니다. 고통도 또한 재산임을 알았읍니다. 그는 젊었기 때문입니다. 모든 결별은 하나의 출발일 수도 있읍니다.[264]

② 걸음을 옮기며 경수는 나직하나 힘준 목소리로,

"모든 것을 참기로 했어. 참는다는 건 굴종은 아니었어. 나는 그 동안 참는다는 것이 얼마나 큰 힘인가를 알았어."

그리곤 지하를 향해 소리 없이 웃었다.

"우린 각자가 자기의 살 길을 찾아 나갔었어. 누나나 형, 나도 말야. 그러나 함께 살 길을 찾지는 못했어."

"아직 늦지는 않았지."

지하의 말에 경수는 크게 고개를 끄덕였다.

"우린 각자가 헤매다가야 결국 집의 뜻이랄까 그런 것을 얻을 수 있었나 봐. 집을 찾기 위해 집을 나가야 한다니…… 그런 말이 있지. '잃어버린 고향을 찾아서 사람들은 타향으로 떠나야 한다'고. 그 말은 진실인가 봐."

병원 밖으로 나오며 지하는 생각했다. 왜 사랑은 상처를 통해서야 확인되는가.[265]

①은 지하의 유산 사고를 지켜본 시동생 남규의 고백이다. 남규는 지하의 불행을 목격하고 그녀에 대한 사랑을 포기함으로써 자신의 순수성을 유지할

---

264 위의 책, 19~21쪽.
265 위의 책, 351쪽.

수 있으리라 믿는다. ②는 이복동생 경수의 경우로, 경수 역시 지하의 유산과 이별 이후 자신의 불행을 긍정하기 시작한다. 경수는 근친간의 원인이었던 아버지와 화해하고, 부모가 반대하는 재숙과의 사랑도 회복시킨다. 경수는 '고향을 찾기 위해 타향으로 떠나'는 것처럼 사랑에는 상처가 필요하다는 것을 깨닫는다. 이를 깨닫게 한 이는 물론 지하이다. 이처럼 갈등이 해소되는 데에는 지하의 불행이 자리 잡고 있다. 즉 지하는 자신의 고통과 죽음을 통해 주변 인물들이 갈등을 극복하고 화해하게 만드는 희생양으로 기능한다.[266]

지하는 주변의 사랑을 담보하는 절대적 지위에 있지만 정작 자신은 실패한 사랑의 주체로 떨어진다. 이런 점에서 지하의 실패란 여타 낭만적 사랑이 의미를 가지도록 만드는 근원적인 모순이라 말할 수 있는데, 이는 곧 증환sinthome의 기능이기도 하다. 사랑의 실패는 낭만적 사랑의 이면에 존재하면서 낭만적 사랑의 불가능성을 일깨운다. 주변 남성들은 이러한 위험이 내포된 사랑에 빠지지만, 지하와의 관계를 통해 사랑의 본질에 대해 진지하게 성찰한다. 고백의 형식인 남성들의 성찰이란 지하가 처한 사랑의 불가능성에 대한 분석과 다름없다. 즉 남성은 사랑에 관해 고백하고 불가능성에 대해 성찰함으로써 죽음과 같은 위험을 피해나간다. 그들에게는 지하의 희생이 자신의 불행을 극복하고 낭만적 사랑을 회복하는 원동력이 되는 셈이다.

이때 지하는 비로소 남성의 사랑의 대상이 아닌 고유한 주체성을 획득한다. 결말에 이르러 지하는 현준과의 관계를 정리하는데, 이는 사랑의 실패가 아니라 남성의 욕망의 대상에서 비껴나 여성의 욕망, 혹은 향락의 세계로 접

---

266 지하는 작품 속에서 가장 큰 희생을 치르는 인물로, 그녀의 희생은 다른 사람들의 잘못과 고통을 대속(代贖)하는 성격을 지닌다. 이러한 역할은 지하가 초점인물로서 이들의 갈등을 서술하는 입장에 있다는 사실과 긴밀하게 연결된다. 희생양과 관련하여 René Girard, 김진식 외역, 앞의 책, 2・3장 참조.

어드는 것을 의미한다. 불임의 몸이 된 지하는 "꽃봉오리가 터지"[267]는 듯한 기쁨을 상실했지만, 그 순간 지하는 주저함없이 당당한 모습을 회복한다. 지하의 사랑은 남성의 대상으로 존재하지 않는다. 그녀는 "혐오로써 사랑해온" 것을 버리고 "있는 그대로를 사랑"[268]함으로써 타자를 필요로 하지 않는 절대적인 사랑으로 향한 것이다.[269]

지하는 한수산 연애서사 구조의 정점에 선 인물이다. 단편 소설에서 한수산은 상징적 질서에 반하는 실재적 인물을 형상화한다. 그리고 『부초』에서 보듯 사회의 흐름에서 소외된 인물의 현실 극복의지를 그리기도 한다. 그러나 사회 전체에 절대적인 권위를 가진 질서에 대항하는 가치는 낭만적 사랑의 형태로만 가시화 된다. 한수산의 낭만적인 사랑은 비현실적인 연애의 욕구나 오이디푸스적인 욕망 앞에서 갈등하는 인물을 통해 초월적 지향을 드러낸다. 나아가 『해빙기의 아침』의 지하는 이를 넘어선 지점에서 형상화된

---

267 한수산, 『해빙기의 아침』 상, 문예출판사, 1977, 334쪽.
268 한수산, 『해빙기의 아침』 하, 문예출판사, 1977, 354쪽.
269 파국으로 끝난 지하의 사랑은 낭만적 사랑을 유지하는 서사의 원동력이다. 그녀의 고통과 죽음의 이미지는 남성들이 사랑의 관계 속에서 파멸되는 것을 막으며, 불가능한 형태의 낭만적 사랑을 가치 있는 것으로 남겨두는 기능을 발휘한다. 이러한 사랑은 남성들에게는 '거세되지 않은 여자'에 대한 정신증적 대상이 된다. 이는 모든 여성의 향유를 소유한 여성으로 아들들이 향유에 접근하는 것을 막음으로써 프로이트가 말한 '원초적 아버지'와 동일한 기능을 한다. Salecl R., 이성민 역, 앞의 책, 44쪽. 그러나 지하 스스로는 남성 주체의 희생을 저지하는 데 그치지 않고 고유한 사랑을 찾아 나선다는 점에서 여성적 향락에 한 발 다가간 주체라 할 수 있다. 라캉은 여성적 향락이란 남자를 필요로 하지 않는 사랑이라고 말한다. 라캉에 따르면 여자는 혼자서, 혹은 신비적 체험에서 신과 관계함으로써 여성적 향락을 경험할 수 있을 뿐이라고 말한다.(J. Lacan, Bruce Fink trans., "God and Women's jouissance", *op. cit.* 참조) 이는 여성이 신비적 존재임을 가리키는 것이 아니라, 남성과 여성의 근본적인 성차를 지적한 것으로 욕망의 구조에서 여성이 절대적인 성향을 띠는 것을 말한다. 『해빙기의 아침』에서 지하의 마지막 장면은 최인호의 『도시의 사냥꾼』처럼 종교적인 귀의를 통해 남성을 배제하는 것을 의미하지 않는다. 즉 지하는 이후에도 연애를 지속시킬 수 있을 것이다. 하지만 지하의 주체성에 비춰볼 때 그녀의 사랑은 여성적인 향락의 성격은 그대로 유지될 것임을 짐작할 수 있다. 여성적 향락에 관해서는 제4장 제3절에서 상세히 다루고자 한다.

다. 즉 여성적 주체를 회복하려는 지하는 욕망의 문제에서 갈등을 겪고 있는 이들을 구원하는 절대성을 가진 인물이다. 따라서 비극적 몰락으로 완성된 지하의 절대성은 여러 낭만적 사랑의 근원적인 조건으로서 의의를 가진다. 그런 점에서 지하의 사건은 증환sinthome으로서의 사건이며, 이를 통과함으로써 한수산의 낭만적 사랑의 서사의 정점에 이른다.

흔히 낭만적 사랑은 대중소설의 현실도피와 순응주의의 증거로 비판받기 쉽다. 대중소설의 낭만적 연애서사에서 사실주의적 소설이 지향한 과학적 총체성과 전망[270]을 발견기란 어려운 일이다. 그러나 이러한 비판은 표면적 사건의 경우에서만 타당하다. 욕망의 입체성을 조망하는 지점에서 본다면 통속성이 난무하는 낭만성의 구조에서 유의미한 전망을 발견할 수 있기 때문이다. 낭만적 사랑은 외려 비현실성을 매개로 새로운 효과를 발생시킨다. 대중소설의 낭만성은 현실의 몰각이나 선정적인 호기심을 발생시키기도 하지만 근대문화의 본질적인 요소로서 미래지향적인 유토피아적 성격 또한 내포하기 때문이다.[271] 이는 한수산의 대중소설도 예외는 아니다. 한수산 소설의 낭만적 사랑이 1970년대의 현실에 적극적으로 저항하는 반동일성의 대항담론counter-discourse을 만들지 못했음은 명백하지만, 저항의 가능성은 반동일성에만 존재하지 않는다. 대중성의 범주에서 생산된 낭만성이 현실 너머의 고유한 주체를 형상화할 때 대중소설의 비동일성은 미래지향적 가능성을 시험할 수 있다.

한수산 소설에서 실제 현실을 직접 상기시키는 언설을 극히 제한되어 있다.

---

270   Georg Lukács, 이영욱 역, 『역사소설론』, 거름, 1987, 제4장 참조.
271   R. Sayre・M. Löwy, "The Figures of Romantic Anti-Capitalism", *New German Critique*, 1984.spring/summer 참조.

군이 찾으려 한다면 『해빙기의 아침』의 다음과 같은 두 장면 정도일 것이다.

① 재숙은 후후 웃었다. 어느 가벼운 모임에서 오늘날의 한국 사회에서 가장 통속적인 명사가 무엇일까 하는 얘기가 나왔을 때 '사장과 현실 참여'라고 말했던 기억이 나서였다.[272]

② 언제까지 오류 속에서 살겠읍니까. 역사의 오류. 개인의 오류.

밤새워 틀어대는 심야방송의 외국 팝송과 그 한국식 모작(模作)들, 이것을 들어 누가 젊은이의 새로운 감수성이라 합니까. 주말이면 교외선이 터져라 야유를 떠나는 아이들의 기타 소리, 그게 우리의 얼굴입니까. 한낮의 다방에서 담배를 피우는 여자들을 누가 젊음이라 합니까. 또 다른 오류를 범하지 맙시다.

그것은 공허입니다. 그래도 남의 돈 꾸어다 공장도 짓고 길도 닦으며 좀 낫게 살게 된 아이들의 공허입니다. 식민지 시대의 황성 옛터와 오늘의 기타 소리에서 형님은 비슷한 음조를 느껴 보시지는 않았읍니까. 그 공허를 문화라 한다면 역사는 어디로 흘러가는 것입니까. 더 많은 우리들이 역사를 올바로 보려고 헤매고 있고, 정신의 신미양요를 극복해야 한다고 괴로워하고 있읍니다. 보다 큰 내일의 자유를 위해서 참을 줄도 알고 있읍니다. 역사의 현장을 감상이나 울분으로 보지 않고 내적 탐구를 통해 이겨 내려고 애쓰는 많은 '우리들'이 있읍니다. [273]

①은 아버지의 직업이 '사장'이라는 경수의 말에 대한 재숙의 반응이다. 경수의 일탈은 사장을 아버지로 둔 탓이지만 재숙은 경수의 현실에 대해 공

---

272 한수산, 『해빙기의 아침』 하, 앞의 책, 28쪽.
273 위의 책, 207~208쪽.

감하지 못한다. '사장과 현실참여'라는 말에 담긴 시대적 상황의 현실성은 재숙에게는 특별한 의미를 가지지 않기 때문이다. 이는 두 사람의 애정 관계에서도 마찬가지이다. 한수산 소설에는 사장과 현실참여, 즉 정치와 경제의 현실은 오히려 통속적인 것이 되며, 순수한 사랑만이 주체의 원인으로 격상되는 전도현상이 나타난다. 현실이 통속에 밀려나는 전도현상은 ②에서도 보인다. 휴교령이 내려지자 경수는 역사의 현장을 답사하며 지금의 현실을 인식한다. 그곳에서 경수는 한국의 근대를 반성하고 미래의 자유를 말한다. 그러나 실상 그의 현실적 언설들은 서사 속에서는 무가치하다. 맥락 없이 삽입된 경수의 발화는 도덕률을 배신한 가족사의 비극 앞에서 허무의 언설로 떨어지고 그에게는 환멸만이 남는다. 사회적 언설은 허무와 환멸을 강조하는 역할만을 할 뿐이다. 그리하여 경수는 이를 극복할 유일한 통로가 사랑이라 믿기 시작한다. '사장과 현실참여'를 초월한 재숙과 경수의 사랑은 이내 절대적인 가치로 격상된다.

이처럼 한수산 소설에서 현실적인 문제들은 낭만적 사랑의 구조 속에서 놓인다. 언뜻 상기되는 당대의 현실은 사실주의 담론의 형식을 갖추지 않는 대신 사랑의 문제가 절대적인 가치로 인정받으며 초월성을 환기시키는 역할에만 충실하다. 이를 통해 낭만적 사랑의 연애서사는 대중의 기호에 부합하면서 대중 주체의 위치를 분명히 드러낸다. 이념적 담론에서 대중은 계몽의 대상이었다면 대중소설의 장에서 대중은 사회 질서에서 비껴난 고유한 통속적 위치를 점한다. 한수산의 소설은 이 지점의 상상력에 충실히 따랐다.

낭만, 혹은 순수라는 이름으로 채색된 연애서사는 실제로 경험하기 힘든 비현실적 사건일 수밖에 없었다. 그러나 이때 형성된 초월적인 심성 구조는 그리 낯설지 않다. 통속성이란 결국 이데올로기화와 차별되는 대중의 심급이기 때문이다. 이념적 담론이 대항담론counter-discourse을 형성하면서 이데올로기적 심급에 머문다면 연애서사는 통속성에 기대어 사회 질서와는 무관한 상상적 주체를 형성한다.[274] 이 과정에서 산출된 낭만적 사랑과 초월적 지향은 대중 주체의 '비동일성'의 특성을 충실히 반영한다. 대중 주체는 이를 기반으로 욕망을 실천하며 대중적 심성의 핵심을 이룬다. 한수산의 소설은 흔히 통속적 연애소설로 평가받지만, 이는 표면적 서사의 층위에만 해당하는 것이다. 대중성에 내포된 욕망의 구조를 이해한다면, 한수산 소설은 대중 주체가 실천되는 장이자, 1970년대의 대중성을 실증하는 매우 유의미한 텍스트로 읽을 수 있을 것이다.

---

[274] 지배적 이데올로기에 대항하는 대항담론은 반동일성(counter-identification)의 관계를 만들면서 스스로 이데올로기의 심급에 있게 된다. 그에 비해 비동일성(disidentification)의 관계는 지배 이데올로기에 대항하면서도 이데올로기의 구조에서 벗어나는 특징을 가진다. Michel Pêcheux, *op. cit.*, p.159.

제4장 청년과 여성, 혹은 대중 주체의 내면

최인호론

『별들의 고향』은 최인호를 대중문화의 아이콘으로 만든 문제적인 작품이자 1970년대를 대표하는 대중소설이다. 1970년대 최인호의 문학은 두 영역에서 평가받았는데, 하나는 등단 이후 꾸준히 발표한 중단편 소설의 계열이며 또 하나는 연재 장편소설의 계열이다. 대중작가라는 이름은 후자에서 비롯된 것이다. 1972년 『별들의 고향』 발표 이후 중단편 소설의 발표는 줄어들고 신문연재 중심의 다작의 경향을 보였기에 두 경향은 평단에서 분리되었다.[275] 하지만 한 작가의 중단편과 장편을 배타적인 것으로 구분하기는 곤란하다. 내용상 유사한 내용이 장편과 단편에서 반복되기도 하며, 사회적인 문제의식을 공유하는 경우도 빈번하다.[276] 이 때문에 최인호의 글쓰기에서

---

[275] 김현은 최인호가 1972년 이후 사실주의적 소설의 치열한 대결의식을 버리고 대중소설로 넘어갔다고 평가한다.(김현, 「초월과 고문」, 『사회와 윤리』, 일지사, 1974) 이런 태도는 중단편 '전집'의 편집방향과도 일치하는 것으로, 한수영의 작품해설도 유사한 입장을 취한다. 한수영은 1972년을 최인호 문학의 분기점으로 파악하고 1972년 이전의 중단편 소설과 이후의 장편소설을 분리된 영역으로 평가하고 있다.(한수영, 「억압과 에로스」, 『최인호 중단편 소설전집』 2, 문학동네, 2002) 이하 최인호 중단편 소설의 인용은 『최인호 중단편 소설전집』 1~5에서 하며, 인용 표기는 『전집』 1~5로 대체함.

[276] 예를 들어 『바보들의 행진』에서 나오는 에피소드들 중 일부는 중편 「무서운 복수」에 등장하기도

장편과 단편의 장르를 구분하는 것은 큰 의미가 없다.

　1970년대 최인호의 소설의 특징은 양식이 아니라 청년과 여성이라는 문제적인 주체성에서 찾아야 할 것이다. 최인호는 중단편과 장편을 가로질러 청년이라는 공통된 의미망을 만들어 냈다. 이를 평가하기 위해서는 관습적인 장르 구분이나 순수/대중이라는 기준을 제시하는 것이 아니라 최인호의 '청년'이 독자의 현실과 얼마나 밀접하게 연관되었지 평가하는 것이 필요하다. 청년 주체의 문제는 앞에서 살펴본 대중소설의 주체의 양상과 비교했을 때 그 위치가 더욱 분명해진다. 1970년대 대중소설이 다양한 시대적 욕망의 양상을 서사화한 것과 같이 최인호의 청년은 이 시대의 특수성을 드러내는 주체의 자격을 갖추었기 때문이다. 청년의 문제는 곧 1970년대 주체의 욕망의 문제이다. 그리고 청년의 서사와 함께 또 하나 주목할 주체는 여성이다. 『별들의 고향』의 경아가 그러했거니와, 최인호 소설의 여성 주인공은 대중성의 한 복판에서 생생하게 살아 숨 쉰 존재였다. 최인호 소설의 여성 주인공의 서사는 『겨울여자』나 『미스 양의 모험』 등과 여성 수난 모티브로 연결되기도 하지만, 무엇보다 사회체제에 가려진 여성 고유의 욕망을 찾아가는 서사라는 점에서 최인호만의 문학적 성취로 발견될 것이다.

한다. 소설뿐 아니라 영화 〈바보들의 행진〉의 시나리오는 최인호의 다양한 소설이 혼재되어 있다. 칠판의 '이상국가'라는 글자를 '사꾸라'로 바꾸는 것은 「무서운 복수」에 등장한 모티브이며, 주인공 영철이 자전거를 타고 자살하는 장면과 빨뿌리 담배에 우산을 씌운다는 내용 등은 「침묵의 소리」의 일부이다. 「침묵의 소리」의 핵심적인 모티브인 형제들이 벌이는 절도 등의 기행은 다시 『내 마음의 풍차』에 이어지고 있다. 최인호의 소설은 단편과 장편, 혹은 시나리오 등의 장르를 가리지 않고 모티브와 소재를 공유한다. 이와 같은 글쓰기를 통속소설과 본격소설로 구분하는 것은 최인호 텍스트를 큰 틀에서 읽는 데 효과적인 방법론이라고 보기 어렵다.

1. 산업사회의 소외와 청년 주체

1) 청년 주체와 소외

최인호의 초기 단편은 현대인의 소외된 내면에 주목했다. 산업화의 물결이 들이닥치면서 물신화, 소외 등의 개념이 관념적 이해를 지나 바야흐로 현실의 문제가 된 것이다. 등단작인 「견습환자」(1967)에서 「무서운 복수」(1971)에 이르는 시기의 작품은 인간관계에서 발생하는 소외현상에 초점을 맞추었다. 「견습환자」에서 소외는 환자와 의사 사이에서 발생한다. 여기서 의사는 기능적인 역할만 할 뿐, 환자와 소통을 위한 그 어떤 노력도 찾아볼 수 없다. 주인공이 보기에 의사는 "도대체가 그들은 충분한 영양을 취하고 있는 온상 속의 귀족식물"[277] 같은 존재들이다. 그리하여 주인공은 의사의 권위를 허물 악의적인 장난을 벌인다. 거짓 병세도, 익살도 통하지 않자 병실의 이름표를 바꿔놓기까지 한다. 하지만 다음날 병원은 평소와 같이 적막할 뿐이다. 그는 의사와 병원이라는 질서의 엄격성을 끝내 깨트릴 수 없었다. 이를 절감하며 퇴원한 주인공은 우리 사회가 인간적인 소통과 개인성을 상실한 채, 외형적인 질서만을 유지하는 모습에 환멸을 느낀다.

> 어느새 차는 로터리 신호등에 걸려 있었고, 이제 나는 통행금지 시간을 걱정하고, 신호등에 위반되지 않으려 걱정하고, 시민증을 꼭꼭 가지고 다녀야 하는 새로운 소시민으로 파스와 나이드라지드를 하루에 꼭꼭 세 번씩 복용하며, 낙엽 떨어지는

---

[277] 『전집』 1, 17쪽.

소리에도 슬퍼해야 하는 길고 긴 방황의 생활과 서서히 마주하고 있는 것이다.[278]

주인공은 하룻밤의 장난을 통해 우리 사회가 병원처럼 내면화된 규율에 의해 유지된다는 사실을 깨닫는다. 그중 의사의 권위는 병원 내의 규범은 물론 개인의 건강까지 담보하는 생체 권력bio-power[279]의 성격을 가지고 있다. 이런 질서가 지배하는 일상에 대해 주인공은 "긴 방황"을 예감하며 두려움을 느낀다. 의사와 환자의 관계에서처럼 인간적인 소통은 불가능하며, 질서와 규율이 그것을 대체하고 있다는 사실을 알고 있기 때문이다.

「타인의 방」과 「개미의 탑」은 병원의 유비analogy를 통해 겪은 두려움이 1970년대 일상에서 재현되는 상황을 그린다. 예컨대 산업화의 상징으로 등장한 아파트란 일상의 구조를 재편하는 힘을 가진 제도이다.[280] 아파트 속 사람들은 병원과 마찬가지로 소통에 실패한다. 소통불가능성은 부부 사이마저 갈라놓는다. 「타인의 방」에서 아내는 언제나 외출 중이며 초인종을 눌러도 대답하는 법이 없다. 뿐만 아니라 3년이 지났건만 이웃은 서로의 존재 자

---

278 위의 책, 29쪽.
279 푸코에 따르면 근대는 근대 이후 물리적인 억압과 통제를 통해 권력을 유지하는 것이 아니라 미시적인 감시와 지식의 권위를 통해 인간의 신체에 직접 권력을 행사하는 생체 권력으로 변화하고 있다. 생체권력의 핵심은 규율과 질서로 개인을 통제하면서 그 권위에 스스로 복종하게 만드는 담론의 구조를 띠고 있다는 점이다.(Michel Foucault, 오생근 역, 『감시와 처벌』, 나남, 1994; Michel Foucault, 홍성민 역, 『임상의학의 탄생』, 인간사랑, 1993 참조) 「견습환자」에서 환자와 소통하지 않은 채 치료와 통제의 대상으로 환자를 다루는 의사는 생체권력의 행위자로 볼 수 있다.
280 주택의 구조는 그 배경이 되는 경제상황과 가족구성원 및 그 생활양식의 변화 모두를 반영하는 물질적 조건으로 평가된다. 1960년대 이래 서울의 팽창하면서 아파트가 일상화되면서 그 속에서의 삶도 변화하기 시작한다. 전통적인 툇마루가 거실, 혹은 '리빙룸'으로 바뀌면서 가족 간의 소통구조도 변화하기 마련이었다. 특히 주택 공간의 중심을 차지한 텔레비전이라는 물질적 소비는 가족 간 소통의 도구를 넘어 핵심적인 매개로 자리 잡게 된다. 임종수, 「텔레비전 안방문화와 근대적 가정에서 생활하기-공유와 차이」, 『언론과 사회』 12(1), 사단법인 언론과 사회, 2004 참조.

체를 인식하지 못한다. 텅 빈 아파트에는 친정으로 떠난다는 아내의 메모만 남아 있다. 아내와 단절된 주인공은 환상 속에서 사물들과 대화를 나눌 뿐인 소외된 존재의 전형으로 제시된다. 대화는커녕 마주침조차 없는 이들이 부부라는 증거는 화자의 발화 외엔 어디에도 없다.

소통하지 못하는 둘의 관계에서 화자와 아내는 상상을 통해서만 재현되는 존재이다. 그리고 상상 속 아내는 자신과 교섭되지 않는 위험한 존재로 각인된다. 주인공은 아내의 육체에는 "다른 여인과 다른 성기", 즉 "견고하고 질이 좋은 자크"[281]가 달린 성기가 있었다고 회상한다. 아내의 성기에 달린 자크는 "질 좋은 방한용 피륙을 느끼게 하고 굉장한 포용력"을 상기시키지만, 실제로는 남편에게 가해진 위협을 암시한다. 즉 아내와 주인공은 부부로서의 관계가 아니라 남편이 아내에 의해 포섭되고 희생되는 관계에 있음을 말하는 것이다.[282] 이 관계에서는 대화나 소통은 불가능하기에 남편은 아내가 비운 사이에 들어와 소켓과 라디오, 스푼 등과 대화할 뿐이다. 남편이 떠난 아파트에 아내가 다시 들어오지만 아내에게 남편의 존재는 아무런 의미가 없다. 아내에게 소통의 가능성이 없는 남편은 단순히 "물건"에 지나지 않는다.

그녀는 곧 잃어버린 것이 없는 대신에 새로운 물건이 하나 놓여 있는 것을 발견했다.

---

281 『전집』 1, 193쪽.

282 '자크가 달린' 여성의 성기는 거세 공포의 상징인 '이빨을 가진 음부(vagina dentata)'의 변형이다. 이빨 달린 음부는 남성의 성기를 위협하는 존재로서, 여성을 쾌락의 대상으로 삼는 남성의 팔루스(pallus)를 위협하는 향락적인 존재로 비춰진다.(Sigmund Freud, "Medusa's Head", *Se, XVIII*; 임철규, 「눈과 성기」, 『눈의 역사 눈의 미학』, 한길사, 2004에서 재인용) 임철규의 분석에 따르면 여성의 성기는 신비스러운 생산의 장소로 추앙받던 대상이었으나 남성 중심의 역사가 진행되면서 점차 공포의 대상으로 변해간다. 그 결과 '이빨을 가진 음부'라는 상상력이 생산되며, 여성을 절대적인 악으로 묘사하기에 이른다.(위의 책, 75~84쪽)

그 물건은 그녀가 매우 좋아했던 것이었으므로 며칠 동안은 먼지도 털고 좀 뭣 하긴 하지만 키스도 하긴 했다. 하지만 나중엔 별 소용이 닿지 않는 물건임을 알아 차렸고 싫증이 났으므로 그 물건을 다락 잡동사니 속에 처넣어 버렸다.[283]

아내는 빈집에서 석고처럼 온몸이 굳어버린 남편을 '물건'으로 발견한다. 남편은 아내의 삶에 어떤 영향도 미치지 못하는 물건과 다를 바 없는 '타인' 이었다. 남편이란 한때 좋아할 수 있지만 싫증이 나면 언제라도 버려질 수 있는 대상이다. 그만큼 남편의 존재는 물건의 효용으로만 평가된다. 남겨놓 은 메모지 속에서는 부부는 다정해 보이지만, 실제로는 서로가 존재 자체를 인식하지 못하는 '타인의 방'에서 살아가는 소외된 존재일 뿐이다. 부부의 관계는 사물과의 관계, 즉 물신화된 상황에 놓여 있는 것이다. 특히 '자크 달 린 성기'라는 상징적 표현에서 보듯이 남성 권력을 위협하는 여성의 존재가 소외의 원인 중 하나로 제시된다. 이는 산업화에 따라 여성의 역할변화가 전 통적인 남성권력을 위협하는 거세공포로 받아들여짐을 의미한다.[284]

최인호 초기 단편에서는 소외 양상을 남성성에 대한 거세의 위협으로 상징 화한 경우를 흔히 볼 수 있다. 「전람회의 그림1」은 남성의 성기를 직접 등장 시켜 거세의 서사를 이끌어간다. 주인공 영호는 "유약하고 왜소해서 키는 백 사십 센티미터를 간신히 넘고 체중은 사십 킬로그램도 채 못되"[285]는 남성으 로, 백구십 센티미터를 넘는 약혼녀 유미와의 관계 속에서 자신의 성기를 잃

---

283 위의 책, 189~190쪽.
284 오창은은 석고처럼 굳어진 상황을 '물건되기'를 통한 좌절감과 허무의식의 표현으로 해석했다.
   '물건되기'는 아내와 소외된 관계를 극복하기 위한 행위의 의미가 있지만 역동성을 상실했을
   때 좌절감과 허무주의로 귀착된 결과이다. 오창은, 「도시 속 개인의 허무의식과 새로운 감수성」,
   『어문논집』 32, 중앙어문학회, 2004, 265쪽.
285 위의 글, 54쪽.

어버리는 사건이 핵심 모티브를 이룬다. 유미는 영호에게 결혼을 위해 세 가지 과제를 제시한다. 첫 번째는 '사백 미터를 일 분 오 초 이내에 뛰어오는 힘 자랑'이며, 두 번째는 평생 웃지 않는 유미의 오빠를 웃게 만드는 과제이다. 영호는 웃음소리를 내는 기계를 사용해 오빠를 억지로 웃게 만들어 두 번째 관문까지 통과한다. 그 결과 영호는 유미와 성관계를 가지고 결혼을 눈앞에 둔다.

그러나 유미와의 성관계 후, 영호는 자신의 성기가 사라진 것을 알게 되고 그것을 되찾는 것이 세 번째 과제로 제시된다. 영호는 자신의 성기가 박물관의 진열장에 있는 것을 발견하고는 성기를 되찾을 수 없음에 좌절한다. 영호보다 우위에 선 유미의 존재는 남성성을 파괴하고 성기를 사라지게 한 근본 원인이었다. 유미는 성기를 거세함으로써 자신보다 큰 후손을 원했던 영호의 요구를 좌절시킨다. 문제는 성기가 사라진 남성은 영호뿐만이 아니라는 점이다. 유미의 두 번째 관문을 통과하는 데 도움을 준 사진가 김형국 역시 성기 없이 살아가고 있다. 거세는 이제 영호 한 사람의 문제가 아니라 이 시대 남성성 전체에 해당하는 위기가 되었다. 남성성의 거세는 현실 원리가 되어 사회를 유지하고 있으며, 거세된 성기는 향수의 대상이 되어 버린 것이다.

사람들은 우울하게 유리창을 통해서 그것을 들여다보고 있었다. 몇몇의 입에서는 탄식의 소리가 새어나왔다.

지금은 사라짐 원시의 야성을 그리워하는 듯한, 퇴화된 눈빛을 번득이면서 그들은 잠든 그 성기가 혹시 깰까 두려워하듯 발걸음도 조심조심 떼어 놓고 있었다.

나는 그제야 눈을 떼고 유미를 쳐다보았다. 오래 전부터 나를 쳐다보고 있었는지 그녀의 눈과 내 눈은 어렵지 않게 마주쳤다.

내가 무어라고 한마디 하려고 입을 떼려 하자 유미는 갑자기 가지 입에다 손가락을 갖다 대었다.

그것은 향수에 젖어 있는 관람객의 꿈을 깨지 말라는 신호도 되지만 잠들어 있는, 한때는 나의 것이었던 신화의 깊은 잠을 방해하지 말라는 신호의 표시이기도 하였다.[286]

최인호는 현대사회의 소외를 잃어버린 성기의 우화로 표현했다. 성기 없는 사회에서 남녀의 관계는 항상 소외만 낳는다. 그렇기에 사람들은 성기를 잃은 채 욕망 없이 살아가며 거세 이전을 그리워하는 수준에 머문다. 그렇지 않고 영호처럼 결혼의 욕망을 가진 주체에게 이 사회는 그로테스크한 공간이 될 수밖에 없다.

「개미의 탑」에서는 소외의 개념이 1970년대 한국의 상황 속에서 구체화된다. 최인호는 이 작품에서 산업화 도시 서울을 소외를 낳고 욕망의 좌절시키는 두려움의 공간으로 묘사한다. 이 두려움은 일상적인 것이지만 주인공이 몸담고 있는 광고업계에서 특히 두드러진다. 광고란 사람들의 욕망을 자극하여 소비를 부추기는 가장 자본주의적인 노동이다. 그런 점에서 광고는 자본주의적 질서에 대한 환멸과 공포를 부각시키기에 더없이 효과적인 소재이다. 최인호는 광고의 직무와 개미의 공포를 병치시킴으로써 현실에 대한 감각을 주제화한다. 매번 강렬한 문구로 사람들을 욕망을 자극하는 일에 지친 주인공이 자신의 아파트에서 엄청난 양의 개미를 발견하면서 환멸과 공포는 시작된다. 약으로도 없앨 수 없는 불가항력적인 힘을 지닌 개미는 아파

---

286 『전집』 3, 149~150쪽.

트라는 현대의 공간에 편재遍在하는 존재로 그려진다. 개미는 설탕과 음식은 물론, 애인과의 관계에까지 침범하여 일상을 위협한다. 개미가 넘치는 아파트는 더 이상 사람을 위한 공간이 아니라 개미를 위한 공간, 즉 '개미의 탑'이다. 산업화의 산물인 아파트라는 주거 공간은 "개미들이 쌓아올린 거대한 탑"인 동시에 "무너뜨릴 수 없는 거대한 탑", 혹은 "개미들의 신전"[287]이 된 것이다.

개미와 아파트의 관계는 산업화의 속성을 유비적으로 반영한다. 경제성장의 상징인 아파트는 안락한 삶을 보장하지만 그 때문에 개미에게도 좋은 서식처가 되고 급기야는 사람이 살 수 없는 개미의 탑으로 변한다. 이 같은 역설은 성장과 생산을 멈출 수 없는 자본주의 사회에도 똑같이 적용될 것이다. 생산에서 인간을 소외시키는 자본주의 생산방식은 비인간화의 근본원인이 인 것과 마찬가지로 개미가 아파트를 점령한 상황을 통해서 산업사회의 맹목성이 암시된다. 개미는 '눈을 가린 경주마'나 '정신병자'처럼 맹목적이면서도 군대처럼 질서정연한 조직을 갖추고 있는데,[288] 이는 1970년대 한국 사회의 초상이다. 성장과 발전의 논리는 한국 사회를 지배하고, 이에 대해 어떤 반론도 허용하지 않을 때 국가 권력의 이데올로기가 되었다.

성장, 혹은 자본주의의 생산 방식의 한 가운데서 점점 더 자극적으로 변해 가는 광고에 대해 주인공은 환멸을 느끼지만, 광고업계의 조직 내에서 저항할 방법을 찾지 못한다. 결국 주인공은 이에 굴복한다. 삶을 옥죄어 오는 것은 광고와 아파트를 가득 메운 개미에게 자신의 삶을 송두리째 내던지는 것만이 남겨져 있을 뿐이다. 집으로 돌아온 주인공은 무의미한 투쟁을 멈추고

---

287 위의 책, 298쪽.
288 위의 책, 271쪽.

스스로를 개미에게 맡기는 것으로 소설은 끝을 맺는다.

> 그리하여 개미들은 그의 몸 자체가 설탕으로 절여진 거대한 먹이임을 발견하게
> 될 것이다.
> 그것은 그들이 찾는 맛이며 '새로운 맛'의 발견이 될 것이다. 그들은 흘러내리는
> 향기로운 피의 냄새를 맛보게 될 것이다.
> 어쩌면 다가오는 아침에는 그는 백골만 남을지 모르는 일이다.
> 하지만 그는 후회하지는 않을 것이다.
> 왜냐하면 그가 스스로 그들의 제물이 되었으므로. 그들과 화해한 것이므로.
> 보이지 않는 벽면에 여섯 개의 발을 가진 짐승의 발소리가 조금씩 들려오기 시
> 작했다.
> 그는 비로소 안심했다.[289]

주인공은 설탕물에 몸을 담그면서 개미와 화해한다고 말한다. 개미의 힘
에 저항할 수 없다면 자신을 개미와 일치시키는 길을 택한 것이다. 그때 비
로소 주인공은 안심할 수 있다. 자본주의의 속성도 이와 마찬가지이다. 개인
이 사회 질서를 거스를 수 없을 때, 유일한 선택은 질서 속에 자신을 내맡기
는 일이다. 편리하지만 폐쇄된 공간인 아파트는 자본주의 사회에 충실한 대
가로 주어진 삶의 안락을 뜻한다. 비록 이 공간에서 단절과 소외가 삶의 질
서로 작동하더라도 이를 피할 방도는 없다.[290]

---

289 위의 책, 300~301쪽.
290 「개미의 탑」의 마지막 장면을 '자신을 사물화하여 스스로를 부정함으로써 자신의 존재를 더욱
    확인하려는 의지인 절대 긍정'의 의미를 발견할 수도 있다.(김인경, 「최인호 소설에 나타난 모더
    니즘과 저항의 서사」, 『국제어문』 39, 국제어문학회, 2007, 304쪽) 하지만 이 해석이 유효하기

근대 자본주의 체제는 전근대적 권위주의를 대신해 합리적 소통방식을 지향하지만, 그것이 오히려 소외의 원인이 되는 역설의 순간을 최인호는 주목했다. 이 시대의 소외는 단순한 고절감을 가리키지 않는다. 산업화의 흐름 속에서 더 나은 삶을 지향하지만 오히려 그로 인해 불안에 빠지는 소외현상은 무의식의 지평에서 분석될 만한 사건이다. 특히 최인호가 여러 번 제기한 성기의 비유, 즉 '자크 달린' 여성의 성기, 박제화 된 남성의 성기 등은 주체의 거세공포와 직접적으로 연결된다. 거세공포는 주체가 남근pallus에 의한 주체성을 형성하기 위해 필수적인 기제이다. 이를 현실에 대입하면, 거세공포는 산업화의 질서 속에 주체를 위치시키는 권력의 명령으로 해석된다. 거세공포를 통과함으로써 질서에 순응하는 주체가 형성된다. 이러한 지평에서 볼 때, 최인호가 문제삼은 소외현상은 욕망의 구조로써 이해될 수 있다. 최인호는 주인공의 혼란스러운 내면을 분석하며, 그의 욕망의 기원은 무엇인지, 그 욕망이 현실에서 얼마나 유용한지를 묻는다. 산업화의 부정적 측면은 빈부격차나 성적 타락과 같은 사건으로만 경험되는 것은 아니다. 그 무의식의 지평에서 주체를 위협하고 권력의 욕망을 강요하는 소외 현상이야말로 산업사회의 근원적 악이 될 수 있다는 것이 최인호의 문학적 대답이었다. 최인호 소설에서 소외라는 문제의식은 1970년대 산업화로 치닫던 한국의 현실을 성찰하고, 욕망의 기제로써 주체화에 작동하는 지점을 날카롭게 겨냥했다. 이로써 소외는 개인의 내면의 문제를 넘어 현실과 욕망에 대한 이중의 분석을 요구하는 주제로 승격된다.

위해서는 주인공의 행위에서 저항의 의지를 읽을 수 있어야 할 것이다. 주인공의 행위가 환멸의 구조에 있다면, 그곳에서 역설적 긍정의 의미를 도출하기는 쉽지 않아 보인다.

2) 부정적 청년 주체에 대한 비판

최인호는 자본주의 사회를 환멸과 공포로 표현하는 한편, 1970년대의 구체적 현실을 포착하는 소설 작업을 이어나간다. 자본주의 사회의 보편적인 부정성이 거세공포를 통해 표출되었다면 정치권력의 억압, 즉 유신체제는 현실적으로 타개해야 할 대상이었다. 작가정신이 엄혹한 현실을 외면하지 않았을진대, 1970년대 초반의 시기는 최인호 문학적 여정에서 매우 중요한 의미를 가진다.[291] 일련의 정치적 사태를 거쳐 유신체제로 접어들던 시기는 청년문사文士 최인호에게도 시련의 시기였다. 1970년대 초 시위와 휴강, 휴교령이 반복되며 대학의 위상은 위축되었다. 특히 1971년 교련 반대운동과 위수령 발동, 그리고 군인의 대학진입으로 이어지는 '학원 사태'는 창작에서 중요한 사건으로 다뤄진다. 중편 「무서운 복수」는 1971년을 배경으로 당시의 학생운동의 상황과 이를 목격한 작가의 고뇌를 담고 있는 작품이다. 소설 속에 등장한 현역 교련교관 반대시위와 교내 위수령 등의 사건은 역사적 사실과 일치한다. 그리고 가공의 인물인 주인공 최준호의 면모 또한 실제 작가에 근접해 있다. 최준호라는 이름부터 작가를 연상케 하거니와, 소설 「황진이」를 쓰기 위해 고민하고 대학생 소설가로 설정되었다는 점에서 작가 실제 현실이 고스란히 투영되어 있음을 짐작할 수 있다.[292] 최준호라는 페르소나

---

291 한수영은 최인호가 「무서운 복수」와 「황진이」 연작을 쓰던 1971년이 최인호 문학에서 전환의 기점이라고 평가한다. 그는 대학 졸업반이었던 최인호가 「무서운 복수」를 통해 자기반성적인 글쓰기로 나아갔으나, 이를 발전시키지 못하고 이듬해 『별들의 고향』으로 신문 연재 장편소설로 전환했다고 평가 내린다. 한수영, 「억압과 에로스」, 『전집』 4 참조.
292 "난 그즈음 누구든 요새 무슨 글을 쓰느냐고 물으면 황진이를 쓴다고 대답을 하고 있었지만 우스운 것은 막연히 이조시대의 아름다운 낭만, 황진이의 행각을 그야말로 탐미적인 분위기로 그려보겠다는 크나큰 욕망만 가지고 있을 뿐 착수조차 하지 못하고 있었던 것이다"(「무서운

를 통해 이 시기의 비판의식을 확인해보자.

'대학생 문사'로 주목받는 최준호는 학생들의 주목에 부담을 느끼면서도 시국상황에 대해 깊이 고민하고 갈등하는 청년이다. 그는 경찰의 억압과 군인의 교내 진입에 큰 충격을 받았지만, 학생회 중심의 운동권 대학생들 역시 기성세대와 다를 바 없이 부패했다는 사실에 실망한다.

> 확인되지는 않았지만 어떤 녀석은 오십만 원 쓰고 어떤 녀석은 한 장을 썼다는 소문이 떠돌고 그러는 것으로 보아 학생회장 자리가 본전은 넘게 생기는 자리겠지라는 은밀한 학생들 간의 귓속말이 떠돌았다 그러면 우리는 어쩌지 못하면서 조간신문에서 국회의원의 행동에 신경을 곤두세우고 야단쳐야만 직성이 풀리는 것이었다.[293]

최준호의 눈에 포착된 것은 학생회의 타락상이다. 학생회장에 당선되기 위해서 그들은 기성세대의 '고무신 선거'처럼 음식을 대접하며 표를 모으는 구태를 반복한다. 학생운동 경력은 이후 제도권 정치계의 입문에 유용한 구실이 될 뿐, 시대 상황을 타개할 학생운동의 진정성은 사라진지 오래이다.

이 작품에서 대학생은 극히 부정적으로 묘사된다. 최준호에게 글을 부탁한 오만준은 술에 취한 채 궤변만 늘어놓는 지리멸렬한 학생회 간부의 전형이다. 그들이 말하는 정의는 술집을 벗어나지 못하는 치기어린 패기일 뿐, 현실의 위협 앞에서는 금세 비굴하게 바뀌기 일쑤이다. 교련수업에 극렬히

복수」, 『전집』 2, 258쪽)라는 발화와 함께 위수령에 따라 대학 내에 군인이 진입한 사건이 서술된 것으로 보아 이 작품의 배경은 1971년으로 추정할 수 있다. 뿐만 아니라 김지하의 「오적」이 학생들 사이에서 토론의 주제로 오르는 등 당시 작가가 겪고 있는 실제 사건들이 소설 속에 현실감 있게 드러난다.

293 위의 책, 204쪽.

반대하지만 정작 군인교관의 명령에는 꼼짝 못하고 나약한 모습을 드러낼 수밖에 없는 것이 대학생의 실체였다.

"웃지 마라."

그러나 교관은 두 번째 같은 어조로 명령했다.

그 소리는 이상한 느낌으로 우리를 사로잡아 뒷좌석에 앉아 잠을 자고 있던 친구, 친구와 음담패설을 하고 있던 친구들을 정색하게 만들었고, 그래서 우리들은 교관의 얼굴에 혹 물고 늘어질 웃음기가 있는가 어쩐가를 보고, 혹 어딘지 물고 늘어질 웃음기가 있다면 가차없이 히히히 웃어버리고 같이 얼렁뚱땅 이 위기를 넘어가자고 교관을 쳐다보았으나 교관은 갑옷을 뒤집어쓰고 투구를 쓴 고대 십자군처럼 얼굴의 표정을 백지화하고 있었던 것이다.

"앉아."

교관은 실내 분위기가 완전히 압도당한 눈치를 채자 그를 앉히고 다시 그 여느 때의 미소를 되찾았다.

그러나 우리는 어쩐지 그 웃음에 같이 따라 웃을 만한 배짱은 이미 잃고 있었다.[294]

교관의 위세에 압도당하고 눈치를 보는 대학생들에게서 청년의 패기와 엘리트의 위상은 찾기 어렵다. 대학생들은 군인의 엄격한 시선에 각자 위협을 느끼면서 시위를 하던 때와는 달리 나약한 개인으로 파편화한다. 대학생들은 전 세대가 보여준 현실변혁의 가능성을 상실한 것이다.

이런 현실 속에서 최준호는 학생회 간부에게 부탁받은 성명서를 끝내 쓰

---

294 위의 책, 202쪽.

지 못한다. 그가 글을 쓰지 못하는 이유는 두 가지이다. 학생회에 대한 부정적 인식 때문이기도 하며, 또 하나는 최준호가 군대에서 겪은 사건 때문이기도 하다. 성명서 청탁을 받고 준호는 군대에서 억울한 누명을 쓰고 공범으로 몰려 고생한 기억을 떠올린다. 그로 인해 부조리한 억압에서 자신은 이를 극복할 능력이 없다는 자괴감이 그를 괴롭혀 왔다. 그 기억은 "내가 의식하지 못하는 경우에도 무슨 일이 벌어질 수 있다는 느낌"이며, "내가 하는 일이 남들에게 말려들어가 이용당하고 있는 건 아닌가"[295] 하는 소극적인 두려움을 낳는다. 최준호는 이 두려움을 대학생의 데모행렬에서도 발견한다. 자신의 진술은 무시되는 군대와 마찬가지로, 학생들의 데모 속에서 개인의 의지와 능동성이 발휘될 여지는 없어보였다. 데모는 자율적인 개인의 집합이 아니라, 개인을 데모의 대열 속으로 밀어 넣으며 존재를 몰각시키는 "거대한 용광로"처럼 움직인다. 이 때문에 데모는 두려움의 대상이 된다. 학생들은 주체성을 방기한 채 "무모해 보이는 시위행위"에 가담하고 있으며, 점점 늘어난 데모행렬은 "자기의 조직 세력을 데모에 모이는 인원수로 과시해 보려는 새로 뽑힌 총학생단"[296]에 의해 이용당하기 때문이다.

최준호는 이 두려움을 '복수화複數化'라 칭한다. 군대나 학생회 모두 개인의 자율성을 박탈하고 집단의 일부로서 동원하는 집단이라는 것, 그리고 집

---

295 위의 책, 226쪽. 자신의 의지와는 상관없이 억울하게 누명을 쓰고 고통받는 상황은 단편 「더러운 손」(1974)에서도 그려진다. 6·25전쟁이 발발하자 대학교수로 있던 주인공은 혼자서 피난을 떠나지만 고운 손 때문에 공산군에게 붙잡힐 위기에 처한다. 그는 수 주일간의 도망기간 동안 손을 학대하여 농부의 거친 손처럼 만들어 공산군의 검문을 통과할 수 있었다. 하지만 서울이 수복된 후, 한강 도강을 위해 자신의 신분을 밝히는 데서는 오히려 대학교수의 것으로 볼 수 없는 거친 손이 오해를 낳는다. 주인공은 운명의 아이러니가 삶의 근본적인 조건이라는 점과 이에 개입할 수 없는 개인의 존재는 나약하거나 허무한 존재임을 깨닫는다.
296 위의 책, 228~229쪽.

단 속에서 개인은 집단 전체의 이익에 복무하는 수단으로 전락하고 그 과정에서 발생하는 부조리와 폭력은 은폐될 수밖에 없다는 것이 그가 말한 복수화의 의미이다.[297] 그 예로 지목된 군대와 대학은 1970년대 한국 사회의 상징이다. 유신권력의 실체인 군대와 진보 세력의 중추인 대학은 한국 사회의 담론 생산자로서의 권위를 가지지만 동시에 이들은 '복수화'를 내세워 개인의 자율성을 억압하기도 한다. 최인호는 '최준호'라는 페르소나의 입을 빌어 1970년대 정치적 문제에 대해 주체성의 관점에서 비판을 개진한다. 독재정권의 억압성이 학생운동에서도 발견될 만큼 사회 전반이 개인의 자율성을 억압하는 체제라는 것이다.

다소 위험해 보이는 최준호의 비판은 작가 최인호의 자기반성의 성격을 띤다. 최인호는 당시 대학생 소설가로 이름을 날리며 청년문사로 주목받고 있었다. 청년문화의 분위기 속에서 최인호의 청년문화론은 주도적 담론의 역할을 맡았다. 그러나 최인호는 일방적인 청년문화 옹호론 대신 자기반성을 시도한다. 「무서운 복수」는 대학생이면서 청년문화의 주체인 자신에 대한 반성의 결과이다. 이 비판의식은 동시에 새로운 청년문화론의 논거를 강화하기 위한 토대가 된다. 청년문화가 기성세대의 비판에서 출발하지만, 그것이 진정한 의미를 갖기 위해서는 청년세대 내부에서 진정성을 확증하기 위한 자기반성이 필수적이었다. 최인호는 그 자신이 청년문화의 주역이었기 때문에 이 문제에 엄격한 비판적 잣대를 댈 수 있었다. 자율성을 억압하는 복수화에 대한 비판적인 주제의식은 이후 최인호 작품의 중요한 의미망 중 하

---

297 한수영의 해석에 따르면 '복수'는 '타자화'의 의미를 가진다. 타자화란 주체의 존재의 근거를 타자에 둠으로써 자기동일성을 확보하는 기제를 말하는 것이다. 학생이나 경찰은 타자화를 실천하는 인물이라는 점에서 차이는 없다. 반면 준호는 타자화를 거부하는 인물로, 배제와 차별의 가학성이라는 제재가 가해진다. 한수영, 「억압과 에로스」, 위의 책, 308쪽.

나이다. 그가 청년문화 담론과 장편소설의 주제에서 강조한 것은 복수화의
거부, 즉 개인의 자율성에 대한 믿음이었다. 이는 개인의 주체성을 부각시킴
으로써 청년문화와 청년 주체의 가능성을 타진하려는 기획으로 이어졌다.

'복수화'를 거부하는 자율적인 개인-주체에 대한 열망이란 다분히 이상주
의적이다. 실상 군대와 학생운동은 최인호의 비판에도 불구하고 한국 사회
를 지탱하는 두 축임을 부정할 수는 없다. 그래서 비판은 언제나 또 다른 반
박을 불러온다. 그럼에도 최인호는 개인의 자율성을 강조하는 이상주의를
포기하지 않는다. 다만 거부할 수 없는 현실 앞에서 비판의 방향으로 자신에
게로 돌려 성찰의 깊이를 더할 뿐이다. 소설 속 최준호는 작가의 이러한 태
도를 대변한다.

①"무디죠. 하지만 일간 데모를 하면 무언가 적개심이 끓어올라요. 그건 내 생
리와 무관한 거예요. 그저 물고, 뜯고, 그리고 쓰러지고 싶어요. 현역 교관 반대,
그것은 핑계에 불과해요. 교련 반대가 아닐지라도 우리는 또 다른 핑계를 만들어
데모를 했을 거예요." (…중략…)
"저들이 저렇게 강경하게 나오면 더 큰 데모가 벌어지는데 틀림없이 몇 학생이
구속당할 거예요. 그러면 더 큰 데모가 일어나요. 구호가 현역 교관단 반대가 아니
라 교련 철폐로 바뀔지도 몰라요. 저런 식의 방어는 곤란한 것이에요."[298]

②그래서 그들의 고함 소리는, 시위는 학교에 아무런 영향을 미치지 못하고 있었다.
그러나 그들의 그런 무모해 보이는 시위행위가 계속될수록 눈에 뚜렷이 띄지는

---

298 위의 책, 251쪽.

않았지만 점점 인원수가 불어간다는 것은 숨길 수 없는 사실이었다.[299]

    ③나는 칠판에 쓰인 '플라톤'을 지웠다. '이상국가'를 지웠는데 우선 받침만을 지웠다. 그러자 '이사구가'라는 기묘한 글씨로 변했다. 나는 이번에 '이사구가'에서 '이'를 지웠다. 그러자 '사구가'만이 남았다. 사구가, 사구가…… 나는 중얼거리다 얼핏 봄철에 피는 사쿠라를 연상해내었다. 사쿠라. 그러자 나는 공포를 느꼈다. 그래서 누군가 날 노려보지 않는가, 주위를 얼핏 돌아보며 얼른 칠판을 지웠다.[300]

최준호는 학생회의 '데모를 위한 데모'를 반대한다. 학생들은 명분을 잊은 채 시위대의 숫자만을 요구하는 복수화의 함정에 빠져 있기 때문이다. 학생운동이 이상적인 민주화와 반대의 양상으로 전개되면서 최준호의 이상은 점차 좌절 속에 빠져든다. ③은 빈 강의실에 혼자 남은 최준호가 칠판의 글자를 바라보는 장면이다. 짧은 상념을 거쳐 '이상국가'는 거짓을 뜻하는 '사쿠라'로 변한다. 그가 강의실에서 배운 이상국가는 실현 불가능한 허위의식에 불과한 것처럼 보인다. 데모로 수업이 중단된 강의실에서 단수화된 최준호는 비로소 이상국가에 대해 성찰할 시간을 가진 것이다. 독재정권과 학생운동 모두 성찰의 기회마저 쉽사리 허락하지 않는 '무서운 복수'들이다. 그리고 개인의 '생리'와 일치하지 않는 집단의 강요가 개인의 희생을 강요하는 거짓된 이상, 이상국가라는 목표는 '사쿠라'에 불과하다.

이상이 실현불가능한 거짓에 불과하다는 깨달음은 곧 환멸로 이어진다. 최준호의 환멸은 이상주의에 대한 반성이라기보다는 이상을 실현하지 못하

---

299 위의 책, 228~229쪽.
300 위의 책, 236쪽.

는 자신, 혹은 청년 주체에 대한 반성의 의미가 크다. 학생회를 비판하는 입장이지만 ③에서 보듯 최준호 역시 그들처럼 나약하기 때문이다. 그는 빈 강의실에서 '사쿠라'를 쓰는 순간에 '누군가'의 시선을 의식한다. 이는 표면적으로는 '고성능 카메라'로 감시하는 경찰의 시선일 터이다. 교내에서도 감시당할지 모른다는 두려움이 '사쿠라'를 쓰는 순간에도 작동한다. 동시에 이 시선은 억압을 내면화한 자신을 향한 성찰의 시선이기도 하다. 교련교관에게 압도당한 학생들과 같이 최준호 역시 수동적이긴 마찬가지이다. '이상국가'를 '사쿠라'로 고쳐 쓰는 소극적인 저항의 순간에서도 '누군가의 시선'을 의식하는 자신에게 놀라지 않을 수 없다. 이는 교련교관처럼 억압적 기구repressive appratus에 의한 물리적인 강제뿐만 아니라 일상의 이데올로기적 기구ideological appratus[301]에 의해 억압이 내면화되었다는 증거이다. 최준호가 느낀 내면화된 억압은 수감자가 스스로를 감시하는 판옵티콘의 자발적 억압과 다를 바 없다. 결국 최준호가 감시의 시선에 대해 공포를 느끼는 것은 외부의 감시를 내면화한 자신을 반성하는 성찰의 의미를 담는다.[302]

이런 과정을 거쳐 최준호의 비판은 내면으로 향한다. 최준호를 둘러싼 학생들의 논쟁은 데모의 방향과는 상관없이 항상 내적인 갈등을 일으킨다. 이

---

301 알튀세르는 자본주의가 재생산되기 위해서 이데올로기가 주체에게 작용해야 한다고 말한다. 이데올로기는 상부구조에 속하는 것으로서, 일상적인 제도 속에서 생산된다. 가족, 종교, 학교 등의 제도는 이데올로기적 국가기구로서 지배적 이데올로기를 재생산 하는 역할을 한다. 이는 강제적인 성격을 가진 군대, 경찰, 법원 등의 억압적 국가기구와는 구별된다. Louis Althusser, 김동수 역, 「이데올로기와 이데올로기적 국가장치」, 『아미엥에서의 주장』, 솔, 1998; 원용진, 『대중문화의 패러다임』, 한나래, 1996, 199쪽 참조.

302 김진기의 분석에 따르면 최준호가 칠판을 지우는 행위는 불의에 저항하는 진정한 용기가 없지만 기회주의자라는 평가 역시 받고 싶지 않다는 자기합리화를 드러낸다. 이는 레드콤플렉스와 민주주의적 요구 사이에서 흔들리는 최인호 초기 소설의 의미구조를 드러내는 것으로 평가할 수 있다. 김진기, 「최인호 초기소설의 의미구조」, 『통일인문학논총』 35, 건국대 인문학연구원, 2000, 9~12쪽.

는 데모를 구경하는 최준호나, 데모에 참여한 김오진 모두 자신의 의지를 배반한 채, '생리'와 일치하지 않는 일을 하는 데서 비롯된 것으로, 내면화된 억압이라는 공통분모를 가지고 있다. 이를 고백할 때 내면의 갈등은 가시화되어 해결의 실마리를 찾는다.

> ①"몰라요. 신문에서 부정부패 어쩌구 떠들지만 우리는 그런 것은 몰라요. 그저 돌을 집어던지는 거예요." (…중략…)
>
> "저들은 바다예요. 맹목의 바다예요. 자, 던지세요."[303]

> ②"그들은 내게 술래이기를 바라고 있거든요. 그들은 내게 데모를 하라고 쉴새없이 요구하고 있어요. 이것은 어릴 때의 그 놀이처럼 놀이에 불과하지는 않아요. 이것은 어디까지나 싸움이에요. 난 술래 노릇을 해야 할 것 같아요. 이것은 나의 비열한 용기예요."[304]

최준호는 교수에게 학생들의 시위 군중을 일러 '맹목의 바다'라고 말하지만 그 역시 내면화된 감시의 한계를 벗어나지는 못한다. 시위대를 향한 경멸은 곧 자신의 수동성에 대한 반성으로 이어진다. 최준호는 돌을 던짐으로써 내면의 원형을 형성한 피난시절의 경험을 상기시킨다. 준호는 사료를 끼니거리로 얻어오다 길에 쏟아버리자 사료를 줍는 대신 발로 차고 침을 뱉는다. 이런 행동은 봉투를 쏟은 실수에 대한 자책이자 사료로 연명하는 수치스러움의 표현이다. 원하지 않는 것, 즉 생리에 맞지 않는 것을 해야 하는 것에 대

---

303 『전집』 2, 250쪽.
304 위의 책, 268쪽.

한 불만이 우연한 실수를 계기로 반동적인 반응으로 이어진 것이다. 학생운동도 이와 같다. 준호는 데모를 탐탁지 않게 여기지만 현실은 이를 요구한다는 것을 알고 있다. 이 딜레마에서 준호의 선택은 사료를 발로 차는 행동처럼, 시위대에게 돌을 던지는 것으로 내적 갈등을 드러낸다. 학생들에 대한 경멸은 곧 이 사태에 대해 타개할 수 있는 능력이 없는 자기 자신에 대한 자책에 다름 아니다.

오만준도 반성에 동참한다. ②에서 보듯이 오만준은 과거의 트라우마를 밝혀 억압이 내면화되었음을 고백한다. 여우놀이의 술래처럼 학생운동 역시 한 사람의 희생을 통해 전체가 유지되는 억압적 체제라는 사실을 깨닫고 있었다. 하지만 그에 대해 반성하지 못했기에 스스로를 희생자로 내던져야만 했다. 오만준은 조직 전체의 목적을 위해 희생을 감수해야 했으며, 시간이 지나 자신의 선택에 회의적인 태도로 변해간다. 오만준의 고백은 성명서 문제로 갈등했던 최준호와 화해하게 되는 계기가 된다. 고백을 통해 두 인물은 내적인 반성을 공유하며 자신의 주체성을 인식한다. 오만준은 "나도 지금 큰 기대를 걸고 있어요. 군대가 내게 무언가 새로운 것을 줄 것 같아요."[305]라고 말한다. 이는 주체성을 회복하기 위한 시도를 암시하는 것으로 최준호는 이에 동의하면서 소설은 결말을 맺는다.

결말부에서 두 사람의 태도는 전적으로 희망을 담보하지는 않지만 청년다운 낙관만은 잃지 않았다. 억압적 현실을 인식하고 이를 내면화한 자신을 반성할 수 있었기에 주체 회복의 단초는 남아 있었다. 마지막 장면에서 최준호는 오만준의 입대를 배웅하며 희망과 불안이 교차하는 모습을 보여준다. 이

---

305 위의 책, 293쪽.

들은 데모의 행렬에서 벗어나 훗날 새로운 삶으로 도약할 수 있을 것이다.

오만준이 제대하고, 졸업 이후 최준호의 삶은 어떠할 것인가. 이는 작품 속 인물과 동시대를 살고 있던 최인호 소설 쓰기의 방향에 대한 물음이다. 청년 작가 최인호에게 1970년대는 이처럼 혼란스러운 공간이었다. 본인이 청년문화의 기수였지만 청년문화에 대해 뚜렷한 가치관을 정립하지도 못한 상태에서 학생운동과 유신정권의 현실은 그로테스크한 풍경으로 비춰졌다. 산업화의 소외상황과 달리 「무서운 복수」의 배경은 직접 경험되는 정치현실 이기에 그 속에서 고민하는 청년은 구체적이며 현실적인 문제를 제기한다. 1970년대라는 특수한 상황은 청년 작가 최인호가 극복해야 할 문학적 과제로 남는다. 작가는 추상적인 소외론을 넘어 현실을 극복할 수 있는 인물상을 해답으로 내놓아야만 했다. 이를 위해 최인호는 구태를 답습하지 않는 새로운 청년 주체를 찾아 길을 나섰다.

2. 청년 주체의 고유한 가치 정립

1) 일탈과 기행을 통한 청년 주체의 형성

최인호는 지리멸렬한 대학생을 비판하기 위해 「무서운 복수」에서처럼 정치적 이념을 문제삼기보다 먼저 청년의 주체화 과정에 대한 성찰하기 시작한다. 최인호는 청년문화의 핵심은 이념이 아니라 청년 고유의 주체성, 즉 자유로움에 있다고 믿었기 때문이다. 때로는 치기어린 모습으로 보일지라도 분방하게 솟아나는 자유로운 행위야말로 '청년됨'을 보증하는 유일한 근거이다. 무엇보다 청년들 스스로 자신들의 행위를 자각함으로써 기성세대와의 차별점을 드러낼 수 있다. 이때 청년의 행위는 어떤 내용을 담아야 하는가, 혹은 무엇을 지향해야 하는가. 최인호는 여기에 즉답하지 않는다. 대신 미래의 가능성을 강조함으로써 청년에 대한 회의를 기대로 바꾸어 나간다. 최인호는 이러한 기대를 청년 독자에게 직접 들려준다.

① 병태 씨와 영자 씨. 담에, 이담에 우리 또 만나기로 합시다. 이담에 우리들이 자라서 컸을 때, 커서 사회에 나가 이 분야 저 분야에서 활동하고 있을 때 우리들의 시대가 왔을 때 무엇이 과연 옳고 그른가. 무엇이 과연 틀린 소리고 맞는 소리인가 밝혀질 테니까 우리 그때 술 마시면서 얘기합시다.[306]

② 우리 학교 공부는 바로 그러한 너희들을 만들어 주기 위한 것에 불과하다. 과연 그것이 되었는가 어떤가는 미지수다. 이제부터 너희들의 시대가 열려지기 때문이다. 너희들의 시대엔 부정하지 말고, 겸손하고, 조국을 사랑하고, 강한 자에 강하고, 약한 자에 약하며 부모를 공경하고 이웃을 도우며 부지런한 국민이 되어 주길 바란다. (…중략…) 너희들의 시대가 오고 있다는 것이다.[307]

③ 너무 기죽지 마세요.

그리고 기다리세요.

---

306 최인호, 『바보들의 행진』, 예문관, 1974, 250쪽.
307 최인호, 『우리들의 시대』 하, 예문관, 1973, 263쪽.

곧 여러분의 시대가 온다니까요.

빛나는 여러분의 시대가 온답니다.

어른들은 모두 엉터리, 바보, 쪼다, 멍텅구리이거든요. 어른들은 모두 낡았다구요.[308]

①은 「바보들의 행진」의 마지막 장면으로, 작가가 소설 속 인물인 병태와 영자에게 전하는 당부의 말이며, ②는 고등학교 교장님의 졸업식 훈화 말씀이다. 두 발화는 실제 독자를 염두에 둔 작가의 육성에 가까운 발화이지만 형식적으로는 작품 속 인물을 대상으로 삼고 있다. 이에 비해 소설이 아닌 세계기행문인 ③은 앞의 두 경우보다 발화의 수신자로 상정한 독자의 존재가 더욱 뚜렷하다. 서사의 내부의 사건이 서사 밖의 사건과 연관되는 특이한 형식을 시도하기도 하고, 서사의 내부에서 담화를 완결 짓기도 한다. 혹은 실제 독자를 향해 직접 발화하기도 한다. 이처럼 최인호는 다양한 방식으로 독자를 호출하여 그들의 미래를 축복하려 했다.

최인호의 바람은 희망 가득 찬『우리들의 시대』의 이야기를 만든다. 이 작품은『학원』에 연재된 1970년에서 1972년 사이의 실제 시간을 배경으로 삼아 여섯 남학생들의 에피소드를 중심으로 구성된다.『바보들의 행진』의 '고등학생용 판본'[309]이라 할 만큼 고등학생 주인공의 학창시절이 해학적으로 그려졌다. 청소년들을 대상으로 한 만큼 작가는 '어른'의 입장에서 더욱 빈번히 서사 속에 끼어든다.

---

308 최인호,『청춘은 왕』, 예문관, 1978, 245~246쪽.
309 송은영, 「대중문화 현상으로서의 최인호 소설」,『상허학보』15, 상허학회, 2005, 427쪽.

①으레 고등학교 1학년쯤이면 아침 학교 오는 길에 자주 만나는 여학생 하나쯤은 비밀스레 갖고 있는 나이였는데 그래서 공연히 어머니에게 덤벼들어 보고 싶고, 몰래 숨어 들어가 청춘 영화에 윤정희 보고 한숨 몇 번 쉬던 기억은 가지고 있게 되는 참 어정쩡한 니이였던 것이다.[310]

②그러면서도 신문에서는 요새 학생들은 어쩌구 저쩌구 욕을 하시는데 요새 학생들 좋아하시네. 요새 학생 사랑하시네.

흥분한 김에 한 마디 더 하겠지만 뭐라구욧, 뭐요. 아 어른들이 듣고 있다구요. 알겠읍니다.

에에 이 순간 어른들은 저만큼 나가 주십시오. 영화관엔 '미성년자 출입 금지'라고 쓰여 있지만 지금 이 순간엔 '성년자 출입 금지'입니다. 어른들은 나가 주세요. 다 나갔읍니까. 네(대답 소리). 전부 학생들만 모여 있읍니까. 네(대답소리). 그러면 이제부터 친애하는 학생 여러분. 공해와 더불어 어른들을 모조리 쫓아 버렸으니까 더우신 분은 런닝 바람에 양말까지 벗으시고 내말을 들으세요.[311]

소설의 첫머리인 ①에서부터 화자는 독자와 직접적인 대화를 시도한다. 학창시절이 추억이라 말함으로써 화자의 정보를 노출시키고 서사의 방향을 밝힌다. ②에서는 화자는 서사 속에 개입하여 작가의 의도를 드러낸다. '머저리클럽'의 일원인 문수의 가출을 걱정하는 친구들의 대화 속에 끼어든 화자는 이들의 서사를 중단시키며 작가적인 논평을 통해 실제 독자와 대화를 시도하려는 것이다. 이 발화는 서사 안팎을 가로질러 실제 독자이자 내포독

---

310 최인호, 『우리들의 시대』 상, 예문관, 1975, 15~16쪽.
311 위의 책, 176~177쪽.

자인 고등학생에게로 향한다. ②의 경우 "이상으로 지하방송 젊은이의 광장 시간을 마치겠습니다. 안녕히 계십시오"[312]라는 말로써 작가의 개입을 끝내고 문수의 서사를 시작할 만큼 개입의 작위성을 오히려 노골적으로 드러낸 경우이다. 서사의 틀을 약화시키는 단점에도 개의치 않고 작가는 청년에 대한 애정을 직접 발화로써 보여주려 했다.

이런 태도의 연장에서 최인호는 청소년들의 감수성에 호응하는 텍스트를 삽입한다. 이 작품에는 이형기의 「봄비」를 비롯하여 여러 시 작품이 서사의 진행과 연관되어 인용되는데, 주인공이 문예반이라는 설정 때문이기도 하거니와, 당시 청소년들의 문학적 관심사를 적극 활용한 『학원』지의 편집전략에 적절히 호응한 결과라 할 수 있다.[313] 이와 유사한 사례는 대중가요 「겨울 이야기」 가사의 삽입이다. '경아'라는 주인공을 우연히 만났다 헤어진다는 가사 내용은 『별들의 고향』과 일치하는 것으로 이를 통해 작사가인 최인호의 존재를 상기시킨다.[314]

---

312 위의 책, 179쪽.
313 이형기 외에도 정현종, 박목월, 김영태, 구자운, 박재삼, 박성룡, 조병화, 김광림, 고은, 강은교 등의 시가 다수 등장한다. 위의 책, 64~65쪽. 인용된 시들은 젊은 시인들의 작품이라는 점과, 청소년 독자들에게 널리 읽힌다는 공통점을 통해 작가와 독자를 이어주는 역할을 한다. 시의 삽입은 『별들의 고향』 이후 최인호 소설에서 꾸준히 등장한다. 작가는 이에 대해 "어렵다고만 하는 시를 소설로써 설명하여 시도 아침저녁 읽을 만하구나 하는 느낌을 주려했었다"(최인호, 『누가 천재를 죽였는가』, 여백, 2017, 303쪽)라고 설명한 바 있다.
314 「겨울 이야기」는 멜로디가 없는 낭송곡으로 이장희의 1971년 데뷔 앨범인 〈겨울 이야기〉에 수록되었다. 최인호가 쓴 가사는 다음과 같다. "제 연인의 이름은 경아였습니다. 나는 언제든 경아가 아이스크림 먹는 것을 보고 싶어 했습니다. 제가 경아의 화난 표정을 본 적이 있을까요. 경아는 언제든 저를 보면 유충(幼蟲)처럼 하얗게 웃었습니다. 언젠가 저는 경아의 웃음을 보며 얼핏 그 애가 치약 거품을 물고 있는 듯한 착각을 받았습니다. 부드럽고 상냥한 아이스크림을 핥는 풍요한 그 애의 눈빛을 보고 싶다는 나의 자그마한 소망이 이상하게도 추위를 잘 타는 그 애를 볼 때마다 내 가슴을 아프게 했습니다. 우리가 만난 것은 이른 겨울이었고 우리가 헤어진 것은 늦은 겨울이었으니 우리는 발가벗은 두 나목(裸木)처럼 온통 겨울에 열린 쓸쓸한 파시장을 종일토록 헤매인 두 마리의 길 잃은 오리새끼라 불러도 좋을 것입니다. 거리는 얼어붙어 쌩쌩이며

서사 밖 실제 현실을 활용하는 서술방식은 청년문화에 대한 태도와 관련이 깊다. 최인호가 서사의 틀을 흩트리면서까지 말하고 싶었던 것은 청년문화에 대한 기대였다. 이는 앞서 말한 바와 같이 청년문화에 대한 가능성과 그 방향에 관한 담론으로 이어지는데, 이러한 피격은 대중소설의 정체성 내에서 가능한 시도였다. 미학적 평가에서 자유로웠던 만큼 대중소설은 최인호가 청년문화에 관해 직접 발화하기에 유리한 장르였다. 특히 청년문화가 대중문화의 범주와 겹치는 까닭에 청년문화의 여러 현상들이 서사에 삽입될 때 거부감은 크지 않았다. 대중소설은 청년문화의 산물인 동시에 그것을 표상하는 매개였던 셈이다.

최인호가 육성을 통해 강조한 것은 다름 아닌 청년세대의 미래였다. 기성세대가 무능력하고 부조리한 만큼 청년세대의 가능성은 커졌지만 청년의 '우리들의 시대'는 여전히 실현되지 않고 미완의 가능성으로 남는다. 최인호는 이 미완의 형식에 주목했다. 청년이란 미완의 존재이기에 역설적으로 지금 무엇이든 할 수 있다는 가능성을 가진다. 이 가능성은 청년 정체성의 핵심이자 미래에 대한 낙관의 근거이다. 청년의 행위는 파격과 일탈로 보일지

찬 회색의 겨울바람을 겨우내 불어 제꼈으나 나는 여느 때의 겨울처럼 발이 시려서 잠 못 이루는 밤을 지내본 적은 없었습니다. 그것은 경아도 마찬가지였습니다. 우리는 모두 봄이건 여름이건, 가을이건, 겨울이건 언제든 추위하던 가난한 사람들이었습니다. 우리에게 따스한 봄이라는 것은 기차를 타고 가서 저 이름 모를 역에 내렸을 때나 맞을 수 있는 요원한 것이었습니다. 마치 우리는 빙하가 깔린 시베리아의 역사(驛舍)에서 만난 길 잃은 한 쌍의 피난민 같은 사람들이었습니다. 또 우리가 그 겨울을 춥지 않게 지낼 수 있었다는 것은 내 몸의 체온엔 경아의 체온이 경아의 체온엔 나의 체온이 합쳐져서 그 주위만큼의 추위를 죽이었기 때문입니다. 우리가 서로서로에게 줄 수 있는 것은 열아홉 살의 뜨거운 체온뿐 아무 것도 없었습니다. 왜냐하면 우린 그 외에는 아무 것도 가진 것이 없었기 때문입니다. 경아는 내게 너무 황홀한 여인이었습니다. 경아는 그 긴 겨울의 골목입구에서부터 끝까지 외투도 없이 내 곁을 동행해 주었습니다. 그리고 봄이 오자 우리는 마치 약속이나 한 듯 헤어졌습니다. 그것뿐입니다." 최인호, 『우리들의 시대』 하, 앞의 책, 74쪽.

라도 미래의 가능성의 조건으로 받아들일만한 것이다. 기성의 질서를 거부하는 파격과 일탈이야말로 청년의 특권이자 상징이었다. 소설 속 청년들은 조금은 바보스럽고, 엉뚱한 사고를 저지르지만 그 누구에게도 해악을 끼치지 않는 것은 청년들의 행위가 가능성과 연결되어 있기 때문이다. 그만큼 청년들은 긍정적인 미래의 존재로 호명되었던 것이다.

그럼에도 청년에 대한 최인호의 기대는 전적으로 긍정적인 것은 아니었다. 최인호는 엉뚱하고 발랄한 대학생뿐만 아니라 일상을 벗어나 내면의 어둠으로 향하고 있는 청년에게도 관심을 돌린다. 「두레박을 올려라」의 주인공은 『바보들의 행진』의 병태와 영자와는 판이하게 어둠과 고통 속에서 살아가는 대학생이다. 주인공 '나'는 특별한 이유 없이 돈을 훔쳐 집을 도망쳐 가짜 여대생 노릇을 하는 '계집애'와 동거하고 있는 비도덕적인 인물이다. 그는 동거녀의 절도 행위를 보고도 놀라는 법 없이, 오히려 그녀의 노랫소리에 매혹되는 자기충족적인 윤리 속에서 살아간다. 왜 그는 대학생이라는 지위를 팽개치고 일탈과 기행 속에서 살아가는 것일까.

> 그런데 그녀의 노랫소리는 젊고, 힘있고, 자랑스러웠다. 그 애의 노랫소리를 듣고 있노라면 죽어버린 욕망이 고개를 들고, 핏속에 잠든 젊음이 무럭무럭 솟아오르는 것을 나는 느꼈다.
>
> 나는 그녀에게 접근하고 싶었다. 그녀를 가지고 싶다거나 그리하여 그녀와 사랑을 하거나 아니면 그녀와 벌거벗고 아랫도리를 비비고 싶은 그런 이유 때문이 아니라 빈 강당에 숨어서 그녀의 노래를 들으며 질금질금 오줌을 싸듯 그녀를 내 빈방에 데려다가 벌거벗긴 채로 그녀의 노랫소리를 듣고 싶기 때문이었다.[315]

그는 "집에서는 목에 깁스를 댄 환자"[316]처럼 텔레비전 채널을 돌리는 것 말고는 하는 일이 없는 아버지의 대척점에 가짜 여대생을 둔다. 가장의 권위에 집착하지만 이미 욕망을 상실하고 식물화된 아버지와 달리 그녀는 범죄를 통해 생생한 젊음을 발산하는 원형적 인물이다. 그는 그녀를 매개로 그는 욕망을 발견하고 이내 매혹 당한다. 그리고 그 욕망을 지리멸렬한 삶에서 유일한 희망으로 받아들인다.

그러나 욕망의 발견이 현실의 변화를 추동하지는 못했다. 욕망이 들떠오를 때마다 지하 셋방이라는 현실은 우물에서 겪은 죽음의 기억을 상기시키기 때문이다. 일탈과 기행이 상상의 차원에 있다면 지하 셋방은 그들에게 닥친 엄연한 현실, 즉 상징적 차원의 질서를 의미한다. 두 지평이 상충할 때 그들은 어두운 현실에서 벗어나기 위해 정상적인 삶을 구하는 대신, 오히려 도둑질을 생계로 삼아 더욱 적극적인 일탈로, 그리하여 상상의 차원을 강화하는 길을 택한다. 현실이 가진 불가항력의 힘을 직감했기 때문일 터이다. 이때 그들은 나르시시즘적인 태도를 취하며 자신의 상상을 긍정하기 시작한다. 굶주림 속에서도 소중한 손가락을 먹지 않듯, "상징적인 의미가 너무나 소중"[317]한 비둘기 또한 잡아먹을 수 없다. 굶주림을 벗어날 현실적 방편이 있음에도 두 청년은 자신들이 믿는 가치를 절대화함으로써 상상의 세계를 유지하려 하는 것이다.

---

315 『전집』 4, 19쪽.
316 위의 책, 13쪽.
317 위의 책, 29쪽. '비둘기가 평화의 상징'이라는 발화는 비현실적이다. 비둘기가 상징하는 평화를 강조하는 것은 굶주린 주인공에게는 무의미할 뿐이다. 그럼에도 비둘기를 잡아먹지 않겠다는 것은 평화를 강조한다기보다는 비둘기라도 잡아먹어야 하는 현실을 거부한다는 의지로서 의미를 가진다. 즉 굶주림을 택함으로써 현실의 질서를 거부하고 자신들만의 상상적 가치를 지키고자 한 것이다.

최인호 소설에서 일탈과 기행은 상상의 차원에서 선택된 삶의 방식으로, 기성세대에 대한 기부감과 저항을 의미한다. 기성세대가 만든 세계를 인정할 수 없지만, 이를 극복할 힘도 없을 때 일탈과 기행은 도약의 지렛대가 된다. 이 지렛대는 세상과 맞서는 나르시시즘적인 만족의 기원인 만큼 도덕적인 판단의 대상이 되어서는 안 된다.

이러한 의식 속에서 「두레박을 올려라」의 청년은 지하 셋방에서 일탈과 기행을 새로운 삶의 방식으로 받아들인다. 임신과 출산은 기행의 대표적인 사건이다. 그는 그녀의 노래를 듣고 혈육이 아닌 아이를 낳아 키우기로 마음먹는다. 이때 비로소 "야, 이 자식아 두레박 좀 올려라"라고 말하며 비로소 그는 죽음의 공포에서 벗어난다. 새로운 생명의 탄생은 청년들의 삶이 다음 세대로 이어진다는 증거이다. 그 때문에 그들의 비루한 동거는 미래의 희망으로 이어지리라는 믿음을 회복할 수 있었다. 삶의 희망을 발견한 이들은 이제 상실된 욕망을 희구하는 의식儀式을 치르기 시작한다. 발기하지 않은 성기에 꽃을 꽂음으로서 그들은 잃었던 젊음을 되찾고 꽃처럼 아름답게 피어난다.[318] 그들은 발기불능, 즉 욕망의 발현이 불가능한 상황을 꽃으로 대체한다. 이때 꽃은 성기의 연장延長이자 내적 동력을 상실한 성기에게 외삽된 욕망의 상징이다.

「두레박을 올려라」은 청년의 욕망이 외부에 기원을 두고 있음을 시사한다. 그의 일탈과 기행은 '아버지 되기'를 위해서가 아니라 아버지의 권위를 거부하기 위해 일탈과 기행이 시작된 만큼, 그의 욕망의 기원을 내부 구조에

---

318 '나'의 성기가 발기하지 않자 '그애'는 '나'의 성기에 꽃을 꽂으며 위로한다. 이때의 장면은 다음처럼 서술된다. "우리는 서로의 성기에 꽃을 꽂았다. 그것은 마치 우리 몸 속에서 피어난 꽃과 같은 모습이었다. 서로의 성기에 꽂힌 꽃들은 우리들 내부에 쑥과 같이 흐르고 있는 젊음의 수액에 뿌리를 내리고 피어오른 꽃과 같이 아름다웠다." 위의 책, 43쪽.

서 찾기는 불가능하다. 대신 기원은 아버지의 외부, 혹은 외부의 시선에서 발견된다. 이런 구조는 가짜 투병기의 에피소드에서도 볼 수 있다. 그는 생계를 위해 가짜 간질 투병기를 투고하는데, 문제는 글을 쓰면서 실제 발작을 경험한나는 사실이다. 이때 빌작의 원인은 육체의 외부, 즉 간질을 서술하는 글쓰기에 있다. 투병기는 간질병에 관한 의학적 지식이나 대중적 상상에 근거한 것으로, 병증은 외부의 시선에 의해 재구성될 수 있음을 증명한다. 욕망 역시 동일한 구조이다. 주체의 내부에 존재하는 것이 아니라 외부에서 서술될 때 발생하는 사건이 바로 청년 주체를 둘러싼 욕망의 정체이다.

이와 같은 욕망의 주체화는 아이를 받아들이는 과정에서 더욱 분명해진다. 후손의 잉태는 개별자로서의 인간의 삶을 연장하려는 욕구에서 비롯된 것이므로 혈육이 아닌 경우 이 욕구를 충실히 만족시키기 어렵다. 그럼에도 그는 아이를 받아들인다. 구역질을 참아가며 출산을 도울 때, 생명의 경이로움을 느꼈기 때문이다. 그 순간 아이는 주체의 삶을 완성시킬 수 있는 존재, 즉 '숭고의 대상'이 된다.[319] 숭고란 스스로를 보잘것없는 것으로 만들어 주체를 타자의 영역에 속하게 만드는 과정이다.[320] 아이를 받고서 "예수를 닮았다"[321]고 말하는 것에서 보듯, 그는 혈육 아닌 아이를 받아들임으로서 욕망의 완전한 충족에 대한 기대를 드러낸다. 이에 따라 그는 이제 아이를 데리고 집으로 돌아가서 편한 잠에 빠져들 것이며, 아버지가 될 것이다. "잠의 두레박을 타고 하늘로 천천히 올라갔다"[322]라는 말에서 짐작하듯이 그는 아

---

319 욕망을 완전히 충족시킬 수 있는 가상의 대상을 라캉은 '대상a'라고 부른다. 대상a는 환상을 통해 형성된 인간의 욕망이 추구하는 대상이자, 동시에 이 욕망을 발생시키는 원인이다. 라캉은 대상a를 욕망의 대상-원인이라고 부른다. 홍준기, 「자끄 라깡, 프로이트로의 복귀」, 김상환·홍준기 편, 『라캉의 재탄생』, 창비, 2002, 82~83쪽.
320 Alenka Zupančič, 이성민 역, 앞의 책, 제7장 참조.
321 『전집』 4, 62쪽.

이를 통해 욕망의 억압을 이겨내고 이 사회의 커다란 질서 속으로 복귀할 것이다.

「두레박을 올려라」는 집으로 돌아오는 회귀의 서사이다. 욕망을 상실한 청년이 집을 떠나 도둑질, 가짜 투병기 쓰기, 아비 없는 아이 낳기 등 온갖 일탈과 기행을 겪은 후, 아이로 상징되는 새로운 욕망을 얻고서 자신의 삶을 온존하게 회복한다. 그렇기에 일탈과 기행은 때문에 청년의 특권으로 용인되며 청년은 무엇이든 할 수 있다는 미래의 가능성을 보장받는다. 그런데 그 미래는 미완의 것이기에 항상 물음이 따를 수밖에 없다. 과연 언제 그들의 시대가 올 것이며, 그때 청년의 모습은 어떠할 것인가.

「두레박을 올려라」는 우물 속에서 지상으로 올라가려는 주체의 의지까지만 서술된다. 주인공이 키울 아이의 미래는 여전히 가능성으로만 남아 있을 뿐이다. 혈육 아닌 아이가 청년의 욕망을 상징한다면, 그 욕망이 서사 내에서 완벽하게 충족되는 것은 당연히 불가능할 터이다. 그 때문에 최인호는 청년의 미래를 구체적으로 묘사하지 않는다. 다만 '우리들의 시대'가 오기까지 얼마나 더 기다려야 하는지, 혹은 일탈과 기행에 가담해야 하는지에 대한 성찰만이 남는다. 그래서 최인호는 청년의 미래보다 현재에 더 큰 애정을 표한다.

일탈과 기행을 주제로 한 청년의 서사는 「두레박을 올려라」 외 다른 작품에서도 반복되며 최인호 소설의 한 계열을 이룬다. 특히 장편 『내 마음의 풍차』(1974)와 단편 「침묵의 소리」(1971)는 형제의 일탈과 나르시시즘적 태도라는 공통점에서 눈여겨 볼 작품이다. 여기서 청년들은 상상적 나르시시즘의 단계에서 벗어나 외부 세계와 대결을 펼친다. 이를 통해 청년 주체는 상

---

322 앞의 책, 65쪽.

징적 질서 속에 자신의 주체성을 정위함으로써 새로운 주체, 즉 자아-이상이 수립될 수 있는 지점까지 나아간다. 이 지점에서 주체는 상상의 세계를 깨치고 타자의 욕망을 받아들이는 서사가 생겨난다. 「침묵의 소리」의 형제는 "돈 몇 푼 벌기 위해서 장사를 하지도 않고, 열한시쯤 출근했다가 오후 세 시쯤 퇴근하고 초봉 사 만원을 주는 데가 있어도 갈까말까"[323] 하는 룸펜 청년들이다. 청년에 대한 세상의 기대와는 달리 형제는 오히려 젊은 나이를 원망한다.

> "나는 차라리 이놈의 나이라는 게 일 년이 하루같이 빨리 가서 마흔 살쯤 처먹었으면 좋겠다고 늘 생각했었거든. 왜냐구? 우리 나이 땐 지지리도 강요되는 게 많아. 좀 우리를 가만히 내버려두면 누가 때린대? (…중략…) 머리가 기니 머리를 깎으래, 나이가 찼으니 군대에 가래."[324]

형제는 나르시시즘으로 인해 항상 현실과 불화하며 일탈로써 자신의 욕구를 실천하는 길을 택한다. 그중 하나가 동생의 빼어난 외모와 노래 실력을 밑천삼아 '부잣집 무남독녀를 겁탈'하는 것이다. 형제의 행동은 여느 청년과 마찬가지로 윤리적 문제를 일으키지 않는다. 자신의 만족만이 중요할 뿐이다. 자신과 쌍둥이처럼 닮은 동생을 바라보는 형은 마치 거울을 보는 듯한 동일시의 태도를 보인다. 술집에서 즉흥적으로 기타를 치며 노래를 부르는 동생을 보고, "녀석의 노래는 정말 기가 막혔어. 새로 갈아입은 팬츠가 아니라면 오줌까지 쌀 뻔했다니까"[325]라는 고백은 나르시시즘적인 상상의 극적

---

323 『전집』 1, 230쪽.
324 앞의 책, 299쪽.

인 자부심의 표현이다. 당연히 그들의 일탈과 기행은 이상을 가로막는 사회에 대한 저항으로 정당화된다. 직장을 구하지 않는 것은 물론 부잣집 무남독녀를 겁탈하는 것, 그리고 술 취한 여자들의 돈을 훔치는 행위에 대해 어떠한 죄책감도 갖지 않는 심리적 기제는 젊음에 대한 확고한 나르시시즘적 상상에 따른 결과이다.

그러나 이들의 상상은 동생의 죽음이라는 파국을 맞이한다. 돈을 훔쳐 나오던 새벽, 동생은 자전거를 타고 달려가다 차에 치여 죽은 것이다. 그런데 동생의 죽음은 일반적인 비극과는 다른 양상으로 서술된다. 형은 동생의 죽음 앞에서 슬퍼하기보다는 동생의 죽음의 원인에 대해서 자조적인 물음만을 제기할 뿐이다.

그 기묘한 아침 행군 중에 죽으려고 마음먹었던 것은 차치해놓더라도, 그 녀석의 자전거가 옆길에서 나온 차와 부딪혔을 순간 무엇을 보았을까 하는 문제 말이야.

정말 그것이 무엇이었을까. 나는 그것이 무엇인가 미치도록 알아내고 싶어. 그 것은 동생 녀석이 그토록 알아내고 싶어 하던 한줌의 밝은 진리였을까. 나는 그것을 모르겠어. 만일 그것이 아니라면 죽어서라도 이를 갈 거야. 공연한 짓을 해서 손해만 봤노라고 말이야.[326]

형은 동생이 스스로 죽음을 선택한 것으로 믿는다. 동생의 삶이 세상과 화해하지 않으리라는 것을 알기에 형은 놀라거나 슬퍼하지 않는다. 그에게 동생의 죽음은 세상과의 갈등을 상징적으로 보여주는 사건일 뿐이다. 그리고

---

325 앞의 책, 242쪽.
326 앞의 책, 247~248쪽.

동생은 죽음으로써 '한줌의 밝은 진리'로 다가갔다고 믿기 때문이다. 다만 궁금한 것은 죽음의 순간에 발견한 진리의 내용이다.

　여기서 최인호는 청년이 지향한 가치에 대해 물음을 제기한다. 동생을 죽음으로 이끈 청년의 진리란 무엇인가. 이 진리의 문제성은 죽음을 초월한 절대성에서 비롯되지만, 동시에 진리로 향하는 순간에 죽음이 개입될 수밖에 없다는 사실에서도 찾을 수 있다. 그만큼 청년의 진리는 죽음충동과 관련이 깊다. 즉 진리를 향할 수도 있지만 그 지점에 도달하는 순간 죽음으로써 이를 은폐하는 것, 이는 실재적인 차원에 진리가 있음을 상기시킨다. 죽음을 통하지 않고는 다가갈 수 없는 것이 진리의 실재성이다. 현실에 발 디딘 형은 동생이 죽음으로써 다가간 실재적 진리를 결코 이해할 수 없기에 죽음 자체에 대한 막연한 추측만이 남을 뿐이다. 형의 물음은 곧 실재적 진실과 차단된 현실의 문제로 되돌아 올 수밖에 없다. 동생의 죽음은 청년은 어떻게 살아야하는가에 대한 물음, 즉 주체성에 대한 성찰을 과제로 남긴다.

　「내 마음의 풍차」는 세상과 갈등하는 청년 주체의 내면을 들여다 볼 수 있는 작품이다. 이 작품은 서자 모티브와 형제간의 갈등 모티브, 그리고 어머니와 아들간의 근친애 모티브 등 익숙한 소재를 활용하며 형제의 난삽한 욕망을 묘사한다. 영후가 친부의 집에서 이복동생 영민을 만나면서 갈등과 일탈이 시작된다. 영후는 자폐적이지만 순진한 영민의 세계에 적개심을 느끼고 그를 파괴하려는 '독아毒牙'를 품는다. 동생을 이끌고 휘황한 거리를 돌아다니며 백화점에서 물건을 훔치게 만들어 타락시키는 것이 아버지에 대한 복수였다. 영후의 위악적인 행동은 자신의 애인과 동생이 동침할 것을 요구하는 극적인 상황까지 몰아간다. 그러나 영후는 동생의 단순성을 파괴하고 싶다고[327] 말하면서도 결국 형제는 서로 동화된다. 영민은 위험한 외출 이후 세상을 조금씩 알아가게 되고 영후 또한 영민의 순수성을 받아들여 자신의 일탈을 반성한다. 결국 형제는 화해하고 영후는 친부의 집을 떠나 친모의 집으로 되돌아가는 것으로 서사는 완결된다.

어머니에게서 분리되어 아버지의 집으로 들어간 영후의 상황은 오이디푸스 콤플렉스의 변형으로 읽힌다. 서자이자 장남인 영후는 아버지와의 관계 속에서 자신의 존재를 드러낸다. 오로지 선생을 속이는 쾌감을 위해 물건을 훔쳤던 어린 시절의 경험처럼 아버지 집에서의 일탈도 현실적 이익을 위해서가 아니라 아버지가 만든 가정을 파괴하고 자신의 존재를 과시한 것이었다. 이때 영후는 일탈을 통해 아버지의 질서를 대신하려는 욕망을 발현한다. 영후의 욕망은 새로운 질서를 희구하며 자신의 능력을 긍정하는 상상적 동일시의 단계에 놓인다. 영후의 계획은 언제나 성공했으며, 그가 원한 것은 모두 손에 넣었기에 자신에 대한 믿음은 견고하다. 영후는 자신의 힘에 대한 믿음을 근거로 위악을 저지르며 아버지, 혹은 세상의 질서에 도전하기 시작한다. 이는 아버지에게 위탁된 권위를 되찾으려는 주체성의 모험이었으며, 어른들을 속이는 데 능숙했던 그의 영악함이 모험의 원동력이 되었다.

그러나 그의 영악함은 한계에 부딪힌다. 치기어린 청년의 일탈은 어른의 세계의 준엄함에 좌절을 겪을 수밖에 없다. 실패하지 않을 것 같던 물건 훔

---

327 '단순성을 파괴하고 싶다'는 표현은 최인호 소설 곳곳에서 발견된다. 「무서운 복수」에서 학생 시위에 환멸을 느끼는 최준호는 휴교령을 걱정하는 여학생을 대하며 "단순성을 파괴해버리고 싶은 충동이 성욕처럼 일어나는 것을 느꼈다. 나는 그 여학생의 건강을 질투하고 있었다"고 말한다.(『전집』 2, 278~279쪽) 여학생은 시위의 본질에 대해서는 알지 못한 채, 단순하게 사태를 바라보면서 걱정한다. 이런 모습에 최준호는 부정적인 시선을 보내면서도 한편으로는 여학생이 가진 순진함에 대해 부러워하기도 하는 것이다. 『내 마음의 풍차』의 영후도 마찬가지의 심리상태이다. 영민의 자폐적인 세계를 부정하고 싶어 하지만 그 또한 영민의 자기 충족적인 상상의 세계, 즉 세상을 경험하지 않은 채 상상의 만족을 추구하는 영민의 세계에 대한 동경이 드러나기도 한다.

치기는 들통 나 치욕적인 굴복을 그에게 안긴다.

> 나는 참다못해 그 자식에게 물었다. (…중략…)
>
> 아서씬 섬원노 아니고 경비원노 아니잖아요.
>
> 나는.
>
> 그 자식은 한참 동안 말을 끊었어. 자기가 무엇인가를 생각하려고 고개까지 숙였을 정도였으니까. 변소 속에서 말야.
>
> 한참 후에 충분히 생각한 끝에 그 자식은 말을 했어.
>
> 나는 너보다 나이를 더 먹은 어른이야. 네놈이 벌써부터 이런 짓을 해서는 안 된다고 타이르고 싶었어.[328]

사내는 어른이라는 사실 외에는 아무런 권위도 없지만 영후는 그에게 굴복할 수밖에 없다. 영후는 그에게서 자신이 극복할 수 없는 어떤 힘, 즉 어른이라는 상징적인 질서를 감지했기 때문이다. 사내의 말에는 이 질서의 속성이 반영되어 있다. 상징적인 질서란 합리성에 근거하지 않고서도 자아-이상 ich-ideal을 강요한다는 사실 말이다. 자아-이상이란 자신이 원하는 것과 타자가 원하는 것을 일치시키는 것으로, 이를 통해서만 정상적인 주체가 성립될 수 있다. 영후는 사내를 통해 어른의 삶을 배운다. 비합리적인 명령일지라도 그에 굴복할 때 소년은 비로소 어른이 된다. 어른의 세계를 발견한 영후는 이제 유아적인 도벽을 멈추고 주체화의 길에 접어든다.

그러나 그 길은 곧장 주체화에 이르지 못한다. 그 앞에 가로놓인 것은 아

---

328 최인호, 『내 마음의 풍차』, 예문관, 1974, 42~43쪽.

버지라는 존재이다. 아버지란 아이를 주체로 만드는 명령의 기원이기에 상상계에서 상징계로 도약하려는 주체의 모험은 난관에 직면한다. 이에 대한 첫 반응은 '아버지-의-이름name-of-the-father'으로 구성된 상징적 질서의 핵심 요소를 차단하는 심리적 기제, 즉 '폐제foreclosure'이다.[329] 폐제의 상황은 영후가 집안의 규율을 파괴하는 행동의 기원이다. 영후는 아버지의 금지의 명령을 어기고 동생을 외출시킨다. 영후는 동생에 대한 아버지의 보호로부터 분리시키고 그 자리에 자신의 권위와 명령을 위치시킨다. 이러한 행동은 곧 오이디푸스적인 상황으로 이어진다. 아버지의 명령이 아이가 어머니의 욕망에 희생되는 것을 막고 아버지의 권위에 복속시키기 위한 것인바,[330] 이를 거부하는 순간 영후에 내면에서는 오이디푸스적인 욕망이 부상하기 시작한다. 영후는 일탈을 저지를 때마다 어머니에게 돌아가는데,[331] 이는 아버지의 권위를 거부하고 어머니의 욕망 속으로 탈주하려는 욕망의 표현이다. 이런 의미에서 영후에게 어머니는 욕망의 최종적인 대상이었다.

그러나 더 큰 문제는 어머니로의 회귀 이후에도 아들의 욕망은 충족되지 않는다는 사실이다. 어머니로의 회귀는 단순한 공간의 이동을 뜻하지 않는

---

329 Bruce Fink, 맹정현 역, 앞의 책, 139쪽.

330 위의 책, 139~141쪽. 아버지의 입장에서 금지 명령의 대상은 어머니에 대한 아이의 욕망과 아이에 대한 어머니의 욕망 둘 다를 의미한다. 두 욕망 모두 아버지의 권위에 저항하는 욕망이기 때문이다.

331 영후는 영민을 타락시키는 일탈 때마다 어머니를 찾아간다. 백화점에서 물건을 훔치다 잡혔을 때와 애인 명숙과 동침을 요구할 때에 어머니 집으로 돌아간다. 이때 영후가 어머니를 찾은 것은 어머니를 욕망의 대상으로 여기기 때문이다. "그때였어. 문득 어머니의 얼굴이 떠오르더군. 나를 낳아 준 어머니 있잖아. 주책없긴 하지만, 쌍스러운 어머니이긴 하지만, 어머니가, 어머니의 얼굴에 내 가슴에 떠오르더군. 그 어머니가 동생이 잡혀 간 바로 그 순간에 환장할 정도로 보고 싶었다는 것은 정말 이상한 일이었어"(최인호, 『내 마음의 풍차』, 예문관, 1974, 143~144쪽)라는 진술에서 보듯이 영민을 타락시키고 부권의 질서를 무너뜨리는 행위는 곧 어머니에 대한 열망으로 이어지고 있다.

다. 영후는 자신을 둘러싼 어머니와 아버지와의 갈등 끝에 아버지의 집으로 이끌려온 것인데, 이러한 상황은 어머니-아들의 욕망이 곧 부권에 복속될 것이라는 오이디푸스적인 결론을 암시한다. 따라서 어머니로의 회귀는 어머니에 대한 욕망이 다른 어떤 것으로 대체되지 않고서는 완성될 수 없다.

그러나 애석하게도 영후는 이에 실패한다. 한갓 불안한 청년인 영후는 아버지를 대신할 만한 주체성과 권위를 가지지 못했기에, 어머니와의 관계에서는 항상 문제가 발생할 수밖에 없다. 자아-이상이 완성되지 않은 주체는 어머니의 욕망, 즉 여성적 향락의 위협에 무방비로 노출되기 때문이다. 어머니의 욕망으로 회귀한 아들은 어머니의 욕망-향락에 희생될 가능성이 큰 것이다.[332] 이 때문에 어머니에게 가는 길은 항상 불안하다. 영후는 어머니라는 대상에서 열망과 불안을 동시에 경험한다. 아버지를 거부하고 어머니를 찾아가지만, 막상 어머니를 만날 때는 항상 두려움과 거부감을 느낀다. 이는 완전한 주체, 즉 아버지의 지위에 오르지 못한 주체-영후가 어머니라는 이전의 욕망에 대한 두려움을 가지고 있음을 암시한다. 아버지를 거부했지만 어머니의 욕망의 대상이 되지 못한다면, 어머니는 아들에게 위협적인 존재가 된다.

어머니의 위협적인 욕망 앞에서 아들-주체는 자신의 주체성을 보존하기 위한 길을 모색한다. 이는 아버지가 여전히 어머니의 욕망을 충족시키는 주체임을 인정하는 것이다. 영후는 어머니를 아버지로부터 분리시켜 아버지를 부정하고 어머니를 자신의 욕망의 대상으로 삼으려 했지만 그 욕망이 번번이 실패하고서야 어머니를 아버지의 아내로 인정하기에 이른다. 자신은 어머니의 욕망의 대상이 될 수 없음을 깨달은 것이다. 영후는 아버지를 인정함

---

332 이 희생으로부터 주체를 보호하는 것이 아버지의 역할이다. 즉 아버지는 아이를 잠재적인 위험 요소인 어머니의 욕망으로부터 보호하는 역할을 한다. Bruce Fink, 맹정현 역, 앞의 책, 142쪽.

으로써 오이디푸스적 상황은 종결되고, 영후의 기나긴 일탈도 끝을 맺는다. 이 결론에 따라 이제 아들은 정상적인 아버지 되기의 길을 걸을 것이다.

오이디푸스 콤플렉스를 극복한 인물인 영후는 1970년대 청년 주체로서 의미하는 바가 크다. 미완성 상태였던 청년 주체는 『내 마음의 풍차』에 이르러 미숙함을 극복하고 스스로 아버지의 위치에 오르기를 시도한다. 아들의 지위에 있던 청년문화는 대중문화의 중심적인 위치를 차지해 가던 시기가 1970년대이다. 영후의 모습은 1970년대 전체 문화 내에서 청년문화가 차지하는 위상과 유사하다. 청년들은 기성세대의 억압에도 불구하고 '우리들의 시대'를 상상하며 기성세대에 저항한다. 청년의 저항에는 청년만의 발랄함도 있지만 불안과 불신 또한 포함되어 있다. 영후의 주체화의 모험은 양 극단을 경험하는 단계를 벗어나 이제 막 본 궤도에 오르려한다. 어머니로 되돌아가는 여정을 통해 아버지를 받아들임으로써 이제 청년은 상상의 세계를 벗어나 새로운 전망을 생산하는 주체로 전환되고 있었다.

1970년대 청년문화의 기수 최인호에게 청년의 주체화의 행방은 매우 중요한 의미를 지닌다. 청년은 미완성의 형태이기 때문에 의미가 있지만 그로 인해 청년성은 영원히 지속될 수 없는 것이기 때문이다. 청년의 주체성은 모든 주체가 그러하듯 주체의 변증법화를 관통해야 한다. 이 주체화에 이르는 길은 자신이 전혀 새로운 주체가 되는 것이 아니라, 그가 대립하고 저항해왔던, 기성세대로의 편입을 의미한다. 청년이라는 이유만으로 긍정되는 시기는 상상적 동일시의 순간뿐이다. 그들 앞에는 타자의 욕망의 대상이 되어 세상에 질서 속으로 들어가는 길이 있음을 부인하기는 어렵다. '청춘은 왕'[333]

---

333 '청춘은 왕'이라는 표현은 청소년 독자를 대상을 펴낸 세계기행문의 책제목이기도 하다. 『청춘은 왕』은 『맨발의 세계일주』(예문관, 1975)의 청소년용 축약본으로, 두 책의 시간적 배경과

인 이유는 청춘이 옛 왕의 지위를 대신했기 때문일 뿐, 언제까지나 왕일 수 없다. 청년들을 향한 최인호의 발화가 기성세대의 상투성을 반복하는 한계는 이와 같은 상황인식에서 비롯된다.

그런데 오이디푸스 콤플렉스 해소 이후 아버지와 아들의 관계 또한 완전히 사라져 버리는 것일까. 『내 마음의 풍차』의 결말을 보면 그렇지 않은 듯하다. 어머니에게 돌아간 이후 영후에게는 어머니의 욕망에 희생되거나 스스로 아버지가 되는 두 가지 가능성이 놓여 있다. 그러나 소설의 도입부를 반복하지 않는 이상 영후는 어머니의 욕망의 대상이 되지는 않을 것이다. 그렇다고 아버지처럼 아들을 앗아가는 가부장적인 주체되기도 거부할 것이다. 가장 이상적인 결말은 어머니의 집에서 건전한 아들이 되는 것이다. 이는 어머니의 그늘에서 벗어나 새로운 '아버지 되기'를 의미하는 것인데, 이는 명숙과의 결혼으로 실현된다. 영후는 임신 사실을 알고도 '아버지-되기'를 거부했으나, 주체화의 모험이 끝날 즈음 기꺼이 아버지가 되기로 마음먹는다. 이 시점에서 영민도 자폐의 상징이었던 새와 다람쥐를 놓아준다. 그들의 주체화는 이제 상상계를 지나 상징계로 접어들고 있었다.

절도를 일삼는 소년이 믿음직한 아버지가 되는 여정은 교양소설Bildungsroman 형식과 일치한다. 교양소설의 주인공은 나르시시즘을 극복함으로써 완전한 존재로 거듭날 수 있었다. 교양의 내면은 이렇게 서술된다.

불어가는 바람이 내 가슴 속으로 쏟아 들어와 내 마음 속의 조그마한 풍차를

내용은 일치한다. 다만 『청춘은 왕』에서 최인호는 청소년들에게 희망을 주기 위한 교훈을 중심으로 성인용 여행기를 새롭게 각색했다. 청소년들에게 청춘은 왕으로서의 특권을 누리지만 그 특권은 기성세대의 담론에 충실할 때나 가능하다는 사실을 이 책에서도 피해나가지 않는다.

세차게 움직일 거야. 그리하여 풍요한 곡식을 찧고 있겠지.

　내가 만드는 허위, 거짓말, 뻔뻔스러움 모두를 풍차 속에 집어넣어 보석처럼 찬연한 곡식을 만들어내고 있을 거야. 그것이 있는 한 나는 외롭지 않아.[334]

영후는 자신의 과거를 부정하고 새로운 주체로 태어날 것을 다짐한다. 자신의 과거를 '허위', '거짓말', '뻔뻔스러움'으로 규정한 청년 주체에서 더 이상 일탈을 기대할 수 없다. 청년의 나르시시즘도 함께 사라질 것이다. 그리고 다시 '보석처럼 찬연한 곡식'을 만들 듯이 청년은 다시 '아버지-되기'로 나아간다. 이처럼 최인호는 『내 마음의 풍차』의 영후를 통해 상징계로 진입하는 청년 주체의 가능성을 확인했다. 여기에는 1970년대 청년문화가 주변부 하위문화에서 능동적인 생산력을 갖춘 주도적 대중문화로 발전하리라는 전망도 포함된다.

2) 청년 주체의 '바보되기' 전략

소년이 자라 청년이 되고, 청년이 다시 아버지가 됨으로써 주체화는 완성된다. 그러나 최인호의 소설에서 '아버지-되기'에 성공한 주체는 드물다. 상징계로의 진입의 순간에는 예상하지 못한 장애가 나타나기 때문이다. 1970년대의 사회 현실은 가장 유력한 장애일 것이다. 유신독재가 강화되면서 대중문화에 대한 광범위한 탄압이 노골화되던 시기가 1970년대였다. 1971년

334　최인호, 『내 마음의 풍차』, 예문관, 1974, 308쪽.

대학 내 위수령 발동, 1972년 유신헌법의 선포와 대중문화계의 대마초 파동 등은 청년 주체의 부정적인 미래를 예견하는 사건들이다.[335] 이런 상황에서 청년 주체는 다시 한 번 문턱에 서서 기성세대 되기를 주저한다. 청년에 머물 수도 없고, 기성세대가 되기도 쉽지 않은 딜레마의 상황에서 최인호가 선택한 것은 비판의 수위를 높여 가는 길이었다. 「침묵의 소리」에서 보듯 청년은 자신의 행위에 반성의 태도를 내비치지 않지만, 내면에서는 행위의 실체에 대해서는 끊임없이 질문을 던지며 회의한다. 청년이라는 존재도 결국에는 사회 구조 내 좌표에 놓이기 때문이다.

그 결과 청년은 자신의 주체성이 상상만으로 유지될 수 없음을 깨닫는다. 상상계 역시 상징계에 종속될 수밖에 없는 한계 때문에[336] 상상의 주체는 어떤 질서 속으로 편입할 것인지를 지속적으로 고민한다. 여기에는 지배적인 사회 질서에 완전하게 편입하거나 상징계를 폐제하여 타자가 없는 욕구로 살아가는 선택지가 놓인다. 최인호의 선택은 후자에 가깝다. 최인호의 서사는 청년이라는 기표의 의미를 유보하는 대신 의미를 둘러싼 갈등이 지속되는 상황을 그리는 방향으로 향한다. 청년들은 의미가 유보된 청년 표상을 누리지만 이것이 기성세대와의 갈등을 불러오리라는 점은 명백하다. 갈등의 결과는 청년들에게 부정적일 수밖에 없다. 상징적 질서에 굴복하고서야 오이디푸스적인 갈등이 해소될 수 있듯이[337] 청년의 좌절은 기성세대와의 차이를 잃는다

---

335 1970년대 중반의 대마초 파동은 청년, 청년문화를 직접 겨냥한 정치적 사건으로서의 의미가 크다. 1960년대 후반 경제개발을 통해 일하는 국민을 호명함으로써 국민의 신체를 통제하기 시작했다면 1970년대 들어서는 자유분방한 청년의 정신과 문화에 권력의 칼날을 들이댄 것이다. 대마초는 그 과정에 결정적인 계기가 되었다. 이에 대해서는 「청년문화를 제압한 '대마초 파동'」, 권보드래 외, 앞의 책 참조.

336 Slavoj Žižek, 이수련 역, 앞의 책, 190쪽.

337 Sigmund Freud, 김정일 외역, 「오이디푸스 콤플렉스의 해소」, 『성욕에 관한 세 편의 에세이』,

는 것을 의미한다. 「무서운 복수」의 학생회장단의 비위가 대표적인 양상이다. 시위를 주도하는 학생은 어느덧 저항의 대상인 기성세대와 닮아 있었다. 그 때문에 학생들의 시위는 '데모를 위한 데모'로 변질되어 있으며, 학생 조직은 이익을 좇아 음모가 판을 치는 조직으로 타락한다. 최준호와 오만준은 입대 외에 달리 저항의 방법을 찾지 못한 채 소설은 끝이 난다.[338]

최인호는 청년의 또 다른 모습을 대중문화에서 발견한다. 굴욕적인 청년 운동가들과는 달리 '통블생'의 소비문화를 한껏 향유하는 모습은 정치현실과는 무관한 대중문화의 일면으로 보인다. 그러나 작가의 시선은 대중문화 너머의 현실을 놓치지 않는다. 한국의 대중문화가 사회 전체의 구조 속에서 생겨났듯, 이를 누리는 청년의 행위에는 항상 현실의 문제가 뒤따른다. 예컨대 『바보들의 행진』의 대학생의 일상이 바로 그러하다. 『바보들의 행진』이 단순한 바보의 이야기가 아닌 이유는 그들의 우스꽝스러운 모습에 휴교령이 내려진 교정의 풍경이 겹쳐지기 때문이다. '바보'들의 이면에는 1970년대의 시대상황이 반영되어 있었던 것이다.

저항이 불가능한 시기, 청년의 또 다른 선택이 '바보되기'이다. 청년의 '바보되기'는 상상적인 동일성을 유지한 채 바보 특유의 비판적 포즈를 드러낼 수 있는 전략이다. 청년들은 갈등 상황에서 스스로 바보되기를 선택한다. 바

열린책들, 2003, 294~295쪽 참조.

338 최인호는 『바보들의 행진』을 시나리오로 각색하면서, '영철'이라는 새로운 인물을 등장시켜 새로운 저항 방식을 암시한다. 부유한 집안의 나약한 아들인 영철은 아버지의 가치관과 자신이 처한 현실과 미래 사이에서 고뇌하는 인물로 묘사한다. 시나리오에서 영철은 '동해바다에 푸른 고래 한 마리'를 찾는 꿈을 꾼다. 그러나 부모와의 갈등, 교내의 내려진 휴교령, 연애의 실패 등의 좌절을 겪고 동해안 절벽에서 자살하는 것으로 끝난다. 영철의 자살은 소설에서 보여주지 못한 새로운 저항의 양식이다. 도피나 좌절, 환멸 등이 소설 속에 등장한 비판 방식이었다면 영철의 자살은 이에 비해 강도가 높은 저항의 의미를 가진다. 최인호, 「바보들의 행진」, 『시나리오 전집』 1, 우석, 1992.

보는 냉혹한 정치·사회적 현실에서 한 발짝 비껴나 있음으로써 기성세대와 대립하지 않는다. 그러나 대립이 없다는 것은 바보와 현실과의 간극을 두드러지게 보여주는 효과를 가진다. 세상의 흐름에서 벗어난 바보는 그래서 순진한 포즈로 질문을 던지고 비판을 수행한다. 그리고 바보의 언행은 해학 속에서 반어적 효과를 얻는다.

『바보들의 행진』의 병태야말로 바보되기를 가장 효과적으로 수행한 인물이다. 6회 「병태의 구역질」에 등장한 병태를 보자. 데모와 휴교령으로 세상이 혼란스럽지만 병태는 이런 상황을 전혀 모른 채 캠퍼스를 찾는다. 이때 병태의 바보스러움은 현실을 비추는 거울의 역할을 한다. 그를 통해 비춰진 현실은 생각보다 더 복잡하다. 병태가 만난 대학생들은 휴교 사실은 물론, 그 이유도 잘 알고 있는 대학생이다. 그런데 이들과 병태가 대비될 때 정작 바보는 병태가 아니라 영악할 정도로 똑똑한 대학생이다.

"학교가 잠시 휴업이라는 말이요."

"아니 왜요."

"우리들 데모한다고 문 닫았소."

"젠장."

병태는 자기도 모르게 욕부터 나왔다.

"그래서 우리들도 지금 불평하고 있는거요. 노형. 우리가 이학기 때 낸 등록금을 팔만하고도 오천육백 원인데 그동안 받은 수업일수는 계산해 보니까 일요일 빼고 공휴일 빼고 도합 50일밖에 안돼요. 팔만 오천 육백 나누기 오십 하고 보니 하루에 갖다 바친 돈이 이천 원이 좀 못된단 말씀야. 내참 더러워서, 퉤퉤……"

사내는 침을 뱉었다.

"교무처에 가서 나머지 한 달분 어치의 등록금을 물려받든지 이 쌍놈의 대학교를 집어치든지 양자 결판을 내야겠소."[339]

단축된 수업일수에 분노하는 대학생에게 휴교령은 정치적인 사건이 아니라 돈으로 치환되는 현실적인 거래의 문제일 뿐이다. 그는 대학생이지만 청년이라 불리기에는 너무나 속물적이다. 병태는 그의 말에 어리둥절해 하며 쉽게 동의하지 않는다. 병태는 상황파악이 안 되는 바보로 묘사되었지만, 오히려 그 때문에 현실과의 갈등을 유지하면서 비판의 매개가 된다. 병태의 바보스러움은 기성세대와 비교될 때 그 의미가 더욱 선명하다.

"야, 야, 시치미 떼지 말어. 속으로는 좋으면서 시치미 떼지 말어. 누구 왕년에 데모 안 해본 사람 있니. 말짱 헛거야, 헛거. 데모해봤자 말짱 헛거야. 난 요새 젊은 이들을 이해할 수 없어. 우리들 대학 다닐 때는 임마 안 그랬어. 요새 대학생들은 너무 무분별해."

"형, 형, 지금 뭔 소리 하고 있소."

병태는 눈이 휘둥그래져서 선배를 쳐다보았다.

"야, 야, 사회 나와 봐. 넥타이 매봐라. 조국과 민족을 사랑하려면 죽은 듯 공부나 해. 학생은 모름지기 공부부터 하는 거야. 난 요새 대학생들을 이해할 수 없어."

병태는 멍하니 서 있었다.

"담에 보자. 난 교수 연구실에 들렀다 갈게."

선배는 투툭 버릇없이 병태의 어깨를 치더니 사라져 버렸다.

---

339 최인호, 『바보들의 행진』, 예문관, 1974, 62~63쪽.

병태는 문득 쓸쓸함을 느꼈다. 이 세상에 나 혼자로구나 하는 느낌을 받았다.[340]

기자가 되어 학교를 찾은 선배의 느닷없는 질타는 병태를 어리둥절하게 만든다. 선배는 병태와 네모하는 학생들을 한데 싸잡아 무능하고 야비한 대학생으로 매도한다. 병태는 속물적인 대학생과 억압적인 기성세대의 사이에서 끼어 있음을 깨닫고 구역질을 시작한다. 병태의 구역질은 청년을 둘러싼 문제들이 청년의 내부에서 무화되는 현실에 대한 거부반응이다. 기성세대의 모욕과 그들이 요구하는 속물성을 게워냄으로써 병태는 바보로서의 순수성을 지키려 한다. 이와 같은 병태의 바보되기의 대응양식은 『바보들의 행진』 곳곳에서 돌출되어 비판적인 의미망을 구축한다.

연재 첫 회에 등장한 장발단속이라는 현실은 22회에서는 더 적나라하게 묘사된다. 교정에서 담배를 핀다는 이유로 교수에게서 뺨을 맞은 병태는 울분을 못 참고 교내에서 '스트리킹'을 벌인다. 학생의 뺨을 때리는 교수는 기성세대의 전형으로 비판받아 마땅하거니와, 병태는 스트리킹을 통해서는 한국 사회의 여러 상황들을 한꺼번에 풍자한다. 당시 선정적인 화제를 몰고 온 스트리킹은 한창 활발하게 전개되던 대중문화와 그에 대한 억압이 공존했던 1970년대 중분의 분위기를 상기시킨다.

다들 병태의 발작적인 뜀박질에 놀라 왜 그래? 너 왜 그래? 미쳤냐 하고 물었는데 병태는 대답 대신 넓은 교정을 경마장의 말처럼 뛰고 있었다. 지나가는 학생조차도 갑자기 뛰는 병태의 행동에 놀라서 발걸음을 멈추고 쳐다보고 있었다.

---

340 위의 책, 66쪽.

"왜 그래, 병태야. 너 쥐약 먹었니. 왜 그래."

땅딸이가 뒤따라 뛰어오면서 병태에게 물었다.

"왜 그래 왜 이렇게 뛰는거냐."

"스트리킹이다 스트리킹."

병태는 쉬지도 않고 뛰었다.

"뭐라구."

땅딸이는 어이가 없어 웃었다.

"임마, 옷 입고 뛰는 스트리킹이 어디 있어. 스트리킹하려면 옷 벗구 뛰어라."

"그럴 수는 없어."

"병태는 땀을 뻘뻘 흘리면서 뜀박질을 계속하였다.

"여긴 임마, 한국이야. 외국 것을 그대로 모방할 수야 있니? 토착화된 스트리킹이다. 어때 옷 입고 뛰는 한국적으로 토착화된 스트리킹이 어때 근사하냐?"[341]

'한국적 스트리킹'이라는 모순적인 발언은 뺨을 때린 교수를 넘어서 한국의 정치상황을 거냥하고 있다. '한국적'이라는 단어는 유신헌법이 내세운 '한국적 민주주의'라는 모순과 그 모순을 통해 한국 사회를 지배하는 정치적 억압을 상기시키는 기호이기 때문이다.[342] 민주주의에 대한 요구는 물론, 청

---

341 위의 책, 192~193쪽.
342 전근대적 독재체제를 '한국적 민주주의'로 포장한 군사정권은 '한국적', 혹은 '민족적'이라는 기호에 매우 민감하게 반응했다. 예컨대 1965년 가요 '동백아가씨'가 '왜색'이라는 이유로 금지곡으로 지정한 사례는 정치현실의 아이러니를 보여준다. 당시 추진했던 한일국교정상화가 친일, 저자세 외교라는 비판을 차단하기 위해 이 노래를 '왜색'으로 몰아 희생양으로 삼은 것이다. 이를 통해 반일의 포즈를 취하면서 정권의 정통성을 부각하려 했다.(문옥배, 『한국 금지곡의 사회사』, 예솔, 2004, 111~112쪽) 이는 청년들이 즐긴 외래사조를 부당하게 억압하는 효과를 불러온다. 한국적인 것에 대한 강압은 이어령의 경우에서도 볼 수 있는데 서양의 청년문화를 소개한 이어령의 에세이는 공감을 얻지 못하고 오히려 사대주의적이라는 비판만을 받게 된다.

년문화를 억압하는 정치권력이 맨 먼저 내세운 것이 바로 '한국적'이라는 정체불명의 기호였다. 청년문화가 무분별하게 도입한 '외래 풍조'와 퇴폐문화를 배척해야 한다는 주장에는 반드시 한국적인 것을 강조하는 엄숙주의가 뒤따랐다. 이 '한국적'이라는 기호에 담긴 문제성은 '한국적 민주주의'를 표방한 유신헌법에 이르러 극에 달했음은 주지의 사실이다. 병태의 스트리킹은 이러한 '한국적'이라는 억압적 기호에 도전하는 행위이다. 병태는 스트리킹을 벌이면서 능동적인 청년문화를 억압하고 기성의 질서를 강요하는 사회의 억압에 항의 했다. 그리고 그마저도 옷을 입은 채 '한국적 스트리킹'밖에 될 수 없었던 현실의 풍경을 역설적으로 재현한 것이기도 하다.

풍자마저도 온전히 이루어질 수 없는 상황은 27회 「병태의 침묵」에서도 보인다. 방송국 기자와의 대화 장면에서 대학생들의 바보스러움은 기성세대에 대응하는 전략으로 발휘된다. 기자는 '젊은이의 합창'이라는 프로그램을 위해 대학생들을 만나지만 잔디밭에 누워 '낮잠 비슷한 것'을 즐기던 병태 일행은 기자의 물음에 일절 호응하지 않는다. 무슨 책을 읽고, 무슨 영화를 보는지에 대한 기자의 물음에 그들은 침묵하거나 병태의 경우처럼 '모릅니다'로 일관한다. 기자는 "말이 통하지 않아. 도무지 말이 통해야 말이지"라는 한탄을 남기고 떠나지만 오히려 이 상황에서 측은함을 느끼는 쪽은 학생들이다. 식은땀을 흘리고 돌아간 기자에게 미안한 감정이 들어, "그 사람 참 좋은 사람 같았어", "웃어 줄걸 그랬어. 웃는 거야 어렵지 않은 일인데" 등의 반응을 보인다. 이들 대학생들은 무기력한 모습은 봄날의 풍경과 대비되어 청

이어령은 한국 고유의 문화를 강조한 『흙 속에 저 바람 속에』를 출간하면서 사대주의라는 비판에서 벗어날 수 있었다.(양평, 앞의 책, 1985, 30~31쪽) 이처럼 '한국적'이라는 수사는 정권의 강압의 수단이었으며, 지식인에게는 내면의 억압으로 작용하기도 했음을 알 수 있다. '한국적'이라는 수사는 억압의 다른 이름에 지나지 않는다.

넌들이 처한 상황을 암시한다.

> 새 강의 시간을 알리는 벨소리가 들려오고 있었다.
>
> 누웠던 학생들이 부시시 일어들 나서 엉덩이에 묻었던 검불들을 툭툭 털기 시작
> 하였다.
>
> 하나씩 둘씩 잔디밭을 가로질러 강의실로 내려가고 있었다.
>
> 복도에 들어서기 전에 병태는 무심코 뒤를 돌아보았다. 봄볕이 아롱이는 교정
> 에는 꽃들이 다투어 피어서 마치 경연대회에 나온 합창단원들처럼 입들을 잔뜩
> 벌리고 있었다.
>
> 병태는 휘파람을 획획 불면서 한 떼의 학생들의 뒤를 따라서 새 강의가 시작되
> 는 강의실로 어슬렁어슬렁 걸어가기 시작하였다.[343]

아무것도 모르거나, 혹은 아무 대답도 할 수 없는 대학생들은 화사한 봄날
의 풍경과 대비된다. 이들은 기성세대의 가치를 대변하는 방송이나 봄날의
정경 등, 이 세상의 풍경에서 비껴나 있는 바보스럽고도 쓸쓸한 주체이다.
그러나 대학생들이 기자들보다 윤리적으로 우위에 설 수 있었던 것은 그들
의 행위에 비판적 태도가 담겨 있기 때문이다. 대학생들은 아무것도 하지 않
음으로써 기자를 당혹하게 만들어 내쫓는다. 그 어떤 비판도 불가능한 상황
에서 대학생들의 대답은 기성세대로부터 비판받거나 변질되어 포섭될 수밖
에 없기 때문이다. 이 때문에 대학생 청년들은 아무것도 하지 않고 아무것도
모르는 바보의 기표를 강조하여 갈등에서 비껴나려 한다. 청년의 바보되기

---

343 최인호, 『바보들의 행진』, 예문관, 1974, 231쪽.

는 최인호가 강조했던 미래에 대한 희망을 끝내 놓지 않으려는 전략적인 선택이었다.

바보가 된 청년은 부정적으로 보일 수밖에 없다. 그들은 사회 현실에 전혀 관심이 없으며, 소비 향락문화에 젖어 있는 듯이 보인다. 그러나 전경화된 바보의 이면에서 바보되기의 비판 전략을 읽을 수 있다. 최인호가 '대중문화 선언'과 청년 옹호론으로 강조한 청년의 표상은 이 지점에서 구체화된다. 바보의 위치에서 현실을 오롯이 비출 수 있으며, 말하지 않음으로써 말해질 수 없는 것을 암시한다. 병태는 최인호가 창조한 청년표상의 대표적인 인물이다. 그의 침묵과 울분은 바보되기의 첨예한 방법론이었다. 그는 바보이기 때문에 세상의 질서에서 벗어나 자유롭게 행동할 수 있으며, 바보스러움으로 기성세대에 맞부딪친다. 예컨대 옷을 입은 채 '한국적'인 스트리킹을 벌이거나, 기자에게 어떤 말도 건네지 않은 바보스러움은 현실을 역설적으로 반영하는 간접적인 비판 수단이었다.

나아가 바보되기는 현실의 질서와 가치에 의문을 제기함으로써 비판의 기능을 확장한다. 이는 『바보들의 행진』보다 더 진지하고 사실주의적 태도로 쓰인 「미개인」에서 볼 수 있다. 이 작품은 갓 부임한 최선생의 시선으로 정상인과 나병환자 사이의 갈등을 그린다. 이른바 '정상인'들은 나병마을 출신이라는 이유만으로 아이들을 폭행하고 등교를 막는다. 이들은 자신만이 정상인이라 믿고 강 건너 개미마을 사람들을 나병을 가진 비정상으로 멸시한다. 이를 목격한 최선생은 정상인들의 근거 없는 적개심과 폭력에 대해 의문을 제기한다.

우리는 참으로 기묘한 세계에 던져져 있구나 하는 느낌, 알 수 있겠나. 무언가

엉켜서 뒤죽박죽의 개백정 문화 속에 살고 있는 느낌말일세. 로마에 가서는 로마인답게 행동하라는 말이 있지 않은가. 그럼 그렇다고 자네는 내가 나뭇잎에 올라가면 푸른 색깔, 땅 위에 내려앉으면 흙 색깔로 동화하는 두꺼비로 변해야 옳다고는 아니하겠지. 건드리면 죽은 것처럼 몇 시간이고 누워 있는 무당벌레. 꼬리를 잡으면 꼬리까지도 떼어주고 도망가는 도마뱀. 나뭇가지에 붙어 꼿꼿이 제 몸을 응고시키는 자벌레. 고슴도치의 날카로운 비늘. 세포를 가져 세포분열을 하면서도 엽록소가 있어 탄소동화 작용을 하는 짚신벌레. 이런 것. 이와 같은 기민하고 용의주도한 적응력으로 나 자신을 무장시켜야 옳다고 생각하지는 아니하겠지.[344]

정상인이라 자부하는 이들은 술에 취해 개를 잡고 개미마을 학생들을 위협한다. 최선생의 눈에는 이들이 비정상으로 보이는 것은 당연하다. 최선생과 개미마을 사람들은 분노하지만 폭력적인 힘에 굴복할 수밖에 없다. 그러나 인용문의 혼잣말처럼, 정상인들은 개백정의 수준에 불과하다는 사실은 변함없다. 정상인의 우월감이 고작 폭력에 의한 것이라면 그들의 정상성 또한 왜곡된 가치의 표상에 지나지 않을 것이다. 이를 폭로함으로써 비정상인, 혹은 개미마을 나병환자들은 심정적으로 보상받는다. 최선생은 이 갈등에서 나병환자 쪽으로 향한다. 개미마을 학생들을 옹호한다는 이유로 배척당하고 하숙에서도 이유 없이 쫓겨날 처지이지만 최선생은 자신의 선택을 바꾸지 않는다. 이는 최선생이 월남전에서 다리를 잃은 불구라는 동질감에서 비롯된 것이 아니다. 부임 이후 우연히 개미마을을 알게 되었고, 개미마을 학생의 전학을 계기로 정상인 마을의 진면목을 겪었기 때문이다. 어떤 박해가 있

---

344 『전집』 1, 289~290쪽.

는지 알고서도 나병환자를 택한 것은 기존의 가치를 전도시키려는 바보되기의 또 다른 형식이다.

현실의 질서와 가치가 부정적이지만 이에 대항할 능력이 없을 경우 주인공은 현실에서 비껴 설 수 있는 바보의 윤리를 받아들인다. 『바보들의 행진』의 병태는 기꺼이 '바보되기'를 택한 인물이다. 병태는 바보로 살아가며 무엇이 청년들을 억압하는지, 청년이 말하지 못하는 것은 무엇인지를 해학적으로 시사한다. 「미개인」의 최선생 역시 스스로 나병환자 편에 서서 박해받기를 두려워하지 않는 '바보되기'를 택한 인물이다. 최선생은 바보의 위치에서 정상인들이야말로 폭력적인 비정상인임을 고발한다. 이들 인물은 현실의 질서가 전도된 가치를 실천함으로써 억압에 대항하는 저항의 윤리를 담지한다. 최인호의 '바보되기'의 전략은 이와 같은 윤리성에서 빛을 발한다. 1970년대 청년문화를 대표하는 『바보들의 천국』의 병태의 매력이란 그 특유의 해학과 더불어 바보 고유의 윤리에서 찾을 수 있을 것이다. 기성세대로 진입할 수 없는 딜레마의 상황에서 청년 주체는 바보를 선택함으로써, 현실을 비판하고 새로운 가치 수립의 가능성을 지킬 수 있었던 것이다.

3) 청년의 주체성에 내재한 실재적 모순

청년은 언제 가장 청년다울 수 있을까. 청년 주체가 상상적인 동일시를 통해 기성세대와 대립각을 세운다면, 상상적 동일시가 가장 극적으로 펼쳐지는 공간이 바로 연애이다. 연애는 청년의 특권으로, 청년들은 바보로 불릴지언정 연애를 멈추는 일은 없다. 『바보들의 행진』의 커플 병태와 영자는

1970년대식 연애의 전형이라 할 만하다. 둘은 대학생이라는 특권적 제도 속에 있으며 경제적 풍족함을 누리는 조건하에서 청년다운 연애를 펼쳐나간다. 병태와 영자의 연애는 개별적인 사건이지만, 이미 존재하는 사회 구조 속에 놓일 때 풍부한 의미를 가진다. 달리 말해『바보들의 행진』에서 펼쳐진 연애는 실제 현실 속으로 소급되어 청년들의 연애로써 재현될 때 하나의 문화적 현상으로 성립된다. 소설 속 연애와 실제 연애는 상호 영향을 미치며 연애라는 표상을 형성하는 것이다. 병태와 영자의 연애의 발랄함은 실제 청년의 연애를 통해 개연성을 확인받은 후, 청년 주체의 개별성의 근거로 자리매김 할 수 있다. 이런 의미에서 청년, 혹은 청년의 연애라는 표상은 일반화된 청년의 이미지와 상징적 질서의 조합으로 이루어진 허구적 현실일 가능성이 높다. 즉 청년으로 호명된 주체가 누리는 연애의 낭만은 능동적인 향유가 아니라 청년과 연애의 표상이 만들어낸 상징적 질서의 풍경으로 의미화된다.

그러나 청년의 표상은 뜻밖의 사건에 의해 위협받는다. 청년 주체의 행위에 실재적인 사건이 개입할 경우, 내재된 모순이 폭로되는 경우가 발생하는 것이다. 이 사건은 우연하게 돌출되어 상징적 질서에 파열의 흔적을 남긴다. 『구르는 돌』의 순철은 자신의 의도와 달리 청년이라는 존재가 얼마나 허구적인지를 폭로하는 역할을 맡는다. 재수생 순철은 여느 청년처럼 상상적인 믿음으로 현실을 대체하나가는 인물이다. 실력은 형편없지만 '서울대 철학과'를 향한 꿈만은 포기하지 않는다. 그는 입시에 낙방한 후에도 그는 가족들을 속여 대학생 행세를 한다. 급기야 순철은 자신마저 속여 스스로를 대학생으로 착각하기에 이른다.[345] 이 때 순철의 가짜 대학생 신분을 폭로할 사람은 어디에도 없다. 순철은 가짜 대학생이지만, 수업을 듣고, 미팅을 하고, 체육

대회에 참석하며, 시험을 보기까지 그가 보여준 능력은 진짜 대학생과 아무런 차이가 없었기 때문이다. 가짜 대학생 순철이야말로 가장 대학생다웠다.

순철은 가짜 대학생이기에 개별 주체의 고유성 대신 일반화된 전체로서의 청년의 표상만을 재현할 수 있다. 그리고 그 때문에 순철은 동료로부터 지지를 얻어 학과 대표로 선출되기에 이른다. 가짜이기에 가장 진짜다울 수 있다는 아이러니는 순철뿐 아니라 청년 표상 전체에 해당한다. 이제 학생들 사이에서 신분의 진위여부는 중요하지 않으며 누가 더 청년의 표상을 충실하게 재현했는지가 우열의 유일한 기준으로 남는다. 철수의 신분은 곧 들통 날 수밖에 없었지만 진짜 대학생들은 아무도 철수를 원망하지 않는다.

"자기 변명을 해보시오."

"그럴 리가 없다."

철학과 학생 중 하나가 소리를 질렀다.

"저 친구는 그럴 리가 없다. 저 친구는 우리의 다정한 친구였어. 우리의 벗이었다."

"맞았어. 맞았다."

(…중략…)

"아닙니다. 그것은 노형의 뱃지입니다. 우리의 것이 아닙니다. 노형은 훌륭한 학생이었습니다."

그는 뱃지를 받는 대신 손을 내밀어 악수를 청했다.

(…중략…)

---

345 "숫째 순철은 대학교 뱃지를 달고 늘 교정에 드나들었다. 어느 틈엔가 김 순철은 자신도 자신을 진짜 서울대학교 철학과생으로 생각하고 있을 정도였다"(최인호, 『구르는 돌』, 예문관, 1975, 189쪽)라고 말할 정도로 순철의 상상적 믿음의 힘은 강하게 작용한다.

누군가 뒤쪽에서 김순철 군을 부르는 소리가 들려왔다. 김순철 군이 뒤를 돌아 보자 그곳에는 한 떼의 철학과 친구들이 서 있었다.

"즐거웠습니다. 김 형."[346]

순철은 '빤질빤질하고 옷도 계집애들처럼 예쁘게 입고'다니며 가장 대학 생다웠기에 신분이 들통 난 뒤에도 대학생들의 지지를 받는다. 그들은 순철 이 행동이 청년이라는 표상에 가장 정확히 부합했다는 사실을 부인하지 않 는다. 대학생 스스로 대학생의 정체성에 근본적이고 필연적인 원인이 없다 는 점을 인정한 것이다.

순철의 존재는 결과적으로 청년 표상의 이면을 들춰낸다. 청년 대학생이 라는 표상은 비어있거나, 혹은 거짓일 가능성을 내포하고 있지만 누구도 그 것을 인정하지 않는다. 이를 인정할 경우 표상은 붕괴될지 모르기 때문이다. 이런 의미에서 순철은 청년이라는 상징성에 끼어든 실재적 향락을 실천하는 인물이다. 순철은 대학생의 질서를 충실히 따랐지만 근본적으로는 위기의 근원이라는 사실은 변하지 않는다. 순철의 정체를 파악한 진짜 대학생들은 순철을 은폐함으로써 청년의 세계를 유지하려 한다. 가짜 대학생이 학과 대 표를 맡은 사건은 대학생으로서 수치스러운 일이지만, 대학생들은 끝내 순 철과의 우정을 저버리지 않고 순철이 실천한 청년 대학생 상을 고수한다. 그 렇게 하지 않고서 대학생들은 가짜의 위협으로부터 자신의 고유성을 지킬 수 없기 때문이다.

그러나 그 노력이 항상 성공하는 것은 아니다. 대학생들의 공모에 의해 학

346 위의 책, 197~199쪽.

과 내 위기는 수습되었지만, 언제든 위기는 재현될 수 있다. 소설의 결말부는 이를 암시한다. 순철이 쫓아다닌 여대생 노리라 양과의 연애 관계에 또다시 위기가 닥친 것이다. 노리라 양의 정체에 대해 작가는 의뭉스럽게 지워놓지만, 의심의 여운은 남는다.

그날 저녁 김순철 군은 노리라 양에게 모든 것을 고백하였다.
그리고 노리라 양의 반응이 어떠했겠냐는 것은 밝히지 않기로 한다. 여러분들이라면 어떠했겠는가. 젊은 여러분들이 잘 모르겠지만 나중에 시집갈 때면 뺀질하고 멋만 부리는 남자보다는 구르는 돌, 그러니까 구르는 돌에는 이끼가 끼지 않는 법이니까. 구르는 돌과 같은 김순철 군을 애인으로 맞이한 노리라 양이야 말로 행운이 아니고 무엇이냐는 말이다.
또한 그날 이후로 김순철 군이 공부를 열심히 했는지 어쨌는지, 그리하여 대학교에 합격하였는지 떨어졌는지, 그것은 밝히지 않기로 한다. 그것은 작자인 나도 잘 모르는 일이기 때문이다.[347]

노리라 양은 순철에게 항상 쌀쌀맞게 굴면서도 고향까지 찾아온 순철을 거부하지 않는다. 작가가 서술하지 않은 연애의 결말은 두 가지로 예상할 수 있다. 노리라 양이 순철의 고백에 분노하여 절교를 선언하는 것. 혹은 작가의 말처럼 노리라 양이 순철의 고백을 너그러이 받아들이는 경우이다. 첫 번째는 비극적 몰락을 의미한다. 대학생들로부터도 인정받은 자신의 존재를 그녀 앞에서는 지킬 수 없게 된 것이다. 해학적인 화자의 태도나 인물들의

---

347 위의 책, 203쪽.

희극적 행동을 고려한다면 이런 결말은 돌출적이다. 그런 점에서 대학생들과 같이 노리라 양이 순철을 인정하는 희극적 결말이 이 작품에는 더 잘 어울린다.

그럼에도 작가가 결말을 숨긴 것은 순철과 노리라 양의 연애를 통해 청년의 실재성을 암시하려는 의도가 있었던 것은 아닐까. 청년은 가짜와 진짜가 구분되지 않는 모순에 처해 있지만, 청년의 주체성이 와해될 만큼의 위기는 모면한다. 그러나 그 과정에서 청년의 모순, 즉 실재성은 언뜻 노출된다. 청년의 실재성은 정확하게 서사화 되거나 설명될 수는 없지만, 분명 청년의 일상이 실재적 위기에 언제든 노출될 수 있다는 사실만큼은 분명히 각인된다. 최인호는 이러한 상황을 그림으로써 청년의 다층적인 주체성을 간접적으로 제시하려 했다.

작가로서는 청년의 연애가 전적으로 사회의 구조 속에 고정되는 것을 원하지 않을 것이다. 상징적 질서를 받아들여 사회화된 청년의 표상과 필연적으로 모순을 내재한 청년의 주체성은 구분되어야 하기 때문이다. 청년의 연애가 청년답기 위해서는 사회의 상징적 질서에 대응하는 새로운 의미를 가지는 것이 필요하다. 이를 위해 노리라 양 역시 가짜 대학생일도 모른다는 세 번째 가정을 제안할 수 있다.[348] 이 경우 가짜 대학생들만의 연애는 지금까지 보여준 청년의 표상을 통째로 무화시키는 결과를 낳을 것이다. 순철의 정체가 밝혀질 경우 대학생들의 동일성이 붕괴될 위험에 빠지는 것과 같이,

---

348 소설 속에서도 노리라 양의 여대생의 일상은 한 번도 등장하지 않는다. 고향 친구들과 미팅에 등장했다는 것을 제외하고는 소설 속에서 그녀가 대학생이라는 증거를 찾기 힘들다. 가짜 여대생이라는 가정은 이런 내적인 정황에서 가능하다. 가짜 대학생 모티브는 『구르는 돌』외에도 조선작의 『미스 양의 모험』 등의 대중작품에서 종종 등장하는 모티브였음을 감안하여 세 번째 가정을 성립시킬 수 있을 것이다.

서로 가짜 대학생임을 확인한다면 연애를 통해 누렸던 청년문화 전체가 허위로 판명 날 수 있다. 작가는 이 가능성을 제기하는 것으로 스토리의 결말을 대신한다.

세 번째의 상황은 독자로 하여금 청년의 주체성에 숨은 실재적 상황을 상상하게 만든다. 순철과 노리라 양은 가짜이기 때문에 가장 대학생다운 연애를 실천한다. 이들은 청년문화로 상정된 연애의 일반성에서 벗어나는 순간 연애는 중단된다. 가짜 대학생의 연애는 청년문화라는 상식의 반복에 지나지 않는다. 최인호는 이들에게 '구르는 돌'이라는 교훈을 부여하지만 그것이 1970년대 청년의 특성에 부합하는 고유한 담론으로 격상되지는 않는다. 그들의 실상은 진짜의 모방에 불과하고 연애마저도 그 결말이 말해질 수 없는 상황이다. 서로가 가짜임을 확인할 경우, 1970년대 청년의 연애, 나아가 청년문화 전체가 위기에 노출될지 모르기 때문이다.

그러나 일상의 우연한 사건은 청년의 연애의 실재적 의미를 드러내는 계기가 된다. 사건의 의미란 기표를 배제함으로써 일관된 의미를 유지하는 속성, 즉 "파멸시키는 동시에 일관성을 줄 수 있는"[349] 구조 속에서 생겨난다. 청년 주체의 의미도 이러한 위상에 놓인다. 아름답거나 혹은 저항적인 청년의 표상은 단일한 위상에 존재하는 것이 아니라 표상을 위협하는 실재적 사건의 층위와 겹쳐져 형성된 결과이다. 가짜 대학생 순철은 청년표상을 송두리째 위협하는 존재이면서 동시에 전형적인 청년 표상을 결정結晶시킨다. 가짜 대학생이라는 위기를 청년 표상에 내재하는 실재적 사건이라 칭할 수 있다. 1970년대의 경제적 성취를 한껏 누리는 청년의 연애는 사실상 대중문화

---

349 Slavoj Žižek, 이수련 역, 앞의 책, 141쪽.

의 현실과 다를 바 없다. 최인호는 이를 청년의 진면목이라 말하지 않는다. 오히려 순철을 통해 관습적인 청년의 이미지를 조롱하고 모순을 들춰낸다. 최인호의 목적은 청년 주체의 한계를 부각하면서 진정한 청년성에 대한 반성을 이끌어 내는 것일지 모른다.

순철과 같은 가짜 대학생의 모습이 전경화될 경우 청년문화는 부정적인 대중문화로 떨어진다. 그러나 그런 대학생은 현실에서 쉽게 드러나지 않는다. 청년에 대한 관습적인 기대가 이러한 위협의 가능성을 은폐하고 상투적인 이미지를 대중문화 전반에서 재생산하기 때문이다. 그 속에서 가짜 대학생과 진짜 대학생을 구분하지 못하고, 순철을 탓하지 않는 대학생의 일상은 유지된다. 달리 말해, 대중문화 속에서 유통되는 청년의 표상은 그 속에 숨겨진 가짜의 가능성에 의해서만 형성된다고 할 수 있다. 순철과 노리라 양 모두 가짜 대학생일 가능성, 즉 대학생과 그들의 연애도 모두 허상일지 모른다는 의구심은 1970년대 청년의 주체성에 매복해 있는 실재계의 알리바이인 셈이다. 주체가 "실재의 응답으로서의 환영illusion"[350]이라는 분석이 청년의 연애에 적용되는 것은 이 때문이다.

최인호는 청년 주체에 내재한 욕망의 세 층위를 부조浮彫했다. 기성사회의 질서를 반복하는 상징계 속의 청년, 동일성에 의해 유지되는 상상으로서의 청년, 그리고 두 층위 너머에 은폐되어 있는 실재적 사건으로서의 청년이 그것이다. 이 세 층위는 청년 주체의 욕망을 관통하는 누빔점의 역할을 하는 『구르는 돌』의 순철을 통해 극적으로 감지된다. 누빔점으로서의 순철은 기성세대의 질서와 청년의 상상이 대립하는 공간에서 가짜 대학생으로 삽입되

---

350 Slavoj Žižek, 김소연·유재희 역, 앞의 책, 73쪽.

어 대립 자체를 해소시킬 가능성 또한 제시한다. 순철이라는 실재적 사건을 받아들일 수 있다면, 청년은 욕망의 충돌에서 벗어나 자신의 욕망을 주체화할 수 있을 것이다.[351] 그러나 최인호는 청년의 가능성을 강조하면서도 그 지향점에 대해서는 뚜렷한 전망을 제시하지는 않는다. 대신 순철의 결말을 유예시키며 짐짓 청년의 미래에 대해 눙치는 태도를 보인다. 상상적 동일시가 청년의 조건으로 남아있는 한, 청년의 지향점은 언젠가 다시 갈등을 불러일으킬 것이기에 미래는 불투명한 채로 남는다. 최인호는 전망을 제시하는 대신, 갈등의 이면에 숨겨진 실재성을 드러내는 서사로 답한다. 청년들의 '우리들의 시대'는 주체성에 대한 진지한 반성과 성찰을 요구한다는 점을 알리는 것이 작가의 의도였을 것이다.

그러나 이런 의도를 엿볼 수 있는 작품은 『구르는 돌』 외에는 찾기 힘들다. 『우리들의 시대』(1975), 『맨발의 세계일주』(1975), 『청춘은 왕』(1978) 등에서 청년들은 평범한 교훈의 담론으로 불려나온다. 어른들의 교훈의 세례를 입은 그들은 순순히 기성세대의 질서 속에 편입된다. 이러한 상황은 최인호의 청년문화론이 보수화된 결과로 비판할 수 있지만, 한편으로는 실재적 사건을 서사화하기가 지극히 어렵다는 점을 시사하기도 한다. 더욱이 『구르는 돌』의 순철과 노라라 양의 연애의 결말이 작가의 의도에 따라 기획되는 대신 독자의 추측과 해석의 몫으로 남겨진 것인 만큼, 실재성이란 서사 불가능한 대상일지도 모른다.

---

351 정신분석의 최종적인 목표는 '욕망의 주체화'이다. 분석은 이상 증세를 나타내는 주체의 욕망의 원인을 밝혀내는 것을 목표로 한다. 그러나 그 원인을 이상증세로 거부하는 것을 강요하지는 않는다. 즉 자신의 욕망을 있는 그대로 받아들이는 것이 분석의 최종적인 목표이다. 이는 향락(jouissance)을 인정하는 것이며 이를 받아들이는 과정을 욕망의 주체화 단계라 할 수 있다. Bruce Fink, 맹정현 역, 앞의 책, 제5장 참조.

다만 이 한계에도 불구하고 「구르는 돌」이 청년문화와 청년의 주체성이 욕망의 구조라는 점을 증명하는 성과를 보였다는 사실은 주목할 만하다. 이 구조 속에서 대부분의 청년들은 별 탈 없이 사회의 일원으로 성장한다. 『바보들의 행진』의 병태와 영자는 발랄함은 졸업 이후 소진될 것이며, 『구르는 돌』의 순철은 전복적 역량을 발휘하는 일 없이 세상 속에서 살아갈 것이다. 『우리들의 시대』의 머저리클럽 학생들에게는 선생님의 훈화말씀처럼 훌륭한 국민이 되는 길이 놓여있다. 이런 미래는 최인호가 강조한 청년문화와는 상반된 것이다. 최인호에게 청년문화는 단순한 소재가 아니라 기성세대에 대응하는 새로운 질서를 뜻했다. 이러한 청년의 주체성을 형상화하기 위해 일탈과 기행을 통해 동일시를 시도했으며, '바보되기'의 전략으로 현실에 도전하기도 했다. 그러나 청년의 가능성은 실재적 사건을 만나면서 지배적 질서 속으로 휩쓸려 들어간다.

안타깝지만 이는 당연한 결과이다. 청년 또한 욕망의 주체로서 병증에 머물지 않는 이상, 욕망의 세 층위를 누비는 변증법적 과정을 피할 수 없기 때문이다. 게다가 청년은 세대적인 변별집단이기에 시간의 흐름에 따라 상상계도 함께 이동한다. 최인호의 소설이 주목한 것은 이처럼 끊임없이 움직이고 있는 청년의 주체성, 혹은 욕망의 모험이었다. 청년은 1970년대의 표상으로 도드라졌으며, 대중문화와 학제적 담론은 각기 다른 방식으로 청년, 청년문화를 전유하려 했다. 이와 달리 최인호는 스스로를 청년으로 자부하며 청년의 이면을 소설로 그려냈다. 그 결과 청년들 또한 입체적인 욕망의 주체라는 사실이 재확인되었다. 욕망의 층위 속에서 청년 고유의 가치가 점차 희박해지는 것을 막을 도리가 없었다.

최인호는 그렇게 청년의 서사를 종결짓는다. 그러나 그 순간 새로운 주체성이 포착된다. 그의 소설이 발견한 주체는 여성이다. 청년과는 다른 여성의 서사를 통해 최인호는 새로운 주체성을 찾아 나선다.

3. 여성의 욕망에 나타난 현실 극복 의지

1) 여성 수난에 나타난 구원의 여성상

최인호 최대의 출세작은 『별들의 고향』(1973)이다. 독자 대중에게 그의 이름을 각인 시킨 작품도, 대중 작가, 호스티스소설의 작가라는 폄하를 안겨다 준 작품도 『별들의 고향』이다. 청년 문학의 기수, 청년 작가의 프로필도 이 작품으로 부터 시작한다. 이 작품의 매력 중 하나는 경아라는 여성 주인공이다. 뭇 사내들로부터 버림받고 쓸쓸히 생을 마감한 경아의 비극에 수많은 대중 독자들이 정서적으로 반응했다. 이는 주인공 경아와 문오의 매력적인 면모와 이들을 중심으로 한 연애가 대중의 관심과 공명했음을 의미한다.

청년 주체와 함께 연애서사는 최인호가 주목한 대표적인 대중소설 양식이었다. 연애서사는 대중과 경험을 공유하며 공감을 이루기 때문에 대중문학이 접근하기 쉬운 양식 중 하나이다. 대중적 감각에 부합하는 노골적인 성 묘사, 도식적인 갈등, 권선징악적인 결말 등을 대중소설이 '가짜 욕망'을 자극한 증거로 지목하는 비판은[352] 물론 타당하다. 하지만 연애의 통속성이 항상 가짜 욕망만을 기획하는 것은 아니다. 연애는 근본적으로 주체의 인식 문제와 연관된 것으로,[353] 최인호의 연애서사도 이 관점에서 주목을 요한다. 연애를 통해 다양한 주체가 형성되는 연애서사는『별들의 고향』이후 최인호 소설의 중요한 주제였기 때문이다.『별들의 고향』의 후속작『도시의 사냥꾼』(1976), 그리고『사랑의 조건』(1978) 등의 연애서사는 1970년대의 현실 속에서 대중 주체를 형성하는 서사의 힘을 보여주었다.

『별들의 고향』서사의 중심에는 여주인공 경아의 욕망과 몰락이 놓여 있다. 평범한 가정에서 자란 경아는 '여대생'의 꿈을 실현하지만 경제적인 문제로 중도에 그 꿈을 포기하고 사회에 첫발을 내디딘 이후 비극이 시작된다. 첫 연애 상대인 영석은 낙태를 강요하는 악인이다. 낙태의 과정에서 경아는 임신능력을 잃고 '석녀石女'가 되는 첫 번째 고난을 겪는다. 이후 경아는 만준과 결혼하지만 경아의 과거를 안 만준은 그녀를 정신적으로 학대한다. 결국 경아는 젊은 이혼녀가 되어 호스티스의 삶을 살 수밖에 없게 된다. 이혼 후 본격적인 타락의 길로 접어들면서 만난 기둥서방 동혁 역시 경아의 고난에 기여하는 인물이다. 부정적인 남성들에게 속박받는 경아를 구원할 인물로는 우연히 만난 화가 문오가 등장한다. 호스티스로 타락한 상태에서 만난 문오는 경아의 삶에 안정을 주고 그녀를 구원해줄 인물로 그려진다. 그러나 문오의 도움도 경아의 몰락을 막지는 못한다. 문오와의 짧은 만남을 뒤로 하고 경아는 겨울의 서울 밤거리를 헤매다 눈 속에서 숨을 거두는 것으로 비극적 삶을 마감한다.

통속적인 연애담과 그 속에서 흔히 요구되는 수동적인 여성상은 대중소설의 전형이다. 경아의 주체성은 상징적 질서 속에 포섭된 '빗금 쳐진 주체'로

352 김현,「대중문화의 새로운 인식」, 김주연 편, 앞의 책, 88쪽.
353 김지영, 앞의 책, 제2장 참조.

남은 것처럼 보이며,[354] 연애는 사회의 질서를 표상하는 '증상'의 수준에 머문다.『별들의 고향』의 경아는 특수한 사건의 주인공인 듯 보이지만, 실상은 연애에 관한 남성적 상상이 집약된 대중적 기표의 범주를 벗어나지 않는다. 경아는 남성의 욕망의 대상일 뿐, 상상적 동일시를 경유하는 주체로 나아가지 못하는 것이다. 이 때문에『별들의 고향』의 연애는 개별적인 주체화를 구성하지 못하고 대중들에 의해 상식화된 연애담론을 재현하는 공간적 의미[355]만을 가진다. 그리고 연애가 지속될수록 상식화된 담론의 재생산 구조는 강화된다.

상식의 재생산은 경아의 연애를 둘러싼 담론에서 볼 수 있다. 경아는 항상 낭만적인 사랑을 꿈꾸지만, 그 사랑은 상식과 통속으로 이루어진 연애담에 한정된다. 즉 그녀가 상상한 낭만적 사랑은 통속적 연애의 틀 속에서만 실현될 만한 것이다. 그리하여 경아의 연애에 대한 서술에서는 인물의 개별성은 배제되고 상식적인 연애의 통념만이 개입된다.

① 연애에는 또렷하지는 않지만 어떤 정석이라는 것이 있다. 다방에서 만나 커피를 마시고, 개봉관에서 영화 구경을 하고, 다시 나와 저녁 식사를 하고 (…중략…) 이 제2기에 접어들면 바야흐로 연애는 본격적으로 무르익어 어두운 거리에선 팔짱을 끼게 되고, 더듬더듬 장님 점자 더듬듯이 영화관에 들어서면 여인의 손을 잡으려 들게 되는 것이다. (…중략…) 그리하여 남자들은 이 무렵엔 오로지 여

---

354 경아의 자아는 소설 속에 네 남자들에 의해서 형성된다. 경아 주변의 남성들은 백지 상태의 경아를 주체로 만드는 '거울'과 같은 역할을 한다. 네 명의 남성에 의해 구성된 경아의 자아는 현대적 여성성의 면모가 전도된 방식으로 드러난 것으로 해석된다. (강상희,「현대의 비극 혹은 천사와 창녀의 이중창」,『문학사상』 329, 2000.3, 60~61쪽) 즉 경아의 주체성은 남성 중심의 사회 질서에 의해 형성된 결과물이다.
355 이런 의미에서 경아의 자아는 '공공장소'의 성격을 지닌다고 할 수 있다. 강상희, 앞의 글, 60쪽.

인의 육체적인 것에만 눈이 벌개져서 반찬 투정하는 애처럼 만날 때마다 키스를 요구하는 법인데, 이 시기가 지나야만 비로소 연애는 결혼이라는 곳으로 직행되는 것이다.

여기에 영석도 예외는 아니었다.[356]

②여성이 한 남자를 사랑하고 드디어 그 남자에게서 육체를 요구받고, 또 받고 또 받고, 하루 이틀이 아니고 석 달 열흘 요구받으면 자신의 정조가 처음에는 신성불가침의 정조가 차츰차츰 어떤 조바심에 불과하다는 느낌을 받게 되는 것이다.[357]

③요즈음 남자들은 자기가 사귀는 여인이 자기를 속이고 있을지도 모른다는 의처증적 증세를 대부분 가지고 있다. 열이면 열, 모두들 자기가 사귀는 여인의 과거에 대해서 전전긍긍한다. 예리한 민완 형사의 눈빛을 번뜩이면서. 자기가 사랑하는 여인의 몸 어딘가에 낯선 사내의 지문이 남아 있지 않은가. 그리하여 내가 지금 손때가 묻은 애완용 인형을 신품으로 사고 있는 것이 아닌가 하고 눈들을 부라리고 있다. 그러나 생각해보면 미안하게도 요즘 여자들은 모두 조금씩은 상해 있다.[358]

위의 인용들은 인물의 서사와 무관한 내포 작가의 목소리로 진술되는 부분이다. 그런데 이런 연애에 관한 상식적인 담론은 곧 인물의 행위를 지배하는 힘으로 작용한다. 인물의 행위의 외부에 있는 상식에 따라 인물은 연애를 재현하고, 정조를 상실하고 의심하는 행위를 지속시켜 나간다. 이 상식의 담

356 최인호, 『별들의 고향』 상, 예문관, 1973, 82~83쪽.
357 위의 책, 86쪽.
358 위의 책, 221쪽.

론들은 곧 인물 행위의 준거가 된다. "영석도 예외는 아니었다"라는 구절은 그 힘의 표현이다. 이때 영석은 자율성을 가진 개별적 행위의 주체가 아니라 일반화된 담론의 형상적인 재현물로서의 성격을 가진다. 경아의 몰락 역시 영석과의 첫사랑과 닉태, 그리고 만준의 의처증과 파혼이라는 원인에 따른 결과로서 연애담론의 일부를 구성한다.

이에 따라 경아의 행동 역시 상식적인 연애 담론의 틀 속에서 진행되는 특징을 보인다.

최초로 옷을 벗은 여인들이 모두 그러하듯 그녀는 조용히 몸을 단장하기 시작했다. [359]

주간지에는 음습하고 야비한 기사로 충만되어 있다. 그러나 그런 행위들과 경아의 행위는 별 차이가 없었다. 그러자 경아는 깊은 절망의 심연으로 빠져 들어가는 것을 느꼈다. [360]

화자에 진술에 따르면 경아는 '주간지의 음습하고 야비한 기사' 같은 통속적 사랑에 빠져 있다. 그 사랑의 비천함은 기성세대와 대결을 펼치던 청년 주체의 상상력과는 판이하다. 경아의 비극적 사랑에는 청년의 주체성을 탈각된 대신 주간지에서나 볼 법한 변태적이고 가학적인 남성이 등장하여 그녀의 운명을 결정짓는다. 여성을 억압하고 대상화하는 남성적의 지배적인 시선은 경아의 연애의 원천으로, 경아의 원초적인 상상적 동일시의 역할을 대신한다.

이러한 상상적 동일시로 인해 경아의 주체성은 왜곡된다. 경아는 항상 정

---

359 위의 책, 102쪽.
360 위의 책, 114쪽.

상적인 사랑을 상상하지만 내면의 동일시를 통과하지 못하고 실패하기 때문이다. 경아는 사랑을 통해 통합적 주체가 되지 못하고 오히려 사랑의 대상이 되지 못하는 것에 대한 불안감에 휩싸인다. 그 결과 경아는 점차 신경증적 주체로 변해간다. 신경증적 주체란 상상적 세계의 불안정으로 인해 욕망의 변증법에 실패하며 상징질서 속에 안착하지 못하는 주체를 말한다. 다만 타인이 자신에게 무엇을 원하는지에 대해서만 관심을 가질 뿐이다. 이상적 자아를 완성하지 못한 채, 남들이 원하는 것, 혹은 타자의 욕망에 자신의 주체성을 투여하면서 히스테리에 빠져드는 것이 신경증적 주체이다.[361]

　문오는 경아를 이와 같은 신경증에서 구원해줄 인물인 듯 보인다. 대학 강사이자 화가인 문오는 다른 남성들과는 달리 통속적 담론을 실천하지 않고 경아를 있는 그대로 받아들인다. 그러나 문오는 경아를 구원할 만한 힘을 가지지 못한 것으로 밝혀진다. 전술했듯, 경아는 타자의 명령만을 기다리고 있는 신경증적인 상태에 처해 있기 때문이다. 그녀의 불안한 주체성으로 인해 문오의 사랑은 오히려 경아에게 불안감만 더할 가능성이 커진다.[362]

361　Bruce Fink, 맹정현 역, 앞의 책, 제8장 참조.
362　남성화자 문오에 대한 평가는 논자에 따라 다르다. 차혜영은 문오를 남성과 도시의 죄악에 대한 희생제의의 중심에 있는 화자로 평가한다. 이 제의에서 문오는 경아라는 희생양을 통해 자신의 삶을 성공으로 이끈다. 이에 따라 『별들의 고향』은 남자의 꿈을 동일시를 통해 대리만족시켜주는 남자를 위한 나르시시즘으로 평가된다.(차혜영, 「'종합선물셋트'로서의 문학, 1970년대 대중소설의 존재양상」, 『한국문학평론』 17, 한국문화예술위원회, 2001, 181~184쪽) 이에 비해 강상희는 문오를 내포작가와 실제작가가 한데 뒤섞인 화자로 평가하고 다른 남성인물과의 동일시 없이 경아의 욕망을 반영하는 것으로 분석한다. 그런 점에서 문오는 '여성화된 남성'이다.(강상희, 앞의 글, 56~59쪽) 이런 차이는 문오를 경아의 서사 외부에 존재하는 화자로 한정하고 발화방식에 분석의 초점을 두었기 때문이다. 그러나 문오와 경아의 관계는 서사 내에서 욕망을 투영하는 사랑의 관계로 이해하는 것이 합당하다. 특히 문오는 이전의 남성들과 마찬가지로 경아의 욕망의 대상이 되어 그녀의 주체성 형성에 결정적 역할을 한다는 점에서 단순한 화자로만 볼 수는 없는 인물이다.

머리칼이 흐트러지고 단추를 함부로 열어 단정치 못한 자세로 잔에 술을 따라 떨리는 손으로 술잔을 기울이는 경아를 바라보면, 내가 저 여인의 표면을 헤쳐 비집고 그 여인의 내부로 들어선다는 것이 저 여인의 고독과 슬픔, 역설적인 즐거움에 본의 아닌 개입을 하는 결과가 되는 것이 아닌가 하는 느낌을 받곤 하였다.

경아는 많은 사람의 것이었지만 단 한 사람 그녀 자신의 것이기도 하였다.

한밤중 경아는 늘 버릇처럼 울었는데 언제는 내가 참을 수 없어 그녀를 흔들어 깨웠더니, 눈가에 아직 마르지 않은 눈물이 있음에도 불구하고 자기가 울었던 것을 기억조차 하지 못하고 있었다.

나는 그때 그녀의 울음을 공연히 방해하고 말았구나 하는 느낌을 받았다. [363]

습관적인 음주와 울음은 문오에게는 타락의 양상으로 보이지만, 오히려 경아에게는 본질적인 행위이다. 히스테리적인 주체는 그와 같은 습관적인 행동을 통해 자신의 주체성을 확인하기 때문이다. 이런 상황에서 문오와 경아의 사랑은 접점을 찾지 못한다. 이는 문오나 경아의 문제라기보다는 욕망으로 매개된 두 사람의 관계의 근본적인 문제를 제기한다. 남성의 사랑이 절대적인 지배의 속성을 가진다면 여성의 사랑은 대상의 전체성에 대해 항상 의문을 가지는 충동의 형식으로 이루어진 탓이다. 그로 인해 사랑이란 항상 어긋나기 마련이며, 사랑은 항상 남녀 간 욕망의 차이의 확인으로 끝난다. [364] 문오의 포용적인 사랑에도 불구하고 그의 태도는 여타의 남성들과 마찬가지

---

363 최인호, 『별들의 고향』 하, 예문관, 1973, 270~271쪽.
364 남녀의 성차이는 성적 욕망의 대상의 성격에 따라 달라진다. 남성이 여성을 '부분대상'으로 욕망하는 반면에, 여성은 남성을 존재의 전체로 욕망한다. 이 차이에 주목한 라캉은 '성관계 같은 것은 없다'라는 명제를 도출한다. 그리고 경우에 따라서는 여성의 욕망은 정상적인 주체성을 만들지 못한다는 결론에 도달한다. Fink, Bruce, 「성적 관계 같은 그런 것은 없다」, Slavoj Žižek, 김영찬 외편역, 앞의 책; R. Salecl, 이성민 역, 앞의 책, 제1장 참조.

로 지배적 성격에서 벗어날 수 없으며, 경아의 히스테리 증세도 사라지지 않는다.

문오와 헤어진 경아는 눈 내리는 겨울밤, 서울의 거리에서 호스티스의 생을 마감한다. 결말만 보면『별들의 고향』은 지극히 낭만적이며 감상적이다. 그러나 작품 전체의 배경을 통해서 볼 때, 경아의 죽음은 단순히 한 여인의 비극적인 몰락 이상의 의미를 가진다. 마지막 장면에서 작가가 강조한 것은 도시의 비인간성과 그 속에서 희생된 한 여성이다. 악한 남성에 의해 희생되었지만, 죽음의 순간에도 끝내 원망하지 않는 경아를 통해 남성 독자의 억압적이지 않은 심성을 자극하면서 공감을 이끌어 냈다. 작가는 남성독자들이 문오처럼 경아의 몰락에 동정적인 태도를 취하면서도 그녀의 죽음에 개입할 수 없는 안타까움을 공유하기를 바랐던 것이다.

그러나 일반적인 남성의 동정적인 시선은 도시와 남성성에 내포된 폭력성을 은폐한다. 남성적 시선은 여성을 대상화함으로써 경아의 몰락을 재촉했지만, 오히려 경아의 죽음에 동정과 애도를 표하면서 남성적 욕망의 부정성을 극복하려 한다. 이는 진정한 극복이 아니라 경아를 희생양 삼아 부정성을 지우려는 의도를 품은 것으로, 남성적 사랑, 혹은 욕망에 내재한 지배와 은폐의 이중성이 작동하는 방식이다. 그런 점에서 경아의 몰락의 서사는 남성적 욕망을 비추는 거울인 셈이다.『별들의 고향』의 결말은 남성적 욕망의 이중성을 도시의 속성과 연관 지어 서술한다.

어둠이 깔린 번화가는 왠지 풍요하고 풍성한 기분이었다. 저녁때면 거리의 번화가는 일제히 머리를 들고 불을 밝히기 시작하는데 그녀는 바로 그러한 순간, 일몰의 저녁 순간에 새로이 밝아오는 불빛 번질거리는 거리의 쇼우윈도를 가장 좋아

하고 있었다.[365]

경아는 도시에서 팽개쳐졌지만 초라한 그녀에게 위안을 주는 것 또한 도시이다. 낙대로 고통받을 때 도시의 풍경은 그녀를 위무하고 삶의 동력을 부여한다. "어느 날 경아는 미도파백화점 앞에서 망연히 서 있었다. 집으로 가는 버스를 기다리고 있는데 우연히 쳐다본 도시의 저녁하늘은 아른아른한 온기로 충만되어 있음을 알았다"[366]는 서술은 경아가 자신의 심정과 도시의 속성을 일치시키기 위해 노력한다는 점을 보여준다. 이제 도시는 물질성을 넘어 내면의 정체성을 구성하는 정서의 원인이 된다.

도시는 삶의 위안을 주었듯이 죽음에도 개입한다. 경아의 죽음은 개인의 우연한 몰락이 아니라 도시의 비극적 속성이 극대화된 사건일 수밖에 없다. 그런데 그 비극의 순간은 도시의 속성과는 상이하게 묘사된다. 마침내 눈 내리는 서울 밤거리에서 경아가 죽어가는 모습은 순수하고 아름답기까지 하다.

거리는 가등의 형광 불빛만이 화안하게 비치고 있을 뿐, 텅 비어 있었다. 그런데도 신호등은 저 혼자서 빛을 반추하고 있었다.

이 세상 모든 것은 깊은 잠에 빠져 있었다. 그래서 여인은 이 세상에서 최초로 태어난 사람처럼 의외의 느낌으로 보여지고 있었다.

눈만이, 흰 눈만이 흩날리고 있어서 거리의 가로수는 하얀 눈꽃을 피우고 있었다. 여인의 눈 앞으로 모든 것이 스쳐 지나가기 시작하였다. 그녀의 모든 것이, 그녀가 지나왔던 모든 것이 그녀가 늘 기억하는 모든 지나간 기억들이 내리는 눈에

---

365 최인호, 『별들의 고향』 상, 앞의 책, 63쪽.
366 위의 책, 166쪽.

아롱져서 떨어지고 있었다.

　성냥불을 지펴서 주위의 추위를 녹이려는 것처럼 여인이 생각하는 모든 추억들은 그녀의 가슴 속에 발갛게 타올라서 그녀는 안온한 평화를 느꼈다. [367]

　술에 취해 거리를 떠돌고 있지만 경아는 흰 눈에 덮여 가로등 불빛을 받음으로써 비천하지 않다. 오히려 "최초로 태어난 사람"처럼 신성한 모습을 하고 있다. 이를 통해 경아는 숭고한 비극의 주인공이 되어 "성처녀聖處女"[368]로 승화된다. 경아의 성스러움은 감상적이고 동정적인 거리를 유지하고 있는 화자의 서술에 의해 더욱 선명해진다. 화자는 문오의 시선을 빌려 통해 남성과 도시가 경아를 파괴하는 과정을 목격했으며, 경아 스스로 이를 극복하지 못하고 타락해 가는 모습을 보면서 동정의 태도를 유지했다. 감상과 동정의 태도는 경아의 죽음 장면에서 절정에 이르며 성처녀의 이미지를 완성시켰다. 세속적 남성의 동정과 감상 속에서 경아의 죽음이 가진 성스러움은 더 밝게 빛난다.

　이와 같은 결말은 대중소설 부정론, 즉 현실을 망각하게 하거나 억압을 은폐하거나 지배 이데올로기의 재생산이라는 비판의 근거가 된다.[369] 경아라

---

367 최인호, 『별들의 고향』 하, 앞의 책, 398쪽.
368 성처녀의 이미지는 조해일의 『겨울여자』에서도 등장한다. 성처녀가 남성세계의 부조리를 해결하는 대모적인 모성을 가진 인물이라고 볼 때, 『겨울여자』의 이화는 '백치'와 '슈퍼맨'의 두 이미지를 모두 함의하고 있다.(강계숙, 앞의 글, 제4장 참조) 성처녀의 이런 특징은 경아에서도 반복된다. 비록 이화처럼 모든 남성의 욕망의 대상이 되는 적극적인 관계를 맺지는 않지만, 그녀의 죽음에 순결의 이미지가 덧씌워지면서 경아 역시 성처녀의 이미지를 부여받는다. 『겨울여자』의 제8장과 『별들의 고향』의 제9장의 제목이 모두 '성처녀'라는 사실은 이와 관련 깊어 보인다.
369 경아의 죽음이 의미하는 바는 현실도피로서 욕망의 대리 충족이거나(이지순, 「『별들의 고향』의 미적 특성 연구」, 『국문학논집』 18, 단국대 국어국문학과, 2002), 지배 이데올로기의 희생양(조명기, 「『별들의 고향』 연구」, 『문창어문논집』 38, 문창어문학회, 2001)이다. 특히 경아의 죽음이 희생양인 것은 문오가 일상으로 돌아오는 사건에서도 볼 수 있듯이, 경아 외의 인물들을 현실에

는 인물의 매력은 통속성의 범위 내에서 대중의 감각을 유인한 것은 분명하다. 달리 말해 경아는 대중문학이 형상화한 여성 주체의 전형이다. 그러나 그 때문에 경아는 1970년대의 대중적 여성 주체로 대중의 욕망에 의해 생겨나 그 욕망의 구조를 드러내는 지점이라는 의의를 가진다. 경아의 죽음은 그 배후에 있는 남성의 사랑, 혹은 욕망과 도시의 속성을 증명하며, 성처녀의 이미지로써 그 부정성을 초월할 가능성을 제시한 것이다. 비록 그 가능성은 대중적 상상의 수준에서 펼쳐지는 것이지만, 여성 주체의 희생을 통해 세상의 억압을 넘어서는 가능성을 타진한다는 데서 의의를 찾을 수 있다. 경아를 통해 실현된 성처녀의 이미지는 억압과 은폐의 위험 속에서도 소설의 대중성이 지향한 초월적 상상의 가치를 드러낸 것이었다.

이와 같은 초월성은『별들의 고향』의 후속작인『도시의 사냥꾼』의 결말에서도 재현된다.『도시의 사냥꾼』은 사랑에 실패한 여성 주인공의 방황이라는 모티브를 전작에서 이어받았다. 목사의 딸인 승혜는 엄격한 가정의 분위기에 반발해 아버지의 성격과는 정반대인 명훈을 남편으로 받아들인다. 하지만 명훈은 과거가 복잡한 난봉꾼으로, 결혼생활을 파탄에 빠트린 원인이다. 승혜는 명훈과 별거하고 불면의 밤을 보내다 그 역시 아내와 별거중인 현국을 만나 새로운 사랑을 시작한다. 현국은 몰락한 조선왕조의 후손으로, 정체성의 갈등을 겪고 있는 인물이다. 현국의 아내가 수유授乳를 거부하고 성적인 집착을 보이는 정신병적 주체인 만큼 현국의 정체성의 갈등은 '정상적' 가정과 대비될수록 더욱 심화된다. 이런 상황 속에서 현국은 우연히 만난 승혜와 사랑을 나누며 내적 갈등을 극복할 계기를 발견한다. 하지만 이들의 사

순응하게 만드는 역할을 한다.(유은정,「1970년대 도시소설의 일고찰」,『성균어문연구』40, 성균어문학회, 2005, 159~160쪽)

랑을 이루어지지 않는다. 간통죄로 고소당해 고초를 겪으면서도 현국은 끝내 아내를 버리지 못했으며, 결국 승혜는 현국과 헤어지고 아버지의 염원에 따라 목사관으로 되돌아가면서 소설은 끝을 맺는다.

『별들의 고향』과 마찬가지로『도시의 사냥꾼』의 여주인공 승혜는 고통스러운 사랑을 겪은 후 극적인 전환을 이룬다. 이때 성처녀의 이미지가 다시금 등장하여 초월적인 태도를 선보인다. 현국과의 관계에서 임신한 승혜는 혼자서 아이를 낳아 기를 결심을 하는 소설의 마지막 장면은 성경의 내용과 겹쳐지며 사뭇 성스러운 분위기를 자아낸다.

　　―나는 부활이요, 생명이다.
　　승혜는 그제서야 자기가 임종의 문밖에서 쉴새 없이 외었던 성경구절이 그것이었음을 기억했다. 승혜는 교회 계단을 오르며 그 구절을 외기 시작했다. 그녀의 등 뒤에서 모든 죽어가는 것, 모든 소멸하는 것, 모든 사라져가는 것, 신하들의 더러운 발에 의해 깨어지는 왕관, 그들의 고함소리, 그 모든 것, 심지어는 사랑까지도, 너무나도 소중했던 그녀의 현국까지도 그 모든 잃어가는 것들을 위해 승혜는 기도했다.
　　―나는 부활이요, 생명이니 나를 믿는 자는 죽어도 살겠고 무릇 살아서 나를 믿는 자는 영원히 죽지 아니하리니 이것을 네가 믿느냐.[370]

승혜의 내면과 성경 구절이 교차될 때, 승혜의 선택은 종교적인 차원으로까지 승화된다. 목사관으로 돌아가는 것이 아버지와 성경 말씀을 따른 결과

370　최인호,『도시의 사냥꾼』하, 예문관, 1977, 356쪽.

이듯, 그녀의 고난 역시 종교적 진실을 증거하는 필연적인 과정이다.

『도시의 사냥꾼』은 세속적 고난을 통해 종교적 의미를 드러내는 서술을 반복하며 작품 전체의 주제의식을 형성하고 있다. 결혼생활에서 갈등이 벌어질 때마다 승혜는 아버지의 설교와 성경구절을 떠올린다. 아버지와 성경은 절대적 권위로써 갈등에 놓인 승혜에게 선택을 강요하여 시험에 들게 한다.[371] 명훈과 결혼하여 세속적 타락의 길을 갈 것인가, 아니면 아버지처럼 청교도적인 금욕의 삶을 살 것인가. 이 시험 앞에서 승혜는 권위의 요구를 번번이 배반하고 고난이 기다리고 있는 세속적인 쾌락의 길을 선택한다. 그러나 선택의 순간은 계속 승혜를 따라다닌다. 고난의 시기에 아버지와 성경의 선택이 등장하고, 번번이 틀린 답을 택할 때마다 다음번의 시험을 예고한다. 결국 결말에 이르러 승혜는 아버지와 성경이 요구한 답을 택한다. 그리하여 승혜는 목사관으로 돌아가면서 최초의 선택을 되물리는 것으로 결말을 맞이한다. 승혜의 회귀는 '이것을 네가 믿느냐'는 아버지의 환상에 답하는 형식이다. 아버지의 집요한 물음은 결국 소설의 결말에서 그가 요구하는 답을 얻는다. 그 답은 종교, 즉 현실의 갈등을 초월하는 의지이다.『별들의 고향』의 경아의 죽음처럼 승혜는 종교에 귀의하여 세속적인 타락을 일거에 초월한다. 그리고 아비 없이 아이를 키우겠다는 의지를 통해 성처녀의 이미지를 완성시킨다.

---

371 한국과 밤을 보낸 후 승혜는 종소리에 이끌려 교회로 들어간다. 텅 빈 교회에서 승혜는 아버지의 환청과 대화를 나눈다. 아버지의 목소리는 종교적 차원에서 승혜의 간음을 단죄하고 "그러하면 이제 마지막으로 묻겠노니 지금 내 양손엔 두 가지의 과일이 놓여 있다. 하나는 종교와 계율의 과일이며, 하나는 네가 말하는 사랑의 과일이다. 두 가지를 동시에 가질 수는 없다…… 그중 한 개만 너는 선택할 수 있다. 네가 말하는 사랑의 과일이 죄악의 파멸을 이끌어 온다고 할지라도 그것은 너의 선택에 달려 있다. 둘 중 어느 것을 고르겠느냐"(위의 책, 104쪽)라며 종교적 선택을 강요한다.

결말부의 초월성은 느닷없이 돌출한 것이 아니라 서사과정에서 부성과 모성에 내재한 속성으로 지속적으로 제기되었던 것이다. 이를 구체화한 매개는 불륜이다. 승혜와 현국의 불륜은 단순히 성적 욕망에 따른 것이 아님은 현국의 정체성 문제에서 찾을 수 있다. 현국은 승혜와의 관계를 통해 상실된 어떤 것으로 되찾으려 한다. 현국은 망국의 왕족이라는 부계父系의 문제성으로 인해 아버지의 존재를 상실한 상태이다. 왕조의 몰락으로 인해 아버지의 권위는 상실되었으며, 왕궁에 살았던 과거는 기억의 편린으로만 남아 있다. 더 큰 문제점은 현국이 아버지의 부재와 동시에 모성 상실의 문제도 겪고 있다는 점이다. 현국의 아내는 자신의 아이를 부정하고 수유를 거부하는 신경증적인 증상을 보인다. 결국 현국은 몰락한 아버지와 모성 없는 어머니/여성이라는 이중의 혼란을 겪으면서 존재의 불안을 겪는다.

현국의 불안을 해결해준 것은 불륜이라는 이름의 사랑이었다. 그들의 사랑은 불륜이라 지탄받지만 실패로 끝나지 않은 것은 승혜를 통해 애초 사랑을 통해 희망했던 바를 상징적으로 획득했기 때문이다. 승혜는 목사관으로 돌아가 현국대신 '아버지의 목소리'를 아버지로 삼아 아이를 기르려는 의지를 드러낸다.[372] 승혜의 회귀를 이끈 것은 종교적 명령으로, 이 명령의 힘은 현국과 승혜뿐 아니라 그들의 아이에게도 주체화의 기원으로 작동한다. '아

---

[372] 작품 속에서 승혜의 아버지는 승혜와 직접적으로 대화하지 않는다. 승혜에게 선택을 강요하는 장면에서 보듯이 환상적인 목소리로만 존재하는 아버지이다. 목소리로서의 아버지는 그러나 승혜에게 절대적인 힘을 가진 존재이다. 승혜가 목사관으로 돌아가는 것도 아버지-목소리의 명령에 따른 것이다. 이는 아버지-목소리는 대타자의 목소리로서, 승혜뿐 아니라 아이에게도 동일하게 작동한다. 라캉에 따르면 환상의 목소리는 욕망의 대상을 만드는 원인이자 욕망의 원동력이다. 즉 "목소리는 의미 없이 문자를 상기시키지만, 문자에게 권위를 부여하는 것도 목소리이다. 목소리는 단순히 문자를 기표로 만드는 것이 아니라 어떤 행위(an act)를 만든다. 이는 라캉이 말한 바, 주체와 기표의 관계를 완성시키는 어떤 것이기도 하다." Mladen Dolar, "The Object Voice", R. Salecl · S. Zizek eds., *op. cit.*, p.27.

버지의 목소리'는 부모를 대신하여 아이에게 대타자의 권위와 함께 안정적인 질서를 부여한다. 이 명령에 따라 아이가 자라날 때, 승혜와 현국의 불안은 해소되며, 아이의 장래도 보장받는다. 승혜는 현국과 그의 아내가 가지지 못했던 아버지의 권위를 목사관에서 비로소 발견한 것이다. 이로써 현국의 주체성의 문제, 즉 아버지의 부재와 모성의 상실, 그리고 불륜이라는 윤리적 비난 모두가 일거에 해결된다. 이러한 결말은 모두 승혜의 회귀가 만들어낸 구원의 증거들이다. 승혜 고난은 모든 인물들의 문제를 해결하며 초월적인 해피엔딩을 이끈 핵심적 기원인 셈이다.

최인호의 연애소설에서 성처녀의 이미지는 인물들의 관계가 하나의 주제로 집중되는 구심점이다. 『별들의 고향』과 『도시의 사냥꾼』는 가부장적 질서 속에서 놓인 여성의 서사, 그중에서도 연애에서 남성에 의해 억압당하는 서사를 통해 여성의 수난이 인간관계에서 본질적인 것임을 시사한다. 『별들의 고향』의 문오에서 보듯 남성 인물은 아무리 긍정적이더라도 동정적 태도를 벗어날 수 없는데, 그 결과 연애는 항상 여성을 억압하고 여성의 수동성을 재생산한다. 그러나 여성 주인공의 최후의 모습은 억압적 재생산의 틀을 한걸음 벗어나 있다. 경아와 승혜는 비극의 마지막 순간 성처녀의 이미지를 통해 초월적 지향 의지를 드러낸다. 물론 초월적 태도가 남성적 억압을 현실적으로 해결할 수는 없지만 무의미한 것만은 아니다. 여성 주인공은 고난의 서사 끝에서 조우한 초월적인 지향에는 여전히 충족되지 않은 욕망의 잔여가 있기 때문이다. 모든 갈등을 해결하고, 자신마저도 갈등에서 풀려난 듯하지만, 이는 남성적 시선에 따른 것일 뿐, 여성의 주체성은 여전히 빈 채로 남겨진다.

경아와 승혜가 돌아간 지점은 대중소설의 전형적 결말처럼 보인다. 그것이 여성 주체가 애초에 욕망했던 것이 아님은 분명하다. 그러나 경아와 승혜는 억압에서 초월로 나아가며 여성적 욕망의 가능성을 제시한다. 서술의 층위에서 억압이 초월로 은폐되었다면, 서사의 이면에는 억압의 발생원인인 여성적 욕망이 숨겨져 있다. 남성에 의해 덧쓰인 성처녀의 이미지는 억압의 증거이자, 억압 이전에 존재한 여성적 욕망의 흔적이다. 여성의 욕망이란 남성의 질서와 얼마나 다른가. 최인호는 연애소설 끝에 이 질문을 남겨놓았다.

2) 여성적 향락을 통한 남성적 억압의 극복

『별들의 고향』과『도시의 사냥꾼』에서 스러져간 간 경아와 승혜는 여성 주체의 사례로 꼽을 수 있지만, 그 주체성이 서사 속에서 선명한 흔적을 남기지는 못했다. 여성의 주체성이 남성적 질서와 맞서는 이상 은폐될 운명을 피할 도리가 없었다. 이들 작품에서 보듯 여성적 욕망은 남성적 질서 속에 융해되는 순간 겨우 암시될 뿐, 본격적으로 재현될 가능성은 매우 낮다. 여성 주인공의 서사가 죽음이나 종교적 회귀와 같은 급작스러운 결말을 맞는 것도 이와 관련 깊다.

그렇다면 여성의 욕망이란 서사의 중심에 놓일 수 없는 대상일까? 이를 확인하기 위해 장편소설『사랑의 조건』을 주목한다. 이 작품은 사라진 여인을 찾는 심인尋人모티브를 중심으로, 청년 재벌 최성두의 가출한 아내 오미경을 찾아가는 흥신소 직원인 화자 '나'의 추적과정이 주된 줄거리를 이룬다. 화자가 남편의 의뢰를 받으면서 시작되는 이 소설에서 오미경은 서술의 시간 내에 단 한 번도 등장하지 않고 추적 과정에서 가족과 친구의 진술 속에서만 존재한다. 오미경은 서술에서 생략되어 있으면서 서사의 중심축이 되는 특이한 인물이이다.

추적을 통해 확인된 오미경의 과거는 외도와 가출, 불륜 등으로 얽혀있었다. 동생의 증언에 따르면, 그녀는 고등학교를 졸업 후 가출하여 담임선생이었던 김상준과 일 년간 동거한 이력이 있다. 남편은 오미경의 과거를 알고 결혼했지만 결혼생활 동안 아내와 동침하지 않음으로써 학대한다. 오미경은 남편의 외도에서 생긴 아이를 자신의 딸로 입양하여 지금껏 길렀다는 사실도 밝혀진다. 남편은 아내가 불임이라고 거짓말을 하지만 이는 아내와의 동침을 거부한 남편의 변명이었을 뿐이다. 화자는 오미경의 가출에는 나름의 이유가 있었다는 사실을 추적과정에서 알게 된다. 그리고 오미경이 처한 환경과 배경을 알아갈수록 화자는 그녀가 겪고 있던 고통과 가출에 대해 조금씩 공감한다. 부잣집 아내의 철없는 반항정도로 여겼던 그녀의 가출은 조금씩 공감을 얻어가며 필연적인 결과로 인정받는다. 결국 화자는 추적을 포기하고 그녀의 가출을 인정하면서 심인尋人의 서사는 종결된다.

화자가 오미경의 행적을 좇아 마지막으로 찾아간 곳은 제주도의 유흥가이다. 그곳에서 화자는 가짜 오미경, 즉 동명이인의 호스티스를 만난다. 그러나 화자는 가짜 오미경에 대해서 분노하거나 거부하지 않는다. 화자는 가짜 오미경을 확인함으로써 오미경의 부재를 확정짓고 추적을 포기한다. 추적을 통해 오미경의 실체가 명확해졌기 때문에 더 이상의 추적은 불가능하다는 것을 알기 때문이다. 이때 오미경의 부재를 확인한 이상 진짜 오미경과 가짜 오미경을 구분 짓는 일은 이제 무의미하다.

"오히려 잘 되었어."

나는 여인의 등을 가만히 안아 들었다. 나는 강렬한 화장품 냄새를 맡았다. 아니다. 이 여인이 바로 오미경 여사인지도 모른다. 내가 찾아다닌 여인이 바로 이 여인일지도 모른다. 그것이 도대체 무슨 소용이란 말인가. 나는 웃었다. 거품과 같은 웃음이 터져 나왔다. (…중략…)

우리는 이불 속에 누웠다. 그러나 나는 본능이 일지 않았다. 그녀의 살 위에 손을 얹으면서 나는 이 여인이 바로 내가 찾고 있었던 오미경 그 여인이 틀림없다고 생각했다.[373]

가짜임을 알고서도 그녀를 품는 화자의 태도는 체념이라기보다는 확신에 찬 행동이다. 화자는 추적 과정에서 가출의 진실과 마주치게 되자 오히려 진짜 오미경을 만나기를 두려워한다. 여기서 가짜 오미경의 존재는 오미경의 부재를 확증하는 알리바이인 셈인데, 가짜의 존재와 진짜의 부재를 확인함으로써 화자는 두려움을 해소했으며 오미경 또한 추적에서부터 자유로워졌다. 이런 의미에서 가짜 오미경과의 동침은 오미경과 화자의 특별한 관계를 암시한다. 따라서 둘의 관계를 파악하기 위해서는 추적과정에서 생겨난 특별한 친밀성을 확인할 필요가 있다.

추적을 통해 화자는 오미경을 이해하게 되고, 오미경은 그로부터 정당성을 부여받는다. 화자와 오미경의 관계는 분석가analysist와 분석주체analysand, 즉 정신분석학의 분석관계와 유사하다. 화자의 추적을 통해 비정상으로 보이는 가출이 정상적인 행위로 인정받는다는 점에서 그러하며, 추적행위 자체도 분석을 통해 적대관계에서 친밀성의 관계로 변화하기에 더욱 그러하

---

[373] 최인호, 『사랑의 조건』, 예문관, 1977, 312~313쪽.

다. 이러한 관계는 화자가 분석가의 위치에 존재하기 때문이다. 추적행위란 가출의 원인을 파악하여 오미경의 행위에 정당성을 부여하며, 문제를 해결해주는 역할을 한다. 분석주체인 오미경과의 대면 없이도 화자의 분석가로서의 역할은 서사 속에서 굳건하게 유지되었다.[374]

화자의 추적을 통해서 오미경의 부재증명은 성립되며 그녀의 주체성도 확정된다. 이는 그녀의 주체성은 부재한 상태에서 화자의 서술, 즉 분석가의 시선에 의해 재구성된다는 사실을 의미한다. 오미경은 서술 시간에는 내에서 직접 서술되지 않는다. 대신 추적을 통해 획득된 정보는 그녀의 진술과 동일한 효력을 가진다. 화자는 이 진술을 바탕으로 오미경의 행위의 의미, 즉 욕망을 재구성하고 확인한다. 그리고 화자의 추적에 의해 재구성된 오미경의 욕망은 부재증명을 통해 다시 그녀에게 부여되고 확증된다. 이를 분석의 관계로 환원하면, 화자는 진술을 중심으로 주체성을 분석하는 분석가의 위치에, 오미경은 화자의 분석을 자신을 주체성을 받아들이는 분석주체의 위치에 놓는다. 이 관계는 흐트러질 수 없는데, 그래야만 분석, 즉 『사랑의 조건』의 서사는 종결될 수 있기 때문에 발생한다. 분석을 통해 오미경은 비정상적인 주체에서 자신의 증상을 당당하게 받아들일 수 있는 주체로 재탄생한다. 분석 이전, 즉 소설이 시작될 때 그녀는 부도덕한 아내에 불과했지만, 소설이 끝날 무렵 그녀는 남편의 학대에 항거하는 독립적인 여성 주체로 변해있었다.

분석가의 지위에 있는 화자는 주체성을 부여하는 치료의 관계에서 나아가

---

374 라캉에 따르면, 분석과정에서 분석가는 분석주체에게 "안다고 가정된 주체(the subject supposed to know)"로 인정받게 되는데 이는 사랑의 형태와 구분되지 않는다.(J. Lacan, Bruce Fink trans., *The Seminar of Jacque Lacan book XX, op. cit.*, p.67) 분석가는 분석주체의 이야기를 듣는 과정으로 분석이 진행될 때 분석주체는 자신을 인정하는 분석주체에게서 전이된 사랑을 발견하기도 한다. 『사랑의 조건』에서 화자와 오미경의 대면은 없었지만 화자는 오미경의 고백을 간접적으로 듣는 위치에 있기 때문에 두 사람의 분석관계는 유지될 수 있었다.

현실적 욕망 너머의 어떤 것, 즉 여성적 욕망에 이르는 길을 제시한다. 이는 분석가가 분석주체와 전이轉移의 관계를 맺음으로써 가능해진다. 전이란 분석주체가 분석가를 "알고 있다고 가정된 주체"로 받아들이는 과정에서 생겨나는 것이다. 오미경은 소설 속에 등장하지 않지만, 화자는 그녀를 분석주체로 규정하고 자신의 분석을 확신한다.

①아니다. 그것은 아닐 것이다. 그녀의 과거를 추리해 보건데 그것은 틀림 일이다. 그녀가 밴 씨앗은 분명 남편의 씨앗이었다. (…중략…)

그렇다면 결과는 분명해진다.

나는 머릿속이 맑아짐을 느꼈다.

그녀의 가출은 의식적인 것이다. 그녀는 처음부터 일 년 동안의 가출을 시도했을 리는 없다. 그녀는 단지 애를 지우기 위해서 떠났을 것이다. 남편을 향한 복수를 하기 위해 떠났을 것이다. 처음엔 사나흘이면 충분하다고 생각했을 것이다. 사나흘 후 돌아와 자기가 남편의 씨앗을 지운 사실을 숨기고 석녀처럼 행동하며 겉으로만 위장된 가정의 평화 속에 이룩하는 복수의 형태를 시도했을 것이다.[375]

②그녀가 온양에서 제주도까지 가려면 몇 개의 간이역을 거치지 않으면 안된다. 그러나 그 간이역을 거치는 데는 아주 짧은 기일이 필요할 뿐이다. 그녀가 실종된 것은 3개월이 지났으므로 그 간이역을 거쳤다 할지라도 마땅히 제주도에서 편지를 썼어야 옳았다. 그런데 3개월이 지난 지금에 부산에 편지를 쓴다는 사실은 무엇을 뜻함인가.

---

[375] 최인호, 『사랑의 조건』, 예문관, 1977, 249~250쪽.

그것은 그 긴 세월 동안 애초에 가려했던 목표지 이외의 곳에서 오여사가 이미 혼자 생활하는 법을 터득했다는 결과가 아닌가. 마치 어린아이들이 차츰차츰 매운 김치 맛을 배워나가듯이 오여사는 이미 스스로 생활하는 법에 익숙해져 있다. 그렇게 된나면 그녀는 의외로 전혀 다른 곳에서 생활을 영위하게 될 것이다.[376]

①은 오미경이 낙태했으리라는 확신하는 장면이며, ②는 신혼여행지인 온양과 제주를 거치지 않고 부산에 머문 이유를 추리하는 장면이다. 이 과정에서 화자는 오미경에 관한 진술을 바탕으로 부재하는 그녀의 내면을 분석하고 확정한다. 오미경의 행적이 1인칭 화자의 추측에 의존하는 이상, 그녀에 관한 정보는 화자의 서술에 의존할 수밖에 없다. 달리 말해 화자의 서술을 넘어선 공간에 그녀가 존재할 여지는 없다. 화자는 서술은 곧 분석가의 분석 결과인 셈이다. 바꿔 말해 오미경의 내면과 욕망은 오로지 화자의 분석에만 근거한다고 할 수 있다.

오미경의 욕망이 화자의 서술에 기원하는 상황이 바로 분석에서의 전이이다. 즉 분석가는 분석주체의 타자가 되어 그의 욕망을 대신 실천하는 사람으로 받아들여진 것이다.[377] 전이의 친밀감은 때로는 분석주체와 분석가 사이

---

376 위의 책, 263쪽.
377 분석가는 분석주체의 무의식이 자리 잡는 공간이며 그의 무의식을 대신하는 대리자이다. 요컨대 분석 주체의 무의식이 분석가의 존재를 통해 분석 속에 현존하게 된다. 이때 분석주체가 분석가를 자신과 같은 인격체로 간주한다면 상상적 관계가 형성된다. 이에 비해 분석가가 재판관이나 부모의 위치에 있을 경우 상징적 타자의 역할을 맡는다. 하지만 분석가가 분석주체의 무의식의 형성물을 초래한 원인으로 간주된다면 이는 일종의 실재적인 대상이 되는 것을 의미한다.(Bruce Fink, 맹정현 역, 앞의 책 64~76쪽) 이를 소설에 적용한다면, 오미경과 화자의 관계는 상징적 관계 혹은 실재적 관계로 볼 수 있다. 화자는 분석을 통해 가출의 원인을 확정짓는다. 그러나 분석 이후에 화자는 (가짜) 오미경과 동침함으로써 사랑의 관계를 맺는다. 이는 오미경과 화자 서로가 욕망의 대상이 되는 실재적 관계를 뜻한다. 이 같은 실재적 관계는 오미경이 향락의 주체가 될 수 있음을 암시한다.

에서 사랑의 감정을 일으키기도 한다. 화자는 "내가 그 여인을 사랑하고 있음을 알았다"[378]라고 고백할 만큼 긴 추적 끝에 내적 친밀감을 확인하기에 이른다. 따라서 가짜 오미경과의 동침은 자포자기의 표현이 아니라 분석과정에서 이루어진 전이의 상태를 가리키는 사건으로 해석 가능하다. 이러한 상황은 화자가 주체화를 실현시키는 분석가의 위치에 있었기에 가능한 일이다. 그녀의 가출을 인정하는 소설의 마지막 장면은 추적, 혹은 분석의 목표가 그녀의 주체성을 확정짓는 것이며, 사랑의 감정으로써 그 목표가 성공적으로 완수되었음을 알리는 최종진단이다.

남은 문제는 분석을 통과한 주체의 성격이다. 부재를 증명한 오미경은 이제 어떤 모습을 하고 있을까. 비록 불륜과 가출이라는 통속적 모티브를 답습하고 있지만, 『사랑의 조건』은 여성 주체를 구체화하며 그 속에 내포된 구조적 문제를 제기한다. 가출의 원인에는 억압적 남성이 존재했으며, 오미경은 가출로써 저항한다. 그녀가 주체성을 회복할수록 남성적 질서의 부정성은 더욱 선명하게 부각된다. 이 관계성 속에서 남성 주체가 접근하지 못하는 오미경의 부재증명은 남성적 질서와의 결별을 의미하는 동시에 여성적 욕망에 대한 인정으로 이어진다. 임신 사실을 숨기고 낙태를 결정한 행위는 새로운 주체성의 탄생을 알린 선언이다. 그녀는 '석녀'를 강요한 남편의 폭력에 맞서 스스로 능동적이고 자율적인 '석녀되기'를 선택함으로써 이 선언을 실천한다.[379]

---

378 최인호, 『사랑의 조건』, 예문관, 1977, 270쪽.
379 남편 성두는 아내가 석녀라고 말하지만, 추적 결과 그 말은 거짓임이 드러난다. 오미경은 남편의 외도를 알고서는 스스로 임신을 거부하고 낙태를 결정함으로써 스스로 석녀되기를 시도한 것이다. 영구한 불임의 상태를 가리키는 '석녀'라는 용어는 최인호의 대중소설에 자주 등장하는 모티브이다. 『별들의 고향』에서 경아는 부정적 남성에 의해 석녀가 되어 수난을 겪는다. 『도시의 사냥꾼』의 승혜 역시 남편의 외도를 알고서 임신을 거부하는 '석녀되기'로써 저항한다. 이처럼

석녀되기는 오미경의 욕망의 행방을 설명할 수 있는 키워드이다. 그녀는 선명한 사랑의 욕망을 품고 김상준과의 동거를 감행한 과거가 있다. 그러나 동거로 누군가의 사랑의 대상이 되려는 욕망은 충족되지 않는다. 남성의 욕망의 대상이 되기 위해서는 싱징적 기세의 과정을 거쳐야 할 것인데, 그 억압적인 과정을 그녀는 통과하지 못했기 때문이다. 사랑에 이르기 위한 고통스러운 주체화 과정은 남편과의 결혼 생활에서도 반복된다. 그녀는 거듭된 사랑의 실패 끝에 가출을 선택한다. 그녀의 가출은 남성적 사랑의 대상이 되기를 포기함을 의미한다. 가출 이후 낙태와 호스티스 생활 등의 고난이 이어지지만 그녀는 본인의 선택의 결과를 기꺼이 받아들여 새로운 삶을 시작한다. 이로써 그녀는 '팜므파탈Femme fatale', 즉 더 이상 남성의 사랑을 원하지 않는 대신 자기 충족성을 즐기며 남성들을 무시ignorance하는 여성 주체가 된다. 이러한 여성 주체의 욕망을 일러 여성적 향락이라 명명할 수 있다. 상징적 거세를 받아들이지 않는 주체화[380]라는 점에서 여성적 향락은 남성적 질서에 대한 저항이다. 가출은 여성적 향락을 향한 첫걸음이다. 그 출발점이 목표지점으로 곧장 이어지는지는 아무도 모른다. 그럼에도 그녀는 자신의 고유한 욕망을 실천하기 위한 발걸음을 뗀다. 그 길에서 그녀는 석녀되기의 전략을 발견한 것이다. 남편을 욕망의 대상에서 지우는 동시에 남편의 욕망의 대상이 되는 것까지 거부하는 석녀되기를 통해 그녀는 이전과 전혀 다른 공간에서 새로운 주체로 거듭난다.

여성적 향락을 위한 모험은 부재 증명으로 일단락된다. 향락이 현실화될

석녀의 형상은 남녀 중심의 성관계에서 파생된 것으로, 석녀에 대한 원망(怨望)은 가부장적인 억압을 상징한다.
380 R. Salecl, 이성민 역, 앞의 책, 124쪽.

수 없는 만큼, 향락의 가능성은 부재를 통해서 반증될 수 있기 때문이다. 향락을 수행하는, 혹은 수행하리라기 짐작되는 여성 주체는 절대적 성격을 가진다. 가출을 뒤쫓으며 시작된 화자의 서술이 낙태와 석녀되기를 거쳐 최종적으로는 부재를 증명함으로써 그녀가 남성주체가 접근 불가능한 층위로 이동했음을 확인했기 때문이다. 가출 이전 남편의 공간에서 오미경은 남편의 욕망의 대상이 되지 못하는 히스테리를 겪고 있었다. 그러나 가출 이후에는 스스로 석녀되기를 선택하여 여성의 공간에서 남편이라는 타자의 욕망 자체를 거부하고 자기충족적인 욕망에 근접했다.

물론 여성적 향락이란 결코 가시적이지 않다. 여성은 남성에 대한 위협이라는 이유로, 혹은 실체가 불분명하다는 이유로 여성적 향락은 은폐될 수밖에 없다. 『사랑의 조건』에서 오미경이 그 실체를 한 번도 드러내지 않은 것은 이 때문이다. 남성적 대타자에 의해 화자의 추적은 좌절에 부딪히고 오미경의 존재는 점점 더 깊이 숨겨질 뿐이다. 그러나 모호함은 존재의 허구성이 아니라 그녀가 추구한 여성적 향락의 절대성과 관련을 맺는다.

오미경에 대한 생각은 내게 神話처럼 다가왔다. 지층을 확인하고 화석을 추적하는 고고인류학자와 같은 느낌이 가슴을 고동치게 하였다.

찾는다.

나는 심호흡을 했다.

오미경을 찾아내고 말겠다.

나는 빈 택시를 찾아보았다.

어쩌면 오미경은 실제로 존재하지 않는 여인인지도 모른다. 내가 여인과 정사를 할 때면 떠오르는 어머니의 환상처럼 오미경은 이 세상에 존재하지 않고 단지 환상으로만 존재하는 여인들의 본능인지도 모른다. 여인의 성기위에 놓은 퇴화되지 않고 거세된 남성의 성기처럼 오미경은 존재하는 여인이 아니라 어디론가 떠나고 싶은, 잠자는 남편 옆에서 오나니를 하는, 억눌려 온 모든 여인들의 분신이며 상징이 아닐까.[381]

여기서 오미경은 여성의 문제를 제기하는 신화적 인물로 확장된다. 그녀의 행위는 남성적 질서를 거부하고 여성적 대타자를 지향하는 여성 전체의 향락적 행위이다. 여기에는 그녀의 향락을 받아들이지 못하고 고분고분한 욕망의 대상을 요구하는 남편의 존재가 필수적으로 요구된다. 그녀는 자신의 주체성을 향한 여정을 포기하지 않자 남편은 탐정을 고용하여 아내를 욕망의 대상의 자리에 되돌려 놓으려 한다. 그러나 그럴수록 그녀의 부재증명은 강화되고 욕망은 더욱 선명해진다. 달리 말해 남편의 억압적인 태도는 오미경이 실천하는 여성적 욕망의 필요조건이 된다. 『사랑의 조건』의 서사는 이 과정을 충실히 뒤쫓는다.

남성적 질서의 억압과 이에 맞서는 주체화의 과정은 『사랑의 조건』에서 오미경 외에도 여러 인물을 통해 중층적으로 재현된다. '무작정 가출' 이후 겁탈을 당하고서야 겨우 집으로 돌아온 화자의 애인 수경이나, 남편 최성두에게 아이를 뺏긴 혜정의 경우가 그러하다. 이들은 오미경처럼 억압적인 가부장적인 질서를 강요받아온 인물들이다. 억압은 여성 인물뿐 아니라 화자에게서도 발견되는데, 화자는 성관계 때마다 어머니의 환상이 겹쳐져서 정상적인 관계를 이룰 수 없는 고통을 안고 있다. 그에게 어머니는 "나를 지금껏 키우

---

381 최인호, 『사랑의 조건』, 예문관, 1977, 169쪽.

던, 엄격한 도덕심을 키워주던 절대적 규율"[382]의 상징으로서 '아버지-의-이름name-of-father'에 가까운 인물이다. 성장과정에 개입한 아버지의 권위와 힘은 성인이 된 화자의 삶에 끊임없이 영향을 미친다. 화자가 겪는 성관계 장애는 부권의 영향에서 억압받는 주체의 내면을 가리킨다. 이 모습은 오미경과 수경, 혜정의 경우와 같기 때문에 화자의 분석은 오미경에게 우호적일 수 있었다. 그리고 화자는 오미경을 추적하면서 동시에 자신의 문제도 함께 해결한다. 오미경의 실체에 접근해가면서 자신의 내면을 들여다 본 것이다. 화자는 고통이 해소되면서 비로소 행복한 성관계를 맺을 수 있었다. 이러한 치유는 오미경에 대한 분석이 남긴 부가적 효과이다.

『사랑의 조건』에 펼쳐진 사랑은 대개 불륜과 겁탈 같은 비정상적인 것들이다. 인물들은 비정상적인 사랑을 거치면서 다시 이 사회 속에 안착한다. 수경이 겁탈당한 후 서울로 돌아온 것처럼 화자 역시 비정상적인 관계를 경험한 후 현실로 복귀한다. 가난한 대학생이었던 화자는 현실에 환멸을 느껴 무작정 오른 기차에서 백치 소녀를 겁탈하고서 일상으로 되돌아온 적이 있다. 이 기억은 화자에게 환상으로 남는다.

> 새로운 상행 열차가 도착할 때까지 나는 쿡쿡 웃었다 웃고 또 웃고 또 웃었다. 나는 지금도 그때의 이 오래된 잡념을 잊어버리지 못한다. 그 백치 소녀의 웃음과 맹목적인 성욕은 나를 구원해 주었다. 나는 그 여인이 살아있는 실제의 여인이 아니라고 생각하고 있다. 그 소녀는 귀신일 것이다. 아니면 한 혼령일 것이다. 그 귀신이 내 청춘의 고뇌를 덜어준 것이다. 내 종교를 위하여.[383]

---

382 위의 책, 161쪽.
383 위의 책, 69~70쪽.

화자는 수경이 서울로 돌아온 사건을 선명하게 묘사하지 못한 것처럼 겁탈 사건을 귀신이나 혼령과의 일이라고 모호하게 진술한다. 그러나 백치 소녀가 가난한 대학생을 환멸에서 현실로 되돌려 놓은 만큼 환상이라는 진술은 진실에 가깝다. 화자는 환상을 관통한 이후 고뇌에 찬 욕망을 버리고 현실로 복귀한다. 오미경과의 관계도 이와 같은 절차를 거친다. 오미경의 부재를 확인하고 가짜 오미경과 관계를 맺은 후 그는 현실로 되돌아 갈 수 있었다. 고통 없는 성관계는 오미경이라는 환상의 세계를 무사히 통과한 것에 대한 보상인 셈이다.

그러나 오미경은 이와 다르다. 환상이 매개한 질서를 끝내 거부하고 남성 주체가 닿을 수 없는 곳에 계속 머문다. 풍문 혹은 분석을 통해서 짐작될 뿐인 오미경이라는 향락의 주체를 찾는 일은 애초부터 불가능했다. 화자의 추적은 상징적 질서와 실재적 주체의 간극만을 증명한다. 그러나 부재증명에도 불구하고 그녀의 주체성이 허상이 아님은 이 간극에 의해 설명된다. 상징계와 실재계의 사이에서 누군가는 현실로 복귀하지만, 또 누군가는 절대 좁혀질 수 없는 두 층위의 거리를 각인시킨다. 중요한 것은 화자만큼이나 오미경의 존재 또한 실체적이라는 사실이다. 즉 그녀는 비록 현실에서 발견되지 않지만, 어디에나 실존할 수 있는 인물인 동시에 실재적 욕망의 증거, 혹은 흔적이다.[384]

---

[384] 향락을 추구하는 여성은 서사에서 사라지지만 그로 인해 실제 현실에서는 여성의 향락이 편재(遍在)함을 암시한다. 『도시의 사냥꾼』이 여성적 향락에 대한 확신을 보여준 것처럼, 『별들의 고향』의 경아에게도 향락적 속성이 내재한다. 경아의 죽음을 확인한 문오는 경아가 죽은 이후 도시의 곳곳에 경아의 흔적이 숨어 있어, 언제라도 그녀를 만날 것 같은 착각에 빠진다.(최인호, 『별들의 고향』하, 앞의 책, 345~346쪽) 경아는 죽었지만, 경아의 죽음이 지향한 초월적인 태도는 도시의 일상 속에 편재하고 있음을 깨닫는 것이다. 경아의 편재성은 그녀가 살아 있을 때에는 확인되지 않다가 죽음 이후에야 비로소 암시되는 특징을 가진다.

『사랑의 조건』은 사랑의 관계에 틈입한 여성 주체의 문제를 제기했다. 『별들의 고향』, 『도시의 사냥꾼』이 암시했던 초월적인 여성성은 『사랑의 조건』에 이르러 구체적인 사건으로 실천되었다. 『사랑의 조건』에는 불륜, 겁탈, 동거 등 통속적 모티브들이 여전하다. 그러나 최인호는 대중성의 틀 속에서도 새로운 여성상을 모색하는 서사의 전략을 발휘했다. 상징적 질서를 요구하는 남성의 스토리와 오미경의 부재라는 실재적 세계, 즉 여성적 향락의 가능성을 나란히 배치한 것이다. 이를 통해 최인호는 한국 사회의 남성적 대타자의 억압을 드러내며, 오미경의 부재증명으로써 그 극복 가능성을 타진한다. 『별들의 고향』에서 여성 수난의 의미를 물었다면 『사랑의 조건』의 뻔한 불륜 이야기에서 남성 중심의 질서를 전복시킬 여성적 욕망과 향락을 발견하려 했다. 그런 점에서 『사랑의 조건』의 오미경은 1970년대 말 급격한 변화를 겪고 있는 한국 사회에서 가장 급진적인 여성 주체로 꼽을 만하다.

최인호 소설의 연애 관계는 여느 대중소설처럼 남성적 시각에 의해 구성되어 남성 독자의 욕망을 충실히 따른다. 그러나 작가는 남성적 욕망 속에서 내적인 모순지점을 발견하려 했다. 독자에게 친숙한 남성적 욕망이 얼마나 억압적인지, 혹은 여성의 주체성이 그로부터 얼마나 멀리 비껴나 있는지를 여성 주인공의 모험을 통해 드러냈다. 이런 특징은 조선작, 조해일의 장편소설과 비교했을 때 더욱 선명하다. 조선작의 주인공이 사회 질서에 도전했다가 몰락하는 서사를 그렸으며, 조해일은 몰락대신 사회 질서를 적극 실천하는 연애서사에 집중했다. 두 작가의 연애의 욕망이 단선적이라면, 최인호의 주인공은 입체적인 욕망의 층위에 걸쳐 있다. 남성의 욕망의 힘을 드러내는 동시에 여성 주체의 다층적인 면모들을 진지하게 주목한 것이다. 경아와 승혜, 오미경 등 최인호 소설의 여성 주인공은 남성의 욕망에 대응한 매력적인 여성 주체로서 1970년대 대중문화의 한복판에 등장했다. 그리고 최인호는 여성 주인공을 통해 한국 사회의 욕망을 다각도로 조명했다. 그의 시선에 비춰진 다층적이며 다면적인 욕망의 얼굴들은 대중성의 근거이자 대중성을 넘어서는 가능성의 기원을 이룬다.

제5장 맺음말

 제1부에서는 1970년대 대중소설의 대중성과 대중 주체의 욕망을 탐색했다. 1970년대는 한국 사회의 구조변동은 문학담론에도 큰 영향을 미쳤다. 산업화로 인한 급격한 변화를 맞이하면서 한국 사회는 본격적인 대중문화의 시대로 접어들었다. 대중문화의 하위범주로 대두된 대중문학은 기존의 문학의 관습과 충돌하면서 1970년대를 대표하는 문화현상으로 등장했다. 순수문학 담론은 1970년대 대중문학을 저열하고 통속적인 것으로 폄하했다. 그러나 문학에 있어 대중성이란 대중의 심성을 반영한 것으로 이해되며 이는 기존의 문학 관습과는 다른 고유한 문학의식으로 평가될 수 있다. 즉 대중의 고유한 심성 세계는 이데올로기로 환원되지 않는 특성을 가진 것으로 사회의 공식화된 담론과는 배치된다. 이는 대중문학이 대중의 고유한 욕망이 반영되는 공간임을 의미한다. 따라서 문학의 대중성이란 대중 주체의 개별적인 욕망이 충돌하는 장field으로 이해되어야 할 것이다.

 대중문학에 나타난 대중성을 이해하기 위해 이 글의 논의는 욕망의 구조에 대한 분석의 방법을 원용하였다. 정신분석학은 인간의 욕망을 상상계, 상징계, 실재계의 세 층위로 나누어 설명한다. 이 세 층위는 인간의 욕망을 구성하는 필수적인 전제조건으로, 주체의 행위는 세 층위에서 발생하는 다양한 의미들이 합쳐진, 복합적인 욕망의 결과로 분석된다. 대중소설은 표면적으로는 단순한 연애소설이나 '호스티스소설'로 보이지만, 대중적 욕망을 반영함으로써 욕망의 입체적 위상을 표상한다. 주인공의 행위와 내면은 상징적 질서, 상상적 동일성, 그리고 이 두 층위에 속하지 않는 실재적인 향락 jouissance이 각축한 결과물이다. 대중소설은 대중들이 가진 다양한 욕망을 반영함으로써 1970년대 한국 사회에서 형성된 주체성의 특징을 재현했다.

1970년대 한국 사회의 대중성은 대중화론과 대중문화론의 논쟁의 장에서 본격적으로 인식되기 시작했다. 경제성장의 결과가 가시화되자 학계와 언론, 평론계에서는 한국 사회의 대중성에 관한 논의가 시작된 것이다. 한국 사회 역시 대중사회로 변동할 것이라는 예측 속에서 바람직한 대중사회에 대한 당위론들이 제시된다. 다수의 논자들은 1970년대의 한국 사회가 대중사회로 진입했다는 사실을 인정하면서도, 대중문화를 여전히 저급한 것으로 간주하고 극복의 대상으로 설정했다. 또한 대중사회의 특징으로 지목된 청년문화에 대해서도 세계적인 조류는 인정하지만 한국에서 청년문화의 발흥을 한국의 특수성의 범위 내로 축소하려는 경향을 드러냈다. 이에 따른다면, 청년계층은 미숙하고 불완전한 존재이기 때문에 선도적인 문화주체로서 평가되기보다는 과도기적인 문화로 이해되어 성숙한 성인문화의 예비단계의 지위를 얻는 데 그친다.

이런 상황 속에서 문학담론은 사회학적 관점에 따라 1970년대 대중문학을 인정하는 방향으로 전개되었다. 이념지향적 문학론과 자유주의적 문학론은 대중문학이 '문학의 민주화'를 지향한다는 평가에서는 일치했지만 그 지향점에 대한 생각은 상이했다. 이념지향적 문학론이 문학의 민주화를 내세워 대중문화와 대중문학에게 민족문학을 중심으로 발전해야 할 당위를 부여했다면 자유주의적 문학론의 입장에서 문학의 민주화는 곧 자유로운 인식의 발현과 문학 형식에 대한 탐구를 의미하는 것이었다. 두 흐름의 차이에도 불구하고 1970년대의 대중문학 현상은 여전히 불완전한 문학형식이라는 점에서는 공통된 시각을 보였다.

이에 대해 대중문학계는 대중문화와 청년문화에 대한 옹호론을 제출했다. 특히 최인호는 '청년문화선언'을 통해 청년문화에 적극적인 의미부여를 시도했다. 최인호는 기성세대와 차별되는 청년세대의 가능성을 강조하면서 1970년대 새로운 대중문화의 방향을 설정했다. 청년문화와 대중문화에 대한 기대감은 소설의 대중성에도 큰 영향을 미쳤다. 특히 대중소설은 당시 급증한 방송, 잡지 등의 대중매체를 적극 활용했다. 이러한 방식은 문학에 대한 전통적인 기대와는 어긋나는 것으로, 이념을 탈각하는 대신 독서 대중의 현실을 지향하는 글쓰기로 나아간 결과이다. 대중적 글쓰기는 상업매체를 적극적으로 활용하고 소비문화양상을 문학의 내용에 포함시킴으로써 그 외연을 적극적으로 확대했다. 그 결과 대중소설은 청년계층뿐만 아니라 호스티스로 대표되는 도시 하층민과 중산층 등 평범한 일상의 삶에도 초점을 맞추게 되었다. 대중의 일상이 구체적으로 형상화 되는 양상이 소설의 장에서도 전개된 것이다.

대중소설은 대중의 다양한 일상과 욕망을 문학의 핵심적인 주제로 끌어올렸다. 조선작, 조해일, 한수산 등 시대를 대표하는 대중작가는 일상에서 전개되는 대중적 욕망의 실천과정을 각각의 위치에서 형상화한다. 조선작은 '호스티스소설'이라 불리는 작품을 통해 도시 하층민을 다루었다. 「지사총」,

「영자의 전성시대」, 『미스 양의 모험』, 『말괄량이 도시』 등은 매춘과 관련된 도시 하층민 주체를 전면에 내세운다. 「지사총」, 「영자의 전성시대」에 등장한 '창녀'들은 이들은 사회 구조에서 주체의 위치를 잃은 소외된 인물들이다. 이들은 자신의 일상 속에서 사회 질서로 편입하려는 욕망을 실천하는 인물로 그려진다. 이들은 하층민의 삶을 직업으로 인정하고 이를 통해 상징적 질서로 편입하려 한다. 그러나 그들의 시도가 좌절될 때, 한국 사회가 안고 있는 모순과 그것을 재생산하는 욕망의 구조가 드러난다. 국가 권력의 호명에 반응함으로써 하층민의 주체화가 시작되지만, 막상 그들에게 주어진 지위는 하층민의 비천함에서 벗어나지 않는다. 그들은 정상적인 삶으로 도약하려 하지만 권력을 이를 용납하지 않고 냉혹하게 응징한다. 『미스 양의 모험』의 양은자와 『말괄량이 도시』의 명호와 수경은 사회 질서에 의해 몰락하는 주체화의 모험을 겪는 인물들이다. 주체의 욕망이 상징적 질서에 의해 고착되는 서사는 한국 사회 전체의 욕망 구조를 반영한다. 하층민의 주체화의 모험은 정상적인 삶과 비정상적인 삶의 길항을 드러내며 산업화가 만든 왜곡된 욕망의 풍경의 일부가 된다.

그에 비하면 조해일이 다룬 일상은 매우 평온해 보인다. 「항공우편」, 「방」 등의 단편은 별일 없는 중산층의 삶을 그린다. 그러나 평온해 보이던 일상은 한순간 위기에 봉착한다. 「방」에서 보듯 일상의 질서는 비현실적인 사건이 끼어들 경우 쉽게 붕괴될 수 있는 취약한 구조로 이루어져 있다. 이 위기 앞에 조해일은 대타자로서의 상징적 질서를 적극적으로 회복하는 서사를 제시한다. 「아메리카」에서 사회적 갈등을 해결하기 위해 상식적인 교훈의 세계는 절대적인 가치로 격상되어야만 했다. 비록 믿을 만한 근거는 없지만 절대화된 교훈을 받아들임으로써 주체는 위기를 헤쳐나간다. 『겨울여자』의 이화는 사회문제를 비롯하여 성적인 문제까지 한 번에 아울러 해결해내는, 상징적 질서 그 자체를 반영한 주체이다. 이화라는 이름처럼 그녀의 내면은 텅비어 있다. 이화는 항상 남성의 시선에 의해 수동적으로 내면을 받아들이는 여성이다. 이처럼 순진한 여성 주체는 남성들이 제공하는 상식적인 교훈을 받아들이면서 부정적 현실을 극복한다. 이화의 타율적 능력이 발휘 될 때 연애는 개별적이고 특수한 사건이 아니라 사회의 상징적 질서를 회복시키는 원동력으로 작동한다. 이화의 연애에는 항상 교훈적인 사건이 개입하여 연애는 개별적 주체의 관계가 아니라 사회적인 사건으로 확장되는 것이다. 조해일은 연애마저 사제관계로 전환시켜 1970년대 현실에서 상징적 질서에 대한 기대를 극화시킨 셈이다.

조선작과 조해일의 경우에서 보듯, 상징적 질서는 주체의 동일성이 위기를 해결하는 힘을 발휘하여 대중의 일상을 안심시킨다. 그러나 상징적 질서를 뛰어넘는 욕망의 주체가 발견되기도 한다. 그것이 대중성의 면모이다. 예컨대 한수산의 소설에는 세상살이와 무관한 비동일성disidentification의 서사가 낭만적 사랑이라는 이름으로 펼쳐져 있다. 현실의 문제들이 비껴난 자리는 순수한 연애나 전근대적인 떠돌이들의 삶이 대신한다. 이들은 특히 1970년대의 정치, 사회의 문제와는 무관한 인물들이다. 『부초』의 떠돌이 서커스단의 삶과 가치는 산업화에 동화될 수 없다. 그러나 그로 인해 각각의 주체에게는 절대적인 가치로 격상된다. 이런 가치 전도를 잘 보여주는 것이 한수산의 연애서사이다. 『해빙기의 아침』, 『바다로 간 목마』 등의 소설은 현실의 문제가 사라진 순수한 낭만적 사랑이 지고한 가치를 가지는 연애서사를 이룬다. 주인공이 추구하는 사랑은 세상 그 어떤 것과도 바꿀 수 없을 만큼 절대적이다. 이런 사랑은 비현실적일지라도 이를 통해 현실의 질서를 초월한다는 점에서 대중성의 매우 중요한 기원이 된다. 즉 낭만적 사랑을 꿈꾸는 욕망은 대중적 심성의 중요한 특징 중 하나이다.

그리고 청년문화의 기수, 최인호의 작품이 대중문학의 중심에 자리한다. 청년문화의 가능성을 강조한 최인호는 1970년대를 대표하는 주체성을 탐구했다. 그가 주목한 주체는 청년과 여성이다. 최인호는 미래가 무한히 열려있는 청년을 상정하고 이를 통해 새로운 가치의 실현을 실험한다. 이때 청년 주체는 긍정적인 미래와 부정적인 현실을 모두 갖춘 인물로 그려진다. 산업화에 따른 소외현상도 청년 주체를 비껴가지 않았는데, 청년은 때에 따라 기성세대와 차이가 없는 비열하고 무능한 모습을 할 수도 있다는 점을 반성한다. 이 반성을 근거로 최인호는 청년 주체의 새로운 가능성을 타진한다. 미래의 가능성을 가진 청년 주체는 상상적인 동일시를 바탕으로 청년 고유의 가치를 실현할 수 있을 것으로 기대한 것이다.

『내 마음의 풍차』에서 보듯 세상과 동떨어진 청년의 상상적 동일시는 문란하고 퇴폐적인 일탈과 기행으로 변질되기는 하지만, 기성사회를 거부하고 청년의 가치를 고양시키려는 청년 주체화의 근거가 되기도 한다. 비정상적인 행위를 통한 주체화의 전략은 『바보들의 행진』의 병태의 어수룩한 모습 속에도 숨어 있다. 병태는 청년문화의 온갖 부정적인 면모를 갖춘 바보스러운 대학생 청년이다. 그러나 바보 청년은 기성세대를 모방하는 부정적 청년들과 대비되어 가장 날카로운 비판의 효과를 보여준다.

그러나 청년 주체의 모순과 한계 또한 명백하다. 『구르는 돌』의 가짜 대학생 순철이 대학생 이미지의 허망함을 폭로했듯이, 번듯해 보이는 청년의 이면에는 쉽게 인정할 수 없는 모순이 숨어 있음을 발견한다. 가짜 대학생과 진짜 대학생이 구분되지 않는 현실 속에서 대학생, 청년은 항상 실재적 위기에 노출되어 있는 셈이다. 물론 실재적 위기는 항시 은폐될 수밖에 없지만, 최인호는 위기가 불거지는 지점을 위트 있게 포착하여 청년 주체의 진정한 의미에 진지한 질문을 던진다.

최인호가 주목한 또 하나의 주체는 세상의 고통을 온몸으로 받아낸 여성이다. 『별들의 고향』과 『도시의 사냥꾼』의 주인공 경아, 승혜는 남성에 의해 수난을 당하는 수동적인 여성 인물로 그려진다. 이 매력적인 여성 인물을 앞세워 최인호의 소설은 대중성을 확보하며 대중과의 공감을 이끌어 냈다. 그러나 대중성은 단순히 여성의 수동성에 대한 동정심에서 기인한 것은 아니다. 경아나 승혜는 몰락의 서사를 통해 도시와 남성의 폭력을 고발하고 사회의 부정성을 승화시키는 절대적인 가치를 지닌 '성처녀'의 이미지로 제시된다. 성처녀라는 구원의 여성상은 남성의 욕망을 대리만족시키는 성격을 지니지만, 한편으로는 남성의 가치와는 전혀 다른 여성의 주체성을 시사하기도 한다.

구원의 여성상은 『사랑의 조건』에서 여성적 욕망을 실천하는 인물로 전환된다. 남편의 억압을 피해 가출한 여성 주인공을 추적하는 과정을 통해 여성이 지닌 고유한 욕망, 즉 여성적 향락을 이 소설에서 발견할 수 있다. 남성 화자는 오미경을 찾아 나서지만 그가 확인한 것은 그녀가 왜 가출을 해야 했으며, 가출이 그녀에게 어떤 의미인지에 관한 대답이었다. 가출한 여성을 통해 새로운 의미를 발견한 결과 화자는 그녀는 어딘가에 존재하지만 결코 발견되지 않는 인물임을 깨닫는다.

이는 여성적 욕망의 핵심적 특징이다. 여성적 욕망의 고유성은 여성을 남성의 대상으로 머물게 하지 않고 남성 중심 사회의 한계를 극복할 가능성을 배태시킨다. 그렇기 때문에 여성적인 욕망은 남성의 시선에서는 포착되지 않으며, 오히려 그것에 다가선 남성들을 변화시키는 힘을 발휘한다. 즉 오미경의 부재는 타자를 필요로 하지 않는 절대적인 욕망을 암시한 셈인데, 이를 일러 여성적 향락이라 말할 수 있다. 최인호는 가출과 불륜 등 전형적인 대중소설의 문법을 구사하면서도 그 속에 내재한 대중적 욕망의 한계를 주목하고 이를 넘어서는 새로운 주체를 형상화한 것이다.

이처럼 1970년대 대중소설은 시대적 변화에 민감하게 반응하며 다양한 층위의 욕망을 탐구했다. 하층민과 중산층, 그리고 청년과 여성은 1970년대 대중소설이 발견한 대중 주체이다. 이들은 상징과 상상, 그리고 그 이면에 숨어 있는 실재의 층위를 누비며 한국 사회의 욕망의 특징적 구조를 그려 보인다. 이들은 한편으로는 순응적이고 퇴폐적이지만 또 한편으로는 사회 질서를 전복할 힘을 보여주기도 한다. 그 가능성이란 고난에서 승리를 거두는 상승의 서사를 의미하는 것이 아니다. 평범하고 통속적인 소설 속에서 욕망의 특징적인 구조가 사회 현실과 조응할 때 그 속에서 욕망 구조의 특이점이 불거지는 지점을 의미하는 것이다. 이를 포착하고 최종적으로 의미를 부여하는 이는 당시의 독서 대중이다. 독서 대중이 소설을 읽는 행위는 소설 속의 욕망과 자신의 욕망을 새롭게 해석한다는 것을 뜻한다. 따라서 독서 대중의 욕망읽기에 대한 분석은 소설 텍스트를 넘어 새로운 대상과 방법론을 모색해야 한다. 이를 위해서는 관습적인 문학의 생산·소비의 기제를 넘어서야 할 필요가 있다. 폭넓은 시야에서 문학장을 조망하고 다양한 제도와 양식에서 펼쳐진 글쓰기와 글 읽기의 공간을 탐색하는 연구작업이 이후의 과제로 요구된다.

2부

대중서사와 대중의 리터러시

1장 / 논픽션, 새로운 글쓰기의 공간−1960~1970년대『신동아』논픽션 공모의 경우
2장 / 하층민 글쓰기 양식으로서의『어둠의 자식들』
3장 / 하층민 서사와 문학적 상상력−『부초』와『지구인』의 경우
4장 / 하층민 서사와 주변부 양식의 가능성−1980년대 논픽션을 중심으로
5장 / 1970년대 대중서사의 전략적 변화
6장 / 1970년대『선데이서울』과 대중서사

제1장 논픽션, 새로운 글쓰기의 공간

1960~1970년대 『신동아』 논픽션 공모의 경우

1. 저널리즘 글쓰기의 가능성

대중 독자의 형성에서 신문, 잡지 등 매체의 역할은 결정적이다. 19세기 이후 서구의 소설사가 그러하듯이,[1] 1970년대 한국문학사가 '소설의 시대'를 연 데에는 대중매체의 양적·질적 성장이 바탕에 깔려 있다. 산업화 이후 대중매체와 독자층이 양적으로 성장하며 소설은 산업화시대를 대표하는 문학 장르로 자리 잡는다. 이때 사회구조 및 욕망과 연결된 대중성은 문학성 자체를 설명하는 중요한 키워드가 된다. 나아가 대중 독자의 존재는 저널리즘과 문학과의 연결고리가 되기도 한다. 대중매체와 문학 작품이 1970년대에

---

[1] 특히 영어권에서 저널리즘의 사실주의 소설의 발전에 결정적인 역할을 했다는 것이 문학사의 일반적 시각이다. 이와 관련하여 Shelly Fisher Fishkin, *From Fact to Fiction : Journalism & Imaginative Writing in America*, Oxford University Press, 1985; Doug Underwood, *Journalism and The Novel : Truth and Fiction, 1700~2000*, Cambridge University Press, 2008; Lennard J. Davis, *Factual Fictions : The Origins of The English Novel*, University of Pennsylvania Press, 1983; Michael Robertson, *Stephen Crane, Journalism, and the making of Modern American Literature*, Columbia University Press, 1997 등의 논의를 참조.

동시에 증대되는 상황에서 저널리즘 글쓰기Journalistic Writing[2]와 문학적 글쓰기의 연관성은 대중적 읽을거리의 주요한 생산방식 중 하나로 주목받았던 것이다. 관습적으로 저널리즘 글쓰기와 문학적 글쓰기는 별개의 생산 기제로 이해된다. 하지만 한 작가에 의해서 저널리즘 글쓰기와 문학 글쓰기가 동시에 수행되는 경우, 두 텍스트의 장르 경계는 불분명해진다. 이 경우에 두 영역의 글쓰기는 상호 지시의 관계에 놓인다.[3] 즉 작가의 저널리즘 경력은 소재 수준을 넘어 소설의 미학적 동력으로 작용하며 저널리즘 글쓰기와 문학적 글쓰기는 독자의 영역을 포괄적으로 공유한다.

이처럼 소설의 근대성이 형성되는 과정에서 저널리즘과 소설 장르는 서로 접목하고 분화했다. 저널리즘은 기사 내용의 수동적 수용을 넘어서 사회적 전망 perspective을 기대한 독자의 요구에 따라 정보전달 기능을 변화시켰다.[4] 20세기 뉴저널리즘new journalism이라 부를 수 있는 글쓰기 형식은 독자의 요구에 대한 대답 중 하나였다. 새로운 글쓰기의 시도는 언론의 신뢰를 바탕으로 예술 장르가 보유한 전망을 저널리즘 속에 결합시켰던 것이다. 그 결과 저널리즘의 다양한 글쓰기 양식은 저널리즘과 예술의 결합이라는 이종적인 성격을 갖추며, 종국에는 문학사를 풍부하게 만들었다.[5]

---

2 데이비스는 *Fictional Fictions*(1983)에서 '저널리즘 글쓰기'라는 용어를 포괄적인 의미에서 사용하고 있다. 저널리즘 글쓰기란 관습적인 소설 글쓰기(Fictional Writing)와 보도에 중점을 둔 언론 기사와는 달리, 사실에 기반하여 심화된 내러티브를 가지는 글쓰기를 통칭하는 용어이다. 이에는 논픽션, 수기, 르포르타주 등이 포함되며, 의미를 확대할 경우, 뉴저널리즘에서 출발한 단행본 출판물까지 확대될 수 있다. 언더우드는 저널문학(journalistic literature)이라는 용어를 사용하기도 한다. 이 글에서는 논픽션 작가와 독자들의 읽고 쓰는 행위를 지칭하기 위해 '저널리즘 글쓰기'가 좀 더 적합한 용어라 판단하였다.
3 Shelly Fisher Fishkin, *op. cit.*, pp.5~7.
4 *Ibid.*, pp.8~9.
5 Doug Underwood, *op. cit.*, p.183.

예컨대 1960년대 미국의 뉴저널리즘은 기존의 문학이 현실을 정확히 묘사할 수 없다는 반성과 함께 전통적 저널리즘의 한계를 극복하기 위해 전위적으로 실험된 글쓰기 장르이다. 그 하위범주인 논픽션 소설은 객관적 서술을 요구하는 저널리즘에 시점, 상징, 내러티브와 같은 소설의 일반적 구성과 의식의 흐름과 같은 특수한 기법들을 혼합했다. 이를 통해 저널리즘의 객관성과 소설의 허구성을 모두 갖춘 형태의 새로운 글쓰기 장르가 탄생했다. 문학과 저널리즘의 혼합, 혹은 종합을 통해 저널리즘 글쓰기는 현실을 효과적으로 묘사할 가능성을 얻는다.[6] 독일의 르포문학 역시 이러한 요구에서 시작되었다. 1960년대 이후 르포문학은 '운동으로서의 문학'을 강조하며 기존 언론과 문학의 대안으로 부각되었다.[7] 실제 사건을 허구화하여, 독자의 능동적 해석을 요구하는 서술방식을 통해 권위적 담론을 다성적인 담론으로 전환시키는 것이 르포문학의 전략이었다.[8]

20세기의 저널리즘 글쓰기는 새로운 전망 추구와 이를 능동적으로 받아들인 독자에 의해 탄생한 글쓰기 장르였다.[9] 독자는 다양한 형식의 텍스트를 요구함으로써 장르 전반의 변화를 주도한 셈이다. 대중 독자는 문학의 운동성을 적극적으로 받아들여 노동계급의 상황과 결합했다. 이를 통해 저널리즘 글쓰기에 기존의 문학 장르의 빈틈을 메우는 특수한 문학상품 이상의 성격을 부여했다.[10] 그 결과 논픽션 소설, 르포 소설, 뉴저널리즘 등의 저널리즘 글쓰기는 소설과 기사의 혼합을 넘어서는 전망을 가지게 되었다. 20세기

---

6   김욱동, 『포스트모더니즘의 이론』, 민음사, 1992, 328쪽.
7   정지창, 「권터 발라프의 르포문학」, 『문예미학』 1, 문예미학회, 1994, 214쪽.
8   박종율, 「로돌포 월쉬의 『집단학살』에 나타난 저널리즘과 논픽션 소설의 유사점과 차이점」, 『스페인어문학』 18, 한국서어서문학회, 2001, 320쪽.
9   위의 글, 319~320쪽.
10   정지창, 앞의 글, 217~218쪽 참조.

후반, 저널리즘 글쓰기는 전문 저널리즘 출판과 본격 소설로 분화되지만 문학에 대한 영향력은 여전했다. 오히려 저널리즘 글쓰기는 창조적 글쓰기의 기반으로 인식되면서 '고급예술high-art'의 기반으로 자리 잡는다. 예술적 글쓰기가 간과할 수 있는 대중성의 문제를 저널리즘의 태도가 담보할 수 있기 때문이다. 그 결과 저널리즘 글쓰기는 20세기 대중문학과 순수문학을 매개하는 역할을 맡는다.[11] 수준 높은 저널리즘 글쓰기는 사회 전체에 대한 전망을 문학과 공유하며, 사실성과 대중성을 제공함으로써 글쓰기의 고유한 영역으로 남을 수 있었던 것이다. 이런 관점에서 저널리즘 글쓰기와 문학은 소재의 차원을 넘어서 상호 지시inter-referential의 관계를 맺는다고 할 수 있다.

서구 문학사의 상황은 1970년대 한국의 글쓰기 상황을 이해하는 데 참조가 될 듯하다. 1960년대 이후 한국에서 에세이, 수필 등의 비문학 산문들은 베스트셀러의 목록에 오른다. 논픽션이 현대의 중요한 글쓰기 장르라는 점이 인식된 데서도 알 수 있듯이, 독서계는 저널리즘 글쓰기에 대해 꾸준히 관심을 보여 왔다. 잡지마다 논픽션을 게재하기 시작했으며, 공모 과정을 거쳐 저널리즘 글쓰기는 대중적인 읽을거리로 등장했다. 1970년대 이후 황석영, 박태순, 조세희 등의 논픽션 집필과 더불어, 독자의 적극적인 수용을 통해 논픽션은 이 시기 주요한 글쓰기 장르로 부각되었다. 1970년대의 소설과 저널리즘 글쓰기는 적어도 대중매체의 공간 내에서는 잡지의 동격의 읽을거리로서 수용된 장르였다.[12] 1970년대 이전까지 언론과 문학은 엄격한 장르의 관

11 언더우드는 저널리즘 글쓰기가 상업출판으로 나아간 상황에 대해, 문학적 자질을 유지하면서도 대중의 관심이 문학에서 멀어지게 만든 아이러니라고 평한다. 그럼에도 저널리즘 글쓰기는 소설 쓰기에 영향력이 여전하다는 점에서 소설이 저널리즘 글쓰기보다 우위에 있는 것은 아니라고 말한다. Doug Underwood, *op. cit.*, pp.186~188.
12 1970년의 신문연재 소설은 반드시 문학성을 담보하지는 않았다. 상업적인 연재지면은 소설에게 문학적 자각을 요구하지 않는 것이다. 이로 인해 독자의 입장에서는 신문기사와 소설이 동일

습을 유지해왔다. 하지만 대중문화의 영역에서는 이 두 장르는 공존의 가능성을 가지고 있었다. 대중적 교양에 근접한 잡지에서 저널리즘과 문학이 혼재되어 있으며, 독자의 수용이 두 장르에 격차를 보이지 않았기 때문이다. 이러한 상황에서 대중매체가 선택한 논픽션의 형식은 저널리즘과 문학의 장르를 넘어서 새로운 현실을 구성할 만한 글쓰기의 가능성을 내비친다.[13]

이런 전망에서 1960~1970년대 저널리즘 글쓰기의 하나인 논픽션의 형성·수용 과정에 초점을 맞추는 동시에 소설과의 연관관계를 주목할 필요가 요구된다. 논픽션은 잡지의 기사 수준에 국한되지 않고 소설과의 관계를 유지함으로써 이 시기 글쓰기 상황 전반에 적지 않은 영향을 미쳤던 것으로 이해할 수 있기 때문이다. 그리고 이 과정에서 필연적으로 요구되는 대중성은 논픽션뿐만 아니라 문학의 유력한 문제의식 중 하나였다. 대중성을 공유하고 있는 논픽션과 소설은 글쓰기의 인접장르로서, 두 글쓰기의 관계를 묻는 작업은 문학사의 주제로서 마땅히 다루어야 할 것으로 판단된다.

한 콘텐츠로 받아들여질 가능성이 크다. 이를 짐작케 하는 사례는 최인호의 『바보들의 행진』이다. 이 소설은 『일간스포츠』 창간에 맞춰 기획된 연재물이었다. 이 작품이 연재된 면은 '캠퍼스' 면으로, 당시 급증한 청년, 대학생 독자를 대상으로 특화된 지면이었다. 이 지면의 구성은 청년, 대학생의 일상과 캠퍼스 동정 등이 실리며 한편으로 『바보들의 행진』이 실린다. 『바보들의 행진』은 소설이라는 제호가 붙었긴 하지만 '캠퍼스'란의 기사들과 구분되지 않는다. 이 지면에서 소개된 사건들이 「바보들의 행진」의 소재가 되어 등장하면서, 이 작품은 문화 콘텐츠로서의 성격이 더욱 강해졌다. 문학이라는 관습은 때에 따라 만화와도 혼용되던 것이 당시 문화적 현상이었다.

13 Doug Underwood, *op. cit.*, 제4장 참조.

2. 1960~1970년대 저널리즘 글쓰기와 논픽션 공모

1970년대는 대중매체의 전성기가 시작된 시기였다. 『선데이서울』 이후 폭발적으로 증가한 주간지 시장 외에도 『일간스포츠』 대중매체가 독자의 선택을 기다렸으며, 그에 맞춰 대중적 글쓰기도 늘어났다. 대중매체의 글쓰기는 기존의 '교양 있는' 매체와는 다른 콘텐츠를 생산했는데, 이들 매체가 주목한 것이 대중문화, 그중에서도 능동적인 생산력을 보여준 청년문화였다. 이러한 대중문화 현상들은 흔히 반문화, 퇴폐문화 등으로 폄하받기 일쑤였다. 기성세대와 기득권층은 물론, 대학을 중심으로 한 지식인들도 비판에 가담함으로써, 대중문화에 대한 왜곡될 수밖에 없었다.[14] 하지만 비판에도 불구하고 대중매체는 다양한 콘텐츠를 적극적으로 생산하며 대중성을 구축하기 시작했다. 특히 독서시장에서 대중매체가 선택한 생산 방식이 바로 저널리즘 글쓰기였다. 다양한 기사와 르포, 취재, 수기들은 저급하고 퇴폐적인 것으로 비판받는 이야깃거리를 만들어 냈으며, 대중 독자들은 이에 적극 호응했다.[15]

퇴폐적이고 저급한 이야기들은 비록 비판받을지라도 대중에게 수용 과정에서는 장르적 규정은 중요하지 않다. 특히 기사와 소설이 구분되지 않고 동등한 위상에서 실리는 대중매체의 상황에서 기사와 소설의 장르를 구분 짓는 일은

14　주창윤, 「1970년대 청년문화 세대담론의 정치학」, 『언론과 사회』 14(3), 사단법인 언론과 사회, 2006.8, 제4장 참조.

15　1960년대 후반 한국 잡지의 전반적 상황을 '논픽션적 경향', 혹은 '화제형지식'으로 정리된다. 이는 TV, 영화, 라디오 같은 시청각 미디어와 더불어 주간지의 유행에 따른 결과인바, 진지성이 결여되어 있는, 과장된 '사시들의 전시장'이라는 비판을 받는다. 송건호, 「68년 한국지식인의 의식상황」, 『세대』, 1968.12.

수용자의 입장에서도 특별한 의미를 가지지 않는다. 독자의 입장에서 잡지의 기사와 소설은 현실적 소재를 재구성한 이야기라는 공통점으로 인해 구분되지 않으며, 이를 통해 독자의 경험을 확대한다는 점에서 동질적으로 수용되기 때문이다. 즉 독자에게는 잡지의 기사나 소설 모두 공평한 읽을거리이다. 그런 까닭에 잡지란, 어원 그대로 읽을거리의 '창고magazine'이다. 신문이 보여주지 못하는 심층기사와 르포, 수기, 논픽션, 그리고 소설이 한 데 묶인 잡지는 대중 독자들이 요구하는 독서의 장을 펼쳐놓은 공간이었다.

글쓰기의 양적증대는 독자의 요구에 따른 것이다. 전반적인 교육수준이 향상되면서, 독서시장은 성장하고 독자의 독서에 대한 요구는 늘어났다. 기존 언론과 문예장이 이를 충분히 충족시키지 못할 때 대중매체의 글쓰기가 그 자리를 차지했다. 대중매체의 특성상, 대중 독자들은 매체 내에서 요구한 읽을거리의 양상은 다양했다. 독자의 요구는 단순히 말초적인 흥미의 기대를 넘어서 당시 대중의 리터러시literacy, 즉 문필적 수준에 맞는 교양과 전망에 대한 요구에까지 이르렀다.[16] 1970년대의 대중적 독서 상황은 베스트셀러 목록에서 엿볼 수 있다. 1970대에는 문학류 외에도 다양한 비문학류가 베스트셀러 목록에 올랐다. 『무소유』, 『대통령의 웃음』, 『세계의 나그네』, 『한국인의 의식구조』, 『진아의 편지』 등의 베스트셀러 목록에서 보듯이, 산

---

16 '리터러시(literacy)'라는 용어는 기본적으로 문해능력, 즉 읽고 쓰는 능력을 가리키지만, 넓은 의미로는 대중의 정체성을 구축하는 과정에서 생겨난 대중적 지식과 지혜, 관습 등을 포괄하는 뜻을 포함하고 있다. 그런 점에서 'Literacy'는 '분별능력', 혹은 '교양' 등으로 번역되기도 한다. 이 글에서는 'Literacy'를 '문해능력', '문필능력' 등의 기본적인 뜻으로 받아들이되, 하나의 단어로 고정하여 번역하지는 않고, 이 단어에 포함된 다양한 어의를 풀어서 쓰기로 한다. Literacy의 개념과 역사적 전개과정에 관해서는 Richard Hoggart, *The Use Of Literacy*(1957), Transaction, 2008; Ursula Howard, *Literacy and the Practice of Writing in the 19th Century : A History of the Learning, Uses and Meaning of Writing in 19th Century English Communities*, Niace, 2012 등의 논의를 참조함.

업화의 소외계층을 다룬 내용은 물론,[17] 여행기, 서간문, 수상록 등 다양한 형식이 대중 독자들을 흡인했다. 이들 작품은 1960년대의 철학적, 사변적 에세이와는 달리 비교적 쉬운 내용으로 교육 수준에 상관없이 널리 읽힐 수 있었다. 이들 저작은 지적인 수준에서 잡지기사와 비견될 만하며, 흥미로운 읽을거리로서 소비되기에 적당한 것들이었다.

이런 독서 상황은 서구 저널리즘 글쓰기가 분화한 상황과 비교할 만하다. 서구의 저널리즘 글쓰기는 1960~70년대 정치, 사회의 변혁에 대응하는 반성의 결과였다. 즉 관습적인 문학을 거부하고 문학성에 대한 운동성의 우위를 추구한 문학적 실천의 결과가 바로 다양한 형태의 저널리즘 글쓰기였다.[18] 저널리즘 글쓰기가 지향한 '운동으로서의 문학'은 다성적 언술을 회복함으로써 탈권위적 사실성reality을 추구하기 위한 실천이었다.[19] 이와는 달리 1970년대 한국 독서 상황에서 서구와 같은 운동성을 발견하기는 어렵다. 다양한 읽을거리에 대한 요구가 1960년대 문학계/문화계에 대한 대응의 결

---

17 이임자, 『한국 출판과 베스트셀러』, 경인문화사, 1998, 196쪽.
18 정지창, 앞의 글, 214쪽.
19 저널리즘 글쓰기는 20세기 중반 라틴아메리카에서도 번성했다. 라틴아메리카에서 저널리즘 글쓰기는 기존 소설에 대응하는 양식의 의의를 내포한다. 모레티의 견해에 따르면, 20세기 중반의 마술적 리얼리즘에 해당하는 작품들은 소설의 억압의 결과이다. '소설이 없는 세계'의 소설은 결국 리얼리즘 이전의 형식과 잡종형식을 취할 수밖에 없다. 그럼에도 불구하고 마술적 리얼리즘 소설들은 민족의 신화를 재형상화함으로써 불확실성을 제거하고 의미를 고정하는 재주술화의 길을 걷는다. 모레티는 이를 다성성에 대한 독백주의의 승리라고 말한다.(Franco Moretti, 조형준 역, 『근대의 서사시』, 새물결, 2001, 제9장 참조) 이 과정에 맞대어 본다면 논픽션, 르포와 같은 저널리즘 글쓰기의 의의는 더욱 분명해진다. 소설의 재현 능력에 대한 회의는 다양한 탈장르적인 글쓰기를 낳는다. 현실을 허구화하거나 허구를 현실화함으로써 기존 장르가 배제한 주체를 회복시키는 것은 물론, 탐정소설과 같은 대중 서사장르와 접속하며 생략을 통해 열린 의미를 산출하려는 노력으로 이어진 것이다.(박종율, 앞의 글, 2·3장 참조) 이처럼 저널리즘 글쓰기의 가능성은 소설 장르의 기능과 한계에 대한 논의와 상보적으로 연관되어 있다. 따라서 저널리즘 글쓰기에 대한 논의는 글쓰기 자체에 대한 문제는 물론 인접한 서사장르인 소설의 변화과정을 이해하는 데 중요한 키워드가 될 것이다.

과이기는 하지만 기존 장르와 변증법적인 대응 관계를 이룰 만큼 조직화·담론화되지 못했기 때문이다. 당시 출판·문화계에서도 논픽션이 "꿈과 로망보다는 현실에 밀착된, 그러면서도 생생하고 실감나는 체험 세계를 통하여 무엇인가 합리적인 것을 추구"함으로써, 리얼리즘을 극대화하는 데 유용한 장르라는 점은 공감하고 있었다. 그러나 논픽션이 구체화된 양식을 전기와 보고문학, 일기, 수필, 서한 등 포괄적인 비문학 장르 정도로 이해함으로써 저널리즘 글쓰기와 문학의 길항관계를 적극적으로 해석하지는 않았던 것이다. 이로 인해 논픽션의 의의는 "현실생활에서, 인생의 신앙적 애필, 센세이셔널리즘, 자기만족, 미지의 세계에 대한 관심 등 공중의 관심요소를 반영하는 체험에의 참여를 위한 공감체로서 태어난 것"[20]으로 평가된다.

그러나 논픽션은 출판·문화계의 이해 이상으로 발전했다. 저널리즘 작가의 발굴을 통해 1970년대 논픽션은 각 매체의 특성에 맞는 분화 과정을 거친다. 논픽션 기사는 잡지마다 발굴, 게재 과정을 거쳐 고유한 성격에 맞는 새로운 글쓰기 방식을 형성하기에 이른 것이다. 그리고 1970년대 후반에 이르러서는 논픽션은 소설 장르와 길항관계를 이루면서 의미 있는 글쓰기 제도로 잡는다. 이러한 가능성을 보여준 첫 사례로 『신동아』의 논픽션을 들 수 있다. 1964년 『신동아』 복간과 함께 기획된 논픽션 공모는 논픽션이 가지는 의의를 파악한 매체의 요구와 함께 새로운 읽을거리를 요구한 독자의 요구가 합쳐진 결과이다. 논픽션 공모는 전문 필자가 독점한 글쓰기의 자격을 독자들도 공유할 수 있게 만들었다. 그리고 『신동아』의 지위와 150매 내외의 적지 않은 분량이라는 조건은 일반 독자가 아마추어리즘을 벗어나 전문적인 글쓰기로 나아갈

---

20 민병덕, 「논픽션과 한국독자의 의식」, 『출판학연구』, 한국출판학회, 1970, 59쪽.

가능성도 열어두었다. 공모 당선자는 신춘문예 당선자나 교사 등 문필가뿐만 아니라 소시민 직장인, 여공, 버스안내양, 구두닦이, 넝마주이 등 평범한 대중 독자들까지 포괄한다. 『신동아』는 다양한 필자들을 발굴함으로써 적극적으로 논픽션 기사를 생산할 틀을 갖추었다.[21] 전문기지의 현장취재를 통해 만들어지는 르포에 비한다면, 논픽션은 전문성은 부족하지만 경험의 직접성을 바탕으로 르포 이상의 현장감과 흥미를 형성할 수 있었기 때문에 전문 필자 이상의 반응을 이끌어 낼 수 있었다. 『신동아』 공모 이후 다른 잡지에서도 논픽션을 잡지의 글쓰기 생산방식으로 전유한다. 『주간중앙』, 『주간경향』 등의 주간지가 논픽션을 공모했으며, 『동아일보』에서는 신춘문예 논픽션 부문을 신설했다. 공모가 아닌 경우에도 다수의 잡지에서 논픽션을 발굴함으로써 논픽션은 1970년대 잡지의 특징으로 자리 잡았다.

논픽션은 다양한 필자의 경험을 통해 현실감이 있는 읽을거리를 제공한다는 점에서 효과적인 생산방식이었다. 특히 잡지가 소비·유통에 즉응하는 매체라는 점을 감안한다면 잡지가 논픽션에 높은 관심을 보인 것은 독자를 흡인하기 위한 잡지의 전략으로 유효했음을 짐작할 수 있다. 평범한 독자가 쓰는 논픽션은 곧 독자의 호응에 근거해 존립하는 글쓰기 장르이다. 따라서 논픽션을 독자의 인식변화와 직접 연관될 수 있다. 독자들이 관습적인 문학, 저널리즘 글쓰기에서 탈피하여 새로운 인식을 요구했을 때, 이는 새로운 글쓰기의 양식으로 나타났으며, 저널리즘 글쓰기로서의 논픽션은 그에 대한

21　이칠봉(본명 이정항)은 「사형수 풀리다」(1970) 당선 이후 후속편으로 「사슬이 풀린 뒤」(1972)를 게재한다. 문단에 소설로 등단한 이후 논픽션을 발표한 이정항은 이후 단행본 수기 『벌받는 회사』(노벨문화사, 1971)를 내며 논픽션작가로 활동한다. 1974년 「매혈자」로 당선된 김도규도 후속작 「하역회사」(1976), 「취로사업」(1978)으로 재당선되며 전문적인 논픽션, 르포 작가로 활동한다. 이처럼 논픽션 공모는 단행본 출판시장으로 진출할 수 있는 기회이기도 했다.

구체적인 대응에 해당한다. 기존 언론과 문학이 대중의 현실과 요구를 외면했을 때 대중매체는 이에 능동적으로 반응했다. 대중의 현실과 요구를 잘 드러낼 수 있는 기제를 갖추고 있었기에 논픽션은 1960년대 이후 대중적 글쓰기/글 읽기의 중요한 장르로 부각될 수 있었다.

3. 논픽션의 체험과 현실

1) '반(半)소설'로서의 논픽션

논픽션은 무엇보다 소재의 다양성을 강점으로 내세운다. 1965년 제1회 『신동아』 논픽션공모는 최우수작으로 학병 체험을 다룬 「모멸의 시대」를 비롯하여, 6·25 전쟁수기(「장백산에서 임진강까지」), 사상 전향자 수기(「순교자」), 산사山寺에서의 수상隨想(「벽과 인간」), 그리고 평범한 소시민의 일상(「졸장부 일기」) 등 다양한 연령과 계층의 체험을 담은 작품을 선정한다. 형식 역시 다양하다. 서사적인 흐름을 갖추고 있는 수기와 고백적인 수기, 그리고 일기초抄 등 형식과 내용에서 폭넓은 스펙트럼을 보인다. 이에 비해 서술 방식에서는 1인칭 주인공 화자의 서술이라는 점이 공통적이다. 논픽션 서술이 3인칭 화자를 배제하지는 않지만, 당선작 대부분은 실제 체험을 기반으로 하는 수기의 형식이기에 3인칭 화자가 등장할 여지는 없었다. 취재와 조사에 따르는 르포와는 다르게 체험을 이야기하는 수기의 형식은 1970년대 『신동아』 논픽션의 공통된 특

징이었다.[22]

1인칭 서술은 논픽션의 내용이 실제 체험에 근거했다는 점을 강조한다. 서사로서의 구성보다는 필자가 직접 경험의 사실성이 암묵적인 기준이었던 셈이다. 논픽션이란 '체험과 감동'[23]이 목직이기 때문에 우선적으로 소재의 특성과 그를 통한 문제의식, 고발 등이 중요한 요소로 평가된다.[24] 이 때문에 '체험보다 서적에 의뢰'한 서술은 흠이 될 수밖에 없다.[25] 경험의 직접성이 논픽션의 전제조건으로 제시됨에 따라 1970년대 『신동아』에 수록된 작품은 대체로 체험수기에 한정되는 경향을 보인다. 이는 곧 논픽션이 글쓰기의 한 장르로 규정되어 간다는 것을 의미한다. 기존의 논의에서 논픽션은 경험 수기, 르포, 취재, 수필, 서간문 등을 포괄하는 범박한 의미에 머문 것에 비해, 『신동아』의 공모와 심사 등 글쓰기의 생산기제를 거치면서부터는 체험수기의 형식적 범위와 기능으로 한정된 것이다.

그러나 논픽션은 체험을 넘어서는 재현을 요구받기도 한다. 체험의 사실성이 논픽션의 필요조건이었다면, 이야기로서의 완성도는 독자가 수용 가능

---

22 공모제 전체를 통틀어 3인칭 화자를 등장시킨 경우는 박숙정의 「만세혼」(1966), 고택의 「군대해산」(1969), 최승만의 「관동대지진의 한국인」, 이기동의 「추정 이갑」(1970), 「훈맹정음의 창안자 박두성전」(1970) 등으로 매우 드물다. 이들 작품은 독립운동가인 아버지의 삶을 재조명하는 경우(「만세혼」, 「추정 이갑」)를 제외하고는 자료 조사와 취재에 근거한 르포와 구분하기 어렵다. 「군대해산」의 경우, 대한제국 군대해산을 소재로 하여 역사소설의 형식으로 서술하고 있지만, 논픽션의 많은 부분이 역사학자들의 강화(講話)와 대담으로 이루어져 있어 이야기로서의 장점을 살려내지 못한다. 「관동대지진의 한국인」 역시 사료와 자료 중심으로 극적인 스토리의 구성과는 거리가 있다. 「훈맹정음의 창안자 박두성전」은 기획부터 전(傳)의 형식으로 시작한 글로써, 박두성의 일대기 기술에 의의를 둘 수 있다.

23 「심사평」, 『신동아』, 1976.9, 280쪽.

24 「심사평」, 『신동아』, 1978.9, 293쪽.

25 위의 글, 294쪽. 1966년 당선작 「만세혼」은 아버지의 이야기를 다루는 만큼, '과장이 끼이지' 않도록 주의해야 했으나 그 점에서 부족한 점이 많았다는 평가를 받는다.(「선후평」, 『신동아』, 1966.9, 361쪽) 이와 유사하게 낙선작 「내가 본 김일성」의 경우는 필자가 직접 경험하지 못했다는 점이 단점으로 지적된다.(「선후평」, 『신동아』, 1970.9, 379쪽)

한 읽을거리가 갖추어야 할 충분조건이었다. 선정 과정에서 논픽션에서 문장력과 이야기로서의 재미, 사건의 기복 등을 요구한 것은 이 때문이다.[26] 이 기준에 따른다면 논픽션은 특수한 경험의 사실적 재현이기는 하지만 결국 하나의 이야기 혹은 읽을거리여야 한다. 그리고 동시에 논픽션은 소설 못지 않은 구성의 완성도 또한 갖추어야 한다. 이야기의 흥미를 충족시키기 위해 플롯을 따라야 할 것이다. 핵심 소재를 중심으로 갈등이 발생하며, 주인공의 고군분투를 통해 갈등이 해소되어 가는 플롯은 논픽션에서도 필요하다. 이에 맞춰 논픽션의 실제 체험은 갈등과 긴장을 내포한 사건으로 전환되고, 인물의 행동과 대화는 사건 중심으로 재구성된다. 일기초日記抄에서도 마찬가지이다. 연속적인 쓰인 일기는 주제에 맞게 취사선택되어 일기초로 걸러져 각각의 일기들이 하나의 사건으로 통합됨으로써 한 편의 논픽션으로 완성된다. 이처럼 사실의 기록이라는 점에서 논픽션은 소설과 차별화되어야 하지만 필자 스스로 "반半소설"[27]이라고 말할 만큼 소설에 버금가는 구성의 긴밀성이 요구되었다.

논픽션의 '반소설'로서의 특징은 화전민을 소재로 한 두 작품의 비교를 통해 확인할 수 있다. 1966년 당선작 「화전민」과 1971년 당선작 「지암리」는 모두 화전마을을 소재로 삼았다. 먼저 「화전민」의 필자는 '농사로도 부자'가 될 수 있다는 홍보에 따라 화전마을에 생활의 터전을 잡는다. 하지만 필자가 경험한 화전 마을은 온갖 부조리와 부패가 만연한 곳이다. 도벌꾼이 활개를

---

26 이와 같은 요구는 김우종, 박완서, 박경수 등 문학계 인사들이 심사평에서 언급한 것이다. 박완서의 경우 '이야기 솜씨', '이야기의 감동' 등을 말하고 있으며(「심사평」, 『신동아』 1974.9), 김우종 역시 '재미있고 감동적인 내용', '설득력 있는 표현력과 구성력' 등이 선정의 기준으로 꼽았다.(「심사평」, 『신동아』, 1975.9)
27 이칠봉, 「「사형수 풀리다」 당선소감」, 『신동아』, 1970.10, 323쪽.

치지만 공권력이 닿지 못하고 대신 산림 조합이나 '호랑이'로 불리는 산감山監, 그리고 지역 토호의 횡포가 화전마을의 피폐하게 만든다. 필자는 화전마을이 정부의 시책은커녕 구조적인 착취가 만연한 부정적인 공간임을 알게 된나. 거기에 흉년까지 겹쳐, 짧은 화전민 생활을 집고 고향으로 돌아오기까지가 「화전민」의 줄거리이다. 「화전민」은 낯선 공간의 체험을 근거로 하여 현실을 고발하고 비판적인 전망을 제시하고 있다.

이에 비해 「지암리」,[28] 화전민의 삶을 소재로 다루고는 있지만 「화전민」과는 사뭇 다르다. 필자는 교사로 부임하여 화전마을의 일상을 관찰한다. 풍물지風物誌를 연상케 하는 「지암리」는 관찰자의 거리를 시종 충실히 유지한다. 필자에게 화전마을은 낯선 대상이지만 체험의 대상이 아니기 때문에 철저하게 외부의 시선을 유지하는 것이다. 관찰자의 눈에 비친 화전민은 법 없이도 살만한 순박한 사람들이다. 아이들은 서울의 빌딩과 자동차를 동경하는 동심으로 가득 차 있다. 관찰자의 시선은 낯선 일상을 그곳의 현실과 무관한 관심에서 묘사한다. 관찰자의 시선을 따라 「지암리」는 심마니의 은어나 구전 민요를 채록 정리하는 데 많은 분량을 할애하고 있다.

이와 같은 태도는 '학문적 레포트 형식'이거나 '자료수집' 정도라고 평가받았듯이,[29] 흥미로운 읽을거리로는 다소 부족했다. 논픽션이 갖추어야 할 이야기 구조는 물론 현실을 고발하기도 힘든 태도를 취하고 있었다. 「지암리」에도 횡포를 부리는 조합직원이 등장하지만 이는 개인의 횡포일 뿐 구조적 문제를 상기시키지는 않는다. 포악한 개인의 성격의 탓이라거나 화전민의 순박함 때문이라는 「지암리」의 서술은 낯선 체험을 제외하고는 논픽션에

---

28   정옥진, 「지암리」, 『신동아』, 1971.9.
29   「심사평」, 『신동아』, 1971.9, 206쪽.

대한 대중의 기대를 충족시키기에 부족하다. 이는 「화전민」이 화전마을의 부조리를 비판한 것과 상반된다. 산골 여성의 자살이라는 유사한 사건을 두고 「지암리」의 필자는 "잘살고 못하는 것은 하늘이 가려주는 분복"[30]이라는 말로 결론을 대신하는 데에서 이 차이는 더욱 분명하다.

두 작품의 서술의 차이는 화전민을 체험한 주인공의 시선과 교사의 입장에서 풍물을 묘사한 관찰자의 시선의 차이이다. 둘을 비교했을 때, 「지암리」는 르포에 가까워 갈등이 부각되지 않는 반면, 「화전민」의 체험이 강조되고 갈등의 긴장과 해소가 드러나는 서술의 특징을 보인다.

> 패배자의 걸음은 무겁다. 사뭇 떨어지지 않는 발걸음으로 떠나온 지 이미 일주일이 지난 지금. 이 글로 1965년도 화전민의 잡기(雜記)를 끝맺기로 한다. 1965년이여! 영원히 가라! 그리고 다시 돌아오지 마라! 나에게는 너를 생각할 때마다 패배감이 온 몸에 스며드는 것을 막을 수 없으니…….[31]

「화전민」 결말의 갈등해소 장면은 소설만큼 구성상의 완결성을 보여주지는 못한다. 화전마을의 부정이 해소되지 못한 채 우연히 마을을 떠나는 마지막 장면은 서사적 결말이라기보다는 서술의 중단에 가깝다. 하지만 마지막 서술은 감상적 표현 너머 이 작품이 실제 체험의 기록이라는 점과 산골의 부조리가 여전하다는 점을 암시한다. 이를 통해 논픽션은 현실을 보증하고 그에 대한 비판의식의 여지를 남겨둠으로써 독자의 공감을 이끈다. 이처럼 소논픽션 서술에 필요한 체험과 이야기 구성은 소설에 버금가는 현실인식과

---

30 정옥진, 앞의 글, 213쪽.
31 김광수, 「화전민」, 『신동아』, 1966.12, 403쪽.

비판의 역할로 이어진다. 구성의 완성도에서 소설에 미달할지라도, 체험과 현실비판의 어느 하나를 희생할 수 없는 글쓰기 장르가 바로 반소설로서의 논픽션이었다.

논픽션이 반소설로서 체험의 직접성과 현실비판의 가능성을 내포하고 있다고 하더라도 언론과 소설이 이뤄놓은 성과에는 미치지는 못한다. 그런 한계에서 논픽션은 여전히 '반半'의 수준에 머물지 모른다. 그럼에도 불구하고 논픽션이 널리 읽히는 이유는 실제 체험의 기록이라는 사실이 독자에게 부각되기 때문이다. 1960~70년대 논픽션은 화전민 같은 특수한 소재뿐만 아니라 넝마주이, 버스안내양, 소매치기 등과 같은 도시의 하층민을 대상으로 삼는다. 이런 소재는 소설에서도 다루지만 소설에서는 소재의 재현보다는 이를 통한 사회적 의미와 전망을 제시하는 데 초점이 맞춰진다. 예컨대 소설 「영자의 전성시대」는 버스안내양이나, 창녀 등의 일상을 구태여 세밀하게 묘사하지는 않는다. 그보다는 버스안내양에서 창녀로 전락하는 서사를 통해 사회문제를 부각시키는 데 주된 의미를 부여한다. 하지만 「기름밥」,[32] 「버스안내양의 근무일기」[33] 등의 논픽션은 사회화된 의미를 구축하기에 앞서 안내양의 일상의 자세한 묘사에 우선적으로 충실하다. 체험에 근거한 상세한 묘사는 독자와의 공감을 이끌어내는 전략으로, 소설의 문학사회학적 전망과는 다른 곳에서 작동한다. 묘사를 통한 간접체험은 그것으로 인식의 확장을 가져올 수는 없지만, 그 자체로 흥미 있는 이야기가 될 수 있으며, 대상의 부정적 속성으로 인해 결과적으로 비판적 인식도 담지하게 된다.

이처럼 논픽션은 소설 장르가 수행한 비판의식을 유지하면서도, 체험의 현

---

32   정태정, 「기름밥」, 『신동아』, 1976.9.
33   김대숙, 「버스 안내양의 근무일기」, 『신동아』, 1977.9.

실성을 유지하기 위한 전략을 충분히 활용한다. 논픽션이 '반소설'이라는 인식은 소설의 미달형태라는 한계의 인식이면서, 동시에 체험 서술을 통한 비판의식 형성 가능성에 대한 인식이기도 하다. 이를 추구하기 위해 논픽션은 소재의 현실성 확보에 주력한다. 즉 논픽션은 그 내용이 진실된 체험이라는 점을 강조하면서 이를 바탕으로 문제적 현실을 드러내는 것이다. 그리고 독자는 논픽션을 통해 낯선 현실을 확인하고 공유한다. 그로 인해 논픽션 읽기는 독자가 필자의 경험을 현실로 받아들이고 이로써 독자의 경험의 한계를 극복하고 현실을 확장하는 의의를 가진다. 소설이 완결된 현실의 의미를 생산한다면, 논픽션은 실감할 수 있는 현실을 만드는 데 의의를 찾을 수 있다.[34]

2) 현실로서의 논픽션

논픽션의 현실성은 독자가 그 내용을 사실로 인정할 때 성립된다. 그 때문에 논픽션을 통해 서술된 내용은 곧 독자의 글 읽기를 통해 공유 가능한 현실을 재구성한다고 말할 수 있을 것이다. 이 말은 두 가지 의미를 내포하고 있는데, 첫째는 논픽션 속의 경험이 독자가 경험하지 못한 현실을 재현한다는 점이다. 앞서 본 바와 같이 논픽션은 평범한 독자가 경험하지 못한 다양

---

34 어떤 현실이 독자의 글 읽기를 통해 일종의 담론을 구성한다는 점에서는 상징적인 체계에 속한 것으로도 보인다. 사회고발과 비판이라는 담론을 생산하고 소비한다는 점에서 논픽션 작품의 효과는 다분히 상징적인 것(the symbolic)이다. 특히 사회비판의 의미가 지배 이데올로기에 순응적인 범위에 있다면 논픽션을 생산하고 소비하는 행위, 즉 읽고 쓰는 행위는 그 한계가 분명하다. 하지만 논픽션의 필자와 독자와의 공모관계가 또 다른 결과, 즉 다른 형태의 서사의 가능성을 보일 경우라면 논픽션 글쓰기/글 읽기는 상징적인 현실이 만들어지는 실재적(the real) 공간의 의미를 가질 수도 있다.

한 체험 세계를 보여줌으로써 독자를 글 읽기의 세계로 끌어들인다. 논픽션이 다루는 체험 세계는 매우 다양한데, 감상感傷적 대상이 되는 하층민의 삶이나 경이적 호기심을 자극하는 범죄 세계, 그리고 일상에서 쉽게 경험하기 힘든 외항선원, 의사, 교시. 독립군 등의 체험이 논픽션을 통해 대중 독자들에게 전달된다. 이와 같은 소재의 특수성은 논픽션의 기표로서 논픽션 수용에서 중요한 역할을 맡는다.

둘째로 논픽션의 내용은 화자의 서술에 의해 새로운 의미로 이어진다는 점이다. 논픽션은 체험수기의 형식을 갖추지만 필자의 서술은 단순히 기록자의 위치에 머무르지 않는다. 필자는 자신의 체험을 이야기하며 이를 통해 서술을 가능케 한 맥락을 투영시켜 독자에게 새로운 의미를 가진 현실을 제시한다. 화자의 시선이 현실을 재구성하는 사례로, 정신병을 소재로 한 작품들을 보자. 「6A의 창가에서」와 「자신을 버리려는 자」는 정신병을 극복해가는 체험수기이다. 「6A의 창가에서」는 필자의 체험수기이며, 「자신을 버리려는 자」는 정신병 환자를 관찰한 의대생의 관찰수기이다. 두 작품의 공통점은 정신병에 대한 확신에서부터 서술이 시작된다는 점이다. 「6A의 창가에서」의 필자는 정신병원에 갇혀 있지만, 자신이 갇혀있다는 사실에 불만을 제기하거나 감금 자체를 문제삼지 않는다. 대신 정신병을 받아들이고, 병원에서 자신의 병을 치료할 수 있으리라 믿는다. 필자가 수 년 간의 병원생활을 이겨낼 수 있었던 것도 정신병에 대한 믿음이 있었기 때문이다. 그러므로 필자에게 병원은 감금의 공간이 아니라 안락한 삶의 공간이다.

나는 다시 내 마음의 안식처로 돌아온 것이었다. 그 안에 있으면 바깥이 그립고 바깥에 있으면 다시 그 속으로 숨고만 싶은, 바로 그 6A(병동명 – 인용자)로 되돌아 온 것이었다. 아, 여기가 바로 내가 쉴 곳이다. 내가 편안히 잠들 수 있는 곳이며, 내가 포근히 숨쉴 수 있는 곳이다.[35]

나는 흰 가운을 입은 주인(남편 – 인용자)을 누구보다도 존경해 왔고 앞으로도 그런 날이 계속되기를 바라고 싶다. 은행사건이 일단락되자 나는 다시 쓰러졌던 것인데, 벌써 1년 가까이 계속되고 있는 6A의 생활도 이제 며칠 남지 않았다. 곧 퇴원하게 되고, 그러면 아이들이 기다리고 있는 집으로 다시 되돌아 갈 수 있을 것이다.[36]

정신병의 원인은 불성실한 남편의 가정생활에 있었다. 이 때문에 필자는 히스테리 증세를 보이지만 자신의 증세를 오로지 의학학적인 담론 내에서 이해함으로써, 남편과의 관계를 손상시키지 않는다. 필자는 스스로 병을 인정하고 병원에서도 치료의 믿음을 가질 뿐 남편을 탓하지 않는다. 병이 낫기만 한다면 필자는 남편과도 화해하고 가정의 행복을 회복할 것이라 믿는다. 그동안 남편에 대한 원망은 어디에도 등장하지 않는다. 정신병원 입원은 일상의 평온을 되기 위한 과정이며, 병원은 안락한 삶의 공간이 된다. 즉 필자는 정신병과 그 치료를 믿음으로써 스스로를 온전한 주체로 인식한다. 이때 필자의 주체는 의학담론에 의해 타자화된 대상에 지나지 않는다. 이처럼 「6A의 창가에서」는 필자가 바라는 현실이 어떻게 외부의 시선에 의해 만들어지는지를 잘 보여주고 있다.

의학적 시선은 관찰 수기에서 더욱 뚜렷하다. 「삶을 포기한 자」의 필자는

---

35   최경애, 「6A의 창가에서」, 『신동아』, 1976.8, 315쪽.
36   위의 글, 345쪽.

의대학생으로, 정신병에 시달리는 학생과 만난다. 첫 만남에서 학생의 인사는 "수고하십니다. 전 K고등학교 2학년 유동수입니다. 잘 부탁드립니다. 그런데 제가 어떻게 보입니까?"[37]라는 고백이다. 동수는 자신이 정신병임을 인식하고 있기에, 논픽션 속의 갈등은 정신병 자체에서 비롯되지 않는다. 오히려 정신병을 받아들이지 못하는 가족과의 관계가 갈등의 원인이 된다. 동수의 상태를 질병으로 이해할 수 없는 가족은 이를 해결할 수도 없다. 하지만 필자는 정신의학의 입장에서 접근하여 이 갈등을 해결해 나간다.

> 나는 후일 신경정신과를 지망하는 대학생활 5년의 의대생이었고, 그는 투병하기 5년의 만성정신질환에 시달리는 고교생이었다. 그러한 처지에서라도 우리는 함께 생활해볼 만했고, 우리는 우리의 만남을 서로 바람직하고 기쁘게 받아들였다.[38]

위의 진술에서 보듯이, 필자는 정신의학의 시선으로 동수를 이해할 수 있다고 믿으며 동수 역시 자신을 이해하는 필자를 받아들이고 따른다. 동수의 정신병은 가족에게는 무섭거나 불쌍한 것이지만 필자의 시선에 의해서는 의학적 분석대상이 되어 동수는 순한 환자의 모습으로 변해간다. 「6A의 창가에서」와 마찬가지로, 동수 역시 자신의 병을 수긍할 때 자신의 주체성을 확정지을 수 있다.

이처럼 화자의 시선은 논픽션 속 사건에 특별한 의미를 부여하여 또 하나의 현실을 정립한다. 그 현실은 하나의 관점에 의해 독자에게도 거부할 수 없는 현실로서 효과를 가진다. 앞의 두 작품에서 보듯이, 정신병의 체험은

---

37 설영환, 「자기를 버리려는 자」, 『신동아』, 1978.7, 371쪽.
38 위의 글, 369쪽.

의학의 시선을 경유하여 병증으로 확정되고 치료의 타당성과 당위성을 인증받는다. 논픽션은 경험 그 자체로 성립되는 것이 아니라, 화자의 시선에 의해 서술될 때에만 의미 있는 현실을 구성할 수 있는 것이다. 달리 말해 독자는 논픽션 읽기를 통해 필자가 제시한 체험을 독자의 경험세계를 초과하는 현실로 받아들인다. 개인의 경험은 항상 특수하고 개별적이다. 하지만 그것이 독자가 받아들일 수 있는 현실이 되기 위해서는 논픽션이 서술하는 특정한 의미망 속에 놓여야 한다.

논픽션의 현실구성 효과는 독자와 필자의 친숙한 관계를 통해 발휘된다. 논픽션이 평범한 이들의 글쓰기라는 점에서 독자와 필자는 소설보다 가까운 거리를 유지하는데, 특히 공모제라는 조건으로 인해 독자는 필자와 동등한 입장에서 논픽션을 받아들인다. 그로 인해 논픽션의 현실은 글 읽기에 그치지 않고 독자가 스스로를 성찰하도록 만든다. 독자와 필자의 체험이 유사한 경우, 이 성찰은 글쓰기로 구체화된다. 그 예로서 두 편의 버스안내양의 수기를 보자.

먼저 발표된 수기는 「기름밥」이다. 필자는 버스안내양 숙소의 사감으로 사용자 측의 위치에서 버스안내양의 일상을 묘사하기 시작하지만 점차 서술의 위치는 버스안내양 쪽으로 옮겨간다. 그곳에서 포착된 것은 핍박받고 착취당하는 열악한 노동환경이다. 서술이 진행됨에 따라 버스안내양은 "앙큼한 거짓말선수"[39]에서 '인간의 정이 그리운 불쌍한 아이들'로 전환된다. 논픽션이 기록 이상의 의미를 가지는 것은 서술을 통해 대상에 새로운 의미를 부여하기 때문이다. 「기름밥」의 시선은 버스안내양을 사회적 약자로 인식하

---

39 정태정, 「기름밥」, 『신동아』, 1976.9, 286쪽.

며, 이들이 부당하게 착취당하고 있음을 고발한다. 화자의 위치가 이렇게 극적으로 변할 수 있었던 것은 부당함에 저항하려는 필자의 자발적 의지에 앞서 논픽션을 서술한다는 사실이 실질적인 힘을 발휘했기 때문이다. 논픽션을 시술하는 행위는 개인의 체험을 독자와 공유할 수 있는 객관적 현실로 확장한다는 것을 의미하는데, 논픽션이라는 장르를 고려할 때 체험 서술에 자의성의 개입은 차단되고 최대한의 객관성이 유지된다. 버스안내양의 처지는 논픽션 서술을 통해 객관적인 현실로 구성될 뿐만 아니라 독자의 현실로 받아들여질 때 새로운 현실로 확장된다.

논픽션은 독자들의 수용을 통해 새로운 논픽션 글쓰기를 재생산한다. 그리고 논픽션이 구성한 의미 있는 현실은 수용의 공간에서 다시금 확장된다. 「기름밥」의 경우, 독자가 그 문제의식을 확장하여 새로운 버스안내양 수기를 낳았으며 전작에서 한걸음 더 나아가 생산적인 전망에 이른다. 1977년 당선작 「버스안내양의 근무일기」의 필자는 「기름밥」이 너무 어두운 면만 강조된 것 같아 안타까워 이 글을 쓰게 되었다고 말한다. 그러나 서술은 필자의 의도대로 진행되지는 않는다. 오히려 「버스안내양의 근무일기」는 「기름밥」의 문제의식을 넘어선다. 필자는 버스안내양을 「기름밥」에서처럼 동정적인 태도를 보이는 대신, 노동의 문제를 인식하고 노조 운동으로까지 발전시킨 것이다. 필자는 회사의 횡포에 맞서 노조설립을 시도하며 부당해고에 맞서 법적 투쟁을 벌인다. 「버스 안내양의 근무일기」는 체험수기보다 노동운동 수기에 가깝다.

이 작품이 치열한 저항을 보일 수 있었던 것은 전작의 문제의식에서 시작되었기 때문이다. 필자는 「기름밥」에 비해 '밝은 면'을 그리고 싶었다고 말지만 결과는 정반대였다. 필자는 이에 대해 "역시 논픽션이라서 어쩔 수 없었던 탓"[40]이라고 말한다. 사실에 기초하고 이를 의미화하는 시선을 배제하지 않는 한, 논픽션의 서술은 정당한 문제제기로 이어질 수밖에 없음을 증명한 것이다. 그리고 논픽션의 형식에 충실할 경우, 문제의식은 인위적으로 왜곡 될 수 없음도 증명했다. 「버스안내양의 근무일기」의 필자는 전작 「기름밥」의 시선을 거부할 수 없었으며, 이를 인정했을 때, 논픽션의 서술방향은 전작의 문제의식을 필연적으로 계승했다. 그 결과 「기름밥」의 동정적인 시선은 「버스 안내양의 근무일기」에서는 투쟁의지로 전환된 것이다.

1960년대 이후 대중 독서에서 논픽션은 일회적인 투고에 머물지 않는다. 잡지 제도 속에서 구현된 저널리즘 장르의 하나인 논픽션은 장르적 규정 속에서 생산된다. 실제 체험에 기반하여 이를 의미 있는 현실로 확정하는 것이 논픽션 장르의 규범이었다. 그리고 독자는 논픽션 읽기를 통해 이 현실을 수용한 것 역시 1960~1970년대 논픽션 장르가 가진 특성의 하나이다. 논픽션의 생산과 수용과정을 거치며, 대중 필자와 독자는 기성 언론과 문학과는 다른 영역에서 독자적인 현실을 구성했다.

이 현실은 글 읽기와 글쓰기의 연쇄를 내포하고 있어 쉽게 왜곡되지 않는다. 『신동아』의 논픽션 공모 당선작 중에서 권선징악적인 해피엔딩으로 마무리되는 작품은 드물다. 대신 언론이 다루지 못한 비위와 부조리를 파헤친 주인공이 끝내 패배하는 결말은 『신동아』 논픽션에서 주를 이룬다. 이러한 서술태도는 저널리즘 글쓰기의 지향점으로, 자연주의를 극복하고 사실주의를 지향하는 과정에서 요구되는 것이다.[41] 1970년대 언론이 내적 배제로 왜곡된 상태에서[42] 이를 대신할 저널리즘의 역할을 논픽션이 일부 담당한 것

---

40 김대숙, 「버스 안내양의 근무일기」, 『신동아』, 1977.9, 301쪽.
41 Doug Underwood, *op. cit.*, 제2장 참조.

으로 보인다. 이에 따라 1960~70년대 논픽션은 저널리즘과 문학의 틈에서 양쪽의 한계를 지양한 글쓰기라는 평가내릴 수 있을 것이다.

4. 논픽션 글쓰기의 기원과 소설

1) 논픽션 글쓰기의 기원

논픽션의 생산과 소비는 문학의 그것과는 관습적으로 구분되지만, 여러 요소들은 연관관계를 유지한다. 특히 두 장르 모두 대중에게 널리 수용되면서 교접의 가능성이 열린다. 이와 관련하여 『신동아』 논픽션의 특징 하나를 발견할 수 있는데, 다름 아닌 독서에 관한 서술이 그것이다. 논픽션의 필자는 자신의 글이 완성되기까지 어떤 책을 읽었으며, 그 책이 어떤 사고의 과정을 거쳐 필자의 사상의 일부가 되었는지를 기꺼이 드러낸다. 한 예로 사형선고를 받고 이는 죽음의 공포를 견디기 위해 어떤 책을 읽었는지를 상세히 기술한다. 혹은 가난을 극복하기 위해서 어떤 책을 읽었으며, 그 책을 통해 어떤 희망을 얻었는지를 기록하기도 한다. 교사나 문학청년인 경우는 비교적 높은 수준의 독서체험이 그리 낯설지 않을 것이다. 그러나 그렇지 않은 경우에도 독서 경험이 비중 있게 서술되는 경우를 볼 수 있다. 「나는 엿장수외다」(1966), 「역사의 죄」(1967), 「방

42　손석춘, 『한국 공론장의 구조 변동』, 커뮤니케이션북스, 2005, 제5장 참조.

화」(1969), 「사형수 풀리다」(1970), 「사슬이 풀린 뒤」(1972), 「아직도 먼 환희」(1972), 「10대, 그 떨리는 꽃술」(1976), 「고서주변」(1977) 등 다양한 작품에서 글 읽기와 글쓰기는 하나의 과정으로 서술된다. 이들 작품에서 논픽션 쓰기는 독서를 포함한 일반교양을 습득하는 과정으로서 의미가 크다. 글을 읽고 쓰는 과정을 통해 필자는 자신의 과거를 극복하고, 높은 수준의 교양인으로 성장하기 때문이다.

「고서주변」의 필자는 헌책방을 운영하면서 책을 생계수단으로 삼는다. 하지만 필자는 끊임없이 책을 읽음으로써 평범한 헌책방 주인 이상의 교양을 쌓을 수 있었다. 이때 책은 생계수단 이상이다. 즉 필자는 책의 매매가 아닌 독서경험의 공유를 통해 다양한 사람과 만난다. 책을 통한 만남은 대개 성찰과 반성으로 이어지고 교양의 성장을 이루는 원동력이 된다. 책을 통한 교양의 과정은 때로는 극적인 장면을 연출하기도 한다. 필자는 귀한 고서를 약삭빠르게 낚아채는 노인을 못마땅하게 보았지만, 진지한 대화를 통해 수준 높은 인간적인 관계를 맺기에 이른다. 물론 그 대화의 주제는 독서이다.

> 완전히 헛다리를 짚었지만 어디 한번 부딪혀보기로 했다. '허버트 마르쿠제'의 『헤겔의 존재론과 역사성 이론의 기초』, '아담 스미스'의 『국부론』, 그밖에 자질구레한 포켓북 등을 공손히 노인네 책상위에 올려놓았다.
>
> "?"
>
> 노인네는 올려받힌 안경 너머로 말없이 우리를 쏘아보았다.
>
> "자네들 공부 좀 했구만."
>
> (…중략…)
>
> "보아하니 자네들은 다른 나까마와는 달리 보여 그러는 걸세. 앞으로 자주 오면

다 서로 좋은 일 아니겠나. 흥정은 흥정이고 이리 앉게."[43]

처음에 필자는 책의 소중함을 모르고 함부로 사고파는 학생들 틈서리에서 만난 노인을 학생들 못지않은 장사꾼이라고 여기며 못마땅해 한다. 노인을 혼내줄 요량으로 어려운 책들을 권하지만 필자가 내민 책을 보고서 노인은 평소와는 달리 진지한 태도로 대하는 모습에 필자는 의아해 한다. 곧 필자의 오해는 풀리고 둘은 화해한다. 이들은 책을 매개로 갈등을 해소할 수 있었다. 노인의 수준 높은 교양에 비하면, 대학생은 제대로 이해하지 못하고 궤변만 늘어놓는 얼뜨기에 불과하다. 이처럼 헌책방 주인은 책을 통해 타인과의 관계를 형성하고 스스로도 성찰의 기회를 갖는다. 필자에게 책은 생계의 수단이 아니라 삶을 완성시키는 목표가 된다.

나는 나의 책방을 나 혼자의 공화국이라고 부른다. 6평 남짓한 나의 공화국. 산적한 책더미 속으로 지나가면 준엄한 논조가 내 옷깃을 여미게 하고 때로는 영롱한 이슬방울의 신선함같은 것이 내 뺨 언저리에 어리는가 하며, 요정이 뛰노는 숲 속의 빈터인 양 몽롱한 환상의 날개가 내 눈자위를 간질이곤 한다. 이런 나의 공화국을 넘나보는 침입자가 있다. 나의 침입자는 나의 공화국의 꽃과 석학을 빼앗아 가지만 여간 의젓하고 자랑스럽지가 아니하여 나의 공화국을 탐하는 침입자를 나는 지극히 사랑한다. 나의 침입자는 막 잎새가 파랗게 돋아나는 싱그러운 수목들이다. 자라나는 수목과 수목들의 대화나 합창을 엿들으면 그 수목들이 나의 공화국 이상으로 나를 즐겁게 한다.[44]

43 공진석, 「고서주변」, 『신동아』, 1977.9, 372쪽.
44 위의 글, 400쪽.

「고서주변」이라는 논픽션이 서술된 데에는 위의 인용에서처럼 삶을 고양시키는 독서 경험과 독서에 대한 예찬이 자리 잡고 있다. 책을 통해 소통하고 이상을 실현하기에, 이 과정을 담은 논픽션은 필연적으로 헌책방의 일화보다는 독서경험의 서술에 초점이 맞춰진다. 「고서주변」은 논픽션의 서술과 주제가 다양한 글 읽기에서 출발할 수 있다는 사실을 보여준다.

「나는 엿장수외다」 역시 글 읽기가 논픽션 글쓰기의 기원이 된다는 점을 부각시킨다. 필자는 타고난 방랑벽과 성격 때문에 엿장수로 떠도는 처지이다. 그는 가정을 꾸리고 사회로 복귀할 것을 바라지만, 자신의 의지대로 되지 않는다. 하지만 엿장수의 길에 나선 후 그는 비로소 세상의 이치를 조금씩 배워 나간다. 이때 세상에 눈뜨게 해준 것은 엿장수의 고된 체험이 아니다. 엿장수는 최소한의 생계 수단일 뿐, 내적인 고난을 해결해줄 실마리는 제공하지 못한다. 세상의 이치를 알려준 것은 다름 아닌 책이다. 그는 엿장수로 지내는 동안 책을 통해 세상을 읽고 이해하기에 이르며, 결국에는 엿장수 이상의 교양적 완성에 도달하는 것으로 마무리된다.

> 나는 갑자기 외로움을 느꼈다. 그러자 문득 센키비치의 『등대지기』에 나오는 스카빈스키처럼 무서운 고독이 나를 엄습하기 시작했다. 나 자신이 흡사 스카빈스키의 화신인냥 그렇게 절실하게 느껴졌다.[45]

> 그래, 해보자! 뭐든지 해서 이 가난의 굴레를 벗어보자! 이 가난의 굴레를 말이다. 톨스토이도 말하지 않았는가. 우리는 가난을 칭찬하지 않는다. 다만 가난에

---

45 강준희, 「나는 엿장수외다」, 『신동아』, 1966.10, 366~367쪽.

굽히지 않는 사람을 칭찬한다라고.[46]

아니 이 모순된 논리를 창조해 놓고도 모른 채 방관나만 하는 조물주를 저주했다. 나는 문득 칸트가 말한 목적의 왕국이 생각났다. "지위가 높건 낮건, 재주가 있건 없건, 돈이 많건 적건 간에 저마다 떳떳한 인격으로 사람답게 대접받고 살 수 있는 사회" 이것은 칸트가 역설한 유명한 목적의 왕국이다. 이 얼마나 인간이 열망하는 파라다이스요, 억겁토록 누리고 싶은 유토피아인가.[47]

서구의 교양소설이 그러했던 것처럼 필자는 책에서 세상이라는 텍스트를 읽고 삶의 진리를 깨닫는다. 필자에게 책 속의 교양은 현실에 앞서는 인식의 준거로 자리 잡고 있다. 독서는 현실의 매순간을 이해하는 준거이며, 이를 극복할 수 있게 하는 원천이다. 이런 관점에서 「나는 엿장수외다」는 책 속에서 길을 찾아 현실의 위기를 극복해가는 정신적 모험과 성장을 그려낸 교양소설의 성격을 짙게 풍긴다. 「아직도 먼 환희」[48]의 경우 실명의 과정에서도 끝내 책을 놓지 않음으로 실명의 공포를 글 읽기를 통해 극복하는 과정을 서술하기도 한다.

글 읽기는 주인공을 성장시키고 소외에서 구원하는 힘이다. 그리고 교양이 완성되었을 때 그는 성공적으로 이 세상에 복귀한다. 이 과정이 논픽션의 줄거리라면, 이 줄거리를 써나간 원동력은 필자의 글 읽기 체험에서 찾을 수 있다. 논픽션이란 글 읽기를 통한 성찰을 드러내는 글쓰기, 즉 글 읽기와 글

---

46 위의 글, 372쪽.
47 위의 글, 376쪽.
48 정철, 「아직도 먼 환희」, 『신동아』, 1972.11.

쓰기가 하나의 과정으로 전개될 수 있는 장르이다.

2) 소설 읽기로서의 논픽션

논픽션 글쓰기의 맥락 중 일부는 소설 장르와도 밀접하게 연관된다. 논픽션 필자의 독서 목록에는 문학작품이 적지 않은 비중을 차지하는데, 이때 소설 읽기는 문학적 수련과정이라는 의의를 지닌다. 논픽션과 소설과의 관계를 엿볼 수 있는 작품으로 1960년대 후반 수복지구收復地區의 재건학교의 사정을 다룬 「방화放火」를 들 수 있다. 이 작품은 문학과 소설 읽기로 가득 차 있다. 그 첫 구절부터 토마스 울프의 소설이 등장한다.

어머님. 제가 이 세상에 태어날 무렵 미국에서 출판된『다시는 돌아올 수 없으리』의 마지막에 다음과 같은 말이 있읍니다. "……밤중에 얼마 남지 않은 세월의 촛불을 태우면서 무엇인가가 나에게 말을 했소. 그것이 무엇인지 모르지만 내가 죽을 것이라는 것이었소. 더 큰 지식을 얻기 위해서 네가 알고 있는 이 땅을 잃어버릴 것. 더 큰 삶을 갖기 위해서 네가 가진 삶을 읽어버릴 것. 더 큰 사랑을 찾아서 네가 사랑하는 친구들을 버릴 것. 고향보다도 더 정답고 이 지구보다도 더 큰 땅을 발견할 것"이라는 것이었읍니다. 어머님. 저는 이곳 영중의 집을 떠납니다. 고향을 떠나고 어머님 곁을 떠났듯 다시 서울을 떠납니다.[49]

---

49 강정규, 「방화」, 『신동아』, 1969.12, 355쪽.

필자는 서울 변두리 재건학교를 세우기 위한 노력에 위와 같이 의미를 부여한다. 필자는 의미의 준거로 토마스 울프의 소설을 제시하고, 나아가 「데미안」의 알의 비유를 끊임없이 상기한다. 「방화」에서 필자의 체험은 힘든 체험은 시적인 비유에 가까울 정도로 관념적이다. 「방화」는 여타의 논픽션처럼 현실의 부조리를 폭로하기보다 현실을 문학적으로 재현하는 데 초점을 맞춘다. 이 작품에서 필자의 현실은 항상 문학적으로 형상화될 뿐이다. 필자의 체험은 문학작품과 직결되어 해석되고 해석의 결과는 곧 논픽션 「방화」그 자체로 수렴되는 순환을 보인다. 그만큼 이 작품은 자기 지시적self-refer-ential이다.

이 동지 저의 작품은 주제의식이 빈약하다고 하시면서도 원고지를 구해다가 책상 위에 놓아주시던 당신. 작품을 열심히 쓰고 있습니다. 당신께서 만족하실 문제성을 염두에 두고 밤을 새워가며 쓰고 있습니다. 제목은 「방화」입니다.[50]

「방화」라는 논픽션을 쓰는 일은 곧 문학적 읽기를 논픽션 글쓰기의 기원으로 소급하는 일과 다르지 않다. 문학작품에 관해 논픽션을 쓴다는 내용을 논픽션 내에서 서술함으로써 「방화」는 글쓰기 과정 자체를 재현하는 지점에까지 이른 것이다.

헌책방 체험이나 문학청년의 글 읽기보다 더 극단적인 경우는 감옥에서의 글 읽기이다. 「사형수 풀리다」는 한국전쟁 중에 사형선고를 받았다 사면된 체험을 서술하고 있다. 필자는 비록 사형선고를 받았지만 반드시 풀려날 것을 믿고

---

50 위의 글, 382쪽.

삶을 포기하지 않는다. 그는 삶의 희망을 놓지 않기 위해 책을 택한다. 첫 번째 책으로 성경을 택한 것도 불안 속에서 오랫동안 읽을 수 있기 때문이었다.

> 저녁때가지 궁리하다가 결국 성경을 넣어달래기로 결정했다. 성경의 시편을 전부 암송해버리자. 그리고 조용히 그 오묘한 시구를 생명 속에 짜넣자.[51]

필자가 죽음의 공포를 견뎌낸 것은 책을 통해 삶의 의지를 유지할 수 있었기 때문이었다. 필자에게 성경은 단순한 책이 아니라 생명 그 자체이다. 도스토예프스키와 토마스 만 등의 문학 작품 역시 삶을 유지하기 위한 조건이 된다. 특히 도스토예프스키의 이력은 극적인 삶의 회복에 대한 희망을 주기에 충분했다. 필자는 도스토예프스키와의 동일시를 통해 삶에 대한 희망은 물론, 학창시절 꿈꾸었던 소설가의 미래 또한 구체화할 수 있었다.

> 그러나 나는 순간 도스토예프스키를 생각해냈다. 그렇지, 그는 사형 직전에 황제의 특사로 사형이 중지되고 대신 4년간의 유형을 받았다가 그 후 병역근무 4년간으로 형이 바뀌었다지. 그리고 그 후 그는 건강한 몸으로 고역을 다 치른 후 한 사람의 병사가 되어 군에 복무하면서 소설을 쓰고 다시 귀족의 작위를 찾지 않았던가.[52]

> 『돈키호테』의 작가 세르반테스는 군인 생활을 거쳐 포로, 투옥 등의 비참한 생활을 보내면서 옥중에서 그 유명한 돈키호테를 저술하였다지 않은가. 나는 그들을

51 이칠봉, 「사형수 풀리다」, 『신동아』, 1970.10, 334쪽.
52 위의 글, 336쪽.

스승으로 삼자. 지금의 나의 심정을 머리에 기억해두자. 그리고 살아남은 훗날 뭔가 인간 생활에 보탬이 될 수 있는 재료라도 제공하자.[53]

성경 이후 이어진 소설 읽기는 도스토예프스키를 위시하여, 니체, 카뮈, 세르반테스, 디킨스, 토마스 만, 그리고 김동리의 소설과 『문학과 인간』에 이르기까지 실로 다양한 문학적 고전이 등장할 만큼 그의 문학 읽기는 분명한 목적을 가진 '문청수련'에 버금간다. 수많은 문학작품을 읽어낸 결과 문학, 그중에서도 소설이 가장 유력한 장르로 떠오른다. 이후 필자는 소설 창작에 매진하는데, 소설이야말로 삶의 의지를 유지하고 의미를 부여하게 만드는 근원임을 발견했기 때문이었다.[54]

물론 독서 경험이 감옥과 같은 현실을 극적으로 변화시킬 수는 없다. 하지만 책을 통해 삶의 의미를 파악함으로써 책은 삶의 원동력이 되며 미래의 현실로 정립된다. 필자가 감옥에서 풀려난 뒤에 소설 쓰기에 매달린 것도 감옥에서의 소설이 삶의 준거가 되었기 때문이다. 감옥 밖의 현실은 책 속의 이상과는 동떨어져 있다. 이때 필자는 실제 현실대신 책 속의 현실을 구축하기, 즉 글쓰기로 나아간다. 출감 이후의 내용을 담은 「사슬이 풀린 뒤」는 소설가로 등단하기까지 10여 년에 걸친 문학 수련기이다. 이 작품은 사형수 체험을 구체적으로 형상화하지 않는다. 대신 사형수라는 특별한 체험이 어떻게 소설로 쓰여지는지를 자세하게 소상하게 설명하고 있을 뿐이다. 그런 점에서 「사형수 풀리다」와 「사슬이 풀린 뒤」는 소설가 되기, 혹은 소설 쓰기에 관한

---

53 위의 글, 346쪽.
54 사형수의 독서 경험은 1971년 낙선작 「사수(死囚)서점 르네상스 전말기」에서도 반복된다. 심사평으로 미루어보건대, 이 작품 역시 감옥과 헌책방에서의 독서 경험으로 구성되었을 것으로 짐작된다.

논픽션이라고 할 수 있다.

이 과정에서 눈여겨 볼 것은 논픽션에서의 글 읽기는 또 다른 글쓰기로 수렴된다는 사실이다. 논픽션 필자에게서 글을 쓰고 읽는 문필적 능력literacy은 새로운 현실을 구성하는 동시에 또 다른 글쓰기의 원동력이 된다. 즉 논픽션에서는 글 읽기/글쓰기가 동시에 발생하는 순환적 구조에 놓여있다. 논픽션이 체험을 서술하기 위해서는 글쓰기 장르의 성격이 정립되어야 한다. 앞서 살펴본 논픽션의 현실 구성의 효과처럼, 외부의 시선을 통해 내용과 전망을 만들어 내는 것 외에 특별한 글쓰기 장르가 요구된다. 문학은 논픽션 구성에 참여한 유력한 글쓰기 장르 중 하나이다. 논픽션을 서술하는 작업은 필자의 문필적 능력의 탁월함에서 기인한 것이 아니다. 오히려 사회의 밑바닥을 두루 거친 다양한 체험이 논픽션 글쓰기의 기원이 되었다. 체험이 글쓰기가 되기 위해서는 독서체험이 필요한 것이었는데, 문학, 그중에서도 소설의 서사적 전망이 유력한 매개로 작용했다. 이는 논픽션과 문학이 전망의 제시라는 목표를 공유했기에 가능한 일이었다.

저널리즘 글쓰기에서 문학적 글쓰기로 이행하는 과정에서 저널리즘의 흡인력과 사실성은 사실주의 원동력이 되었다는 평가를 참조할 때,[55] 논픽션과 소설의 습합은 자연스러워 보인다. 논픽션과 소설은 1970년대의 현실을 재현하는 데 효과적인 인접 장르였기 때문이다. 『신동아』 논픽션들은 이러한 상황을 잘 보여준다. 『신동아』 논픽션에서 문학 경험이 비판의식으로 전환되는 사례는 찾기 어렵다. 하지만 현실비판적인 작품 한편으로, 논픽션 스스로 문학과의 연관관계를 드러냄으로써 논픽션이 사실성 추구에서 소설과 상보적인 관계임을 보여주

55　Lennard J. Davis, *op. cit.*, 제10장 참조.

기에는 충분하다. 『신동아』 논픽션에서 두드러지는 두 경향, 즉 현실비판과 소설과의 연관성은 1970년대 논픽션이 위치한 특수한 지점을 시사한다. 1970년대의 논픽션은 현실비판과 소설 장르, 두 방향으로 열려 있는 글쓰기 양식였다.

5. 논픽션과 소설의 발생적 관계

논픽션은 독자 수용을 거쳐 체험 이상의 의미를 가진다. 이는 소설의 핍진성과도 유사한데, 독자가 소설을 읽을 때 요구하는 핍진성은 저널리즘 글쓰기에도 똑같이 적용되기 때문이다. 사실성의 자장 내에서 저널리즘 글쓰기와 소설이 공진하는 상황에서 소설은 저널리즘에게서 영향을 받을 수밖에 없다. 즉 소설은 글쓰기의 자발성을 강조함으로써 허구의 장르에서 사실성을 강조하는 전략을 택한 것이다. 사실성을 부각하기 위해 작가의 글쓰기 행위는 부인되고authorial disavowal, 대신 저널리즘 글쓰기가 추구해온 자발성 spontaneity이 부각된다.[56] 그 결과 작가는 허구를 꾸며내는 사람이 아니라 '사회적 언어로 말하는' 사람이 된다. 근대 소설의 사실성이란 이처럼 저널리즘 글쓰기에 힘입은 바가 컸으며, 저널리즘 글쓰기 역시 소설과 길항하며 고유한 독서 영역을 개척했다. 저널리즘만의 강점이란 우선 소재의 차원에서 소설보다 더욱 생생한 소재를 취할 수 있다는 점이다. 『신동아』 논픽션은 이 같

---

56 *Ibid.*, p.186.

은 특성을 여실히 보여주는 사례이다. 논픽션 속에는 일상에서 쉽게 체험할 수 없는 사회 최하층민의 일상이 빈번히 등장한다. 하층민의 현실은 1970년대 소설에서도 볼 수 있는 소재이긴 하지만, 세부의 묘사에서 논픽션은 소설에 우위를 점한다.

저널리즘 글쓰기의 세부적 진실은 소설 구성에서도 적지 않은 영향을 미친다. 예컨대 부富에 대한 열망과 같은 세속적인 욕망은 대중적 저널리즘에서는 적나라하게 묘사되기 쉽다. 『선데이 서울』의 '예비재벌' 연재기사에서 보듯이 부는 획득과정과 상관없이 칭송받고 미담이 되기까지 한다.[57] 이에 비하면 소설의 묘사는 세속적 욕망을 날것 그대로 드러내지 못한다. 특히 대중소설의 경우 현실을 드러내기 위해 저널리즘의 서술방식을 혼용하지만 욕망의 정체는 소설의 주제의식의 뒤로 밀려나기 십상이다. 그 대상이 통속적 흥미가 아니라 사회 현상일 경우 두 장르의 격차는 의미 있는 결과를 낳는다. 그 예로 조해일의 『겨울여자』의 한 장면을 보자.

공장 구내로 따라 들어가서 '생산부'라고 적힌 한 건물 안으로 들어섰을 때, 그리고 거기서 수백 명의 자기보다 어린 나이의 소녀들이 일하고 있는 모습을 목격

---

57 「쇼킹화제, 집 사고 차 산 구두닦이 4형제」(『선데이 서울』, 1971.1.31)의 경우에도 "어떻게 해서 가난을 벗어날 수 있었던가"에만 주목한다. 그 결과 4형제의 땅투기, 4부이자의 고리대금, 구두닦이의 식대, 하숙비 착취 등은 여느 소설이나 논픽션과는 달리 문제가 제기되지 않는다. 돈을 번 것만으로 "장안의 화제"가 되는 열망 속에서는 과정의 문제는 제기될 수 없음을 『선데이서울』이 확인한 셈이다. 성공이데올로기의 고착화는 1930년대 소설에서도 보인다. 『마도의 향불』에서 악인은 전쟁 중 금수품 밀수가 적발되어 처벌을 받는 것으로, 선인은 정부시책에 맞춰 개발예정지에 땅을 투자하여 큰 이익을 얻는 것으로 마무리 된다. 하지만 이 둘의 행위는 세속적인 욕망이라는 점에서 다르지 않다. 이태준의 「복덕방」과 같은 아이러니가 허용되지 않는 것이 대중소설의 욕망이다.(김성환, 「『마도의 향불』의 대중성 연구」, 『현대문학연구』 28, 한국현대문학회, 2009 참조)

했을 때 이화는 어떤 마음이 아픈 듯한 감명을 받았다. 그것은 어떤 아름다운 것을 목격했을 때의 마음, 아픔 같은 것이었다. 많은 사람들이 어떤 한 가지 일을 위해 질서 정연히 움직이고 있는 모습의 아름다움. 이를테면 매스게임 같은 것의 아름다움에 비교될 수 있는 것이었으나 그보다 한층 진한 아름다움이었다고나 할까.[58]

주인공 이화는 기자가 되어 여공의 현실을 취재하기에 나서지만 그녀의 시선은 관념적인 수준에 머물러 있다. 이화는 여공들과의 인터뷰를 통해 '공순이'로 불리는 처지를 비관하는 그들을 아름답다는 평가로써 위로한다. 하지만 기존의 논픽션과 수기와 비교할 때 이화의 위로는 실제 현실에서는 큰 의미를 가지기 어렵다. 『겨울여자』가 저널리즘의 형식을 차용하면서도 사실성의 재현에 이르지 못한 것은 저널리즘이 만든 현실을 소설의 서사 내에서 충실히 재현하지 못했기 때문이다. 위의 인용에서 서술의 형식적인 초점을 이화에게 맞춰져 있지만 서술을 통해 이화의 인물로서의 성격character이 드러나지 않는 것도 실은 저널리즘의 방식을 소설 속에서 적절히 융화시키지 못한 탓이 크다. 이처럼 저널리즘 고유의 서술 태도는 소설을 초과한 지점에 있다. 소설이 저널리즘의 현실을 효과적으로 활용하지 못할 경우 인물의 주체형성은 지연되는 결과를 낳을 수도 있는 것이다.

때로는 저널리즘의 사실성이 소설에 개입하여 서사 자체를 중단시키기도 한다. 조선작의 『미스 양의 모험』에서는 실제 사건과 그에 대한 작가의 태도가 서사를 중단시키고 새로운 국면으로 전환되는 계기를 만든 경우를 볼 수 있다.

---

58   조해일, 『겨울여자』 하, 문학과지성사, 1976, 520쪽.

더욱 유감인 것은 은자가 그런 사실을 전혀 모르고 자신의 새로 열린 생활에 적응 맥진해 나갔다는 점이다. (⋯중략⋯) 살인 혐의자, 그것도 자신의 신부를 신혼여행 길에서 목졸라 죽인 사람의 자살이라면 그래도 세상 사람들이 좀 재미있어 할 이야기거리임에는 분명함에도 불구하고 보도기관들이 그리 대수롭게 취급하지 않은 이유는 대략 이렇다. 우선 그날 동시적으로 터져 나온 정치적 사회적인 커다란 이슈를 지적할 수 있겠다. 그 이슈가 어떤 것이었는지는 구태여 밝힐 필요가 없다. 아무튼 신문의 지면에서 그런 굵직굵직한 문제 때문에 이철우의 죽음 따위는 밖으로 쫓겨난 것이다.[59]

살인을 저지르고 도피하던 주인공에 관한 서술은 위의 인용처럼 실제 현실에서 벌어진 사회 문제에 의해 인위적으로 중단된다. 『미스 양의 모험』은 소설 속에서 허구라는 문학적 요소와 저널리즘의 사실이 충돌할 때 허구가 항상 앞서는 것은 아니라는 점을 보여준다. 두 작품에서 보듯이 논픽션적인 상황은 소설이 현실을 재구성하는 과정에 영향을 미친다. 이를 통해 짐작할 수 있는 것은 수용의 자의성이다. 저널리즘 글쓰기가 소설보다 더 효과적으로 현실을 제시하며, 핍진한 흥미를 불러일으킬 경우 독자의 수용은 소설과 저널리즘 글쓰기는 장르의 경계를 넘어서게 된다.

그리고 저널리즘 글쓰기와 소설은 이데올로기 형성의 측면에서도 연관을 맺는다. 저널리즘 글쓰기에서 서서가 이데올로기화 되는 동시에, 소설에서는 이데올로기의 서사화가 진행되어 리얼리티 형성에 상보적으로 작용하는 경우이다.[60] 이와 관련하여 노동을 소재로 저널리즘의 글들을 살펴보아야

59 　조선작, 『미스 양의 모험』 하, 예문관, 1975, 205~206쪽.
60 　데이비스는 이데올로기의 서사화와 서사의 이데올로기화는 근대소설 성립과정에서 상보적인

한다. 1970년대 후반『대화』에서는 민감한 사회문제를 저널리즘 글쓰기를 통해 드러낸 바 있다. 이른바 '무등산 타잔' 사건을 르포를 통해 재평가하고,[61] 노동운동과 관련한 설문[62]이나 논픽션 발굴을 통해[63] 노동운동의 필요성과 방법을 강조한 것은『대화』의 중요한 성과이다. 그중 「'무등산 타잔'의 진상」은 언론의 선정적인 보도방식을 비판하며 이면의 진실을 추적한 예이다. 필자는 현장취재와 인터뷰, 일기 발굴 등을 통해 살인은 우발적이었으며, 사건의 원인에는 공권력이 폭력이 있었음을 폭로한다. 취재와 인터뷰, 일기 초 등의 서술방식은 진실을 밝히는 데 유용하게 활용된다.

'무등산 타잔'이 주인공을 내세운 이야기로 전환된다면 어떤 양상이 될 것인가. 이는 노동운동이 서사화된 사례를 통해 짐작할 수 있을 것이다. 「버스 안내양 근무일기」가 자연발생적인 이야기에 머물렀다면, 소설의 서사로 전환되기 위해서는 적절한 이데올로기화의 과정이 필요할 터이다.『신동아』 논픽션과 달리『대화』가 주력한 부분이 노동문제의 이데올로기화이다.

『대화』가 발굴한 「인간답게 살고 싶다」, 「어느 돌멩이의 외침」, 「광산촌」 등의 장편 수기는 노동 운동수기, 즉 민주노조를 건설하기 위한 투쟁수기이다. 「광산촌」은 탄광의 측량조수로 취직하여 성공적으로 조합을 건설하고, 조합 간부로 선출되어 노동조합 대회에서 모범사례로 표창까지 받는 과정을 이야기

역할을 한다고 말한다. 이 때문에 저널리즘 글쓰기는 근대소설, 즉 사실주의 소설 성립에 필수적인 요소로 평가받는다. Lennard J. Davis, *op. cit.*, 결론 참조.

61 1976년 4월 무등산 판자촌 주민이 강제철거에 항의하는 과정에서 철거반원 4명이 사망한 사건으로, 당시 언론에서 박흥숙을 '무등산 타잔'으로 부르면서 이 사건은 '무등산 타잔'이라는 이름으로 알려진다. 김현장의 「'무등산 타잔'의 진상」(『대화』, 1977.8)은 이 사건을 재조명하며 이면에 철거폭력이 있음을 고발한다.

62 「서울 시내 버스 여차장 모임─문제점 발굴을 위한 소풍회 겸 대화의 모임」, 『대화』, 1968.12.

63 석정남, 「인간답게 살고 싶다」, 『대화』, 1976.12; 류동우, 「어느 돌멩이의 외침」, 『대화』, 1977.1 ~3; 이경만, 「광산촌」, 『대화』, 1977.7~8.

한다. 「광산촌」은 결말에서 노조설립이 어떤 의의인지는 다음처럼 설명된다.

> 노조 대의원이 된 나는 전신을 뜨겁게 태우는 의욕과 치솟는 새로운 힘을 느꼈다. 돌이켜보면 지난 3년 동안 매일 같이 회사의 횡포에 미약한 힘으로 대항하다 희생과 미움만 받아온 나였다. 그러나 이제 대의원이 되고 보니 어떤 해방감이나 복수심에서가 아니라 우리의 권익옹호와 정당한 요구를 위해서 조합원을 대표한 한 사람의 간부로서 일할 수 있게 되었다는 기쁨과 조합원들의 기대에 어긋나지 않게 힘껏 일해야겠다는 책임감을 아울러 느꼈다.[64]

「광산촌」은 수기의 서사를 이데올로기화하여 노동문제를 쟁점화하는 데 성공한 듯 보인다. 그러나 위의 인용에서처럼 문어체와 공식적인 해석으로만 이루어진 웅변조의 서술은 지나치게 관념적이어서 사실성을 형성하기에는 부족하다. 이러한 태도는 『신동아』 논픽션에 비해 부자연스런 탓에 이로 인해 독자의 공감대를 만들기 어렵다. 이데올로기화가 전면에 등장하면서 읽을거리로서 흡인력이 떨어지기 때문이다.

이러한 한계는 소설에서 이데올로기가 서사화됨으로 극복될 수 있을 것이다. 노동문제를 적극적으로 제기한 『난장이가 쏘아올린 작은 공』은 이데올로기의 서사화의 사례로 들 수 있다. 이 작품의 문제의식은 『대화』의 논픽션과 거의 일치한다. 따라서 『난장이가 쏘아올린 작은 공』의 특이성은 문제의식이 아니라 이를 서술하는 방식에서 찾아야 할 것이다. 연작 중 「은강 노동가족의 생계비」, 「내 그물로 오는 가시고기」, 「잘못은 신에게도 있다」 등의

---

64 이경만, 「광산촌」, 『대화』, 1977.7, 277쪽.

작품에서 보듯이 조세희는 전통적인 서술방식을 해체함으로써 '난장이 연작'을 다층적이며 입체적인 서사로 만들었다. 이들 작품에서 활용된 대화 녹취록, 문서 통계와 같은 시각자료는 저널리즘 고유의 양식이다.

하지만 『난장이가 쏘아올린 작은 공』은 저널리즘의 서술방식을 활용하되 단순한 서술기법에만 그치지 않는다. 저널리즘의 서술방식은 다양한 등장인물의 초점과 연결되어 새로운 이야기들의 연쇄를 만듦으로써 서사의 장점을 극대화한다. 『난장이가 쏘아올린 작은 공』이 『겨울여자』, 『미스 양의 모험』의 경우와 달리, 서사의 흐름이 단절되었지만 관념에 치우치지 않은 것은 서술 해체가 미학적 성과[65]와 경제적인 리얼리티의 효과[66]를 가져왔기 때문이다. 조세희의 성과는 논픽션이 제기한 노동문제의 이데올로기를 소설의 차원에서 서사화한 새로운 방식으로 지목할 수 있다.

노동은 1970년대 한국 사회에서 가장 문제적인 화두였다. 소설과 저널리즘이 관습적인 태도로 이 문제에 접근하기 어려울 때 두 글쓰기는 서로 영향을 미치며 새로운 글쓰기 방식을 모색했다. 저널리즘 글쓰기가 이데올로기화해가는 한편으로, 소설은 저널리즘의 서술방식을 통해 새로운 서사의 가능성을 제기한 것이다. 노동문제에서 저널리즘 글쓰기와 소설은 사실성 형성이라는 목적을 공유하면서 서술 방식을 달리한 두 장르의 글쓰기였다. 조세희가 보여준 1970년대 새로운 형식을 평가할 때, 소설과 저널리즘 글쓰기의 상보적 관계는 이를 위한 참조점이 될 수 있을 것이다.

---

65 정원채, 「『난장이가 쏘아올린 작은 공』에 나타난 스타일의 다원성과 미학적 혁신」, 『현대소설연구』 34, 한국현대소설학회, 2010, 제4장 참조.
66 우찬제, 「조세희의 『난장이가 쏘아올린 작은 공』의 리얼리티 효과」, 『한국문학이론과 비평』 21, 한국문학이론과 비평학회, 2003, 177쪽.

6. 맺음말

1970년대 저널리즘 글쓰기와 소설의 양적 확대는 별개의 사건이 아니었다. 저널리즘 글쓰기와 소설은 대중 독자와 함께 새로운 글쓰기의 장을 구성하는 필수조건이었다. 이 두 장르의 글쓰기는 서로 길항하거나 교합하면서 1970년대 글쓰기 영역과 문학장의 변화를 이끌었다.

저널리즘 글쓰기는 논픽션의 양식을 통해 대중 독자를 글쓰기의 영역으로 이끌어 냈다. 대중적 글쓰기로 나온 독자들은 자신의 체험을 근거로 다양한 글쓰기를 이루어냈으며, 필자이자 동시에 독자였던 대중 독자들은 논픽션을 통해 1970년대의 현실을 재구성했다. 그리고 논픽션은 새로운 문학의 가능성을 품었다. 논픽션으로 대표되는 저널리즘 글쓰기의 방식은 소설의 구성에 다양한 방식으로 영향을 미치며 소설에 개입한다. 대중소설에서는 저널리즘 글쓰기의 방식이 차용되었지만 소설과 적절히 융화하지 못한 사례를 볼 수 있다. 그렇지 않은 경우, 소설은 저널리즘 글쓰기 장르와 유사한 서술 방식을 통해 소설의 새로운 형식으로 선보이기도 한다.

『난장이가 쏘아올린 작은 공』은 유력한 사례로 들 수 있을 것이다. 소설이 주목했던 문제의식은 저널리즘 글쓰기와 공유하던 것이었으며, 소설 역시 저널리즘과 상보적인 위치에 있었다. 모든 소설이 저널리즘 글쓰기와의 관계 하에 놓인 것은 아니지만 1970년대의 문제작들이 저널리즘 글쓰기와 관련을 보인다는 사실은 1970년대 글쓰기 환경에서 저널리즘 글쓰기가 위치한 지점을 짐작케 한다. 저널리즘 글쓰기는 소재의 측면을 넘어서 사실성의 구성과 밀접하게 연관되고 있었다.

그러나 이 글에서 다른 작품만으로 1970년대의 상황 전체를 설명하기에는 부족하다. 충실한 논증을 위해서는 조세희의 작품 외에도 다수의 작품을 대상으로 논구해야 할 것이다. 예를 들어 최인호의『지구인』처럼 실제 사건을 소실로 재구성한 경우나,『어둠의 자식들』과 같은 장편 체험 수기는 저널리즘 글쓰기의 영역과 역할의 다층성을 암시한다. 따라서 1970년대 글쓰기의 지형과 문학장의 성격을 조명하기 위해서, 그리고 이후의 문학사의 변화를 논구하기 위해서는 다양한 텍스트에 대한 검토가 뒤따라야 할 것이다.

제2장 하층민 글쓰기 양식으로서의 『어둠의 자식들』

1. 1970년대 글쓰기 환경의 변화

산업화 이후 급격히 성장한 독서시장에서 문학이 차지하는 비중은 여전히 높다. 특히 대중문학의 폭넓은 스펙트럼을 고려한다면 도시 노동계층은 잠정적으로 문학적 영향력 하에 놓여있다고 해도 무방하다.[1] 문학 소비의 증대는 본격문학의 장은 물론 대중문학의 장과 다수 겹칠 수도 있으며, 잡지 기사나 르포, 수기, 극화, 영화 등의 대중서사의 수용과도 겹칠 것이다.[2] 이런

---

[1] 호모 컨수멘스(homo cunsummens), 즉 소비자로서의 독자의 독서행위는 현대사회에 들어서 문학적, 문화적 장르를 인식하기보다는 유행에 따르며, 다양한 문화현상과 함께 독서행위를 지속시킨다는 특징을 보인다. 대중 독자에게 독서는 영화나 방송 등의 다양한 문화소비의 하나로 인식되며, 그 때문에 독서만의 고유한 기호체계를 보유하기 힘들다고 평가받기도 한다. 김혜정, 「대중 독자의 독서 양상과 비판적 읽기 필요성」, 『독서연구』 24, 한국독서학회, 2010, 제2장 참조.

[2] 이 글에서 쓰인 대중서사라는 용어는 본격 문학, 혹은 고급문학에 대립되는 개념으로 상정하여 다양한 대중소설, 기사, 논픽션 등을 지칭한다. 대중서사는 소설과 유사한 이야기 구조를 갖추고

상황에서 소설의 생산과 수용의 과정도 변화를 겪는다. 소설의 양적 증대는 단순한 지표변화 이상을 의미한다. 즉 소설이 늘어났다는 사실은 소설 쓰기 혹은 글쓰기 환경의 변화와 연관되어 1970년대 문학장의 변화를 가리키는 중대한 사건으로 이해해야 한다.

이러한 변화 중 하나는 다양한 글쓰기 주체의 등장이다. 전통적으로 문학적 글쓰기의 자격은 문학제도가 부여했다. 문학적 글쓰기로 진입하기 위해서는 학적인 체제와 매체로부터 인정을 받아야하며, 이를 위한 다양한 통과의례들이 제도로서 구축된다. 그리고 이를 통과한 후, 문단이라는 가시적인 조직에 귀속되는 과정까지, 문학 창작자가 되기는 문학장의 기제와 일치하지 않고서는 어려운 일이다. 그러나 1960년대 후반 이후 여러 잡지들이 등장하면서 등단이라는 형식적 절차는 변화를 보인다. 매체가 다양해지면서 문단 조직과의 관계 맺기 양상이 다양해진 것이다. 예컨대『창작과 비평』이후 젊은 비평가가 중심이 된 문학비평 그룹들이 신인의 발굴과 작품 게재 과정에서 기성문단과의 차별을 보인 것은 대표적인 사례였다. 일반 공모와 부정기적인 신인발굴은 기성 문단과 두드러지는 차이점이었다. 계간 문예지를 중심으로 한 새로운 담론의 형성은 1970년대 이후 문학담론에 큰 영향을 미친다. 계간지를 중심으로 한 문학 동인의 등단 방식은 기성문단의 방식을 거부하면서 담론의 길항관계를 형성한 전략의 측면이 강하기 때문에 담론의 생산성이 높았던 것이다.[3]

이에 비한다면 대중문학, 대중문화 영역의 재생산 방식은 계간지 동인과

있으면서 문학장이 아닌 대중문화 및 일상의 공간에서 소비되는 '읽을거리'를 잠정적으로 대중 서사에 포함하려 한다.

3　김성환, 「1960~70년대 계간지 형성과정과 특성연구」, 『현대문학연구』 30, 한국현대문학회, 2010 참조.

는 또 다르게 다른 방향으로 전개되었다. 대중문학의 창작활동은 기존의 문학담론의 길항관계를 보이지 않는 만큼 기성문단보다 더 개방적이었다. 대중매체를 통해 발표된 문학작품은 문학의 영역에만 머무는 것이 아니라, 여러 경로를 통해 영화나 방송, 혹은 대중음악 등 방계의 문화 콘텐츠와 밀접한 연관관계를 맺고 있었던 것이다. 이때 대중문학 작가들은 형식적 절차에서 비교적 자유로웠다. 최인호를 위시하여 조해일, 조선작, 한수산 등의 창작활동은 본격문학의 틀에 머물지 않았다. 이들은 '통속'이라는 폄하를 무릅쓰고 폭넓은 대중문화의 영역 속으로 뛰어든 작가들이었다.

전통적인 문학에서 뻗어나간 방계 활동 중 가장 두드러진 쪽은 영화였다. 신문연재 소설은 대개 단행본 시장에서 성공을 거둔 후 시나리오로 전환되어 영화로도 성공을 거두는 것이 1970년대 대중문학의 일반적인 수순이었다. 연재소설에 붙은 '곧 영화화 결정!'이라는 광고문구는 당시 대중문화의 생산방식을 시사하며 대중 독자의 기대지평까지도 대변한다. 최인호는 문학에서 출발하여 콩트와 기행문, 시나리오 등의 전방위적 문필활동은 물론 대중음악의 영역까지 개척함으로써 문학적 글쓰기가 산업화시대에서 어디까지 접속될 수 있는지를 실증해 낸 작가였다.

대중매체의 생산 기제에는 다양한 작가와 작품이 생산 기제에 포섭되었는데, 기존의 문학사가 관심을 기울이지 않은 다양한 작품들이 이 속에 포함될 것이다. 논픽션과 수기 같은 아마추어 글쓰기와 함께 문학장 외부의 맥락에서 만들어진 대중서사물들이 이에 해당한다. 이들 작품들은 당시 다양한 대중매체와 관계를 맺음으로써 독자에게 수용될 수 있었다. 예컨대 1970년대 『선데이서울』의 인기 연재작이었던 '선데이 유호시리즈'와 같은 작품은 대중 주간지가 담보해온 소재의 통속성과 방송극의 생산 방식이 결합한 결과

로, 독자의 흥미를 자극하는 데 성공을 거둔 경우이다.[4]

1970년대의 대중매체를 통해 만들어진 작품들은 질적인 면에서는 평가받지 못했지만 독자의 수용과 영향관계의 측면에서는 주목할 만한 현상이었다. 이들 작품이 평가에서 소외되었다고 해서 그것이 당시의 대중의 글쓰기 환경의 문제나, 독자영역을 포함하는 사회적 의의와 단절되었다는 것을 의미하지는 않는다. 이들 작품의 영향 범위 중 하나는 다수의 대중 독자들이다. 대중 독자는 대중서사를 통해 교양적 욕구를 충족했다. 이렇게 충족된 문화 수준은 일회적으로 소진되지 않는다. 대중서사가 일상에 좀 더 밀착되었다는 점을 생각하면, 이들 작품이 대중의 수용 이후 다양한 양상으로 재생산되었을 가능성은 다분하다.

대중서사가 대중의 기호에 부합하기 위해 흔히 다루었던 재벌이나 연예인, 범죄자 집단 등의 소재와 서사는 엄밀하게 말해서 통속적이다. 그러나 여기서 주목할 것은 엄밀한 과학적 전망의 부재가 아니라 소재를 통해 대중의 상상적인 일상을 구축한다는 사실 자체이다. 자극적 소재와 권선징악과 같은 지배적 윤리는 수용의 원인으로, 대중의 상상적 동일시를 통한 충족을 이끌어 낸다. 대중서사를 통한 욕구충족의 소요所要 중의 하나는 현실의 재생산 기능이다. 기존의 소설이 충분히 보여주지 못했다면, 그리고 대중의 적절한 동일시가 가능하다면, 이 욕구는 대중의 글쓰기의 방식으로 이어질 수 있다. 그러한 일상의 글쓰기의 욕구가 본격적으로 드러난 장이 1970년대 대중

---

4   저자 유호는 1960년대부터 활동한 방송 작가로, 1970년대에 『선데이 서울』의 '선데이 유호시리즈'를 연재한다. '선데이 유호시리즈'는 일종의 연작 소설의 형태를 띠고 있다. 하지만 『선데이 서울』은 이 작품을 소설이라는 명칭 대신 '시리즈'라는 이름으로 연재한다. 소설의 문학성 보다는 『선데이서울』이라는 매체의 특성을 강조한 데서 나온 결과이다. '유호'는 당시 대중서사물의 아이콘이었던 셈이며, 이 '유호'라는 기표는 1990년대 초반까지 유효할 만큼 효과적이었다.

소설과 대중서사이다.

　여기서는 대중서사물의 하나로서 황석영의 『어둠의 자식들』에 주목하고자 한다. 『어둠의 자식들』은 기본적으로 논픽션, 그중에서 체험수기의 외양을 띠고 있다. 도시 하층민이라는 소재는 여타의 논픽션, 소설과의 표면적인 유사점이다. 도시 하층민의 삶은 1970년대 상황에서 가장 문제적이면서도 흥미로운 소재임에 틀림없다. 대중의 일상에 근접해 있으면서도 쉽게 체험하기 어려운 소재라는 점, 그리고 하층민의 존재가 1970년의 사회 변동의 결과라는 점은 독자의 흥미를 끌기에 충분했던 것이다. 그러나 하층민의 일상이라는 소재를 두고 『어둠의 자식들』은 소설은 말할 것도 없이 『신동아』 공모 논픽션과도 다른 서술 방식을 따르고 있다. 이 서술방식의 차이는 작가의 성향, 발굴과 출간에 이르기까지의 사정 등 여러 조건에 따른 결과이다. 그중에서 주목할 것은 1970년대 말 대중 독서시장의 확대이다. 대중적 읽을거리에 대한 수요가 증가하며 소설과 논픽션이 서로 영향을 주고받는 상황에서 『어둠의 자식들』은 새로운 글쓰기 양식의 가능성을 타진한 것이다. 『어둠의 자식들』이 가진 특이성을 논픽션과 소설 장르와의 비교를 통해 밝힘으로써 1970년대에 전개된 다양한 글쓰기 양식의 성격을 검토할 수 있을 것이다.

2. 저널리즘 글쓰기 장르의 특성

1) 글쓰기 장르로서의 논픽션

대중소설과 대중서사는 독자의 동일시를 기반으로 수용된다. 통속적인 줄거리와 세부묘사는 실제 현실과는 다르지만 독자는 이를 자신의 경험과 동일시하면서 일정한 정서적 거리를 유지한 채 상상적으로 받아들인다. 대중독자의 상상적 충족은 독자의 경험세계와 사건은 물론, 호기심과 동경의 대상, 혹은 공포의 대상에 대해서도 마찬가지로 이루어진다. 현실과의 괴리를 인정하면서도 동시에 그것에 대해 동경하는 상황, 즉 양가적인 감정은 작품 수용에서 발생하는 동일시이다. 현실에서 생산되는 지배적 담론에 대해 독자들은 동일시와 반동일시, 그리고 비동일시 등의 다층적인 반응을 보임으로써 세계를 인식하고 종합하는 공통감각을 구성한다.[5] 소설과 저널리즘 기사, 그 외 다양한 서사물들은 독자들의 상상적 욕구를 충족시키는 글쓰기 장르들이다.

대중서사를 통한 욕구 충족은 단선적인 과정으로 끝나지 않고 동일시의

---

5   M. Pêcheux, *Language, semantics and ideology*, St.Martin's press, 1982, 제9장 참조. 대중의 현실과 명백히 거리를 둔 대상에 대한 수용 반응은 거부와 호기심이 혼재한 양가적인 양상이다. 그런 점에서 대중의 반응은 반동일시의 성격을 지니지만, 동시에 동일시와 구분되지 않는다. 반면 상상적 현실에 대해 거리를 두고 현실성의 따져 묻는 비판적 태도는 지배적 이데올로기에 대응하는 주체적인 비동일시의 과정으로 평가할 수 있다. 대중서사물의 수용 과정에 다양한 동일시가 가능하다는 사실은 곧 대중서사가 세계를 인식하고 종합하는 공통감각으로서의 가능성을 내포하고 있다는 것을 의미하기도 한다. 中村雄二郎, 양일모·고동호 역, 『공통감각론』, 민음사, 2003, 52쪽 참조.

과정을 통해 사회 변화에 대응하는 능동적인 감수성을 생산하기도 한다. 대중의 감수성이 발현되는 공간 중 하나가 글쓰기이다. 대중 독자는 읽고 이해하는 데서 멈추지 않고 자신이 직접 쓰려는, 혹은 쓸 수 있다는 욕망을 드러낼 만큼 글쓰기 공간은 비교적 공정하게 열려 있었다. 1970년대 잡지들은 이 글쓰기 공간을 적극 활용했다. 잡지마다 투고와 응모의 형식을 통해 독자들을 글쓰기로 이끌었으며, 매체의 특성을 충실히 반영한 투고는 중요한 콘텐츠 생산방식으로 자리 잡았다. 그중 대중서사는 대중적 글쓰기를 적극적으로 추동한 매개였다. 대중 독자는 비교적 가벼운 대중서사를 수용함으로써 글쓰기를 상상할 수 있었으며, 대중서사의 느슨한 형식은 독자의 자유로운 글쓰기를 이끌어 냈다. 그리고 이렇게 생산된 독자의 글쓰기 중 일부는 다시 대중서사의 양식 속에 변용되는 순환에 합류한다. 그런 점에서 대중서사는 산업화 시기 글쓰기 생산기제의 중추로 평가할 수 있다.

앞서 살펴본 『신동아』 논픽션 공모는 대중적 글쓰기의 선순환을 잘 보여주는 사례이다. 1960년대 이래로 논픽션은 평균적인 교양 수준에서 읽을거리를 만들어 냈으며, 독자들이 적극적으로 참여한 글쓰기 양식이었다. 이 장에서 다루는 하층민 서사 역시 논픽션 속에서 먼저 흥미로운 읽을거리로 재탄생했다. 논픽션은 체험수기, 르포, 일기초抄 등의 다양한 형식으로 넝마주이, 고물상, 매혈, 밀수, 소매치기 등 일상에서 쉽게 경험할 수 없는 도시 하층민의 삶을 상세히 묘사함으로써 독자를 흡인한다. 그리고 주간지에서 흔히 볼 수 있었던 '독자투고', '고백수기', '체험수기' 등의 글들 역시 대중 독자에 의해 쓰인 글쓰기로서 독자에게 널리 수용되었던 양식으로 평가할 수 있다.[6]

논픽션, 수기 등을 포함하는 저널리즘 글쓰기는 소설의 발달사에서 핵심적인 역할을 한다. 1970년대 저널리즘의 소재와 시각은 저널리즘에 국한되지 않고 문학장과 교섭한다. 1970년대 산업화에 따른 사회 변동은 이전 시기에 볼 수 없었던 사회 현상들을 만들어 냈는데, 그중 도시 하층민의 일상은 저널리즘 글쓰기와 소설, 두 장르 모두 널리 채택한 소재이며 주제였다. 두 장르의 글쓰기는 일견 소재의 차원을 공유하는 듯이 보인다. 앞서 말한 다양한 논픽션, 수기 등의 글쓰기가 담보한 생생한 체험은 조정래, 조선작, 조해일, 황석영 등 1970년대 현실에 초점을 맞춘 작품의 소재와 크게 다르지 않다. 그리고 신문연재 지면이 증대되고 출판시장이 성장하면서 문학과 저널리즘 글쓰기는 생산조건에서도 밀접하게 연관되었다.

관습적으로 저널리즘 글쓰기와 문학적 글쓰기는 다른 생산기제에 속하지만 두 영역의 글쓰기는 상호지시의 관계를 맺으며 수용과정에서는 장르 경계가 지워지기도 한다.[7] 나아가 1970년대의 저널리즘 글쓰기는 전통적인 글쓰기 제도에도 영향을 끼친다. 저널리즘 글쓰기의 영향은 독자가 잡지를 읽고 투고하는 장면만을 가리키지는 않는다. 이 장면을 확대한다면, 공모제를 통해 논픽션 저작이 이 시기의 글쓰기 장르로 정착해 가는 과정을 확인할 수 있다. 그리고 기성의 작가들의 글쓰기 영역이 저널리즘과 겹치고 있다는 사

---

6   『신동아』 같은 종합지와 다른 층위에 있는 잡지에서도 투고형식의 글쓰기는 일반적인 양상이었다. 대중주간지에서 흔히 보이는 '독자투고', '고백수기', '체험수기' 등이 여기에 해당한다. 물론 대중 주간지의 글들이 실제 독자투고인지 의심스러운 것이 사실이다.(백명수, 「수기와 인생상담이라는 함정」, 『뿌리 깊은 나무』, 한국브리태니커회사, 1978.1) 그러나 '수기'와 '고백'은 독자들의 글쓰기의 상상을 이끌어 낸다는 점에서 의미 있는 역할을 인정해야 한다. 그리고 '수준 높은 교양'을 표방한 『뿌리 깊은 나무』와 이념 지향이 분명했던 『대화』에서도 수기투고는 존재했다. 투고 형식의 글쓰기는 잡지뿐만 아니라 라디오 방송에서도 널리 활용될 만큼 한국 사회 일반적인 양상이었다는 사실에 주목할 필요가 있다.

7   Shelly Fisher Fishkin, *From Fact to Fiction : Journalism & Imaginative Writing in America*, Oxford University Press, 1985, pp.5~7.

실도 이에 포함될 것이다. 황석영, 박태순, 조세희 등의 작가가 논픽션 글쓰기로 나아간 사실은 1970년대 글쓰기 상황에서 인상적인 한 장면이다. 독자의 영역에서 잡지의 콘텐츠로서 소설과 논픽션이 유사하게 소비되는 상황에서[8] 두 장르의 글쓰기는 독자의 현실 구성의 원인이 된다.[9]

물론 저널리즘 글쓰기가 문학의 직접적인 토대가 되었다고 단정 짓기는 어렵다. 운동으로서의 저널리즘 글쓰기라기보다는 매체의 상업적 요구로 등장한 성격이 강한 탓이다. 그러나 저널리즘의 양적, 질적 성장이 사회의 변화와 맞물리면서 다양한 글쓰기의 가능성을 제시했다는 점은 두 장르의 영향관계를 짐작케 한다. 독자들이 관습적인 글쓰기에서 벗어난 새로운 인식을 요구했을 때, 이에 대한 대답은 새로운 글쓰기로 나타난다. 저널리즘 글쓰기로서의 논픽션은 그에 대한 대답 중 하나였다.

저널리즘 글쓰기와 소설이 전망을 공유하며 상호영향을 미친 사례로 『어둠의 자식들』을 들 수 있다. 『어둠의 자식들』은 여러 글쓰기 장르가 혼합된 작품으로, 기본적으로는 논픽션의 형식을 유지하면서도 소설에서 요구되는 서술방식을 활용하고 있다. 이는 소설의 구성이 가진 전망의 형성을 전유하

8　1970년의 신문연재 과정에서 신문이라는 공간은 문학성과는 별개의 것이었다. 소설이 연재되는 지면은 문화면인 경우가 많지만 때로는 사회면, 혹은 그 외의 지면을 활용하기도 한다. 이는 독자의 입장에서 문학성에 대한 자각을 가지고 소설을 접하지 않는다는 것을 의미하기도 한다. 이를 보여주는 예가 최인호의 『바보들의 행진』이다. 이 소설은 『일간스포츠』 창간에 때맞춰 기획 연재된 소설이다. 그런데 이 작품이 연재된 면은 '캠퍼스'면으로, 당시 급증한 청년, 대학생 독자를 대상으로 특화된 지면이었다. 이 지면의 구성은 청년, 대학생의 일상과 캠퍼스 동정 등이 실리며 한편으로 『바보들의 행진』이 실린다. 『바보들의 행진』이 문학작품이라는 점은 소설이라는 제호 말고는 없으며, '캠퍼스'면의 일반적인 기사와 구분되지 않는다. 구분된다기보다는 당시 청년 대학생들의 독특한 문화와 사건들이 소설에 직접 등장함으로서 오히려 문화 콘텐츠로서의 성격이 더욱 강하다. 문학이라는 관습적인 장르는 때에 따라 만화와도 혼용되던 것이 당시 문화적 현상이었다.

9　Doug Underwood, *Journalism and The Novel : Truth and Fiction, 1700~2000*, Cambridge University Press, 2008, 제4장 참조.

기 위한 전략으로 보인다. 그리고 출간과정에서 황석영의 역할이 적지 않았다는 사실에서 기인한 것일 수도 있다. 하지만 체험 없이 『어둠의 자식들』이 서술되기는 불가능했던 만큼 이 작품의 근간에는 체험과 그 체험의 서술의 힘이 기본적으로 작용하고 있다는 점을 부인할 수 없다. 1970년대 글쓰기 상황과 조건의 특이성을 내포한 대표적인 사례로 『어둠의 자식들』을 살펴보고자 한다.

2) 저널리즘 글쓰기의 서술방식

대중매체에서 하층민의 삶은 통속성에 초점이 맞춰져 서술된다. 그리고 저널리즘 글쓰기의 하층민 경험은 서사의 외양을 갖추지만 완결성과 상관없이 화자의 주관을 중심으로 서술되는 특징을 보인다. 즉 화자는 논픽션을 서술하면서 하나의 사건을 기승전결을 갖춘 이야기가 아니라 자신이 경험을 중심으로 개별적인 사건들을 강조하는 방식으로 서술한다.

한 사례로 체험수기에 해당하는 논픽션인 「나는 소매치기 왕초」를 보자. 이 작품은 소매치기 왕초에서 방범대원으로 거듭난 주인공의 체험을 서술하고 있다. 이 작품이 소설이라면 서사의 중심에는 범죄에 빠지게 된 원인과 이를 극복하는 과정이 서사의 중심에 놓일 것이다. 하지만 「나는 소매치기 왕초」는 소설적 구성과는 다르다.

다음날 아침 병원을 방문하니 자기를 구해준 사람인 것을 알고 대단히 감사하다면서 인사를 했다. 많이 다치지 않은 게 다행이었다. 우리는 처녀의 치료비를 지불하고 택시에 싣고 처녀의 집으로 갔다. 종암동 석산 옆 하꼬방에서 어머니와 가난한 생활을 하고 있었다. 이것이 인연이 되어 그 처녀와 나는 결혼까지 했다. 물론 처는 내가 동대문시장에서 장사를 하는 줄로만 알고 있었다. 첫아기를 낳고 1년도 못되어 내가 또다시 형무소에 수감되자 마침내 처는 내 과거와 정체를 알았다. 출감하고 나오니 이혼이란 선고였다. 할 수 없이 이혼을 하고 친구네 집에서 다시 범죄가 시작되었으나 처와 아기를 잊을 수가 없었다. 20여 일 만에 나를 찾아온 아내는 신문을 하나 보이며 뜻밖의 말을 했다. 소매치기 자수 기간이었다. 아내의 끈질긴 설득 앞에 나는 무릎을 꿇었다. 25년 8개월 동안의 소매치기 소굴에서 벗어나기를 맹세했다.[10]

주인공은 소매치기 생활을 이어가다 우연히 한 처녀를 구해주고 이를 계기로 범죄의 세계에서 빠져나온다. 전형적인 서사구성에서는 개과천선 과정이 가장 극적인 지점에 놓이게 될 것이다. 그러나 위의 인용에서 보듯이 이 과정은 단적으로 요약되어 제시된다. 최소한의 사건만이 서술될 뿐, 각 과정에서의 주인공의 내면의 서술은 생략되어 있다. 대신 화자는 낙오한 일본처녀 '하나꼬'에 대한 연민에 큰 비중을 두는 한편, 소매치기 범죄세계에 대한 고발을 또 하나의 이야깃거리로 병치시킨다.

소매치기 생활에 관한 체험의 서술에서 중요한 것은 논리적, 정서적 설득력보다는 흥미성 자체에 있다. 왜 그러한가를 묻기보다는 그것이 얼마나 흥미롭고, 낯선 체험인가를 밝히는 것이 논픽션의 목표가 된 것이다. 화자는 이 기준에 따라 자신이 체험한 사건들을 배열한다. 고아로 남겨진 과거, 소

---

10 방판영, 「나는 소매치기 왕초」, 『신동아』, 1978.3, 339쪽.

매치기집단의 고문, 비리 경찰, 그리고 하나꼬 등의 소재는 각각의 이야기로 독립되어 개별적인 흥미를 형성한다. 논픽션으로서의 흥미가 충족된다면 개과천선이라는 상투적인 주제는 최소한의 형식만을 갖춘 채 생략되어도 무방하다.

이러한 특성으로 인해 논픽션의 서술방식 역시 화자의 주관을 기준으로 재배열된다. 화자는 현재의 관점에서 자신이 말하고자 하는 바를 표면에 내세우며 과거의 사건들을 말하는 상황을 노출한다.

> 출감을 며칠 앞두고 정형사가 찾아왔다. 그는 뻔뻔스럽게도 담배를 주면서 며칠 받았느냐고 물었다. 나는 화가 나 "정형사, 내가 구류사는 것쯤은 문제가 아니오. 하지만 당신이 그런 식으로 일을 했다가는 당신 명대로 못살아요. 나 괴롭습니다" 하니 정형사도 양심은 있는지 웃으면서 나오거든 한번 만나 친해보자고 말하고는 나가버렸다.[11]

위의 서술에서 정형사의 발화와 '나'의 발화는 뚜렷이 구분된다. 두 사람의 대화에서 정형사의 발화는 간접적으로 요약된 반면, 화자의 목소리는 직접 인용되어 정확히 재현된다. 화자의 입장에서 자신을 검거한 형사의 입장보다는 그것에 항변하는 감정의 발화가 더 중요하기 때문이다. 화자를 중심으로 사건과 발화가 재배열되는 상황은 체험 자체가 서술의 중추인 체험수기에서 흔히 볼 수 있다. 「나는 소매치기 왕초」는 소매치기 왕초에서 방범대원으로 변신한 현재의 화자의 입장이 서술의 중심에 놓인다. 따라서 과거의

---

11 위의 글, 328~329쪽.

사건은 회상이 아니라 현재의 서술상황에 비추어 의미를 부여받는 것이다. 자신이 왕초로 있는 소매치기 집단의 부하에 대해서도 '공범'이라 말하는 것도 이런 이유에서이다. 소매치기를 청산하고 국가의 도움으로 방범대원이 된 입장에서는 그들은 조직원이나 동료가 아니라 범죄자, 즉 공범일 뿐이다.

개과천선의 사연과 하나꼬와의 인연, 그리고 범죄 무용담이 혼란스럽게 뒤섞인 이 작품을 잘 짜인 소설과 비교하면 단점은 뚜렷하다. 하지만 이 작품이 읽힐 수 있는 이유는 논픽션, 즉 저널리즘 글쓰기 장르이기 때문이다. 소설이 아니기에 논픽션은 체험 그 자체의 재현에 초점을 맞춘다. 흥미롭고 낯선 체험이 충실히 재현되기 위해서는 화자의 태도가 전면에 두드러지게 나타나야 한다. 체험자이자 화자인 존재가 전면에 두드러짐으로써 이야기는 인과관계 보다는 체험의 직접성이 뚜렷해지기 때문이다.

논픽션 서술의 주관성은 취재기사인 르포와도 다르다. 관찰자의 입장에서 사건을 경험한 르포의 경우 그 서술은 기존의 글쓰기 방식과 변별되지 않는다. 예컨대, 매혈 실태를 고발한 「매혈자」는 취재를 위해 화자가 매혈자 무리에 잠입하여 그 내막을 캐낸다. 이 때 화자는 관찰자의 위치에서 일반적인 저널리즘의 서술방식을 활용하여 사건과 인물을 묘사한다.

> "사실 말이 났으니 말이지, 그 문제에 대해선 가슴이 아파요 여러분들은 공공연하게 피 빨아 먹고 사는 김가 운운 하지만 나는 나대로의 고충이 있어요. 이웃에 있는 기독교병원이나 다른 종합병원들은 죄다 적십자사나 다른 공공단체들에서 지원을 받고 있지만 이곳 혈액원은 아무런 지원을 받지 못하고 있어요. 별로 넉넉하지 못한 이곳의 입장이니까 여러분들에게 죄송하게 생각하고 있어요." 김선생은 진지하게 말했다. 지금까지 보아왔던 극히 사무적이고 딱딱하기만 한 김선생의

얼굴이 아니었다.[12]

처음의 검사 과정은 대체로 꼼꼼한 편이었다. 특이한 것은 지방의 혈액원처럼 편모지를 따는 게 아니었고 여기서는 귀끝을 찔렀다. 납작한 유리판 두 군데에다 두 방울의 혈을 떨어뜨려 파랗고 붉은 약물로서 우선 혈액형부터 검사했다. 그리고 5cc짜리 유리관에다 넣어서 프로수를 뽑아내고 다음에 현미경에 의한 정밀검사를 했다. 세 사람의 의사가 넘어오는 혈마다 세밀하게 검사하는 데 걸리는 시간은 2, 3분이면 족한 것 같았다. 여기서도 역시 성병에 역점을 두는 것 같았지만 그것을 검출해내고 있는 의사의 노련함을 그 빠른 시간으로서 증명해주는 것 같았다.[13]

「매혈자」는 여러 비속어와 은어를 활용하여 매혈자들의 일상을 묘사하려 한다. 그러나 이들의 일상은 위의 인용에서 보듯이 관찰자의 시선 내에서 서술될 수밖에 없다. 매혈 병원의 김선생의 설명과 매혈과정의 상세한 묘사는 매혈자들의 난잡한 일상의 수준에서는 포착되지 않는 사실들이다. 텃세를 부리며 난동을 피우는 매혈자들에게 김선생의 설명이나 채혈의 세부과정은 알 수도 없거니와 관심의 대상도 아니다. 그럼에도 불구하고 「매혈자」는 이 과정을 놓치지 않는다. 「매혈자」는 체험수기의 논픽션이라기보다는 취재기사, 혹은 르포에 가깝다. 이는 「나는 소매치기 왕초」와 구분되는 지점이기도 하다.

「나는 소매치기 왕초」와 「매혈자」는 논픽션의 저널리즘 글쓰기로서의 특

---

12 김도규, 「매혈자」, 『신동아』, 1975.4, 298쪽.
13 위의 글, 318쪽.

징을 보여준다. 논픽션 글쓰기에는 체험의 재현을 중심으로 서술되는 체험수기와 체험을 평가하고 전망을 제시하는 르포의 두 양식적 경향이 혼재되어 있다. 이는 저널리즘 글쓰기의 일반적인 성격으로, 기존의 문학 장르가 체험의 사실성과 전망 구축에 이르지 못할 때, 저널리즘 글쓰기는 이를 대신할 수 있는 글쓰기로 주목받는다. 1970년대 한국의 논픽션은 두 양식 중에서 체험수기가 먼저 주종을 이루어 체험의 생소함을 우선적으로 전경화했다. 비판적 시선이나 사회적 전망의 구축은 전문기자의 심층취재 기사나 간간히 등장하는 르포 등의 저널리즘 글쓰기가 떠맡아야 할 처지였다. 이와 같은 상황에서 『어둠의 자식들』은 장편의 저널리즘 글쓰기의 형식을 통해 새로운 글쓰기의 가능성을 실연해 보였다.

3. 『어둠의 자식들』의 글쓰기 상황과 서술방식

1) 서술방식의 혼합

『어둠의 자식들』의 장르는 모호하다. '작자作著' 황석영은 이 작품이 "빈민들의 삶에 관한 기록"[14]이라고 말한다. 이에 따르면 형식상으로는 '체험수기'라는 관습적인 명칭이 타당하겠지만, 이 작품의 형식은 여러 면에서 일반

---

14   황석영, 「작자의 말」, 『어둠의 자식들』, 현암사, 1980, 4쪽.

적인 체험수기와는 다르다. 『어둠의 자식들』의 황석영 '작作'이지만 실제 저자가 누구인지는 불분명하다는 점이 우선 거론되어야 할 것이다. 구술과 기록, 정리, 그리고 가필의 과정 등 여러 단계의 창작과정을 거쳐 만들어진 작품이기에 일반적인 소설 창작 및 출판 시스템과는 동떨어진 곳에 이 작품이 존재한다. 이동철이라는 인물의 체험을 담았다고 했지만 정작 구술과 기록이 일치하지 않아 『어둠의 자식들』은 혼란스러운 형태를 보인다. 이 작품이 쓰인 과정에 대해서는 우선 작자 황석영의 진술에 기댈 수밖에 없다.

이 글은 이동철 형이 구술하는 것을 다섯 사람이 제각기의 입장에 따라 기록하였고, 숱한 일화와 사건들을 두 사람이 정리하였으며 최종적으로 필자가 검토하여 앞뒤 순서를 정하고 들어내기도 하고 첨가하기도 하였다. 따라서 이 글은 필자 개인의 감성이나 재간에 의하여 이루어졌다기보다는 여러 사람의 공동적인 노력으로 씌어진 것이다.[15]

구술과 집필과정을 거쳐 한 권 분량으로 묶여 출간되기까지 황석영이 비중 있는 역할을 한 것으로 짐작할 수 있다. 하지만 구술과 채록, 집필의 과정이 분리되어 있어 소설에 버금가는 완성도를 갖추기 어려운 점 역시 『어둠의 자식들』이 지닌 한계이자 특징으로 꼽을 수 있다. 이러한 특징 때문에 『어둠의

---

15 황석영이 「작자의 말」에서 '이동철 구술, 황석영 정리'의 집필과정을 밝혔음에도 『어둠의 자식들』의 저자에 관한 논란은 남는다. 1980년 초판의 저자는 황석영으로 명기되어 있었지만 이후 1983년판부터는 이동철로 바뀐다. 이동철은 이후 인터뷰에서 구술이 아니라 자신의 수기를 황석영에게 넘겼으며 출소 이후 본인의 명의로 출간하게 되었다고 말한다. 하지만 이동철 역시 황석영의 가필에 대해서는 부정하지 않고 '30% 정도'라고 말한 바 있다. 그러나 굳이 집필자/저자를 확정할 필요는 없는 것으로 판단한다. 이 글은 누가 썼는가의 문제가 아니라 어떻게 말하고 있는가에 초점을 맞추고 있기 때문이다. 따라서 상세한 집필과정의 확증은 다른 연구의 몫이다.

자식들』의 실제 저자의 존재는 논의의 대상이 되기 어렵다. 그보다는 내용 그 자체에 관심의 초점을 맞추는 것이 타당하다. 실제 체험이라는 점이 강조되면서, 일반적인 논픽션-체험수기로서 수용될 가능성이 크기 때문이다.

이 작품의 서술은 전체적으로는 논픽션 서술의 틀을 유지하는 듯이 보인다. 체험의 기록과 문제의식을 드러내는 것을 목적으로 하는 논픽션은 그 특성상 3인칭의 화자의 태도가 드러나지 않으며, 화자의 관점이 대상을 의미화하는 경우도 뚜렷하지 않다.『어둠의 자식들』에서도 1인칭 화자의 시점에서 전체 사건이 서술되면서 체험의 직접성을 강조하고 있다. 이런 점에서『어둠의 자식들』의 서술은 소설보다는 논픽션에 가깝다. 책의 마지막에 "1979년 봄 기록"이라고 명기한 데서 알 수 있듯이 이 작품은 구술 기록으로 한계를 분명히 인정하고 있다.

하지만 논픽션의 1인칭 시점의 서술은 작품 전체를 통틀어 일관되게 유지되지 않는다. 1인칭 서술 사이에는 3인칭의 시점의 서술이 군데군데 개입하는 것은 물론, 논픽션에 맞지 않는 상상에 의한 진술이 드러나는 것이다.『어둠의 자식들』은 일반적인 논픽션 서술 외에도 다양한 서술방식들이 혼재함으로써 체험을 기술하는 논픽션, 수기와는 다른 외형을 지니고 있음을 볼 수 있다.『어둠의 자식들』에 실린 사건들은 그 자체로 흥미롭다. 체험의 주체인 이동철의 삶은 파란만장하다. 소아마비를 앓은 몸으로 온갖 핍박을 받아가며, 몇 번의 수감생활 끝에 정신적 지주인 공목사를 만나면서 빈민활동가로 거듭나기까지의 이야기는 다양한 등장인물과 갈등을 통해 드러나면서 소설에 버금가는 서사를 구성할 자질을 갖춘다. 인물의 성장과 몰락, 그리고 변신의 과정을 따지면 이 이야기는 매우 극적이다.

그러나 이 작품을 소설이라 말할 수 없는 이유 중 하나는 일관되지 않은 서술방식이다. 이동철의 이야기는 제1장 「들개」, 제5장 「뿌러진 칼」, 제6장 「후리가리」, 제7장 「하이방」, 제10장 「변신」 등에 걸쳐서 서술되면서 1인칭 화자의 태도가 일관되게 유지된다. 그러나 나머지 부분에서는 1인칭 화자의 모습은 사라지고 3인칭 화자의 작가적 개입이 두드러진다. 때로는 화자의 개입 없이 등장인물의 발화만으로 이루어지는 경우도 볼 수 있다. 특히 제4장 「시든 꽃」과 제9장 「개털들」의 경우는 이동철의 서사와 별개의 이야기들이 개입되면서 책 전체의 일관성을 흐트러뜨린다. 제4장 「시든 꽃」은 '깡다구 경심이', '카수 영애', '기수꾼 화숙' 등의 절로 구성되어 있다. 이 장에서 창녀촌에 팔려온 여성들의 갖가지 사연들은 압축적으로 서술된다. 이들에 대한 서술은 동철의 성격과는 무관하게 『어둠의 자식들』 속에 삽입된 것들이다. 각 인물들이 창녀촌으로 팔려온 사연과 그곳에서의 인상적인 에피소드를 소개함으로써 책 전체의 흐름과 별개로 시작과 끝을 갖춘 하나의 이야기로 독립된다.[16]

그러나 여기에는 소설과 같은 플롯은 부재한다. 「시든 꽃」의 세 여성은 모두 무작정 상경하여 여공으로 지내다 친구에게 속거나 어쩔 수 없는 상황에 처해 몸을 팔게 되는 사연을 안고 있다. 가장 극적인 장면은 여공에서 창녀로 전락하는 순간일 것이다. 이때의 서술은 이 몰락의 의미에 초점을 맞추기보다는 몰락하는 과정의 묘사에 초점을 맞추고 있다.

두꺼비는 잠을 자는지 코를 골기 시작하고 순임이는 경락이의 배신 따위는 이제

---

16 각 주인공이 창녀촌으로 팔려와 그곳에서 늙어가며 신세를 한탄하는 모습은 인물의 서사로서는 완결성을 가진다. '카수 영애'의 이야기만 따로 발췌되어 영화 〈어둠의 자식들〉(1981)의 줄거리가 될 정도로 이야기의 완결성은 높다.

까맣게 잊어버리고 자기의 앞일을 생각해본다. 낮인지 밤인지 골방이어서 알 수가 없고, 배가 고파 오기 시작한다. 순임이는 화장실에도 가고 싶지만 두꺼비를 깨우기가 무서워서 그대로 참는다. 그런 식으로 순임이는 두려움과 절망 속에서 이틀을 보낸다. 두꺼비에게서 그가 사준 밥을 얻어먹고 그의 보호와 감시를 받으며 지내는 동안에 순임이는 여러 차례 짓밟힌다. 하는 수 없이 순임이는 몸을 팔아서라도 이 지긋지긋한 곳에서 빠져나가야겠다고 마음먹는다. 머뭇거리며 망설이다가 용기를 내어 누워 있는 두꺼비에게 말을 건다.

"아저씨, 나 말이지요 빚은 갚아야 한텡께 천상 몸을 팔아야 되겠는디, 어떻게 좀 해주쇼 잉."[17]

위의 장면은 무작정 상경한 순임이 꾐에 넘어가 창녀로 전락하는 시점이다. 여기서 순임의 내면은 포착되지 않는다. 화자는 창녀로 몰락하는 극적인 순간에도 갈등하거나 고민하는 내면을 보는 대신 시간의 순서에 따라 사건을 묘사할 뿐이다. 이러한 시선은 『어둠의 자식들』에 삽입된 이야기들의 공통점이다.

지내고 보니 수선화 집에는 색시가 여섯 명이 있었고 친구는 이 집에서 고참인 니나노 기수룬(노래하며 술 파는 여자)이었던 것이다. 경심이는 달리 별도리가 없어서 심부름도 하고 음식도 만들며 지내다가 아주머니에게서 선불을 쓰고는 갚지 못하여 니나노로 술상에 나가 앉게 되었다. 아침에는 늦잠 자고 오전에 목욕을 하든지 빠방을 가든지 하고 나서 화투나 떼다가 오후에는 화장하고 저녁에 손님 받

---

17 황석영, 『어둠의 자식들』, 현암사, 1980, 119~120쪽.

아 노래하고 밤에는 외박 나가서 남자와 자는 생활은 그런대로 변화가 없었다. 그런 생활을 하다 보니 경심이는 다시는 공장에 나가 일하기가 싫어졌다. 그렇다고 큰돈이 벌리는 것도 아니었다.[18]

시골처녀가 창녀로 몰락하는 장면에서 주인공의 내면은 서술의 초점이 되지 못하고 과정만이 요약서술된다. 제3장 「탕치기」의 순임의 이야기와 제4장 「시든 꽃」에 걸친 이러한 서술은 이동철의 구술이라는 상황과 어긋나 있다. 이동철 자신에 관해 서술하는 부분에서는 1인칭의 시점으로 고정되어 있어 체험수기의 형식을 지키고 있지만 창녀들의 이야기에서부터는 3인칭의 시점으로 전환된다. 화자는 제3장에서 "나는 그날부터 탕치기 식구들과는 손을 끊기로 했던 것이다. 두꺼비도 자연히 그만두게 되었다"[19]라는 말과 함께 순진한 시골처녀의 이야기를 마무리 짓는다. 그리고 이후의 일들은 이동철의 시선이 배제된 채 서술된다. 구술자가 주변의 일을 간접경험하고 이를 요약적으로 제시하는 것은 가능하다. 이 경우 1인칭의 화자의 거리가 유지된 상태에서 서술되는 것이 논픽션의 일반적인 서술 방식이다. 하지만 제4장에서는 1인칭 화자가 배제된 채, 3인칭 화자의 절대적인 시점이 지배적으로 나타난다. 이러한 특징은 이동철의 구술이 이루어진 후, 집필과정에서 이동철의 체험은 집필자 혹은 작가의 입장에서 재조정되었기 때문이다. 체험자(혹은 구술자)의 태도와 집필자의 태도가 일치하지 않을 경우, 체험 수기의 서술태도는 논픽션과 같은 일관성을 보이지 않는 것이다.

구술자의 시선을 대신한 집필자 시점의 서술방식은 소설의 그것과 유사하다.

---

18 위의 책, 138~139쪽.
19 위의 책, 122쪽.

뭉치는 처음 당하는 일이라 어떻게 수습할지를 몰라 쩔쩔맸다. 뭉치는 집으로 돌아가 내게 들여줄 밥을 준비했다. 계란을 사다가 부치고 꽁치를 굽고 해서는 내 장사 목판에 주섬주섬 담아서 파출소로 다시 왔다.

어머니는 식사를 끝내자 그릇들을 주섬주섬 챙겨들고 파출소로 나갔다. 어머니는 피해자의 집을 찾아갔던 것이다.

"제가 에미 되는 사람입니다. 죽을 죄를 졌으니 대신 벌을 받겠습니다."[20]

태봉이는 친구들과 헤어져 청계천 5가로 간다. 청계천 5가에서 성남까지 택시 합승을 타고 부모님들이 계시는 집으로 가는 것이다. 집이라야 땅만 정해져서 임시로 천막을 친 꼴이다. 벌써 동네에 들어서니 애새끼들이 와글거리고 아낙네들의 재잘거리는 소리가 요란하다. 태봉이는 비록 뚜룩을 쳐서 버는 돈이라도 몫돈이 생기면 집에 갖다주곤 한다. 쇠고기 두 근과 정종 한 병, 과일 등속을 한아름 사들고 뿌듯한 기분으로 천막 앞에 들어선다.

"어서 오너라. 그동안 뜸했구나."

마당에 섰던 어머니가 태봉이를 반겨 맞아준다.

"받으슈"

"아이구 이건 고기, 술은 또 뭣허러 사왔어. 느이 아부지 살판났구나."[21]

4장 「시든 꽃」이 화자의 간접경험을 통해 세 창녀의 과거를 압축적으로 요약 서술한 것과 달리, 위의 인용은 화자의 요약 없이 장면 자체를 '보여주기showing' 방식으로 묘사하고 있다. 첫 번째 인용은 사고를 저지르고 동철이

20　위의 책, 16쪽.
21　위의 책, 194~195쪽.

수감된 사이 동철의 어머니가 피해자를 찾아가는 장면이다. 화자는 주인공 동철의 입장에서 알게 된 정보가 아니라 어머니와 동철 두 인물을 초월한 시점에서 행동을 재현한다. 즉 3인칭 화자가 동철의 서술 속에 삽입된 것이다. 두 번째 인용도 마찬가지이다. '뚜룩질(도둑질)'로 큰돈을 장만한 동철과 태봉이 각자의 집으로 가서 가족들에게 선심을 베푸는 장면인데, 태봉이 동철과 헤어진 후에도 3인칭 화자는 태봉의 사건을 좇고 있다. 이처럼『어둠의 자식들』곳곳에는 1인칭 화자의 존재에 배치되는 3인칭 화자의 시선이 개입한다. 논픽션에 등장한 3인칭 화자의 존재는 다양한 장면을 재현하게 하는 장점을 가진 한편으로 논픽션 장르의 글쓰기가 가진 서술의 일관성을 흐트러뜨릴 가능성도 안고 있다. 두 가능성이 공존하는 글쓰기라면, 이는 소설에 해당하는 서술방식이다.

동철 자신의 체험을 서술하는 화자와 주변인물과 그 사건을 서술하는 화자가 분리됨으로써 소설과 흡사한 외양을 갖춘『어둠의 자식들』은 때로는 소설적인 상상력을 활용하기도 한다. 제4장「시든 꽃」의 압축적인 서사와 달리, 어떤 한 장면을 묘사하는 곳에서는 상상력과 함께 소설에서 봄직한 구체적인 세부의 묘사가 드러나기도 하는 것이다.

나는 문 바로 곁에 있는 탁자 앞에 앉아서 국솥과 국자만 바라보았다. 김이 무럭무럭 오르는 순대국이 내 앞 탁자 위에 날라져 왔다. "아주머니 다데기 좀 주쇼." "여기 있어요. 매워요." 나는 숟갈로 다데기를 푹 떠서 순대국 뚝배기에다 넣고는 수저로 휘휘 저어 고루 섞었다."[22]

---

22   위의 책, 68쪽.

'나'의 행위를 중심을 볼 때 위의 인용에서 '아주머니'와의 대화는 주인공의 행위와 무관한 부차적인 세부에 지나지 않는다. 이 작품이 논픽션이라는 점을 고려한다면 이와 같은 세부의 묘사는 서술하지 않는 편이 타당하다. 하지만 『어둠의 자식들』에는 이러한 세부의 묘사가 자주 드러난다. 이는 체험의 구술이 아니라 보여주기에 해당하는 것으로 전형적인 소설적 형상화의 특성이다. 상상에 의한 보여주기는 소설이 담지해온 사실성 구축의 관습과 연관된다. 즉 구술과 채록에 충실한 것이 아니라 구술된 내용이 소설적인 허구성과 핍진성 속에서 하나의 이야기로 재생산되는 것이다. 이와 같이 『어둠의 자식들』에는 소설 장르의 관습이 널리 활용되고 있다.

이동철의 사건과 서술만을 중심에 두고 볼 때 『어둠의 자식들』은 저널리즘 글쓰기의 일반적인 양식을 따른 것으로 보인다. 그러나 이동철 외의 인물의 이야기로 전환되는 경우 논픽션의 서술에 소설적인 서술태도가 간간이 혼종된다. 이는 황석영의 가필의 결과일 수 있다. 구술과 채록, 그리고 집필의 과정에 여러 상이한 글쓰기의 방식들이 개입했을 터인데, 특히 소설가 황석영의 참여로 소설적인 특성이 개입되는 것은 자연스러운 결과이다. 이는 근본적으로는 『어둠의 자식들』이 가진 서술상의 특징으로 이해하는 것이 타당할 듯싶다. 장편 분량의 논픽션이 100매 내외의 잡지 투고 논픽션의 서술방식만으로 유지되기는 힘들다. 대중서사로서 장편 논픽션은 단편적인 이야기의 나열로만 구성되기는 어렵다. 논픽션 역시 다양한 주인공과 그를 둘러싼 사건들이 개입하면서, 장편 소설 못지않은 이야기의 스펙트럼을 가지고 있어야 한다. 그래야만 주인공의 이야기와 함께 이를 둘러싼 주변의 이야기를 서술함으로써 계층적 상황 전체를 그려낼 수 있다. 이때 저널리즘 글쓰기는 소설의 서술방식을 참조하지 않을 수 없다. 그리고 이를 위해서는 논픽션의 체험의 직접성은 물론, 소설이 갖춘 자유로운 시점을 활용하는 것이 필요했기 때문이다. 이처럼 『어둠의 자식들』은 저널리즘 글쓰기의 경우에라도 소설의 서술방식이 참고지점이 될 수 있음을 보여준다.

2) 저자의 부인(authorial disavowal)과 말하기의 서술방식

『어둠의 자식들』이 소설과 다른 점 중 하나는 사건의 세부 묘사의 비중이 높다는 점이다. 1970년대 논픽션에서는 소설적 전망perspective보다, 사건의 전개와 세밀한 묘사가 특징이자 장점으로 부각되었다. 독자의 논픽션 수용은 필자의 직접체험이라는 특수성에 기반하여 이루어진다. 특히 논픽션의 필자는 독자와 같은 평범한 인물이라는 점에서 필자의 체험의 서술은 논픽션 글쓰기에서 중요한 목적으로 상정된다. 예술로서의 소설이 전망과 이념의 문제를 놓칠 수 없는 것과 달리, 논픽션과 같은 아마추어리즘의 글쓰기는 글쓰기 그 자체에서 의의를 발견한다. 글쓰기 자체가 소재의 특이성과 체험의 직접성을 담보하는 기제이기 때문이다. 『어둠의 자식들』도 이러한 논픽션 글쓰기의 연장선에서 있다. 일상에서 쉽게 접할 수 없는 체험이 서술되었으며, 그리고 허구적 매개 없이 독자에게 직접 전달된다는 상황은 『어둠의 자식들』가 독자를 흡인할 수 있는 원동력이었다.

이와 같은 창작과 수용의 특성으로 인해 『어둠의 자식들』에서는 하층민의 비속어와 욕설이 생생하게 노출된다.

나는 소설이나 책에 관해서는 좆도 모르는 사람이다. 도대체가 책하고는 담을 쌓고 살았으니까. 어쩌다가 시간이라도 뽀갤려고 책장을 두어 장 들치다보면 이건 순 저희들끼리 해처먹는 구라판이 아닌가. 아무리 시시껍절한 구라를 풀고 있어도 저는 아예 인품이나 잡고 뒤에 숨어 있는 것이다. 밸도 꼴리고 골치도 아파서 그만 던져버리고 만다. 사람에게는 누구나 자기의 얘기를 할 권리가 있다. 인품(여기에서는 학식과 덕망있는 신사를 말한다)뿐만 아니라 우리 발싸개 같은 천하의 양아치(원래는 전쟁고아를 뜻하지만, 여기서는 형편없는 불량자)도 인생살이에 관하여 몇마디 할 말은 있으리라.[23]

욕설은 물론, 해석이 붙어야만 이해가 가능한 특수한 은어와 속어가 난무하는 표현을 굳이 보편적인 교양수준에서 가다듬을 이유는 없었다. 하층민의 경험을 최대한 사실감 있게 재현하는 것이 이 작품의 기본 성격이기 때문이다. 인용에서도 밝혔듯이, 이러한 비속어의 남발은 이 작품이 의식적인 창작의 글쓰기보다는 체험의 구술, 즉 말하기의 성격에 더 가깝다는 점을 시사한다. 화자는 '자기의 이야기를 말할 권리'를 강조하며 말하기로서의 글쓰기에 방점을 둔다. 구성의 원칙에 따라 사건을 재배열하는 것이 아니라 사실을 있는 그대로 말하는 서술태도는 저널리즘 글쓰기의 특징 중 하나이다. 즉 글을 쓰는 저자의 행위가 부인되고authorial disavowal 사건에 대해 자발적으로 말하고 있는 발화자만 남겨지는 것이다.[24] 저자의 창작으로서의 글쓰기가 부인되는 상황에서, 여러 에피소드들은 전체 서사의 일부로 결합하지 않고 그 자체로 독립하는 경향을 보인다. 제4장 「시든 꽃」에서 세 창녀의 이야기가

---

23 위의 책, 7쪽.
24 Lennard J. Davis, *Factual Fictions : The Origins of The English Novel*, University of Pennsylvania Press, 1983, 10장의 논의를 참조.

개별적인 이야기로 남은 상황도 이러한 특징을 보여주는 사례이다.

말하기의 상황이 이보다 더 뚜렷하게 나타나는 곳은 제9장 「개털들」이다. 「개털들」은 1인칭 화자나, 최소한의 시점을 제공하는 3인칭 화자도 등장하시 않은 채, 등장인물의 발화로만 이루어져 있다. 「개털들」은 절도죄로 수감된 동철이 감방에서 만난 수인들과 범죄 무용담을 늘어놓는 것으로 채워진다. 이때 각각의 이야기는 모두 개별적인 사건으로 나열된다. 범죄 이야기가 넘쳐나는 감방에서의 담화는 글쓰기에 앞서는 말하기기로서의 서술상황을 보여주기에 충분하다. 「개털들」은 다음과 같이 시작된다.

> 우리는 같이 밥먹고 투덜대고 싸우고 욕지거리를 하다가 화해하고 그리곤 살을 맞대고 잠들었다. 이 열 두 명의 사내가 겪은 인생 사정은 세상이 어떻게 그들을 쫓아내버렸는가 하는 것을 알게 했다. 우리는 각자의 역을 맡은 배우였다.
>
> 김상사─난 말야 왕년에 잘 나갔었지. 팔도를 두루 다니며 그림을 그렸는데(화투를 쳤는데) 질라이(속임수가 능한 사람)로 유명했지.
>
> (…중략…)
>
> 주식이─야 이제 우현이 구라 들어보자. 징역 좀 깨보자. 접시도 괜찮으니 귀 좀 즐겁게 해주라
>
> 우현이─목래야 이빨이 강이라 구라가 시원찮아.
>
> 육덕이─쪼개긴 짜식. 임마, 접시두 돌려 보랄 때에 돌려야지.
>
> 우현이─좋아, 있는 구라 없는 구라 다 동원해서 이빨을 까보지(얘기해 보지).
>
> (…중략…)
>
> 세근─야 짜샤 니 씀씀이(말)를 들으니까 졸음이 온다. 주식이 형이 영화 좀 돌리슈.

주식—나두 씀씀이는 별루 안 좋아. 시간 개는 거니까 한마디 구라를 풀어볼까.[25]

위의 인용에서 보듯, 「개털들」은 극양식과 흡사하다. 인물들은 감방 속 서사의 인물이 아니라 각각의 이야기를 말하는 발화자로 설정된다. 한 사람이 자신의 범죄 무용담을 늘어놓으면 다음 사람이 그에 이어서 자신의 무용담을 늘어놓는다. 이 장면에서 이야기나 서사로서의 형식은 사라지고 사건 자체와 사건을 말하는 발화자만이 남겨진다. 감방에서의 담화는 비현실적이지만 오히려 이 상황에서 수감자들은 비로소 자신들의 이야기를 꺼낼 수 있게 된다. 이때 이야기는 소설적인 구성의 일부가 아니라 개별적이고 독립된 말하기로서의 서술로 재현되는 것이다.

이러한 서술상황은 10장 「변신」에서 반복된다. 「변신」은 빈민촌의 철거대책반의 일원이 되어 당국에 맞서며 빈민운동을 조직하는 내용으로 이루어져있다. 그중 철거대책반과 구청직원과의 대화 장면은 화자의 개입 없이 인물의 연극적인 발화들로만 재현된다.

생강차가 주민들 앞으로 놓이고 건설과장은 차를 드시라고 권유했다. 지게꾼 정 씨가 먼저 말을 꺼냈다.

정 씨—우리가 차를 얻어먹으러 온 게 아니라, 당장 집을 헐라구 종이떼기가 날아와서 좀 봐 달라구 찾아왔습니다.

건설과장—막연하게 말씀하시지 말구 순리적으로 조용히 구체적으로 말씀들 해주세요. (그는 몸을 돌려서 탁상 옆의 벨을 누르자 직원 한 사람이 들어온다.)

---

25 황석영, 『어둠의 자식들』, 현암사, 1980, 300~307쪽.

당신도 담당자니 들어두는 게 좋을 거요. (직원은 통장 옆의 빈 자리에 앉는다.)

장영감―이렇게 찾아와서 먼저 죄송스럽다는 인사 말씀 올립니다. 나라에서 철거하라구 하는 것을 왜 마다하겠읍니까마는, 저희들 사정이 당장 집을 헐리면 길삼 사세 생겼기에 사정하러 왔읍니다 과장님께서 저희들을 불쌍하게 생각하셔서 철거를 연기해 줍시사 합니다.

(…중략…)

동철―철거 연기가 안될 경우에는 아파트 입주권을 받고 집을 헐어야 됩니다. 이런 경우를 대비해서 묻겠는데요. 아파트 추첨을 하면 당첨율은 몇 대 몇으로 되는 겁니까?[26]

이 대화에서 두드러지는 점은 인물의 성격이다. 통장과 직원 등의 인물이 철거대책에 관해 의견대립을 보이며 각자의 성격을 드러낸다. 정 씨, 장영감 등은 사명감이나 투쟁심 없이 대화에 임하는 반면, 동철은 냉철하게 현안을 따져가며 건설과장과 대립한다. 이 대화에서 동철만이 철거문제에 대해 구조적인 비판을 제기하고 있고, 이를 통해 향후의 논의에서 효과적인 대책을 내놓는다.

갈등을 고조시키는 동철의 태도는 1970년대 하층민의 현실에서 의미 있는 전망이 될 가능성을 내포한다. 이런 점에서 「변신」의 서술은 「개털들」보다 더욱 극적이다. 인물간의 극적인 갈등과 성격을 통해 철거상황의 문제와 당국의 무책임이 부각되는 과정은 극 장르를 방불케 하는 긴장을 유지한다. 특히 대화 사이의 상황설명의 희곡의 지문과 같이 인물의 갈등과 행동을 지

26　위의 책, 349~351쪽.

시함으로써 이 대화가 연극적인 상황에 놓여 있음을 보여준다. 즉 사건의 내용이 아니라 사건을 둘러싼 인물의 갈등을 재현함으로써 현실의 문제를 고발하려는 목적이 있는 것이다. 「개털들」에서 보여준 말하기로서의 글쓰기의 형식은 「변신」에 이르러 가장 극적이며 심도 있는 효과를 드러낸다. 화자가 개입해서 재구성하는 전통적인 글쓰기가 아니라 자발적인 발화의 기록으로서의 말하기는 공식적 담론에서 말할 수 없었던 이들의 목소리를 드러내는 데 효과적이다. 『어둠의 자식들』이 단순한 하층민 집단의 낯선 경험의 재현에 머무르지 않는 것은 이와 같은 극적인 말하기의 효과가 드러나고 있기 때문이다.

　『어둠의 자식들』의 다양한 서술방식은 저널리즘 글쓰기로서의 가능성을 시사한다. 『어둠의 자식들』은 소설, 혹은 서사의 미달형태이며 여타의 논픽션처럼 아마추어리즘이 지배적이다. 그 때문에 서술 상황, 즉 글을 쓰거나 말을 한다는 것 자체로 작품의 존재의의를 부여받을 수 있다. 『어둠의 자식들』이 적극적으로 수용된 이유는 구성의 완성도가 아니라, 낯선 체험이 생생하게 서술되는 동시에 이를 통해 소외된 목소리를 드러낼 수 있었다는 점에 있다. 낯선 체험을 낯설게 말하는 것은 『어둠의 자식들』의 효과적인 수용전략이었다. 이동철 역시 이를 분명하게 의식한다.

　　『어둠의 자식들』에서 은어를 많이 동원한 이유는, 쉽게 읽히게 하기 위해서였습니다. 술집 여자들도 자기들 이야기라고 해서 안 읽은 사람이 없다는 거예요. 이것도 글이냐고 먹물들이 인품 잡고 목에 기브스 하고 야유할지 모르겠지만, 그러면 대숩니까? 처음엔 은어에 대한 설명을 안 붙이려고 그랬어요. 말하자면 영어나 한문만 잔뜩 내깔겨 놓은 먹물들에게 너희들도 한번 우리들의 말을 못 알아들어 보라 하는 심보였지요. 그랬는데, 그렇게 되면 적어도 서민들까지 알아보지 못할 것 같아서 할 수 없이 실명을 붙였습니다.[27]

하층민의 비속어와 욕설은 독자 수용을 위한 고려였으며, 이는 지식인에 대한 대타의식을 드러내는 방편이기도 했다. 이동철은 저널리즘 글쓰기가 독자에게 수용되기 위해서는 독특한 체험은 물론 그것을 전달하는 방식에서도 효과적이어야 한다는 점을 인지하고 있었다. 이야기로 구성되었다는 점은 소설과 다를 바 없지만, 그것이 전달되고 수용되는 방식에 있어서는 『어둠의 자식들』은 전략을 달리하여 저널리즘 글쓰기의 서술 전략을 충실히 활용했다.

저널리즘 글쓰기의 '작가적 부인'의 서술방식은 소설가의 입장에서도 의미 있는 참조점이 된 듯하다. 황석영은 『어둠의 자식들』을 두고 "새로운 문학적 자세를 가다듬는 좋은 계기"[28]라고 말한다. 이 작품이 현실에 접근할 수 있는 방식의 새로운 가능성을 암시하고 있기 때문이었다. 소재 자체도 새롭거니와, 그것을 서술하는 방식 역시 기존의 소설에서는 볼 수 없는 것이었다. 범죄자나 하층민을 소설이 포착하기 위해서는 이를 의미화할 전망이 필요하다. 그러나 전망 이전에 대상을 정확히 재현할 방법론 역시 필요하다. 이때 저널리즘 글쓰기는 작가에게 의미 있는 '계기'가 된다. 소재 자체뿐만 아니라 서술방식 새로움은 사실성reality 구축에 참조점이 될 수 있다. 실제사건을 소설화 하는 경우나 사회적 문제를 소설로 형상화 하는 경우 이 참조점은 유효하게 기능할 것이다. 『어둠의 자식들』의 특이한 서술 형태와 '사회학적인 전망'[29]의 결합은 1970년대 이후 소설의 지향점으로 상정된다.

---

27 최일남, 「먹물과 인품들에 대한 곤조통」, 이동철, 『오과부』, 소설문학사, 1982, 342쪽.
28 황석영, 「작자의 말」, 『어둠의 자식들』, 현암사, 1980, 5쪽.

4. 『어둠의 자식들』과 하층민의 말하기 방식

『어둠의 자식들』은 다양한 글쓰기 양식과 경계를 맞대고 있다. 소설의 서술 방식으로 차용하기도 하지만, 한편으로는 르포와 에세이와 같은 장르의 글쓰기와도 연관을 맺는다. 경계를 맞대고 있는 몇몇 작품들과의 비교를 통해서 『어둠의 자식들』이 놓인 위치와 성격을 분명히 가늠할 수 있을 것이다. 첫 번째 비교대상은 1970년대 황석영의 글쓰기이다. 『어둠의 자식들』의 집필에 관여한 바도 있거니와, 황석영 스스로도 1970년대 저널리즘 글쓰기에 성과를 보였다. 「벽지의 하늘」(1973), 「구로공단의 노동실태」(1973), 「잃어버린 순이」(1974), 「장돌림」(1976)등의 르포를 통해 황석영은 공단, 탄광 노동자의 열악한 현실의 문제를 직접적으로 제기한다. 황석영은 현장취재와 인터뷰, 일기, 편지 등의 자료조사를 통해 하층민에 머물러 있는 노동자들의 목소리를 담아낸다. 르포는 최저생계에도 미치지 못하는 임금으로 삶을 이어나가는 여공의 실태, 그리고 생계를 위해 유흥업소 아르바이트를 나서는 이들의 이야기, 그리고 매몰된 탄광에서 죽어가면서 남긴 광부의 유언 등을 세상에 공개한다.

이들의 목소리를 드러내는 르포의 서술방식은 『어둠의 자식들』과는 다르다. 황석영이 말한 바, '사회학적인 전망'이 이들의 목소리에 해석을 덧입히는 방식이다.

"4천5백 원에서 5천 원에 이르는 연소 소녀 근로자의 최하위 임금으로 그게 무

---

29 황석영, 「변화와 행동을 위하여」, 이동철, 『꼬방동네 사람들』, 현암사, 1981, 370쪽.

슨 소리냐" 하면 그 대답이 걸작이다.

"어차피 생활비는 모자라니까요."

즉 자취의 경우, 방세가 1천 원에서 2천 원, 1인 식생활비가 최소한 주식비만 5천 원이 든다. 그러니까 잡비나 간식비나 의상비 등등은 그야말로 말을 꺼낼 필요도 없다. (굶주림을 겪는 자는, 그 굶주림의 되풀이를 통하여 굶주리는 의식 자체를 이탈한다. 즉 굶주림이 타성이 되어 그 상태를 면하기 위한 장기적인 대책을 세우기보다는 그것과 타협하고 점령된다. 가난한 집안에 목돈이 생겼을 때, 그 쓰임새를 보면 규모가 없고 엉망이다. 한 사나흘 허리가 부러지도록 먹고 나면, 다시 수많은 나날을 허덕거려야 함에도 불구하고 말이다. 삶 자체가 허구이면, 생존은 자기의 것이 아니라 객관화된 거대한 환상으로 변해 버린다. 도무지 보통 때에 눌러 왔던 불만을 달랠 길이 없는 것이다.)[30]

여공 중 일부는 공장 노동으로 5천 원을 벌고, 부업으로 '홀'에 나가서 3만 원을 따로 벌기도 한다. 이들의 생활은 겉보기에도 사치스럽다. 황석영은 인터뷰를 통해 이들이 어떻게 착취와 가난에 무감각해지고 허위의식에 사로잡히는지를 분석적으로 파헤친다. 이때 작가는 '과학적' 입장을 고수한다. 사회 구조와 노동 소외의 문제는 생산조건과 임금구조, 노동자의 생활양상을 통해서 정밀하게 분석되고 있다. 이를 서술하는 방식도 작가와 대상의 정확한 경계를 통해 대상의 의미를 형성하는 방식으로 나아간다.

과학적 입장을 견지하며 대상에 의미를 부여하는 전망은 르포 글쓰기의 기본적인 조건이기에 황석영 또한 이에 충실하다. 전형적인 르포 글쓰기는

---

30 황석영, 「잃어버린 순이」, 『객지에서 고향으로』, 형성사, 1985, 23쪽.

『어둠의 자식들』의 서술방식의 혼합과는 확연히 구분된다. 하층민의 일상 대신 황석영이 강조해온 '전망'이 르포에서는 전경화되어 드러난 것이다. 그러나 이 전망은 황석영의 소설에서는 르포에서만큼 오롯이 구현되지 않는다. 전망 없이 소설 창작이 가능하지는 않지만, 황석영의 소설에서는 전망의 관념화 대신 사실적인 말하기 방식이 중요한 창작 방법론으로 자리 잡았기 때문이다.

> 문예지의 독자들을 위한 미끈하게 빠진 문체보다는 쉬운 얘기를 재미있게 들려 주는 이야기책 투를 사용하는 것도 그 이유입니다. 만약 읽기 지루하고 현학적이 고 복잡한 문체와 내용과 사건을 서술하는 것이 이른바 '문학'이라면 나는 차라리 중세의 음유시인이나 우리 이조 후기의 사랑방 '전기수' 같은 옛날 얘기꾼을 택할 것입니다.[31]

황석영은 소설의 근대성 이전에 전근대적인 문학의 말하기의 가능성에 주목한다. 이 때문에 1970년대 황석영의 작품에서 '구술적 담론'이 강조되는 경향을 보인다. 즉 화자의 문어적 서술이 아니라, 이야기꾼으로서 말하는 상황에 맞는 서술이 두드러지는 것이다. 황석영의 말하기로서의 서술은 때에 따라서는 인물과 화자의 경계를 넘어서기도 한다.

> ① 그들은 노변의 구멍가게에서 소주 한 병을 깠다. ─「삼포 가는 길」
> ② 소장이 꺼지자마자 협상에 나섰던 두 사람은, 기다리기에 지루해져 몰려온

---

31 황석영, 「탑을 쌓는 일과 소설을 쓰는 일」, 『문학사상』 29, 1975.2, 115쪽.

동료 인부들에게 둘러싸였다. ―「객지」

③ 김가는 생각나는 대로 아무렇게나 씨부렸고, 윤미경도 많이 동요된 듯이 보였다. ―「한씨 연대기」

위의 인용에서 쓰인 '까다', '꺼지다', '씨부리다' 등의 표현은 등장인물의 정서에 공감한 경우이거나,[32] 내포적 작가의 정서가 화자의 발화를 통해 드러난 증거이다. 그런데 이와 같이 화자가 작품의 전면에서 개별적인 목소리를 내는 방식은 『어둠의 자식들』과 다르지 않다. 『어둠의 자식들』은 체험자인 동철의 서술을 통해 하층민을 표상하는 언어와 정서를 재현한다. 이 언어는 주인공 인물, 즉 동철의 언어인 동시에 화자의 언어이기도 하다. 앞서 살펴본 바와 같이 이 두 시점의 언어는 때로 분열하는데 황석영의 소설에서도 이런 분열이 발견된다. 논픽션 『어둠의 자식들』과 달리 소설에서의 서술 태도의 분열은 서사 양식의 미달형태로 보인다. 그러나 하층민의 발화, 즉 말하지 못하는 이들이 말하게 되는 서술방식이라는 점에서는 두 장르의 작품 모두 동일한 효과를 가진다. 다성성의 상실이라는 약점[33]에서 한 발짝 떨어져 본다면, 『어둠의 자식들』이나 황석영의 1970년대 작품들은 모두 1970년대 하층민의 언어와 정서를 복원하는 데 기여하고 있다는 의의를 부여할 수 있을 것이다.

『어둠의 자식들』에서 하층민의 말하기 방식의 지향점 중 하나는 사회에 대한 비판이다. 『어둠의 자식들』의 하층민 언어는 이들이 처해 있는 사회 구조의 문제점으로 이어진다. 작품의 전반부는 주로 범죄의 세계를 다루고 있어,

---

32 임기현, 『황석영 소설의 탈식민성』, 역락, 2010, 229~231쪽.
33 위의 책, 235쪽.

사회 구조와의 연관성은 선명하지 못하다. 그러나 후반부, 특히 10장 「변신」에 이르러서는 하층민의 문제 — 가난과 범죄, 철거폭력 등은 사회적인 문제로 전환된다. 철거민의 문제가 불거졌을 때 이를 해결해나가는 과정에서 드러난 것은, 권력과 자본의 횡포, 그리고 거대 교회로 대표되는 지배 이데올로기, 그리고 그에 침윤되어 무기력한 지식인과 철거민의 수동성 등이다. 동철은 대화 녹취, 연극적 대화, 혹은 직접적인 연설 등 다양한 방식을 통해 효과적으로 이를 서술해 냈다. 『어둠의 자식들』의 사회비판은 동철의 논픽션적인 서술을 통해 가능했던 것이다. 이는 사회과학적 전망의 충실성과는 별개로, 하층민의 말하기를 통해 사회비판의 가능성을 열었다는 점에서 평가받아야 한다. 소설도 아니며, 체험수기도 아닌 지점에서 『어둠의 자식들』은 동철의 발화를 빌어 사회의 구조적 모순과 문제를 직접 드러낸 것이다.

우리가 약하지 않고 강하다는 것을 보여주어야만 합니다. 우리도 모이면 힘이 됩니다. 힘이 분산되지 않도록 관리하는 대표 몇 사람을 이 자리에서 뽑아야만 합니다. 관청에다 아무리 진정하고 항의해도 우리는 말싸움에서 승부가 끝나게 됩니다. 철거 계고장을 보내는 사람은 법을 앞세우고 관권을 총동원합니다. (…중략…) 우리들의 힘을 보여주어야만 합니다. 우리들의 힘은 다른 게 아니라 오늘 이 자리처럼 모이는 것입니다. 모여서 담당 책임자를 부르는 것입니다. 우리가 찾아가는 것이 아니라 철거하라고 지시한 사람을 직접 불러서 이 자리에서 해결해야 합니다.[34]

34 　황석영, 『어둠의 자식들』, 현암사, 1980, 344~345쪽.

동철은 철거 대책을 논의하는 회의에서 주민의 단결을 강조한다. '무슨 얘기를 지껄였는지도 잘 몰랐다'라고 말했지만, 실은 이 언술은 철거민의 입장에서 당국에 맞서는 방식에 대해 의미 있는 전망을 내재하고 있다. 담론을 직접 노출하는 것이 생경한 듯 보이지만, 『어둠의 자식들』의 전체 서술의 다중성을 고려하면 두드러지게 돌출되는 부분은 아니다. 오히려 다중적인 서술방식이 혼재한 상황에서 담론의 직접발화는 하층민의 입장을 무리 없이 드러내고 효과적으로 독자의 수용을 이끈다. 기존 언론은 물론, 소설이나 여타의 글쓰기에서 하층민의 말을 『어둠의 자식들』만큼 정확히 드러낸 것은 드물기 때문이다.[35]

『어둠의 자식들』은 하층민 일상의 서술을 통해 기존의 서사가 포착하지 못한 목소리를 재현한다. 1970년대 산업화가 낳은 하층민의 비참은 지배 이데올로기 담론에서 항상 소외되어 있었다. 기존의 소설과 언론에서 이 문제가 소재로 쓰이지 않은 것은 아니나 하층민이 스스로 자신의 목소리를 낼 수 있었는지는 분명하지 않다. 특히나 소외된 이들의 목소리가 지배적인 담론 체계를 뚫고 충실히 재현되는 것은 불가능하다는 불연속성[36]의 인식은 『어

---

35 『어둠의 자식들』의 말하기의 효용과 관련하여 1974년 칼빈소총강도를 다룬 글을 비교할 수 있다. 전적으로 극악무도한 범행으로 평가하는 단성적인 공식담론에 대해 작가 박완서는 이면의 원인을 찾으려 한다. 박완서는 "범인이 설마 처음부터 범행으로 생계를 유지하려 들지는 않았을 것이다. 열심히 일하려 해도 일자리가 없었든지, 변변히 배운 것도 없겠다 아무리 죽도록 일해봤댔자 입에 풀칠하기도 어려웠든지 했을 건 뻔한 일이다. 게다가 우리 사회엔 물욕이 부채질하는 요소가 너무나 많다. (…중략…) 여기에도 간단하게 극악무도하다고만 단정할 수 없는 우리 사회의 부조리는 있다고 본다"라고 말한다.(박완서, 「비정」, 『꼴지에게 보내는 갈채』, 평민사, 1977, 90~91쪽) 박완서의 문제제기는 유효하지만 에세이의 한계상 동정과 연민의 범위를 벗어나지 않는다. 이에 비해 최인호의 『지구인』은 이 사건을 적극적으로 파헤치려 한다. 『지구인』은 범죄의 배경으로 월남전의 비극과 한국 사회의 모순, 그리고 이에 따른 가치관의 혼란을 지목한다. 그러나 이 문제를 해결하는 것은 종교적 구원과 초월이다. 이동철의 직접적인 언술과 행동에 비하면 『지구인』의 결말은 지극히 소설답다고 말할 수 있다.

36 스피박은 하층민(the subaltern)의 재현 가능성에 대해, 정치적인 재현가능성과 예술, 철학적

둠의 자식들』의 성과를 근원적인 차원에서 회의하게 만든다. 하지만 관심의 초점은 하층민 목소리의 재현불가능성을 재확인하는 것보다는 이를 극복하기 위한 글쓰기 방식의 가능성에 맞춰져야 할 것이다. 기존의 소설과 언론의 한계를 인식하고 새로운 글쓰기를 지향한 장르가 저널리즘 글쓰기인 점을 감안한다면, 『어둠의 자식들』에 나타난 거친 목소리와 혼란스러운 말하기의 서술방식은 그 자체로 새로운 전략의 글쓰기 방식으로 평가할 수 있다. 『어둠의 자식들』에 나타난 다중적이고도 혼란스러운 서술방식은 단지 아마추어 글쓰기의 미숙함만을 가리키지는 않는다.

5. 맺음말

저널리즘 글쓰기와 소설은 사실성reality을 목표로 하나의 글쓰기로 수렴된다. 장르의 형식적 차이에도 불구하고 두 글쓰기 장르는 상호 영향 하에서 새로운 글쓰기의 가능성을 실험한다. 『어둠의 자식들』의 혼란스러운 외양은 이 작품의 실제 배경과 관련이 깊다. 하지만 그와는 별개로 이 작품의 효과는 분명하다. 『어둠의 자식들』은 일반적인 저널리즘 글쓰기의 장르 양식을 흩트리며 다양한 목소리들을 그 속에서 드러낸다. 여기에는 주인공의 직접

재현 가능성이 일치하지 않는다고 판단한다. Gayatri Chakravorty Spivak, "Can the Subaltern Speak?", Cary Nelson · Lawrence Grossberg eds., *Marxism and the Interpretation of Culture*, Urbana, IL : University of Illinois Press, 1988, p.275.

발화는 물론, 소설의 양식을 차용한 인물 구성과 상상력, 그리고 극 양식과도 유사한 인물의 말하기 방식이 포함된다. 이러한 특징들은 1970년대 산업사회의 희생자들인 도시 하층민의 일상을 드러내는 데 효과적이다. 기존의 소설과 언론의 서술에서 다루지 못한 소재와 주제의식을『어둠의 자식들』은 적극적으로 재현해 낸 것이다. 비록 거칠고 혼란스럽지만 그 속에 드러난 하층민의 목소리는 사실성에 근접해 있다. 서술방식의 혼합과 말하기의 특징은『어둠의 자식들』만의 것은 아니다. 이 작품의 창작에 큰 몫을 차지하고 있는 황석영의 소설과 르포 역시『어둠의 자식들』의 목적의식을 공유하고 있다.『어둠의 자식들』이 소설의 서술방식을 차용한 것처럼, 황석영의 소설은 저널리즘 글쓰기의 양식의 장점을 충실히 활용한다.

체험 서술의 조건 속에서 소설적 서술과 상상력이 활용되고, 다양한 목소리가 드러나는 말하기의 서술방식이 개입되는 장면은『어둠의 자식들』에서 발견되는 고유한 성과이다. 이는 저널리즘 글쓰기의 진화의 한 장면으로 보인다. 혹은 소설이 요구하는 사실성 획득 방식에 대한 참조점이 될 수도 있을 것이다. 어떠한 경우에든『어둠의 자식들』의 혼란스러움이란 1970년대 글쓰기 방식의 새로운 가능성으로 읽힌다. 매체와 독서시장이 증대되는 상황에서 저널리즘 글쓰기와 소설의 연관관계는 더 많은 작품을 통해 논구되어야 할 주제이다.

제3장 하층민 서사와 문학적 상상력

『부초』와 『지구인』의 경우

1. 하층민 서사의 특수성과 소설

산업화, 혹은 경제성장이라는 이데올로기는 한국 사회를 자본주의 질서로 재편했으며, 경제성장을 절대적인 가치로 끌어올렸다. 권력은 성장의 성과를 오래지않아 모든 국민에게 고루 분배할 것을 약속했지만, 약속이 지켜지기 전에 성장의 그림자인 하층민들이 생겨났다. 그러나 하층민의 존재는 모호한 채로 남아 있었다. 임금노동자의 다수가 경제적인 곤궁에 처해있으면서도 하층민으로 가시화되지 않는 것은 노동자라는 규범이 존재했기 때문이다. 하층민은 노동자 의식과 계급적 지위와는 무관한 지점에 존재한다. 하층민의 범위를 사회 질서에 종속된 실체로 범박하게 생각한다면, 이를 형상화하는 일은 어렵지 않다. 노동자 의식과 운동이 성장하면서 노동자 스스로 말하거나, 글을 쓸 수 있을 것이라는 기대를 갖게 한다.[1] 그러나 엄격하게 구분

---

1   임금노동의 외형에도 불구하고, 국가 경제의 체제 속에서 '잊혀진' 자들, 예컨대 청소용역 등의

한다면, 하층민, 혹은 서발턴은 더 다층적인 의미를 내포한 개념이어야 한다. 탈식민 이론에서 '말할 수 없는 자'로 규정된 서발턴은 남성-식민주체의 해석 속에만 존재하며, 그로 인해 주체성 자체는 계속 지워지는 것으로 평가된다. 여기서 서발턴 개념은 다양한 종속을 포함하면서, 고전적인 계급 개념을 넘어 다양한 주체성과 행위를 포괄하기 위해서 전략적 인식으로 제안된다. 따라서 서발턴의 존재와 서발턴의 말하기에 관한 논의는 외부의 시선의 개입과 전유를 넘어서서 차이를 만들어 내는 구조에 대한 인식으로 나아가야 한다. 달리 말해 서발턴에 대한 고찰은 식민지적 사고에 대항하여 '인식론적 균열'을 발생시키는 능동적인 행위로 이어져야 한다.[2]

이 글에서는 서발턴에 관한 이론적 고찰을 받아들이면서 하층민이라는 용어를 썼다. 하층민의 의미는 실체로서의 하층민과 이를 통해 사회 구조에 대한 문제제기를 가능하게 만드는 인식의 과정 모두를 포괄한다. 걸인, 매춘부, 식모 등 생산성이 증명되지 않는 하층의 존재는 문학제도는 물론 사회학적 담론에서도 소외된다. 이들은 대중통속 매체에서나 부분적으로 형상화되기도 하며, 구전 수준의 이야기에서 말해지는 것이 고작이다. 그러나 그들의 존재는 한국 사회의 변동의 산물이라는 점은 분명하다. 산업화의 격변을 겪은 한국에서 도시와 시골의 공간구조는 물론 인간의 심성과 관계마저 산업화의 논리로 해체되고 재구성되는 과정에서 한국 사회의 가장 밑바닥에 있

최하층의 노동형태가 이에 해당한다. 이 경우 이들은 구조적인 '잊혀짐'에도 불구하고 다양한 형태의 글쓰기, 말하기의 제도의 힘을 활용할 수 있다. 르포와 수기 등의 글쓰기가 이에 해당한다. 그리고 다양한 노동운동 조직이 이들의 말하기/글쓰기를 추동하고 있다. 김원, 「서발턴의 재림-2000년대 르포에 나타난 99%의 현실」, 『실천문학』 105, 2012.봄 참조.

2 이에 관해서는 Gayatri Chakravorty Spivak, 「서발턴은 말할 수 있는가」, Rosalind C. Morris ed. 태혜숙 역, 『서발턴은 말할 수 있는가』, 그린비, 2013, 132~139쪽; Stephen Morton, 이운경 역, 『스피박 넘기』, 엘피, 2005 등의 논의를 참조.

는 존재가 드러난 것이기 때문이다. 그럼에도 노동과 노동자에 대한 분석에 비하면, 우연한 존재처럼 보이는 하층민에 대한 엄밀한 분석은 쉽지 않았다.

따라서 하층민의 재현을 위한 질문은 '이들은 말할 수 있는가'가 아니라 '어떤 제도 / 양식을 통해 말할 수 있는가'로 바꾸어야 한다. 몇몇 특수한 경우를 제외하고 하층민이 자신의 이야기를 유의미한 형식으로 생산하는 것을 기대하기는 어렵다. 대신 하층민의 발화, 혹은 하층민에 관한 발화는 제도화된 매체를 거쳐야 하는데, 이 제도는 이데올로기와 담론의 구조 속에 현실의 전유하기에 여전히 문제적이다. 따라서 하층민 재현의 문제는 글쓰기 제도와 밀접하게 연결시킴으로써 이해의 지평을 제시할 수 있다. 앞서 살펴본 바와 같이 저널리즘 글쓰기는 하층민을 재현하는 데 일정한 성과를 거둔 것으로 평가할 수 있다. 논픽션 공모의 형식을 통해 기존의 매체가 다루지 않은 하층민을 대상으로 삼거나, 독자의 글쓰기를 이끌어 하층민 말하기/글쓰기를 상상하게 만든 것은 1960~1970년대 글쓰기 지형의 변화를 의미한다. 특히 『어둠의 자식들』처럼 돌출된 텍스트는 하층민 글쓰기의 최대치를 실험했다고도 할 수 있다.

이러한 성과는 소설에서도 찾을 수 있다. 저널리즘 글쓰기와 마찬가지로 소설도 하층의 삶을 소재로 삼아 대중 독자의 선택을 기다렸다. 소설의 삶의 비참에 관심을 기울이는 것은 당연한 것으로, 산업화가 낳은 부조리와 모순은 소설의 중요한 주제였으며, 유의미한 형상화의 대상이었다. 문제는 소설 글쓰기의 주체가 전문적 문필가, 즉 소설가라는 점이다. 이들이 하층의 삶을 재현하기 위해서는 현실에 대한 명확한 이해가 필요했다. 그 점에서 소설은 저널리즘 글쓰기 양식을 참조하지 않을 수 없는데, 특수한 체험일수록 참조점의 역할은 더 컸다. 그 예로 한수산의 『부초』와 최인호의 『지구인』을 들 수 있다. 이들 작품이 소재로 삼은 서커스와 범죄의 세계는 특수한 체험의 세계이기에 허구적 상상력 앞에 작가의 취재가 놓였다.

2. 1970년대 하층민 서사와 『부초』

1977년도 베스트셀러 1위에 오른 한수산의 『부초』는 여러 측면에서 주목을 받은 작품이다. '오늘의 작가상' 제1회 수상작으로 출판사의 기획과 적절히 어울려 작가 한수산의 대중적 지명도를 끌어올렸다. 단행본 시장에 큰 성과를 거둔 후, 동명의 영화로 각색되면서 『부초』는 1970년대 후반 한국 독서계를 대표하는 베스트셀러에 올랐다.[3] 1970년대 후반 독서 대중의 선택을 이끈 데에는 서커스단이라는 내용 자체의 흥미요소 또한 빼놓을 수 없다. 1970년대 한국 소설에서 하층 계급의 서사화는 두드러지는 특징 중 하나였다. 「영자의 전성시대」와 『별들의 고향』으로 대표되는 이른바 '호스티스소설'은 소재적 선정성에도 불구하고, 1970년대 하층 여성의 현실을 핍진하게 그려낸 소설로 평가받는다.[4] 서커스단, 탄광 노동자와 같은 유랑 노동자, 범죄집단, 걸인 등의 하층민의 삶 또한 1970년대 소설을 통해 발견되었다.

---

3   서커스는 경제성장의 성과를 누리는 도시인들에게는 향수를 자극하는 소재로, 『부초』의 상업적 성공은 1970년대의 시대상황이 만든 결과로 평가받는다. 이임자, 『한국출판과 베스트셀러, 1883~1996』, 경인문화사, 1998, 191~192쪽 참조.

4   노지승, 「영화 〈영자의 전성시대〉에 나타난 하층민 여성의 쾌락─계층과 젠더의 문화사를 위한 시론」, 『한국현대문학연구』 24, 한국현대문학회, 2008 등의 논의에서 보듯, 당대 하층 계급 여성-주체의 존재는 다양한 서사화의 변주를 통해 여성-주체의 욕망을 드러낼 수 있다.

『부초』의 서커스단은 여느 하층민 못지않게 흥미로운 소재이다. 전통적인 연희집단인 남사당패가 천민의 신분으로 떠돈 것과 유사하게, 개화기 이후 1970년대에 이르기까지 서커스단이 한국 사회에서 최하층의 지위에서 벗어난 적은 없었던 것으로 보인다. 특히 1960년대부터 진행된 산업화의 성과에서 소외된 비경제적 집단으로 인식되면서 서커스단은 하층민에 더하여 유랑민이라는 독특한 정서적 인식의 대상이 되기도 한 것이다. 서커스단은 현대 한국 사회의 몇 가지 기억의 재편으로 인해 현실사회에서 철저하게 격리된 소외 집단으로 각인되어 있다.

문학과 대중음악, 영화 등의 양식을 거치며 서커스단원은 난쟁이-어릿광대로 대표되는 애상적인 존재로 투사되었으며, 목숨을 담보로 기예를 펼쳐 보인다는 점, 유랑의 존재로서 근대 산업사회의 구조와 동떨어져 있다는 점, 그리고 전근대적인 천민집단과 동일시되는 상황[5] 등으로 인해 서커스는 1970년대 한국에서 가장 밑바닥의 삶을 사는, 비현실적이며 독특한 하층집단으로 존재했다. 『부초』는 서커스단을 1970년대 대표적 하층의 떠돌이 집단으로 형상화한다. 서커스 단원의 발화를 통해 전통적 예인藝人이 가진 자부심을 엿볼 수도 있지만, 작품을 관통하는 정서는 여타의 하층민과 다를 바 없는 소외의식과 비애감이 주조를 이룬다.

그런데 『부초』를 하층민 서사로 명명하기에 앞서 몇 가지 물음과 만난다.

5　조선 후기의 남사당은 전형적인 천민집단으로 마을을 떠도는 유랑기예집단이었다. 이러한 처지는 그들의 존재와는 무관하게 여타의 천민과 같은 삶의 양상인 것으로 인식되었다. 예컨대, 걸인집단과도 동일시되기도 했으며, 기예라는 분명한 생활양식이 있었음에도 그들에게 매춘, 범죄, 인신매매 등의 혐의를 덧씌울 수 있었던 것은 남사당을 천민으로 여겼기 때문이다. 이와 유사하게 『부초』에서도 서커스 단원에게 천민적인 혐의를 씌우는 장면을 볼 수 있다. "식초 먹으며 매맞아 가며 산다지? 듣자하니 갈보나 다를 게 없더라마는 너 참 엄청난 계집애구나"(한수산, 『부초』, 민음사, 1977, 95쪽)라는 경시는 남사당패를 대하는 태도와 다르지 않다.

『부초』에서 묘사된 서커스단은 실제 현실과 얼마나 유사할까, 혹은『부초』가 하층민 서사로서 하층민의 발화를 재현할 수 있을까. 작가는 2년 동안 서커스 단과 동행 취재했다고 밝혔지만[6] 그 사실이 위의 물음에 대한 대답이 될 수 없음은 분명하다. 하층민의 자발적인 발화가 소설을 통해 제한 없이 재현되는 지는 불명확하기 때문이다.[7] 따라서 '하층민이 말할 수 있는가'의 물음에 내포 된 발화 가능성이란 발화의 존재 자체를 가리키는 것이 아니라 발화가 어떻게 변용될 수밖에 없는가에 대한 구조적 고찰이 되어야 한다. 그런 점에서 작가 한수산의 취재가 얼마나 정확한지가 아니라 작가의 체험이 소설『부초』를 통 해서 어떻게 변용되었으며, 소설 언어는 외부의 담론으로부터 어떤 영향을 받 았는지, 즉 어떻게 이데올로기화 되었는가를 따지는 것이 요구된다. 따라서 하층민의 글쓰기, 말하기를 통해 재현된 현실은 간접화된 텍스트르 읽어야 할 것이다.『부초』를 포함한 하층민 서사의 연구는 제도화를 거친 텍스트를 경유 하여 발화 주체의 성격을 재구성할 수 있다는 점을 우선 고려해야 한다.

『어둠의 자식들』과 같은 예외적인 경우를 제외하면 하층민 서사는 수기, 논픽션 등의 저널리즘 글쓰기가 대신한다. 대부분의 서사양식에서 하층민의 삶이 규범화된 양식을 갖춘 경우는 보기 드물다. 일정한 수준을 요구하는 서

6　한수산,「후기」, 위의 책, 363쪽.
7　하층민, 혹은 서발턴을 사회 제도에 종속된 하층 계급으로 고려한다면 이들의 발화는 주변부의 글쓰기 방식, 즉 르포나 수기 등을 통해 제도화 될 수 있을 것이다. 그러나 좀 더 정치하게 접근할 경우, 전세계적 정치-경제 구조 속에서 남성-식민주체에 의해 은폐된 존재로 관념화할 수 있을 것이다. 이러한 개념 하에서 하층민-서발턴의 발화 여부는 계급개념을 넘어서서 다양한 주체성 과 행위를 포괄하기 위해서 전략적 인식으로서 제안되어야 한다. 즉 서발턴에 대한 고찰은 식민 지적 사고에 대항하여 '인식론적 균열'을 발생시키는 능동적인 행위로 이어져야 한다는 탈식민 적 주제의식으로 연결되지 않으면 안 된다. 김원,「서발턴의 재림－2000년대 르포에 나타난 99%의 현실」,『실천문학』105, 2012.봄; Gayatri Chakravorty Spivak, 앞의 글 등의 논의를 참조.

사양식의 규범으로 인해 기존 장르의 관습 속에서 하층민 주체의 역할은 제한적일 수밖에 없다. 『부초』 역시 서커스를 형성화하기 위해 작가의 성실성과 더불어 효과적인 서술방식에 의탁했다.

> 2년간의 봄 가을을 곡예단을 따라 떠돌며 내가 까들을 수 있었던 것은 무엇이었던가. 쇠에 녹이 슬 듯 시간 속에서 마멸되어가는 육체의 언어를 배우면 열광했던 나날들, 그것은 바로 특수한 삶에서 인간의 보편성을 발견하게 해 준 삶에의 접근이었다. (…중략…) 서어커스는 『부초』에 있어서 하나의 현장일 뿐이다. 나는 하명이, 지혜, 칠룡이, 석이네에게 내가 살아온 세월을 끊어 그들에게 나누어 주려고 했다. 『부초』는 내 서른 살의 목숨이었으며 그러므로 이 작품이 얼마나 뜨겁게 누군가의 가슴과 만날 수 있느냐는 내 진실의 깊이와 무관할 수 없다.[8]

현장의 취재는 소설 창작의 기본적인 방법론 중 하나이다. 그런데 취재를 통해 체득한 개별적 사실은 소설적 양식화를 거쳐야 한다. 서커스의 현실이 소설의 내면적 진실로 전환 될 때 비로소 한 편의 소설이 탄생한다. 한수산이 서커스를 "하나의 현장일 뿐"이라고 말한 것은 이 때문이다. 그는 서커스라는 대상을 통해 자신만의 소설언어, 즉 '내 진실'을 발견하려 했다고 고백한다. 2년 동안 동행한 서커스단의 일상은 직업의 특수성을 드러내는 언어가 아니라 삶의 보편성을 구현하는 질료로서의 소설 언어였다. 따라서 『부초』에 대한 이해는 작품 속 인물과 서술자의 발화가 어떻게 구성되며, 어떤 가치를 지향하고 있는지에 대한 고찰로써 구체화되어야 한다. 서커스를 포

---

8 한수산, 「후기」, 앞의 책, 363쪽.

함한 하층민의 삶을 재현한 『부초』에는 그 현실과 직결되는 언어들이 포함되어야 하며, 그 언어가 생겨난 배경과 효과에 대해서도 면밀히 들여다볼 필요가 있다.

1) 하층민 발화의 재구성

『부초』는 단원들 이야기를 기점으로 크게 두 부분으로 나뉜다. 제1장에서 제5장까지는 단원 개인의 사건들이 병치되어 있는 반면, 제6장에서 제8장에서는 새 단장 광표와 단원들 간의 갈등을 중심축으로 사건이 전개된다. 전반부의 중심인물은 윤재이다. 그의 귀환으로부터 소설이 시작되고, 그의 죽음과 함께 곡예단의 운명도 파국을 맞이할 만큼 윤재는 『부초』 서사의 중심축에 있다. 그는 과거 곡마단의 전성기를 경험한 바 있으며 단원들의 내면을 헤아리고 갈등을 조정하는 가장 지혜로운 인물로 그려진다. 일월곡예단으로 돌아온 윤재는 하명과 지혜의 사랑을 이어주고, 석이네의 애틋한 사랑을 북돋우면서 단원들의 공통된 정서를 조율하는 인물이다. 윤재 역시 "난 고향엘 가는 게 그게 객사야. 내가 여기서 살았으니 여기가 내 집이야. 내가 언제 대문 잠그고 산 사람이든가"[9]라고 말할 만큼 떠돌이로서의 삶에 익숙하며, 그만큼 서커스단과 자신을 동일시한다.

그러나 윤재 중심의 단원들의 정서는 애상적인 정조는 광표의 등장 이후 급격하게 현실적인 문제에 부딪힌다. 전 단장과 달리 광표는 곡예단의 수익

---

9   위의 책, 198쪽.

만을 고려하면서 곡예단의 관습과 저항에 거칠게 대응한다. 곡예단원들은 광표가 요구하는 경제적 이익을 거부하면서, 『부초』의 전체 서사는 파국으로 끝을 맺는다. 『부초』는 두 단위의 이야기를 통해 서커스 단원들이 겪는 내면의 정조와 현실적인 갈등을 형상화하는 전체 이야기를 만들어 나간다.

(1) 내면 발화방식과 하층민의 리터러시(literacy)

일월곡예단 단원들은 대개 '양아치'같이 떠돌이 하층민의 전력을 가진 인물이다. "전쟁고아나 가출소년을 길러 연기를 가르"쳤던 한국전쟁 직후의 상황과 비교해서 1970년대의 서커스단은 특별히 더 나아지지 않았다.[10] 단원들은 '양아치'로 떠돌며 역마의 삶을 운명으로 받아들여 "천막이 자신의 고향"이라고 믿고 살아간다. 칠룡과 석이네처럼 불구자이거나 첩인 상황에서 정상적인 삶을 영위할 수 없는 몰락한 인물들이 서커스단 천막 아래 모여들었다. 이들은 결국 윤재처럼 서커스단 천막에서 객사할 떠돌이의 운명을 천형으로 받아들인 이들이다. 『부초』에서 가장 긍정적인 인물인 하명, 지혜의 경우도 둘의 사랑이 파국에 이르러 떠돌이의 비극적 운명에서 비껴나지 못한다. 단원 개인의 몰락의 운명은 애상적 정조의 근원이며, 나아가 일월곡예단 전체의 운명과도 유비적으로 일치한다. 고난을 운명으로 돌리는 단원들의 태도는 하층민을 형상화하는 전형적인 발화 양식이다. 이때 하층민이 감정적 표현 이상으로 자신의 사회, 계급적 지위를 자각한다고 말할 수는 없다.

---

10 위의 책, 292쪽. 1970년대 들어서 서커스단의 안팎의 대우는 개선되지 않았다. 서커스 단장이 사용처 땅주인에게 맞아 죽거나(『동아일보』, 1970.6.16), 서커스단 내의 혹사와 매질을 견디지 못하고 여단원이 탈출한 사건(『동아일보』, 1972.1.21) 등을 볼 때 서커스단의 지위는 전후와 비교해 특별히 상승하지 못했음을 짐작할 수 있다.

즉 하층민의 형상화는 사회적 비전을 갖춘 수행적performative인 성과로 이어지지 못하고, 결국 자조와 애상의 수준에 머문다.[11]

이와 같은 한계는 서커스단 전체에도 똑같이 적용된다. 1970년대 서커스란 경제성장이 한창이던 한국의 사회 구조에서 탈락한지 오래이다. 기껏해야 도시인들의 향수를 자극하는 비경제적 유흥으로 떨어져버린 것이 일월곡예단, 혹은 한국 서커스가 처한 현실이었다. 이 상황에서 단원들의 애상의 정조는 단원들 개인을 넘어서 일월곡예단 전체의 운명과도 일치한다. 하층민 개인의 운명은 물론 집단 전체의 위치를 암시하는 애상의 정조는『부초』의 전체를 지배하는 정서로 드러난다.

광표가 임시단장으로 부임한 후, 곡예단은 경제적 이익을 위한 조직으로 급격히 재편된다. 이는 각 단원 개인은 물론 곡예단 전체의 특수성과 역사성을 망각한 일이다. 그러나 산업화의 구조 속에서 곡예단 개인과 전체의 몰락은 필연적일 수밖에 없다. 개인과 단원 전체의 몰락은 석이네를 초점으로 하여 상동적인 운명임이 재확인된다. 석이네는 미래를 위해 석이를 친부에게로 보낸다. 이후 상실감에 빠진 석이네가 무대에서 실수를 하고 황망한 정신으로 무대에 불을 지르면서 일월곡예단의 운명을 파국을 맞이한다. 석이네의 실화로 곡예단 전체가 불타는 장면은 애상의 정조가 개인의 삶뿐만 아니라 서커스단 전체의 운명과 연결되어 있음을 암시한다.

어디엘 가 있든 내가 디디고 있는 땅이 무대가 아니겠어. 하늘이 천막이지. 시퍼

---

11 자신의 목소리-의식을 갖춘 채 발화행위를 지속하는 것이 거부당함으로써 서발턴은 말하기가 불가능해진다. 이 불가능성을 극복하기 위해서 제도의 안팎에서 서발턴 주체가 진술적 말하기로 주어진 수행적 관습을 실천할 것을 스피박은 제안한 바 있다. Gayatri Chakravorty Spivak, 앞의 글, 135~139쪽.

렇게 살아 있는 목숨 가지고 어디든 발을 붙여 볼란다. 어느 동네든 실수해서 떨어지면 죽고 다치기는 매일반일 테니까.(361쪽)

화재로 삶을 터전을 잃은 이의 푸념에서 현실비판은 찾기 힘들다. 모든 것을 운명으로 여기고, 세상 모든 것이 자신과 다르지 않다는 애상의 정조는 서커스단이 처한 사회 구조를 몰각한 결과이다. 작가 역시 단원들의 애상의 정조를 감상적인 거리를 유지한 채 서술하면서 사회 구조적 의미대신 개인의 내면에 서술의 초점을 맞춘다.

이와 같은 인물의 내면은 『부초』특유의 서술방식을 통해 외부와 연결된다. 작가는 소설적 상상력과 실제 현실의 언어 관습을 결합함으로써 인물의 개성과 정서를 형상화할 수 있었다. 이때의 소설 언어는 인물의 내면과 내면이 발생한 기원을 동시에 가리킨다. 즉 인물의 내면을 표현하는 핵심적 발화의 근거가 서사 외부에 존재한다는 것이다.

"참대밭에선 쑥도 곧게 자란다더니…… 옛말 그른 것 없지……"(98쪽)
"삼밭의 쑥대라지 않던가……" 쑥이라도 삼밭에서 자라면 삼을 닮아 곧게 자란다고 했다. 저 하나 잘 되면 그것뿐 더 무엇을 바라랴.(209쪽)

인용과 같은 관용어구는 개성적 발화의 근거가 아니라 발화자의 외부의 정보와 지식을 활용하여 생산된 구어적 관습이다. 이로 인해 위의 장면의 사실성은 제한적일 수밖에 없다. 대신 위의 발화는 쓰이는 환경에 따라 계층의 정체성과 연관된다. 구성원들 간에 문자와 정보 지식, 즉 리터러시literacy를 유통시키며 구어적으로 통용되는 구절과 문장, 단어 등의 핵심 정보는 한 계층의 정체성을 구축하는 격언의 지위the status of maxim에 이른다.[12] 이런 관점에서 볼 때 위 인용은 개인의 개별적 발화이만, 동시에 계층의 정체성을 공고히 하는 사회적 발화이기도 하다. 즉 서커스 단원들이 익숙하게 쓰는 어구들은 정체성을 구축하기 위해 활용된 고유한 문자행위literacy인 셈이다.[13] 『부초』의 서커스 단원들의 서사 역시 그러하다.

> 옛말에도 있지…… 된장 신 거야 일년 원수지마는 마누라 못된 것은 백년 원수라고 말이다. 여자도 그렇지만 사내도 계집을 잘 얻어야 해.(255쪽)
> 복 없는 처녀는 머슴방에 가 누워도 고자 곁에 눕는다더니, 내가 이렇게 몰골이 흉악해서 그런지 만나는 사람마다가 악질이야.(348쪽)
> 아무리, 머리 검은 짐승은 남의 공을 모른다지만, 처녀가 사람이 왜 그 모양이여.(159쪽)
> 나도 자식 키워 봐서 알지마는 부모 맘 아는 자식이 몇이나 돼서요. 자식의 겉을 낳지 속을 낳는 게 아니라더니 옛말 그른 거 없습니다. 멀쩡하게 키워 놓으면 다 저 잘나서 큰 줄 알지.(192쪽)

위의 인용처럼 『부초』의 인물들은 대중적으로 통용되는 리터러시 속에서 성격와 운명이 결정된다. 그중에는 '된장 신 거야 일 년 원수지만 마누라 못된 것은 백년 원수', '머리 검은 짐승은 남의 공을 모른다' 등의 속언도 포함되지만, 이 역시 인물을 형상화하는 데에는 효과적인 도구로 활용된다. 여기

12　Richard Hoggart, *The Use of Literacy*, Transaction, 2008, pp.72~79 참조.
13　문자행위는 출판과 활자매체의 활용뿐만 아니라 구어적인 전통과 관습, 관용어구까지 포함할 경우, 계층 내에서 통용되는 지식/지혜의 의미를 가진다. *Ibid.*, 제4장 참조.

에 등장하는 관용어구의 표현은 작가가 취재를 통해 체득한 언어로서, 서커스단-하층민의 현실에 존재하는 리터러시의 일부이다. 여기에 작가의 상상력으로 만들어진 인물과 사건이 덧붙여져 소설적 구성을 완성한다. 인물의 발화에 현실적 정체성을 반영한 관용어구의 결합으로 이루어진 발화는『부초』에 등장하는 하층민의 삶을 더 변별적으로 재현할 수 있는 고유한 창작수단이 된다.

하층민의 관습적인 구어는 인물의 정체성과 현실성을 갖추기 위해 도입되었다. 실제 현실에서 흔히 쓰이는 언어 습관은 단순한 수사의 차원이 아니라, 계층 전체의 계급적 특성과 정체성을 구성하는 데 중요한 역할을 한다. 그리고 하층민으로서의 서커스단원은 지배적인 리터러시 제도와 다른 고유한 경험세계를 공유하며 유통시킨다.

이때 작가의 개입을 통해 하층민의 경험은 제도적 글쓰기 속으로 들어온다. 작가를 통해 구어적 상황이 제도 속의 글쓰기로 편입되었기에 작가 한수산의 서커스 체험은 결과적으로 서커스단원의 하층민 리터러시를 가시화하여 재구성한 것이다. 일상의 언어를 공유하면서 그 속에서 생성된 리터러시의 흔적은 서커스단-하층민의 정체성을 드러내는 통로가 된다.『부초』의 서커스단원의 리터러시 역시 하층민으로서의 서커스단원의 정체성을 구성하는 것이 그 본연의 역할이다. 즉 그들의 언어습관과 그에 담긴 내적 진실은 그들이 어떻게 하층의 삶을 살고 있는지를 보여주는 중요한 기제이다.

"형, 눈오는 날은 거지가 빨래하는 날이예요."

"누가 그래?"

"누가 그러긴요. 눈 오는 날은 따뜻하니까 거지들이 빨래를 하는 거죠. 나 양아치 해 봐서 알아요. 대구 가니까 그때 생각 더럽게 나데요. 모라이 한 그릇 얻어 가지고 쪼지게 좀 달라고 예이예이 하며 돌아다니던 골목이 하나도 안 변하고 말 짱하잖아요. 그때 참 조마리 새끼 더럽게도 때리더니."(248쪽)

앞서 등장한 관용어구는 그 순간의 의미전달의 맥락과 연결된 것이라면 위의 인용에 등장한 관용어구는 인물의 스토리와 밀접하게 연결되어 서사의 일부로 자리 잡는 방식이다. '눈 오는 날 거지가 빨래한다.'라는 속언은 인물의 과거를 상기시키는 역할을 맡는다. 발화의 주인공은 서커스단에 들어오기 이전, 대구에서 거지-양아치 생활을 했으며, 눈이 오는 날에나 빨래하고 조마리-왕초에게 맞아가며 힘든 삶을 살았음을 밝힌다. 이러한 과거를 통해 서커스단원이 전통적 예인집단이 아니라 하층의 떠돌이의 신세라는 점 역시 자연스럽게 드러난다.

단원들의 발화는 자신의 삶이 얼마나 고달프고 힘든 것인지를 보여주는 내면의 발화로 이루어져 있다. 이 발화에서 드러난 애상의 정조는 지극히 현실적인 정서일 것이다. 그러나 이들의 언어는 자신들의 계층/계급적 조건으로 연결됨으로써 서커스단-하층민의 리터러시가 된다. 하층민의 리터러시는 『부초』의 인물들의 정체를 드러내는 유용한 도구이다. 하층의 존재라는 점이 밝혀지고, 현재도 그와 다르지 않기에 인물들은 현재의 삶은 애상과 비애로 점철될 수밖에 없다. 지금까지의 인용문에서 보듯이 이들의 자신의 과거와 현재의 정서를 드러내는 데 관용어구를 활용해왔다. 작가는 이와 같은 체험을 공유하면서 하층민의 애상의 삶을 이해하고 이를 소설의 언어로 표현해냈다. 달리 말해 서커스단-하층민의 애상의 내면은 그들의 리터러시를 기록하고 쓴 작가의 소설 쓰기의 행위를 통해 비로소 문자화될 수 있었던 것이다. 사전적인 수집을 거친 후 적절한 위치에 재배열된 듯이 보이는 이 문체는 한수산 고유의 것이라기보다는 하층민의 삶을 소설의 언어로 재구성하기 위한 방법론의 하나이다.

(2) 하층민 발화의 외적 조건

하층민으로서의 서커스단의 존재가 그려지기 위해서는 내적인 발화조건 외에도 외부의 실제 현실의 조건도 충분히 고려되어야 한다. 서커스가 1970년대 한국 사회전반의 문제와 연결되고, 사회 구조적 문제를 체현한다. 그렇기에 한수산이 서커스를 선택한 것은 우연이 아니다. 애상에 덧씌워진 1970년대의 한국의 현실이란 급격한 산업화를 일컫는 것이다. 서커스는 과거의 영화와 현재의 쇠락 사이에 놓여 필연적으로 애상의 정조를 내포하는 듯이 보인다. 거기에 덧붙여 산업화의 혜택으로부터 소외된 현실을 고려한다면, 서커스는 무시간적인 환상 공간이 되기도 한다.

일월곡예단의 모든 인물이 그러하지만 특히 연애의 관계에 있는 하명과 지혜는 파국적인 결말로 인해 애상적 정조의 중심에 선다. 서커스단이라는 특수한 상황으로 인해 이들은 정상적인 결혼에 다다를 수 없다. 그러나 이들의 운명이 내면에만 머물지 않는 것은 하명의 적극적인 분노를 통해 서커스 단원이 처한 위기와 모순을 인식하고 있기 때문이다. 이들은 자신의 처지를 인지하는 데서 서커스단의 하층민적 지위를 발견한다.

천천히 담배를 밟아 끄고 하명은 일어섰다. 왜? 우린 결혼할 수가 없다니……
왜? 내가 고잔가.(101쪽)

"줄타는 계집이나 그네 타는 사내나 다 팔자에 흘러다니는 몸이지만, 만났다 헤어지는 것도 남 달라야 하나."(136쪽)

이러한 하명의 인식은 결혼이 파국을 맞고, 서커스단원으로서의 지위도 불분명해지는 사건을 겪으며 자조적인 태도로 변한다. 내면의 정서가 적극적으로 표출될 수 있었던 것은 자신이 서커스단이라는 사실보다 서커스단이라는 이유만으로 사회 최하층에 속한다는 사실을 발견했기 때문이다. 특히 결혼이라는 사회적 행위를 중심으로 생각할 때 단원들은 서커스에서의 곡예가 어떤 사회적 반응과 만나는지를 실감하게 된다. 『부초』의 인물들은 서커스를 운명으로 받아들이며 삶을 영위할 때 그 운명이 어떤 구조 속에 놓이는지를 깨닫는 것이다. 대개 그 구조는 1970년대 한국의 현실과 연결되어 있다.

"교통사고는 보상금이라도 나오지. 이거야 무슨 보험엘 들어서 보상을 받을까, 노동청에서 뒤를 봐줄까. 곡예사 신세만큼 불쌍한 것도 드물지요."

"누가 너보고 불쌍하라든? 너 좋아서 와 있는거야."

"허기사 써커스가 무슨 공장이냐? 보험엘 들게."

"이를테면, 하는 얘깁니다."

"아니 윤재 씨 못 봐서 허는 얘기여? 머리가 허옇게 쎄도 마술하는 거 보면…… 손 띠면 그 날로 밥 굶는다는 얘기 아니냐 말여. 이거야 먼 퇴직금이 있어. 뭐시 있어."

"퇴직금은커녕 일당 못 받는 날이나 없었으면 좋겠우."(129쪽)

인용문에서 보듯 좌절에 빠진 단원들의 자조적인 대화는 내면의 의식의 문제가 아니라 직업으로서의 서커스에 초점이 맞춰진다. 곡예를 통해 어떻게 돈을 벌며, 자신의 미래가 어떠한지를 상상할 때 서커스 밖에 있는 1970년대라는 현실은 포착된다. 그 현실이란 1970년대 산업화이다. 보상금, 보험, 퇴직금, 노동청 등의 국가 기제는 산업화의 가시적 성과이지만 이와는 거리가 먼 단원들은 사회 체제로부터 소외되었다는 사실을 깨닫는다. 연애와 같은 개인적 층위에서 애상의 정조를 유지하던 단원들은 경제적 층위의 담화에서는 자신이 처한 사회 구조의 좌표를 확인하면서 자신들의 불안한 처지 또한 사회 구조의 산물임을 알게 되는 것이다. 『부초』는 1970년대 한국의 서커스의 퇴락을 운명이라는 내면으로 일반화했지만, 그 실상은 엄연한 현실이었다.[14] 1960년대 이후 여가, 유흥산업의 발전 과정에서 서커스는 운명적으로 도태된 것이 아니라 경쟁력의 부재로 인해 구조적, 필연적으로 쇠퇴했기 때문이다.[15]

근대적 산업으로서의 서커스, 그중에서도 한국의 서커스가 경쟁력을 잃어가면서 단원들의 애상의 정조는 현실 인식의 문제와 연결될 가능성을 보인다. 그런데 애상적 내면과 산업화의 현실은 다양한 층위의 맥락에서 연결될 수 있다. 우선, 서커스의 쇠락은 단원들은 각자의 개인적 삶의 파국으로 이어진다.

---

14 『부초』에서도 언급하고 있거니와, 한국의 서커스단은 그 영세성으로 인해 공연산업에서 경쟁력을 잃어갔다. 텔레비전과 영화는 물론 외국 단체가 들어와 기존의 서커스단이 설자리를 잃었다고 말한다.(한수산, 앞의 책, 292~293쪽) 여기서 말한 외국 단체는 1960년 처음 방문한 이래 1980년대 중반까지 여러 차례 한국을 방문한 '서독 서커스단'을 가리킨다. 서독 서커스단은 80년대까지 네 차례 한국을 방문했는데, 한국의 서커스와 차별화된 공연으로 인해 흥행에 큰 성공을 거두었다. 이는 같은 시기 한국의 서커스단이 『부초』의 내용처럼 지방 소도시를 떠돌면 힘겹게 공연한 것과 비교된다.

15 특히 여가, 유흥 산업이 국가 지배 이데올로기의 통제체제라는 점을 고려한다면(송은영, 「1960년대 여가 또는 레저 문화의 정치」, 『한국학논집』 51, 계명대 한국학연구원, 2013 참조) 텔레비전, 영화, 악극 등과 경쟁했던 서커스 산업은 전통적인 연희와는 차원이 다른 것이었다.

흥행에 따라 일당을 지급받는 서커스단원의 곡예는 임금노동이라는 점을 부인할 수 없다. 어떤 조건에서든 흥행의 실패는 단원들의 이탈을 부추겨 삶의 터전을 파괴한다.[16] 여기에서 더 나아가 공연 문화/산업의 전반적인 차원에서 고려한다면 서커스의 쇠락은 한국 사회가 자본주의적 체제 속에서 다층적인 산업구조를 재편되고 있음을 증명한다. 1960년대 후반 급성장한 여가문화는 다양한 소비계층을 좇아 분화하는 과정에서 경쟁의 성패에 따라 각각의 양식이 발전 혹은 쇠락을 겪는 것은 자본주의 질서의 당연한 결과였다.

작가 역시 이러한 사회 경제적 층위를 간과하지 않는다. 곡예단 총무와 협회 상무와의 대화를 통해 서커스의 쇠락이 한국의 사회적 변동과 관련 깊다는 사실을 확인한다.

"그나저나 곡마단에 쐐기를 박은 건 활동사진 아닙니까. 영화관이 생겼대야 그건 또 그렇다 치더라도, 광목으로 울타리 치고 영사기 돌려대는 패들 때문에 그나마 시골에서까지 손님을 다 뺏겨 버렸잖아요. 우리네야 추럭으로 두세 개씩 싣고 날라야 하는데 그쪽은 영사기 하나에 광목 몇 필로 논두렁에다가도 울타릴 치니 따라잡을 수가 있었던가요, 어디."

"그래 어떻게 생각해 보면 우리 쪽이 이렇게 된 건 불가항력이었는지도 모르지. 남의 탓을 하는 건 아니네만 말이야. 한땐 유랑극단하고도 맞붙었었지. 그쪽에는 그래도 이긴 셈이야. 그 영사기 들고 뛰는 패들한테야 우리가 당하긴 당했지. 그렇

---

16 1970년대까지 전통적으로 일당제 형식으로 임금을 지급하던 한국의 서커스단은 1980년대 들어서 점점 월급제로 전환된다. 이는 도제 형식의 전통적 연희에서 기술 중심의 곡예로 전환되는 과정에서의 변화이다. 그만큼 서커스는 문화산업의 일부로서, 자본주의적 경쟁체제 안으로 더욱 공고히 자리 잡게 된다. 허정주, 「한국 곡예/서커스의 역사적 전개 양상에 관한 '역사기호학적' 시론」, 『비교민속학』 49, 비교민족학회, 2012 참조.

지만 서두 버티긴 우리가 더 오래 버텨지 않았나. 헌데, 저 텔레비전 있지, 그거한테야 당해낼 재간이 있어야지. 숨통을 막아도 아주 명치끝을 채인 거라구. 장소를 구해 놓고 가서 둘러보다가도 텔레비전 안테나만 보면 다리에 힘이 빠진다니까."[17]

두 사람의 대화는 서커스의 경쟁상대가 누구인지를 말해준다. 개화기에 들어온 서커스는 짧은 전성기를 거친 후에는 유랑극단과 영화, 그리고 텔레비전이라는 근대적 매체와의 경쟁에서 뒤쳐져 버린다. 텔레비전과 영화가 서로 경쟁하면서도 각각의 경제적, 문화적 고유 영역을 확립한 것에 비하면[18] 서커스는 시골의 간이 영사시설에도 못 미칠 만큼 경쟁력을 상실한 상황이었다. 경쟁력 없는 서커스 단원이야말로 산업사회 속에서 가장 하층의 노동자로 떨어질 수밖에 없었다.

일월곡예단의 발화는 자신의 내면을 향할 때와 다르게, 서커스를 통한 사회적 삶을 살아가는 경우, 혹은 직업으로서의 서커스를 인식하는 경우에는 자신이 속한 지위와 사회적 좌표를 정확히 파악한다. 이와 비교하면 단원들의 애상적 정조는 객관적 현실의 반영일 가능성이 낮다. 서커스에는 행정상의 불이익이라든지, 지역사회의 배타적 태도 등 다양한 사회적 제약들이 존재한다. 뿐만 아니라 서커스를 바라보는 대중들의 관습, 그리고 서커스 내부

---

17 한수산, 앞의 책, 293쪽.
18 텔레비전이 공공적 수용을 통해 집단적 시청자를 만들고, 사회, 국가기구의 재생산의 효과를 가진다면, 영화는 계층별 수용양상으로 구분된다. 특히 의식적인 문화행위로서 영화 관람은 수용자의 고유한 문화적 정체성을 형성하는 데 기여한다. 이길성·이호걸·이우석,『1970년대 서울의 극장산업 및 극장문화 연구』, 영화진흥위원회, 2004; 임종수,「수용자의 탄생과 경험-독자, 청취자, 시청자」,『언론정보연구』47, 서울대 언론정보연구소, 2010 등의 논의를 참조.

의 문제점 등 다양한 맥락에 의해서 서커스는 의미화 될 수 있었다. 그러나 『부초』에서는 사회 전반의 연관성에 관해서 정밀하게 분석하는 것에 초점을 맞추지 않았다. 각 인물들이 처한 상황과 그 속에서 펼쳐진 애틋한 사연에 서사의 관심이 기울 때, 사회 구조 전반에 대한 문제를 제기할 만한 인물은 부각되기 어려웠다. 내면의 애상이나 서커스단의 과거와 현재, 그리고 발전 방향에 대한 담화 등은 단일한 서사에 놓이지 않고, 인물의 우연한 발화에 의해 단속적으로 제시된다. 따라서 각각의 발화들이 하나의 사건에서 맥락을 갖추지 못함으로써 서커스를 둘러싼 총체적인 담론이 만들어지기는 어려운 것이 『부초』의 서사적 상황이다. 오히려 『부초』의 초점은 1970년대의 사회 변동 속에 있는 서커스 단원들의 정서에 맞춰져 있었다. 작품의 전반부와 후반부를 통틀어 일관되게 유지되는 것은 인물들의 애상의 정조이다. 이 흐름에 사회적 문제의식은 부차적인 선택이었다.

2) 하층민 주체의 현실대응 방식

(1) 운명적 체념과 윤리적 대응

1970년대의 대표적인 하층민 집단인 서커스 단원은 내면의 층위에서나 사회적 층위에서 자신의 존재를 확인할 수 없으며, 자발적인 발화를 통해 스스로를 말할 기회를 얻지 못한다. 사회적 층위에서 발견된 문제점 역시 이들의 애상의 내면으로 회귀함으로써 이들의 존재는 사회 구조에서 은폐된다. 이들의 존재는 서술자의 발화와 인물의 발화의 두 방향에서 서술되고 있는데, 앞서 확인한 바와 같이 개별적인 주체로서의 자율성은 전체의 정체성 속에서 희석되기 쉽다. 그만큼 이들의 발화는 외적 규범에 의해 조정된 것이다. 즉 단원들의 발화에는 인물 외부에 존재하는 계층적 정체성과 서술자의 지위에 의해 간접화된 발화가 다중적으로 뒤섞여 있다. 이 점은 『부초』의 서술상의 문제점으로 지적될 수 있지만, 한편으로는 독자와 인물, 그리고 작가를 연결하는 공감의 원천이 되기도 한다. '불쌍한 사람'이라는 공감을 인물과 독자, 서술자가 공유함으로써 서커스 단원의 내면은 소설의 주제로 확정된다.

이를 잘 보여주는 인물은 난쟁이 칠룡이다. 칠룡은 무대에서는 어릿광대로 사랑받지만 무대에서 내려오는 순간 창녀로부터도 홀대받는 가장 불쌍한 존재가 된다. 부모로부터도 버림받은 그는 전적으로 '불쌍한 사람'이다.

제 배아파 놓고서도 처음엔 참 정이 안 가더군요. 이걸 키워서 뭐하랴 싶은게…… 밉고 보기 싫고 부끄러운 생각 밖에, 그저 내 손으로는 못 죽이니 어디 가서 차라리 죽었으면도 했죠. 그랬는데도 사람의 마음이란 참 간사해서 키워 놓으니 요새 와선 그것도 자식이라고 든든한 생각이 들고 그러네요.(192쪽)

칠룡이 난쟁이의 몸으로 번 돈으로 모자관계가 유지되지만, 그 관계는 연민과 동정의 관계 이상은 아니다. '자야네'의 창녀는 성적으로 소외된 칠룡을 반겨주지만, 그녀 역시 오빠가 난쟁이라는 이유만으로 연민과 동정을 느꼈기 때문이다. 칠룡은 연민과 동정, 때로는 혐오의 감정으로만 관계가 유지되는, 철저하게 사회성이 망각된 인물로 그려진다. 이와 같은 성격은 서커스 단원들에게도 마찬가지로 적용된다. 각각의 단원들이 힘들었던 과거의 기억을 안고 있으며, 현재의 고단한 삶을 운명으로 받아들이고 있다는 점에서 이들은 정서적 통일감을 이룬다. 칠룡은 "병신보고 병신이라면 그게 어디 욕인가",[19] "난쟁이는 나처럼 이렇게 다리가 짧고 등이 빳빳하게 곧은 데다가 머리통이 커야 그게 진짜란 말야. 잘 봐 둬라. 내가 난쟁이 순종이다"[20]라는 말을 통해 자시의 처지를 있는 그대로 받아들인다. 석이네 역시 '식초 먹고 매 맞아 가면 재주 넘는 년'[21]이라는 편견에 맞서지 않고, 석이를 친부에게 내어 준다. 애상적인 정조는 현실을 운명으로 받아들여 체념에 이른다.

그런데 운명적 체념은 서커스단원이 현실에 대응하는 방식이라는 점에서 눈여겨 볼 필요가 있다. 내면과 사회적 조건을 인지한 후 자신의 존재를 규정하는 일은 주체의 윤리적 태도이기 때문이다. 도덕규범에 대응하는 주체의 반성적 성찰을 윤리로 이해한다면,[22] 서커스 단원이 스스로를 하층민으로 여기고 이를 운명으로 받아들인 것은 1970년대 한국 사회의 질서를 인정하고 그 속에서 자신의 삶을 영역을 규정하는 윤리적 성찰로 평가할 수 있다. 단원들은 갖은 질곡 속에서도 서커스단을 떠나려 하지 않는다. 지혜가 유일하게 서커스단을 떠난 경우이지만 그녀 역시도 밤무대에서 곡예로 생계를 잇는 운명에서 벗어나지 못한다. 이런 상황에서 곡예는 단원들에게는 윤리적 선택이며, 정체성을 지킬 수 있는 유일한 수단이기도 하다.

난 우리만 무대 위에 있고 남들은 다 구경꾼이라고 생각했었지. 그래서 외로웠던 거야. 그건 잘못이야. 그게 아니야. 갈보가 구경오면 그게 구경꾼이지만 우리가

---

19 한수산, 앞의 책, 171쪽.
20 위의 책, 182쪽.
21 위의 책, 95쪽.
22 도덕이 옳고 그름에 대한 기준이라면, 윤리는 이 도덕적 기준을 주체가 받아들이기 위한 내면적 성찰로 규정할 수 있다. 김홍중, 『마음의 사회학』, 문학동네, 2009, 31쪽; Alain Badiou, 이종영 역, 「서문」, 『윤리학』, 동문선, 2001 참조.

갈보집엘 가면 그땐 우리가 구경꾼이잖아. 난 이제 알 수 있을 것 같아. 사람들이란 저마다 있는 힘을 다해서 살아간다는 거야. 못난 놈도 제딴에는 자기가 가진 거 남김없이 다 털어서 살고 있다는 걸 이제 알겠어. 이제 알겠어. 그래…… 이 세상 바닥도 서커스 바닥이나 똑같아. 손님이 따로 없다뿐이지 분바르고 옷갈아 입고 재주피며 살기는 마찬가지란 생각이야. 어디로 가게 될지 아직은 정처가 없다 만……[23]

곡예단 천막이 불탄 뒤 하명은 이렇게 말한다. 세상 어디나 서커스와 같다는 하명의 말은 서커스를 가장 긍정적으로 인식한 결과이다. 이를 바탕으로 이들은 서커스 단원인 자신을 부정하지도 않으며, 다시 곡예로 돌아간다.

"그만 둬야지. 사람대우 못 받고…… 춥고 배 고프고…… 그저 일찍 일찍들 그만 둬야 한다구."

"몰라서 못하나요. 소도 언덕이 있어야 비비지요. 남만치 배운 게 있우, 부모덕 을 봐서 가진 게 있우."

"허긴, 어느 놈은 넥구다이 매고 앉아 펜디야 놀리고 싶지 않아서 재주 넘고 상가. 팔자제, 배운 게 그거니 팔자랄 수밖에."[24]

어쩔 수 없이 재주를 넘는다는 체념의 표현이지만, 하명의 인식을 적용한 다면 이들의 체념 역시 운명을 긍정하는 태도이다. 운명으로서의 곡예가 세상의 이치와 다르지 않다면 받아들여야만 한다. 이들의 체념은 서커스단-하

---

23 한수산, 『부초』, 앞의 책, 360~361쪽.
24 위의 책, 360쪽.

층민으로 살아가게 하는 윤리적 성찰의 결과이며, 곡예는 세계의 요구에 가장 잘 부합하는 실천인 셈이다.

현실의 당위와 윤리적 성찰의 매개 역할을 하는 인물이 마술사 윤재이다. 곡마단의 전성기와 현재의 쇠락을 경험한 윤재는 서커스가 단원들에게 어떤 의미인지를 잘 알고 있다. 윤재는 경쟁력을 잃은 산업으로서의 서커스가 아니라 곡예사의 삶과 합일하는 실천으로서의 이상적 서커스를 상상한다. 윤재가 상상하는 서커스에서는 서커스만의 고유한 내적 원리가 단원들의 갈등을 치유하는 도덕적 근거가 된다. 윤재가 『부초』의 각 갈등마다 등장하는 이유는 이 때문이다.

윤재는 현실적 갈등을 극복하기 위해, 곡예사의 본분은 무엇이며, 곡예단이란 어떠해야 하는지에 대한 당위를 제시한다. 작품의 전반부에서 줄을 끊은 범인을 찾는 과정에서 윤재는 다음과 같이 말한다.

> "자랑할 건 하나도 못되는 얘기네만 자네들도 알다시피 난 여기서 늙은 몸이네. 내가 나서겠지만 그렇다고는 해도 이렇게 늙도록 여길 떠나지 못하는 건 단원 사이의 의리 때문인지도 몰라. 굶어도 같이 굶으며 간 세월이더란 얘기야. 왜놈 단장 밑에서 만주 공연을 다닐 때도 같은 조선사람 몇은 단체 안에서도 똘똘 뭉쳐서 일당을 받아도 함께 올려 받고 대우를 받아도 함께가 아니면 안 했거든. 이런 의리 때문에 못 떠나고 이토록 살아왔는지도 모른다, 이런 얘길세." (…중략…) "그런데, 하물며 의리는커녕 같은 단원을 해치려는 자가 있다면 이거야말로 그냥 넘길 수 없는 일이고 우리 모두가 알아야겠다, 이말야. 내 말이."[25]

---

25 위의 책, 131~132쪽.

윤재는 한국 서커스의 산 증인으로 1970년대 서커스의 위기를 타개할 수 있는 도덕적 규범을 재발견한다. 단원과 서커스단 전체가 사회변화에 적응하지 못하고 운명적 체념에 빠져 있을 때, 윤재는 서커스단의 도덕적 규범으로서 서커스의 기원에 대해 말하는 것이다. 윤재의 기억에 의해 재생된 한국 서커스의 원형은 지금과는 사뭇 다르다. 한국 서커스는 비록 일제치하에서도 민족의식이 충일했으며, '왜놈' 단장의 박해에도 견뎌낼 만큼 민족적 가치가 성실히 실천되고 있었다. 윤재는 단원들의 운명적 체념에 대응해 도덕적인 규범으로서의 서커스를 제시한다. 비록 윤재 스스로도 운명적 체념의 태도를 보이지만,[26] 서커스 전체의 생존을 위해서 도덕적 규범이 필요하다는 점을 부인할 수 없다.

윤재가 제시한 서커스단의 도덕적 규범에 단원들이 긴밀하게 대응한다면 이는 서커스단 전체의 운명으로 승화될 수 있다. 개인의 윤리와 전체의 도덕적 규범이 합일하는 상황인 것이다. 그러나 '의리'와 '민족'의 수사를 내건 도덕적 규범은 그 시간적 격차만큼이나 단원들의 현실과 멀어져 있다. 과거 서커스단의 도덕적 규범과 현재 서커스 단원의 윤리적 내면의 관계는 적극적인 갈등을 만들어 내지 못한다. 대신 윤재가 제시한 도덕적 원형의 실체는 사라져 복원되지 못하고 다만 원형의 훼손된 형태로서의 윤리적 내면만이 단원들에게 남겨져 있기 때문이다. 따라서 윤제가 제시한 도덕적 규범은 새

---

26 윤재는 작품 속에서 이중적인 태도를 취한다. 단원들 간의 갈등 상황에서는 단호하게 대응하지만, 정작 자신의 삶에 있어서는 여느 단원들과 다르지 않다. "자신의 발걸음을 세기라도 하듯 뒷짐을 지고 서성거리면서 윤재는 소리 없이 중얼거렸다. 바람이었다. 바람 같은 거였어"(위의 책, 255쪽)에서 보듯이 병을 얻어서까지 곡예단에 남아 있는 자신에 대해서는 '바람'과 같은 허무를 느끼고 있다. 급작스러운 죽음을 통해 그의 허무는 정점에 달한다. 그리고 그의 몰락과 함께 일월곡예단의 운명도 함께 파국을 맞이하면서, 윤재의 존재는 일월곡예단 전체의 운명과 유비적으로 연결된다.

단장 광표의 질서로 대체되어 마땅하다. 단원들이 광표가 요구하는 산업화의 현실을 수용한 것은 그것이 옳기 때문이 아니라, 그 외에는 다른 선택이 없기 때문이다. 윤재의 도덕적 규범이 성공할 가능성은 없어 보인다. 그런 점에서 단원들이 운명적 체념 끝에 다시 곡예단으로 돌아온 것은 1970년대의 현실 속에서 선택한 가장 윤리적인 타협인 셈이다.

(2) '민중적 서커스' 라는 대안

윤리적 태도가 도덕적 규범과 어긋날 때 새로운 차원에서 윤리와 도덕의 합일이 모색된다. 서커스단원은 도덕적 규범에 대응하여 운명적 체념으로 회귀하면서 윤리적 태도를 소진시켰다. 비현실적인 낭만의 세계가 아닌 이상, 도덕적 규범과 윤리적 태도가 길항하는 드라마는 항상 존재한다. 이 길항의 풍경이 『부초』의 서사를 이루는 것과 같이, 하층민의 서사에서 도덕과 윤리, 규범과 주체의 관계는 특유한 발화양식으로써 드러난다. 『어둠의 자식들』이 자연발생적인 구술적 글쓰기를 구축했다면, 『부초』의 하층민 서사는 권위 있는 저자에 의한 글쓰기의 장 속에서 하층민의 고유한 발화와 서술자의 규범화된 목소리를 혼합한다. 작가는 인물의 발화에서 나아가 윤리와 도덕의 합일을 통한 추상화 과정에까지 이른다. 윤재가 과거를 회상하며 제시한 한국적 서커스단의 원형은 작가의 의도에 따라 1970년대 한국 사회의 현실을 타개하기 위한 추상적이며 보편적인 가치를 지향하는 도약으로 나아간다. 서커스단의 내면을 보편적인 차원으로 상승시키려는 의도는 『부초』의 곳곳에서 발견할 수 있다. 서커스가 단원들의 내적 충족상태를 넘어설 경우,

서커스는 한국 사회 전체의 보편적 가치를 실현할 수 있는 고귀한 행위로까지 고양된다. 이는 산업화 논리마저 넘어선다.

『부초』는 산업화의 경쟁을 거부하고 새로운 질서와 가치를 지향하는 서커스를 제안한다. 서구의 것을 모방하지 않고 한국적인 이념을 생산할 수 있는 서커스를 설명하자면 이렇다.

"오늘날 한국의 써커스가 이 모양이 돼 가는 큰 이유의 하나가 뭔지 아나? 서민과 멀어진다는 거야. 서민이 보는 써커스가 서민의 애환이랄까 그런 것을 담아 줄 수 있어야 하는데 그게 안 되거든. 요전에 어떤 사람을 만나서 사당패 얘기를 한 적이 있어. 사당패들, 말년에는 참 비참했던 사람들이야. 한창 때도 마을에서 들어오라는 허락이 떨어져야 그 마을에서 공연을 할 수 있었어. 그런 천대를 받았던 사람들인데 아직 몇 사람이 살아 있어서 인간문화재도 되고 그러나봐."

"내 말이 그거지. (…중략…) 그런데 그 내용이 서민의 애환이랄까 그런 것을 담아주질 못하거든. 사당패의 어름산이나 서커스의 외줄타기나 다 같이 줄을 타. 둘 다 줄을 탄다는 데는 일치하는 것들이지. 그런데 어름산이의 연기에는 이 나라 개화풍물에 대한 웃음이 있고 비판의 눈이 있어. 줄 위에서 서양식 화장법과 전래의 화장법의 차이를 보여 주어 웃음을 자아내고 짚신 신은 걸음걸이와 하이힐 신은 걸음걸이를 비교해서 희화시키거든. 우리쪽 외줄타기는 어떤가. 어름산이보다도 더 가느다란 줄을 평행선 위에서도 타고 심지어는 사십오도 경사진 줄까지 타지 않나. 기술면에서야 단연 윗길이지. 그러나 그들은 다만 줄을 타 보일 뿐이야. 관객과 감정이 통하는 아무 것도 없어. 그거 참 재주 좋네. 하는 것으로 관객은 만족해야 한단 말야. 서민이 관객과 얼마나 호흡을 함께 하느냐는 바로 그 연희(演戲)에 민중의식이 있느냐 없느냐를 의미하는 거 아니냐."[27]

새로운 서커스의 핵심 가치로 발견된 것은 '민중의식'이다. 새 단장 광표의 자본주의적 논리는 내용과 형식면에서 한국적인 전통과도 부합하지 않으며 민중의식마저 결여된 것으로 비판받는다. 서민과 호흡을 같이하고 애환을 담아낼 수 있는 새로운 소통방식을 통해 서커스는 지배적 질서를 극복할 수 있을 것으로 기대된다. 민중의식이 1970년대의 담론에서 차지하는 위치를 고려한다면, 위의 발언은 연희 양식의 문제를 넘어서 한국 사회 전반의 문제를 아우를 수 있는 매우 추상적인 수준의 담론이다.[28] 서구 자본주의의 한계를 극복할 가치인 민중의식을 갖춘 서커스라면 한국 사회 전체에 해당하는 보편적인 가치의 준거가 될 수 있을 것이다. 현실 도덕에 길항한 서커스단-하층민의 내면은 이처럼 추상적인 담론의 수준으로까지 상승을 거듭하며 새로운 가치와 접속을 시도한다.

민중적 서커스라는 관념은 소설 전체의 결론이자 서사 외부와 긴밀하게 연결되는 담론적 주제이다. 그런데 이러한 큰 담론을 작은 서사의 단위에서 서술하는 방식은 소설 전반에 걸쳐 문제점을 드러낸다. 민중의식과 같은 주제, 그리고 서커스단의 과거와 현재의 요약적 설명은 인물과 사건의 서사적 맥락과 상관없이 돌출한다.

---

27 위의 책, 336~337쪽.
28 1970년대 후반부터 시작된 민중논의는 다양한 맥락에서 민중을 정의하면서 민중의 가치를 의미화 한다. 민중은 한국사의 반제국주의 저항의 역사적 주체이기도 하며, 사회학적인 차원에서 계급적으로 설명되기도 한다. 또한 불교와 기독교의 개념으로부터 초월적 주체로까지 이해된 것이 1970년대 민중론의 특징이다. 『부초』에 등장한 서커스의 민중의식에서도 이 같은 다양한 맥락들을 발견할 수 있다. 본문에서 인용한 부분에서 보듯, 작가는 역사적 전통의 맥락 속에서 한국 사회가 겪고 있는 자본주의적 질서의 폐해를 극복할 수 있는 주체로서 민중적 서커스를 설파하고 있다. 이점은 『부초』의 민중적 서커스가 가지고 있는 사회학적 담론의 연결지점으로 평가할 수 있다. 1970년대 후반의 민중론 논의에 대해서는 유재천 편, 『민중』, 문학과지성사, 1984를 참조.

좋은 세월이 있긴 있었지. (…중략…) 크나마나. 동물도 호랑이며 코끼리, 기린 같은 건 거의 다 갖췄고 말타는 곡예가 대단했지. 요새도 노인들은 써커슬 말광대 라고 하잖나. 그게 다 거기서 나온 말이라고. 재주하는 사람들도 서로 경쟁이 붙어 서 무섭게들 했어. 위험하면 할수록 인기도 그만큼 좋으니까.[29]

"'고사꾸라' 곡마단이 부산에 처음 들어온 게 일천구백십년의 일이었으니까 그 게 바로 데라우찌란 자가 대한제국이란 국호를 조선으로 바꾸도록 강압한 해거든. 그때 조선 땅에야 무슨 구경거리가 있었나. 개화풍물로 들어온 곡마단이 그래서 숱한 돈을 벌었던 거고. 나라 빼앗기고 세월 잘못 만나서 맘 잡지 못하고 살던 사람 들에겐 한동안 큰 구경거리였지." (…중략…) "진짜 호경기야 만주사변을 지나면 서 아니겠읍니까. 만주사변을 일으켜 놓자 그쪽에서 구경꾼을 잃어버린 왜놈들이 조선땅을 찾아들었던 거죠. 그쪽에선 그맘때 벌써 영화가 판을 쳤다지만 우리네야 명절 때면 모를까 어디 큰 맘 먹지 않고는 우미관이나 조선극장 들어가기가 쉽지 않았으니까요." (…중략…) "그랬지 아리다니 기노시다니 하는 곡마단이 서울에 올 때면 얼마나 화려했는가. 파고다 공원 옆은 단골장소였지. 규모도 대단했고. 만주공연을 가면 또 어땠나. 남부여대해서 이불 보따리에 바가지 하나 올려놓고 고국산천을 떠난 사람들이 공연 끝나면 찾아와 눈물을 흘리며 고향소식을 묻지 않던가."[30]

한국 서커스의 역사에 담화는 이처럼 장황하게 펼쳐진다. 서사의 흐름에 방해가 되는 이들의 대화는 매우 낯설다. 그럼에도 작가는 담론수준의 발화

---

29 한수산, 『부초』, 앞의 책, 214쪽.
30 위의 책, 286~291쪽.

를 주기적으로 삽입하며 서커스사史에 대한 관심을 드러낸다.

이는 인물의 서사에 외부의 담론을 병치되어 서사 내부의 요소들을 높은 수준의 주제로 상승시키는 효과를 가진다. 서커스 단원들의 윤리적 내면이 새로운 규범과 대응해가는 한편으로, 개인의 삶은 사회적 수준의 행위로, 더 나아가 민족의 역사적 이념을 실천하는 행위로까지 고양된다. 이때 삽입된 언설은 서사 구정의 개연성이 떨어지면서 소설의 형식적 완성도를 저해하는 요소가 되기도 한다. 한수산의 다른 작품에서는 이러한 상승의 과정을 찾아보기 어렵다. 평범한 인물의 낭만적인 사랑이 고양되는 지점은 이와는 전혀 다른 지점이라 할 수 있다. 그러나 『부초』의 인물들은 하층민이라는 점에서 문제적일 수밖에 없다. 하층민의 발화가 작가의 개입을 통해서 서사화 되었기 때문에, 그 서사 속의 요소는 끊임없이 새로운 지점으로 상승을 꾀하는 것이다. 서커스단-하층민이 애상적 정조에서 1970년대 산업화의 희생자로, 나아가 민중의식과 민족의식을 고양하는 주체로까지 상승하는 것은 작가의 개입으로 시작된 하층민 발화의 한 특성으로 꼽을 수 있겠다.

3. 『지구인』과 하층민 서사의 조건

떠돌이 서커스단 외에도 노동의 정치 속에서 제외된 하층민은 산재한다. 걸인, 매춘부, 식모 등, 노동의 생산성이 증명되지 않은 이들은 일상에서 쉽게 발견되지 않을 뿐 아니라 역사적 통찰에서도 제외되기 쉽다. 그러나 그 존재는 우연히 노출되어 사회 구조의 변동 자체를 가리키기도 한다. 『부초』가 재현한 하층민이 서커스라는 특수한 노동의 형태와 연결되었다면, 또 다른 연결점 중 하나는 범죄이다. 범죄세계는 하층민의 삶 가까이에서 하층의 사회적 조건과 결부되어 있었다.

이에 주목한 소설로 최인호의 『지구인』을 들 수 있다. 『지구인』은 소총강도 사건을 기본 줄거리로 삼는 범죄소설[31]의 외형을 갖추고 있다. 그러나 이 작품을 범죄소설이라는 하위 장르로 떨어뜨려놓기는 곤란하다. 범죄소설은 추리소설의 한 유형으로 분류되는데, 추리소설의 전통이 희박한 한국에서 범죄소설의 외양 자체가 드물뿐더러, 추리소설이 가진 고유한 지적 유희도 대중적이지 않기 때문이다. 한국 추리소설의 명맥을 고려한다면, 범죄 사실 자체에 초점을 맞추는 범죄소설은 낯선 장르이다. 이런 상황에서 하층민 서사로서 범죄자의 이야기를 다루는 일은 추리소설, 범죄소설의 규범은 물론이거니와 글쓰기 상황 자체에 대한 이해의 수준에서도 쉽게 논의되기 힘들다. 따라서 『지구인』을 범죄와 추리의 이중적 의미의 범죄소설보다는 발휘되지 못한 하층민의 현실이 재구성되는 양식으로서의 범죄소설로 주목하는 것이 타당하다.

범죄소설은 부조리한 현실을 배경으로 범죄자와 사회 구조의 문제점을 접

---

31 고전적 추리소설과 달리, 이 글에서 참조하고 있는 20세기 초 미국 범죄-추리소설의 경우는 다양한 이름으로 불린다. 추리소설, 범죄소설, 하드보일드 소설 등의 용어가 혼재하고 있는데, 고전적 추리소설과 구분 지으며, 문체로서의 하드보일드 소설과도 구분하기 위해서는 범죄소설이라는 용어가 적절한 것으로 보인다. 이는 김용언, 『범죄소설』(강, 2012)의 논의를 따른 것이다. 그러나 범죄와 추리의 비중을 고려할 때는 범죄-추리소설이라는 용어 역시 잠정적으로 허용하는 것이 가능할 것이다. 이 논고에서는 용어의 혼란을 막기 위해 범죄소설이라는 용어를 잠정적으로 사용하고자 한다. 『지구인』에서는 추리소설의 탐정모티브는 찾아볼 수 없다는 점도 고려하였다.

합시킨 대중소설이다. 19세기의 고전적 추리소설이 근대사회의 합리성을 재현한 것처럼, 20세기의 범죄소설은 대중소설의 양식 속에서 현대사회의 변동을 다양한 방식으로 서사화한다. 특히 '하드보일드 추리소설'로도 불린 20세기 초의 범죄소설에는 자본주의 체제의 문제점을 유비적으로 서사화하여 여러 사회적 문화적 맥락들이 중층적으로 겹쳐진다.[32] '하드보일드'의 문체 특성 역시 범죄소설 텍스트 생산의 시공간적 맥락으로 거론된다. 이런 관점에서 당대의 사회상을 배경으로 하여 범죄소설의 의미를 발견하는 작업은 하층민 서사를 이해하는 데 유용하다.

1970년대 한국 사회로 시선을 돌려보자. 산업화가 한창 진행되며 자본주의의 질서 하에서 노동과 개인, 가족과 사회가 분절되고 파편화되는 현실은 그에 대응하는 탐색적 텍스트를 요구했다. 한국의 특수성 내에서 발생한 전 사회적인 변동을 고려한다면, 1970년대의 한국의 상황 범죄소설이 태동할 조건을 갖춘 셈이다. 외형적으로 엄격한 사회 질서가 요구되는 분위기 속에서 벌어진 극단적인 범죄는 대중서사의 내용으로 충분히 문제적이다. 범죄는 대중의 일상에 가장 인상 깊게 경험되는 사건 중 하나이다. 범죄라는 파열의 서사를 통해 대중은 1970년대의 시대 상황을 경험 세계의 차원에서 재인식한다. 최인호의 『지구인』은 이와 같은 조건 속에서 탄생했다.[33] 『지구

---

32 예컨대 대쉴 헤밋의 『몰타의 매』의 경우 금융자본의 허상이 붕괴되기 직전의 상황을 예언적으로 묘사한 것으로 재평가 된 바 있는데, 이 작품이 근 미래를 예측할 수 있었던 것은 범죄소설이 장르적 규범을 통해 현실을 긴밀하게 파악할 수 있었기 때문이었다. 또한 20세기 추리소설은 19세기 후반의 미국 문학의 감상주의적 전통이 이에 결합되어 있으며 남성성의 구현의 방식은 중세의 로망스 양식의 차용으로까지 읽힌다. Leonard Cassuto, 김재성 역, 『하드 보일드 센티멘털리티』, 뮤진트리, 2012, 23쪽; 계정민, 「계급, 남성성, 범죄-하드보일드 추리소설의 사회학」, 『영어영문학』 58(1), 한국영어영문학회, 2012; 신혜원, 「하드보일드 탐정소설의 장르적 특성 연구-레이먼드 챈들러의 『깊은 잠』」, 『미국학논집』 44(2), 한국아메리카학회, 2012 등의 논의 참조.

인』은 1974년 7월 25일 범인의 자살로 끝난 '이종대·문도석 칼빈소총강도' 사건을 통해 한국 사회의 질서를 역설적으로 보여준다.

소설의 모델이 된 소총강도 사건은 1970년대의 엄격한 질서 속에서 벌어졌다는 점에서 한국 사회에 큰 충격을 가했다. 총기 강도는 그 자체로 낯설 뿐 아니라, 가족을 살해하고 자살로 마무리된 사건은 매우 극적으로 전개되었기 때문이다. 이 사건이 소설로 성공하기 위해서는 서사의 초점은 사건 자체 외에도 범죄자와 그를 둘러싼 다양한 맥락에 초점을 맞추어야 한다. 그 맥락 중 하나는 범죄에 담긴 사회적 함의이다. 소설은 극단적인 범죄를 사회적 의미를 가진 사건으로 서사화할 때 대중의 공감과 정서 구조를 구축할 수 있다. 그리고 또 하나는 범죄자를 다루는 방식이다. 극악한 범죄자로서 주인공을 다룬다면 사회적 맥락과 접속할 지점을 찾기 어렵다. 또한 주인공을 범죄자의 범죄행위에만 초점을 맞춘다면, 사회 질서 속에서 은폐된 하층민으로서의 의미를 구성하는 것은 불가능할 것이다. 범죄를 저지르기 전, 주인공의 과거가 어떠했는지에 초점을 맞출 때, 『지구인』의 주인공은 범죄자이자, 한국 사회의 최하층을 경험한 하층민 주체로서의 의의를 갖는다. 『지구

---

33 『지구인』은 칼빈소총강도 사건이 벌어진 4년 뒤인 1977년 1월부터 1984년 12월까지 총 65회로 『문학사상』에 연재되었다. 『지구인』의 판본은 네 가지이다. 우선 『문학사상』의 연재분이 첫 번째이다. 연재 중 휴재가 빈번했는데, 1980년 12월에 휴재는 해외여행 때문이라고 밝힌 바 있다. 휴재가 가장 빈번했던 시기는 1984년으로, 이 시기의 내용은 월남전 참전 군인 윤 중사에 관한 서술이다. 1984년의 경우 3, 5, 8, 9월 등 총 4번 휴재했다. 휴재 이유는 특별히 밝힌 바 없지만 1988년 개정판 서문에서 언급한 '정부당국의 검열'과 관련 있는 듯하다. 개정판에 추가된 내용은 윤 중사의 자살로, 1984년의 휴재기간과 겹치는 것으로 보아 이때의 휴재는 검열이 원인이 되었을 것으로 추측된다. 『지구인』 단행본의 경우 연재가 완결되기 전, 예문관에서 그때까지의 연재분을 출간하였으며, 연재종료 후에는 중앙일보사에서 『지구인』 상·하 권으로 간행하였다. 이후 1988년에는 개정판이 동화출판공사에서 상·중·하 세 권으로 간행되었다. 그리고 2005년 소폭 수정한 문학동네 판이 존재한다. 이 글에서는 최초 단행본인 1980년 판을 중심으로 인용하되 1980년 이후의 연재분의 경우는 1988년 개정판을 인용했다.

인』이 서사화한 강도 이야기는 흥밋거리를 넘어서 한국 사회 전반에 걸친 문제를 함의하고 있었다.

주지하다시피 유신체제의 지배 이데올로기는 절대적이었다. 곳곳에 억압이 엄존한 1970년대의 질서란 법률 이상의 기율로 작용하는 것으로, 주체의 육체와 심성 모두를 자발적으로 복속하게 만드는 생체권력bio-power[34]의 특성을 가진다. 그러나 편재遍在적인 권력이 일상에서 인식되는 것은 권력의 이면에 존재하는 모순이 우연히 노출될 때이다. 절대적인 질서는 어느 순간 그 질서에 포함되지 못하는 예외적인 주체와 사건들을 통해 내적 모순을 노출시킨다. 이 사건의 중심에 선 하층민은 모순을 드러내는 매개인 셈이다.[35] 질서의 외부에 있는 극단적인 범죄 역시 사회 질서가 파열되는 순간을 드러낸다. 『지구인』의 모델이 된 칼빈소총강도는 전례를 찾기 어려울 정도로 충격적인 사건이었다. 이 사건이 소설, 영화, 드라마, 그리고 연극 등의 다양한 양식으로 재현되었다는 사실은 이 사건이 얼마나 강렬하게 대중의 기억에 각인되었는지를 증명한다.[36] 이 사건이 대중에게 남긴 인상은 사건의 잔혹

---

34 권력이 개인을 강제적인 집행으로 억압하는 것이 아니라, 권력의 속성을 내면화하면서 개인의 신체에까지 자발적인 종속과 통제를 가능하게 한다는 점에서 근대 권력은 생체권력의 특징을 지닌다. 이 용어는 Michel Foucault, 오생근 역, 『감시와 처벌』, 나남, 1994의 논의를 참조.
35 서발턴은 본질이 아니라 차이를 지시하는 개념이며, 서발턴적인 차이란 지배담론이 완전히 전유할 수 없는 것, 포획에 저항하는 타자성을 가리킨다. 김택현, 「다시, 서발턴은 누구/무엇인가?」, 『트리컨티넨탈리즘과 역사』, 울력, 2012 참조. 이런 점에서 1970년대의 예외적인 하층민의 존재는 서발턴의 주요 개념을 공유하는 것으로 상정가능하다.
36 이종대·문도석 강도 사건은 여러 서사로 변주되었다. 1970년대 방송드라마 〈수사반장〉에서 이 사건을 재현한 바 있으며, 『지구인』을 원작으로 한 영화 〈그들은 태양을 쏘았다〉(1981)가 이장호 감독에 의해 만들어졌다. 사건의 재현과는 다소 거리가 있지만 주인공의 이름과 총기강도 모티브, 그리고 몇몇 서사적 장치를 활용하여 만든 영화 〈개그맨〉(1988)의 경우도 이 사건과 연관된 서사적 계보를 이룬다 할 수 있다. 영화 〈개그맨〉의 경우, 주범은 이종대에서 그의 이복동생 이종세로 바꾸었으며, 문도석의 경우는 그대로 차용한다. 은행강도를 벌이고 무고한 시민을 우연히 살해하는 장면 등은 이종대, 문도석 강도사건에서 차용했음을 짐작할 수 있다.

함이기도 하지만, 근본적으로는 한국에서도 총기강도가 발생할 수 있다는 사실 자체에 있다. 강압적으로 통제되는 사회에서 벌어진 강도사건은 그 자체가 사회 질서의 빈틈을 환상적으로 제시한 것이다.

『지구인』은 칼빈소총강도를 처음 서사화한 사례이다. 작가 최인호는 주범 이종대의 이복동생 이종세와의 만남을 통해 『지구인』을 구상했다.[37] 최인호가 재현한 이종대, 이종세는 1960~70년대의 '밑바닥'을 두루 경험한 전형적인 하층민 서사의 주인공이다. 원체험으로서 하층민의 경험은 저널리즘 글쓰기의 단골 소재로, 다양한 양식 속에서 재현되며, 대중의 관심을 끌만한 이야기들을 만들어 냈다. 그러나 『지구인』은 사실성 구축과정에서 여타의 저널리즘 글쓰기와는 다른 위상에 놓인다. 사건 자체가 풍속적인 접근이 어려울 정도로 극단적이었기에 이 사건의 서사화는 저널리즘적 사실성과 소설적 상상력이 동시에 요구되었다. 범죄에 경악하고 이를 질정하는 논조는 공식적인 저널리즘 담론에서 공통되는 것으로 그 폭은 대체로 한정적일 수밖에 없었다.[38] 이 사건이 개별적이고 우연한 사건이 아니라는 추측은 저널리즘 기사가 아닌 곳에서 가능했다.

---

37 최인호는 1985년판 단행본 서문에서 주범 이종대의 이복동생 이종세를 우연히 만나 언론에서 밝혀진 내용 이면의 개인사적 이야기를 들었던 것이 소설 집필의 계기였다고 밝힌 바 있다. 소설의 내용에 허구적 상상력이 얼마나 개입되었는지는 알 수 없으나, 범죄의 기록 부분에서만큼은 당시 언론기사의 내용과 정확히 일치하고 있음을 볼 수 있다. 주인공 및 피해자의 이름이 실명인 것과 범죄의 디테일에서도 언론 보도와 어긋나는 부분은 없다. 다만 인질극 상황의 세부 내용은 언론에서의 내용과 상이한 부분이 있다.

38 당시의 언론은 이종대, 문도석을 악한(惡漢)으로 묘사한다. 아내와 자식까지 죽이고 자살한 결말에 대해 경악하고 비판하는 것이 주된 내용이다. 다만 『동아일보』 1974년 7월 29일 6면 기사에서는 이종대와 문도석의 일대기를 간략히 정리하고 있는데, 이 기사에서는 가난한 어린 시절이 탈선의 계기가 되었다고 말함으로써 이들의 범죄에도 사회적인 책임을 묻는 듯한 어조를 담고 있다는 점이 다른 보도 기사와는 차이점을 보인다. 그러나 대부분의 기사는 원인을 따지기보다는 극단적인 결말에 초점을 맞추면서 치안의 당부로 끝을 맺는 것이 일반적이었다.

범인이 설마 처음부터 범행으로 생계를 유지하려 들지는 않았을 것이다. 열심히 일하려 해도 일자리가 없었든지, 변변히 배운 것도 없겠다 아무리 죽도록 일해봤댔 자 입에 풀칠하기도 어려웠든지 했을 건 뻔한 일이다. 게다가 우리 사회엔 물욕이 부채질하는 요소가 너무나 많다. (…중략…) 그런데도 이번 사건에 유독 우리가 몸서리쳐지는 충격을 금할 수 없음은 처자식까지 죽인 비정성인데 여기에도 간단 하게 극악무도하다고만 단정할 수 없는 우리 사회의 부조리는 있다고 본다.[39]

박완서는 살인강도의 최후의 모습을 보고 한국의 현실을 떠올린다. 사회 의 부조리와 모순이 살인강도라는 극단적인 형태로 표출되었으리라는 결론 은 강도의 유서에 담긴 뜻밖의 부정父情에 정서적으로 공감한 흔적이다.[40] 하 지만 반응은 작가의 에세이에 머물렀다. 동정과 추측을 넘어서 한국 사회의 문제점과 끔찍한 범죄를 연결하는 고찰이 이루어지기는 힘든 것이 당시 현 실이었다.

여기에 최인호는 적극적인 취재를 통해 기존 언론보도나 감상적 추측으로 는 알 수 없는 새로운 사실을 발견하고 소설적 상상력을 통해 사건을 재구성

---

39 박완서, 「비정」, 『꼴찌에게 보내는 갈채』, 평민사, 1977, 90~91쪽.
40 이종대가 처자를 살해하고 스스로 목숨을 끊은 현장에 유서가 발견되었는데 내용은 의외로 인간 적이었다. 아버지에 대한 원망과 가난에 대한 분노와 좌절, 그리고 자식을 쏘는 순간에도 남아 있던 부정(父情)의 비애감이 유서에 담겨 있었다. "우리 네 식구를 한 묘에 묻어주세요. 태양 엄마의 마지막 소원입니다. 이 유서를 묵살하는 자는 죽어서 복수하겠습니다. 아버지를 늘 원망 했습니다. 저는 무능한 아버지가 돼 이렇게 최후를 마쳤습니다. 저세상에 가서 가정을 이루럽니 다. 빈부의 격차가 없는 사회는 어디일까. 태양아, 큰별아 미안하다. 여보, 당신도 용감했소. 영리 한 태양, 착한 큰별아. 아빠를 용서해줘. 너희들 뒤따라간다. 황천에 가서 집 마련해서 호화스럽 게 살자. 냉혹한 세상에 미련 없다. 이정수 씨 가족에겐 더욱 미안합니다. 애초에는 살해할 목적 이 아니었는데 심한 반항 때문에 공범이 당황, 저질러 숨긴 것입니다. 이로 인해 피해자와 죄 없는 시민에게 대단히 죄송합니다. 우리를 사랑해 준 모든 분께 정말 면목 없습니다. 최선을 다해본 우리는 후회하지 않습니다"(『경향신문』, 1974.7.27) 등의 구절이 언론을 통해 알려졌을 때 사람들은 범죄와 무관하게 정서적으로 반응했을 것이다.

한다. 이복동생 이종세를 등장시켜 범죄 이전에 겪은 혹독한 현실을 범죄사실과 접목시켰으며, 이를 기본 얼개로 삼아 강도사건의 기원으로 향한다. 그리고 그 과정에서 각 인물의 내면을 형성하고 사건과의 인과성을 고찰하는 데까지 나아간다. 소설의 결말에 이르러 범죄를 일으켰던 직·간접적인 원인이 해결되지 않았음이 밝혀지면서『지구인』은 경악과 동정을 넘어 새로운 주제의식을 드러낸다.

『지구인』에서 범죄 사건은 대개 하층의 조건과 연결된다. 전후의 가난과 소외, 그리고 광산과 서커스와 같은 최하층 노동의 현장 등은 분명히 실재하지만 공식적 구조 속에서 언급되기 힘든 것들이다. 이는 월남전 참전 군인의 경우도 마찬가지이다. 월남전의 이데올로기 이면에는 전쟁의 트라우마를 겪고 내면이 파괴당한 '상이군인'이 존재하지만, 아무도 이들을 주목하지 않았으며 그들의 목소리는 재현될 만한 양식을 얻기 힘들었다.『지구인』의 범죄자의 이야기는 은폐된 하층민의 체험과 함께 전개된다.『지구인』은 이종대, 이종세 두 하층민의 서사를 교차시키면서 범죄의 기원을 향해 현실적으로 접근한 작품이다. 무엇이 일어났는지가 아니라 왜 일어났는지를 따지는 것, 그것이 범죄자-하층민 서사 양식의 조건이었다.

1) 악의 본성과 권력의 서사

『지구인』은 주인공 이종대의 세 번의 범죄와 이종세의 과거를 병치시키는 구성으로 이루어져 있다. 고향을 떠나 종대는 미군부대 군속으로, 종세는 서커스 단원이 되어 전후의 비참한 현실을 체험한다. 이때 종대의 범죄행위는 비교적 상세하게 묘사된다. 종세의 이력이 상상력에 의존한 것과 달리 종대의 범죄는 분명한 기록에 근거하므로 사건을 사실적으로 재현하기는 비교적 수월했다. 그런데 상세한 재현에도 불구하고 서술의 표면에서 범죄의 기원을 발견하기는 어렵다. 박완서가 보여준 평범한 동정과 추측과는 다르게, 소설은 사건자체의 긴박감과 흥미로써 서술된다. 『지구인』은 결말이 널리 알려진 사건을 소재로 삼았던 만큼,[41] 흡인력 높은 문체의 중요성은 더욱 커졌다. 범죄소설에 대한 기대에 맞게 『지구인』은 짧고 간결한 문장을 통해 긴장감을 고조시킨다. 이때 서술은 대중의 통속적인 정서적 공감 대신 범죄 자체의 본질적 성격에 대한 고찰로 옮겨간다. 종대의 범죄는 사회적 원인이나 개인적 트라우마 같은 원인을 가지는 파국이 아니다. 오히려 전경화되는 것은 종대의 범죄를 통해 범죄 자체의 근원적 악마성이다.

순간적으로 생전 처음 권총을 쥔 그의 손바닥에 가득 찬 충일감을 종대는 쾌감처럼 느껴 받았다. 권총과의 최초의 악수였다. 이 악마와의 악수에서 종대는 운명적인 암시를 받았다.[42]

어쩔 수 없이 마이클에게서 권총을 빼앗은 뒤 결국 악마와 최초로 계약을 맺어 영원히 총을 분신으로 일생을 마칠 것처럼 앞뒤 가릴 것 없이 떠오른 찰나의 충동으로 사고하느니보다는 행동으로, 회의하느니보다는 실천으로 일생을 점철해온 종대의 첫 번째 발짝이었다.[43]

---

41 『지구인』에는 종대와 종세를 초점인물로 번갈아가며 서술된 16개의 서사 단위가 있다. 각 부분들은 연재당시와 1980·1985년의 단행본에서는 장의 제목이 없이 전체 3부로만 구성된다. 그러나 1988년 개정판에서는 각 부분은 장의 제목을 달고 나온다. 첫 번째 장의 제목은 「꿈」이다. 가족을 살해한 후 자살한 이종대가 남긴 인간적인 유서의 내용은 당시 독자들에게도 새로운 사실은 아닐 것이다.
42 최인호, 『지구인』 2, 예문관, 1980, 139쪽.

훗날 종대가 무슨 일서든 사고하느니보다는 행동으로, 인간끼리의 약속, 법질서, 구속, 그러한 일상적인 것에 안주하지 못하고 신경질적인 반응으로 보일 때만 생존할 수 있었던 것은 자신의 생을 주관하는 악마의 위치에서 자신을 관조했기 때문이었다.[44]

종대는 미군에게 위협당하는 영숙을 돕기 위해 총을 드는 장면에서 종대와 영숙의 관계보다 범죄의 성격을 더 강하게 부각한다. "악마와의 악수", "운명", "악마와 최초로 계약" 등의 어휘를 통해 종대의 범죄에서 운명적인 악, 악마성을 발견하는 것이다. 종대의 초월적인 '느낌'이 부각될 경우, 소설 전체 서사의 사실성과 인과성은 약해질 수밖에 없다. 그럼에도 작가는 이 순간의 악마적 행위를 소설 전체의 주제로 비약시킨다. 그 과정에서 선택된 핵심 주제가 근본적인 '악'으로서의 범죄이다.

범죄는 그의 허기를 달래는 유일한 탈출구였다. 그는 돈 때문에 약방 주인의 얼굴을 구둣발로 짓밟고, 돈 때문에 가게 주인의 머리를 각목으로 후려치지 않았던가. 그에겐 살아있음을 자신에게 확인시켜줄 자극이 필요할 뿐이었다. 이미 악마와 계약을 맺은 후였으므로 양심의 가책 따위는 느껴지질 않았다. 그는 악마가 시키는 대로 행동할 뿐이었다. 그는 악마의 하수인이었다.[45]

감옥에서 탈옥한 후 모의 권총으로 강도를 저지른 두 번째 범죄 역시 애초

---

43   위의 책, 157쪽.
44   위의 책, 157~158쪽.
45   최인호, 『지구인』 중, 동화출판공사, 1988, 583쪽.

의 악이라는 초월적 운명의 결과로 설명된다. 첫 번째 범죄에 비한다면, 탈옥의 과정이나 무자비한 강도행위는 심리적 기원도 찾기 어려울 만큼 돌출적이다. '허기' 같은 모호한 표현은 사건을 논리적으로 의미화하지 못한다. 자신의 악마성에 의해 범죄를 저지른다는 환원론의 함정은 범죄 주위의 사회 조건에 대한 이해를 어렵게 만들 가능성이 크다. 뿐만 아니라 사건 사이에 드러나는 인물의 인간적 면모와도 배치되면서 서사의 핍진성마저도 저해한다. 출소 후 종대는 가정을 이루지만 직장을 찾지 못하고서 다시 범죄의 세계에 빠져든다는 것인데, 종대의 악마적 속성과 출소 이후의 인간적 면모는 상충된다.

아들은 그가 가진 단 하나의 태양이었다. 어린 시절을 불우하게 지낸 그에게 아들은 그가 지내온 어린 시절의 분신 그 자체였다. 그는 그가 걸어 온 고통의 비애를 아들에게만은 물려주고 싶지 않았다. 그는 아들에게 평화로운 시대와 풍족한 삶과, 무엇보다도 부모의 따뜻한 사랑을 마음껏 베풀어주고 싶었다.[46]

이때 종대는 자신의 불행을 인지하며 부성애를 지닌 상식적인 인물이다. 아내의 병원비를 마련하기 위해 강도짓을 결심하는 모습에서 '절대악'의 영향을 발견하기는 어렵다. 사람은 죽이지 않겠다고 다짐하는 장면[47]에서 보듯이, 종대의 서사 일부에는 인간적 내면이 더 강하게 부각된다.

그럼에도 소설의 첫 장면부터 등장한 악의 주제는 소설 전체를 지배한다. 이는 범죄와 단절하고 종교에 귀의한 종세의 서사와 비교하면 더욱 뚜렷하

---

46 최인호, 『지구인』 하, 동화출판공사, 1988, 873쪽.
47 위의 책, 861쪽.

다. 가책 없이 살인을 저지른 종대와 범죄 속에서 성찰과 구원으로 나아간 종세의 대비를 통해 악마성은 『지구인』의 핵심 주제로 강조된다. 하지만 범죄를 재구성하지만 범죄의 사회적 성격을 몰각시키는 『지구인』은 범죄소설의 전형적 유형과는 거리가 멀어 보인다.[48] 문제는 종대의 범죄가 『지구인』이 묘사한대로 보편적이며 본질적인 악인가 하는 점이다. 작가는 사회성의 맥락을 삭제함으로써 범죄의 악마성을 인물의 고유한 성격으로 승화시킨다. 합리적으로 설명되지도, 사회적으로 제어되지도 않는 종대의 악마성은 원형적 성격으로까지도 격상시켰다. 이때 범죄자의 평범한 일상이 전경화되면서 근원적 악마성과 연결된다. 극악한 범죄자의 일상이 지극히 평범할 수 있다는 사실은 '악의 평범성'의 조건이 된다.[49] 다시 말해 악이 일상적이라는 사실을 1970년대 한국 사회가 체험한 셈이다.

사회의 질서가 평범한 악에 의해 위협받을 수 있다는 공포는 사회를 지배하는 또 하나의 기제이다. 이종대와 같은 악마성은 일상 속에서 돌출되는 방식이 아니고서는 재현되지 않는다는 사실, 그럼에도 그것을 예측할 수 없다는 사실은 사회 전반을 지배하는 공포의 기제이다.[50] 악이란 개별적 기원이

---

48 20세기 초 미국의 하드보일드 범죄소설의 일반적인 패턴은 범죄자를 찾아 정죄하고도 그것이 사회정의로 실현되지 않는다는 사실을 암시함으로서 범죄의 사회성을 부각시키는 효과를 거둔다. Leonard Cassuto, 김재성 역, 앞의 책, 2012 참조. 하지만 『지구인』의 표면적 서사에서는 이러한 사회성이 희석되어 있다. 1970년대 한국 사회의 어떤 부조리한 점이 범죄와 연관되었는가 명시적으로 드러나지 않은 서사 구조는 전형적인 형식의 범죄소설과는 구분되는 지점이다. 물론 『지구인』이 전적으로 사회성을 몰각한 것이 아니라는 점은 이 글의 후반부에서 논구할 것이다.

49 한나 아렌트에 따르면, 아이히만과 같이 반인륜적 악의 경우도, 자신의 삶에 충실한 인간의 외형을 하고 있다. 이들의 순전한 무사고(sheer thoughtlessness)는 악의 평범성(banality of evil)의 전제조건 중 하나이다. Hannah Arendt, 김선욱 역, 「에필로그」, 『예루살렘의 아이히만』, 한길사, 2006 참조.

50 인간이 느끼는 공포는 일차적인 신체의 위협을 넘어서서, 경험하지 못한 것에 대한 상상적인 착각에 의한 공포를 포함한다. 이 공포는 문명의 이면에 존재하면서 언제 어떻게 발생할지 모르

없는 대신 편재적이라는 사실은 억압적 사회 질서 속에서 대중들인 직면한 실질적인 공포이다. 종대는 범죄를 통해 이를 증명한 행위자이자, 악의 화신 이었다.

따라서 종대의 범죄는 추상적인 수준에서 해석될 수 있다. 종대가 저지른 악과 공포가 편재적인 만큼, 이를 해결하고 제어하는 것은 선善, the good을 독점한 (초)국가적 권력에 의해서만 가능하다.[51] 달리 말하면, 악의 경험은 이에 대응하는 권력의 속성을 상상하게 만든다고 할 수 있다. 그런데 사회적 공포가 다양한 가능성으로 제시되기는 하지만 실제로 경험하는 일은 드물다. 따라서 공포는 권력의 담론 내에서만 존재하는 것으로, 허상인 동시에 실질적인 힘을 발휘하는 실재the Real적 존재이다. 작가는 바로 이 지점에 의문을 제기한다. 강력한 억압과 통제 속에서도 범죄는 일어날 수밖에 없다는 사실을 보여줌으로써 체제의 취약성을 상상하게 만든다. 이는 『지구인』이 일반적인 범죄소설과 차이점이다. 『지구인』의 범죄는 가난과 성격적 결함과 같은 개인의 문제를 제기하는 대신 상상적 비판을 추동한다는 점에서 소재의 차원을 넘어 사회 문제로까지 확장될 수 있다.[52]

종대의 범죄에서 권력을 상기시키는 서사 장치는 '총'이다. 총은 사건을 극단화한 단초이며, 그 자체로 강력한 상징성을 지닌다. 그런데 『지구인』 내

며, 그로 인해 근대문명 전체를 붕괴시킬지도 모른다는 공포이다. Zygmunt Bauman, 함규진 역, 「서론」, 『유동하는 공포』, 산책자, 2009 참조.

51 위의 책, 제5장 참조.
52 『지구인』에서 1970년대 상황에 대한 직접적 비판은 찾아보기 힘들다. 월남전 참전군인의 이야기가 가장 현실비판적이다. 그러나 이마저도 '기관'으로부터 압력을 받는다. 판본 비교를 통해 삭제된 부분은 윤 중사의 자살 장면임을 알 수 있다. 개정판에 추가된 내용은 월남전에서 한쪽 팔을 잃은 윤 중사가 자살하는 장면과 종세가 종대의 죽음을 애도하고 그의 영혼을 구원해달라는 기도를 올리는 마지막 장면이다. 참전군인의 자살은 물론, 범죄자를 애도하는 장면 등은 당시 허락되지 않았다.

에서 총은 다시금 종대의 성격을 드러내는 매개물이 된다. 종대는 총을 통해 범죄와 악의 주체성을 확인한다.

> 순간석으로 생전 처음 권총을 쥔 그의 손바닥에 가득 찬 충일감을 종대는 쾌감처럼 느껴 받았다. 권총과의 최초의 악수였다. 이 악마와의 악수에서 종대는 운명적인 암시를 받았다. 살인은 별것이 아니다. 손가락 하나에 달려 있다. 살인과의 엄격한 계약 앞에 종대는 무릎 꿇고 경배를 드렸다. 그는 비로소 죽음과 악수했으며 악의 제자가 되었다. 피도 끓어오르지 않았다. 그저 싸늘했다. 엉겁결에 쥔 총신. 그 금속성의 비정한 침묵과 비릿한 냄새를 종대는 하나를 가르쳐주면 동시에 사물의 본질까지 꿰뚫어볼 수 있는 머리 좋은 아이처럼 한꺼번에 터득했다. 종대는 총구를 마이클의 가슴에 들이댔다. 그것은 절대였다. 그 이상의 법은 존재하지 않았다.[53]

인용에서 보듯 총은 절대적인 위력을 가지고 있으며, 종대는 총을 쥐는 순간 그 힘의 본질을 알아차린다. 초월적인 절대성을 상기시키며, 그곳에서 희망을 투사하고 현실을 몰각시킨다는 점에서 총은 물신의 대상이다.[54] 종대는 총의 물신적 가치와 절대적 가치를 주저 없이 받아들인 것이다.

이에 따라 총은 두 방향에서 종대의 서사를 이끈다. 첫째로 총은 종대의 운명을 결정짓는다. "어쩔 수 없이 마이클에게서 권총을 빼앗은 뒤 결국 악마와 최초로 계약을 맺어 영원히 총을 분신으로 일생을 마칠 것처럼 앞뒤 가릴 것 없이 떠오른 찰나의 충동으로, 사고하느니보다는 행동으로, 회의하느

---

53 최인호, 『지구인』 2, 앞의 책, 139~140쪽.
54 물신의 개념과 관련하여 벤야민의 상품의 물신적 성격에 관한 개념을 참고함. Susan Buck-Morss, 김정아 역, 『발터 벤야민과 아케이드 프로젝트』, 문학동네, 2004, 3부 참조.

니보다는 실천으로 일생을 점철해온 종대의 첫 번째 발짝이었다"[55]라고 말했듯, 종대에게 총은 삶의 유력한 방편이었다. 악을 실천하는 주체라면 총의 상징성은 절대적인 것이 된다.

권총은 지구의처럼 무거웠다. 그가 발을 디디고 서 있는 지구를 떠받쳐 올리는 지렛대처럼 권총은 마법의 공간(槓杆)이었다. 이미 이 불가사의한 권총은 종대를 두 번의 위기에서 구해주었다. (…중략…) 그것은 종대에게 절체절명의 위기에서 막강한 힘을 보여주었다. 이것 없었다면 나는 생명을 잃었을 것이다. 이것이야말로 내가 가진 두텁고 견고한 방패이며 보호막인 것이다.[56]

총이란 세계를 들어 올릴 수 있는 공간槓杆, 지렛대이다. 종대는 총을 통해 세계를 인식하며, 세계와의 갈등을 지속시킨다. '보호막'이면서 '방패'라는 말에서 보듯, 종대의 권총은 범죄와 악의 근본이기 이전에 이미 서사 내의 인물성을 규정하는 근거가 된다. 총은 "일종의 부적 같은 것"[57]으로 악마와 계약을 맺은 종대에게 총은 자신의 존재를 증명하는 수단이다.

둘째로 총은 권력의 서사를 이끈다. 종대는 총을 통해 종속과 지배 관계에 대한 인식에 이른다. 즉 타인을 지배하는 도구인 총을 활용한 범죄는 권력관계를 현실로 만드는 행위임을 깨닫는다. 『지구인』에서 총은 범죄의 근거이자, 상상적 층위에서 권력 관계를 드러내는 기호가 된 것이다. 기호로서의 총은 모의권총일지라도 실제 총과 동일한 힘을 발휘할 수 있다. 총에 대한 상상

---

55 최인호, 『지구인』 2, 앞의 책, 157쪽.
56 위의 책, 188~189쪽.
57 최인호, 『지구인』 하, 앞의 책, 807쪽.

과 공포가 있다면 총은 실체와 상관없이 지배적 권력을 발휘하기 때문이다. 이러한 총의 힘은 사회적 수준의 권력구조를 이해하는 데 단초를 제공한다.

권총은 절대의 힘을 가지고 있었다. 세 번째의 시도는 전혀 뜻밖의 사건을 미해 결인 채로 끝나고 말았다. 자신의 목숨을 끊으려는 행동은 완전히 타인의 제지로 끝나고 만 셈이었다. 이제 나는 권총을 흉내 낸 장난감을 사용했다. 인간의 미덕과 양심은 바로 모의에 불과한 것이 아닐까. 법과 질서와 권력과 명예는 실제처럼 교묘히 만든 모형에 불과한 것이다.[58]

종대는 세상의 법과 도덕, 그리고 양심에 대해 의문을 제기한다. 그와 같은 기제는 총과 마찬가지로 '모의', 혹은 허상으로써 사회를 기만하고 지배하는 것이 아닌가. 모의권총으로 타인을 제압했던 것과 같이 상상적 관계를 만들어 이를 통해 대중을 통제하는 것이 권력이 아닌가, 종대는 묻는다. 이 세상의 질서 속에서 인간의 행위는 항상 지배와 피지배의 관계로 환원된다. 그런 점에서 종대의 범죄는 권력을 해체시키는 '절대적 타자'의 사건이다.[59] 종대는 범죄를 통해 이 관계를 고스란히 재현했다. 그러나 동시에 그의 범죄는 권력의 모순을 폭로하고 종국에는 지배체제의 파열을 꿈꾸었기 때문이다.

따라서 종대의 범죄에 대한 이끌림은 권력의 층위에서부터 먼저 폭발력을 가진다. 그의 범죄가 거듭될수록 문제가 되는 것은 세상의 모순된 질서이다.

총은 보다 많은 대가와 보다 큰 보상을 받기 위한 필수불가결의 도구였다. 첫

---

58 최인호, 『지구인』 중, 동화출판공사, 1988, 571쪽.
59 김택현, 앞의 책, 126쪽.

번째 범행 때도 총이 있었다면 그처럼 조심스럽게 범행을 모의하고 그처럼 성급하게 일을 해치우진 않았을 것이다. 총이 있었다면 그들은 더욱 과감하고 신중하게 범행을 모의하여 진행하고 더 많은 돈을 탈취할 수 있었을 것이다. 총에 대한 욕심은 종대에겐 절대적이었다. 이미 종대는 악마의 도구인 총과 서너 차례 악수를 한 셈이었다. 이미 과거의 경험으로 종대는 총의 위력과 그 절대의 권력을 충분히 알고 있었다. 총은 단순한 도구뿐 아니라 잡은 자의 법이며, 겨눈 자의 길이었다. 총은 인간의 의지와 용기를 극대화시키며, 이미 겨누어진 순간 총의 구멍은 겨누어진 목적 이상의 신비스런 힘과 환상적인 꿈을 그것을 소유한 자에게 불어넣는 것이다. 총을 쥐는 순간 그 사람은 이미 타인의 생과 사를 주관하는 신 그 자체가 돼버리는 것이다. 총을 쥐는 순간 인간은 무릎을 꿇는다. 인간에게 무릎을 꿇는 것이 아니라 그 자그마한 총구 앞에 인간은 무릎을 꿇고 애원하는 것이다.[60]

위의 인용은 범죄에 사용된 총의 성격인 동시에 권력의 일반적 속성이다. 권력-총은 신이나 악마와 같은 절대적인 존재이면서 내면과 외면을 모두 충족시킬 수 있는 가치의 기원이다. 총으로 상징되는 권력의지로써 모든 인간관계를 이해하는 이상, 종대의 범죄는 여타의 권력과 마찬가지로 정당하다. 총에 희생당한 자가 총으로써 보상받는 모순은 지배와 피지배의 관계로서 형성된 권력의 속성을 가장 잘 드러낸다. 모두가 권력의 희생자인 만큼, 권력으로부터 보상을 받기 위해 범죄는 보편적이며 정당해야 한다는 모순된 논리를 종대의 총이 증명한 셈이다.

범죄의 서사 사이에 개입된 총에 대한 인식을 통해 독자는 권력의 지배 관

60　최인호, 『지구인』 하, 앞의 책, 886~887쪽.

계를 상상한다. 종대의 범죄는 극악무도할지라도, 총이라는 권력관계를 충실히 재현한 종대의 서사는 사회체제에 대한 비판적 인식으로 발전할 수 있었다. '신비스러운 힘과 환상적인 꿈'은 총과 더불어 권력의 속성이기 때문이다.

악의 화신인 듯 보이는 종대를 통해 독자는 권력에 대한 이해로 나아간다. 비가시적인 공포로써 통제하는 총-권력의 힘에는 상상에 기초한 기망欺罔의 속성이 내재해있다. 이 공통점으로 인해 소총강도와 권력 행위는 본질적으로 다르지 않다. 종대의 총의 서사는 이 사실을 일깨우며 비판적 인식을 전개시킨다. 서사 상의 한계에도 불구하고 종대의 내면은 이와 같은 비판적 인식의 공간으로 전화됨으로써 범죄소설 특유의 역할을 이어받는다.

2) 권력의 희생자로서의 하층민 서사

(1) 불구로서의 하층민 삶의 양식

『지구인』에는 종대의 범죄 서사 외에도 종세를 중심으로 하층민 서사가 전개된다. 종세와 그 주변 인물은 1970년대 한국 사회의 전형적인 하층민으로 최하층의 '밑바닥'에서 삶을 소진하는 인물들이다. 『지구인』에서 종대 못지않게 종세의 서사가 중심에 배치된 것은 하층민이 사회의 구조적 모순 속에 놓여 있기 때문이다. 특히 하층민은 권력의 희생자이지만, 자신의 목소리를 낼 수 없는 존재들이다. 이 때문에 범죄서사와 함께 하층민 서사가 병치되어 『지구인』의 비판적 인식의 내적 근거를 이룬다. 희생자로서의 하층민의 대표적인 인물은 서커스단원 박 씨이다. 권총 자살로 삶을 마감하기까지 박 씨는 철저히 타자로 소외된 삶을 살았다. 박 씨는 종대와 달리 총으로써 세상에 맞서지 못하고, 세상으로부터 도피한다. 종대가 범죄로써 권력관계를 재생산 한 것과는 달리 박 씨는 끝내 권력에서 희생되고 낙오한 인물이다. 이 차이는 총에 대한 태도의 차이에서 비롯되었다.

> 그것은 권총이었다. 한 손으로 들기에는 무거운 권총은 반질반질 윤이 흐르고 있었고 보기만 해도 겁이 날 정도로 차디찬 이빨을 드러내고 있었다. 종세는 본능적으로 권총을 내려놓고 주위를 살펴보았다. [61]

종세 주변의 인물들이 그러하듯, 박 씨는 권력과 힘을 상상하지 못한다. 그리고 결국에는 총의 힘에 굴복당하고 희생되어 사라진다. 총의 세계를 거부한 박 씨에게 남겨진 것은 권총 자살이었다. 이처럼 총-권력은 항상 희생자를 요구한다. 박 씨는 "빨갱이를 천 명 이상도 넘게"[62] 죽인 전쟁영웅으로 떠받들어 지지만 전쟁이 그에게 외상trauma을 남겼다. 종대처럼 한때 폭력의 중심에 있었던 박 씨가 권력으로부터 희생당하는 양상은 종대의 범죄와 짝패double를 이룬다.[63] 권력은 그 힘을 실천하고 유지시키기 위해서 폭력적인 방식으로 적절한 희생자를 구한다. 박 씨의 아이러니는 그가 권력의 행위자인 동시에 희생자라는 점이다. 박 씨의 자살은 세계와의 적극적인 대결이 아

---

61 최인호, 『지구인』 1, 앞의 책, 306쪽.
62 위의 책, 308쪽.
63 지라르의 분석에 따르면 욕망의 주체는 항상 욕망의 매개자이자 대상을 가지는데, 둘의 관계를 짝패(double)라 부를 수 있다. 둘의 관계는 욕망의 근원이자 금지의 모순 속에서 폭력을 발생시키는데, 공동체의 유지를 위해서 폭력이 전이된다. 지라르는 전이된 폭력의 대상을 희생양이라 정의한다. René Girard, 김진식 역, 『폭력과 성스러움』, 민음사, 1992, 제3장 참조.

니기에 권력의 구조에 영향을 미칠 수 없는 가짜 구원의 한계에 머문다. 욕망의 해방인 듯 보이지만 실은 욕망의 구조적 실천에 지니지 않는다는 점에서 박 씨의 자살은 구원과 몰락을 동시에 겪는 아이러니를 벗어날 수 없다.

이와 같은 아이러니는 1970년대 국가권력과 유사하다. 『지구인』은 범죄 서사를 통해 권력의 폭력적 힘을 폭로하지만, 한편으로는 희생자의 서사를 동시에 드러낸다. 전자가 기록을 통해 기본적인 사실성을 추구하는 것에 비한다면, 희생자의 서사는 종세를 중심으로 허구적으로 구성된다.[64] 종세는 서커스단에서 권력으로부터 자유로울 수 없는 하층의 삶을 경험했다.[65] 그곳에서 만난 박 씨는 하층민의 삶을 전형적으로 보여주는 인물이다. 권력의 희생자로서 하층민의 삶을 살아가지만 그 지향이 무엇인지를 분명히 제시하는 이가 박 씨이다. 그는 전쟁영웅을 포기하고 여자 불춤꾼 박정자로 살아간다. 그에게 불이란 생명의 잉태를 꿈꾸게 하고 남성의 살육공간에서 벗어나게 해주는 도구이다.

> "남자들은 싸우니까, 서로 죽이니까."
>
> "여자들도 싸우는 걸요."
>
> "죽이지는 않는다. 그리고 여자들은 애를 낳을 수 있지 않니."
>
> "누구의 애냐고?"

---

[64] 1974년 당시의 보도에 종세는 등장하지 않는다. 당시 실제 사건에서는 인질극 현장에 등장한 외부인은 종대의 어머니이다. 종대를 설득하기 위해 어머니까지 불러 왔으나 설득에 실패했다고 신문기사는 전한다. 그러나 『지구인』에서는 어머니의 존재는 언급되지 않고, 대신 이종세가 종대와 대화하는 것으로 그려졌다.

[65] 『부초』에서 보듯, 서커스는 나름의 역사적 연원을 가지고 있긴 하지만 공권력과 지역사회의 관습에서 모두 배척당하면서도 저항하지 못하는 이들로 묘사된다. 『부초』와 함께 『지구인』에서도 이와 같은 애상(哀傷)적 감성이 전제된다.

박 씨는 목쉰 소리로 웃었다. "불의 아이를 낳고 싶다."[66]

그러나 박 씨의 꿈은 결코 실현될 수 없다. 그 좌절만큼 그의 육체는 권력 지배의 모순과 갈등이 외화된 불구의 육체이기 때문이다. 박 씨는 마약중독 자이면서 여성으로 살아가는 도착적 육체에 갇힌 인물이다. 그리고 박 씨의 여성적 욕망은 불구성 내에서만 존재할 수 있다. 이와 같은 불구의 상황은 실은 서커스 단원들, 그리고 하층민 모두에 해당하는 것이다.

입으로 불을 하나씩 끄고 나면 음악이 멎고 박 씨의 불춤이 끝나곤 했다. 분장실로 돌아오는 박 씨의 온몸은 불기운에 적당히 익어 있었다. 이미 젖가슴에서 솜뭉치를 벗겨 내릴 기운조차 없어서 박 씨는 물끄러미 바라보고 있는 종세에게 마른 입술을 핥으며 가발을 벗겨 달라고 부탁하곤 했다. 그의 온몸에서 생명을 일으키는 불이란 불은 모두 빠져나간 것이라고 종세는 생각했다. 어디 박 씨뿐이랴. 곡마단의 모든 사람들은 햇볕 속에 바로 서면 초라하고 밀짚모자에 두른 낡은 필름 테처럼 이상하고 어색했다. 그들은 땅 위에 발을 내리고 서 있으면 모두 이 세상 사람 같이 보이지 않았다.[67]

정상적인 질서로부터 소외된 이들에게 목숨을 건 곡예야말로 삶의 원동력이다. 서커스는 일상의 질서와 규제가 정반대의 모습으로 반전된 공간이다. 그리고 서커스 단원들은 이 전도된 가치로서 삶을 영위하는 반사회적-비사회적 인물들이다. 권력의 현상적 질서 하에 있으면서도 그 질서가 전도된 내

---

66 최인호, 『지구인』 1, 앞의 책, 274쪽.
67 위의 책, 281쪽.

적 질서 속에서만 살아가는 상황, 즉 권력의 예외적인 상태의 존재가 서커스단과 같은 하층민이다.

비정상적인 불구자로서의 하층민은 이외에도 여럿 등장한다. 범죄로 삶을 영위한 종대가 그러하며, 금광 막장, 소매치기, 그리고 용병으로 참전한 월남전 등의 상황이 모두 이에 해당한다. 이 공간에서 하층민은 예외적인 정상성을 꿈꾸지만 실제 현실의 스크린에 투영된 모습은 박 씨처럼 도착적인 왜상歪像으로밖에는 보이지 않는다.[68] 마약중독자, 복장도착자, 혹은 성정체성 혼란자, 상이군인 등이 외부의 시선에서 포착된 모습이다. 박 씨는 스스로의 의지로 삶을 파괴한 듯 보이지만, 실은 전쟁과 같은 남성적 지배 권력이 내면에서부터 그를 파괴한 것이다. 하층민으로 전락한 희생자는 근대 질서에 미달하는 불구-비정상의 상태로 보인다. 그러나 그들이 왜곡되고 기괴해 보일수록 지배권력의 윤곽도 더 선명해진다.

(2) 도착된 질서와 저항

하층민은 때로는 희생이 아니라 저항의 방식으로 권력에 대응하기도 한다. 희생자로서의 하층민은 불구자의 서사에서 상상적인 저항과 왜곡된 구원을 지향했다면, 종대의 서사에서는 권력의 억압에 맞서는 저항적 의미를 가진다.[69] 이때 범죄자-하층민의 내면은 죄책감 대신 권력에 대응하는 저항의 주체로 전환된다. 이 내면은 독자 수용에서 차별적이다. 박 씨의 경우, 화

---

68 Slavoj Žižek, 김소연·유재희 역, 『삐딱하게 보기』, 시각과언어, 1995, 제5장 참조.
69 민중의 개념과 별개로, 서발턴 개념에는 "지배 담론이 완전히 전유할 수 없는 것, 포획에 저항하는 타자성"의 속성이 포함된다.(김택현, 앞의 책, 116~121쪽) 이 글에서 서발턴을 포괄하여 하층민이라는 용어를 쓴 것도 이런 속성을 전유하기 위해서이다.

자는 비극적 몰락을 동정적으로 서술한다. 그러나 종대의 경우는 스스로 범죄를 선택한 만큼 파국의 순간에도 서술은 객관적인 거리를 유지한다. 이때 종대의 내면은 권력과 질서를 거부하는 강렬한 도전의식과 저항으로 점철되어 있다. 종대의 저항적 의지는 『지구인』의 여느 하층민과 달리 극적으로 묘사되어 있는데, 이는 확신범의 행위가 권력의 내부와 외부를 가로지르는 문제적 지점에 있기 때문이다. 즉 하층민이 질서의 이면에 은폐되기를 거부하고 국가질서와 치안의 전면에 등장하여 과시하듯 범죄를 드러낸 것은 지배적 질서의 파열 가능성을 내포한다.

작가는 이와 같은 종대의 성격을 하층민 서사의 핵심 주제로 삼았다. 종대의 저항의 의지는 금광에서 처음 표출된다. 금맥이 끊긴 금광은 최소한의 삶만이 유지되는, 말 그대로의 '막장'이다. 금을 둘러싼 폭력적 구조에 놓인 종대는 자신의 위치와 막장 공간의 위상을 유비하여 사회 구조를 간파한다.

그러나 종대는 알고 있었다. 한밤중 바람소리에도 선잠이 깨면 종대는 아득히 먼 곳 그가 도망쳐온 도시의 세계를 떠올리곤 했었는데, 그곳은 종대가 엄청난 죄를 저지르고 떠나올 때 막연히 생각하던 환상의 세계, 금의 세계와 마찬가지로 비현실적으로 느껴지곤 했었다. 불과 도망쳐 온 지 한 달 만인데도 그가 낳고 자라고 살아온 세계는 신기루의 환영처럼 멀어보였다. 그러나 실은 그곳이 이 금광촌의 확대판이라는 것을 갓 스물의 종대는 비로소 알게 되었다. 금광촌은 저 바깥세계의 축소판이었다. 저 사람들은 보이지 않는 금맥을 찾아 부초처럼 부랑하는 거랑꾼들이었다.[70]

70　최인호, 『지구인』 2, 앞의 책, 178~179쪽.

금광은 금만이 가치를 인정받고 폭력이 난무하는 가장 원초적인 현실 공간이다. 이곳에서 폭력은 범죄가 아니라 생존의 수단이자 가장 윤리적인 행위가 된다. 종대가 원석을 훔치고, 동료를 폭력으로 제압하는 일은 권력의 요구에 내적으로 충실하게 응한 행위이다. 종대의 행위는 도덕적 규준과 내적 윤리의 합일을 이룰 만큼 강렬했다.[71] 이로부터 종대는 사회의 질서가 금광과 다르지 않다는 점을 깨닫는다. 생존을 위해 폭력에 가담한 것과 같이 외부 사회 전체의 폭력 또한 정당화된다. "금광촌은 저 바깥 세계의 축소판"이라는 의식과 모두가 "거랑꾼", 즉 하층민이라는 인식에 기반하여 그는 상식선의 윤리와 도덕적 죄의식을 전적으로 거부한다. 종대가 체험한 하층민의 현실은 이 같은 인식의 전환으로 갈무리된다. 금광촌과 사회가 하나이듯, 감옥 안과 밖은 하나의 세계이다.

> 그는 그저 무섭고 두려웠다.
>
> 그는 감옥에서 나와 자유를 얻은 것이 아니라 감옥을 나옴으로써 보다 큰 감옥 속에 갇혀 있는 것을 자각했다.[72]

---

[71] 도덕(morals)이라는 말은 윤리(ethics)와 견주어 다양한 조건과 연결되어 있다. 도덕이 옳고 그름에 대한 기준이라면 윤리는 이 도덕적 기준을 주체가 받아들이는 방식의 문제로 구분된다. 즉 도덕은 공동체가 각 주체에게 부과하는 외부적인 객관적 준칙인 반면, 윤리란 이 준칙을 수행하는 방식을 가리킨다. 도덕적 준칙을 지키거나 안 지키거나 이에 대응하는 주체의 행위는 곧 윤리적 문제로 이해할 수 있다. 따라서 윤리적 행위는 외부의 명령을 인지하고 이를 받아들이기 위한 내면적 성찰로서 존재한다. 바디우의 정리에 따라 윤리와 도덕은 헤겔과는 반대의 의미에서 논의할 수 있다. 헤겔은 윤리를 매개되지 않은 직접적 행동으로, 도덕을 이에 대한 반성된 행동으로 규정하는 반면, 현대의 윤리의 문제, 특히 바디우가 말한 진리를 구성하고 추구하는 방식의 행위, 성찰, 혹은 관계들을 윤리적인 것으로 파악한다. 바디우의 입장은 스스로 밝힌바, 이는 칸트적인 실천에 맞닿아 있다. 김홍중, 앞의 책, 31쪽; Alain Badiou, 이종영 역, 앞의 글 참조.

[72] 최인호, 『지구인』하, 앞의 책, 770쪽.

이 세상이 감옥이라는 생각은 범죄를 단죄할 수 없는 것으로 만든다. 출소 이후 종대가 다시 손쉽게 범죄의 길로 들어선 것은 이러한 도덕적 자기충족성 때문이었다. 하층민의 현실에서 상식적인 옳고 그름이 작동하지 않는다는 것을 믿는 종대로서는 생존을 위한 것이라면 어떤 일이든 할 수 있으며, 총기강도도 예외가 되지 않았다. 살인을 저지르고도 죄책감을 느끼지 않는 것. 이는 서사의 표면상 가장 악한 모습이다. 그러나 그의 악은 이 사회에서는 도덕적일 수밖에 없다는 결론에 이르렀기에 그의 악은 절대적인 것이 아니라 사회가 만든 상대적인 악이다.

종대의 악마적 깨달음을 뒷받침하는 것이 바로 종세의 월남전 경험이다. 외적으로는 냉전 이데올로기에 의해, 내적으로는 월남특수의 경제적인 목적에 의해 전개된 월남전은 정권의 대중 동원의 체제를 가장 선명하게 보여준다. 월남전이란 반공과 경제, 어느 방향에서든 항상 옳은 것으로 권력은 선전했다. 그러나 종세는 이를 전면 부인한다. 피아의 구분이 없이 살육이 벌어진 전장 경험을 통해 종세는 사회가 강요하는 도덕률이 절대적일 수 없다는 사실을 깨달은 것이다.

한쪽의 살인은 범죄가 되며, 범법행위가 되지만 다른 한쪽의 싸움은 전쟁이 되며 그것이 개인에게는 훈장이, 집단에게는 승리와 개선의 영광이 잇따르게 되는 것이다. 똑같은 총으로 하나는 영광을 이루며 다른 하나는 치욕의 죄악을 이루는 것이다. 어떤 것이 진실일까. 방아쇠를 당기는 같은 손가락에 어느 것은 살인죄의 손이 되며 어느 것은 승리자의 손이 되는 것일까.[73]

---

73 위의 책, 816쪽.

이데올로기적인 요구와 경제적 성과에도 불구하고 월남전의 참상은 각각의 주체에게 외상만을 안겨주었다. 이를 극복할 수 없었던 윤 중사의 착란과 자살[74]을 지켜본 종세 역시 이러한 외상에서 자유롭지 않다. 자신의 상처를 통해 종세는 월남전, 나아가 한국 사회를 지배하는 억압적인 질서가 무엇인지를 생각하기에 이른다.

> 우리는 명예로운 병사가 아니었습니다. 우리는 남들이 전쟁에 돈을 받고 달려나가 싸우는 용병이었을 뿐입니다 남들의 대리전쟁에 우리는 고용되어 나아가 윤 중사는 한쪽 팔을 잃고 저는 심하지는 않지만 어쨌든 병신이 되었습니다. 비록 우리가 생명을 건져 한쪽 팔과 다리를 잃은 불구가 되었다고는 하지만 우리의 영혼은 이미 그곳에서 죽어버렸습니다. 우린 상처를 입었습니다. 우리의 영혼은 나을 수 없는 상처를 입었습니다. 저는 윤 중사의 자살을 이해할 수 있습니다.[75]

월남전이라는 용병전쟁에서 명예라는 것은 허상에 불과하다. 국가와 민족의 이름으로 징병된 이들의 희생은 어떠한 이데올로기적 포장으로도 보상받을 수 없다는 점을 종세는 깨닫는다. 자살로 마감된 윤 중사는 부당한 권력의 희생자이었고, 자살만이 유일한 구원이었다. 종세도 이와 다르지 않다. 소설의 후반부는 지배적 윤리에 대한 갈등을 중심으로 진행되는데, 특히 갈등이 사회 질서에서 배제된 하층민 주체에 의해 수행된다는 점에서 이들의

---

74 윤 중사의 자살은 1988년 개정판에서 추가된 내용이다. 연재 당시의 내용은 윤 중사가 전장의 악몽에서 시달려 착란증세를 보이는 장면에서 끝이 난다. 그 장면으로도 충분히 윤 중사의 비극을 짐작할 수는 있으나 개정판에서는 자살 내용을 추가하여 그 비극의 의미를 더욱 강렬하게 만들었다.

75 위의 책, 1,049쪽.

갈등과 저항은 권력 구조에 대한 저항적 인식을 구성하는 밑바탕을 이룬다.

종대의 인질극으로부터 시작한 『지구인』의 서사는 종대의 범죄의 기원을 추적하면서 그 행위에 정당성을 부여한다. 그리고 이 서사는 종세의 서사와 교호하며 마지막에 이르러 종세의 초월적 구원과 호응한다. 작가는 서로 닮은 두 인물의 서사를 통해 죄와 죄가 아닌 것의 구분에 의문을 제기한다. 종세의 서사에서 알 수 있듯, 죄와 죄가 아닌 것, 범죄와 범죄가 아닌 것, 그리고 죽음과 죽임에 대해서 절대적인 가치판단을 내릴 수는 없다. 마찬가지로 대척점에 있는 종대의 살인강도 역시 비난할 근거를 찾기 어렵다. 특히 권력과 질서로부터 소외된 하층민의 존재라면, 그들의 생존을 위한 행위는 상식적인 기준으로 판단내릴 수 없다는 점을 확인하였다.

그 생존이 도착된 가치의 실현이든, 총을 든 저항이든, 소설 속 인물들은 그 방식으로써만 삶을 충족시킬 수 있는 존재이다. 인물 고유의 삶의 방식에 대해 재단할 수 없는 이유는, 그들의 행위가 자기충족적인 논리에 충실하기 때문이다. 종대와 종세 형제가 가출한 이후의 삶은 생존이라는 차원에서 모두 정당하다. 그리고 윤 중사와 박 씨의 선택 또한 각자의 논리에 충실했기에 비난할 수 없다. 『지구인』의 등장인물의 삶은 이와 같은 개별성으로 완성된다. 박 씨가 자살을 통해 불을 잉태하는 꿈을 이루었듯이, 살인은 종대에게 삶의 극단적인 완성태였다. 『지구인』은 지배적 질서에서 소외된 자, 혹은 하층민의 삶이 얼마나 도착적인가를 보여줌으로써 지배적 가치의 본질을 묻고 있었다.

4. 맺음말

1970년대 문학은 산업화가 낳은 필연적인 어둠을 끌어안으려 노력했다. 문학적 정의正義이든 반영론적 기능이든 소외된 이들을 형상화하는 것은 문학 본연의 역할임은 분명하다. 그러나 문학적 노력에도 불구하고 소외된 이들을 적절히 형상화하기란 쉽지 않아 보인다. 하층민 혹은 서발턴이라는 이름으로 불리는 이들은 그 정의상 모호하고 불투명한 채로 떨어져있기 때문이다. 하층민을 문학적으로 형상화하는 작업은 주체화의 가능성과 대중·통속화의 위험 사이에 놓인다. 이데올로기화하여 이들은 전유하는 것만큼이나 선정적 동정을 불러일으키는 서사화는 하층민의 본질을 왜곡시킬 것이다.

그럼에도 문학은 하층민의 현실을 주목했다. 산업화의 빛이 강할수록 그림자에 가린 삶의 비참은 더 큰 어둠을 낳기 때문이다. 한수산의 『부초』, 최인호의 『지구인』은 이 같은 어둠의 삶을 소재로 삼았으며, 대중의 큰 관심을 받았다. 서커스, 금광, 은행강도 등 두 작품에 등장한 하층민의 삶은 다양했다. 산업화가 상상한 풍요로운 삶과의 거리만큼 하층의 현실에 대한 독자의 호기심은 커졌다. 그러나 그러한 이러한 현실은 사실 일상 가까이 있었다. 다만 그것을 그릴만한 소설적 도구를 가지지 못했을 뿐이었다.

두 작품을 주목하는 이유는 하층민이라는 소재 자체의 특성이 아니라, 하층민을 바라보는 시선의 위치 때문이다. 하층민을 그리되 그들이 처해 있는 사회적 수준과 소외에 대한 인식 위에서 두 작가는 하층민을 조망했다. 그리고 두 작가는 소설 언어의 모색에서부터 소설 쓰기를 시작했다. 핍진한 소설적 현실을 창작하기 위해, 작가는 '언어의 동냥꾼'을 자처했으며, 현실로부터 소설적 언어와 형상화의 방법론을 가져왔다. 이는 저널리즘 글쓰기의 방식이기도 한데, 픽션과 논픽션의 구분과는 별개로 새로운 소설 쓰기의 가능성을 여기서 찾은 것이다.

『부초』가 만든 서커스단의 서사는 근대와 전근대 사이에 갇힌 무시간적 공간에서 시작한다. 하층민의 존재가 소설의 양식 속에 포착된 이상 하층민의 발화-말하기와 글쓰기는 제도적 변환을 겪는다. 한수산이 2년간의 체험을 바탕으로 서커스단-하층민의 발화를 자신의 소설언어로 전환시킨 결과가 『부초』이다. 『부초』 속에는 서커스단의 애상적 내면과 사회적 현실과의 갈등이 제시되며 이중의 서사를 이룬다. 윤재와 칠룡, 석이네와 같이 운명론적 체념을 가진 이들에게 서커스는 현실의 영향에서 벗어나 순수한 낭만적 형식의 운명론이 실현되는 공간이 된다. 『부초』에서 흔히 볼 수 있는 감각적 표현과 낭만성은 대개 이 지점에서 발휘된다. 작가 고유의 문체적 특징 역시 애상의 내면을 가진 인물을 묘사하는 데 효과적으로 쓰였다. 이들의 운명이 1970년대의 현실과 접점을 찾는 공간 역시 서커스이다. 이 공간에서 서커스단원들은 파국을 맞이하며 현실과 대립한다. 운명과 현실의 충돌 속에서 하층민은 질서 속으로 편입하는 대신 서커스를 숭고한 것으로 격상시키기 시작한다. 민중적 서커스에 대한 기대는 저항의 방식이었다.

저항의 극단적인 상황은 최인호의 『지구인』에 나타난 범죄이다. 두 주인공은 극악한 범죄자이자 하층민이다. 1970년대의 사회 변동을 고려할 때 실제 범죄사건을 다루는 소설은 소재 자체의 선정성에 매몰되기 쉽다. 『지구인』은 범죄소설의 형식을 따르면서 장르적 한계에 머물 위험이 크다. 그럴 경우 소설의 사회성 또한 제약받기 쉽다. 그러나 『지구인』는 서구의 장르 관습과 다른 형식으로 권력과 질서의 문제에 접근해간다. 일반적 범죄-추리소설과 다르게『지구인』의 추적은 탐정 모티브를 배제하고서 범죄를 뒤쫓는다.『지구인』에서 도달한 비판의 지점은 1970년대 한국 사회를 지배한 권력과 질서의 문제이다. 널리 알려진 총기강도와 그 이면에 내재한 하층민의 서사가 어우러져 1970년대 한국 사회의 구조를 간접적으로 상기시킨 것이다.『지구인』에서 제기된 범죄소설의 가능성과 하층민의 문제는 서사 양식의 문제, 혹은 문학사회학적 주제로서 전체 소설사의 지평에서 더 긴밀히 따져 물어야 할 주제이다.

제4장 하층민 서사와 주변부 양식의 가능성

1980년대 논픽션을 중심으로

1. 1970년대 저널리즘 글쓰기의 대중화 이후

논픽션, 수기, 르포 등의 저널리즘 글쓰기는 유력한 잡지 콘텐츠로, 관보를 포함한 대다수의 매체가 적극적으로 발굴한 덕분에 1970년대 이후 대중적 문예양식으로 확고히 자리 잡았다. 저널리즘 글쓰기의 대중성은 인접매체를 통해서도 확인된다. 저널리즘 글쓰기는 그 자체로 흥미롭게 읽혔을 뿐 아니라, 1980년에 들어 드라마, 영화 등으로 각색되어 대중적 생산성이 높은 문예 양식임을 증명하였다.[1] 이러한 생산성은 저널리즘 글쓰기가 매체의 특성과 밀접하게 연관된 양식이라는 사실과 관련 깊다. 저널리즘 글쓰기에는 매체의 지향점을 축으로 재현대상과 독자, 그리고 글쓰기 주체가 긴밀히

---

1 『어둠의 자식들』의 작가 이동철의 작품 다수는 발표 직후 영화화될 정도로 인기가 높았다. 〈어둠의 자식들〉(이장호 감독, 1981), 〈꼬방동네 사람들〉(배창호 감독, 1982), 〈과부춤〉(이장호 감독, 1983) 등은 원작에 인기에 힘입어 영화화된 사례이다. 1960년대 이래 대중화된 저널리즘 글쓰기는 대중적 인기를 배경으로 인접 장르로 확산되는 경우를 흔히 볼 수 있다.

연결되어 있었다. 문학 텍스트의 독자 수용을 분석한 '기대지평'의 관점에서 보면, 문학 행위란 작가와 독자의 지평이 융합하는 과정을 뜻한다.[2] 독서 행위는 문학적 지평에서 해석될 수 있는 것으로, 문학의 생산과 수용, 즉 저자의 글쓰기와 독자의 글 읽기는 동일한 차원에서 진행되는 문학 행위로 이해되어야 한다.

그러나 저널리즘 글쓰기는 일반적인 문학 양식과는 구분된다. 문학적 독서 행위가 장르 형성에 영향을 끼친 것과 달리, 논픽션, 르포, 수기 등은 기존 양식의 매개를 요구하지 않았다. 대신 사실성 자체를 재현하는 글쓰기로 이해되면서 새로운 양식의 가능성을 내포한 것으로 평가받는다. 이는 문학의 작가-독자 관계를 넘어서서 글쓰기와 글 읽기 주체의 지평 융합을 전제로 한다. 그리고 작가와 독자가 저널리즘 글쓰기가 제시한 동일한 현실적 지평에서 조우할 때, 그 글쓰기는 동일한 공동체의 양식을 지향한다.[3] 독서 행위가 기대지평의 융합을 통해 소설의 진화에 기여했으며, 독서 행위의 결과로서 근대적 공동체, 즉 국민국가의 정체성이 형성되는 기제는 넓은 의미의 문학 범주에 포함되는 논픽션, 수기 등에도 해당할 것이다.

소설 장르와 길항하면서 문학사에 등장한 저널리즘 글쓰기는 특유의 사실성을 근거로 다양한 층위에서 현실을 형상화했다. 경우에 따라 특별한 계기를 가진 글쓰기는 계급적 지향점을 드러내어 이데올로기적 효과를 발휘하기도 한다. 전태일의 일기가 지식인을 노동현장으로 불러낸 것과 같이, 『대

---

2   Hans Robert Jauβ , 장영태 역, 「문예학의 도전으로서의 문학사」,『도전으로서의 문학사』, 문학과지성사, 1983, 179~183쪽.
3   石原千秋,『読者はどこにいるのか』, 河出ブックス, 2009, 제4장 참조. 공유된 기대지평은 문학적 이미지가 아니라 현실 그 자체에 속하는 것으로 이를 통해 근대-문학의 내면의 공동체를 형성한다. 문학의 경우, 이 내면의 공동체가 독자의 수용영역에서 생성된다. 사실성에 근거한 논픽션, 수기 등은 독자의 지평과 작가의 지평이 융합할 가능성을 상정할 수 있다.

화』의 노동자 수기는 노동자의 정체성과 노동운동의 방향성을 설정했다. 『대화』를 통해 문학장에 등장한 노동자는 수기 글쓰기의 발신자인 동시에 수신자이다. 즉 노동자가 쓴 글을 노동자가 읽음으로써 노동자 주체가 성립된다.[4] 나아가 노동자 글쓰기는 저자와 독자를 한데 아울러 노동운동의 목표를 공유하는 노동자 문학의 장을 구성한다. 소설이 근대성의 조건 속에서 내면의 공동체를 구성하고 묵독黙讀의 독자를 만들어 냈다면,[5] 저널리즘 글쓰기는 현실과 연결된 지향점을 근거로 계급적, 계층적 공동체의 문학의 밑바탕이 되었다. 저널리즘 글쓰기의 주체는 대중매체의 소비자일 수도, 근대국가의 국민일 수도 있다. 따라서『대화』가 수기를 통해 노동자를 호명하고 노동의 가치를 발굴한 사실 자체는 특기할 만한 일은 아니다. 주류 문학과 비교하자면, 1970년대 이후 노동자 중심의 문학적 실천들, 예컨대 노동자 생활 글쓰기 등의 문예운동은 논픽션, 수기 등의 비문학적 · 사실적 양식을 통해 실천되었다는 점이 변별점이 될 것이다.[6]

그리고 1970년대 후반 저널리즘 글쓰기는 또 하나의 계층을 호명한다. 노동자나 농민으로 불릴 수 없는 도시 하층민 혹은 도시 빈민이 그것이다. 범

---

4 노동수기의 성격에 관해서는 김성환, 「1970년대 노동수기와 노동의 의미」,『현대문학연구』37, 한국현대문학회, 2012의 논의를 참조.

5 근대독자의 조건이란, 인쇄시설, 보편적인 국어 및 문해 교육, 묵독의 공간, 그리고 이를 통한 계층적 공동체의식, 이를 전달할 대중매체, 그리고 이를 수용할 수 있는 개인의식 등을 들 수 있다. 石原千秋, 앞의 책, 56쪽.

6 노동자의 논픽션, 수기 등의 '자기 재현적' 글쓰기가 문학범주에 포함된 것은 1980년대 민족문학 논쟁을 거친 이후였다. 그러나 노동자들의 글쓰기가 문학의 일부로써 인정받았음에도, 노동자-문학에는 전통적인 문학의 관습과 언어가 장벽으로 존재했다. 이 같은 사정은 1990년대 이후 주류 문학계로 나아간 '잘 쓰인' 노동자 문학의 등장과 생활글쓰기 운동의 퇴조가 증명한다. 1970~80년대 노동자 글쓰기에 관한 분석은 천정환, 「서발턴은 쓸 수 있는가-1970~80년대 민중의 자기재현과 "민중문학"의 재평가를 위한 일고」,『민족문학사연구』47, 민족문학사학회, 2011 및 천정환, 「그 많던 '외치는 돌맹이'들은 어디로 갔을까-1980~90년대 노동자문학회와 노동자 문학」,『역사비평』106, 2014.봄 참조.

죄자나 매춘부, 걸인 등의 최하층 집단은 일상에서 가시화되기 힘든 존재이다. 이들의 삶은 일반적인 노동과는 다른 방식으로 지탱되며, 농촌 공동체와의 연관성도 약해 사회 구조의 변동으로도 명확하게 설명하기 어렵다. 산업화 과정에서 노동자 혹은 근로자가 호명되는 사이, 도시 하층민은 『어둠의 자식들』과 같은 특이한 논픽션 양식을 통해 비로소 재현되었다. 기존 문학 장르에 참조점을 두지 않은 『어둠의 자식들』의 독특한 문체는 하층민 발화를 문자로 기입하기에 적절한 글쓰기 방식이었다. 『어둠의 자식들』은 하층민이 말할 수 있음을, 다시 말해 글쓰기의 효과로서 하층민의 정체성이 구성될 수 있음을 알린 선언과도 같았다. 『어둠의 자식들』은 1960년대 중반 이후 가장 일반화된 저널리즘 글쓰기 양식인 논픽션의 형식을 빌려 하층민 서사의 가능성을 시험했다.

하층민을 다룬 논픽션이 성공할 수 있었던 것은 매체서사media-narrative의 성격이 강했기 때문이었다.[7] 1960년대 들어 콘텐츠로서 각광받은 논픽션은 매체의 질적·양적 성장에 힘입어 대중적 읽을거리로 자리 잡았으며, 이후 잡지 공간을 벗어나 단행본 출판시장으로 진출했다. 『신동아』 논픽션 공모 당선자 중에는 본격 논픽션 작가로 활동한 이도 많았거니와,[8] 장편 논픽션

---

[7] 매체서사라는 용어는 이경돈, 『문학 이후』, 소명출판, 2009의 논의를 따른 것이다. 이경돈은 매체서사를 "매체를 통해 광장으로 진출했던 텍스트들, 즉 미디어 텍스트(mediatext) 중 서사적 특성을 강하게 함유한 텍스트"로 정의했다.(148쪽) 이 글에서는 저널리즘 글쓰기와 매체서사의 공통점을 확인하되, 저널리즘적 성격, 즉 사실성을 강조한 글쓰기라는 점에서 저널리즘 글쓰기라는 용어를 일반화하였으며, 글이 표방한 양식에 따라 논픽션, 수기, 르포 등으로 나누었다.

[8] 소설 등단의 경력이 있었던 이칠봉은 1970년 「사형수 풀리다」로 당선된 후 장편 수기 『벌받는 화사』(노벨문화사, 1971)를 상재하면서 논픽션 작가로 활동했다. 1974년 「매혈자」로 당선된 김도규와 1981년 「난지도 쓰레기 매립장을 찾아서」로 당선된 유재순은 1980년대 전문 논픽션, 르포 작가로 활발히 활동했다. 이처럼 『신동아』 논픽션 공모는 단행본 출판시장으로 진출할 수 있는 유력한 경로였다.

작가들은 심층 취재를 통해 획득한 소재의 특수성을 근거로 삼아 소설과는 다른 차원의 흥미로운 읽을거리를 만들어 내기 시작했다.

『어둠의 자식들』이 이와 같은 흐름 속에 있음은 물론이다. 논픽션에 대한 대중적 기대는 1980년대까지 이어졌으며, 기왕의 저널리즘 글쓰기의 양식들을 적극 활용한 『어둠의 자식들』의 혼란스러운 형식은 대중 독자를 흥미를 끌기에 충분했다. 『어둠의 자식들』의 후속작 격인 『꼬방동네 사람들』(1981) 과 바투 이어진 『오과부』(1982), 『먹물들아 들어라』(1982), 『목동 아줌마』(1985) 등 이동철의 일련의 저작들은 1960년대 후반부터 이어져온 저널리즘 글쓰기의 흐름 속에서 평가할 수 있는 작품이다. 그리고 '르포라이터'의 지위를 강조한 유재순의 『여왕벌』(1984)과 『난지도 사람들』(1985)도 함께 논의될 수 있다.

이들 작품은 논픽션과 소설이라는 장르 표지를 혼용하였지만 형식적 차이는 분명하지 않으며 하층민의 삶을 형상화 한다는 공통점이 두드러진다.[9] 도시 하층민은 노동자, 농민, 혹은 민중의 개념과도 분리된 '운동'으로부터도 소외되어 계급성이 희박한 존재이다. 1980년대 노동문학운동의 스펙트럼이 민족문학의 범주 속에서 민중문학의 실천가능성에 초점이 맞춰진 것과는 달리,[10] 하층민을 대상으로 한 글쓰기는 구조적으로 부재하는 계층을 형상화한다는 점에서 문예운동의 일반적인 상황과 어긋난다. 하층민 글쓰기 또한 고

---

9   유재순은 '현장소설', '르포소설'이라는 부제를 통해 체험의 사실성을 강조했다. '현장소설' 『난지도 사람들』은 1981년 논픽션 당선작 「난지도 쓰레기 매립장을 찾아서」의 체험을 바탕으로 쓰였으며, '르포소설' 『여왕벌』은 작가후기에서 실제 취재를 근거로 삼았으며, 상상력은 극히 제한적이라는 점을 강조했다.

10   김영민, 「한국현대문학비평사」, 소명출판, 2000, 제9장 제3절 및 천정환, 「1980년대 문학, 문화사 연구를 위한 시론 (1) – 시대와 문학론의 "토픽"과 인식론을 중심으로」, 『민족문학사연구』 56, 민족문학사연구소, 2014의 논의를 참조.

유한 현실 구성의 의의를 가지지만, 노동자 글쓰기처럼 외부의 선험적 가치 체계를 가지지 못했다. 그렇기에 하층민의 글쓰기는 체험의 직접성을 드러내는 형식을 실험할 수 있었으며, 그 과정에서 다양한 양식, 즉 논픽션과 소설의 경계를 넘나드는 시도들이 가능했다. 여기서는 저널리즘 글쓰기의 양식으로 전개된 장편 논픽션 및 르포소설을 통해 하층민 글쓰기가 실천되는 과정과 그 효과, 그리고 하층민 서사의 양식적 가능성에 대해 논의하고자 한다.

2. 주변부 주체를 호명하는 문학적 양식

1980년대 저널리즘 글쓰기를 이해하기 위한 첫 번째 물음은 독자에 관한 것이다. 논픽션·수기·르포의 독자는 누구인가, 혹은 독자로 상정된 이는 누구인가. 이에 대한 대답은 글쓰기의 주체와 목적에 따라 달라진다. 노동수기는 체험수기의 형식을 빌려 노동의 가치와 진정한 노동자의 표상을 발굴했다. 노동운동의 목적에 따라 노동수기의 주체와 대상은 비교적 분명했다. 노동운동에 헌신해야 하는 이들이 노동수기의 저자이자 독자였다. 1980년대 들어 노동자 글쓰기는 노동운동으로 확장되어, 노동자 일반을 호명한다. 노동운동이 노동자 글쓰기를 조직하면서 글쓰기의 주체와 대상은 노동 '문학'의 주체로 재호명된다. 노동운동의 지향점에 따라 노동문학의 방향도 선명해졌다. 기존 문학에 대한 비판을 거쳐 등장한 노동자 문학은 조직의 정체성과 노동자 주체성을 드러내는 글쓰기를 요구했다. 노동자 생활글 모음은 이를 대표할 만하다.[11] 그렇다면 노동자 문학운동의 성과는 충실하게 읽혔을까. 이는 분명하지 않다. 노동자의 계급성과 문화 소비가 항상 일치하는 것이 아니라면,[12] 노동자 글 읽기/글쓰기의 고유성singularity을 이데올로기의 영향에서 분리하여 양식의 문제로 파악하는 작업이 필요하다.

이러한 관점에서 문학장 내에서 호명된 적 없는 글쓰기 주체에 대한 논의가 시작된다. 자본주의 생산조건과 노동운동은 노동자 계급의 근거가 되었지만, 한편으로 노동으로 포착되지 않는 하층민을 비가시화 하는 원인이 되기도 한다. 계급적 관점 이외에도 이데올로기적 조건들은 민중, 하층민, 민초 등의 기호를 동원해 새로운 주체를 호명했다. 그중 민중은 '발견으로서의 민중'이라는 방법론을 통해 역사의 주체로 고양되었으며, 대자적/즉자적 주체의 구분을 통해 역사발전의 원동력이라는 사회학적 고평을 받은 1970~1980년대의 주체이다.[13] 그러나 사회과학 담론에 따르면 민중은 발견하지 않고서는 가시화될 수 없는 비정형의 존재이다. 따라서 담론의 외부에서 민중은 여전히 희미한 상태에 놓일 수밖에 없다.

---

11 대표적 성과로 김경숙 외, 『그러나 이제는 어제의 우리가 아니다―80년대 노동자 생활글 모음』, 돌베개, 1986 등이 제출되었지만, 이는 노동자 문학 전체를 대표하는 것은 아니었으며, 때로는 문학성을 둘러싸고 전문화된 노동문학과 갈등을 빚기도 했음을 상기할 필요가 있다.

12 『공장의 불빛』(일월서각, 1984)의 저자 석정남의 1970년대 일기에는 한 노동운동가의 문학 취향이 등장한다. "헬만 헤세, 하이네, 윌리엄 워드워즈, 바이런, 괴테, 푸쉬킨. 이 얼마나 훌륭한 이들의 이름인가? 나는 감히 상상도 못할 만큼 그들은 훌륭하다. 아, 나도 그들의 이름 틈에 끼고 싶다. 비록 화려한 영광을 받지 못할지라도 함께 걷고 싶다"(석정남, 「인간답게 살고 싶다」, 『대화』, 1976.11, 188쪽)라는 언급에서 보다시피, 노동자의 문학적 취향과 독서체험이 노동자 계급성과는 다른 교양 일반의 수준까지를 포괄하는 일은 드물지 않았다. 이 같은 사정은 문해교육이 확대되던 19세기 유럽의 경우에서도 마찬가지였다. Jacques Ranciere의 *Nights ―The Workers' Dream in Nineteenth : Century France* 및 Ursula Howard의 *Literacy and the Practice of Writing in the 19th Century : A History of the Learning, Uses and Meaning of Writing in 19th Century English Communities* 등의 연구 성과는 이와 같은 사정을 잘 보여준다.

13 한완상, 「민중의 사회학적 개념」, 유재천 편, 『민중』, 문학과지성사, 1984 참조.

이때 민중의 존재를 드러내려는 시도는 문학적 글쓰기를 통해 실천된다. 박태순은 기행문 『국토와 민중』에서 민중을 국토라는 공간의 범주 속에서 발견하고자 했다. 『국토와 민중』에서 글쓰기의 대상인 국토와 민중은 문학적인 조건 속에서 인식되고 발견된다. 박태순은 국토와 민중이 무엇인지, 그리고 이들이 어떻게 규정될 수 있는지에 관해 사회과학적 담론이 아닌, 문학적 재현을 통해서 해명하려 한 것이다. 『국토와 민중』의 대미는 다음과 같은 구절로 마무리된다.

민족의 시는 민중을 통하여 찾을 수밖에 없으며 이는 민중이 주인으로 터를 닦아 살고 있는 국토의 새로운 발견을 통하여 이루어질 수밖에 없다. 누이야, 나의 국토 기행이 이러한 민중의 국토 발견에 어설픈 나름으로나마 하나의 답사 기록이 될 수 있다면 더 이상 바랄 것이 없을 것 같은 심정이다.

이 하늘 아래, 이 땅 위, 이 현실 속

우리의 국토에 가득한 통일과 평화,

착한 노래에 아름다운 그림으로 펼쳐지고

사람답게 제대로 누리며 사는 터전이 되기를……

그를 위해 사람들이 온 힘으로 떠메고 있는 국토

끌어안아 다시 출발하자.[14]

마지막 구절은 이 글이 문학적인 관점에서 구성되었음을 짐작케 한다. 박태순은 국토 곳곳을 누비는 여행을 통해 민중들의 '삶터'를 소개하며, 그에

---

14   박태순, 『국토와 민중』, 한길사, 1983, 393쪽.

상응하는 문학적 재현들을 제시한다. 『관촌수필』같은 당대의 문학작품이 현장의 사실성을 뒷받침하기 위해 인용되며, 시조나 가사는 물론, 민요와 같은 구전 또한 채록되어 민중의 정서를 재현한다. 작가는 문학의 범주를 아우른 여행을 "국토를 발견하기 위한 여정"이라고 말했거니와, 사실상 민중을 주제로 한 문학기행의 성격이 짙다. 이 여행에서 작가의 시선은 국토라는 공간이 아니라 국토를 '삶터'로 삼는 민중으로 향한다. 즉 한반도를 국토로 인식하는 작업은 자연 그 자체와는 구별되는 인간이 있기에 가능했다.[15] 따라서 박태순의 여행은 곧 민중을 발견하는 여정으로 전환된다.

박태순이 국토기행을 통해 발견한 민중이란 실향민, 어부, 광부, 장돌뱅이 등의 '기층민'이다. 이는 민중보다 민초라는 용어가 더욱 적합해 보인다.[16] 이 민중은 역사 변혁의 주체인 '대자적 민중'의 개념과는 상이하며, 노동자의 계급성과도 거리가 멀다. 주변부에서 소외된 채 살아가는 사람들이 민중이며, 민중이 삶터로서 정착한 곳이 국토라는 인식은 자칫 상호지시의 순환에 빠질 수 있다. 그럼에도 박태순은 민중의 주체성을 놓치지 않는다. 적어도 『국토와 민중』내에서는 국토와 민중은 문학적으로 형상화 될 수 있는 대상이자, 문학적 글쓰기의 가능성을 내포한 주체이기 때문이었다. 즉 국토와 민중, 양자 모두 문학장 내에서 의미화 될 수 있는 대상들이었다.

---

15 위의 책, 15쪽.

16 『국토와 민중』은 국토 개념에 대한 상세한 분석과 의미부여로 시작된다. 제1장 「국토를 어떻게 인식할 것인가」에서 국토의 어원을 『시경』에서 찾고 인문지리 및 문학적 형상화의 사례를 찾는다. 그리고 산업화의 상황도 충분히 고찰하여 국토를 삶터로서 발견해야 할 당위를 피력한다. 그에 비하면 '민중'의 개념은 국토만큼 정치하게 분석되지 않았다. 작품 속에 민중이라는 단어가 등장하지만, 명확한 의미개념이라기보다는 책의 곳곳에 등장하는 계층적 실상을 가리키는 용어, 예컨대 유랑민, 농민, 토박이, 심마니 등의 구체적인 어휘를 일반화하여 통칭하는 용어로 쓰인다. 10장 「소백산맥에 맺힌 민중의 한」에서 민중은 한국전쟁의 수난을 겪은 이들을 대상화한 것으로, '엘리트'와 대립되면서, 민초와 동의어로 쓰이기도 한다. 위의 책, 233쪽.

하층민, 혹은 민중이 문학적으로 전유되는 현상은 1970년대 이후 저널리즘 글쓰기의 특징 중 하나였다. 『어둠의 자식들』은 지금껏 규범화되지 못했던 주변부의 존재를 문학장 속으로 끌어들였고, 주변부 문학양식의 가능성을 알렸다. 황석영이 『어둠의 자식들』을 평가하며, 기존의 소설의 문법이 아닌 새로운 주체와 언어로 하층민을 재현한 장면에 경탄을 보낸 것은 이 때문이다. 이동철의 육성에 육박하는 구술적 글쓰기를 접한 황석영은 문학창작과는 무관한 글쓰기 방식을 깨닫고 하층민의 삶 자체에 놀라움을 표한다. "아 그런 현실도 있구나", "그런 현실이 소재가 될 수도 있겠다"[17]라는 반응은 소설이 여태껏 이동철이 겪은 최하층의 삶을 간과한 것에 대한 반성이었다.

황석영의 발언에도 불구하고 하층민에 대한 인식은 리얼리즘론과 같은 문학적의 주제로 곧장 연결되지는 않았다. 그러나 중요한 것은 『어둠의 자식들』의 특이한 글쓰기 형식이 주체이자 대상인 하층민을 하나의 공동체를 상상하게 만들었다는 사실이다. 황석영에 따르면, 이 작품의 중요한 독자층 하층민 청소년들로, 이들은 작품 속 비속어의 공유를 통해 동질감을 갖는다.[18] 『어둠의 자식들』이 하층민의 언어를 통해 속어를 통해 하층민 내면의 공동체를 구성할 수 있다면, 이는 하층민 고유의 문예 양식으로서 가치를 인정받을 수 있다. 황석영은 이에 대해 기존의 문학정신과는 다른 '효용적 가치'라고 평가한다.[19] 이처럼 이동철의 구술적 글쓰기는 기존 문학과는 다른 지점에서 하층민 서사를 실증했다.

『국토와 민중』, 『어둠의 자식들』의 공통점은 소외된 주체를 문학의 주체

---

17 「민중의 삶에서 만나는 진실」, 『신동아』, 1981.7.
18 위의 글, 272쪽.
19 위의 글, 276쪽.

로 정립하려 했다는 점이다. 박태순이 민중을 발견한 것처럼, 『어둠의 자식들』은 하층민의 언어를 통해 하층민의 현실을 문학적 양식으로 재현했다. 이때 양식상의 문제 중 하나는 외부에서 개입하는 언설의 성격이다. 소설과는 달리 구술적 상황을 내세운 『어둠의 자식들』은 서사 외부의 언설을 비교적 자유롭게 노출했다. 이러한 특성은 하층민을 주체화하는 장치로 작동한다. 황석영은 이동철 작품의 주인공이 항상 옳은 결정을 내리는 것에 놀라움을 표했는데, 이는 구술행위 역시 분명한 목적의식을 가진 행위라는 사실과 구술을 통해 공동체의 운명에 영향을 끼치고 정체성 형성에 개입할 수 있음을 의미한다. "그 사람이 그런 글을 쓴다는 행위를 통해서 그 사람의 역할이나 영향력이 더 커질 수 있는 것이거든요. 또 이것이 공전의 베스트셀러가 되어서 읽혀지고 있다는 것은 그만큼 그들의 역량이나 역할에 관심이 높아졌다고 볼 수도 있는 것이지요"[20]라는 진단은 『어둠의 자식들』 특유의 서술 양식이 계층/계급으로서의 하층민 서사, 주변부 양식의 가능성을 한층 더 높였음을 의미한다.

---

20 위의 글, 278쪽.

3. 하층민 주체와 공동체를 발견하는 서사

1) 꼬방동네에서의 글쓰기

이동철은 『어둠의 자식들』 이후에도 활발하게 하층민 서사의 가능성을 타진했다. 그의 시도는 박태순의 기행문이 탐색한 민중문학의 가능성과 견주어 볼 수 있을 것이다. 1980년대 민중문학이 사회운동의 차원에서 전개되었음은 주지의 사실이다. 박태순이 국토의 진정한 주인이자 역사발전의 원동력으로서 발견한 민중은 운동 가능성을 시험받으며 민중문학의 대상이자 주체로서 거듭 호명되었다. 이때 민중문학론은 제3세계론 혹은 농민문학 등의 다양한 주제와 접목했다.[21] 이 과정에서 사회학적 전망과 이데올로기적 토대를 분명히 제기하자, 애초에 설정되었던 민중이라는 범주는 각각의 주제 속에 융해되었다는 점은 아이러니하 할 수 있다. 노동자, 혹은 농민의 계급적·계층적 층위가 분명해졌을 때 민중, 혹은 하층민의 존재는 새로이 재전유될 대상이 된 것이다. 이동철이 글쓰기의 장으로 끌어올린 '말하는 하층민'은 계급범주에 속하게 될 처지였다.

그러나 이동철은 여전히 노동자도, 농민도 아닌 하층민의 현실에 주목한다. 『어둠의 자식들』의 후속작 『꼬방동네 사람들』은 지명수배자 신세에서 벗어난 화자를 내세워 전작의 배경을 이어받는다. 이 작품의 내용과 형식은 전작과 매우 유사하다. 주인공을 포함한 주변의 하층민이 주인공으로 등장

---

21 김영민, 앞의 책, 제8장 참조.

하여 은어와 비속어를 적극적으로 노출시키고, 다양한 문체를 활용하여 소설적 내러티브를 거부한 점은 연속성의 근거이다. 창작 방법도 여전하다. 습작 연습도 없이 '에라 모르겠다'는 심정으로 겁 없이 휘갈겨 쓴 태도는[22] 이동철만의 고유한 창작 방법론으로 자리매김했다.

『꼬방동네 사람들』과 『어둠의 자식들』의 차이점도 뚜렷하다. 주인공이자 화자 이동철에 의해 대상화된 인물과 공간의 정체성, 그리고 하층민의 집단행동은 전작과는 다른 양상으로 전개된다. 이는 개별적인 작품의 차이라기보다, 하층민 서사가 두 작품을 거치는 사이 글쓰기 주체와 대상에 대한 인식의 변화에 따른 결과로 볼 수 있다. 『어둠의 자식들』에서 『꼬방동네 사람들』로, 다시 『오과부』, 『먹물들아 들어라』, 『아리랑 공화국』으로 이어진 저술의 제목에서 '어둠'에서 '동네'로, '자식들'에서 '사람들'로 구체화된 변화의 흔적을 발견할 수 있다. '사람들'의 실례로 과부, 깡패, 철거민들을 각기 달리 불러내고, '먹물'을 발화의 수신자로 지목한 글쓰기의 변화는 하층민 서사의 양식화의 기본적인 토대를 이룬다.

제목에서 보듯, 『꼬방동네 사람들』은 특정한 공간에서 일어난 사건이 중심이 된다. 황석영의 말 대로 "어둠의 자식들에 나왔던 사람들이 일단 정착을 해서 생활에 뿌리를 내리게 되는 얘기"[23]이다. 서술의 첫머리는 청계천 7가에서 시작하여 신설동, 용두동, 답십리 뚝방동네까지 펼쳐진 서울의 대표 빈민가를 훑어 내려가며 작품의 무대를 선보인다. 그중에서도 이 작품의 공간은 기동차로를 사이에 두고 창녀촌과 꼬방이 난립해 있는 신설동 16통, 17통이다. 전작에서 창녀촌 사람들의 기구한 사연들이 구술의 형식으로 나

---

22 이동철, 『꼬방동네 사람들』, 현암사, 1981, 373쪽.
23 「민중의 삶에서 만나는 진실」, 『신동아』, 1981.7, 273쪽.

열되었던 것에 비해 『꼬방동네 사람들』의 16통, 17통의 공간적 성격은 더욱 구체적으로 제시한다.

이들은 비록 무허가 철거촌이긴 하지만, 꼬방동네 사람들은 각자의 공간에서 일상을 영위하고 있으며, 이를 포괄하는 계층적 공동체 의식을 공유하고 있다. 공동체 의식의 영향으로 16통, 17통 주민들의 집단행동과 조직화의 가능성이 열린다. 화재사건을 계기로 16통, 17통 주민들은 '자체소방대'를 결성한다. 판자촌과 청녀촌 구석구석을 돌아다니는 소방대의 임무는 야경夜警을 넘어서 동네의 크고 작은 갈등을 조정하는 일이다. 이동철이 소방대의 주도적인 역할을 맡은 이후 "되도록이면 마찰을 피하면서 서로가 이로운 방향"[24]으로 협의를 이끌어낼 만큼 공동체 의식은 고조된다.

꼬방동네 사람들의 공동체 의식이 정점에 이른 것은 '티상촌 철거' 사건이었다. 선거 전의 협의를 무시하고 16통을 철거하려는 계획이 알려지자, 16통과 17통의 통반장들이 모여 대책회의를 연다. 창녀촌이 있는 16통을 철거하고 17통을 남기자는 주장으로 인해 갈등이 불거지지만, 이들은 곧 공동대책을 세우는 방향으로 합의한다. 그 근거에는 창녀든, 누구든 이 공간에서 살고 있는 사람들은 소외된 하층민이라는 공동체 의식이 있었다.

대량철거 정책이 부분철거 정책으로 바뀐 것입니다. 고양이 쥐 잡아먹듯 야금야금 단계적으로 철거하여 조금씩 말썽 없이 소화시켜 나가려는 속셈이지요. 단계적으로 부분철거하기 위한 핑계나 구실이야 좀 많습니까. 16통 창녀촌 철거 문제는 통장의 얄팍한 꾀에서 나온 것이 아니라 철거를 서두르는 쪽의 계획된 정책에

---

24 이동철, 앞의 책, 83쪽.

서 나온 것이 분명합니다.[25]

　저희 동네가 철거될 때 남의 일처럼 바라보며 구경하던 사람들도 몇 개월 못가
서 철거를 당하더군요. 강 건너 불구경 하던 사람들도 결국 벼락을 맞은 거지요.
제가 진정서 쓰는 것을 반대하는 것도 여러 번 당해봐서 그런 겁니다. 사는 데까지
살다 철거장 나오면 전주민이 단합해서 대책을 세워야지 저쪽 철거되고 나는 안되
니까 하는 식으로 방관할 성질이 아니라는 겁니다.[26]

　일생을 철거민으로 살아온 청년 오용의 발화를 계기로 꼬방동네 사람들은
단합하여 공권력에 맞서는 대응을 펼쳐간다. 꼬방동네 주민 모두가 공권력
의 희생자라는 인식이 확산되자, 꼬방동네에는 철거민, 혹은 하층민이라는
공동체의 정체성이 형성되기 시작한다.
　하층민의 정체성을 반영한 대응은 실질적인 대안으로 이어질 만큼 효과적
이었다. 의료조합과 공동주택 조합을 구상하고, 철거대책 위원회를 구성한
꼬방동네 사람들의 조직화된 힘은 『어둠의 자식들』과의 결정적인 차이이다.
『어둠의 자식들』에는 조력자 공목사가 등장하여, 도시선교와 빈민활동을 펼
쳐 나가지만, 주택조합, 의료조합과 같은 구체적 성과에 이르지는 못했다.
그러나 『꼬방동네 사람들』에서는 공동체를 지킬 수 있는 조직과 전망을 갖
춘다. 이는 개인적 차원의 성취가 아니라 16통, 17통 주민 전체의 단합에서
기인한 것이다. 위의 인용에서 보듯이 꼬방동네 사람들은 각기 다른 처지임
에도 철거 앞에서는 합의를 통해 최종적인 국면에서 가장 합리적인 결론에

25　위의 책, 207쪽.
26　위의 책, 211쪽.

도달했다.

이렇게 형성된 꼬방동네의 공동체 의식은 스스로를 하층민으로 규정하고 외부와는 다른 가치 체계 속에 있음을 확인할 때 강화된다. 억압의 주체인 공권력은 물론, 자신들을 소외시킨 외부의 '보통세상'은 창녀, 펨푸, 양아치 등이 모여 있는 꼬방동네와는 구분되지 않을 수 없다. 따라서 소외된 사람들은 자신들의 고유한 가치를 내세워 외부와 대결을 펼친다. 예를 들어 교도관 폭력에 저항하는 수감자의 저항은 감방 외부의 규율, 규범에 근거하기보다 고립되고 소외된 수감자의 조건에 충실할 때 효과를 발휘한다.

사회의 정의나 민주만이 문제지 감옥 안의 정의나 민주는 문제가 안되는 모양이었다. 정치범이나 양심범들은 다른 재소자들보다 좀 낫게 받는 편이었다. 자기만 편하면 된다는 안일주의에 빠진 사람들 때문에 세상이 험악해지는 것을 안타깝게 보고 잠에서 깨어나라고 외쳐대는 사람들이 소위 정의구현과 민주회복을 부르짖는 인사들인 것으로 안다. 그런데 감옥은 이 사회가 아니라 별세계로 착각하는 거 같았다. 나는 거창하게 사회정의 구현이니 민주회복이니 하는 따위의 문제를 놓고 이러쿵저러쿵 하지는 못한다. 하지만 당장 눈앞에서 불쌍한 군상들이 무참하게 맞는데도 자기는 한복을 입고 인품을 잡으며 점잔을 떠는 양심범이 될 수는 없었다.[27]

이동철은 감옥 내 폭력 앞에서 지식인과 '불쌍한 군상'을 대립시킨다. 이동철은 정의와 민주를 위한 투쟁이 일반 재소자를 배제했다고 판단하고 불합리한 처우에 맞설 방법을 고안해낸다. 한복을 입고 점잔을 떠는 '인품', 즉

---

27 위의 책, 285쪽.

지식인과 달리 이동철은 하층민에 어울리는 격렬한 방식으로 저항하며, 끝내 협의를 이끌어낸다. 감옥 체험을 포함하여 꼬방동네의 실천은 스스로를 고립시킴으로써 성취를 이끌어 낼 수 있는 공동체적 정체성을 지향한다. 그들이 배제한 외부세력에는 '인품'은 물론, 꼬방동네를 벗어나 계층 상승에 성공한 이들까지 포함된다. "뼈 빠지게 고생해서 공부시키는 이들 대학생들 역시 딴 동네 사람처럼 한심한 습성에 물들어 있는 것을 흔히 볼 수가 있었다. (…중략…) 대학교에 다닌다는 녀석들은 하나같이 강 건너 불구경하듯 코끝도 내밀지 않기가 예사다"[28]라는 진술에서 보듯, 꼬방동네 사람들이 체험의 특수성은 하층민의 정체성 구성의 유력한 근거가 된다.

이에 따라 꼬방동네를 위한 글쓰기에서 외부의 규범과 양식은 철저하게 거부한다. 문학적 장르규범을 파괴하는 것은 물론, 은어·비속어를 능숙하게 부려씀으로써, 이동철은 꼬방동네라는 하층민 공간과 하층민 주체를 재현하는 것이다. 『꼬방동네 사람들』은 특수한 언어가 동질감을 얻었을 때 하층민에게 수용될 만한 양식으로 자리매김할 수 있었다.

2) 다섯 과부 이야기

『꼬방동네 사람들』의 형식은 전작 『어둠의 자식들』과 거의 흡사하다. 1인칭 체험수기의 형식을 따르지만 소설과 유사한 서술은 물론, 이동철 특유의 극劇의 상황을 차용하여 등장인물의 개별적인 목소리를 형식적 제약 없이 재

---

28 위의 책, 75쪽.

현한다.[29] 또한 설교와 그 강해講解를 전제하는가 하면, 메리야스 장사를 설명할 때는 전체 서사의 맥락에서 동떨어진 서술을 삽입하기도 한다. 이와 같은 난삽한 형식에서 주목할 것은 화자의 위치이다. 이동철은 자신의 하층민 체험을 서술함으로써, 그가 속한 계층, 즉 '알려진 공동체'를 서술하는 화자의 위치에 선다.[30] 『어둠의 자식들』, 『꼬방동네 사람들』이 체험의 사실성을 강조할 때 서사의 전면에서 부각되는 것은 화자가 속한 공동체의 특이성과 이를 서술하는 위치이다. 이때 서사의 형식에서 소설과 같은 서사의 규범은 희박해지며, 대상과의 객관적인 거리도 약화된다.[31]

그러나 서술이 진행될수록 화자의 자의식이 전면에 등장하면서 화자와 대상과의 거리는 점차 뚜렷해진다. 다음 인용문에서 이를 확인할 수 있다.

주민들은 다시 의료조합과 공동주택 조합을 부활시켰다. 전상배 의사도 다시 찾아와 주민들의 건강을 보살폈다. 나는 공목사와 거의 매일 붙어 다니다시피 했다. 이웃의 아픔과 기쁨을 함께 맛볼 수 있다는 것이 얼마나 행복한 것인가 하는 교훈을 나는 비로소 배워가고 있었다.[32]

29 예컨대 『어둠의 자식들』의 「개털들」에서 재소자들의 무용담이 극의 형식으로 나열된 구성은 『꼬방동네 사람들』의 「불구자빵」에서 똑같이 반복된다.
30 레이먼드 윌리엄스는 『시골과 도시』에서 문학이 재현한 공동체를 '알 수 있는 공동체'와 '알려진 공동체'로 나누어 설명한다. 구분의 기준은 화자의 체험과 서술의 위치인데, 알려진 공동체란 화자가 속한 공동체로 지속적인 체험을 통해 사실적으로 묘사될 수 있다. 이에 비해 알 수 있는 공동체는 화자가 독자들에게 보여주기 위해 선택된 공동체로, 소설들은 대부분 알 수 있는 공동체를 형상화 한다고 말할 수 있다. Raymond Williams, 이현석 역, 『시골과 도시』, 나남, 2012, 16장 참조.
31 『어둠의 자식들』에는 논픽션의 관찰자의 시선에서 포착될 수 없는 허구적 서술와 세부 묘사가 산재해 있다. 논픽션 규범에 대한 자각이 분명하지 않은 작가가 장편 논픽션을 서술하면서 소설 양식을 차용하는 것은 자연스러운 일일 것이다. 이 같은 상황은 『꼬방동네 사람들』에서도 반복되는데 이때까지 작가는 서술 방식에 대한 자각 없이 자유롭게 서술을 진행한 것으로 보인다.
32 이동철, 앞의 책, 225쪽.

이동철은 빈민운동에서 행복과 교훈을 얻었다고 고백한다. 그런데 이 진술은 체험을 서술할 때와 달리, 꼬방동네와의 일정한 거리를 반영한다. 화자의 위치는 『꼬방동네 사람들』의 양식적 변화와 관련이 크다. 위와 같은 주제의식은 대상과의 거리를 전제로 발화된 만큼, 이동철의 글쓰기가 자연발생적인 구술에서 사회적 전망을 내포한 서사로 전환되고 있음을 짐작할 수 있다. 대상과 화자와의 거리가 뚜렷해짐에 따라 서술 양식에 대한 고려도 강화되어 전작에서 흔히 보였던 서술상의 오류도 줄어들었다.

또한 화자의 위치는 발화 수신자가 바뀐 사실을 말해준다. 비속어를 활용한 구술이 동일한 계층에 속한 하층민을 수신자로 상정한 것과 달리, 하층민을 대상화한 서술은 하층민 외부의 독자를 향한 것이다. 외부 독자에게 꼬방동네는 '알 수 있는 공동체'로, 화자의 서술을 통해서 이해할 수 있는 대상이다. 『꼬방동네 사람들』의 서술이 진행되면서 독자와 꼬방동네 사이의 거리는 좀 더 견고해지는데, 이는 화자의 위치가 꼬방동네 내부에서 외부로, 체험에서 묘사로 전환되어 화자와 대상과의 거리가 확대되었기 때문이다. '어둠'에서 '꼬방동네'로, '자식들'에서 '사람들'로 시선이 이동할 때 화자와 대상과의 거리는 고착되고 체험이 아닌 발견과 묘사로서의 하층민이 그 시선에 포착된다.

두 편의 베스트셀러 이후 이동철의 글쓰기는 새로운 대상을 찾아 나섰는데, 그 첫 번째가 세상 언저리에 놓인 다섯 과부의 사연이었다. 『오과부』에 등장한 다섯 과부는 작가의 체험 밖에서 서술되는 대상이다. 과부의 사연이 작가와 전혀 무관한 것은 아니지만, '알 수 있는 공동체'의 서사를 구성하기 위해서는 정치한 관찰과 묘사가 뒤따라야 한다. 이를 가능하게 하는 화자의 위치를 확인한 이후 이동철의 시선은 하층민에서 과부로, 그리고 지식인(『먹물들아 들어라』), 철거민(『목동아줌마』), 깡패(『아리랑 공화국』) 등으로 차례로 이동하며 새로운 주체를 발견한다. 여기 등장한 다섯 과부는 각기 간난신고를 겪은 후 과부가 된 사람들이다. 그러나 과부는 그 수가 몇이든 하층민 공동체와는 비교될 수 없다. 남편의 사망 이후 힘겹게 살아가는 가난한 과부도 등장하지만, 허영에 들떠 일본인 현지처로 지내다 삶을 방기한 여인이 등장하는가하면, 전성기가 지난 여배우의 사치스러운 후일담도 다섯 과부의 범주에 든다. 남편이 없다는 점을 제외하고는 공통점을 찾기 어려운 인물들을 '오과부'로 엮은 구성은 앞선 두 작품과 비교해 주제의 통일성이 현저히 떨어진다. 각 등장인물의 계층적 정체성을 찾기 어려우며, 마지막 장 「저녁에 우는 새들」에서 술판을 벌려 시름을 잊는 장면은 비판적 태도와도 거리가 멀다.

『오과부』의 파편화된 구성에서 부각되는 것은 결국 각각의 인물의 서사를 진술하는 화자의 존재이다. 3인칭으로 화자의 서술로 이루어진 『오과부』는 논픽션보다는 소설 쪽에 가깝다. 전작과 같이 외부의 화자가 서사에 개입하는 사례가 있지만 서사의 큰 틀을 깨뜨리지는 않는다. 개별적인 주인공의 발화를 병렬하는 대신, 단일한 초점을 통해 화자의 관점을 유지하는데 공을 들인다.[33] 화자는 인물의 삶을 서사 구조 속에서 통제하고, 사건을 적절히 배치하여 완결된 서사를 구축한다. 한 편의 서사 속에서 각 인물은 개별적인 사건의 주인공이 아니라 하나의 주제를 담지한 인물로 설정되며 주제의식은 화자의 위치에서 서술된다. 전지적 입장에서 인물을 형상화하는 화자는 굿

33　『어둠의 자식들』의 「개털들」이나 『꼬방동네 사람들』의 「불구자빵」의 극형식의 서술은 범죄무용담을 통해 단순히 흥미만을 부각시키는 경향이 강해 전체 사사와의 연과성은 떨어진다. 이에 비하면 『오과부』의 방담들은 인물들의 이력을 통해 과부의 지난한 삶의 재구성함으로써 전체 서사의 흐름에서 벗어나지 않는다. 이는 소설 양식에 근접한 『오과부』의 특징이자 전작의 서술상의 혼란을 극복한 흔적으로 평가할 수 있다.

판의 무당의 존재와 유사하다.

> 가난한 사람들의 응어리진 한을 잘 알고 있다. (⋯중략⋯) 호랑이를 잡으려면
> 산에 들어가야 하듯이 산 속에 사는 무당인지라 산동네 주민들의 정신과 마음을
> 휘어잡을 수 있는 것이다. 바꾸어 말하자면 책상 앞에서 아무리 공부를 많이 한
> 사람일지라도 한 시대 아픔의 표징인 가난한 사람들의 애환을 알 수 없는 거와 마
> 찬가지이다.[34]

죽은 남편을 떠나보내는 초혼굿에서 무당은 사설을 통해 망자의 삶을 재
연再演하고 원한을 달랜다. 무당이 망자를 이해하듯, 『오과부』의 화자는 하층
민, 혹은 과부의 표징을 포착하고 거기에 사회적 의의를 부여하려 한다. '알
수 있는 공동체'를 형상화하기 위해서 화자는 무당과 같은 능력을 발휘할 수
있어야 할 것이다. 책상물림 지식인이 아니라 하층민의 공간을 경험한 자신
과 같은 믿을 수 있는 화자라야만 이 서술이 가능하다 믿음은 작가 이동철의
고유한 글쓰기 태도이다.

문제는 『오과부』는 화자가 여전히 개인적인 서술능력에만 의지하여 자신
이 경험하지 못한 삶을 서술하고 있다는 점이다. 『오과부』의 화자는 체험의
한계를 극복하고 소설처럼 화자의 의도에 따라 여러 이야기들을 자유롭게
서사 속에 배치한다. 퇴락한 여배우를 다룬 「바람 빠진 고무풍선」이 여기에
수록될 수 있었던 것은 화자가 소설처럼 인물 전체를 통어하는 위치에 있었
기 때문이다. 「바람 빠진 고무풍선」에는 서사와 무관한 설교와 함께 유미의

---

34 이동철, 『오과부』, 소설문학사, 1982, 166쪽.

난잡한 사생활과 연예계의 뒷이야기가 병치되어 있다. 이때 부각되는 것은 유미의 이야기를 한데 엮은 화자의 서술행위이다. 여기서의 능수능란한 구술적 발화가 지닌 흥미를 제외하면 서술 대상의 공동체적 정체성이 펼쳐질 가능성은 희박하다. 작가는 『오과부』에서 체험을 넘어선 서사를 기획했지만 과부라는 특이성을 넘어서 사회적 의미를 획득하는 데에는 실패한 셈이다.

마지막 장 「저녁에 우는 새들」은 이 작품의 한계를 여실히 보여준다. 정릉 유원지에서 사내들을 상대하는 '오과부'의 과부들은 이미 사연 많은 하층민의 연대가 아니라 유흥으로 생계를 삼으면서 친분도 다지는 익명의 존재로 변했다.[35] 여기서 하층민 고유의 의식이나 서술 양식은 찾기 어렵다. 「저녁에 우는 새들」의 마지막 장면은 '자식들', '사람들'의 삶을 평범한 독자를 위해 서술할 때 부딪치게 되는 난관을 보여준다. 여기서 오과부는 이장移葬 통지서를 받고서 술과 춤으로 시름을 잊는 것으로 그려졌는데, 그들의 춤판은 독자에게 친숙한 장면은 보여주었지만 현실의 문제를 해결할 만한 방향은 제시하지 못했다.

이동철이 서술한 '꼬방동네'와 '사람들'이 삶터였는지 민중이었는지는 알 수 없지만 그곳을 하나의 공동체로 인식하고 그들의 발화를 적극적으로 재현할 때 새로운 양식의 가능성이 싹텄다. 서술에 진행됨에 따라 하층민이라는 동질감은 계층적 정체성으로 수렴되었으며, 자연발생적 구술 또한 점차 정형화된 양식을 갖추었다. 그러나 이동철의 글쓰기에는 분열의 위험 또한

---

35 "오과부는 억척스럽고 경우 밝기로 소문이 났다. 오과부 중에 한 과부라도 사정 때문에 떠나거나 시집을 가게 되면 다른 과부를 가입시켜 늘 오과부를 유지시켜 나갔다. (…중략…) 오과부는 수입금에 대해서는 서로 분명하게 분배하였다. 오과부는 공동생활만 하지 않을 뿐이지 생사고 락을 같이 할 정도로 서로 위로하면서 친자매같이 지냈다"(321쪽)라는 진술은 지금까지의 재현한 오과부의 개별성을 무화시킨다.

내재해 있다. 스스로를 하층민의 일원으로 생각하면서도, 대상과 거리를 둔 화자의 위치를 자각할 때 문체의 분열이 발생하기 때문이다.[36] 『어둠의 자식들』과 『꼬방동네 사람들』에서 공동체 내부에서 서술을 진행하던 화자는 『오과부』에서는 일정한 거리를 유지한 채 서술하는 작가적 위치를 다져가기 시작했다. 『오과부』는 전작과는 다른 논픽션 작가의 자질을 과시하며 좀 더 매끄럽고 완결성 높은 서사를 시도했다. 『오과부』는 확장된 시야로써 특수한 과부들의 시공간을 포착했지만, 오히려 그로 인해 글쓰기가 담보한 공동체 의식의 가능성이 약화되는 결과를 낳았다. 다섯 과부의 서사가 통속적 흥미 속에서 소진될 때, 『오과부』는 하층민 양식을 실격하고, 다만 사정을 잘 아는 관찰자의 입담, 혹은 "정직한 기록"의 수준으로 떨어질 위험에 직면한 것이다.

4. 하층민 공동체를 서술하는 화자의 위치

1) 목동 아줌마의 시선으로 말하기

『오과부』에서는 이동철 특유의 비판적 태도가 소설에 버금가는 형식에 밀려난 형국이었지만, 『목동 아줌마』에서 그의 글쓰기는 다시금 전환의 계기

36　Raymond Williams, 이현석 역, 앞의 책, 395~399쪽.

를 맞이한다. 『목동 아줌마』는 1984~85년 목동 철거민 사태를 소재로 한 작품이다. 이 작품은 하층민을 재현의 대상으로 삼으면서도 이를 의미화하는 방식은 새로운 방법론을 모색했다. 우선 철거민 '대평이 엄마'를 1인칭 화자로 내세워 서술 시점의 일관성을 유지했다. 이는 체험 서술과 소설적 묘사가 혼재되었던 시점의 혼란을 제거한 것으로, 효과적인 서술방식을 추구한 작가 의식이 작용한 결과이다. 대평이 엄마의 시점은 대상을 객관적 인식의 근거이다.

이동철은 자연발생적인 분노를 드러내는 대신 외부 관찰자의 위치에서 대평이 엄마의 시점을 빌려 사건의 사회적 의미를 구축하려 한 것이다. 이동철은 애초 하층민의 정체성을 드러내기 위해 지식인을 격렬하게 공격했다. 그가 보기에 대학생·지식인의 노동운동은 이기적인 목적을 가진 위선에 불과했다.[37] 지식인 중 누구도 "개인 재산 털어서" 헌신하지 않는다는 비판에서 보듯, 그의 비판은 기존 체제와의 타협 없이 자신의 체험을 절대화한 데서 비롯된 것이었다. 그러나 이동철의 적대적 태도는 시간이 흐를수록 변화의 조짐을 보인다. 그의 활동영역이 철거민의 투쟁으로 확장될 때, 그의 글쓰기는 철거민을 객관적으로 관찰할 수 있는 방법론을 발견한 것이다. 『목동 아줌마』 이전에는 '공목사'를 제외하고는 외부 조력자를 인정할 여지가 없었다. 그러나 빈민 활동이 확대되고 체험을 넘어선 서사를 구성하는 상황에서 대학생을 포함한 외부 지식인들의 역할을 인정하지 않을 도리가 없었다.

---

37 이동철, 『먹물들아 들어라』, 소설문학사, 1982는 지식인을 직접 겨냥하여 비판한 설교집이다. '예수형님'의 우화를 통해 하층민 체험을 재현하면서도 성경강해를 통해 지식인의 위선을 직접적인 발언으로 비판하고 있다. 이 책에서 이동철은 지식인의 노동운동, 빈민운동을 싸잡아 "우리 근로자 대가리 숫자 팔구, 투쟁한 경력 보고 작성해서 외국놈에게 팔아먹는 거"(43쪽)라든가, "노동운동이니 빈민운동이니 하는 놈들은 자세히 보면 거의 전부가 얻어 온 남의 돈 갖고 지 돈처럼 쓰는 거지. 자신의 개인 재산 털어서 하는 놈 한 놈도 없"(48쪽)다고 격렬하게 비판한다.

추석전후로 해서 목동에는 수없는 유인물이 뿌려졌는데요, 모든 주민들이 수군수군하더라구요. 양화교 사건 직후에 유인물을 뿌린 사회선교협의회 도시 주민분과 위원회에서 양화교 사건 참상을 상세히 써서 밤새 동네에 뿌린 거예요. 이화여자 대학교에서 발행하는 『이대학보』에서도 "누구를 위한 개발인가"라는 제목으로 가사가 나온 것을 복사한 것이 뿌려지기도 하고요, 서울대 복학생 협의회가 발행하는 『전진』창간호에 터져 나오는 함성이라고 해서 나왔구요.[38]

목동의 상황이 외부로 알려져 대학생들의 지지가 이어지자 목동 주민들은 불안 속에서도 안도감을 느낀다. 자신들이 고립되어 있지 않고, 외부의 도움으로 상황을 타개할 수 있다는 기대가 생겼기 때문이다. 실제로 목동 사태를 맞아 철거민들은 기독교 인권위원회나 민중교육연구소 등의 외부 기관들에게 도움을 구했으며, YWCA 여성대회에서 이 문제를 공론화한 바 있다. 그만큼 이 사건은 외부와의 연대를 통해 사회적인 사건으로 의미화 되고 공적인 차원에서 해결의 실마리도 모색할 수 있었다.

사태변화를 겪은 이동철은 지식인에 대한 공격적 태도를 철회한다. 『목동 아줌마』는 철저하게 철거민의 시점에서 서술되었지만, 그 과정에서 발견한 지식인의 역할은 누락할 수 없는 진실이었다. 특히 지식인들이 빈민운동으로 사적 이익을 취한다는 비판은 대학생 데모를 목격하고 수그러들 수밖에 없었다. 개인 차원의 저항이 아니라 공동체 단위의 투쟁으로 비화한 이후에는 시민사회 전반의 운동으로 확대시킬 전망에 대한 고찰이 필요했기 때문이다.

---

38 이동철, 『목동 아줌마』, 동광출판사, 1985, 81쪽.

"대평 엄마, 오목교에서 지금 난리가 났어요."

"무슨 난리요? 나두 금방 들어왔는데요."

"서울대학교 학생들이 데모하는데 굉장하다구요."(…중략…)

한 총각은 최루탄 파편이 얼굴에 맞아 피가 낭자했고요, 갓난 아기들은 질식해서 죽을 지경인 그야말로 아수라장이었지요. 꼭 전쟁난 것 같았지요. 신문에서 잠깐 보고 들은 광주사태 같았다구요.[39]

목동 주민들은 서울대학생들의 시위를 목격하고 '광주사태'를 떠올린다. 이는 철거민의 투쟁이 외부 조직과 연대했을 때, 목동사태는 광주사태와 같은 거대한 사회운동의 차원으로 의미화 될 수 있음을 뜻한다. 이러한 인식의 변화는 서술 위치의 변화와 관련 깊다. 이동철이 외부적 시선으로 철거민과 지식인의 연대 가능성을 목격했을 때 그의 서술은 전망을 향한 객관적 인식으로 나아간 것이다.

이에 따라 글쓰기의 양식 또한 변화한다. 『목동 아줌마』는 서술 초점을 대평이 엄마로 한정하고, 초점화자의 단일한 목소리로써 서사 전체를 이끈다. 물론 전작과 마찬가지로 『목동 아줌마』에도 인물의 서사를 넘어서는 문서자료들이 넘친다. 목동 사태를 보도한 신문기사와 각종 공문서, 그리고 호소문, 탄원서, 성명서, 전단지 등이 빠짐없이 망라되어 있다. 그런데 이들 자료는 일방적으로 생경하게 삽입된 것이 아니라 초점화자의 시선을 유지하면서 전체 서사의 일부로 활용된 것이다. 즉 대평이 엄마가 전단지, 신문 등을 주워 읽는 형식을 통해 이들 자료를 서사 내부에 안착시킨다. 이때 대평이 엄마의

---

39 위의 책, 216쪽.

서술은 사건의 전개뿐 아니라 하층민-철거민 발화의 상황 자체를 부각시키는 효과를 낳는다.

세입자들의 속사정을 글로 써서 각계각층에 보내고 주민들에게도 알려야겠다고 생각한 거지요. 국민학교 밖에 안 나온 엄마들이 너무나 호소문을 잘 쓰는 거예요. 나는 정말 많은 것을 배웠어요. '셋방살이 어머니 호소문', '신정, 목동 천주교 세입자 일동 드림'은 어른들이 쓴 거구요, '우리 어린이들의 호소'는 국민학교 6학년 어느 아이가 쓴 거예요. 하나씩 읽어드릴테니까 들어보세요.[40]

나는요 유인물이나 책자를 하나도 버리지 않고 모아두었어요. 우리 대평이란 놈이 더욱 부지런히 모아 두더라구요. 내가 왜 모아두느냐고 물으니까요 나중에 좋은 재료가 된다구 하면서 아버지, 어머니 살아온 이야기를 자기가 글로 쓰겠다는 거예요. 뭐가 자랑이라고 쓰느냐고 하니까 고생하지 않은 사람 얘기는 쓸게 없다구 그러면서요 자기는 가난한 사람들은 위해 글도 쓰고 좋은 일을 하겠다고 했어요.[41]

대평이 엄마가 자료를 읽어주는 상황은 서술의 일관성을 유지하기 위한 설정이다. 여기서 작가는 하층민이 발화가 실천되는 조건에 대해 고찰한다. 작품이 서술되기 이전 존재했던 수많은 자료들은 화자에 의해 취합되어 전체 서사 속에서 의미화 된다. 이러한 자료는 전작에서 이동철이나 공목사 같은 예외적 인물-화자에 의해 서술되었는데, 그 결과 하층민은 계몽의 대상에

---

40   위의 책, 128쪽.
41   위의 책, 87쪽.

머문다. 그러나 목동 아줌마와 그의 이웃들은 스스로 자신의 삶을 서술하는 능력을 증명함으로써 계몽의 시선을 해체한다. 하층민은 유인물의 발신자이면서, 이를 의미 있는 문학적 텍스트로 서술할 능력을 갖춘 주체이다. 즉 하층민은 사리를 분별하고 읽고 쓸 수 있는 능력literacy을 갖춘 주체라는 믿음은『목동 아줌마』를 관통하는 핵심적 주제이다.

이동철은 하층민을 글쓰기의 주체로 승인하고 이들의 글쓰기가 새로운 문학적 성취에 이를 수 있음을 강조한다.『목동 아줌마』에서 구술 상황을 가장하여 극의 형태를 모방하거나, 구전 민요 등을 삽입하는 특유의 형식은 여전하다. 그러나 하층민의 읽고 쓰는 능력 덕분에 하층민의 구술은 하나의 주제 하에서 긴밀하게 배열된다.

> 며칠째 농성을 하면서 지냈는데요, 엄마들이 돌아가면서 자기 살아온 이야기를 했어요. 좁은 동네 살면서도 먹구 살기 바빠서 차분하게 앉아서 지내온 과거지사 털어놓을 시간이 없었던 거지요. 아주 친한 이웃들이야 자주 오며가며 만나니까 속사정을 알지만요. 내가 세 번째로 그동안 살아온 이야기를 했구요. 첫 번째 이종훈 씨 아줌마인 최순옥 씨가 지내온 이야기를 했지요.[42]

평생 철거민으로 살아온 이들의 구술은 철거민이라는 동질성을 확인하고 투쟁의 정당성을 강조하는 효과를 발휘한다. 이들이 부르는 구전 민요도 마찬가지이다. 이전 작품에 삽입된 노래가 비속한 표현을 통해 하층민을 구분 짓는 기호로 기능했다면,『목동 아줌마』에서는 비판 의식을 드러내기 위한

---

42 위의 책, 266쪽.

수단으로 활용된다.

전라도에서 올라와 철거를 3번씩이나 당하고 이곳 목동까지 오게 된 금순이 아버지가 한 가락을 뽑으면서 마당 한가운데를 빙글빙글 돌았어요. 진짜 가사가 있는 가락인지 좌우지간 목청이 터져라 뽑는데 모였던 사람들은 너나 할 것 없이 다 울음을 터트렸지요. "졸졸 흐르는 시냇물은 잡아도 철거 계고장 함마 망치는 왜 잡지를 못하나." [후렴] "아리아리랑 쓰리 쓰리랑 아라리가 났네 응~응 아라리가 났네."[43]

금순이 아버지의 선창과 목동 주민들의 후렴으로 이루어진 노랫가락은 비판의식을 드러내고 철거민의 단결을 확인시키는 방편이다. 『오과부』에서 술기운에 부른 노래가 한시름 잊기 위한 감정의 표출이라면, 여기서는 철거민의 감정을 극대화하며 주제의식을 강화하는 역할을 한다.

대평이 가족의 서사를 중심으로 다양한 인물의 구술과 실제 자료들이 혼재된 『목동 아줌마』의 외양은 『어둠의 자식들』, 『꼬방동네 사람들』과 크게 다르지 않다. 그러나 『목동 아줌마』의 결정적인 변별점은 다기한 발화들이 하나의 초점화자에 의해 정연하게 서술된다는 점이다. 작가는 초점화자 위치에서 지식인과의 연대를 인식했으며, 각기 다른 목소리들을 하나의 주제에 집중시켰다. 이동철의 글쓰기는 자연발생적 구술에서 소설적 서술 양식에 이르기까지 다양한 양식의 변주를 거듭하며 정체성을 형상화할 가능성을 시험했다. 글쓰기가 거듭될수록 하층민의 정체성은 사회적 의미를 갖기 시

---

43 위의 책, 284쪽.

작했으며, 하층민 주체에 의해 다층적 발화들이 의미 있는 주제를 형성할 수 있음을 실증했다. 이러한 시도가 한 작품 속에서 긴밀하게 결합할 때 주변부 양식의 가능성은 커진다.

2) 외부의 시선으로 난지도를 보는 방식 - 르포소설의 경우

이동철을 통해 등장한 하층민의 거친 목소리들은 『목동 아줌마』에서 일관된 문학적 양식으로 재현되었다. 『목동 아줌마』는 논픽션의 틀 속에서 다양한 발화를 효과적으로 배치함으로써 주변부 양식의 가능성을 타진했다. 이러한 양식화가 확대될 경우, 하층민 서사는 하층민과 무관한 화자에 의해 쓰일 수도 있다. 예컨대 유재순의 르포소설은 '르포라이터'라는 문필가의 자질을 내세워 외부 관찰자의 존재를 분명히 밝힌 경우에 해당한다.[44] 그녀의 작품은 소설의 외양을 하고 있지만, 체험과 취재를 글쓰기의 기원으로 삼으며 사실성을 추구한 르포 기획을 강조한다. 저널리즘 글쓰기의 문학사적 의의

---

44 1970년대에도 현장소설, 르포소설의 사례로 정을병 외, 『현장소설-사건속에 뛰어든 인기작가 17인집』, 여원문화사, 1979; 『꿈을 사는 사람들-인기작가 4인 르포소설선』, 태창출판부, 1978 등이 있다. 이들 작품은 대개 사회문제를 소재로 삼지만 허구적 서사라는 점에서 본격문학의 범주에서 벗어나지 않는다. 이에 비하면 이동철, 유재순의 작품은 체험의 사실성을 강조함으로써 소설과는 분명히 구분된다. 유재순의 작품도 '르포소설', '현장소설'이라는 표제를 달고 있는데, 이 글의 논의에서는 '르포소설'로 통일한다. 유재순은 오리아나 팔라치(Oriana Fallaci)의 르포 *A-man*에서 영향을 받았다고 밝히며 자신의 작품을 르포소설로 규정한 바 있다. 유재순, 『여왕벌』, 글수레, 1984, 280쪽. 르포가 저널리즘적 취재(journalistic research)만을 가리킨다면 르포소설은 르포의 사실성과 소설적 상상력을 결합한 양식으로, 저널리즘 글쓰기의 하위 양식으로 규정할 수 있다. 논자에 따라 르포와 소설이 결합된 양식을 저널리즘 소설(journalistic fiction)이라는 명칭을 쓰기도 한다. 양식의 명칭에 관해서는 Doug Underwood, *Journalism and The Novel : Truth and Fiction, 1700~2000*, Cambridge University Press, 2008, 서론 참조.

와 사실주의적 전망의 자질을 고려할 때[45] 유재순의 르포소설은 1980년대의 특징적인 문학적 시도로 주목할 만하다.

유재순이 르포라이터의 시선으로 발견한 대상은 난지도이다. 작가는 소설 창작을 위해 난지도를 방문했으며, 이 체험은 1981년 논픽션 「난지도 쓰레기 매립장을 찾아서」을 거쳐 소설 『난지도 사람들』로 재현되었다.[46] 『난지도 사람들』은 윤연주를 주인공으로 한 허구적 서사이다. 그러나 서술의 많은 부분은 난지도 하층민의 삶을 이해하는 데 치중하고 있으며 구체적 세부는 논픽션의 내용과 일치한다.

난지도를 형상화하기 위한 첫 번째 작업은 그곳의 언어를 체득하는 일이었다. 쓰레기 더미에서 값어치를 매기고[47] 난지도에서 통용되는 속어를 익힘으로써 일상을 공유하는 작업은 저널리즘의 취재 차원에서 실행되었다.[48] 그 결과 학생운동의 관점으로 쉽게 체득할 수 없는 난지도의 현실을 이해하고 하층민의 삶에서 고유한 가치를 발견한다. 난지도에서 익힌 삶은 방식은 주인공의 고통스러운 과거를 치유하는 힘으로도 긍정되고 있다.

그럼에도 『난지도 사람들』은 몇 가지 문제점을 안고 있다. 성고문과 교통사고와 같은 특정한 장면들은 지나치게 선정적으로 묘사되었고 주인공 행동

---

45 저널리즘 글쓰기가 기존 문학의 한계를 극복하고 사실주의 입장에서 사회적 전망을 추구하기 위한 기획을 지향한 사정은 서구 문학사의 특징이다. 사회적 운동으로서의 저널리즘 글쓰기는 영미문학권에서 가장 활발하게 전개되었으며, 20세기 후반 독일에서도 적극적으로 시도되었다. 이와 관련해서는 정지창, 「귄터 발라프의 르포문학」, 『문예미학』 1, 문예미학회, 1994 및 Doug Underwood, "reporters as novelists and the making of contemporary journalistic fictions, 1890~today—Rudyard Kipling to Joan Didion", *op. cit.*의 논의를 참조.

46 「난지도 쓰레기 매립장을 찾아서」, 『신동아』, 1981.11, 409쪽.

47 유재순, 『난지도 사람들』, 글수레, 1985, 29쪽.

48 위의 책, 35~39쪽. 주인공은 복순과의 대화를 통해 난지도에서 말배우기를 다시 시작했고, 만물상이니, 앞벌이, 뒷벌이 등의 난지도 언어를 익혀 쓰레기를 주으며 난지도 주민과 동화된다.

에도 개연성이 부족하다.[49] 그리고 무엇보다도 난지도 체험이 사회적 문제를 제기하지 못했으며, 계층적 정체성을 형상화하는 데에서 실패했다는 점은 결정적인 단점으로 평가할 수 있다. 화자의 체험과 취재를 통해 쓰레기 속에서 살아가는 난지도의 특이성은 부각되었지만, 관찰자의 시선은 한계를 드러냈다. 화자는 난지도의 일상 속에서도 공동체의 정체성을 공유하지 못한 채 서술 대상과의 거리를 재확인하는 지점에 머문다.

> 이 순간 나는 가난한 자들의 배고픔에 대한 콤플렉스가 어떤 것인가를 뼈저리게 느끼고 있었다. 가난한 이들의 압박감이 무엇인지를 비로소 피부로 느껴보는 나였다. 이것은 돈 있는 자들의 거드름과 거만이었다. 자신들보다 못한 사람들 앞에서 거드름을 피우며 눈자위를 치켜뜨는 있는 자들의 행동이, 곧 없는 사람들에게는 무서운 적이 되었고 또한 열등의식을 부채질하는 계기가 되고 있었다.[50]

화재 사건 이후 난지도 사람들과의 갈등을 '가난한 자들의 콤플렉스'로 이해하는 장면은 난지도 공동체와 화자가 명백하게 괴리된 상황을 보여준다. 또한 난지도 사람들이 주인공을 '연주 아가씨'라 부르며 외부 세상에 대한 선망을 드러내는 장면은 이 작품을 낭만적인 성장소설로 보이게 만든 요인이다. 이와 같은 상황은 긴밀한 관계를 바탕으로 하층민의 목소리를 재현하고자 한 '무당'의 태도와는 사뭇 다르다.[51] 『난지도 사람들』은 흥미로운 대

---

49 주인공은 혹독한 고문을 겪은 후 환멸 끝에 난지도에 들어갔다. 그러나 학생운동과 이에 대한 억압은 피상적으로 서술되었다. 특히 고문 경찰은 개인적인 복수심만이 가득 찬 인물로 묘사되어 시대상황을 사실적으로 보여주지 못한 것은 물론, 주인공의 극적인 변화를 해명하는 데에도 부족한 면이 있다.

50 위의 책, 193쪽.

51 『오과부』에서 말한 무당의 태도는 『목동 아줌마』에서도 다시금 등장한다. "주전 없이 무당 흉내

상을 그리기 위해 저널리즘적 취재와 소설의 상상력이 동원되었지만, 하층민의 정체성과 운동의 전망을 구체화하기에는 부족했다.

특히 저널리즘의 접근방식을 소설 쓰기의 기원으로 삼으면서도 르포가 가진 고유한 양식적 특성은 부각되지 않았다. 이는 공동체의 경계지점에 선 화자의 서술태도의 문제에서 비롯된다. 관찰자이자 참여자인 화자의 서술에는 상이한 공동체의 가치가 충돌하는 문체의 긴장이 따르기 마련이다.[52] 그러나 『난지도 사람들』의 화자는 난지도의 외부에서 내부로 향하는 여정 속에서도 관찰자의 시선을 고수한다. 관찰자의 시선은 두 공간의 차이만을 강조하며 난지도 공동체의 정체성을 분석하는 데에는 소홀했다. 관찰자 시선의 이동에 따라 다양한 사건들이 포착되었지만 이는 소설 양식에 준하여 서술되는 만큼 저널리즘 글쓰기에 허락된 다양한 서술방식은 시도되지 않았다.

저널리즘적 취재와 소설적 상상력의 결합은 유재순이 표방한 르포소설의 고유한 영역이다. 두 글쓰기 양식의 결합은 대상의 특이성이 담보하는 것이 아니라 의미화를 지향하는 능동적인 서술과 새로운 양식적 실험으로 증명되어야 한다. 그러나 『난지도 사람들』은 관찰자의 한계를 넘어 양식화의 지점에 이르지 못했다. 대신 르포라이터를 자부하는 화자의 지위와 르포 글쓰기의 상황만이 강조된다. 이태원 환락가의 이면을 소재로 삼은 『여왕벌』의 경우가 그러하다. 작가는 르포소설이라는 표제에 걸맞게 이태원 한복판에 들어가 타락한 성문화와 범죄가 난무하는 현장을 고발한다. 『여왕벌』은 내용 대부분이 사실에 근거한 것으로, 소설적 상상력은 극히 제한적이라고 말했

를 내느라고 살아 있는 대평이 엄마가 되려고 했던 게"(이동철, 『목동 아줌마』, 앞의 책, 5쪽) 서문에서 밝힌 작가의 창작 태도이다.

52　Raymond Williams, 이현석 역, 앞의 책, 399쪽.

지만[53] '여왕벌'로 불리는 미희의 서사를 축으로 여러 사건들을 엮은 구성은 소설로서 손색없다.

그러나 후반부에 '잡지계에서 후리랜서로 뛰고 있는 여자 르포라이터'[54]가 등장하면서 구성은 흐트러진다. 작가는 작중인물인 여자 르포라이터를 통해 서사 속에 개입하여 르포 글쓰기를 진행하는 작가 자신을 의식적으로 드러냈기 때문이다. "그 여자가 취재하며 파고드는 것이 그녀 개인의 사심에서 연유된 것이 아니고, 직업적, 또는 가치관에서 비롯된 것이어서 그녀가 원하는 것은 무엇이든 다 제공해주었다"[55]라고 말할 정도로 르포라이터의 지위는 절대적이다. 실제 작가 유재순을 투영한 르포라이터의 존재 자체가 서사를 압도하자 정작 대상에 대한 깊이 있는 인식은 약화되고 상투적인 언설이 그 자리를 대신한다.

"비록 너의 나라보단 경제적으로는 약하지만 마음은 열백 배 더 낫다는 것을 명심해. 이 소금벌레 같은 놈아."[56]

또 일부의 한국 여자들이 그렇게 외국 놈들을 하늘 높은 줄 모르고 날뛰게 만들었다.[57]

그러나 괜찮은 외국인들 보다는 우리에게 악영향을 주고 있는 노란머리 사내들

---

53 유재순, 『여왕벌』, 앞의 책, 284쪽.
54 위의 책, 207쪽.
55 위의 책, 208쪽.
56 위의 책, 108쪽.
57 위의 책, 165쪽.

이 훨씬 더 많이 이 땅에 버티고 있음에 환락가의 이태원이여! 썩은 자 나가고 맑은 자 이 땅에 상주하라. 내일의 태양이 떠오르기 전에.[58]

위와 같은 발화는 도덕적 기대를 충족시킬 수는 있지만 저널리즘 글쓰기에 대한 독자의 기대지평과 조우하기 어려울 뿐만 아니라 유의미한 전망을 형성하지도 못한다. 그럼에도 르포라이터의 존재를 부각된 것은 르포 글쓰기에 대한 작가의 자의식이 강하게 작용했기 때문일 것이다. 낯선 대상을 직접 취재하여 전달하는 것 자체를 글쓰기의 의의로 상정한다면, 저널리즘 글쓰기가 가진 주변부 양식의 성격은 약화된다. 애국심을 강조한 언설들이나 성적 타락의 묘사를 통해 사회적 문제점을 도출하기란 불가능에 가깝다. 르포작가의 글쓰기에 대한 자의식이 계층적 · 계급적 정체성으로 이어지지 않고 공통감각을 전제로 공동체의 동질성을 공유하지 못할 때, 저널리즘 글쓰기의 고유한 역동성은 소진된다.

5. 맺음말

민족 · 민중문학론의 이념은 1970~1980년대 문학사의 중추였다. 그러나 문학의 이념이 문학사 전체를 포괄하지는 않았다. 논픽션, 수기, 르포 등의

---

58 위의 책, 278쪽.

저널리즘 글쓰기의 붐이 1980년대로 이어진 현상을 문학적인 주제로 파악한다면 문학사의 외연은 확대될 것이다. 저널리즘 양식을 문학사로 복귀시키기 위해 문학 범주에 관한 논의도 전향적으로 확장할 필요가 있다. 그러나이 논의가 형식의 문제에 한정되거나 기존 문학 이념의 틀에 귀속되어서는 곤란하다. 저널리즘 글쓰기가 공동체의 인식의 계기가 되어 글쓰기의 주체와 소통 방식에 문제를 제기한 점을 이해한다면 논의의 방향은 새로운 문학적 양식을 찾는 데로 나아갈 수 있을 것으로 기대한다.

이 글에서는 1980년의 장편 논픽션과 르포소설을 검토했다. 『어둠의 자식들』에서 시작하여 『꼬방동네 사람들』을 거쳐 『오과부』, 『목동 아줌마』로이어진 이동철의 글쓰기 여정은 하층민이 어떻게 말하고 글을 쓸 수 있는지를 실증한 사례였다. 기존 양식 어디에도 해당하지 않는 이동철의 글쓰기는하층민의 서사를 위한 창작방법론으로 유효했다. 그리고 이것이 기존의 문학 양식과의 길항관계를 통해 새로운 전망을 제시한다는 점에서 주변부 양식의 자질도 엿보인다. 이동철의 자연발생적인 구술적 글쓰기는 시간이 지날수록 변화를 맞는다. 장편의 서사를 서술하면서, 화자의 위치는 대상과 분리된 지점으로 옮겨갔고, 그 과정에서 서술은 초점을 잃기도 한다. 그러나『목동 아줌마』에서는 일관된 화자의 시선을 유지하려는 의지를 보였으며,이를 통해 하층민의 발화가 일정한 양식적 통일성을 갖추는 성과를 얻는다.체험 서술과 구술, 그리고 서사 외부의 자료까지 아우르는 양식은 주류 문학이 접근하지 못한 주변부 문학 양식의 실체이다.

하층민 서사를 통제하는 문학적 화자는 유재순의 르포소설이 성립될 수있는 근거였다. 유재순의 르포소설은 소설을 표방하면서도 르포의 효과를적극 활용했다. 논픽션을 소설로 전환하는 과정에서 르포의 사실성과 소설의 상상력은 결합할 수 있었다. 이는『난지도 사람들』에서 시도되었지만 화자와 대상과의 거리에 매몰되는 한계를 노출하기도 했다.『여왕벌』에서 보듯, 대상의 특이성과 이를 서술하는 화자의 존재가 강조될 경우 저널리즘 글쓰기의 역동적인 양식적 시도들은 미완인 채로 남을 수밖에 없었다.

1980년대 장편 논픽션, 르포의 홍기는 저널리즘 글쓰기가 이미 대중의 문학으로 자리 잡았음을 시사한다. 체험의 사실성을 내세운 장편 서사가 대중의 지지를 받았을 때 저널리즘 글쓰기의 영역은 확대되고 양식적 실험으로 나아갈 힘을 얻는다. 그런 점에서 이 글에서 다룬 텍스트의 문제점은 저널리즘 글쓰기가 문학적 현상임을 증명할 근거이다. 이동철, 유재순의 문제의식은 인접한 문학과 접속하며 문학장의 변화를 이끌 수 있기 때문이다. 따라서 이 논의는 유사한 작품의 정밀한 독해와 다양한 문학 운동과의 비교로 이어져야 한다. 유사한 작품을 발굴하고 정밀하게 독해함으로써 1980년대 이후 전개된 여러 문학 운동과의 연결선을 확인함은 물론, 관념적으로 지속된 문학장의 중심과 주변을 새롭게 고찰할 수 있을 것이다.

제5장 1970년대 대중서사의 전략적 변화

1. '소설이 아닌 것'의 주체

한국 사회가 대중화의 길로 접어들면서 독서 대중에게도 이전 시기보다 더 다양한 읽을거리가 제공되었다. 1960년대의 에세이 열풍에서 알 수 있듯, 문학작품을 포함한 '독서'는 교양의 핵심적 근거가 되는 행위였다. 즉 독서는 수준 높은 인문학적 행위로서, 고귀한 가치를 지닌 '교양 있는' 행위여야 한다는 당위를 내포하고 있었다. 그리고 독서는 그 대상을 구축하고 보급하는 과정에서 지배적 제도에 의해 대중의 일상적 행위를 의식–무의식적으로 통제한다는 점에서 이데올로기적인 것이기도 했다. 국가 기구의 통제와 검열은 그 대표적인 예일 것이다. 교양의 독서를 위한 통제와 검열의 기제는 잡지 기사에까지 직접적인 영향력을 발휘했다. 1965년 발족한 잡지윤리위원회는 당시의 대중 잡지의 내용과 체제, 나아가 운영에까지 광범위하게 영향을 끼친 사례이다.[1]

1960년대 후반, 잡지 윤리위원회는 기사를 중심으로 조사, 심의를 진행하여 잡지와 출판문화의 건전성에 저해가 되는 몇 가지 요소를 정리했다. 위원회는 내용과 표현, 제목, 그리고 화보에 이르기까지 잡지가 어떻게 사회에 악영향을 끼치고 독자를 기만하고 있는지에 관하여 활동 보고서의 형식을 빌려 자세히 소개하였다. 이 보고서에는 '미풍양속을 해치지 않는다', '용공적, 반국가적인 내용을 다루지 않는다' 등의 사상적 문제에서부터 표지모델의 등장빈도나 화보의 선정성과 같은 사소한 내용과 편집체재까지 잡지 발행에 관련된 많은 부분들을 망라하고 있다는 점이 두드러진다. 그중 눈여겨볼 것은 ④항 '본문의 경향'이다. 다른 항목에서 표현의 선정성, 혹은 제목과 면수 등 비교적 사소한 문제를 지적한 것에 비한다면, 이 항목에서는 본문의 서술방식 및 형식에 문제를 제기한 것이다. 1960~1970년대 대중서사의 특성을 이해하기 위해 윤리위원회의 문제제기를 깊이 들여다 볼 필요가 있다.

④ 본문의 경향

소설적으로 구성 안 된 것을 소설이라고 제목을 달았는가 하면, 그 필자도 가공인물이 많았다. 1~2개 잡지를 제외하고는 고료를 지불하지 못하는 형편에 있음

---

1   잡지 발행인들 간의 협의체로서 구성된 잡지 윤리위원회는 실질적으로 제재를 가하고 통제하는 기구의 역할을 했다.(『경향신문』, 1965.7.10) 12개의 항으로 된 잡지윤리 위원회의 강령은 "민족고유문화를 보호하고 육성하고 민주발전과 민중을 위한 건전한 지식 및 교육오락을 제공하는 것을 기본정신으로 한다"는 일반적 윤리강령을 포함하지만, "용공적이거나 반국가적인 내용을 게재하지 않는다"는 이데올로기적인 규제를 포함하고 있다. "사회 질서와 도덕을 존중하며 미풍양속을 해치거나 사회정의에 배치되는 내용을 게재하지 않는다"와 같은 모호한 조항은 향후 음란, 외설성 판단에서 작위적으로 적용될 경우 강력한 통제의 수단으로 변질될 소지를 안고 있었다. 실제로 이 강령에 따라 1960년대 후반 『아리랑』, 『명랑』 등의 잡지가 위원회의 '지탄'의 대상이 되었으며, 1969년에는 『아리랑』과 『인기』가 외설 혐의로 검찰에 기소되는 상황에까지 이른다. 이뿐 아니라 대중문화 전반에 걸쳐 수립된 '윤리강령'은 음란, 퇴폐, 혹은 왜색(倭色) 논란을 일으키며 가장 강력한 통제 수단으로 자리 잡았음은 주지의 사실이다.

을 드러내었다. 따라서 일부 잡지사는 다른 출판물에서 절취하여, 적의(適宜) 윤색하여 게재하고 있음을 암시하였다. 그래서 倫委는 대중잡지가 저속하고 불건전한 내용을 다루지 않으면 안 되는 실정이 바로 이런 비정상적인 기업방법에 있다는 것을 주시, 고료지불에 의한 문인동원을 강력히 종용하였다.[2]

위원회가 지적한 분문의 문제 중 첫 번째가 소설의 정의에 관한 것이다. 소설이 아닌데도 소설이라는 표제를 붙인 경우에 해당하는 작품이 무엇인지는 알기 어렵다. 다만 1960년대 말 위원회가 대표적인 대중잡지로 『아리랑』, 『명랑』을 주목하였으며, 이들 잡지를 비롯하여 대부분의 대중지가 '저속'이라는 비판을 받고, 스스로 '건전한 오락'을 제공하는 자구책을 발휘했다는 점[3]을 생각한다면, '소설적으로 구성 안 된 소설'에 대한 문제제기는 단순한 지적을 넘어서 국가제도가 대중잡지를 실질적으로 통제하는 힘을 발휘하고 있음을 시사한다.

위원회의 지적사항이 내용의 문제를 넘어서 형식적 완성도라는 기준을 제시했다는 점은 창작 과정과 장르 규정의 논의와 직결된다. 대부분 대중잡지의 서사물은 소설을 형식적 정전으로 두고 완성도의 측면에서는 미달의 형태임을 인정하는 상황이었다. 특히 1950년대부터 대중잡지로 널리 읽힌 『아리랑』, 『명랑』 등의 잡지에서는 '명랑소설', '추리소설', '애정소설', '애욕소설' 등의 다양한 장르명칭이 부기되어 있는데, 이는 소설의 장르적인 인식의 결과라기보다는 잡지 고유의 대중지향성에 따른 임의적인 명칭의 성격

---

2   한철영, 「잡지윤리위원회의 활동─그 조사업무와 심의결과를 중심으로」, 『출판문화』, 1967.1, 25쪽.
3   위원회에서는 그간의 지적과 식자층의 비판을 받고, 대중 잡지계가 스스로 변화의 조짐을 보였다는 점을 성과로 내세우고 있다. 한철영, 「잡지계 1년의 경향」, 『출판문화』, 1967.8, 20쪽.

이 짙었다.[4] 1960년대 후반 전후戰後의 상황이 변화를 겪자, 잡지가 추구한 명랑 이데올로기의 역할 역시 점차 소실되기 시작했으며, 이에 따른 여러 장르의 소설 역시 대중성의 위기를 겪을 수밖에 없는 처지에 놓인다. 전후의 대중성을 대표한 소설의 장르명칭들은 1970년대의 산업화를 맞이하면서 임의적으로 부여된 장르명칭의 타당성을 재검토해야 할 시점에 도달한 것이다. 명랑 이데올로기[5]의 실천의 문제에 이와 같은 장르 규정의 문제가 겹친다는 사실은 대중잡지의 서사물에 부과된 조건들이 다층적이라는 것을 의미한다.

위원회는 소설이 아닌 것이 소설이라는 표제를 버젓이 달고 나왔다면 이는 양두구육식의 근본적인 기망행위로 지탄받아 마땅하다고 판단하는 것에서 나아가 문학성 자체의 규정으로 향했다. 4항을 제외한 심의 내용이 표지,

---

4　'완독잡지'를 표방한 『아리랑』의 경우 잡지 내용 중 소설이 차지하는 비율이 상당하였으며, 그만큼 다양한 장르를 포함했다. 그중에서도 '명랑소설'의 비중이 컸는데, 이는 전후(戰後)의 시대적 상황과 관련이 깊다. 『명랑』의 경우는 『아리랑』과 달리 '보는 잡지'로서 소설보다는 영화와 방송 연예계와의 친연성이 더 두드러진다. 문제는 이들 잡지가 1950년대 후반에 이르러 점차 통속화 된다는 점이다. '명랑'의 시대적 가치가 소멸되면서 소설들은 점차 퇴폐적인 방향으로 전화되고, 표면적으로 내세우는 명랑성은 이데올로기화되는 상황에 놓인 것이다. 이로 인해 잡지에 등장한 다양한 장르명칭들은 개별적인 독자성을 상실해갈 수밖에 없는 상황이었으며, 소설의 창작 과정 역시 위원회가 지적한 바와 같은 부실화의 길을 걷는다. 1950년대 대중잡지의 서사 상황에 관해서는 최애순, 「50년대 『아리랑』잡지의 '명랑'과 '탐정'코드」, 『현대소설연구』 47, 한국현대 소설학회, 2011; 김현주, 「1950년대 잡지 『아리랑』과 명랑소설의 '명랑성'」, 『인문학연구』 43, 조선대 인문학연구원, 2012; 김지영, 「1950년대 잡지 『명랑』의 '성'과 '연애' 표상」, 『개념과 소통』 10, 한림과학원, 2012 등의 논의를 참조.

5　대중 잡지의 콘텐츠들은 유신정권의 명랑산업의 주된 생산물로서, 명랑성을 개발하는 데 초점이 맞춰진다. 콩트가 명랑산업의 타자로 소외된 것과는 달리 유머소설, 명랑죠크, 시대명랑, 명랑소설 등의 서사물은 명랑이데올로기를 적극 실천하는 주체이다. 그러나 이 명랑한 텍스트들이 다양한 아강(sous classe)을 만들어 냈음에도 불구하고 그 구성의 특성과 생산방식은 명랑 이데올로기 하나로 설명하기에는 힘들 것이다. 이 글의 주된 관점은 1970년대 '명랑'과 같은 이데올로기를 실천한 대중서사가 어떻게 구성되었는지에 우선 초점을 맞추고자 한다. 명랑 이 데올로기에 관해서는 이정숙, 「1970년대 꽁트붐의 문화적 지형도」, 『상허학보』 32, 상허학회, 2011 참조.

화보, 삽화, 제목, 면수 등 사소한 것을 거론한 것에 비하면, 4항이 제기한 문제는 소설, 나아가 문학적 글쓰기의 규범에 관한 것이었다. 보고서의 기본적인 전제는, 소설은 기타 잡문과는 다르며, 형식상의 요구조건이 까다로우며 다른 서사물과는 차별화된 앞선 장르, 혹은 좀 더 지적이고 교양 있는 장르라는 인식이다. 소설이 아닌 것들이 소설을 사칭하는 일은 잡지의 발전은 물론 건전한 교양, 출판문화에 걸림돌이라 생각할 만큼, 소설은 교양 있는 장르의 서사물이라는 인식이 일반적이었다. 그리고 윤리위원회는 소설을 기준으로 삼아 잡지의 서사물의 위계적 질서를 요구하는 형국이었다.

1960년대의 교양의 지평을 고려할 때 소설에 요구되는 수준 높은 변별성은 당연한 것이다. 일반적으로 잡지 텍스트가 체제 순응과 불온의 사이에 존재하는 지식을 담보하는 교양의 근거가 될 수 있기에[6] 이 위원회는 한 방향으로 치우치지 않고, 독자를 기만하지도 않는 건전하고 올바른 형식의 글쓰기를 요구했다. 이때 문제는 소설의 내용과 형식의 올바름은 어디에 근거를 두고 있으며, 무엇으로 증명할 수 있는가 하는 점이다. 기망 혐의의 본질이 소설의 문학성에 있었던 만큼, 이 논의로부터 1960년대 문학담론의 형성과정에서 소설-문학에 대한 인식의 근거를 유추할 수 있다.

4·19의 혁명적인 분위기가 가라앉은 후, 1960년대의 분위기를 좌우한 것은 애매한 정체의 에세이즘이었다. 에세이의 유행이 겨냥한 교양이란, 서구-근대 정전正典의 모방이거나, 국내의 지배 이데올로기의 구축 과정에 동

---

6 예컨대 『신동아』와 같은 종합대중지의 경우, 복간에 대한 기대에 걸맞은 수준 높은 기사를 생산하면서 1960년대 체제의 억압에 대응하는 양상으로 전개된다. 때로는 억압에 굴복하는 포즈를 취하면서도 권력의 약점을 직시하는 '불온'의 텍스트를 생산해낸 것이 대중교양을 함양한 대중종합지의 위상이었다. 이봉범, 「잡지미디어, 불온, 대중교양」, 『한국근대문학연구』 27, 한국근대문학회, 2013 참조.

원된 담론투쟁의 성격이 강했다. 특히 대중 독자의 한 층위를 맡고 있던 청년문화의 경우에도 정치와 문화의 분열적인 동거관계는 1960년대 사상의 트라우마를 보여주는 증거이기도 하다.[7]

수준 있고 올바른 문학적 소양과 형식을 둘러싼 논의도 이와 다르지 않다. 1960년대 문학담론의 장 내에서 정통성을 쥐고 있는 쪽은 문협정통파로 불린 보수 문인들이었다. 이들의 소설론은 곧 한국 문학/소설의 창작과 연구에서 정전의 맥락을 구성한다. 특히 1950년대부터 이어진 실증주의와 분석비평의 방법론을 원용한 뉴크리티시즘의 형식주의가 대학 내의 연구방법론으로 제도화되면서 보수 문인의 담론은 한국 문학 전반에 걸쳐 지배적인 힘을 발휘했다.[8] 그에 따라 1967년의 보고서는 불온한 비교양의 잡문이 소설을 사칭하여 그 수준을 저해하고, 대중 및 지성계를 어지럽힌다고 결론 내릴 수 있었다. 소설과 소설 아닌 것의 간극은 쉽게 메워질 것이 아니었다. 그리고 이 간극을 확증하는 일은 건전성과 명랑성을 요구하는 1960~70년대의 통제와 설득의 문화적 책략과도 궤를 같이 한다.

또 다른 문제는 대중을 계몽하려는 권력의 의지가 1960년대 말 이후 독서시장의 사상적 구도에 대응하고 있다는 사실이다. 군사정권이 들어선 이후 새로운 전기를 맞이한 1960년대의 상황에서 독서, 출판계 역시 '올바른 것'에 대한 열망을 드러냈다. 일반 독서 대중(혹은 국민)을 대상으로 올바른 문화-교양을 심어주는 일은 시대적 사명처럼 보였다. 이에 따라 지성과 독서계를 통틀어 정전화 작업이 다양한 방면에서 시도된다. 문학전집의 기획을 통

---

7   박대현, 「청년문화론에서의 '문화 / 정치'의 경계문제」, 『한국문학의 이론과 비평』 56, 한국문학이론과 비평학회, 2012 참조.
8   소영현, 「제도와 문학-문학의 아카데미즘화와 학술적 글쓰기의 형성」, 『한국근대문학연구』 22, 한국근대문학회, 2010, 제3장 참조.

한 문학의 정전화 작업은 그중 대표적인 사례로 꼽을 수 있다. 문학전집의 유행이 출판시장의 투기적 목적에 의해 촉발된 측면이 있긴 하지만, 그 내부에는 문학을 둘러싼 논리적 대응양상이 존재한다. 지배 이데올로기, 혹은 보수주의 문학 이데올로기에 이염된 순수문학의 열망의 한편으로, 이에 대항하는 대중에 대한 의미화 작업이 실험적으로 시도된 것이 1960년대의 상황이기 때문이다.[9] 정전화의 과정을 통해 문학이 고유한 가치를 구축한 것과 같이 1960~70년대의 교양 일반의 차원에서도 개념의 수립을 통해 올바름의 기준을 결정하는 작업이 반복되었다.

문화정치로서 교양이란 체제 동원의 결과물이다. 이 때문에 교양이 정립되고 수용되는 과정은 때로는 전혀 교양적이지 않은 메커니즘에 의할 가능성이 크다. 이와 동시에 지배 이데올로기에 의해 습합된 교양의 양태가 1970년대 이후까지를 고려한 교양의 전체 공간에서는 저항의 근거로 기능할 것이라는 견해 역시 가능하다. 시각에 따라서 대중 교양 수준은 몇 가지 반대급부를 불러일으키는데, 1960년대 교양화된 대중의 질적인 수준이 1970년대의 본격문학과 저항적 독서 행위의 숨은 토대를 마련했다는 논의가 그것이다.[10] 독서 행위가 교양이라는 기제에 지배되면서도 그에 저항할 수 있는 잠재력을 가진다는 점은 1960년대의 독서 시장 전체의 아이러니를 보여준다.

그러나 1960년대식의 교양이 저항과 순응의 모순을 내포한다는 해석은 재조정될 필요가 있다. 산업화 이후 대중의 정체가 구체화된 상황에서, 대중

---

9   이종호, 「1950~70년대 문학전집의 발간과 소설의 정전화 과정」, 동국대 박사논문, 2013, 제3장 참조.
10 천정환·권보드래, 『1960년을 묻다』, 천년의상상, 2012, 제9장 참조.

의 행위는 저항과 순응의 이원적인 행위로만 구성되지 않기 때문이다. 교육 수준이 높아지면서 문맹률이 낮아지고, 경제적 여유로 인해, 레저-유흥의 문화가 생겨나는 것이 1960년대 후반이라면, 대중의 일상적 의식은 이원적 대립 이상의 다양한 층위에서 실천되기 때문이다. 여기서 1960년대 교양의 세례를 받은 대중은 누구이며, 그들이 1970년대에 이르러 어떤 독서로 이어져 갔는가 하는 물음이 필요하다.

권력의 지배와 통제 기제는 매우 견고한 한편으로, 저항적 문학과 독서의 흐름이 존재한 것은 틀림없다. 그러나 대중의 글 읽기와 글쓰기는 두 방향으로만 흘렀던 것은 아니다. 독서 대중의 취향은 때로는 본연의 부정적, 통속적 성격을 고스란히 드러내기도 한다. 권력의 기제에 의해서도 교양은 생성되지도 않으며, 그로 인해 본격 문학과 저항적 지성과도 거리를 둔 우중愚衆, 혹은 속중俗衆 역시 대중의 현실태 중의 하나이다. 일상의 수준에서 벌어지는 대중의 문화는 경우에 따라서는 하위문화와 하위주체의 구획 속에 잊히기 쉽다. 그러나 대중은 서발턴이라는 정치적 주체와는 층위가 다르다. 서발턴의 설정 자체가 이데올로기적일 뿐만 아니라, 서발턴 역시 저항의 주체로 호명되는 과정을 거친다. 또한 소수집단의 정치-경제적 정체성에 기반한 하위문화를 1970년대의 대중 주체의 행위와 동일시하기도 곤란하다. 1960~70년대 문화공간 내에서 주류 엘리트와 다수 대중의 주체성을 둘러싼 투쟁양상[11]을 고려한다면, 서구의 다층적인 계급갈등의 시야로 조망한 하위문화의 역동성을 한국의 대중문화에서 찾기는 무리일 듯싶다.

---

11 이를 두고 인정투쟁이라고도 말할 수 있는데, 가장 대표적인 양상이 청년문화론이다. 1970년대의 청년문화론에는 문학계의 주류와 비주류의 대립, 학제간의 대립, 그리고 대중예술과 엘리트 예술론의 대립이 내포되어 있다. 그리고 이 대응이 때로는 국가의 지배기구와 혼합되면서 변증법적인 이데올로기적 대립으로 이어진 것으로 보인다.

중요한 것은 1970년대의 대중문화가 1960년대의 다양한 토양 위에 덧쓰였다는 점이다. 군사정권의 통제의 기술에 의해서든, 문화적 정전화에 따른 것이든, 1970년대의 주체는 1960년대적 상황을 계승-극복하는 존재이다. 1960년대의 상황과 무관해 보이는 양상은 그 때문에 1960년대적인 문화적 토양과 연관 지어 이해해야 할 것이다. 따라서 여기서는 1960년대의 조건을 이어받되 그 일반적인 상황과는 다른 지점에 존재하는 대중의 문화 행위에 주목한다. 여기서 주목하는 대중의 문화는 1960년대의 정전화, 교양화 과정에서 비껴나간 대중 본연의 모습이다. 다시 말해 올바른 것을 계몽하려했지만, 결국에는 교양의 혜택을 받아들이지 못하고, 통속적이고 비속한 일상에 빠져버린 대중의 양상을 1960년대 교양의 계승자로 보고자 한다는 뜻이다. 싸구려 잡지의 글을 읽고, 저녁시간 라디오와 텔레비전의 방송극에 자극받으면서, 일상에서 이 서사를 반복 재생산하는 평범한—그래서 더욱 통속적인 이들의 문화적 행위를 고려하려는 것이다.[12]

---

12 여기에서 다루는 1970년대의 대중과 대중잡지 텍스트의 성격을 1950년대의 상황과 연관시켜 이해하는 것은 의미 있는 주제가 될 수 있다. 그러나 두 대상과의 격차는 시간적 거리 이외에도 다양한 조건에 따를 수밖에 없다. 즉 산업화라는 사회 변동이 그 사이에 존재하며, 이에 따라 두 시기의 대중성의 성격은 상당한 차이를 보일 수밖에 없다. 『아리랑』, 『명랑』 등의 대중 월간지가 1960년대까지 유지되고 1950년대적인 내용이 방향전환을 했음에도 대중적 인기를 그대로 유지하기 힘든 처지였다. 이를 대신한 것인 1960년대 후반에 등장한 대중 주간지이다. 주간지는 『아리랑』, 『명랑』의 대중성을 이어받은 것이 아니라, 『아리랑』, 『명랑』이 따르기 힘들었던 산업화시기의 대중성을 주간지가 새롭게 이끈 것이다. 이 점에서 두 시기의 대중잡지는 격차와 단절을 고려해야 한다.

2. 대중의 리터러시(literacy)와 대중매체

대중이 산업화 시대의 문화 콘텐츠를 수용할 자질을 갖추게 되자, 여러 매체에서는 이들에게 소용되는 다양한 이야깃거리들을 생산하기 시작한다. 특별한 사전 지식 없이도 정보를 습득할 수 있는 라디오·텔레비전 등의 전파매체와 달리, 활자매체를 소비하기 위해서는 문자를 읽고 쓸 줄 아는 최소한의 문해능력이 갖추어져야 한다. 해방 이후 문맹률이 급속이 낮아지면서 한국 사회는 바야흐로 읽고 쓰는 행위가 보편적인 일상 속으로 들어왔다.[13] 이에 따라 문자 엘리트의 전유물이었던 문화 현상들이 대중의 일상 속으로 이끌려온 것이다. 이점에서 대중의 문자 행위는 지배적 문화-문학 행위와는 대립적이며, 투쟁의 상황으로 해석된다. 그리고 문자해득능력은 구술적 지식수준에서 벗어나, 자신의 계급 정체성 속에서 자존감과 공동체 의식을 고양시킨다는 점에서 그 자체로 하나의 지식, 즉 리터러시literacy가 될 수 있다. 따라서 문자를 읽고 쓴다는 것은 정치 경제적 조건 속에서 계급적 정체성을 산출해내는 기본적인 단위의 기제가 된다.

식민지 문학장은 문해교육이 국민국가의 차원에서 시행되지 못한 한계로 인해 엘리트주의의 한계를 벗어나기 어렵다. 그러나 국가가 수립되고 민족 단위의 일반 교육이 시행되면서 문자를 아는 대중은 엘리트 문자해득자의

---

13 1950년대 후반 이미 문맹률이 10% 미만으로 떨어진 상황을 고려한다면, 이 시기 문자해독률은 보편적인 수준에 도달한 듯 보인다. 그러나 문자해독만이 읽고 쓰는 행위의 전부라고는 볼 수 없다. 특히 글쓰기의 교육이 사회사업이자, 근대국가의 수립과 밀접한 연과성이 있다는 점을 고려할 때, 글을 읽을 줄 안다는 것 이상으로 제도화된 교육 성과가 리터러시(literacy) 속에 포함되어야 할 것이다. 1960년대 이후 다양한 형식의 글쓰기를 통해 대중의 글쓰기가 추동되었다는 사실은 이 시기 리터러시가 가진 제도적 특성을 말해준다.

일방적인 관계를 거부할 수 있게 된다. 정전화와 새로운 교양의 수립 문제는 이 과정에서 불거진 갈등의 한 양상이다. 누구나 읽고 쓸 수 있는 상황에서 그들에게 올바른 것을 가르쳐야 한다는 것은 곧 통제를 통해 그들의 일상적인 문자 행위에 제약을 가하겠다는 것과 다를 바 없다. 보편적으로 가르쳐야 하지만, 함부로 배워서는 안 되는 지식 체제가 성립된 것이 1960년대의 교양의 문제적 국면이었다. 수필, 에세이가 유행하면서도, 그것이 불온한 사상에 물들지 않을지, 아니면 건전한 사회적 삶을 저해하지 않을지를 항상 고민해야 하는 상황에 이른 것이다.[14] 이는 대중에게 글을 가르치는 일은 음성언어의 전통에 위배되며 사상적, 정신적 불온을 야기할지 모른다는 두려움을 가졌던 19세기 후반의 서구 상황과도 유사하다. 대중의 문자행위에 대한 양가적 태도는 20세기 중반 한국에서도 일부분 재현되고 있었다.[15] 문자행위는 글 읽기와 글쓰기 모두를 포괄하는 개념으로, 1960~70년대의 대중의 교양, 대중과 문학의 관계에서도 항상 읽고 쓰는 행위가 중심에 놓였다.[16] 따라서 1960년대 후반 이후 대중이 글을 읽으면서 동시에 글을 쓰는 것이 일반화되면서 대중-문화에서는 어떻게 쓸 것인지가 화두로 제시된다.

　1960년대 이후 논픽션 공모의 사례에서 보듯, 전문적 문필가가 아닌 사람들도 충분히 글을 쓸 수 있음이 증명되었다. 논픽션 공모제는 중산층에서부터

14　오혜진, 「카뮈, 마르크스, 이어령」, 『한국학논집』 51, 계명대 한국학연구원, 2103 참조.
15　특히 노동계급의 경우, 통제 ― 주로 내면의 세계를 대상으로 하며, 종교적 심성을 주된 주제로 하는 ― 의 목적에 따라 글을 가르치지만, 그것이 반항과 일탈과 같은 오염을 불러일으킬지도 모른다는 역설에 놓여 있었다. Ursula Howard, *Literacy and the Practice of Writing in the 19th Century : A History of the Learning, Uses and Meaning of Writing in 19th Century English Communities*, Niace, 2012, pp.81~86 참조.
16　그런 점에서 논픽션을 서술하는 대중의 행위는 중요한 사건으로 이해해야 한다. 비소설류 에세이의 유행과 논픽션, 수기의 유행은 비소설류라는 유사점을 제외하고는 전혀 다른 사건으로 고려해야 마땅하다.

최하층 노동자에 이르기까지 다양한 계층의 사람들을 글쓰기 장으로 이끌었다. 노동자 수기는 계급적 차원에서 글쓰기가 가능하다는 사실을 보여줌으로써 글쓰기가 1970년대 문화 담론의 가장 핵심 지점임을 증명했다. 여기서 고려해야 될 점은 각 글쓰기의 질적 수준의 차이가 아니라, 글쓰기의 실천과정의 차이이다. 19세기 서구의 노동자 글쓰기는 불온의 혐의 속에서 자신의 이야기를 쓰고 기억을 서술하면서 자신의 존재를 사회와 연결시켰다. 편지와 자서전, 기억하기, 사실을 확인하기 등의 글쓰기는 노동자 글쓰기의 구체적 양상이었다. 노동자 글쓰기는 일상에서 가장 친숙한 방식으로 진행되었던 것이다. 이는 추상적인 형태의 글쓰기 그 자체가 아니라 전통적인 말하기의 관습과 밀접하게 연결되었기에 가능한 일이었다. 말하기의 오염된 형태로서의 글쓰기라는 관습적 인식과 달리 글쓰기 교육이 진행되면서 글은 자신을 가장 잘 드러낼 수 있는 수단이 되었던 것이다. 구술적 전통의 토대 위에서 말하듯 글쓰는 것, 그것이 새롭게 문자 시장에 진입한 이들의 전략이었다.

다시 한국의 상황을 보자. 대중은 무엇을 쓸 것인가. 정전화된 교양 교육을 요구받는 상황에서 대중 주체는 이 기제를 재연하거나 거부하는 것으로 문자행위, 즉 리터러시를 완성할 수 있는가. 공식적이고 담론의 차원에서 통제와 저항의 드라마는 대중에 의해서 충분히 실천되었다. 그렇지만 그것이 대중의 리터러시의 전부는 아니다. 대중의 리터러시가 양식을 갖추기 시작했고, 이 양식 속에서 텍스트를 생산, 소비하면서 대중적 문학-문화의 장을 구성해 나간 시기가 1970년대이다. 대중 주체 스스로 읽을 수 있는 텍스트와 쓸 수 있는 텍스트가 항상 일치하지는 않겠지만, 그것을 교집합이 존재한다면, 그것이 대중적 양식의 한 국면임을 인정할 필요가 있다. 대중적 읽을거리로서의 대중문학, 그리고 그 외연을 확대한 대중서사를 대중의 교양과 문화 전체의 차원에서 고찰하는 이유는 이 때문이다. 이 글은 1970년대 대중서사가 어떻게 대중적 관습과 호응하면서 대중문화를 양식화하고 있는지를 살펴보려 한다.

3. 소설의 규범과 유사소설의 형식

1960년대의 에세이즘이 지향한 정신적 고양과는 별개로 1970년대 대중적 선택은 주간지로 향했다. 『선데이서울』로 대표되는 대중주간지는 형식적인 규약이 해소된 1960년대 후반부터 시장에 쏟아져 나온 후, 1970년대 잡지계의 총아로 떠오른다.[17] 뿐만 아니라 『일간스포츠』와 같이 연예 오락 매체가 등장하자 대중적 읽을거리들은 더욱 풍성해졌다. 물론 그 내용이 과격한 선정주의와 음란성에 근거한 상상력이 동원된 것이라고 해도, 그것이 대중의 선택을 받았다는 사실은 대중의 읽을거리가 어떤 형식으로 구성되었는지를 보여주는 근거가 된다. 『선데이서울』과 같은 대중 주간지 속에는 다양한 이야기들이 포함된다. 소설은 물론이거니와 흥미로운 이야깃거리로서 기사와 르포, 수기 등이 망라된 것이 대중 주간지이다. 수준 높은 소설에 대한

---

17 1960년대 말 신문사에서 협의가 해소된 이후 각 신문사마다 경쟁적으로 대중 주간지를 간행한다. 여러 잡지가 있었지만 『선데이서울』이 독보적인 위치를 차지했다. 결과적으로 『선데이서울』은 1970년대를 대표하는 대중잡지로 자리 잡은 것은 물론, 1970년대의 대중오락에서 주간지의 시대를 연 장본인이기도 했다. 최창용, 「선데이서울, 주간경향, 주간여성 ─ 주간지 시대의 선두를 차지하기 위한 3파전」, 『세대』, 1970.10.

열망과는 달리 대중에게는 그것이 소설이든 아니든 재미있게 읽을 수 있는 것이라면 그것으로 충분했다.

소설과 유사하되, 소설과는 다른 서사장르 중 하나로 실제 사건을 바탕으로 꾸며진 야담과 기담, 만담 등을 포함하는 매체서사를 들 수 있다. 매체서사는 1950년대까지 보편적인 대중적 서사 장르였으나 1960년대 이후 점차 대중성을 상실한다. 그 자리를 정전화된 문학이 대체하면서 문학이 독서와 교육의 중심에 자리 잡는다.[18] 그러나 1970년대 산업화에 따라 실체로서의 대중이 등장하면서부터 문학 외에도 다양한 읽을거리들이 독서 시장에 재등장한다. 형식과 내용에서 올바름을 담보한 문학이라는 의식에 구애받지 않고 다양한 형식의 서사물을 소비하게 된 점은 대중사회가 만들어 놓은 새로운 지형의 하나였다.

산업화로 인해 변화한 일상을 대상으로 삼는 1970년대의 서사물은 소비 조건과 환경에서 이전 시기와 구분된다. 1970년대 대중이 소비한 이야기들은 과거의 기록서사의 전통적 양식을 답습하지 않고, 새로운 매체를 통해 다양한 양식의 하위 장르를 만든다. 이러한 변화는 산업화 이후 대중의 리터러시와 밀접한 연관이 있다. 문해교육을 통해 성장한 독서 대중은 글 읽기는 물론, 그에 상응하는 적절한 글쓰기의 단계에까지 이른다. 즉 자신들이 읽고 소비할 수 있는 적절한 수준의 글을, 스스로 적당한 수준에서 쓰는 것을 상상하기에 이른 것이다.[19] 형식적 완성도에 얽매이지 않고 자신의 경험을 완

---

18 1950년대까지 야담과 같은 전근대적 문화콘텐츠는 잡지를 통해 최고조로 성행했다. 이봉범, 「1950년대 잡지저널리즘과 문학」, 『상허학보』 30, 상허학회, 2010, 404쪽. 이러한 대중서사를 문학이 대체한 것은 여러 단계에 거친 문학텍스트의 정전화 작업이 있은 후였다. 이종호, 앞의 글, 2・3장 참조

19 독자의 글쓰기를 가능하게 만든 것이 1960년대부터 시작된 논픽션, 수기 공모 제도이다. 공모에 참여한 독자는 지극히 한정적이었지만, 그것이 활자화됨으로써, 평범한 독자 스스로 글을 쓸

성도를 갖춘 글쓰기로 전환시킨 것은 1970년대 대중의 리터러시의 성과이다. 읽을 수 있는 만큼 쓸 수 있는 상황에서 대중의 문자 행위는 정전화된 장르 관습을 뛰어넘는 선택으로 이어진다.

물론 이에 걸맞은 서사로서 소설이 배제된 것은 아니다. 소설 장르는 1960~1970년대 정전화 과정을 거쳐 제도화된 문학 체제 속에 자리 잡은 것이 사실이다. 일반교육을 받은 대중의 상상 역시 이 문학의 범위에서 크게 벗어나지 않는다. 일반적인 독자가 생각하기에 주인공이 등장하고 복수複數의 사건과 갈등이 등장하는 이야기에게 붙일 수 있는 가장 상식적인 장르명칭이 소설이다. 그러나 윤리위원회의 보고에서 보듯이, 실제로 대중이 소비한 소설은 폭넓은 스펙트럼 속에 분포한다. 이는 완성도를 갖추지 못한 소설과 함께 소설과는 거리가 먼 것까지를 포함하는 '유사소설'의 형식으로 유통된다. 즉 소설적인 구성이든 아니든, 흥미로운 이야기 자체는 특별한 저항 없이 대중이 수용할 수 있었다.

이에 비한다면 교양주의 문학론이 요구한 문학-소설의 기준은 형식주의와 보수적 정신주의의 틀에 머물러 있었다. 문학 제도 속에서 주제와 사상의 문제와 더불어 문장 수준이라는 도구적 자질이 부가되면서 정전화된 문학의 개념에는 한국 문학을 둘러싼 이데올로기적 요소와 이를 둘러싼 인정투쟁의 의미가 포함되었다. 올바른 문학-소설의 기준은 문단 주도 세력의 문학담론으로써 증명될 뿐, 그 자체로 보편적 문학 양식을 정의하기가 어렵게 된 것이다.

수 있다는 상상을 이끌어 냈으며, 그중 일부는 실제 글쓰기로 나아가는 선순환이 이 시기의 대중의 글쓰기-글 읽기 상황을 추동했던 것이다. 경우에 따라 양과 질에서 수준 높은 글쓰기가 이 증폭의 과정에 개입할 경우, 대중의 리터러시는 질적인 비약으로 나아가거나, 혹은 그 비약을 상상할 수 있게 만드는 원동력이 되기도 한다.

이런 상황에서 대중서사가 소설 명칭을 가차假借하는 일은 문학규범에 대한 도전이었다. 1960년대에 이러한 도전은 뚜렷이 드러나지 않는다. 대중이 실체로서 드러나지 않았으며 대중적 읽을거리 또한 전통적인 양식의 테두리에서 벗어나지 않았기 때문이다.[20] 교양적 독서에 가담하지 않은 이들의 읽을거리는 『선데이 서울』이 대체하기 전에는 고답적인 상태에 머물러 있었다. 『선데이서울』이 대중잡지의 대명사가 된 것은 결국 과거의 읽을거리를 대체할 수 있는 새로운 읽을거리를 만들어냈고, 이를 비교적 젊은 세대가 소비했기 때문이다. 『선데이서울』, 『일간스포츠』와 같은 상업적 활자매체와 더불어 본격적인 시대를 연 TV방송극, 그리고 최인호가 영화와 음악까지를 망라하여 강조한 '청년문화' 전반이 이 세대교체에 동참하고 있었다.

① 도발적인 유사소설의 한 사례를 살펴보자. 위원회의 우려에도 불구하고 유사소설은 여전히 소설이라는 장르 표지를 차용한다. 그중 소설에서 가장 먼 형식은 만화이다. 『일간스포츠』 창간 3주년의 기획 중 하나는 고우영의 장편만화 「임꺽정」이었다. 일간지 만화로는 당시 네 컷 또는 여섯 컷짜리 시사만화가 대부분이던 상황에서 신문 한 면의 반을 할애한 고우영의 만화는 획기적이었다. 「임꺽정」은 지금의 지준으로는 만화 중에서 극화, 혹은 장편극화라 불릴

---

20 다른 대중문화와 비견한다면, 1970년대 서사장르는 트롯트와 포크음악의 대립과 비교할 수 있다. 전통/정통의 음악양식은 1970년대 초반에 들어서 청년문화 양식으로 대체되었다. 통기타를 통해 실연되는 포크송은 급속히 주류 문화로 부상했다. 물론 포크송이 유신정권의 조직적인 압력에 의해 문화적 기반으로 올라섰다가도 일시에 전복되는 과정을 거쳐 트로트 전성시대를 다시 맞이한 일련의 사태를 볼 때, 한국 대중문화의 불구성과 한계를 부인할 수 없지만, 새로운 미디어를 동원한 청년문화가 전개되는 양상은 1970년대 대중문화의 능동성을 확인할 수 있는 증거라 할 수 있다. 이에 관해서는 주창윤, 「1975년 전후 한국 당대문화의 지형과 형성과정」, 『한국언론학보』 51(4), 한국언론학회, 2007 참조.

만한 작품이다. 그러나 이러한 장르 명칭은 이후에 부여된 것으로, 당시의 기획에서 「임꺽정」은 '만화소설'로 명명되어 있다.[21] 만화소설이라는 말은 1920~30년대의 영화소설을 떠올릴 법한 혼종적인 장르 명칭이다. 그러나 영화 소설이 영상 문법과 시나리오 기술방식을 차용한 소설 구성의 새로운 방식임을 보여주되 소설 장르의 서사양식임을 부인하지는 않는다.[22] 이에 비하면, 만화소설은 서술방식의 차원이 아니라, 양식 자체가 소설과는 전혀 달랐다.

만화를 만화소설로 부를 수 있었던 것은 소설이 가진 자질을 만화가 전유하고자 하는 의도가 있었기 때문이다. 소설이 수준 있는 교양의 일부로 인식되는 상황에서, 만화소설이라는 용어는 소설에 버금가는 양식적 특징을 암시한다. 첫째는 만화가 일간지의 소설처럼 매체의 전면에 등장했다는 사실이다. 장편만화의 일간 연재가 최초의 일이긴 하지만 스포츠, 연예 전문지를 표방한 『일간스포츠』 체재의 특성상 충분히 가능한 일이었다. 중요한 점은 『일간스포츠』는 장편만화 연재를 통해 종합일간지에 대응하는 대중적 서사물의 체계를 갖추었다는 사실이다. 전통적으로 종합 일간지가 연재소설의 모태가 된 것에 대응하여, 『일간스포츠』는 만화가 새로운 대중서사물로 자리매김할 가능성을 확인하였다.

둘째, 만화소설은 성인지향의 서사물이라는 점이다. 만화가 어린이의 전유물로 간주되는 상황에서 본격 성인만화는 만화 자체를 새로운 차원의 서사물

---

21 「임꺽정」 연재를 알린 사고(社告)는 다음과 같다. "이번 시도한 연재만화는 일정하게 설정된 줄거리, 즉 소설을 만화화하는 이른바, '만화소설'의 성격을 띠는 것으로서 새로운 분야의 개척이 되겠습니다. 일찍이 「짱구박사」로 만화애호가의 인기를 모아온 고우영 씨의 필치로 펼쳐질 만화소설 「임꺽정[林巨正]」은 여러분에게 웃음과 인정, 영기와 의리, ○○와 ○○을 함께 보내주게될 것입니다." 『일간스포츠』, 1971.12.30.

22 영화 소설의 논의는 전우형, 「1920~1930년대 영화소설 연구」, 서울대 박사논문, 2006의 논의를 참조.

로 격상시켜 소설 못지않게 다수의 독자를 확보라려 했다. 게다가 시사만화와 달리 장편의 분량을 연재한다는 점에서 이 신문의 기획은 새로운 서사물의 외형 또한 갖출 수 있었다.

그리고 마지막으로 만화소설이 질적 수준을 갖추었다는 자신감이 내재한다. 임꺽정이라는 소재로는 특별히 새로울 것이 없겠지만 그것이 만화로 전개될 때 사건과 인물의 부여된 깊이 있는 재해석은 만화소설 「임꺽정」만이 갖춘 고유한 미덕이었다.[23] 이런 점을 고려할 때, 만화이되 소설 못지않은 성취를 이룬 '만화소설'의 장르표지는 독자를 기망한 것이라 보기 어렵다. 오히려 만화소설을 지속한 『일간스포츠』의 기획력은 대중의 호응을 발전의 원동력으로 삼았다.

『일간스포츠』가 기획한 또 하나의 유사소설은 최인호의 「바보들의 행진」이다. 장편소설掌篇小說로 명명된 「바보들의 행진」은 본격 소설의 주변부 양식을 갖추고 있다. 만화소설과 함께 새롭게 시도된 장편소설 연재는 『일간스포츠』의 대중지의 면모를 잘 보여주는 기획이다. 이 역시 증면 기획에 따른 것인데, 당시 유행한 청년문화와 연관이 깊다. 『일간스포츠』가 1973년 10월 증면되면서 새로 구성한 면은 '캠퍼스'란이다. 이 면에서는 대학생의 일상 문화와 동아리 활동, 축제, 학술 행사 등을 소개하고 있는데, 대학생 주인공 병태와 영자가 등장하는 「바보들의 행진」은 기획의도에 적절히 들어맞는 이야깃거리였다. 게다가 "젊은 층의 패기와 정감이 교차되는 독자적인 필치로", "우리사회에 청년문화가 있느냐? 없느냐?는 새삼스런 논쟁을 불러일으킨" 최인호는 작가로서 이 지면을 채워줄 이야기꾼으로 더없이 적절했다. 따

---

23 이러한 특징은 「임꺽정」 이후에 더 두드러진다. 「수호지」, 「삼국지」로 이어진 고우영의 만화소설에서 재해석된 인물은 대중의 호응을 이끌어 냈다.

라서 「바보들의 행진」은 단순한 소설 연재를 넘어서 청년문화 전체를 대표하는 서사의 지위에 오르기에 충분했다.[24]

그렇다면 최인호가 연재한 장편소설掌篇小說이란 어떤 서사 양식인가. 소개에 따르면 이 작품은 "일간스포츠에 참신한 기획의 시추에이션 소설"이며, "연속되는 얘기가 아니고 한회한회 끝나는 꽁트掌篇식의 이야기"[25]이다. 편집자는 '장편소설掌篇小說'이라는 표지를 달았지만, 더 정확하게 설명하자면, '장편소설掌篇小說 연작' 혹은 '연작 장편소설掌篇小說'이라고 말하는 편이 더 나을 것이다. 「바보들의 행진」은 두 주인공 영자와 병태를 중심으로 대학생의 사소한 일상과 문화를 결합한 에피소드가 연쇄적으로 이어져 서사의 외형은 견고하지 않아 보인다. 특히나 이 작품이 캠퍼스란에 실렸을 때 소설로서의 위상은 약화된다. 연작장편으로서 하나의 큰 서사가 두드러지지 않은 대신 인접한 청년문화 기사와의 유사성이 강조되면서 「바보들의 행진」은 문학작품이 아닌 기사의 일부이거나, 현실을 희화한 삽화처럼 읽힌다. 이런 점에서 「바보들의 행진」은 장편소설掌篇小說, 혹은 콩트라는 기존의 장르에 귀속되면서도, 올바른 문학이라는 관념에서는 거리가 먼 서사물로 남을 수밖에 없었다.

그러나 각 회의 이야기는 장편掌篇으로서 완결성을 갖추면서도 두 인물을 중심으로 연애서사의 축을 형성해 간다. 또한 이들의 일상과 연애에서 개입하는 현실적인 사건들, 예컨대 장발단속, 대학생 시위, 세대 갈등 등의 현실적 문제가 제기되면서 주인공의 연애서사는 사회적 맥락과 소설적인 디테일

---

24 특히 「바보들의 행진」이 영화와 되는 과정에 동원된 청년문화 주체는 이를 잘 보여준다. 최인호, 하길종, 이장희, 송창식 등의 청년문화 아이콘이 영화화에 가담하면서 「바보들의 행진」은 1970년대 청년문화를 상징하는 사건이 된다.
25 『일간스포츠』, 1973.10.14.

을 갖추어 가고 있다는 점을 간과할 수 없다. 에피소드들의 연속으로 이어진 이 「바보들의 행진」은 대학생-청년들의 통속적 일상을 이야기로 구성함으로써, 1970년대 당시의 대중서사의 새로운 가능성을 보여준다. 주간연재라는 한계로 인해 매회 마무리되는 에피소드를 보여준다는 점에서 장편掌篇에 머물 수 있지만, 에피소드들이 연결된 전체 서사는 여느 장편長篇에 부족함이 없는 구성을 갖추고 있다. 이는『일간스포츠』의 청년문화 기획에 따른 결과이다. 주간연재라는 점을 고려할 때 장편掌篇분량은 하나의 에피소드를 완결하게에 적정한 분량이다. 그러나 청년문화가 파편화된 연쇄로써는 충분히 드러나지 않는다. 청년문화가 기성문화에 대응하는 인정투쟁의 성격을 가진다는 점에서 최인호의 장편 연재가 장편소설의 큰 서사로 나아가는 것은 당연한 결과일 것이다. 최인호와『일간스포츠』가 선택한 「바보들의 행진」은 당시의 사회 상황과 소설가의 의지가 잘 결합된 대중서사의 사례로 꼽을 수 있다.

만화소설과 장편소설掌篇小說은 정전화된 소설의 양식과 뚜렷한 거리를 두고 있다. 그럼에도 소설이라는 장르표지를 고집한 것은 이들 작품이 실린 매체의 성격에서 기인하는 바가 크다.『일간스포츠』가 표방한 대중오락의 가치는 종합일간지의 교양과는 다른 것으로, 1970년대의 사회 변동이 낳은 대중문화 현상 중 하나이다. 이 신문은 한국 사회의 교양 수준에 대해서 기본적으로는 동의하지만, 대중성도 포기하지 않는다. 통속적이지도 교양적이지도 않은『일간스포츠』의 대중성에 의해 만들어진 양식이 바로 만화소설과 장편소설이다.『일간스포츠』는 만화이면서도 수준 높은 만화소설, 장편掌篇이지만 장편소설長篇小說의 문학성을 기획한 소설을 통해 1970년대 대중성의 한 전형을 새로이 구축했다.

②『일간스포츠』와 달리 태생에서부터 철저히 대중적 통속성을 견지한 매체가 주간지 『선데이서울』이다. 대중잡지의 대명사로 인식된 『선데이서울』은 1970년대 대중 주간지의 선정성의 한계지점을 극명하게 보여주었다. 교양의 차원에서 청년문화를 각색한 『일간스포츠』의 시도와는 달리 『선데이서울』은 대중의 통속적인 열망을 있는 그대로 재현해낸다. 성애에 관한 통속적 정보 나열과 더불어, '예비재벌' 시리즈와 같이 돈과 성공을 향한 대중의 열망을 윤색 없이 솔직히 드러낸 것이 『선데이서울』만의 매력이라고도 말할 수 있다. 그만큼 이 잡지는 부富와 성에 대해 정치적 올바름의 수사를 요구하지 않았다.[26] 이런 입장에서 『선데이서울』에 연재된 서사물은 성애의 문제에 집중된다. 최소한의 포즈도 없이 성애에만 초점을 맞춘 『선데이서울』의 서사는 스스로 소설과의 거리를 인정한다. 만화소설이 만화를 차용한 소설, 혹은 소설을 차용한 만화라는 혼용장르의 표지를 내걸었다면, 성애 표현에 중점을 둔 서사물은 소설이라는 개념조차 필요 없는 이야깃거리임을 자임한 것이다. 그 대표적인 작품이 창간호부터 연재된 '선데이 유호시리즈'이다.

'선데이 유호시리즈'라는 표제로써는 칼럼이나, 기획연재 기사 정도로 생각하기 쉽다. 그런데 여기에 '유호'라는 기호로 인해 이 작품이 일정한 서사

26　『선데이서울』의 선정적 내용은 결과적으로 '남성을 위한 배설공간'으로 평가받는다. 여성을 성적 대상으로만 이해하고 남정의 입장에서 어떻게 이용-착취할 것인지를 다루면서, 왜곡된 정보와 지식을 통해, 지배 이데올로기를 반복한다는 것이 이 평가의 근거이다.(임종수·박세현, 「『선데이서울』에 나타난 여성, 섹슈얼리티 그리고 1970년대」, 『한국문학연구』 44, 동국대 한국문학연구소, 2013 참조.) 그러나 한편으로, 왜곡된 여성상이 나타났다는 사실은 이 잡지가 그만큼 대중의 통속적 열망에 충실했다는 증거이기도 하다. 여성인권에 대한 각성이 일어나기 시작한 1970년대의 상황에서 호스티스, 매춘을 외화획득의 수단으로 이해하는 것은 한국 사회 논의의 일부일 뿐이다. 그럼에도 『선데이서울』이 이를 옹호한 것은 그만큼 통속적 가치에만 매몰되어 있다는 것을 의미한다. 성감대 관련 기사나 엽기적 성행위 고발 등과 같은 기사들과 연쇄를 이룰 때 외국인 상대 매춘은 지배 이데올로기-인권의 대립구도를 무화시키며, 극단적인 선정성의 차원으로 떨어지는 것이다.

를 갖춘 이야깃거리임을 짐작할 수 있다. 그리고 '선데이'는 『선데이서울』의 제호를 가리키는 것이면서, 방송작가 유호를 알리는 기호이기도 하다.[27] '유호시리즈'는 방송극과 유사한 형식을 띠면서도 서사의 외형을 유지하면서 소설 장르와 일정한 거리를 유지한다.[28] 전후 유머소설의 전통을 이어가면서 소설 장르를 계승하지 않는 유호시리즈의 태도는 적절해 보인다. 소설을 가장했다는 혐의를 받기보다는 소설이라는 규정을 포기하는 편이 더 효과적이기 때문이다. 게다가 이 작품이 소설이든 아니든 독자의 수용과정에는 특별한 영향을 끼치지 않는 상황이라면, 소설이라는 표지대신, '유호'와 '시리즈'를 결합하는 편이 합당할 수 있다.

소설을 포기한 유호시리즈의 서사적 특징은 '올바른' 소설이 갖춘 완결성에서 자유롭다는 점이다. 매 시리즈는 전체를 관통하는 스토리와 인물이 존재한다. 「쥔 없는 몸」은 젊은 이혼녀와 그녀를 둘러싼 백수 남성들의 이야기이다. 「날 좀 봐주세요」에서는 무작정 상경한 식모처녀의 모험담이, 「사랑을 하다 하다」에서는 뒤늦게 성욕에 눈뜬 여성의 남성 편력이 성애의 묘사와 함

---

27 저자 유호(兪湖)는 「번지없는 주막」을 집필한 인기 방송작가이다. 특히 방송극 '주말 유호 극장'으로 이름을 알린 상황에서 선데이-일요일이라는 기호는 방송작가 유호의 명성을 전취하고 있는 것으로 보인다. 김진찬, 「脫線本業의 명수 兪湖」, 『그 사람 그 얘기-百人百像』, 정음사, 1983 참조.

28 사고에서도 어떤 장르의 글인지를 명확히 밝히지 않는다. 작가의 말에서나, 사고의 소개에서는 유호시리즈는 1탄, 2탄 등으로 순서만 이어지는 '이야기'의 연재이다. 1970년 3월 29일자 사고에서도 제3탄의 소개만 있을 뿐 장르에 대한 설명은 없다. 이후 1972년 7월 9일자 사고에서는 '인기작가가 다시 보내드리는 새로운 스타일의 유머소설'이라는 설명이 나오지만, 실제 연재에서 소설이라는 표지는 없이, 유호시리즈 제5작이라는 표제만 등장한다. 물론 이 작품을 지칭하기에 가장 좋은 명칭은 소설이다. 그러나 유호 스스로 이 명칭을 고집하지는 않는다. "문학성이나 예술성을 찾는 뜻은 없죠. 그냥 가볍게 읽고 버리게 쓰는 것이 제 주의입니다"라고 말하며, 오히려 삽화의 그림으로 인해 작품이 더 읽힌다고까지 말할 만큼 작가의 소설에 대한 인식의 희박한 편이다. 「주간지는 넥타이 사는 기분으로-소설의 유호, 건강교실의 이희영, 등산의 조필대 씨 대담」, 『선데이서울』, 1972.8.6.

께 기본적인 서사의 축을 이룬다. 그런데 일정한 이야기의 구조에도 불구하고 서사의 결말은 스토리 전체를 마무리 하지 못한 채 끝을 맺는 경향이 뚜렷하다. 「쥔 없는 몸」의 경우, '미스 공'에게 접근하는 '미스터 콩', '미스터 키' 등의 이야기와 갈등이 전개되다가 특별한 인과성 없이 인물들이 사라진다. 작품의 마지막에 등장한 '대짜 씨'는 가장 허망한 경우인데, 그가 값비싼 보석으로 미스 공에게 접근하려는 순간, 갑자기 뇌일혈로 사망하면서 작품 자체가 서둘러 결말을 맺는다.

초기작에 비하면 작품 연재가 거듭될수록, 결말의 개연성이 조금 더 탄탄해지는 발전 양상을 보인다. 배경의 변화에 따른 여성 주인공의 갈등과 내적인 변화는 나름의 타당한 논리성을 갖추면서 시작과 끝을 갖춘 서사의 외형을 온전히 갖춘다. 그럼에도 불구하고 각 시리즈는 인위적인 결말이라는 한계를 드러낸다. 이는 이 서사물이 지닌 특수한 상황에 따른 결과이다. 즉 작가가 더 이상 연재를 이어가지 못하거나, 독자의 요구, 혹은 다른 외적 조건으로 인해 급작스럽게 연재를 중단해야 하는 일이 생긴 것이다. 이 상황에서 편집자는 특별한 어려움 없이 이야기를 마무리 짓고 다음 이야기로 넘어가야 하는데, 유호시리즈의 서사적 특성은 이런 조건에 잘 부합한다. 언제 끝나도 이상하지 않으며, 계속 연재한다고 해도 특별할 것이 없는 이야기 구조로 인해 작가로서도 연재와 중단의 과정이 특별히 부담스러운 것은 아닐 터이다. 이는 유호시리즈라는 대중서사의 특징이자 장점이다. 소설이 아닌 이상, 소설에 요구되는 형식적 완성도에서 자유로울 수 있으며, 그로 인해 더 많은 이야기를 더 자유롭게 펼쳐나갈 수 있는 최소한의 장치를 마련해 둔 것이다. 예컨대, 「쥔 없는 몸」의 경우 '대짜 씨'의 난데없는 죽음처럼 더 기괴한 남성인물이 연쇄적으로 등장하더라도 특별히 거부감을 주지 않는다. 이전의 남성 인물 역시 이렇게 등장한 것이며, 변주를 거치며 애정 행태를 반복하는 것 자체가 유호시리즈 내용의 핵심이기 때문이다.

대중서사는 소설이라는 규범적 장르 주변에 존재하며 소설과 서로 교호하는 위치에서 양식화되었다. 소설과 거리를 두면서도 소설이 갖춘 질적인 완성도를 전유하는 방식은 대중서사의 전략 중 하나이며, 대중성의 기본적인 특징이기도 하다. 저급하고 속악한 형식을 유지하면서도 정전화되고 고급한 양식과 끊임없이 길항하는 것은 대중적 양식의 하나의 표본으로 들 수 있다. 만화와 콩트, 그리고 유사 소설은 1970년대에 두드러진 대중성의 양식의 현실태였다.

4. 관음증적 시선과 대중의 리터러시

1970년대 다양한 형식의 대중서사는 대중의 요구에 부합에 부합하기 시작한다. 형식 상 혼성적인 특성을 통해 다양한 현실적 열망/욕구와 욕망을 채워가는 것이다. 『선데이서울』에서 대표적으로 볼 수 있듯이, 대중서사의 구조 속에는 지배와 통제의 권력이 개입하지만 동시에 대중의 솔직한 통속적 열망이 가감 없이 혼재되어 나타나기도 한다. 지배와 통제의 권력은 각종 위원회의 간접화된 검열기제를 활용하기도 하며, 때로는 사법기관의 직접적인 힘을 동원하기도 한다. 선정성과 음란성, 외설성 등의 표면적인 잣대는 그 자체로 권력의 상징이다. 필요에 따라서는 권력 그 자체를 전경화하는 일

도 드물지 않다.[29]

하지만 대중의 통속적인 열망은 통제에 의해 삭제되는 것은 아니다. 정조와 순결, 그리고 새마을 운동으로 이어지는 통제의 키워드와 함께, 환락과 유흥, 부자와 재벌 같은 대중적 주제가 한 잡지에 혼재된 만화경 같은 형국이『선데이서울』이었다. 새마을정신을 통해 시골 마을의 환골탈태를 강조하는 기사와 갖은 수단과 방법으로 치부한 이들의 입지전은 유사한 비중으로 배치되어 있다. 중소규모 사업가를 소개하는 '예비재벌' 시리즈는 당시 부富를 절대적인 미덕으로 수용하는 대중적 열망을 잘 보여준다. 때로는 비난받아 마땅한 비위나 착취는 부의 비결로 칭송되기도 한다.[30] 이 같은 이중성은 여성을 대상화한 기사에서도 발견된다.『선데이서울』이 여성을 대하는 태도는 표면적으로는 정조와 순결을 강조하는 형식을 취한다. 사회 저명인사의 딸을 소개하는 '딸자랑' 시리즈에서 보듯, 현모양처의 여성상이 미덕인 듯이 소개된다. 그러나 '딸자랑' 화보는 항시 선정적 화보와 인접해 있다. 정조를 기화로 성적 타락에 관한 선정적인 기사가 이어지는가하면, 서울의 유흥가를 소개하거나 여성의 육체를 대상화하는 기사들이 넘쳐나는 것이 이 잡지의 실체이다.[31]

---

29 1975년을 전후로 한국 대중문화의 상황이 악화된 것과 관련하여『선데이서울』의 기사에서도 권력의 직·간접적인 영향을 발견할 수 있다. 특히 국가 권력의 작동방식이 주간지 기사 속에서도 간접화되어 재현되는 양상을 볼 수 있는데, 가난한 시골마을이 어떻게 잘 살게 되었는지를 르포 형식의 기사로 재현한 '새마을 탐방'이 대표적이다. 때로는 권력 자체를 직접 드러내는 기사도 볼 수 있다. 1974년의 영부인 피살사건이나, 1976년 일명 '코리안 게이트' 사건과 관련된 기사는 대중매체가 가진 최소한의 능동성을 찾아보기 힘들다. 영부인 서거 이후 하루도 거르지 않고 묘소를 참배했다는 노인과 부인을 소개한 기사(「추모특집 1년을 한결같이 참배한 지성 시민」,『선데이서울』, 1975.8.17)나 '미국에 도망가서 살고 있는 배신자 김형욱'을 규탄하는 스포츠, 연예계 인사의 발언을 모은 기사(「온국민의 분노를 산 김형욱 망발」,『선데이서울』, 1977.7.10) 등은『선데이서울』이 보여준 여타의 기사와는 전혀 다른 분위기의 기사이다.

30 「쇼킹화제, 집 사고 차 산 구두닦이 4형제」,『선데이서울』, 1971.1.31.

31 임종수·박세현, 앞의 글 참조.

공식적인 지배담론과, 이와 무관한 통속적 열망은 당시 대중의 욕망의 정체성을 드러내는 구성요소 중의 하나이다. 지배와 통제하에 있으면서도 반사회적이거나 비사회적인 통속적 열망은 여전히 대중의 삶을 추동한다. 이러한 이중적인 속성은 대중서사의 서술상의 특징과도 부합한다. '유호시리즈'는 기본적으로 소설과 유사한 형태를 갖추고 있지만 화자의 위치에서는 본격적인 소설의 구성에 미치지 못한다. 서사의 내부와 외부가 구분되는 문학적 규범과 달리 유호시리즈의 화자는 실제 외부의 작가 및 독자의 층위와 교차되어 있다. 이는 말하기 방식의 구술적 전통과 연결된 것으로, 대중의 문자행위가 일상화되었지만 여전히 구술적 전통은 서사물 수용에서 주요 기제로 작용했다. 특히 방송극 경험이 있는 작가로서는 구술적 서술방식은 쉽게 선택할 수 있는 방식이었다.

쪽문을 살짝 밀고 들어가면 현관이 있지만 남의 집을 그냥 쑥쑥 들어갈 수는 없으니 그 옆으로 해서 안마당이나 기웃해볼까.

야하, 그것 참 근사하게도 꾸며 놨다. 백 평이 훨씬 넘을 만한 정원에는 웬만한 골프장이 무색할 만큼 손질이 잘된 잔디가 유월의 아침 햇살을 받아 푸른 카피트처럼 반짝거리고 한쪽에 있는 연못에는 크고 작은 금붕어들이 떼를 져 노닐고 있다. (…중략…)

아차 그리고 보니까 또 있구나. 널찍한 테라스 위를 온통 뒤 덮은 등(藤)나무의 꽃이다.[32]

---

32 「줴 없는 몸」, 『선데이 서울』, 1969.6.1, 29~30쪽.

위의 인용은 유호시리즈의 두 번째 작품 「쥔 없는 몸」의 첫 장면이다. 영화의 카메라 이동을 연상시키는 이 장면은 여주인공의 특징을 암시하기 보다는 그녀를 둘러싼 배경을 시각적으로 재현하는 데 머문다. 「쥔 없는 몸」에는 일반적인 소설적 묘사가 등장하지만 전반적으로 시각적 이미지를 적극적으로 활용하는 특징을 드러낸다. 성애의 문제를 주로 다루고 있는 장면에서 시각 중심의 묘사는 이 소설에 대한 관음증적인 특징을 잘 보여주고 있다. 육체를 관음증적으로 묘사하기 위해 자신의 존재를 숨기지 않는다는 점에서 유호시리즈는 1920~30년대 영화소설과도 차이를 보인다.[33]

내포작가-화자가 서사의 내부에 등장하여 독자에게 말을 건네는 방식은 대중서사에서 드물지 않다. 유머소설, 고전소설, 실화소설 등의 다양한 장르소설의 아종亞種에서는 화자가 서사의 경계를 자주 넘나든다. 문제는 화자의 말하기 방식이 서사의 원활한 전개를 위해 고안된 장치가 아니라 오히려 화자가 서사의 과정을 중단시키고 독자에게 직접 영향을 미치려는 시도에서 비롯되었다는 점이다. 유호시리즈의 화자는 아무런 매개나 장치 없이 독자에게 자신의 의도와 특정한 내용을 전달한다.

짐승도 정을 통하면서 설사 말은 못할망정 그 나름대로의 과정을 거치는데 하물며 사람인 네가 그럴 수가 있니? 너 같은 녀석이 있기 때문에 여자들이 자꾸만 강해지는 거야. 너 같은 치한이 득실거리기 때문에 여자들도 자위를 위해서 유도를 배운다거나 당수를 배워서 호신책을 마련하게 되는 거야. 여자란 진정으로 대해서

---

33 유호시리즈의 화자의 존재는 1920~30년대 영화소설과도 유사하지만, 그 존재를 숨기지 않는다는 점에서 차이를 보인다. 영화소설에서도 무성영화의 변사와 같은 화자가 등장하지만, 소설 양식 속에서 자신의 존재를 드러내지 않는다. 전우형, 앞의 글, 2006, 133~139쪽. 하지만 유호시리즈의 화자는 서사의 경계를 넘어 실제 독자를 향한 직접적 발화를 빈번히 보여준다.

말이다, 살살 달래서 그래가지고서 어떻게 하더라도 하는 것이지, 네 녀석 모양 덮어놓고 덤벼들어?

봐라, 이 녀석아. 미스 공이 부엌에서 어떻게 하고 있나.

울고 있지 않느냐 말이다. 못된 짓을 해서 여자를 울려놓고 행여나 너한테 좋은 일이 있을 성싶으냐? 네가 진정 남자라면 가서 사과를 해.

"미안하게 됐소. 다시는 그러지 않겠소"라고 가서 깨끗이 사과를 해 그러지도 못하겠으면 차라리 짐을 싸라. 보따리를 싸가지고 나가! 미스 공이 나가라고 하기 전에 꺼져버려.[34]

차는 다시 제길로 들어서서 속력을 낸다.

"어떠십니까 기분이?"

"……좋아요……"

나, 이거야. 아니 그렇게 기분이 좋아? 그렇게 땡호우야? 나중에 어떻게 될 줄도 모르고.[35]

위의 두 인용에서 보듯이 화자는 인물과 사건에만 치중하지 않고 전개되는 사건에 대한 논평까지 독자에게 직접적으로 제시한다. 여자를 함부로 대해서는 안 된다는 점, 그리고 여자를 다룰 때는 어떠해야 하는지에 관해 인물의 대화처럼 발화한다. 그러나 실제로는 이 발화의 수신자는 독자이다. 화자는 이를 통해 독자에게 상식적인 수준의 식견을 효과적으로 전달한다. 화자가 전달하려 한 것은 두 번째 인용에서처럼 정서적 반응일 수도 있으며,

---

34 「쥔 없는 몸」, 『선데이서울』, 1969.9.7, 29~30쪽.
35 「쥔 없는 몸」, 『선데이서울』, 1970.1.18, 37쪽.

나아가 전개과정을 알려주는 부가적인 정보일 수도 있다. 화자가 전달하려한 것은 서사 구조와는 무관하지만, 이를 통해 작가-화자는 독자가 거부감없이 받아들일 수 있는 수준에서 독자와의 유대관계를 형성시킬 수 있다. 화자가 제공하려는 정보는 공유 가능한 수준에서 전달되고, 독자가 이를 확인하는 순간, 화자는 동질감을 확인하고 서사에 호응하게 된다. '유호시리즈'의 전반적인 주제는 표면적으로 비정상적 성애와 불건전한 연애의 허무함을고발하는 듯이 보이지만, 그 한편으로는 상세한 성 묘사와 통속적 교양, 혹은 대중적 리터러시의 재현에도 적극적인 관심을 기울인다.

공식적인 지배담론과, 이와 상관없는 남성적인 시선이 대중서사 속에서유입되면서 화자와 독자는 하나의 공통된 지점에서 합치한다. 지배의 시선너머에서 내부를 들여다보는 관음증적인 태도는 대중적 리터러시를 확증하는 수단이다. 지배 이데올로기를 재생산하면서도 한편으로는 그 너머에 있는 대중의 욕망을 투사하는 관음증의 시선은 대중서사의 내면 풍경의 하나이다.

이러한 장면은 만화소설에서도 볼 수 있다. 만화소설 「임꺽정」에서 사건의 화자로서의 화자의 발화가 등장인물의 말풍선 밖 지문의 형태로 존재한다. 「임꺽정」의 시작에서부터 "임꺽정이란 어떤 인물인가? 기록에 남은 것을 보면 양주에서 태어난 백정. 키는 7척이 넘고. 눈은 화경 같은데, 그 위에눈썹이 솔밭같이 짙고 한번 힘을 쓰면 돌을 움켜 물을 짠다"[36]와 같은 해설이 붙는다. 이러한 해설은 소설의 소설과 유사하며 만화에서도 일반화되어있는 것이다. 그러나 고우영의 만화소설은 여기서 독특한 흡인력을 발휘한

---

36 「임꺽정」, 『일간스포츠』, 1972.1.1.

다. 그의 해설은 단순히 사건의 설명에만 그치지 않고 독자를 향한 직접적인 발화로 이어지면서 관심을 이끌어 낸다. "서림이 이 작자, 수천포 주모에게 정이 찰싹 들었나보다. 하기야 주모 쪽이 워낙…… 요즘 말로 억지로 표현하자면 '비정상 과격 변태성욕녀'라고 하나? 그런 말은 없지"[37] 등의 서술은 「임꺽정」의 서사와는 거리가 먼 것으로, 실제 독자를 수신자로 하는 작가의 육성에 가까운 발화이다. 작가가 작품 속 서사를 이끌면서 현실을 매개로 하여 실제 독자의 욕망을 확인하고 추동하는 방식은 만화소설을 포함한 대중서사에서 공통적으로 발견된다.

5. 현실의 개입에 의한 사회적 맥락 형성

실제작가와 화자, 그리고 독자를 매개하고 있는 통속적인 욕망은 당시 대중적 관습과 리터러시가 무엇인지를 보여준다. 그러나 대중서사의 독특한 서술방식은 관음증적인 시선을 노출하고, 통속적 리터러시를 복제하는 수준에서 그치지 않는다. 작품 밖으로 돌출된 화자가 실제 독자와 끊임없이 소통할 때 함께 부각되는 것은 당대의 실제 사건이다. 이는 해학의 도구로 쓰이기도 하지만 때에 따라서는 창작 의도와 주제를 암시하는 효과를 발휘하기도 한다.

---

37 「임꺽정」, 『일간스포츠』, 1972.1.19.

만화소설 「임꺽정」의 경우 시대 배경이 과거임에도 불구하고, 작가는 실제 현실의 사건들을 지속적으로 상기시키면서 독자와의 소통을 시도한다. 이때 동원되는 실제 사건은 대중에게 깊이 각인된 사건이다. "불을 질러 연기가 뭉게뭉게 동굴 안으로 들어가니, 십여 명 남았던 졸개들이 혹은 질식사하고 혹은 그 높은 벼랑 밑으로 몸을 던진다. 고층건물에 불이나면, 뻔히 죽는 것을 알면서도 뛰어내리는 실례를 우리는 봐서 안다"[38]라는 화자의 해설은 1971년의 '대연각화재사건'을 상기시킨다. 이 실제 사건은 작품 속 임꺽정의 서사와는 전혀 무관하지만 두 사건을 병치시킴으로써 임꺽정의 소굴이 불타는 장면을 인상 깊게 묘사하고 현실적인 긴장감을 부여한다. '유호시리즈'에서는 서사의 흐름을 중단시키고 당시 화제가 된 사건을 개입시킴으로써 흥미를 유발하고 독자와의 소통을 꾀하기도 한다.[39] 이처럼 서사 속에서 삽입된 실제 사건은 그 속에 문제적 시대상황이 농축되어 있기에 흥미의 촉매 이상의 역할을 한다.

화자와 실제 독자가 소통하는 장면은 「바보들의 행진」의 마지막 회에서 가장 극적으로 재현되었다. 병태와 영자가 자신들의 불만을 전하기 위해 일간스포츠사 편집국으로 전화를 걸어 작가 '최인호'와 통화하는 것으로 설정되어 있는데, 이때의 담화는 단순한 흥미유발을 넘어서 의미전달의 기능을 발휘한다. 화자가 일방적으로 독자에게 전달하는 것이 아니라 병태와 영자, 최인호 세 인물이 대화를 통해 자신들의 이야기, 즉 「바보들의 행진」의 내용 그 자체를 반성하고 있기 때문이다. 서사의 틀을 깨는 상상을 통해 「바보들의 행진」의 주제의식을 선명하게 드러낼 수 있었던 것이 바로 마지막 회의

---

38 「임꺽정」, 『일간스포츠』, 1973.2.28.
39 「쥔 없는 몸」, 『선데이서울』, 1970.4.5, 68쪽.

대화이다.

> 병태 씨와 영자 씨. 담에, 이담에 우리 또 만나기로 합시다. 이담에 우리들이 자
> 라서 컸을 때, 커서 사회에 나가 이 분야, 저 분야에서 활동하고 있을 때 우리들의
> 시대가 왔을 때 무엇이 과연 옳고 그른가. 무엇이 과연 틀린 소리고 맞는 소리인가
> 밝혀질 테니까 우리 그때 술 마시면서 얘기합시다.[40]

'최인호'는 자신들을 바보로 묘사했다는 병태와 영자의 억울함과 불만을
받아들이면서 그들을 위로한다. 위로의 핵심은 아직 청년의 시대가 오지 않
았으며, 청년의 시대가 곧 도래한다면, 그때는 청년의 가치를 실현할 수 있
을 것이라는 믿음에 있다. 이로써 수난을 겪고 바보취급 당한 병태와 영자의
1970년대의 '억울한' 일상은 긍정적인 청년문화의 가치로 격상될 수 있었
다. 이와 같은 주제의식을 드러내기 위해 실제 작가는 가상의 상황 속에 들
어가 자신의 목소리를 직접 개입시키는 대화를 구성했다.

『일간스포츠』의 캠퍼스 란의 일부로 자리매김한 「바보들의 행진」은 그 자
체로 대학생의 다양한 소비문화의 일상과 동일시된다. 각 에피소드들은 작
가의 상상력이라기보다 현실과의 직접적인 조응을 통해 재구성된 현실의 성
격이 강하다. 그러나 매개 없이 서사 속으로 들어온 듯 보이는 실제 현실은
청년문화의 문제점을 내포하면서 단순한 유흥 수준의 읽을거리에서 소설적
인식으로 나아가게 하는 원동력이었다. 이를 잘 보여주는 사례가 스트리킹
을 소재로 다룬 23화 '병태의 스트리킹'이다. 교내에서 담배를 피우다 교수

---

40   최인호, 『바보들의 행진』, 예문관, 1974, 250쪽.

에게 빰을 맞은 병태는 억울함을 풀기 위해 옷을 입고 뛰는 '한국적 스트리킹'을 감행한다는 것이 23화의 줄거리이다. 스트리킹은 23화가 게재된 1974년 경에 신문의 해외토픽란 등에서 흥미위주로 소개된 바 있는데, 이로부터 불과 몇 달 지나지 않아 돌발적으로 퍼져나갔으며, 짧은 시간 내에 전국적인 유행현상이 되었다. 이 과정에서 사법당국의 엄격한 대응은 그 자체로 '한국적'인 상황을 연출하기에 충분했다.[41] 그 '한국적' 상황에 병태는 다음과 같이 대응한다.

"임마, 옷 입고 뛰는 스트리킹이 어디 있어. 스트리킹하려면 옷 벗구 뛰어라."
"그럴 수는 없어." 병태는 땀을 뻘뻘 흘리면서 뜀박질을 계속하였다.
"여긴 임마, 한국이야. 외국 것을 그대로 모방할 수야 있니? 토착화된 스트리킹이다. 어때 옷 입고 뛰는 한국적으로 토착화된 스트리킹이 어때 근사하냐?"[42]

병태의 한국적 스트리킹은 두 가지 차원에서 의미화 될 수 있는데, 그 하나는 빰을 때린 교수, 즉 억압적인 기성세대에 대한 반항의 의미이다. 종교와 교칙이라는 이유로 느닷없이 빰을 때린 교수에게 반항하지 못한 병태에게 스트리킹은 유일한 저항수단이다. 또 하나는 스트리킹이라는 저항 자체를 억압하는 '한국적 상황'에 대한 저항이다. 스트리킹이 억압된 사회에서 벌어진 하나의 해프닝[43]임에도 불구하고 이에 대응하는 당국의 태도는 지나

---

41 스트리킹의 원류인 미국의 경우, 스트리킹은 유희적 차원에서 포용되었지만, 한국에서는 당시의 시대 상황과 겹쳐져 스트리킹이 체제에 반하는 행위로 비춰진 것으로 보인다. 각 신문은 칼럼을 통해 "스트리킹만은 한국 상륙을 막자"라는 논설을 제출하는 것은 물론, "나체 질주자 수사본부"까지 설치하여 100여명의 경찰이 탐문수사를 벌인 상황은 분명 한국적인 상황전개라 할 수 있다.
42 『일간스포츠』, 1974.3.18.

치게 엄격했다. 이를 두고 한국적이라고 말할 수 있다면, 옷을 입고 스트리킹을 벌이는 병태의 아이러니는 한국적인 상황이 얼마나 모순적이며, 본질에서 멀어져 있는가를 보여주는 통렬한 비판인 셈이다. 그리고 그 비판의 끝지점이 '한국적 민주주의'를 내세운 유신체제를 향하고 있음을 짐작하기란 그리 어렵지 않을 것이다.

기존의 언론 매체가 스트리킹을 나체라는 선정적인 지점에서 인용한 것과 비교한다면, 병태의 한국적 스트리킹은 1970년대 당시의 사회적 맥락을 가시화하면서 그에 대한 비판의식을 풍자적으로 드러내는 성과를 거둔다. 스트리킹을 두고 희담을 나누는 장면에서 시작하여, '바보'같은 대학생들의 억울함을 토로하며, 이를 풀기 위한 한국적 스트리킹으로 전환되면서 한국 사회에 대한 풍자로 끝맺은 23화의 이야기 구조는 「바보들의 행진」이 실제 현실을 어떻게 활용하는지를 보여준 사례이다. 「바보들의 행진」은 지면의 특성을 활용하여 재빠르게 그 현실을 수용하면서도, 사회적 맥락과 의미를 형성하는 데까지 나아간 전거로 꼽을 수 있다. 스트리킹 외에 학생시위가 빈번하던 대학가 분위기가 주목할 만한 현실로 활용되었다. 휴교령과 긴급조치가 교차되는 1970년대 초반의 상황을 스포츠 신문의 장편소설掌篇小說에 등장시킨 「바보들의 행진」의 성과는 이례적인 것이었다. 이는 실제 현실을 수용하기에 적합한 구조와, 현실을 적절한 유머로서 변용할 수 있는 서술방식을 가진 「바보들의 행진」만의 고유한 성취이자, 1970년대 대중서사의 가능성의 하나였다.

---

43 송은영, 「대중문화 현상으로서의 최인호 소설」, 『상허학보』 15, 상허학회, 2005, 434쪽.

6. 맺음말

1970년대의 대중서사는 소설 장르의 변두리에서 고유한 양식을 개척하였다. 소설의 교양적 가치를 전유하거나 전복시키면서 대중서사는 독자와의 관계를 유지했다. 정전화된 양식에서 자유로운 대중의 문자행위의 관습과 대중서사의 양식은 잘 조응했다. 이 상황에서 1970년대 대중매체에 등장한 유사소설들은 소설 규범에 빚지지 않고도 고유한 서사 장르를 개척할 수 있었다.

이 글에서 설정한 유사소설이라는 범주는 대중성과 대중서사의 특징을 상징적으로 보여준다. 소설-문학이 정전화되면서 지향한 가치는 문학의 내적 논리와는 무관하게 이데올로기적인 성격을 지닌다. 이는 1970년대의 시대적 상황과 맥락을 같이하면서 한국의 지배적 담론을 생산하는 근거가 된다. 대중에 대한 지배와 통제가 이루어질 때 문학의 안팎에 존재하는 논리는 문화정치의 동인이 된 것이다. 이에 따라 대중은 통제되고 계몽되어야하는 처지가 되었으며, 대중성과 대중문학은 타자화될 수밖에 없다. 대중에게 제공된 문학이 좁은 의미의 문학에 갇힐 때 대중의 역동성은 상실될 위기에 처한다. 대중성의 위기의 돌파구 중 하나가 유사소설이었다. 통속성의 증거로서 올바른 문학에 미달하는 유사소설은 어쩔 수 없는 대중성의 한계였지만, 한편으로는 대중성이 펼쳐지는 가치 있는 공간이 되기도 한다. 미달의 형식인 대중서사는 대중 주체가 현실을 인식할 수 있고 대중의 열망을 드러낼 수 있는 매개였기 때문이다.

식민지 시기 다양한 매체서사가 시도된 것과 같이, 1970년대의 대중매체가 더 다양한 매체-양식의 실험을 진행시켰다면, 이후의 대중서사 양식의 양과 질은 달라졌을 모른다. 물론 대중서사가 이 글에서 언급한 경우만 존재하는 것이 아니기에 이런 가정은 무용하다. 그러나 매체와 서사 양식의 융합과 분화는 각각의 장르 관습에 대한 거부에서 시작된다는 점을 상기한다면, 1970년대의 유사소설의 전략적 선택은 통속성 이상의 가치를 부여받을 수 있을 것이다. 예를 들어 르포와 수기, 논픽션 등의 글쓰기는 대중서사와의 친연성으로 인해 결합가능성이 크다. 실제 이 두 장르의 결합은 1970년대 후반에 들어서 시도된 것으로 보인다. 그리고 대중서사의 장르적 특성과 서술의 전략은 소설의 변화와도 밀접하게 연결된 것으로 보인다. 구술적 특성과 대중적 글쓰기와의 관계, 그리고 실제 현실이 서사 속에 개입하는 양상 등은 소설에서도 반복되는 양식론의 주제이기 때문이다. 소설과 유사소설의 관계를 통해 소설의 양식 자체의 정체성을 밝히기는 어려울 것이다. 다만 그 유사성을 밝힘으로써 소설 내부의 문제를 확인하고 그 변화 과정을 추적하는 일이 필요하다고 판단된다.

제6장 1970년대 『선데이서울』과 대중서사

1. 『선데이서울』을 읽는 방법

『선데이서울』은 1970년대 주간지의 총아였음에도, 본격적인 연구의 대상이 되기보다 관습적인 소비대상으로 남아 있는 듯이 보인다.[1] 그로 인해 지금까지 매체 연구에서 『선데이서울』은 희귀한 대상이었다. 매체 연구가 『선데이서울』에 주목하지 않은 데에는 나름의 근거가 있을 터이다. 특히 장르 개념이 견고한 문학 연구의 공간에서 『선데이서울』을 문학적 매체로 분석하려는 시도가 『선데이서울』 텍스트의 왜소함에 의해 위축되었을 사정을 짐작

---

[1]　『선데이서울』은 1970년대 대중·통속 주간지의 대표로 호명되는 것이 일반적이다. 『선데이서울』의 기사와 화보의 낯설음은 시대상과 연관되어 복고 취향을 불러일으키는 데에 기여하고 있다. 『선데이서울』을 표제로 내세운 이성욱의 『쇼쇼쇼, 김추자, 선데이서울, 게다가 긴급조치』(생각의나무, 2004)는 대중문화사 연구사적 의의에도 불구하고 『선데이서울』을 '그 때 그 시절'에 대한 감각을 재생산하는 텍스트로만 이해될 위험에 처해있다. 이와 같은 태도는 현재 『서울신문』 웹사이트에서 제공하고 있는 '선데이서울 다시보기 서비스'에서도 유사하게 목격된다. 영화 〈썬데이서울〉(박성훈 감독, 2006) 역시 통속 주간지 『선데이서울』의 기표를 활용한 사례이다.

하기는 어렵지 않다. 『선데이서울』이 대중·통속 주간지로 규정되면서 그 텍스트들은 대중과 통속의 의미규정을 벗어난 지평에서는 쉽게 포착되지 않았다. 그럼에도 이 글은 주간지 본연의 통속성을 다른 어떤 것으로 재전유함으로써 『선데이서울』을 대중문화/문학의 기념비적인 지점으로 끌어올리려는 것을 꾀하지는 않는다. 오히려 『선데이서울』의 통속성을 인정하며, 1970년대의 텍스트의 생산조건을 파악하고 생산과정에서 펼쳐진 『선데이서울』의 고유성을 확인하는 데에 강조점을 둔다. 즉 『선데이서울』의 대중적 요인들 속에서 생성된 텍스트를 확인하고, 그 텍스트를 어떤 맥락에서 읽어나갈 수 있는지를 논구하는 것이 이 글의 일차적 목표이다.

일상적으로 『선데이서울』에 접근하는 방식은 『선데이서울』을 1970년대 낯선 일상의 기록물로 읽는 것이다. 이 낯섦은 시대적 특이성을 증명하는 자료로서 인용되기도 한다. 이런 접근방식이 개별적인 경험과 결합할 경우, 『선데이서울』은 1970년대 한국 사회의 단면을 보여주는 만화경이자 현재의 하위문화의 기원으로 지목된다. 『선데이서울』이 이런 시선에서 벗어나 본격적인 연구의 대상이 된 것은 비교적 최근의 일이다. 최근 연구는 『선데이서울』을 1970년대를 대표하는 텍스트로 파악하고, 그 속에 내재한 의미망을 발견하려 한다. 『선데이서울』을 생산-소비한 대중·통속의 시선을 젠더, 혹은 섹슈얼리티와 같은 사회성의 담론으로 해석한 연구가 이에 해당한다.[2] 성을 소재로 한 기사를 통해 보건대 『선데이서울』은 차별과 억압의 구조가 재생산된 담론 공간이라는 의미를 가진다. 남성적 욕망에 따라 현모양처와 포르노배우, 그리고 억척녀 등의 세 유형으로 각기 다르게 호명된 여성은 『선

---

2   임종수·박세현, 「『선데이서울』에 나타난 여성, 섹슈얼리티, 그리고 1970년대」, 『한국문학연구』 44, 동국대 한국문학연구소, 2013.

데이서울』의 기사를 통해 구체적인 형상으로 재현된다. 이때 『선데이서울』의 기사 및 콘텐츠는 사회적 의미를 내포한 텍스트로 읽히며, 『선데이서울』은 성정치의 공간이 된다.

이와 달리 텍스트의 생산과 소비 과정에 초점을 맞출 경우, 『선데이서울』은 읽을거리와 정보를 제공한 대중매체의 하나로 읽힌다. 『선데이서울』의 기사가 1970년대의 시대적 변화와 함께 생산되었다면, 『선데이서울』은 시대성과 그에 대응하는 대중문화, 혹은 대중문학장의 변화를 내포한 유의미한 매체인 것이다. 이 관점은 『선데이서울』을 1970년대를 대표하는 텍스트로 볼 것을 제안하며, 텍스트의 성립조건들에 관심을 기울인다. 이때, 『선데이서울』은 1970년대 대중성의 기원으로 호명될 수 있을 것이다. 『선데이서울』은 산업화의 사회 변동을 겪으며 성장한 대중사회에 읽을거리를 제공했으며, 그 유형과 특징은 한국 사회의 대중성의 일단면과 일치한다. 따라서 『선데이서울』의 기사는 대중의 일상에서 유효한 새로운 소통구조의 사례를 보여준다는 점에서 주목할 만한 것이었다.[3] 이 같은 독법의 연장선에서 『선데이서울』의 서사양식은 1970년대 대중서사 전체의 일부로 평가된다. 1970년대 대중서사가 확산되던 시기에 등장한 『선데이서울』의 서사양식은 '만화소설', '유호시리즈' 등 다양한 '유사소설'의 사례와 함께 1970년대 대중서사의 분기를 이루었기 때문이다.

『선데이서울』을 사회적 매체로 분석하는 작업은 이 잡지를 지적 형성물로 대상화할 것을 기획한다. 이는 『선데이서울』을 통해서 당시의 사회적 담론의 형성과 소통, 혹은 이데올로기적 작용이 이루어졌음을 전제하는 것이다.

---

3   연윤희, 「『선데이서울』의 창간과 대중 독서물의 재편」, 『대중서사연구』 30, 대중서사학회, 2013, 제3장 참조.

이에 따라『선데이서울』이 생산한 텍스트들은 그 소비를 통해 대중에게 유용하게 작동하는 지식 체계를 이루며 1970년대 공공성의 근거가 된다.『선데이서울』은 진위를 알 수 없는 허술한 기사들로 점철된 도색잡지처럼 보이지만, 생산-소비 과정에서 1970년대의 공공의 소통과 지식을 만들어낸 주요한 매체라는 것이다.

사실 사회 구조와 변동에 기민하게 대응하는 기제는 근대적 대중잡지의 본연의 모습이다. 식민지 시기에 널리 읽힌『별건곤』,『삼천리』등은 식민지라는 특수성 내에서 근대적 대중지의 원형을 보여준 사례로 꼽을 수 있다.『별건곤』이 독서 대중을 잡지의 소비자로 호출하기 위해 펼친 다양한 전략에서 보듯이, 대중성을 향한 잡지의 기획은 외부로부터 고립되지 않으며 기존의 문학 장르와 적절히 교호함으로써 성과를 거둘 수 있었다.[4] 동시에 대중잡지는 정치-경제의 구조변동에 따라 잡지 내부의 체제와 논리를 변화시킬 만큼 민감한 사회적 대응성을 견지한 매체이기도 하다.[5] 자본주의 체제가 강화될 때, 잡지 내부에서는 민족과 자본의 가치가 중첩되며 새로운 양식을 형성하기도 한다.[6]

이와 같은 사정은 1960~70년대에도 마찬가지이다. 1930년대 체제의 세

---

4 『별건곤』독자투고와 현상(懸賞) 등의 독자중심의 편집전략을 통해 전통적인 문학장의 관습과 권위를 전복시키는 효과를 발휘했다. 전은경,「'쓰이는 텍스트'로서의『별건곤』과 대중문학 독자의 형성」,『어문학』125, 한국어문학회, 2014, 제5장 참조.

5 예컨대 1930년대『삼천리』는 민족주의적 성향을 후반 전쟁기라는 특수한 형태로 자본주의 체제에 조응하는 방향으로 전환시킨다. 이경자,「1930년대 대중적 민족주의의 논리와 속물적 내러티브 -『삼천리』잡지를 중심으로」,『어문연구』37(4), 한국어문교육연구회, 2009, 355쪽.

6 회고록과, 수기, 자서전, 성공담 등 비문학적 양식은 1930년대라는 시대적 상황에서 주목받는 것은 대중잡지의 체계와 구성을 이해하는 데 필수적이다. 차혜영,「다이제스트 세계문학이라는 소비상품과 미디어자본의 문학정치학-1930년대『삼천리』와『조광』을 대상으로」,『상허학보』45, 상허학회, 2015, 제4장 참조.

계성이 식민지 조선의 저널리즘에 영향을 미쳤듯, 20세기 후반 냉전적 세계 체제는 문학적·문화적 텍스트 형성에 결정적인 요소로 작용했다.『선데이서울』역시 1960년대 이후 자본주의 체제가 요구한 산업화에 대응한 대중매체의 하나이다. 1960~70년대의 정치적 특수성과 자본주의의 보편성이 동시에 실현되는 한국에서 펼쳐진 대중성과 그 정치·경제적 함의는『선데이서울』의 고유성의 근거가 된다. 대중서사의 소요所要에 따른 장르적 확산에도 불구하고, 이에 끊임없이 영향력을 행사한 권력의 작용은 이 시기 대중주간지 및 대중서사를 이해하는 데 반드시 고려해야 할 요소이다. 이 글에서는『선데이서울』에서 펼쳐진 대중서사의 대양한 양상을 고려하기 위해, 대중서사의 고유한 바탕인 문예장의 조건과 그 변화를 살피는 동시에, 1960~70년대 정치-경제적 조건이 직접적으로 영향을 끼쳐온 주제들, 즉 성과 부라는 대중적 기호와 열망을 담은 저널리즘 글쓰기the journalistic writings 양식들을 검토할 것이다.

2.『선데이서울』의 구성과 소비 방식

『선데이서울』을 유의미한 텍스트로 받아들이기 위해서는 무엇보다 이 잡지의 대중 주간지로서의 정체성을 우선적으로 이해해야 한다.『선데이서울』은 한국 최초의 주간지는 아니었지만, 1970년대 주간지들의 경쟁에서 우위를 점하여 대중 주간지의 대명사가 되었다.[7] 1968년 7월 주간지 발행을 제한했던 신문사 간의 합의가 해소되자 신문사들은 경쟁적으로 주간지를 창간했다. 그해 8월 중앙일보사가 『주간중앙』을 발행한 것을 시작으로 서울신문사의 『선데이서울』, 조선일보사의 『주간조선』, 경향신문사의 『주간경향』, 그리고 다시 한국일보사의 『주간여성』 등이 잇달아 창간된 것이다. 주간지들의 초창기 경쟁의 승자는 『선데이서울』이었으며, 주간지의 흐름을 주도하는 선구적 위치에 섰다.[8] 『선데이서울』은 『주간한국』보다 더 철저하게 오락성을 강조했다. 창간사에서 "사치와 허영과 모방은 무성해도 진짜 멋은 시들고 있다"라고 진단하고 "황량한 사회에 윤기를 돌리자면 잃었던 멋을 되찾고 새로운 멋을 발굴해야 한다"[9]라고 주장함으로써 『선데이서울』은 대중 주간지 본연의 오락성을 표나게 드러냈다.

그러나 『선데이서울』이 보도 기능을 전적으로 배제한 것은 아니다. 『선데이서울』에는 인쇄 시설의 한계 때문에 비교적 시차가 드러나지 않고, 쓰기 쉬운 기사들이 우선적으로 실릴 수밖에 없었다. 그 결과 치정이나 스캔들 같은 가십성 기사들이 전면에 배치되었던 것이다. 『선데이서울』은 『서울신

---

7   한국 최초의 주간지는 1964년 창간한 『주간한국』이다. 그러나 『주간한국』은 권력과의 유착관계에서 탄생한 잡지로, 당시 언론 길들이기를 위한 특혜이자 당근책으로서의 성격이 짙었다. 전상기, 「1960년대 주간지의 매체적 위상-『주간한국』을 중심으로」, 『한국학논집』 36, 계명대 한국학연구원, 2008. 『주간한국』을 제외하고는 1960년대 중반까지 주간지는 신문사들의 자율적인 합의라는 이름하에서 통제되고 있는 실정이었다.
8   『선데이서울』은 창간호 6만부가 2시간 만에 매진될 만큼 창간 당시부터 큰 관심을 불러 일으켰으며 1970년대 후반에는 발행부수가 20만부를 상회할 정도로 대중적 관심과 상업적 성과 면에서 최고 수준을 유지했다. 서울신문사 100년사 편찬위원회, 『서울신문 100년사』, 서울신문사, 2004, 410~412쪽. 그리고 잡지의 체재와 형식에서도 선도적인 역할을 했는데 『주간한국』, 『주간중앙』, 『주간조선』 등이 타블로이드 판형의 신문으로 등록된 것에 비해, 이후에 창간한 『선데이서울』은 4·6배판의 잡지로 등록했다. 이 체재는 이후에 창간된 『주간경향』, 『주간여성』 등에 영향을 끼친 것으로 평가받는다. 최창용, 「선데이서울, 주간경향, 주간여성-주간지 시장을 둘러싼 삼색전」, 『세대』, 1970.10 참조.
9   「천지현황」, 『선데이서울』, 1968.9.22.

문』를 능가하는 수익을 거두게 되면서 이와 같은 편집 시스템이 정착되었으며[10] 『주간경향』, 『주간여성』 역시 이를 따랐다.[11] 화보와 기사를 혼합한 『선데이서울』의 체재體裁는 대중 주간지의 전형으로 꼽을 수 있지만, 『선데이서울』이 시초도 아니었으며, 선정성의 수위에서 독보적인 것도 아니었다.[12] 그럼에도 『선데이서울』이 대중성을 대표하는 총아가 될 수 있었던 것은 잡지의 편집 체재는 물론, 각각의 기사와 화보 등의 콘텐츠가 1970년대만의 고유한 정체성을 가장 효과적으로 제시했기 때문이다. 그런 점에서 『선데이서울』은 구세대 월간지 『명랑』과도 구분되며, 『주간한국』의 성취를 일순간에 따라잡을 만큼의 대중성을 발휘했다.

그렇다면 『선데이서울』을 유명하게 만든 대중성의 기원은 어디에 있는 것인가. 이에 답하기 위해서 몇 가지를 고려할 필요가 있다. 첫째, 이 잡지는 대중에게 널리 수용되었다는 사실이다. 대중의 문화적 소비의 대상으로서 『선데이서울』은 존재하며 주간지만의 고유한 매체성을 기반으로 소비되었다는 점을 고려할 때 이 잡지의 정체성에 관한 논의를 시작할 수 있다.

둘째, 『선데이서울』은 결과적으로 읽을거리로서의 잡지라는 사실이다. 『선데이서울』 내에는 소설과 르포, 수기, 심층취재, 단신 등의 다양한 형식

---

10 최창용, 앞의 글, 332쪽.
11 1970년대 대중 주간지를 분석한 논문에 따르면, 『선데이서울』과 『주간경향』은 '흥미 본위의 종합오락지'라는 공통점을 가진다. 분야별 내용의 비중은 물론, 광고 성격에서도 두 잡지의 유사성은 뚜렷했다. 박광성, 「한국 주간지의 성격 연구」, 『신문과 방송』 40, 한국언론진흥재단, 1972 참조.
12 1950년대부터 이어온 월간 『명랑』의 경우에도, 각종 선정적 화보와 가십성 기사들이 전면에 등장한다. 그리고 동시대의 주간지였던 『주간경향』 등의 편집체재가 대동소이하다는 점 등을 볼 때, 『선데이서울』이 스타일상 독창적인 경지를 개척한 잡지라고 보기에는 힘든 상황이다.(박광성, 위의 글 참조) 다만, 『선데이서울』은 비교적 구세대 잡지인 『명랑』의 "이야기꾼의 수다" 대신, 감각적인 생활기사들이 강조되어 있다는 점에서 차별화 된다. 연윤희, 앞의 글, 263~264쪽.

의 텍스트가 존재한다. 이들 문자 텍스트는 주간지의 외형을 구성하는 기본적인 요소들로서, 『선데이서울』 소비에서 핵심적인 부분을 맡는다. 여기서 『선데이서울』가 품은 화보에 대해 질문을 제기할 수 있다. 통속적 흥밋거리인 화보를 제외하고 이 잡지를 논하기는 쉽지 않다. 주간지의 총아로 떠오른 데에 화보의 역할이 적지 않았음은 충분히 짐작할 만하다. 그럼에도 『선데이서울』을 문자 텍스트 중심의 매체로 규정하는 데에는 대중의 소비양식으로 "읽는 행위"와 이와 연계되는 과정으로서 텍스트를 재생산하는 "쓰는 행위"를 상정했기 때문이다. 『선데이서울』이 대중 주체의 읽고 쓰는 행위, 즉 대중의 리터러시literacy가 실행되는 공간이라는 점에 주목할 경우 『선데이서울』은 1970년대에 의미있는 문자 매체로 떠오른다.

　『선데이서울』의 화보는 강력한 인상을 남겼다. 지금껏 '선데이서울'이라는 기호를 재전유하는 데에는 1970년대 당시 화보가 지닌 선정성이 유효하게 작동하고 있을 것이다. 그러나 이 같은 맥락이 1970년대 당시에도 똑같이 적용될 것으로 추정해서는 곤란하다. 『선데이서울』 지면 다수가 문자 텍스트로 구성되어 있으며, 대중의 참여를 통해 문자 텍스트의 소비 규모를 짐작할 수 있기 때문이다. 이런 특징은 『선데이서울』의 폐간 사정과 대비된다. 『선데이서울』이 폐간된 1991년은 1970년대의 일반적인 문화적 소비가 종말을 고한 시기였다. "오락매체로서의 기능을 다른 매체에 빼앗"겼다는 인식은[13] 문자 텍스트가 일상을 장악한 영상매체와의 경쟁에서 밀려났음을 의미한다. 영상매체의 즉각성은 선정적 경험에서 더욱 효과적이었으며 문자 텍스트 중심의 『선데이서울』의 경쟁력은 약화될 수밖에 없었다. 1970년대 대

13　『한국일보』, 1992.1.15.

중매체가 문자 텍스트의 읽을거리를 통해 대중성을 확보했다면, 1990년대 이후에는 영상매체가 이를 대체한 것이다. 바꿔 말하면, 1970년에는 『선데이서울』의 읽을거리로서의 기능이 대중성 형성에 가장 유효한 기제였기에 영상매체가 이를 전적으로 뛰어넘기는 어려웠다. 비교우위를 점한 문자 텍스트와 함께 적절한 화보를 곁들였을 때, 『선데이서울』은 시대를 대표하는 매체가 될 수 있었다. 화보의 이미지가 『선데이서울』만의 고유한 편집체재가 아니라면, 결국 『선데이서울』의 매체적 특성은 흥미로운 읽을거리인 문자 텍스트의 가능성에서 찾아야 한다.

여기서 주간지 매체의 특성에 대해 생각해보자. 1960년대 말 등장한 주간지가 산업화가 요구하는 노동자/국민의 일상을 설계하면서, 그에 걸맞은 독서물의 계발을 목표로 삼고 있었다는 사실은 『주간한국』에서도 확인된다.[14] 시대가 요구한 독서물이란, 전통적 서사와 다른 감각의 즉발적, 흥미성을 추구하는 새로운 유형으로 규정될 수 있다.[15] 이에 따라 주간지 기사는 타블로이드 판형 내에서 3페이지를 넘지 않는 분량과 흥미 위주의 내용에 초점을 맞춘다. 『신동아』, 『세대』 등과 같은 종합 월간지가 소설은 물론, 심층보도와 논픽션, 수기 등에서도 전문 문필가의 글쓰기 장을 마련한 것에 비하면, 주간지의 기사들은 성性과 부富를 향한 열망을 솔직히 드러내는 사적인 대중을 형성하는 데에 더 효과적이었다. 대중의 열망을 추동하고 이를 반영한 주간지의 기사란 대중의 욕망의 형식과 깊은 연관을 맺는다. 그것이 분열증적이든,[16] 혹은 이데올로기적이든, 1960년대 후반 생겨난 대중은 주간지 기사

---

14   전상기, 앞의 글, 247쪽.
15   위의 글, 248쪽.
16   김경연, 「통속의 정치학－1960년대 후반 김승옥 '주간지 소설' 재독(再讀)」, 『어문론집』 62, 중앙어문학회, 2015, 제2장 참조.

를 통해 욕망을 확인하고 재생산한다. 따라서 주간지 기사의 새로움은 대중의 욕망의 새로움과 등치시킬 수 있다.

1970년대『선데이서울』을 소비하는 행위는 1970년대 대중성을 증명하는 행위가 된다. 이를 확인하는 연구의 관점은『선데이서울』을 1970년대의 흥미로운 만화경 정도로 이해하는 태도를 거부한다. 이 잡지에 등장한 현란한 텍스트와 이미지의 복합체는 1970년대 대중성이 형성되는 공간이자 물질적인 조건으로 존재했던 것이기 때문이다. 이를 확인함으로써 1970년대 대중성이 담보했던 대중성의 정체, 그리고 그것이 대중에 널리 유통되는 지식체계와 형식, 즉 대중서사의 양상들을 분석하는 것이 연구의 기본 방향이다.

3. 사적 대중과『선데이서울』의 공공성

한국에서 대중 주체가 거론될 수 있던 시기는 산업화의 성과가 가시화되던 1960년대 후반이다.『선데이서울』의 독자이기도 한 대중은 공공 영역과 분리된 사적 영역에 존재하는 사회적 주체이다. 대중은 근대적 자본주의 체제 하에서 사적인 삶과 이익을 위해 노동하는 주체로, 국민국가의 자본주의 경제 내에서 형성된다.[17]『선데이서울』의 독자 역시 1960~70년대 산업화/개발독재라는 구조 속에 놓인 주체임은 분명하다. 대중은 국가의 부름에 따

---

17 Hannah Arendt, 이진우 · 태정호 역,『인간의 조건』, 한길사, 1996, 제2장의 논의 참조.

라 근면·성실하게 일할 것을 요구받는 사회적인 주체인 동시에, 자신의 노동으로서 삶을 영위해가는 사적인 주체였다. 자본주의 체제 내에서 사회성이란 공적인 노동과 사적인 이익이 공존하는 이중적인 형상인 것처럼, 대중의 욕구와 욕망도 공적인 것과 사적인 것이 겹쳐지는 공간에 존재한다.[18] 그런 점에서 『선데이서울』의 성격을 정치-경제의 산물과 순수한 욕망의 집적물로 분리시키는 것이 불가능하다.

대중 독자라는 범주 또한 자본주의-국민국가의 경제 체제 하에 놓인다. 그러나 대중 독자를 사회적 존재로 가늠하기 위해서는 좀 더 입체적 시각이 필요하다. 권력의 이데올로기에 의해 호명된 주체로서의 공적인 독자를 상정한다면, 이 독자는 관변적 기사와 억압적 이데올로기의 일방적인 수신자에 머물 것이다. 사적인 영역에 있는 독자는 개인의 욕망과 욕구를 가진 개별적인 주체로 그려질 수도 있다. 전자의 경우 독자는 '공돌이', '공순이', 혹은 재수생, 불량청소년과 같은 하층민으로 묘사되기 일쑤이다. 성장과 개발의 담론은 이들 하층민을 이데올로기의 수신자로 맨 먼저 호명한다.

그러나 후자의 경우 이데올로기의 수신 체계는 좀 더 다층적이다. 창간호에서 밝혔듯이, 『선데이서울』은 '삶의 멋'을 주기 위해 '스트레스'와 '노이로제'에 지친 현대인을 독자로 지목했다.[19] '삶의 멋'이란 권력의 요구와 달리 개인의 욕구와 욕망의 수준에서 실천될 수 있는 것들이다. 예컨대 '기운 없는 샐러리맨'을 위한 기사가 있는가 하면 '세상이 궁금한' 이들을 위한 기사 분류도 존재한다. '멋과 지혜'를 위한 기사는 패션과 요리 등의 정보를 담고

---

18 김홍중, 「사회로 변신한 신과 행위자의 가면을 쓴 메시아의 전투」, 김예림 외, 『정치성의 임계, 공공성의 모험』, 혜안, 2014 참조.
19 「천지현황」, 『선데이서울』, 1968.9.22, 4쪽.

있다.[20] 이처럼『선데이서울』은 직장인 남성에서 가정주부를 포괄하는 독자를 상정하여 일상의 다양한 욕망을 재현하려 했다.

이 독자에 대학생 청년을 포함한 지식인은 배제된다. 주간지란 주로 공돌이, 공순이 같은 저학력·저소득 노동자들이 읽는 잡지이며, 대학생 정도의 식자층은 주간지를 읽지 않으리라는 통념이 존재했기 때문이다. 그로 인해 주간지 기사의 수준은 저급한 것으로 상상되었으며, 고급한 문예적 성취는 오히려 주간지의 격에 맞지 않다고 폄하된다.[21] 그러나 실제 독자가 반드시 그러한 것은 아니었다. 저학력·저소득 독자를 상정했음에도 불구하고,『선데이서울』의 독자에는 대학생, 청년들도 포함되었다. 저급의 '에로잡지'를 불태우자는 결의를 보인 것이 대학생이었지만,[22] 『선데이서울』은 대학생을 충실한 독자로 호명하기도 했으며,[23] 대학생 역시 주간지를 기꺼이 읽었다.[24] 『일간스포츠』의 캠퍼스란의 기획의도에서 보듯이, 대학생들을 대중매체의 주요 독자로 상정하는 편집체재는 1970년대 들어 낯선 일이 아니었다.[25]

---

20 창간호 및 2호의 목차에는 '특종을 읽으시려면', '바쁘고 고단하실 때는', '소설을 보시려면', '짜증이 날 때면', '기운없는 샐러리맨들은', '세상이 궁금하신 분은', '멋과 지혜롭게 사시려면' 등의 기사 항목 분류가 등장한다. 이 분류는 소설이나 화보와 같은 유형의 표지이기도 하지만, 대부분은 하위항목을 포괄하는 개념이 아니다. 여기서 항목분류를 통해 짐작할 수 있는 것은 잡지의 편집 방향이다. 멋, 지혜, 웃음을 통해 일상의 고단함을 씻어줄 흥밋거리를 제공하겠다는 의지를 읽을 수 있다.

21 백명수, 「'수기'와 '인생상담'이라는 함정」, 『뿌리 깊은 나무』, 한국브리태니커회사, 1978.1.

22 「지탄받는 에로잡지」, 『동아일보』, 1969.6.14.

23 『선데이서울』은 대학생 대담, 청년문화 탐방 등의 기사를 통해 대학생, 청년을 독자로 겨냥한 기획기사를 빈번히 실었다. 잡지 스스로 독자를 확장하려는 의도도 있었지만, 1970년대 대학생의 수가 급격히 증가한 상황도 『선데이서울』의 대학생 독자를 증대시킨 간접적인 원인이었다.

24 김승옥의 「우리들은 주간지로소이다」에서 보듯이, 주간지를 둘러싼 대학생의 사회적 요구와 실제 행위와의 괴리는 존재했다. 잡지화형식을 하는 한편 잡지의 음란한 화보를 보며 자위행위를 일삼는 대학생이 존재할 수 있는 것이 현실이었다.

25 1970년대의 대표적인 사례가 『일간스포츠』이다. 일간스포츠는 1973년 증면기획으로 금요일

이처럼『선데이서울』에는 하층민의 계급적 상황이 투영되는 한편, 대학생, 지식인을 포함한 대중의 욕망이 폭넓은 스펙트럼으로 펼쳐져 있었다. 욕망의 주체로서의 대중은 국가의 이데올로기적 호명에 대립하며 비정형적이거나 부정적인 존재로 규정될 수밖에 없다.[26] 대중이란 국민국가의 경제 수준에서 형성된 것이지만, 이에 규정되지 않은 행위로써 삶의 이해를 충족시키기에 대중의 행위에는 공공 영역과 사적 이해의 행위가 중첩된다.『선데이서울』은 이 같은 이중적인 구조에 놓인 대중을 묘사하고 대중의 정체성과 관련 맺는 텍스트를 생산했다.

자본주의 사회체제론의 관점과 비정형의 대중을 상정한 대중사회론의 관점 외에, 시민사회의 진보적 가능성에 의해서도 대중 주체는 의미화 될 수 있다. 그 범주를 확장할 경우 사적인 노동은 공공성을 담보한 행위로 확산될 수 있기 때문이다.[27] 앞의 두 관점이 대중성을 부정적인 형태로 평가했다면, 공공성을 강조한 관점은 대중의 행위가 사회에서 형성된 지식-앎과 관련된 것으로 평가함으로써 긍정적 가능성을 타진한다. 특히 대중의 독서 경험이 계급 의식 혹은 계급적 리터러시 형성의 계기가 된다는 점에서 대중의 일상에서 전개되는 문자행위는 의미심장하다. 노동자-대중의 글쓰기-글 읽기 행위는 그 자체로 불온성의 상징이면서 동시에 계급적인 인식을 위한 필요조건으로 인식되기 때문이다.[28]

'캠퍼스'란을 신설하여 대학생 문화를 다루었으며, 그 일상을 소재로 한「바보들의 행진」을 전면 배치하여 대학생 독자층을 공략했다.

26 J. Schnapp · M. Tiews, ed., 양진비 역, 『대중들』, 그린비, 2015, 제4장 참조.
27 김홍중, 앞의 글, 56~58쪽.
28 호가트의 *The Use Of Literacy*나, 랑시에르의 *Proletarian Nights* 등은 이 같은 관점에서 기술된 사례로 언급할 수 있다. Ursula Howard는 *Literacy and the Practice of Writing in the 19th Century*에서 노동계급의 리터러시가 권력의 요구에 의해 시행되었지만, 반항과 일탈의 가능성을 동시에 배태하고 있는 역설의 상황을 분석한 바 있다.

여기에서 다시『선데이서울』로 들어가 보자.『선데이서울』의 텍스트는 분명 수준 있는 문예적 성과로 보기 어렵다. 그러나 이들 텍스트는 일상에서 널리 유통되는 텍스트로서, 대중서사의 전형은 될 수 있다. 대중서사는 한 시대의 대중이 소비하고 대중적 지식으로 교환되는 조건, 즉 대중의 기호嗜好와 사고, 그리고 소통방식을 드러낸다.[29] 따라서 식민지 시기 대중명작이 문예학과 자본의 결합을 통해 사회 구조와 대중의 인식과 욕망을 드러냈던 것처럼,[30]『선데이서울』또한 1970년대의 대중성의 구조를 반영한 매체로 분석될 수 있다. 물론 식민지 시기의 대중명작인「춘향전」의 사례와 비교한다면 1970년대『선데이서울』의 문예 명작의 가능성은 희박하다.「춘향전」이 내포한 문예적 창작 의도와는 달리 이미지와 텍스트를 혼합한『선데이서울』구성은 관습적인 장르에서 멀리 벗어나 있기 때문이다. 그러나 장르 규범과는 무관하게 사회 반영의 측면에서 볼 경우『선데이서울』은 사회성과 공공성을 반영한 매체의 지위에 오른다.

따라서『선데이서울』읽기를 통해 산업화의 논리에 대중 주체의 행위를 겹쳐 읽는다면 1970년대 대중성의 핵심에 이룰 수 있다. 이 작업은 우선 국민국가의 정치-경제와 상동적인 대중적 상상력을 발견하는 데서 시작한다.『선데

---

29 예컨대, 1970년대에 인기를 끌었던 만화「수호전」과 주인공 '무대', 혹은『별들의 고향』과 '경아'라는 인물은 대중적 차원에서 보편적으로 유통된 대중명작의 가능성을 증명한다.「수호전」의 '무대',『별들의 고향』의 '경아'는 일종의 대중사회의 증상이자, 아이콘으로 받아들여진다. 대학생들이 술자리에서 경아를 외쳤다는 에피소드는 이 작품이 대중적 정전으로 자리매김했음을 암시한다.

30 식민지 시기 여러 판본으로 존재하는「춘향전」은 다양한 층위의 문학담론의 구조 속에서 대중명작의 가능성을 획득한 바 있다. 판본을 갱신하면서 식민지 조선에 남겨진「춘향전」을 만든 이는 수준 있는 문예학자와 적절한 기획을 가진 출판자본이다. '원본'과 '정본' 등의 형식으로 남아 있는 식민「춘향전」의 명작성은, 사회 구조와 대중의 인식/욕망을 드러냈다는 사실로 인해 성립될 수 있었다. 이와 같은 대중성은「춘향전」을 대중적인 동시에 문예학적인 텍스트로 성립시키는 근거가 된다. 박숙자,『속물 교양의 탄생』, 푸른역사, 2012, 제4장 참조.

이서울』의 기사에서 산업화 이데올로기의 영향을 읽는 작업이 그것이다. 주간지마다 등장하는 '새마을 기사'가 여기에 해당하는 사례이다. 1970년대의 '새마을'이라는 기표를 내세운 개발주의 담론은 국토의 곳곳에서 미담을 발굴한다. 「노루섬 바다 속에 기적의 노다지」(1976.4.4)에서는 '술타령과 빚더미 섬마을이 호당소득 1백 20만 원'의 부촌으로 변모하는 과정이 그려진다. 자기 한 몸 추스르지 못하는 마을 사람들은 지도자의 영도 아래 개과천선을 이루어 새마을을 건설했다는 식의 이야기이다.

새마을 기사의 주인공은 가난이라는 역경에도 불구하고 개인의 경제적 성취는 물론, 지역 공동사회의 동반상승까지 이끌어낸 지도자적 역량으로 묘사되고 있다. 이때 주인공은 가난 속에서 바람직한 생활태도를 체득한 선각자적 각성('근면')을 통해 자신은 물론('자조'), 마을 공동체 전체의 발전('협동')으로까지 이끌어내는 공통성을 지닌다.[31] 이들 기사에서 보듯이, 권력이 요구한 이데올로기는 미담이라는 이름의 서사를 통해 형성된다는 점, 바꿔 말해 대중적 양식과 이데올로기가 미담에서 융합되어 서사가 구성되는 특성을 발견할 수 있다. 서사양식은 대중과 권력을 하나로 엮어 공공의 장에서 조우하게 만든다.

새마을 기사는 흥미로운 읽을거리라는 주간지의 속성과는 동떨어져있다. 상투적인 성공담과 이를 뒷받침하는 이데올로기의 영향력이 분명한 새마을 기사가 『선데이서울』에서 차지하는 비중은 크지 않다. 때로는 이데올로기를 배신하는 서사를 만들기도 하지만,[32] 전반적으로는 흥미롭게 읽혀야 하는

---

31 이러한 사례에 해당하는 기사는 『선데이서울』은 산재해 있다. 「새마을 그 현장―퇴폐마을 악명 씻은 냇둑 150M」(1972.7.23), 「이상향을 건설하는 오류마을 여인들」(1973.7.29), 「새집 짓고 새출발한 성주 거지 32명」(1975.8.3), 「감투도 남아도는 희망의 마을」(1978.7.30) 등 그 사례는 쉽게 찾을 수 있다. 이들 기사는 공통되게 근면, 자조, 협동의 새마을 가치를 실천하는 줄거리로 구성된다. 근면한 노동을 통해 자신의 삶의 행복을 찾은 것은 물론, 협동을 통해 공동체 전체의 발전에 기여한다는 식이다.

대중서사의 요건을 충족시키지 못한다. 이에 따라서 『선데이서울』은 권력의 담론화와는 다른 형식을 활용해야만 했다. 그 결과 소설, 콩트 등의 문예적 장르는 물론 수기와 상담, 르포 등의 저널리즘 서사가 적극적으로 개발된다. 이와 같은 대중서사는 『선데이서울』 내에서 각각의 고유한 양식을 갖춤으로써 국가 차원의 이데올로기 서사가 포착하지 못한 대중적 소통구조를 구축했다. 이 소통구조는 『선데이서울』이 소비되는 물질적인 조건과 대중의 공공성의 양식을 드러내기에 충분했다. 자본주의적 질서가 실천되는 과정에서 개인의 사적 경제적 이해를 충족시키는 대중의 공공성은 『선데이서울』의 다양한 서사양식 속에서 충실하게 재현되었던 것이다.

4. 『선데이서울』의 문예양식과 그 변주

소설은 대중매체에서 가장 흔히 볼 수 있는 문예양식이다. 『선데이서울』 역시 창간호에서부터 소설 범주를 설정하고 김승옥의 「60년대식」, 유주현의 「전하들」, 그리고 유호의 「잘못 보셨다구」를 게재했다. 김승옥을 주간지 연재소설에 끌어들인 사실 자체가 주목받았으며, 『조선총독부』의 작가 유주현의 신작 역사소설을 게재함으로써 『선데이서울』의 소설은 대중의 관심을

---

32 「30년을 떠돌며 소매치기 소년 선도」(1978.1.22)의 주인공은 새마을 지도자적 면모를 갖추고 있으면서도 여전히 가난과 질병에 고통받고 있으며, 이 때문에 정부기관을 불신한다. 이를 통해 권력의 이데올로기와 성공의 지향이 어긋남을 암시한다.

끌기에 충분했다. 이러한 체재는 경쟁 주간지 『주간경향』도 마찬가지였다. 『주간경향』은 이호철과 한말숙 등을 동원하여 독자의 참여를 유도했으며, 사화史話, 「한국문단사건사」 등의 연재를 통해 문예적 흥미를 유지했다.[33] 다만 『선데이서울』은 1970년대 초까지 매호 3편 이상의 소설을 게재했을 뿐만 아니라, 1970년대 중반이후 다양한 비문학적 서사가 개발되는 동안에도 신작소설, 번역소설 등의 하위장르를 개발했기에 문학적 지향이 상대적으로 두드러져 보인다.

그러나 『선데이서울』 소설의 특이성을 잘 보여주는 작품은 유호의 유호시리즈이다. 유호시리즈는 플롯의 완결성을 강조한 전통적 소설 양식과는 거리가 먼 유형의 서사였다. 매 시리즈에는 작품 전체를 관통할 만한 구성이 미약했다. 「쥔 없는 몸」(1969)은 젊은 이혼녀와 주변 남성들의 관계를 나열하고 있으며, 「날 좀 놔줘요」(1970)는 무작정 상경한 식모처녀의 모험담이 등장한다. 「사랑을 하다 하다」(1971~1972)는 뒤늦게 성욕에 눈을 뜬 여성의 남성편력이 성애의 묘사를 중심으로 반복적으로 제시되고 있다. 이 경우 서사는 스토리의 인과성과는 무관한 지점에서 종결된다. 「쥔 없는 몸」에 등장한 남성 주인공 '미스터 콩', '미스터 키' 등은 이름을 통해 외모를 연상시킬 뿐, 인과성 없이 등장했다 느닷없이 사라진다. 마지막으로 등장한 '대짜 씨'

---

33 『주간경향』은 '독자와 함께 꾸미는 새로운 스타일의 연재소설'이라는 기획 하에 이호철의 「치자나무집 여인」을 창간호 연재소설로 게재했다. 이 기획은 '독자와 함께 쓰는 소설'을 구성한 것으로, 독자가 작중 현실에 대해 의견을 표명하여 내용에 반영하는 방식으로 새로운 소통을 꾀했다. 『주간경향』, 1968.11.17, 24쪽. 그러나 이 기획은 뚜렷한 성과를 보이지 못했으며, 소설의 내용에 특별한 영향을 끼치지는 못했다. 후속 연재작인 한말숙의 「방황의 계절」(1969)부터는 독자 참여 기획이 사라져 이후에는 이 같은 소통의 방식은 더 이상 보이지 않는다. 독자참여의 기획은 문예 양식에서 구체화되지는 못했지만, 독자의 수준에서 글을 쓸 수 있다는 글쓰기에 대한 상상, 즉 대중적 리터러시의 장에서 재현되는 서사적 양식을 통해서 더욱 활발해진 상황과 밀접한 것으로 판단할 수 있다. 이에 대해서는 이 글의 제5장에서 상술될 것이다.

의 경우 여주인공에게 접근하려는 순간 갑자기 뇌일혈로 사망하여 구성상의 파행을 고스란히 드러냈다.

이와 같은 유사소설이 전면화되자 본격 소설의 입지는 줄어들었다. 「1960년대식」과 「전하들」에 이은 조흔파의 「간밤에 불던 바람」이 게재된 이후 본격 소설은 더 이상 등장하지 않았다. 이후 『선데이서울』의 소설 기획은 부정기적으로 드러난다. 송영, 홍성원, 최인호 등 기성 작가의 단편 소설이 '여름에 읽는 소설'로 릴레이 연재되거나 단편소설이 분재되면서 『선데이서울』은 소설에 대한 산발적으로 관심을 일으켰다.[34] 그러나 전체적으로 『선데이서울』 내에서 소설양식과 방계의 유사소설은 일정한 거리를 유지하며 공존한다. 유호시리즈가 『선데이서울』을 대표하는 유사소설 양식으로 부각되는 한편으로 몇몇 단편소설이 독자의 욕구를 일부 충족시키는 형국이었다. 이와 같은 체재를 통해 『선데이서울』은 대중적 문예양식의 공간으로 정위된다. 본격 소설과 함께, 유사소설의 형식을 갖춘 대중서사를 내세움으로써 1970년대 대중적 문예매체로서의 위상을 갖춘 것이다.

『선데이서울』의 문예매체로서의 정체성은 유호시리즈의 전략을 통해 설명될 수 있다. 유호시리즈는 창간호부터 1980년대 말까지 지속된, 『선데이서울』을 대표하는 서사물이었다.[35] 유호시리즈는 그 이름뿐 아니라 서사 내부의 구성에서도 전통적인 소설과도 뚜렷이 구분된다. 유호시리즈는 내적 화자가 서사 외부의 독자를 향한 발화를 드러내는 방식으로 문학적 완결성

---

34 1974년 김주영의 「집 잃은 새」가 '신예작가 시리즈'로 게재되었으며, 1977~78년에는 '인기작가 신작시리즈', '여름에 읽는 소설'로, 송영, 홍성원, 박태순, 오정희, 최인호 등의 단편소설이 연재되었지만 단발적인 기획에 그쳤다. 이후 장편소설이 부활한 것은 박범신의 「미지의 흰 새」가 연재된 1979년이다.

35 유호시리즈는 1989년 4월 9일 「건드리지 좀 마」를 마지막으로 시리즈 연재를 종결한다. 창간호부터 시작된 유호시리즈는 『선데이서울』 전체를 통틀어 가장 오랫동안 지속된 연재물이었다.

을 해체한다. 그리고 장편에 버금가는 분량을 갖추면서도 독립된 에피소드들로 파편화되거나 인위적으로 서사를 종결짓는 식으로 소설규범에서 자유로운 유사소설을 만들어 갔다. 이는 1970년대 대중서사의 일반적인 특성으로, 대중서사의 장에서 관습적인 문예장르의 명칭은 대중 독자의 수용 편의에 따라 임의적으로 부여되거나 변형되는 일은 잦았다.[36] 이 같은 한계와 특성은 작가 역시 자각하고 있었다. 작가는 "당초부터 격조 높고 문학성이 짙은 것"이 아니라 언제든 읽고 나서 버려져도 상관없는 작품으로 유호시리즈를 시작했다고 고백하며 유호시리즈의 한계를 인정했다.[37] 그러나 자신의 작품을 '소설'로 칭할 만큼 창작에 대한 의식은 분명했다. "독자들에게 무엇인가 제공함으로써 그 나름대로의 사명을 다하고 버려진 것이다"라는 말은 독자에게 소통될 만한 소설을 창작하고자 한 작가의식의 표명이었다.

그렇다면 작가의 의도와 『선데이서울』의 기획은 어떻게 접목될 수 있었을까. 그 가능성은 '유호'라는 표제에서 비롯된다. 20여 년간 유호시리즈가 간단없이 이어질 수 있었던 데에는 '유호'라는 기호의 대중성이 크게 작용했다. 1960년대 말, 텔레비전, 라디오 드라마를 통해 유호는 이미 대중에게 널리 알려진 이름이었다. 『선데이서울』은 유호라는 이름을 적절히 활용하여 유호시리즈의 독자의 관심을 끄는 데 성공한다. 이는 문예적 서사와 외부 매체의 영향력이 중첩된 결과였다. 즉 유호시리즈는 방송 드라마에서 가지는 기대를 관문으로 하여 장편의 서사를 소비하는 지점으로 독자를 이끈 것이다. 인접한 매체 장르와의 연관 하에서 콘텐츠를 생산하는 방식은 주간지에서는 낯선

---

36 이러한 사정은 소설뿐만 아니라 만화의 경우에도 마찬가지다. 명랑만화에 대비되는 성인극화는 『일간스포츠』에서 '만화소설'이라는 표제로 연재되었다. 그만큼 대중문화의 장에서 소설이라는 문예학적 장르규정은 느슨하게 적용되었음을 알 수 있다.

37 『선데이서울』, 1978.9.24, 102쪽.

것이 아니다.[38] 대중서사와 접목된 매체에는 드라마, 영화 외에도 르포와 화보까지도 포함된다. 시각매체의 즉각성과 서사양식이 접목한 사례는 유럽 성문화의 체험수기인 「국제선」(1973~74)이다. 『선데이서울』은 1960년대 말부터 화보와 르포를 통해 유럽 문화와 동남아에 대한 선정적인 표상을 형성한 바 있다.[39] '문제작'이자 '특별 읽을거리'인 「국제선」은 이 선정성의 연장선에 있는 서사양식이다.

「국제선」이 단편적인 상황 묘사가 중심이었다면, 이후의 번역물들은 문예양식의 규범을 좀 더 충실히 따랐다. 「경관 서피코의 고발」의 경우, '실화 논픽션'이라는 표제임에도 여타의 소설에 못지않은 서술상의 특징을 보인다.

호텔 바에서 서피코는 브라디 메리라는 칵테일을 주문하고 그 속에는 셀러리의 줄기를 넣어달라고 부탁했다. 예쁜 웨이트리스가 약간 망설이며 물었다.

"셀러리를 넣으라고요?"

"아가씨도 한 번 시험해봐요. 무슨 병이든 당장 나아요." 서피코는 이렇게 말하며 아가씨의 얼굴을 응시했다. 서피코는 35세, 핸섬하다고는 못해도 그의 검고 큰

---

38 작가의 이름을 본뜬 주말극 '유호극장'이 방영되었을 정도로 유호는 당시 방송 드라마의 대명사 격인 인물이었다. 뿐만 아니라 작사가로서도 활약했을 정도로 대중문화의 장에서 유호라는 이름은 높은 대중적 인지도를 가진 기호로 통용되었다. 유호와 함께 방송작가로서 주간지 매체에 이름을 올리는 작가는 조흔파이다. 조흔파는 『선데이서울』과 『주간경향』을 번갈아가면 연재하면서 대중 작가로서 자신의 이름을 각인시켰다. 그 외에도 『주간경향』에 사화(史話)를 연재한 서윤성 또한 방송작가 출신이다. 이들은 다양한 소재를 활용하며 주간지 서사의 한 축을 맡았다. 이들의 서사물은 전통적인 현대소설이나 역사소설은 물론, 사화 등의 다양한 서사양식을 두루 아우른다.

39 초창기 연재 르포인 「술따라 미녀따라」(1969)는 동아시아 각국의 향락, 유흥문화를 소개하며 성적인 호기심을 자극했다. 그리고 히피문화와 성개방을 키워드로 삼은 '북유럽'의 화보들이 선정적인 표상들을 생산한 바 있다. 이즈음 대중 주간지에서 '북유럽'은 곧장 성개방, 혹은 성문란을 떠올리게 하는 기호였던 셈이다. 「국제선」의 주된 무대 역시 덴마크로, 북유럽의 성문화에 대한 선정적 관심이 투영되어 있었다.

눈에 사로잡힌 아가씨는 얼굴을 붉히고 살짝 웃으며 대답했다.

"어머 정말이세요? 나도 해보겠어요."[40]

인용 부분의 서술방식은 소설과 견주어 모자람이 없다. 인물의 묘사는 물론, 사건의 전개 역시 소설의 규범을 충실히 따른다. 그렇다고 「경관 서피코의 고발」은 영화 〈서피코〉와의 연관성을 배제한 채 성립되기는 어렵다. 이 번역 수기는 영화 〈서피코〉의 원작으로 소개되어 영화에 대한 기대를 바탕으로 독자의 관심을 이끌었기 때문이다. 이처럼 『선데이서울』의 문예양식은 독자적으로 존재하는 문학적 장르라기보다 인접한 대중매체의 영향력을 바탕으로 소비되는 서사양식이었다. 드라마 방영에 맞춰 소개된 「형사 콜롬보」도 마찬가지이다.

미국에서, 한국에서, 일본에서 TV 극영화 〈형사 콜롬보〉가 선풍적인 인기를 부르고 있다. 그 인기의 비밀은 무엇인가. 어떤 사람은 콜롬보 역 피터 포크의 연기에 있다고 하고 어떤 사람은 뛰어난 연출력에 있다고 한다. 그러나 뭐니뭐니해도 원작 없이는 재미있는 영화가 있을 수 없다. 그런 의미에서 여기 소개하는 글은 TV 영화보다도 재미난 시리즈라고 할 것이다.[41]

'영화보다 더 재미있는 원작'임에도, 「형사 콜롬보」는 원작 드라마의 성공이라는 잣대를 통해 재미를 가늠할 수 있다. 텔레비전 드라마와 상보적으로 존재하는 「형사 콜롬보」는 서사 본연의 흥미를 위해서 영화, 드라마의 성과

---

40 「경관 서피코의 고발」, 『선데이서울』, 1974.3.17, p.92.
41 「형사 콜롬보」, 『선데이서울』, 1974.6.30, p.26.

를 전취하는『선데이서울』의 편집 전략의 사례였다. 이 과정에서 서사의 양은 대중의 흥미에 따라 변화하기도 한다. 르포나 화보와 동일선상에 놓인 「국제선」에 비하면, 비교적 대중적 관심도가 큰 영화, 드라마와 연계된 서사는 장편소설에 버금가는 분량을 이룬다. 「형사 콜롬보」는 드라마의 인기에 상응하여 '완역'을 표방하며 1년간 연재되었다. 이는 방송의 영향력을 극대화하려는 전략일 터이다.

대중의 기호가 서사에 영향을 미치는 현상은『선데이서울』의 대중적 문예 매체로서의 정체성을 보여주는 증거이다. 드라마, 영화에 대한 관심에 비례하여 서사의 양적, 질적 규모가 결정되는 사례에서 보듯,『선데이서울』의 대중서사는 문예 장르와 인접한 매체의 장르와 상보적인 관계를 유지하며 대중의 독서를 이끌었다.『선데이서울』은 대중서사를 생산하는 매체이자, 소비를 통해 대중성이 구성되는 공간이었다.[42]『선데이서울』의 매체적 특성은 문예 양식 너머에서도 발휘되었다.『선데이서울』은 대중문화의 분야의 작가를 발굴하려는 기획을 표방하기도 했는데,[43] 그중 하나는 '영화소재' 공모였다.『선데이서울』은 1976년부터 영화협회와 협의를 거쳐 영화화될 것을 전제로 영화소재를 공모했다.[44] 그러나 당선작은 대개 시나리오가 아니라 단편소설에 부합하는 형식이었다. '영화소재'가 1960~70년대 문예영화의 구조와 유

---

42 대중적 문예양식의 기원에는 사화(史話), 만화 등 다양한 서사물들이 자리 잡고 있다. 1974년 연재된 조흔파의 「사건백년」은 흥미로운 읽을거리로서의 사화의 가능성을 잘 보여준다. 사화가 역사적 교양에 근거한 서사물이라면, 당대의 통속적 풍문과 흥미에 기대어 서사를 만든 사례는 역도산의 일대기이다. 최배달을 소재로 한 '만화소설' 「괴력주유천하」가 1973년『일간스포츠』에 연재된 만큼, 그와 유사한 역도산 또한 대중 독자의 흥미를 끌기에 충분했다. 「역도산 일대기-화려한 고독」(1974)은 '만화소설'이라는 대중 문예학의 범주와 유사한 층위에서 형성된 것으로 소설에 버금가는 읽을거리로 소비된다.
43 『선데이서울』, 1976.1.18, 11쪽.
44 『선데이서울』, 1978.10.1, 92쪽.

사하다는 사실에서 보듯,[45] 『선데이서울』은 대중문화 전반과 관계를 맺으며 대중적 읽을거리를 생산하는 문예매체의 외연을 충실히 확대하고 있었다.

5. 저널리즘 서사와 대중의 욕망

1) '상담수기'의 대중서사 양식

『선데이서울』의 문예양식이 대중문화 전반과 긴밀하게 연결되었다는 사실은 대중서사의 소비가 사회적 사건임을 뜻한다. 대중의 문해능력이 향상된 이후 일상의 독서행위는 사회적 소비의 성격을 지닌다. 『선데이서울』의 문예양식이 인접매체와의 상보적 관계 속에서 생산되었을 때, 소비의 양상은 매체의 장르가 제안한 규범을 벗어나지 않았다. 『선데이서울』의 문예양식이 대체로 가벼운 일상을 다루면서, 사회 현실의 문제를 거론하지 않은 것은 인접한 영화, 드라마의 성격에서 기인했다.[46] 그에 비하면 취재 기사는 사

---

45 예컨대 1978년의 당선작 「꽃안개」는 대학생 도련님과의 '이루어질 수 없는 사랑'을 소재로 삼아 비극적 결말에 이르는 줄거리를 갖춘다. 이는 1970년대 문예영화의 한 유형인 '인습과 토속 사회의 애환을 그린 향토물'에 해당한다. 1970년대 다수의 문예영화가 장르적 관습 속에서 생산된 사실과 비교했을 때, 「꽃안개」 또한 1970년대 문예장 속에서 이해할 수 있다. 이인정, 「1970년대 문예영화의 분석과 그 한계」, 『씨네포럼』 8, 2007.5, 제4장 참조.

46 『선데이서울』에 수록된 소설과 유호시리즈, 번역물 등은 당대 현실에 무관심했다. 특히 번역물은 스파이 사건이나 역사물이 주종을 이루어 한국 사회와 동떨어진 경우가 대부분이다. 주간지의 취재기사가 당대의 사회현상에 민감하게 반응한 것에 비하면 문예양식의 관심은 현실과 분리된 것으로 보인다.

회 현상을 반영함으로써 저널리즘의 성격을 유지하고 있었다. 문예양식을 제외하면 대부분의 기사는 일간지 사회면에 해당하는 사건을 중심으로 구성된다. 취재 기사들은 '쇼킹 정보', '놀랐지 정보', '신문에 안 난 뉴스' 등의 표제로써 통속적인 기호에 부합했지만[47] 일간지가 보여주지 못한 심층 취재를 통해 최소한의 시사성을 담보했다.

시사성이 대중의 관심을 끌 수 있는 유력한 글쓰기 방식은 할 수 있는 서사화였으며 그 대표적인 사례로 상담수기 유형의 기사를 꼽을 수 있다. '인생극장-법률상담', '선데이상담실', '인생역마차' 등의 이름으로 등장한 상담수기는 법률상담, 인생상담이라는 목표를 내세웠으나 실제로는 사건 자체를 흥미롭게 꾸미는 것에 초점이 맞춰졌다. 바람난 유부녀의 이야기인 「남편이라는 이름의 외항선원」(1972.5.7)은 남편과의 갈등의 시작, 남편의 의심, 그리고 불륜의 내막을 밝힌 후 결별로 끝나는 갈등 구조를 갖춘 서사이다. 불륜녀의 고백 형식은 그 자체로 흥미롭거니와 여성의 성적 욕망을 주제로 내세운 것은 "'섹스'라는 낱말이 현대인의 일상용어"[48]가 된 1970년대의 변화된 사회 분위기를 반영한다. 1960년대까지 대중성을 지배한 명랑의 이데올로기가 성이라는 자극적 대상에 의해 소멸된 상황이[49] 불륜을 저지르고도 당당하게 대응하는 여성의 모습을 통해 재현된 것이다.

1970년대 초반까지 『선데이서울』은 상담수기를 통해 성적 욕망을 비교적 분방하게 재현했다. 그러나 1970년대 후반에 이르러 성적 욕망의 재현은 권

---

47 '쇼킹', '놀랐지' 등의 기호는 1960~70년대 대중주간지에서 흔히 등장한 만큼 상투적성의 한계도 분명하다. '쇼킹'이라는 표제에 특별한 기준이 없음은 물론, 그 내용도 사건, 사고나 연예계의 가십에서 화제인물 등 다양하다. 이로 인해 표제가 내세운 특별한 변별성을 가지지 못하게 되었으며, 1970년대 후반으로 갈수록 이 같은 표제는 줄어드는 경향을 보인다.
48 「쇼킹보고 술집 숫처녀 20세를 못 넘겨」, 『선데이서울』, 1970.6.7, 12쪽.
49 김성환 외, 「1970 박정희 모더니즘」, 천년의상상, 2015, 250~251쪽.

력의 통제와 맞닥뜨린다. 예컨대, 「연쇄반응 부른 10대의 충동, '새장의 소녀'는 나래를 찢겨」(1978.4.16)라는 상담수기에서는 성을 통제하려는 권력의 시선을 발견할 수 있다. '따분한 세상', '봄의 손짓', '광란의 고고', '찢겨진 날개'의 순으로 구성된 소녀의 이야기는 탈선심리와 겁탈 장면 중심으로 서술되었지만, 결론의 강조점은 바람난 유부녀의 경우와 사뭇 다르다. 화자는 선정적 묘사 사이에 윤리적 교훈을 기입하고 부모의 분노와 고발을 결론에 배치함으로써 10대의 성적 욕망을 통제의 대상으로 호명한다. 이는 1970년대 후반 『선데이서울』에서 지속적으로 기획된 비행청소년 기사와 연결된다. 청년문화의 주체인 청소년이 정신적 통제의 대상이자 불온의 위험을 안고 있는 존재로 여겨졌던 1970년대 후반의 사회상황이 서사에 개입된 것이다.

기사 말미에 부기된 전문가의 법률적, 윤리적 조언을 제외하면 『선데이서울』의 상담수기는 대중서사의 양식을 충실히 따른다.

> "이번 우리 결혼식에도 고모님이 1백만 원을 선뜻 내놓으셨어. 생각해 보면 그처럼 고마운 분도 없어요." 김계순 여인은 지금 그대로 쓰러져 죽어버릴 것만 같은 절망의 벼랑 앞에서 신혼여행 때 남편 박득수 씨가 들려주든 이 말을 곰곰이 생각하고 있었다. 꿀처럼 달고 환상처럼 아름답던 그 시절—그 밤의 서귀포 해변, 그때부터 이미 자신이 비극의 주인공일 줄이야. 꼭 1년 전이었다. 24살의 꽃다운 젊음으로 남편을 맞았다. 정신없이 황당하기만 했던 결혼식, 온몸이 물에 젖은 솜뭉치처럼 피곤해 곯아떨어졌던 첫날밤.[50]

---

50 「인생극장/법률상담 – 고모라던 그 여인이 정부일줄은」, 『선데이서울』, 1972.5.14, 24쪽.

위의 인용처럼, '인생극장'은 화자의 서술과 주인공이 등장하는 서사양식의 외양을 갖추었다. 이 짧은 이야기는 인물의 갈등은 물론, 묘사와 서술을 적절히 활용하고 있어 한 편의 소설로도 손색이 없다. 그리고 상투적 표현을 통해 불륜과 파경, 후회의 공식을 따르는 통속적 줄거리를 내세워 대중성 또한 충분히 확보했다. 기사의 말미에 "이름은 모두 가명"이라는 설명을 붙여, 그럴듯하게 진실임을 가장하기도 한다.

그러나 상담수기는 특유의 통속성으로 인해 창작·조작이라는 혐의를 썼다.

그들은 수기가 조작임을 뒷받침하는 근거로 첫째로 투고의 문장이 모두 훌륭한 점을 들었다. (…중략…) 그는 상담란과 수기란에 대해 "투고한 독자를 낮게 보아서가 아니라 투고한 수기의 주인공의 나이나 직업에 비해 문장이 눈에 띄게 훌륭하다"고 꼬집는다. 둘째로 주인공의 주체가 "나"를 "그"로 혼동해가며 문장을 풀어간다는 점을 들었다.[51]

나이와 직업에 비해 훌륭한 문장이라거나, 화자가 불일치 한다는 비판은 타당할지 모른다. 그러나 상담수기에서 진실성은 특별한 의미를 갖지 않는다는 점에서 비판의 유효성은 희박하다. 기사 말미에 가필여부를 스스로 밝혔거니와,[52] 독자는 진실성보다 불륜 사건 그 자체를 소비했기 때문이다. 상

---

51 백명수, 앞의 글, 89쪽.
52 상담수기 유형의 기사가 가장 빈번히 등장한 시기는 1972~1973년 무렵이다. 『선데이서울』은 물론 여타의 주간지가 앞다투어 상담수기 기사를 게재했지만 1974년 이후 상담수기 유형의 기사는 급격히 감소하는 경향을 보인다. 이는 당시 검열의 영향으로 짐작된다. 이후 독자 상담은 「선데이상담실」과 같은 단신 문답으로 이어져오다, 1977년 「인생역마차」라는 표제로 복귀한다. 1978년에는 「인생극장」이라는 표제가 재등장했을 때는 "이 글은 최근 사건을 픽션화한 것임"이라고 밝혀 가공의 기사임을 분명히 밝혔다.

담수기에 대한 비판은 오히려 대중서사에 대한 일반적인 편견을 선명히 드러내준다. 문장 수준에 대한 언급에서 보듯, 상담수기 비판론에는 대중주간지 소비자의 문해능력은 저급할 것이라는 이분법적 사고가 내재해 있는 것이다. 여기에는 상담의 상식적인 격려와 윤리적 충고가 실질적인 대안이 될 수 없다는 비판도 포함된다.

그러나 상담수기가 소비되는 과정과 매체의 특성을 고려하면 비판론의 입지는 더욱 약화된다.[53] 중요한 기능으로 여겨진 전문가의 조언은 정보전달의 기능보다는 이야깃거리를 소비하는 수준에서 읽히기 때문이다. 즉 소략한 법률 정보를 조언의 역할은 상담수기와 독자를 매개하는 데에 한정된다. 전문가는 사례를 검토한 후, 동정하거나 질타하며 독자로서의 감정을 드러낸다. 전문가는 법률 정보의 층위가 아니라, 심정적인 독자의 층위에 더 가까이 서 있다. 이런 특성으로 인해 전문가의 조언은 서사의 내부에서 마무리되기 마련이다.

> 미스터 권과 미스 박의 관계에 있어서 가장 중요한 것은 미스터 권이 진실로 미스 박을 사랑하고 있느냐, 아니면 한 때의 향락의 상대로 생각하고 있느냐입니다. 만약 미스 박을 향락의 상대로 생각하고 있는 것이라면 이것은 법 이전의 큰 문제가 되겠읍니다. 물론 혼인을 빙자한 간음죄로 고소를 할 수는 있읍니다. 미스 박은 미스터 권의 참마음을 알아보는 게 가장 급한 일입니다.[54]

53 특히 흥미로운 읽을거리와 함께 적절한 정보를 제공함으로써, 대중독물의 장을 개척했으며, 그 선택의 폭을 넓힌 것이『선데이서울』의 성과이다. 연윤희, 앞의 글, 제3장 참조, 대중적 소비 유흥의 경우『선데이서울』이 제공한 정보는 매우 상세하며 유용해 보인다. 그러나 유흥정보와 달리 법률적 지식이 대중 독자에게 적실하게 소용되었을지는 확실하지 않다.
54 「인생극장/법률상담─미스 영하 30도와 총각 과장사이」,『선데이서울』, 1972.5.21, 27쪽.

중혼 사례에 관해 전문가의 조언은 위와 같다. 이 사건은 법률적 문제가 아니라 결국 애정의 문제라는 결론은 수기의 서사에 충실히 호응한 결과이자, 당시의 독자의 반응을 대표할 만한 공감대를 형성했기에 가능한 것이었다.

생산과 소비의 과정에서 형성되는 공감은 상담수기의 고유한 매체적 특성이자, 또 다른 글쓰기의 기원이 된다. '인생극장'은 공감의 소통구조 속에서 독자에게 글쓰기의 가능성을 부여했던 것이다. 독자투고는 실질적으로 상담수기의 소재 이상의 효용은 없었을지 모른다. 그러나 상담수기가 투고를 요구했을 때, 독자는 스스로를 글쓰기 주체로 상상하기 시작한다. 실제로『선데이서울』은 시, 콩트, 수필 등 다양한 글쓰기가 가능한 '일요작가'란을 열어두었으며, 이에 응답함으로써 독자 글쓰기의 능동성은 담보될 수 있었다. 이 능동성이란 저학력·저소득 계층의 글쓰기가 권력의 일방성에 대응하는 저항적 양식이 될 수 있다는 사실을 가리킨다. 이 가능성 때문에 대중 독자의 글쓰기는 권력에 의해 억압받기 일쑤였다. 1970년대 초 심야 라디오 방송의 '리퀘스트'가 금지되었던 것처럼,[55]『선데이서울』의 상담수기도 선정과 퇴폐, 그리고 허위의 혐의를 쓰고 퇴출되는 운명을 맞는다.

권력의 철퇴를 맞았던 리퀘스트와 상담수기는 1970년대 후반 다시 등장했다. 이는 언론, 방송 자본의 요구였던바, 글쓰기를 통한 독자 참여가 가장 효과적인 콘텐츠 생산 방식이었음을 증명한 것이었다. 상담수기 역시 불온의 혐의에도 불구하고 대중 독자를 글쓰기의 주체로 호명했으며, 때로는 다양한 변주를 거듭하며 주간지 기사와 현실을 매개했다.[56] 상담수기가 매개

---

55 1970년대 유신정권의 방송통제의 첫 번째 대상이 심야라디오의 리퀘스트였다. 청소년 청취자를 대상으로 한 유력한 방송 포맷인 리퀘스트는 불온, 퇴폐라는 이유로 금지되었다가 방송사의 요구로 재등장했다. 김성환 외, 앞의 책, 17장 참조.
56 「형법 제 304조—여성이 순결을 잃을 때」(1975.2.9)와 같은 기사는 상담수기가 폐지된 후 등장

한 현실에는 공적인 담론도 포함된다. 상담의 형식을 통해 보수적인 윤리 담론이 수기의 통속성과 겹쳐지기도 하며, 성에 대한 권력의 통제가 상담수기의 결론을 이끌기도 한다. 그렇기에 『선데이서울』의 상담수기는 통속성과 사회현실과의 길항관계를 증명하는 텍스트로 읽힌다. 성적 욕망을 중심에 놓은 서사양식과 그에 영향을 끼친 권력의 관계를 확인할 때, 『선데이서울』 상담수기의 소통방식은 대중 주체에 의해 실천된 리터러시의 공공성을 가리키는 지표가 될 것이다.

2) 부의 서사화와 권력

대중의 서사에 권력이 직접적으로 개입하는 주제는 부富에 관한 것이다. 상담수기가 성적 호기심과 환상을 중심에 둔 서사였다면, 부를 향한 열망은 실질적인 가치로 표면화된다.[57] 부는 하층주체에게 노동윤리이자 현실적 보상으로 제시된 것이기에 권력은 이를 세밀하게 조율하며 서사화했다. 이때 부의 서사에는 대중의 욕망과 권력의 욕망이 상충하는 지점이 불거진다. 대중문화의 장에서 권력의 억압이 전면화되지 않았던 시기, 부에 대한 대중의

한 새로운 형식의 실화 재현 기사이다. 혼인빙자간음에 관한 죄를 규정한 형법 304조와 관련된 세 사건을 잇달아 배치하고 형법 304조에 관한 해설까지 곁들였다. 이 기사의 내용은 '인생극장'과 유사하지만, '혼인빙자 간음'에 대해 실화, 논평, 해설 등의 다양한 형식을 첨부하여 한 주제를 다각도로 접근하는 특징을 보였다. 이후 이 같은 포맷의 기사는 '사건속의 남과 여' 등에서 재현된다. 상담수기 형식은 아니더라도 실제사건에 근거했다는 점과 사건에 대한 평가를 덧붙인다는 점에서 상담수기와 유사한 형식의 기사로 분류할 수 있다.

57 1970년대 주간지 기사 분석에 따르면 대중의 '가장 궁극적인 목표'는 '① 섹스 ② 치부 ③ 건강'으로 대별된다. 박광성, 앞의 글, 결론부 참조.

열망은 선명하게 드러났지만, 억압적 정치체제가 강화될수록 대중의 열망은 권력에 침윤될 수밖에 없었다. 그 사례의 권력자와 대중이 만나는 순간의 이야기를 살펴보자.

「대통령이 집사준 고무공장 아줌마」(1975.6.10)는 표면적으로 대통령의 선행에 초점을 맞춘다. 그러나 '아파트'라는 부에 대한 선망과 기대 또한 쉽사리 감춰지지 않는다.

> "양사장, 김성분 여사같은 장기근속 사원에겐 아파트같은 것이나 마련해 주시오. 지금 셋집에서 산다는데…… 나하고 양사장하고 반반씩 부담하여 아파트 한간 사줍시다." 김여사는 대통령이 이토록 관심과 배려를 가져 주는 사실만으로 감격했다. 그런데 그로부터 보름이 지난 23일, 김여사는 부곡동의 3백만 원짜리 아담한 연립주택으로 이사를 했다. "꿈에도 생각지 못한 집이 생기다니 믿기 어려울 정도입니다. 일개 보잘 것 없는 시민에게까지 골고루 마음을 펴시는 대통령께 뭐라고 감사의 말씀을 올려야 할지 모르겠읍니다. 대통령께서 하신 약속을 믿지 않은 건 결코 아니지만 그러나 저 같은 아녀자와 약속을 조금도 어기지 않고 지키시는 그 자상하신 마음에 가슴이 매입니다."[58]

기사는 대통령과 아파트에 이중적으로 초점을 맞춘다. 대통령의 인자한 통치술이 값비싼 아파트로 증명되는 순간, 아파트가 가진 고유한 물질성은 권력과 등치된다. 미담의 주인공은 대통령의 관심과 배려에 감동받지만, 동시에 아파트의 값어치에 대해서도 놀란다. 이때 대통령과 아파트 모두 경이

---

58 「대통령이 집사준 고무공장 아줌마」, 『선데이서울』, 1975.6.10, 26~27쪽.

의 대상이며, 어느 한쪽이 다른 한쪽을 전유하지는 못한 채 독자의 관심을 이끌어 낸다.

그러나 권력이 부에 대한 열망을 전유하며 전면화되자, 권력과 통속적 열망의 등가적 관계는 균형을 잃고 한쪽으로 기울기 시작한다.

> 우리 시내버스안내원 일동은 지난 20일 깜짝 놀랐읍니다. 왜냐하면 신문과 방송에 각하께서 우리 안내원들을 심려하시고 방한복을 하사하신다는 보도에 저희들은 생각조차 할 수 없었던 이 황송하고 감사한 마음 이루 다 헤아릴 수 없었읍니다. 각하께서 주신 이 방한복은 병자에게 명약을 주시듯 저희들에게 의욕과 새마을 정신, 새마음 갖기에 큰 활력소가 되었읍니다. 대통령 각하. 우리 모두가 보은의 길은 오직 열심히 꾸준히 성실하게 일하는 것이며 장래에 훌륭한 이 나라 여성이 되겠읍니다. 앞으로 각하의 무궁한 강녕을 하나님 앞에 기도드리겠읍니다.[59]

여기서는 성실한 노동의 대가로 방한복이 제시되었다. 물질적 보상이 축소된 것은 물론, 이마저도 통치자를 중심에 둔 권력에 의해 희박해져 있다. 개인의 물질적 욕망이 권력의 자장을 벗어나지 못할 때 부에 대한 열망의 서사는 점차 힘을 잃는다.

1970년대 『선데이서울』에서 부의 서사는 이와 같은 부침을 겪는다. 창간 초기 연재된 '예비재벌' 시리즈에는 치부에 성공한 이들의 부에 대한 열망이 여과 없이 드러났다. '예비재벌'들의 목표는 오로지 치부였으며, 여기에 권력이 개입할 여지는 적었다. "돈을 벌었다는 단 한 가지 사실만 따진 것이 아

---

59 「대통령 각하, 감사합니다―버스 안내양들 방한복 선물받고 탄성」, 『선데이서울』, 1978.1.1, 96~97쪽.

니라 '재벌'로 성장할 가능성을 찾아본 것"이라 말할 만큼 부라는 기준은 절대적이었다.[60] 진짜 재벌이 국가 수준의 경제담론의 주체였다면, '예비재벌'은 일상에서 경험되는 부의 수준에서 발화하는 주체였다. 기사의 주인공이 대개 입지전적 성공담의 주인공인 만큼 예비재벌의 이야기는 대중이 호응할 만한 서사를 갖추기에 충분했다.

"그날 집으로 돌아와 팔다 남은 장갑을 모조리 불태워버렸습니다. 어금니는 빠졌으나 남아있는 이를 빠드득 갈았죠. 머리를 깎곤 군에 입대했습니다. 헌병대 파견 근무로 떨어져 권총을 입수할 수 있었어요. 파커 속에 권총을 깊숙이 찌른 후에, 내 일생 그토록 큰 상처와 아픔을 준 그 취객을 죽이러 나섰습니다." 그러나 살인엔 실패했다. 역시 술이 곤드레가 되어 집으로 돌아온 사나이를 본 순간, 살의가 싹 가셔 버리더라는 것. "그렇게 술만 먹는 친구니까 아마 지금은 나보다 못되었을 겁니다. 죽이지 않길 잘했죠. 지금 만날 수 있다면 그렇게 좋아하는 술이라도 한 잔 받아 주겠습니다."[61]

고학생 시절 자신을 폭행한 취객을 죽이려했다가 뉘우치는 장면은 매우 극적이다. 살인 동기도 황당하지만 그 분노에 비해 살인을 포기한 계기도 엉뚱해 보인다. 그러나 필부들의 넋두리 같은 담화는 『선데이서울』에 채록되어 한편의 그럴듯한 이야기가 되어 나타난다. 이 이야기가 대중적 양식이 될 수 있었던 것은 이야기 끝에 성공, 혹은 치부가 보상으로 제시되었기 때문이다. 주인공은 곧 마음을 고쳐먹고 부를 향한 길에 매진함으로써 과거의 치욕

---

60 「대재벌로 자라난 예비재벌들」, 『선데이서울』, 1972.8.6, 34쪽.
61 「예비재벌—점심 굶기 20년 돈이 절로 쌓여」, 『선데이서울』, 1969.7.27, 22쪽.

을 썼고 비로소 성공을 쟁취했다. 점심 굶기를 밥 먹 듯하여, '1일 2식의 전근대적 위장'을 가지게 되었다는 서술은 '예비재벌'의 특이성을 단적으로 말해준다. 산업화 시대에 전근대적 육체를 내세웠다는 사실은 '예비재벌'의 성공담이 국가 수준의 경제의 지평이 아니라 개인의 노력에 의한 미담, 혹은 일상적 담화 수준에서 구성된 서사라는 점을 시사한다.[62]

그러나 1970년대 후반으로 갈수록 서사의 무게중심은 국가-경제의 층위로 옮겨간다. 여기에는 '예비재벌'처럼 개인의 노력과 우연으로는 도달할 수 없는 거대한 규모의 부가 존재하고 있다. 경제구조가 고도화되고 자본 축적이 이루어지면서 대중의 체험과 부의 실체는 분리되기 시작한 것이다. 『선데이서울』도 '예비재벌'을 지나 수십억의 연소득을 올리는 재벌의 면모에 관심의 초점을 맞춘다. 「재벌 2세 누가 잘 벌고 쓸까」(1970.5.17)에 등장한 재벌 2세의 부는 이미 예비재벌의 그것과는 비교할 수 없으며, 치부 또한 인내와 절약 같은 개인의 노력이 아니라 인수합병 등의 경제·경영의 차원에서만 실천될 수 있다.[63] '예비재벌' 시리즈는 '최고경영자' 시리즈로 대체되어 명실상부한 재벌의 면모가 부의 실체로 등장한다. 그와 더불어 '예비재벌'이 보여준 미담의 서사적 특성도 함께 사라진다. 국가수준의 경제 담론에서 대중적 서사를 구성하기는 쉽지 않았기 때문이었을 것이다. 1976년에 '예비재

---

62 이와 같은 조건을 충족한다면 호스티스도 예비재벌에 들 수 있다. 「예비재벌─여자라고 왜 울어, 울지 않는 차돌숙이」(1969.8.31)는 홀로 아들을 키우며 온갖 고초 끝에 번듯한 살롱을 운영하는 '마담'을 미담의 주인공을 내세운다. 호스티스일지라도 그가 이룩한 부가 고난과 역경의 스토리와 결합되면서 성공담의 주인공이 될 수 있었다. 때로는 비위와 비리조차도 성공의 첩경이자 선망의 대상으로 추켜올린 것이 1970년대 초반 『선데이서울』의 성공담의 특징이다.

63 「최고경영자」 시리즈는 1973년 신년 기획으로 시작되었다. 이후에도 「500억 원 내놓은 정주영 씨 입지전」(1977.7.10), 「삼성의 다음 총수는 3남 이건희 씨」(1977.9.11), 「한해 소득 78억의 누룽지 인생 정주영 씨」(1978.6.25) 등 재벌을 다룬 기사들을 종종 볼 수 있다.

벌' 시리즈가 다시 등장했지만 이는 앞서의 경우와 확연히 구분된다. 1970년대 후반의 예비재벌의 성공담은 이윤을 극대화하는 경영능력에 초점을 맞춘다.[64] 경제구조가 확립되면서 부는 경제의 차원에서 말해질 뿐이었다.

그렇다면 부를 향한 대중의 열망과 그 이야기는 어디로 간 것인가. 재벌 수준의 자본을 축적하지 않는 한, 개인의 노력은 절대적인 부에 다다르지 못한다. 대신 기존의 가난을 벗어날 수 있는 수준의 부가 이들의 노력의 대가로 제시된다. 고된 노동을 견딘 결과로 주어진 부는 고향의 전답이나, 작은 집 한 채, 혹은 돼지농장 등 현실에서 체험 가능한 수준에 그친다. 주인공은 구두닦이, 신문팔이, 여공, 버스 안내양 등 주로 하층 노동자에 해당하는 이들이다. 『선데이서울』은 이들의 일상에서 경험 가능한 수준에서 대중의 부의 감각을 조율한다. 예컨대 가족끼리 회장, 부회장 등의 직함을 정해놓고 잘살기를 기원하는 '잘살기 가족'의 경우, "각종 신조를 암송하고 노래를 부르고 교육을 실시한다. 얼핏 보기에는 웃기는 짓 같기도 하지만 거기에는 아버지의 '배우지 못한 한'이 서려 있어 종교집회 같은 엄숙함마저 느끼게 한다"[65]고 묘사된다. '잘살기 가족'은 재벌같은 부를 지향했지만 그들의 삶은 나아지지 않았다. 이들에게는 경제구조 모방의 흔적만이 남았을 뿐이다.

> 회원은 미용학교에 다니는 장녀 승민 양 등 딸 2명에 아들 1명. 막내아들은 7살밖에 안돼 국민학교 2년 이상이라는 회원자격이 없어 준회원. 올해 중학을 졸업할

---

64 1976년 다시 등장한 「예비재벌」의 주인공이 슈퍼마켓, 김치공장, 양계장의 경영인인 이유도 이 때문이다. 이 기사는 성공의 조건으로 이윤을 극대화하는 경영방식을 강조한다. 치부가 산업화한 경제 구조 속으로 옮아가면서 성공담 역시 경제의 차원에서 담론화될 뿐, 그 이전의 성공담이 갖춘 흥미로운 이야기는 더 이상 드러날 여지가 없었다.
65 「아빠는 회장님 엄마는 부회장님」, 『선데이서울』, 1973.1.1, 22쪽.

승○ 양은 야간고등학교에 보내고 취직시킬 작정이라며 벌써부터 그 취직자리를 정경장은 걱정하고 있었다.[66]

가족 내에서 경제구조를 모방했음에도 이들은 취직을 걱정해야 하는 처지를 벗어나지 못한다. 라디오 방송이 계기라는 점에서 추측할 수 있듯, '잘살기 가족'의 변화된 삶의 방식은 국가 체제가 하층 노동자에게 요구한 경제 윤리이자 이데올로기였다. 그럼에도 삶이 나아지지 않는 아이러니 속에서 부를 향한 열망은 소진된다.

하층 노동자의 서사는 국가 경제 수준의 부가 아니라 일상에서 실천될 수 있는 노동에 의해 구성된다. 예컨대 양돈이나 도소매업을 통해 부와 삶의 행복을 찾는다는 식의 이야기가 1970년대 후반 하층 노동자를 주인공으로 내세운 미담의 실체였다. 하층 노동자에게 노동의 윤리를 강조한 미담은 수단을 가리지 않고 치부한 예비재벌이나, 거대한 규모의 부를 축적한 재벌과 격차를 보인다. 이 격차는 1970년대 후반에 이를수록 더욱 분명해지며 부에 대한 대중의 감각은 부의 실체와 단절된다. 대중에게 부에 대한 감각은 표면적으로 '억만장자'라는 기표와 연결되었지만, 실상은 노동윤리, 직업의식에 대한 알레고리에 지나지 않았다.[67]

이 상황에서 부를 지향하는 사사가 구성될 수 있을까. 앞서 보았듯, 치부

---

66 위의 글, 23쪽.
67 억대재벌을 기약한 「시리즈 맨주먹에서 억대까지 1 – 당신도 억대부자가 될 수 있다」(1976.11.7)의 연재는 예비재벌 시리즈가 끝나고, 최고경영자 기획기사도 종결된 시점에 등장했다. 이 기사는 억만장자라는 장밋빛 전망과 그 비법을 알려주는 듯 했지만, 실상 내용은 폐품수집, 배달, 삯일벌이, 행상, 중개업 등의 일을 소개하며 여기서 시작해서 열심히 저축하면 된다는 식의 허망한 결론에 이른다. 이후 세탁소, 간이찻집, 원예, 축산 등의 사업을 소개하며 연재를 종료한다. 직업 소개에 가까운 이 기사에 1970년대 초반에 볼 수 있었던 치부의 열망은 흔적만 남아있었다.

에 성공한 이들의 체험이 서사화되기 위해서는 개인의 노력과 극적인 전환이 계기가 있어야 했다. 여기에 권력이 개입할 경우 서사는 약화되고 이데올로기가 표면화된다. 하층 노동자의 성공담은 부의 실체에 대한 단절과 격차를 전제로 일상의 수준에서 서술된다. 이때 주인공은 계급적 특징이 두드러지는 인물이 선택된다. 구두닦이, 신문팔이, 여공, 버스 안내양처럼 한국 사회에서 하층 노동을 담당한 이들은 가난한 성공담의 주인공으로 등장한다. 이들의 성공담에는 개인의 고난과 역경이 강조되며 감동적인 이야기를 엮어내는 듯 보이지만, 결말에 이르러서는 권력이 요구한 직업윤리와 사회 도덕적 올바름이 강조된다. 이 시점에서 대중이 열망했던 부의 실체는 사라지며, 부에 대한 솔직한 열망이 가진 본연의 통속성 또한 희석된다.

6. 결론을 대신하여―『선데이서울』과 소설의 격차와 호응

1970년대는 혼란스러운 정치상황과 대중의 다층적인 욕망이 충돌하거나 습합하던 시기였다. 권력이 독재체제를 통해 절대화하는 만큼 대중의 욕망 또한 거스를 수 없는 방향으로 팽창했다. 『선데이서울』은 대중의 통속적 열망을 충실히 담아냄으로써 당대의 대중문화의 총아로 거듭날 수 있었다. 대중이 희구했던 것이 무엇이든, 그것이 생산-소비되어 사회적인 현상으로 자리 잡기까지는 그것을 유통시킬 물질적 근거로서 매체의 역할이 필수적이다. 『선데이서울』은 대중 독자들에게 유효한 형식인 흥미로운 읽을거리, 혹은 서사양식을 개발하며 대중의 욕망을 적실하게 드러내 보였다. 소설의 방계형식으로 고안된 유사소설을 통해 『선데이서울』은 문예양식의 확장을 꾀했다. 영화와 드라마, 혹은 사진과 같은 영상매체와의 관계를 유지하며 『선데이서울』은 대중적 문예양식을 생산하는 매체로서 자리매김했다.

그리고 『선데이서울』은 사회성을 담보하는 양식으로 저널리즘 서사로 확장해 나갔다. 다양하게 변주된 상담수기는 성에 대한 관심을 통해 사회성을 반영한 서사를 구성했다. 상담수기의 양식은 통속적 흥미에 기반했지만, 대중의 리터러시의 구조 속에서 대중서사의 공공성을 구성할 수 있었던 것으로 보인다. 이와 달리 성공담으로 포장된 부의 서사는 권력과 대중의 욕망이 충돌하는 공간을 만들었다. 부에 대한 열망으로 이루어진 성공담이란 권력과 등가의 관계에 있는 대중의 욕망을 증명했다. 그러나 부와 권력이 공고화되고 대중의 경험이 이로부터 분리되기 시작하면서 부의 서사는 급격히 약화된다.

대중서사가 대중의 욕망에 좀 더 가닿을 경우 서사양식은 이를 충실히 반영한다. 그러나 권력의 욕망과 이데올로기가 강화될수록 서사양식은 약화되는 양상으로 전개된다는 사실을 『선데이서울』의 텍스트를 통해 확인하였다. 『선데이서울』이란 당대에 존재하는 담론과 대중성이 충돌하는 장이자 공적 매체라고 말할 수 있는 것은 이 때문이다. 특히 서사양식을 통해 공공성을 실천했다는 점에서 『선데이서울』을 대중적 지식과 교양에 부합하는 대중 정전을 형성한 중요한 기제 중 하나로 규정할 수 있다. 이는 비단 『선데이서울』만의 몫은 아니었던 것으로 보인다. 『선데이서울』과 경쟁한 여러 주간지가 그러했으며, 그 외 다양한 대중매체가 대중서사의 모범과 대중의 공공성을 구성했다.

대중서사와 대중성의 정체를 입체적으로 파악하기 위해서 여러 논의가 덧붙여져야 함은 물론이다. 『선데이서울』 외에도 여러 주간지, 대중지의 텍스트를 면밀하게 읽어야 한다. 그리고 지금까지 논의한 치부·성공담 등 부의 서사만큼이나 중요한 것이 가난의 서사이다. 부의 짝패로 따라붙는 가난이란 극복해야 할 부정적 대상이기에 정동적인 상태에 놓일 수밖에 없다. 이러한 가난은 동정이나 연민의 틀로 물신화하여 다루는 방식을 거부하는 것이 필요하다.[68] 『선데이서울』류의 대중주간지는 사실 이 같은 가난과는 거리가 멀다. 수많은 성공담과 새마을 기사에 가난의 양태가 등장하지만, 그것이 앞에서 살펴본 바와 같이 성공, 치부, 혹은 권력에 닿아 있지 않은 예를 찾기 힘들다.

가난을 중요한 주제로 삼은 것은 소설이었다. 소설이 기획한 가난 서사가 방향성을 갖추는 데에는 서사 외부의 담론과의 관계맺기가 필요하다. 예컨대 『난장이가 쏘아올린 작은 공』이 적극적으로 의탁한 사회과학의 담론은 노동자의 비참을 계급의 문제로 확산시켰다. 그리고 박완서가 중산층의 윤리와 감정을 가난과 결합시켰을 때 가난에 요구되는 현실적인 도덕률들이 발견되기도 한다. 『도시의 흉년』의 빈자는 스스로를 가난뱅이로 인정하고, 그에 맞는 행위를 실천한다. 지대풍의 절름발이 첩은 서자를 낳고 가정의 불화를 일으키지만 그녀는 악한 존재가 아니다. 그녀 역시 정해진 역할을 충실히 수행하는 인물일 뿐이다.

난 더도 안 바라요. 한 달에 서너 번만이라도 서방이 큰기침하고 들어와서 밤새도록 자고, 아침에 큰기침 하고 일어나 우리 아기한테 빠이빠이하면서 집 나가는

---

68 이정숙, 「1970년대 한국소설에 나타난 가난의 정동화」, 서울대 박사논문, 2014, 57쪽.

것 보면 그만이지. 형님도 사람이시겠지. 우리 일이 폭로가 되면 아들까지 난 나한 테 설마 그만한 권리도 안 주겠수. 첩도 첩 나름이지 나는 그 이상 욕심은 절대로 안 부려요. 병신년이 남의 남편 빼앗은 것도 또다시 병신으로 태어날까 봐 겁날 대쥔데, 언감생심 어떻게 더 바라요? 난 그런 나쁜 년은 아녜요.[69]

그녀는 자신의 처지를 정확히 인식하고 자신에게 주어진 역할에 충실하다. 즉 그녀는 자신이 병신년임을 근거로 삶을 유지한다. 그렇기에 불구의 다리를 보란 듯이 드러내기를 마다하지 않는다. 그녀의 태도는 본처가 머리채를 쥐어뜯을 권리와 도덕이 있는 것과 같이 첩으로서의 도덕에 충실할 때 가능해진다. 이를 확장할 경우, 가난뱅이는 악행을 통해 살아갈 수밖에 없다는 생리와도 상통한다. 『도시의 흉년』에 등장한 가난하고 비윤리적인 여인의 형상이야말로 중산층의 시선에서 발견된 가난의 윤리일 터이다. 이 가난이 윤리로 전개되는 양상이란 박완서가 견지하고 있는 중산층 고유의 계급성과 인식 세계에 기대고 있을 가능성이 크다. 그만큼 가난의 실체는 비가시적인 것으로 변하고 가난 서사와 결합된 외부담론의 존재, 혹은 작가의 계급성이 전경화된다.

이때 가난의 감각은 『선데이서울』과 소설 어디에도 속하지 않는 잔여물로 남는다. 미래의 부를 담보하지도 않고 계급적, 문학적 주제로도 형성화되지 않는 원초적인 가난의 감각은 대중성의 핵심이되, 여전히 해석되지 않은 채로 남겨진다. 대중서사와 소설이 각기 다른 경로로 접근한 만큼, 가난의 문제를 두고 대중서사와 소설의 격차는 분명히 존재할 것이다. 문제는 이와 같

---

69 박완서, 『도시의 흉년』(상), 세계사, 1993, 430쪽.

은 격차가 가난에만 적용되는 것은 아니라는 점이다. 지금껏 이야기한 부의 서사는 물론, 권력을 바라보는 시선에도 격차는 존재한다. 그만큼 대중성이란 대중서사나 문학의 프리즘으로 확인되는 것 이상으로 폭넓은 스펙트럼으로 펼쳐진 대상이다. 따라서 대중성 연구를 위해서는 대중서사와 소설, 혹은 다른 장르의 텍스트를 더욱 면밀히 검토해야 한다. 두 양식의 격차와 호응 관계를 통해서 대중성의 핵심을 이해할 수 있으며, 각각의 양식을 변별적으로 파악할 시점을 정초할 수 있기 때문이다.

참고문헌

기본자료

『경향신문』, 『대환』, 『동아일보』, 『명랑』, 『문학과 지성』, 『문학사상』, 『뿌리 깊은 나무』, 『서울신문』, 『선데이서울』, 『세대』, 『신동아』, 『월간중앙』, 『일간스포츠』, 『주간경향』, 『조선일보』, 『창작과 비평』, 『한국일보』, 『한양』

유재순, 『난지도 사람들』, 글수레, 1985.
_____, 『여왕벌』, 글수레, 1984.
이동철, 『꼬방동네 사람들』, 현암사, 1981.
_____, 『오과부』, 소설문학사, 1982.
_____, 『먹물들아 들어라』, 소설문학사, 1982.
_____, 『목동 아줌마』, 동광출판사, 1985.
_____, 『아리랑 공화국』, 동광출판사, 1985.
조선작, 『영자의 전성시대』, 민음사, 1974.
_____, 『미스 양의 모험』, 예문관, 1975.
_____, 『말괄량이 도시』, 서음출판사, 1977.
조해일, 『겨울여자』, 문학과지성사, 1976.
_____, 『매일 죽는 사람』, 서음출판사, 1976.
_____, 『지붕 위의 남자』, 열화당, 1977.
_____, 『아메리카』, 민음사, 1974.
최인호, 『별들의 고향』, 예문과, 1973.
_____, 『우리들의 시대』, 예문관, 1973.
_____, 『바보들의 행진』, 예문관, 1974.
_____, 『구르는 돌』, 예문관, 1975.
_____, 『청춘은 왕』, 예문관, 1977.
_____, 『사랑의 조건』, 예문관, 1979.
_____, 『누가 천재를 죽였는가』, 예문관, 1979.
_____, 『지구인』 1 · 2, 예문관 1980.
_____, 『지구인』 상 · 하, 중앙일보사, 1985
_____, 『지구인』 상 · 중 · 하, 동화출판공사, 1988

_____,『시나리오 전집』1, 우석, 1992.

_____,『최인호 중단편 소설전집』, 문학동네, 2002.

한수산,『부초』, 민음사, 1977.

_____,『해빙기의 아침』, 문예출판사, 1977.

_____,『사월의 끝』, 민음사, 1978.

_____,『한수산 선집』, 어문각 1978.

_____,『젊은 나그네』, 아람, 1978.

황석영,『어둠의 자식들』, 현암사, 1980.

국내논저

① 단행본

강현두 편,『대중문화의 이론』, 민음사, 1980.

강현두 외,『현대사회와 대중문화』(인문연구논집 7), 서강대 인문과학연구소, 1974.

권보드래 · 천정환,『1960년을 묻다』, 천년의상상, 2012.

권영민,『한국현대문학사』2, 민음사, 2003.

김경숙 외,『그러나 이제는 어제의 우리가 아니다―80년대 노동자 생활글 모음』, 돌배게, 1986.

김병익,『상황과 상상력』, 문학과지성사, 1979.

_____,『한극문학과 의식』, 동화출판공사, 1976.

김상환 · 홍준기 편,『라캉의 재탄생』, 창비, 2002.

김성환 외,『1970 박정희 모더니즘』, 천년의상상, 2015

김영민,『한국현대문학비평사』, 소명출판, 2000.

김예림 외,『정치의 임계, 공공성의 모험』, 혜안, 2014.

김용언,『범죄소설』, 강, 2012

김욱동,『포스트모더니즘의 이론』, 민음사, 1992.

김정자 편,『한국현대문학의 성과 매춘 연구』, 태학사, 1996.

김주연 편,『대중문학과 민중문학』, 민음사, 1980.

김지영,『연애라는 표상』, 소명출판, 2007.

김진찬,『그 사람 그 얘기―백인백상』, 정음사, 1983.

김창남,『대중문화의 이해』, 한울, 2003.

김창식,『대중문학을 넘어서』, 청동거울, 2000.

김치수,『문학사회학을 위하여』, 문학과지성사, 1979.

김택현,『서발턴과 역사학 비판』, 박종철출판사, 2003.

_____,『트리컨티넨탈리즘과 역사』, 울력, 2012.

김현,『사회와 윤리』, 일지사 1974

김홍중,『마음의 사회학』, 문학동네, 2009.

대중문학연구회 편,『대중문학이란 무엇인가』, 평민사, 1995.

_____,『신문소설이란 무엇인가』, 국학자료원 1996.

_____,『추리소설이란 무엇인가』, 국학자료원, 1997.

_____,『연애소설이란 무엇인가』, 국학자료원, 1998.

_____,『과학소설이란 무엇인가』, 국학자료원편, 2000.

대중서사장르연구회,『대중서사장르의 모든 것』, 이론과 실천, 2007.

문옥배,『한국 금지곡의 사회사』, 예솔, 2004.

문학사와 비평 연구회 편,『1970년대 문학연구』, 예하, 1994.

민족문학사연구소 현대문학분과 편,『1970년대 문학연구』, 소명출판, 2000.

박명진 외편역,『문화, 일상, 대중』, 한나래, 1996.

박숙자,『속물 교양의 탄생』, 푸른역사, 2012.

박성봉,『대중예술의 미학』, 동연, 1995.

박종성,『한국의 매춘』, 인간사랑, 1994.

박완서,『꼴찌에게 보내는 갈채』, 평민사, 1977.

박태순,『국토와 민중』, 한길사, 1983.

백낙청,『민족문학과 세계문학』, 창작과비평사, 1978.

_____,『인간해방의 논리를 찾아서』, 시인사, 1979.

_____,『한국민중문학론』, 삼일서방, 1982.

서울신문사 100년사 편찬위원회,『서울신문 100년사』, 2004, 서울신문사.

석정남,『공장의 불빛』, 일월서각, 1984.

성민엽 편,『민중문학론』, 문학과지성사, 1984.

손석춘,『한국 공론장의 구조 변동』, 커뮤니케이션북스, 2005.

양평,『베스트셀러 이야기』, 우석, 1985.

오제명 외,『68 세계를 바꾼 문화혁명-프랑스. 독일을 중심으로』, 길, 2006.

원용진,『대중문화의 패러다임』, 한나래, 1996.

유재천 편,『민중』, 문학과지성사, 1984.

이길성・이호걸・이우석,『1970년대 서울의 극장산업 및 극장문화 연구』, 영화진흥위원회, 2004.

이성욱,『한국 근대문학과 도시문화』, 문학과학사, 2004.

_____,『쇼쇼쇼, 김추자, 선데이서울, 게다가 긴급조치』, 생각의나무, 2004.

이영철 편, 백한울 외역,『21세기 문화 미리 보기』, 시각과언어, 1996.

이임자,『한국출판과 베스트셀러; 1883~1996』, 경인문화사, 1998.

이종구 외,『1960~1970년대 한국 노동자의 계급문화와 정체성』, 한울아카데미, 2006.

이종영,『정치와 반정치』, 새물결, 2002.

임기현,『황석영 소설의 탈식민성』, 역락, 2010.

임철규,『눈의 역사 눈의 미학』, 한길사, 2004.

정을병 외, 『꿈을 사는 사람들－인기작가 4인 르포소설선』, 태창출판부, 1978.

_____, 『현징소설－사건 속에 뛰어든 인기작가 17인집』, 여원문화사, 1979.

정진성 외, 『한국현대여성사』, 한울, 2004.

정희모, 『한국 근대 비평의 담론』, 새미, 2001.

조남현, 『문학과 정신사적 자취』, 이우, 1984.

_____, 『한국현대소설유형론 연구』, 집문당, 1999.

_____, 『한국 현대문학사상 탐구』, 문학동네, 2001.

조성면, 『한국문학·대중문학·문학콘텐츠』, 소명출판, 2006.

천정환, 『근대의 책읽기』, 푸른역사, 2004.

최미진, 『1960년대 대중소설의 서사전략 연구』, 푸른사상, 2006.

최원식·임홍배 편, 『황석영 문학의 세계』, 창작과비평사, 2003.

한국사회과학연구소 편, 『예술과 사회』, 민음사, 1979.

황우겸, 『바보상자, 방송가의 뒷이야기』, 보진재, 1963.

한완상, 『현대사회와 청년문화』, 법문사, 1973.

홍두승, 『한국의 중산층』, 서울대 출판부, 2005.

홍문표, 『한국현대문학사』 II, 창조문학사, 2003.

황석영, 『객지에서 고향으로』, 형성사, 1985.

② 논문

강계숙, 「'성처녀', 그 대중적 신화의 속읽기」, 『작가연구』 14, 2002.하반기.

강상희, 「현대의 비극 혹은 천사와 창녀의 이중창」, 『문학사상』 329, 2000.3.

강영희, 「10월유신, 청년문화, 사회성 멜로드라마－『별들의 고향』과 『어제 내린 비』를 중심으로」, 『여성과사회』 3, 한국여성연구소, 1992.

강현두, 「대중문화의 주요개념」, 강현두 편, 『대중문화의 이론』, 민음사, 1980.

_____, 「현대 대중문화이론의 사회학적 연구」, 『현대사회와 대중문화』(인문연구논집 7), 서강대 인문과학연구소, 1974.

계정민, 「계급, 남성성, 범죄－하드보일드 추리소설의 사회학」, 『영어영문학』 58(1), 한국영어영문학회, 2012.

곽승숙, 「1970년대 신문연재소설의 여성 인물과 '연애' 양상 연구」, 『여성학논집』 23(2), 이화여대 한국여성연구원, 2006.

김경연, 「70년대를 응시하는 불경한 텍스트를 재독하다」, 『오늘의 문예비평』 67, 2007.가을.

_____, 「통속의 정치학－1960년대 후반 김승옥 '주간지 소설' 재독(再讀)」, 『어문론집』 62, 중앙어문학회, 2015.

김경양, 「최인호의 신문연재소설 연구」, 서울대 석사논문, 1999.

김대성, 「최인호 중단편 소설 연구」, 목포대 석사논문, 2008.

김병익, 「70년대 신문소설의 문화적 의미」, 『신문연구』 25, 1977.가을.

김성환, 「『마도의 향불』의 대중성 연구」, 『현대문학연구』 28, 한국현대문학회, 2009.

_____, 「1960~70년대 계간지 형성과정과 특성연구」, 『현대문학연구』 30, 한국현대문학회, 2010.

_____, 「빌려온 국가와 국민의 책무－1960~70년대 주변부 경제와 문화 주체」, 『한국현대문학연구』 43, 한국현대문학회, 2014.

_____, 「일본이라는 타자와 1960년대 한국의 주체성－한일회담에 관한 논의를 중심으로」, 『어문론집』 61, 중앙어문학회, 2015.

김원, 「서발턴의 재림－2000년대 르포에 나타난 99%의 현실」, 『실천문학』 105, 2012.봄.

김원규, 「1970년대 최인호·황석영 소설에 나타난 성과 신체의 의미」, 연세대 석사논문, 2000.

_____, 「1970년대 서사담론에 나타난 여성하위주체」, 『한국문예비평연구』 24, 한국현대문예비평학회, 2007.

김인경, 「최인호 소설에 나타난 모더니즘과 저항의 서사」, 『국제어문』 39, 국제어문학회, 2007.

_____, 「1970년대 소설에 나타난 양가성 연구－조세희·최인호·이청준을 중심으로」, 한성대 박사논문, 2008.

김주희, 「최인호의 초기소설 연구」, 명지대 석사논문, 2006.

김진기, 「최인호 초기소설의 의미구조」, 『통일인문학논총』 35, 건국대 인문학연구원, 2000.

김진찬, 「탈선본업의 명수 유호」, 『그 사람 그 얘기－백인백상』, 정음사, 1983.

김진형, 「최인호 소설 연구」, 중앙대 석사논문, 2006.

김창남, 「청년문화의 역사와 과제」, 『문화과학』 37, 2004.봄.

김치수, 「여자 해방과 "경아와 "이화"」, 『뿌리깊은 나무』, 한국브리태니커회사, 1979.2.

김하서, 「1970년대 신문연재소설의 서사구조연구」, 단국대 석사논문, 2000.

김현주, 「1970년대 대중소설 연구」, 민족문학사연구소 현대문학분과 편, 『1970년대 문학연구』, 소명출판, 2000.

_____, 「1970년대 대중소설 연구」, 연세대 박사논문, 2003.

_____, 「1950년대 잡지 『아리랑』과 명랑소설의 '명랑성'」, 『인문학연구』 43, 조선대 인문학연구원, 2012.

김혜정, 「대중 독자의 독서 양상과 비판적 읽기 필요성」, 『독서연구』 24, 한국독서학회, 2010.

김홍신, 「1970년대 소설에 나타난 산업화 양상 연구」, 건국대 박사논문, 1993.

김홍중, 「사회로 변신한 신과 행위자의 가면을 쓴 메시아의 전투」, 김예림 외 공저, 『정치의 임계, 공공성의 모험』, 혜안, 2014.

노지승, 「영화〈영자의 전성시대〉에 나타난 하층민 여성의 쾌락－계층과 젠더의 문화사를 위한 시론」, 『한국현대문학연구』 24, 한국현대문학회, 2008.

문성숙, 「한국 근대 대중소설론의 전개양상 연구」, 제주대 박사논문, 2005.

문재원, 「1970년대 소설에 나타난 매춘과 탈매춘」, 김정자 편, 『한국현대문학의 성과 매춘 연구』, 태학사, 1996.

민병덕, 「논픽션과 한국독자의 의식」, 『출판학연구』, 한국출판학회, 1970.

박광성, 「한국 주간지의 성격 연구」, 『신문과 방송』 40, 한국언론진흥재단, 1972.

박대현, 「청년문화론에서의 '문화 / 정치'의 경계문제」, 『한국문학의 이론과 비평』 56, 한국문학이론과 비평학회, 2012.

_____, 「경제 민주화 담론의 몰락과 노동자 정치 언어의 파국－1960년대 민주사회주의 담론의 정치적 의미」, 『코기토』 79, 부산대 인문학연구소, 2016.

_____, 「1960년대 참여시와 경제 균등의 사상－4월혁명 직후 경제민주주의 담론을 중심으로」, 『한국민족문화』 61, 부산대 민족문화연구소, 2016.

박보희, 「최인호의 『별들의 고향』 연구」, 안동대 석사논문, 2008.

박종율, 「로돌포 왈쉬의 『집단학살』에 나타난 저널리즘과 논픽션 소설의 유사점과 차이점」, 『스페인어문학』 18, 한국서어서문학회, 2001.

박철우, 「1970년대 신문연재소설연구」, 중앙대 박사논문, 1996.

박해광, 「1960~70년대 노동자계급의 문화와 일상생활」, 이종구 외, 『1960~1970년대 한국 노동자의 계급문화와 정체성』, 한울아카데미, 2006.

박휘종, 「1970년대 대중소설 연구」, 계명대 석사논문, 1996.

방민호, 「대중문학의 '복권'과 민족문학의 갱신」, 『실천문학』 39, 1995.가을.

배선애, 「1970년대 대중예술에 나타난 대중의 현실과 욕망」, 『민족문학사연구』 34, 민족문학사학회, 2007.

백명수, 「수기와 인생상담이라는 함정」, 『뿌리깊은 나무』, 한국브리태니커회사, 1978.1.

백문임, 「70년대 문화지형과 김승옥의 각색 작업」, 『현대소설연구』 29, 한국현대소설학회, 2006.

석정남, 「인간답게 살고 싶다」, 『대화』, 1976.11.

소영현, 「제도와 문학－문학의 아카데미즘화와 학술적 글쓰기의 형성」, 『한국근대문학연구』 22, 한국근대문학회, 2010.

송은영, 「대중문화 현상으로서의 최인호 소설」, 『상허학보』 15, 상허학회, 2005.

_____, 「1960년대 여가 또는 레저 문화의 정치」, 『한국학논집』 51, 계명대 한국학연구원, 2013.

신광영, 「노동자 계급의 생활문화와 정치의식」, 이종구 외, 『1960~1970년대 한국 노동자의 계급문화와 정체성』, 한울아카데미, 2006.

신현준, 「실종된 1970년대, 퇴폐 혹은 불온?－이장희와 1970년대」, 『당대비평』, 2004.겨울.

신혜원, 「하드보일드 탐정소설의 장르적 특성 연구－레이먼드 챈들러의 『깊은 잠』」, 『미국학논집』 44(2), 한국아메리카학회, 2012.

오창은, 「도시 속 개인의 허무의식과 새로운 감수성」, 『어문논집』 32, 중앙어문학회, 2004.

_____, 「한국 도시소설 연구－1960~70년대 작품을 중심으로」, 중앙대 박사논문, 2005.

연윤희, 「『선데이서울』의 창간과 대중 독서물의 재편」, 『대중서사연구』 30, 대중서사학회, 2013.

오혜진, 「카뮈, 마르크스, 이어령」, 『한국학논집』 51, 계명대 한국학연구원, 2103.

우찬제, 「조세희의 『난장이가 쏘아올린 작은 공』의 리얼리티 효과」, 『한국문학이론과 비평』 21, 한국문학이론과 비평학회, 2003.

유은정, 「1970년대 도시소설 연구」, 성균관대 박사논문, 2006.

_____, 「1970년대 도시소설의 일고찰」, 『성균어문연구』 40, 성균어문학회, 2005.

이경자, 「1930년대 대중적 민족주의의 논리와 속물적 내러티브－『삼천리』 잡지를 중심으로」, 『어문연구』 37(4), 한국어문교육연구회, 2009.

이봉범, 「1950년대 잡지저널리즘과 문학」, 『상허학보』 30, 상허학회, 2010.

_____, 「잡지미디어, 불온, 대중교양」, 『한국근대문학연구』 27, 한국근대문학회, 2013.

이수현, 「'겨울여자'에 나타난 저항과 순응의 이중성」, 『현대문학의 연구』 33, 한국문학연구학회, 2007.

이영민, 「최인호 소설에 나타난 현대사회와 인간유형 연구」, 고려대 석사논문, 2005.

이인정, 「1970년대 문예영화의 분석과 그 한계」, 『씨네포럼』 8, 2007.5.

이은실, 「1970년대 도시소설의 양상연구」, 『한민족문화연구』 6, 한민족문화학회, 2000.

이종호, 「1950~70년대 문학전집의 발간과 소설의 정전화 과정」, 동국대 박사논문, 2013.

이정숙, 「1970년대 꽁트붐의 문화적 지형도」, 『상허학보』 32, 상허학회, 2011.

이지순, 「『별들의 고향』의 미적 특성 연구」, 『국문학논집』 18, 단국대 국어국문학과, 2002.

이혜림, 「1970년대 청년문화구성체의 역사적 형성 과정－대중음악의 소비양상을 중심으로」, 『사회연구』 10, 한국사회조사연구소, 2005.

임규찬, 「70년대 노동현실과 문학적 형상」, 이종구 외, 『1960~70년대 노동자의 생활세계와 정체성』, 한울아카데미, 2005.

임종수, 「1970년대 한국 텔레비전의 일상화와 근대문화의 일상성」, 한양대 박사논문, 2003.

_____, 「텔레비전 안방문화와 근대적 가정에서 생활하기－공유와 차이」, 『언론과 사회』 12(1), 사단법인 언론과 사회, 2004.

_____, 「수용자의 탄생과 경험－독자, 청취자, 시청자」, 『언론정보연구』 47, 서울대 언론정보연구소, 2010.

임종수·박세현, 「『선데이서울』에 나타난 여성, 섹슈얼리티 그리고 1970년대」, 『한국문학연구』 44, 동국대 한국문학연구소, 2013.

장서연, 「1970년대 대중소설 연구」, 동덕여대 박사논문, 1998.

장세진, 「최인호 단편 소설 연구」, 연세대 석사논문, 1998.

전상기, 「1960년대 주간지의 매체적 위상－『주간한국』을 중심으로」, 『한국학논집』 36, 계명대 한국학연구원, 2008.

전우형, 『1920~1930년대 영화소설 연구』, 서울대 박사논문, 2006.

전은경, 「'쓰이는 텍스트'로서의 『별건곤』과 대중문학 독자의 형성」, 『어문학』 125, 한국어문학회, 2014.

정원채, 「『난장이가 쏘아올린 작은 공』에 나타난 스타일의 다원성과 미학적 혁신」, 『현대소설연구』 34, 한국현대소설학회, 2010.

정지창, 「귄터 발라프의 르포문학」, 『문예미학』 1, 문예미학회, 1994.

조명기, 「『별들의 고향』 연구」, 『문창어문논집』 38, 문창어문학회, 2001.

_____, 「1970년대 대중소설의 한 양상」, 『대중서사연구』 9(2), 대중서사연구학회, 2003.

주창윤, 「1970년대 청년문화 세대담론의 정치학」, 『언론과사회』 14(3), 사단법인 언론과 사회, 2006.가을.

_____, 「1975년 전후 한국 당대문화의 지형과 형성과정」, 『한국언론학보』 51(4), 한국언론학회, 2007.

차혜영, 「'종합선물셋트'로서의 문학, 1970년대 대중소설의 존재양상」, 『한국문학평론』17, 한국문화예
　　술위원회, 2001.
＿＿＿, 「다이제스트 세계문학이라는 소비상품과 미디어자본의 문학정치학－1930년대 『삼천리』와 『조
　　광』을 대상으로」, 『상허학보』45, 상허학회, 2015.
천정환, 「서발턴은 쓸 수 있는가－1970~80년대 민중의 자기재현과 "민중문학"의 재평가를 위한 일고」,
　　『민족문학사연구』47, 민족문학사학회, 2011.
＿＿＿, 「1980년대 문학, 문화사 연구를 위한 시론(1)－시대와 문학론의 "토픽"과 인식론을 중심으로」,
　　『민족문학사연구』56, 민족문학사학회, 2014.
최상환, 「최인호 단편 소설 연구」, 한국교원대 석사논문, 2001.
최애순, 「50년대 『아리랑』잡지의 '명랑'과 '탐정' 코드」, 『현대소설연구』47, 한국현대소설학회, 2011.
최영숙, 「1970년대 한국 도시소설 연구」, 창원대 박사논문, 2007.
최정호, 「1970년대 베스트셀러 소설의 형상화 양상 연구」, 홍익대 석사논문, 2005.
최창용, 「선데이서울, 주간경향, 주간여성－주간지 시대의 선두를 차지하기 위한 3파전」, 『세대』,
　　1970.10.
추은주, 「1970년대 대중소설 연구」, 부산대 석사논문, 1997.
한수영, 「억압과 에로스」, 『최인호 중단편 소설전집』2, 문학동네, 2002.
＿＿＿, 「민중의 사회학적 개념」, 유재천 편, 『민중』, 문학과지성사, 1984.
한철영, 「잡지윤리위원회의 활동－그 조사업무와 심의결과를 중심으로」, 『출판문화』, 1967.1.
＿＿＿, 「잡지계 1년의 경향」, 『출판문화』, 1967.8.
허정주, 「한국 곡예/서커스의 역사적 전개 양상에 관한 '역사기호학적' 시론」, 『비교민속학』49, 2012.12.
홍성식, 「조선작 초기 단편소설의 현실성과 다양성」, 『한국문예비평연구』20, 한국현대문예비평학회,
　　2006.
황석영, 「탑을 쌓는 일과 소설을 쓰는 일」, 『문학사상』, 1975.2.
황석영·최원식, 「황석영의 삶과 문학」, 최원식·임홍배 편, 『황석영 문학의 세계』, 창작과비평사, 2003.

③ 번역서

中村雄二郎, 양일모·고동호 역, 『공통감각론』, 민음사, 2003.
Alain Badiou, 이종영 역, 『윤리학』, 동문선, 2001.
Alenka Zupančič, 이성민 역, 『실재의 윤리』, 도서출판b, 2004.
Alf Lüdtke et al., 이동기 외역, 『일상사란 무엇인가』, 청년사, 2002.
Anthony Giddens, 배은경·황정미 역, 『현대사회의 성·사랑·에로티시즘』, 새물결, 2000.
Antonio Gramsci, 박상진 역, 『대중문학론』, 책세상, 2003.
Bill Ashcroft et al., 이석호 역, 『포스트콜로니얼 문학이론』, 민음사, 1996.
Bruce Fink, 맹정현 역, 『라캉과 정신의학』, 민음사, 2004.
Don Slater, 정숙경 역, 『소비문화와 현대성』, 문예출판사, 2000.

Dylan Evans, 김종주 외역, 『라깡 정신분석 사전』, 인간사랑, 1998.

Ernest Mandel, 이동연 역, 『즐거운 살인』, 민음사, 2001

Franco Moretti, 조형준 역, 『근대의 서사시』, 새물결, 2001.

Georg Lukács, 이영욱 역, 『역사소설론』, 거름, 1987.

George N. Katsiaficas, 이재원 외역, 『신좌파의 상상력』, 이후, 1999.

Hannah Arendt, 이진우·태정호 역, 『인간의 조건』, 한길사, 1996.

Hannah Arendt, 김선욱 역, 『예루살렘의 아이히만』, 한길사, 2006

Hans Robert Jauβ, 장영태 역, 『도전으로서의 문학사』, 문학과지성사, 1983.

Harvey, David, 구동회 외역, 『포스트모더니티의 조건』, 한울, 1994.

J. Schnapp·M. Tiews, ed., 양진비 역, 『대중들』, 양진비 역, 그린비, 2015.

John Story ed., 백선기 역, 『문화란 무엇인가』, 커뮤니케이션북스, 2000.

Juan-David Nasio, 임진수 역, 『자크 라캉의 이론에 관한 다섯 가지 강의』, 교문사, 2000.

Jürgen Habermas, 한승완 역, 『공론장의 구조변동』, 나남출판, 2001.

Leonard Cassuto, 김재성 역, 『하드 보일드 센티멘털리티』, 뮤진트리, 2012.

Louis Althusser, 김동수 역, 『아미엥에서의 주장』, 솔, 1998.

Lynn Hunt, 조한욱 역, 『프랑스 혁명의 가족 로망스』, 새물결, 1999.

Marshall McLuhan, 김성기·이한우 역, 『미디어의 이해』, 민음사, 2002.

Michel Foucault, 오생근 역, 『감시와 처벌』, 나남, 1994.

Michel Foucault, 홍성민 역, 『임상의학의 탄생』, 인간사랑, 1993.

Ortega y Gasset, 황보영조 역, 『대중의 반역』, 역사비평사, 2005.

Peter Widmer, 홍준기·이승미 역, 『욕망의 전복』, 한울, 1998.

R. Amossy·A. H. Pierrot, 조성애 역, 『상투어』, 동문선, 2001.

R. Salecl, 이성민 역, 『사랑과 증오의 도착들』, 도서출판b, 2003.

Raymond Williams, 이일환 역, 『이념과 문학』, 문학과지성사, 1982.

Raymond Williams, 나영균 역, 『문화와 사회 1780~1950』, 이화여대 출판부, 1988

Raymond Williams, 이현석 역, 『시골과 도시』, 나남, 2012.

René Girard, 김진식 외역, 『폭력과 성스러움』, 민음사, 2000.

Richard Hoggart, 이규탁 역, 『교양의 효용』, 오월의봄, 2016.

Rosalind C. Morris ed., 태혜숙 역, 『서발턴은 말할 수 있는가―서발턴 개념의 역사에 관한 성찰들』, 그린비, 2013.

Sigmund Freud, 이윤기 역, 『종교의 기원』, 열린책들, 1997.

Sigmund Freud, 김정일 외역, 『성욕에 관한 세 편의 에세이』, 열린책들, 2003.

Sigmund Freud, 임홍빈·홍혜경 역, 『정신분석 강의』, 열린책들, 2003.

Slavoj Žižek, 이만우 역, 『향락의 전이』, 인간사랑, 1994.

Slavoj Žižek, 김소연·유재희 역, 『삐딱하게 보기』, 시각과 언어, 1995.

Slavoj Žižek, 이수련 역, 『이데올로기라는 숭고한 대상』, 인간사랑, 2002.

Slavoj Žižek, 박정수 역, 『그들은 자기가 하는 일을 알지 못하나이다』, 인간사랑, 2004.

Slavoj Žižek, 김영찬 외편역, 『성관계는 없다』, 도서출판b, 2005.

Slavoj Žižek, 박정수 역, 『How to Read 라캉』, 웅진, 2007.

Stephen Morton, 이운경 역, 『스피박 넘기』, 엘피, 2005.

Susan Buck-Morss, 김정아 역, 『발터 벤야민과 아케이드 프로젝트』, 문학동네, 2004.

Zygmunt Bauman, 함규진 역, 『유동하는 공포』, 산책자, 2009.

국외논저

石原千秋, 『読者はどこにいるのか』, 河出ブックス, 2009.

Doug Underwood, *Journalism and The Novel : Truth and Fiction, 1700~2000*, Cambridge University Press, 2008.

Fredric Jameson, *A Singular Modernity*, Verso, 2002.

J. Lacan, Bruce Fink trans., *Ecrits*, W.W. Norton&Co., 2005.

_____, *The Seminar of Jacque Lacan book XX*, W.W. Norton&Co., 1998.

Jacques Ranciere, John Drury trans., *Proletarian Nights : The Workers' Dream in Nineteenth-Century France*, Verso, 2012.

Lennard J. Davis, *Factual Fictions : The Origins of The English Novel*, University of Pennsylvania Press, 1983.

Luke Thurston ed., *Re-inventing The Symptom*, OtherPress, 2002.

M. Robertson · S. Crane, *Journalism, and the making of Modern American Literature*, Columbia University Press, 1997.

Michel Pêcheux, *Language, semantics, and ideology*, St. Martin's Press, 1982.

Peter Brooks, *The Melodramatic Imagination*, Yale University Press, 1976.

R. Salecl · S. Žižek ed., *Gaze and Voice as Love Object*, Duke University Press, 1996.

R. Sayre · M. Löwy, *The Figures of Romantic Anti-Capitalism*, New German Critique, 1984.spring/summer.

S. Žižek ed., *Jaques Lacan III*, Routledge, 2003.

Shelly Fisher Fishkin, *From Fact to Fiction : Journalism&Imaginative Writing in America*, Oxford University Press, 1985.

Terry Eagleton, *The Idea of Culture*, blackwell, 2000.

Ursula Howard, *Literacy and the Practice of Writing in the 19th Century : A History of the Learning, Uses and Meaning of Writing in 19th Century English Communities*, NIACE, 2012.

수록논문 발표지면

「1970년대 대중소설에 나타난 욕망 구조 연구」, 서울대 박사논문, 2009.
「1970년대 논픽션과 소설의 관계 양상 연구-『신동아』 논픽션 공모를 중심으로」, 『상허학보』 32, 상허학
　　회, 2011.6.
「『어둠의 자식들』과 1970년대 하층민 글쓰기의 양상」, 『한국현대문학연구』 34, 한국현대문학회, 2011.8.
「한수산의 『부초』에 나타난 하층민 서사 구성 연구」, 『한국현대문학연구』 40, 한국현대문학회, 2013.8.
「최인호의 『지구인』에 나타난 하층민 재현 방식 연구」, 『코기토』 74, 부산대 인문학연구소, 2013.8.
「하층민 서사와 주변부 양식의 가능성-1980년대 논픽션을 중심으로」, 『현대문학의 연구』 59, 한국문학
　　연구학회, 2016.6.
「1970년대 대중서사의 전략적 변화」, 『현대문학의 연구』 51, 한국문학연구학회, 2013.10.
「1970년대 『선대이서울』과 대중서사」, 『어문론집』 64, 중앙어문학회, 2015.12.